水滸伝（一）

井波律子 訳

講談社学術文庫

まえがき

北宋《ほくそう》（九六〇〜一一二七）末の混乱期を舞台に、侠気あふれる百八人の好漢（豪傑）の大活躍を描く中国古典長篇小説『水滸伝《すいこでん》』は、四大奇書（『三国志演義《さんごくしえんぎ》』『水滸伝』『西遊記《さいゆうき》』『金瓶梅《きんぺいばい》』）、あるいは五大小説（四大奇書に『紅楼夢《こうろうむ》』を加える）の一翼を担う傑作である。『水滸伝』も『三国志演義』と同様、宋から元《げん》にかけておこなわれた民間の「語り物」を母胎とする。しかし、『三国志演義』が史実を踏まえた歴史小説であるのに対し、『水滸伝』は反乱が頻発した北宋末の時代状況からヒントを得ているとはいえ、ほとんど虚構による根っからの盛り場育ちの物語である。この「水滸語り」が集大成され、白話《はくわ》（口語）による長篇小説として成立したのは、『三国志演義』とほぼ同時期、十四世紀後半の元末明《みん》初だとされる。著者については、単独著者説や合作説など諸説あるが、現在では施耐庵《したいあん》の単独著者説が有力である。

完成後、『水滸伝』はほぼ二百年間、写本のかたちで流通し、現存する最古の刊本が出版されたのは、明末の万暦《ばんれき》年間（一五七三〜一六二〇）だった。この刊本は全百回から成り、前半三分の二にあたる初回から第七十一回までは、百八人の好漢が法にふれたり、官軍から転身したりして、梁山泊《りょうざんぱく》に集結する過程を描く。後半三分の一では、第八十二回までで官軍との戦闘を経て梁山泊軍団が正式に招安《しょうあん》（朝廷に帰順し無罪放免になること）される過程、第八十三回から第百回までで、官軍に組み込まれた梁山泊軍団が遼《りょう》征伐、ついで方臘《ほうろう》征伐に出撃し、遼征伐では百八人全員が凱旋するが、方臘征伐では激戦の果てに勝利したものの、戦死者続出、ついに壊滅に至る過程が描かれる。『水滸伝』は、このように梁山泊軍団の輝かしい興隆期から、悲劇的結末に至るまでを、臨場感ゆたかに描ききっている。本書の翻訳はこの百回本によった。

百回本『水滸伝』の刊行後、これを増減したさまざまな異本があらわれた。その一つは百二十回本であり、百回本の第九十一回から二十回にわたって、田虎《でんこ》征伐、王慶《おうけい》征伐の顚末をそっくりはめこんだものである。このほか、明末清初の文学批評家、金聖嘆《きんせいたん》の手になる七十回本がある。これは百八人の好漢が梁山泊に集結したところで、物語を終わらせたものである。

『水滸伝』世界の特徴は、基本的に、「まずは次回の分解《ときあかし》をお聞きください」というふうに、「数珠つなぎ方式」で展開されているところにある。すなわち、さまざまな形の出会いによって、次から次へと百八人の好漢が結びつき、関係性が広がってゆくという語り口にほかならない。彼らは関係の連鎖によって、反逆の砦《とりで》たる「梁山泊」に集結し、信義を重んじる俠《きょう》の精神によって結ばれ、「替天行道《たいてんこうどう》（天に替わって道を行う）」の旗じるしのもと、悪なる権力に敢然と立ち向かってゆくのである。

ちなみに、『水滸伝』の物語世界は、北宋の嘉祐《かゆう》三年（一〇五八）、数百年の間、地底に封じ込められていた百八人の魔王が解き放たれ、天空に飛び散るところから開幕する。この魔王たちが転生して百八人の好漢（三十六人の天罡星《てんこうせい》と七十二人の地煞星《ちさっせい》）となり、地上世界に姿をあらわすのは、その四十年余り後、北宋末、邪悪な重臣が権勢をふるい社会が混迷の度を深める、放蕩天子徽宗《きそう》の時代だった。いったん飛散した魔王たちは、この北宋末の危機的状況の渦中に続々と出現し、ふたたび結集するのである。

深い因縁に結ばれた百八人の好漢の中心、ひいては物語世界の中心に位置するのは、梁山泊軍団の二代目リーダー宋江《そうこう》である。彼は〈及時雨《きゆうじう》（時にかなった慈雨）〉と呼ばれるように、義侠心に富み、もともと江湖《こうこ》（渡世、遊侠社会）で評判が高く、初代リーダー晁蓋《ちょうがい》が不慮の死を遂げた後、梁山泊の豪傑たちに推されてトップの座につく。しかし、その実、宋江は反逆集団のリーダーらしくもなく、風采があがらないうえ、個人的武勇も今一つ、いたって常識的な現実主義者であり、けっきょく好漢の主要メンバーの反対を押し切って、表社会に復帰すべく、「招安」路線を推し進める役割を担う。つまるところ、宋江は『三国志演義』の劉備《りゅうび》や『西遊記』の三蔵《さんぞう》法師と同様、自らは輝くことなく、ただ中心に位置することによって、強烈な力を発散する登場人物群像を繫ぎ、縦横に活躍させるタイプの中心人物だといえよう。

こうして、いささか影の薄い宋江とは対照的に、百八人の好漢は文字どおり多士済済であり、『水滸伝』世界は、その各人各様の姿や軌跡を、躍動的な筆致で描きあげている。剛勇無双で天衣無縫の〈花和尚《かおしょう》〉魯智深《ろちしん》、阿修羅のごとく戦う〈行者《ぎょうじゃ》〉武松《ぶしょう》や〈豹子頭《ひょうしとう》〉林冲《りんちゅう》、当たるを幸いなぎ倒す魔神のような〈黒旋風《こくせんぷう》〉李逵《りき》、スリムな美少女で二本刀の名手〈一丈青《いちじょうせい》〉扈三娘《こさんじょう》など、瞠目すべき剛の者もいれば、凄腕魔術使いの〈入雲龍《にゅううんりゅう》〉公孫勝《こうそんしょう》、快足で情報伝達に無類の威力を発揮する〈神行太保《しんこうたいほ》〉戴宗《たいそう》、粋な色男だが李逵すら恐れ入らせる相撲の名手〈浪子《ろうし》〉燕青《えんせい》、コソ泥上がりで忍びの名人の〈鼓上蚤《こじょうそう》〉時遷《じせん》など、とびきりの特技の持ち主もいる。彼らをはじめとする好漢たちの生気あふれる活躍ぶりこそ、『水滸伝』世界の無類の面白さの源泉である。

かくも魅力あふれる好漢たちによって形づくられた梁山泊軍団は、残念ながら壊滅したけれども、彼らの侠の精神にあふれた「天に替わって道を行う」というモットーは、この後も、とりわけ転換期において、繰り返しとりあげられた。梁山泊の好漢の果敢な生き方は時代を超えて深い共感を呼び、混乱した政治状況に戦いを挑む人々の心のよすがとなりつづけたのである。

なお、『水滸伝』は中国小説史の流れから見ても、後世に大きな影響を与えた。『水滸伝』世界において、先にあげた猛者の〈行者〉武松は、兄を毒殺した兄嫁の悪女潘金蓮《はんきんれん》とその不倫相手の西門慶《せいもんけい》を血祭りにあげ、表社会から逸脱した。『金瓶梅』はこの話に着目し、これを糸口として『水滸伝』とは正反対の欲望まみれの物語世界を展開した。このように『水滸伝』は、次の新しい長篇小説を生み出す重要な触媒ともなったのである。

本書は先述したとおり、現存する最古の刊本である百回本を底本とした。直接用いたテキストは上・下二冊本の『容与《ようよ》堂《どう》本　水滸伝』（一九八八年、上海古籍出版社刊）である。また、おりにつけ『水滸全伝』（全百二十回。一九七五年、上海人民出版社刊）をはじめ、諸本を参照した。

付言すれば、『水滸伝』は民間の語り物を母胎とするため、いかにも語り物ならではの独特の語り口を踏襲するところが、随所に見られる。もっとも顕著な例は、「その証拠に次のような詩がある」というふうに、話の要所要所に詩や詞《ツー》、あるいは美文（装飾的な文章）が挿入されることである。これは、話の展開に変化をもたせ、雰囲気を盛りあげるためのテクニックの一種であり、もともとは講釈師が鳴り物入りで、吟じたり歌ったりした名残にほかならない。最古の刊本たる本書の底本には、こうした詩文がとりわけ数多く織り込まれている。このため、本書では、詩や詞については原文と訓読に現代語訳を付し、美文については訓読に現代語訳を付した。これによって、盛り場育ちの『水滸伝』世界に脈打つ「語りのリズム」を、感じ取っていただければ幸いである。なお、後の異本ではこれらの詩文が大幅にカットされている。

前口上はこれまで。それでは百八人の好漢がくりひろげるダイナミックな水滸伝世界へ、心躍る旅をされんことを！

井波律子

天罡星

	星名	あだ名	姓名	初出(回)
001	天魁星《てんかいせい》	呼保義《こほうぎ》	宋江《そうこう》	第十八回
002	天罡星《てんこうせい》	玉麒麟《ぎょくきりん》	盧俊義《ろしゅんぎ》	第六十一回
003	天機星《てんきせい》	智多星《ちたせい》	呉用《ごよう》	第十四回
004	天閑星《てんかんせい》	入雲龍《にゅううんりゅう》	公孫勝《こうそんしょう》	第十五回
005	天勇星《てんゆうせい》	大刀《だいとう》	関勝《かんしょう》	第六十三回
006	天雄星《てんゆうせい》	豹子頭《ひょうしとう》	林冲《りんちゅう》	第七回
007	天猛星《てんもうせい》	霹靂火《へきれきか》	秦明《しんめい》	第三十四回
008	天威星《てんいせい》	双鞭《そうべん》	呼延灼《こえんしゃく》	第五十四回
009	天英星《てんえいせい》	小李広《しょうりこう》	花栄《かえい》	第三十三回
010	天貴星《てんきせい》	小旋風《しょうせんぷう》	柴進《さいしん》	第九回
011	天富星《てんふせい》	撲天鵰《ぼくてんちょう》	李応《りおう》	第四十七回
012	天満星《てんまんせい》	美髯公《びぜんこう》	朱仝《しゅどう》	第十三回
013	天孤星《てんこせい》	花和尚《かおしょう》	魯智深《ろちしん》	第三回
014	天傷星《てんしょうせい》	行者《ぎょうじゃ》	武松《ぶしょう》	第二十二回
015	天立星《てんりっせい》	双鎗将《そうそうしょう》	董平《とうへい》	第六十九回
016	天捷星《てんしょうせい》	没羽箭《ぼつうせん》	張清《ちょうせい》	第七十回
017	天暗星《てんあんせい》	青面獣《せいめんじゅう》	楊志《ようし》	第十二回
018	天祐星《てんゆうせい》	金鎗手《きんそうしゅ》	徐寧《じょねい》	第五十六回

	星名	あだ名	姓名	初出(回)
019	天空星《てんくうせい》	急先鋒《きゅうせんぽう》	索超《さくちょう》	第十三回
020	天速星《てんそくせい》	神行太保《しんこうたいほ》	戴宗《たいそう》	第三十八回
021	天異星《てんいせい》	赤髪鬼《せきはつき》	劉唐《りゅうとう》	第十三回
022	天殺星《てんさっせい》	黒旋風《こくせんぷう》	李逵《りき》	第三十八回
023	天微星《てんびせい》	九紋龍《くもんりゅう》	史進《ししん》	第二回
024	天究星《てんきゅうせい》	没遮攔《ぼっしゃらん》	穆弘《ぼくこう》	第三十七回
025	天退星《てんたいせい》	挿翅虎《そうしこ》	雷横《らいおう》	第十三回
026	天寿星《てんじゅせい》	混江龍《こんこうりゅう》	李俊《りしゅん》	第三十六回
027	天剣星《てんけんせい》	立地太歳《りっちたいさい》	阮小二《げんしょうじ》	第十五回
028	天竟星《てんきょうせい》	船火児《せんかじ》	張横《ちょうおう》	第三十七回
029	天罪星《てんざいせい》	短命二郎《たんめいじろう》	阮小五《げんしょうご》	第十五回
030	天損星《てんそんせい》	浪裏白跳《ろうりはくちょう》	張順《ちょうじゅん》	第三十八回
031	天敗星《てんはいせい》	活閻羅《かつえんら》	阮小七《げんしょうしち》	第十五回
032	天牢星《てんろうせい》	病関索《びょうかんさく》	楊雄《ようゆう》	第四十四回
033	天慧星《てんけいせい》	拚命三郎《はんめいさんろう》	石秀《せきしゅう》	第四十四回
034	天暴星《てんぼうせい》	両頭蛇《りょうとうだ》	解珍《かいちん》	第四十九回
035	天哭星《てんこくせい》	双尾蝎《そうびかつ》	解宝《かいほう》	第四十九回
036	天巧星《てんこうせい》	浪子《ろうし》	燕青《えんせい》	第六十一回

地煞星

	星名	あだ名	姓名	初出(回)
037	地魁星《ちかいせい》	神機軍師《しんきぐんし》	朱武《しゅぶ》	第二回
038	地煞星《ちさつせい》	鎮三山《ちんさんざん》	黄信《こうしん》	第三十三回
039	地勇星《ちゆうせい》	病尉遅《びょううつち》	孫立《そんりつ》	第四十九回
040	地傑星《ちけっせい》	醜郡馬《しゅうぐんば》	宣賛《せんさん》	第六十三回
041	地雄星《ちゆうせい》	井木犴《せいぼくかん》	郝思文《かくしぶん》	第六十三回
042	地威星《ちいせい》	百勝将《ひゃくしょうしょう》	韓滔《かんとう》	第五十五回
043	地英星《ちえいせい》	天目将《てんもくしょう》	彭玘《ほうき》	第五十五回
044	地奇星《ちきせい》	聖水将《せいすいしょう》	単廷珪《ぜんていけい》	第六十七回
045	地猛星《ちもうせい》	神火将《しんかしょう》	魏定国《ぎていこく》	第六十七回
046	地文星《ちぶんせい》	聖手書生《せいしゅしょせい》	蕭譲《しょうじょう》	第三十九回
047	地正星《ちせいせい》	鉄面孔目《てつめんこうもく》	裴宣《はいせん》	第四十四回
048	地闊星《ちかっせい》	摩雲金翅《まうんきんし》	欧鵬《おうほう》	第四十一回
049	地闔星《ちこうせい》	火眼狻猊《かがんさんげい》	鄧飛《とうひ》	第四十四回
050	地強星《ちきょうせい》	錦毛虎《きんもうこ》	燕順《えんじゅん》	第三十二回
051	地暗星《ちあんせい》	錦豹子《きんひょうし》	楊林《ようりん》	第四十四回
052	地軸星《ちじくせい》	轟天雷《ごうてんらい》	凌振《りょうしん》	第五十五回
053	地会星《ちかいせい》	神算子《しんさんし》	蔣敬《しょうけい》	第四十一回
054	地佐星《ちさせい》	小温侯《しょうおんこう》	呂方《りょほう》	第三十五回

	星名	あだ名	姓名	初出(回)
055	地祐星《ちゆうせい》	賽仁貴《さいじんき》	郭盛《かくせい》	第三十五回
056	地霊星《ちれいせい》	神医《しんい》	安道全《あんどうぜん》	第六十五回
057	地獣星《ちじゅうせい》	紫髯伯《しぜんはく》	皇甫端《こうほたん》	第七十回
058	地微星《ちびせい》	矮脚虎《わいきゃくこ》	王英《おうえい》	第三十二回
059	地慧星《ちけいせい》	一丈青《いちじょうせい》	扈三娘《こさんじょう》	第四十八回
060	地暴星《ちぼうせい》	喪門神《そうもんしん》	鮑旭《ほうきょく》	第六十七回
061	地然星《ちぜんせい》	混世魔王《こんせいまおう》	樊瑞《はんずい》	第五十九回
062	地猖星《ちしょうせい》	毛頭星《もうとうせい》	孔明《こうめい》	第三十二回
063	地狂星《ちきょうせい》	独火星《どくかせい》	孔亮《こうりょう》	第三十二回
064	地飛星《ちひせい》	八臂那吒《はっぴなた》	項充《こうじゅう》	第五十九回
065	地走星《ちそうせい》	飛天大聖《ひてんたいせい》	李袞《りこん》	第五十九回
066	地巧星《ちこうせい》	玉臂匠《ぎょくひしょう》	金大堅《きんだいけん》	第三十九回
067	地明星《ちめいせい》	鉄笛仙《てってきせん》	馬麟《ばりん》	第四十一回
068	地進星《ちしんせい》	出洞蛟《しゅつどうこう》	童威《どうい》	第三十六回
069	地退星《ちたいせい》	翻江蜃《ほんこうしん》	童猛《どうもう》	第三十六回
070	地満星《ちまんせい》	玉旛竿《ぎょくはんかん》	孟康《もうこう》	第四十四回
071	地遂星《ちすいせい》	通臂猿《つうひえん》	侯健《こうけん》	第四十一回
072	地周星《ちしゅうせい》	跳澗虎《ちょうかんこ》	陳達《ちんたつ》	第二回

地煞星

	星名	あだ名	姓名	初出(回)
073	地隠星《ちいんせい》	白花蛇《はくかだ》	楊春《ようしゅん》	第二回
074	地異星《ちいせい》	白面郎君《はくめんろうくん》	鄭天寿《ていてんじゅ》	第三十二回
075	地理星《ちりせい》	九尾亀《きゅうびき》	陶宗旺《とうそうおう》	第四十一回
076	地俊星《ちしゅんせい》	鉄扇子《てっせんし》	宋清《そうせい》	第二十二回
077	地楽星《ちがくせい》	鉄叫子《てっきょうし》	楽和《がくわ》	第四十九回
078	地捷星《ちしょうせい》	花項虎《かこうこ》	龔旺《きょうおう》	第七十回
079	地速星《ちそくせい》	中箭虎《ちゅうせんこ》	丁得孫《ていとくそん》	第七十回
080	地鎮星《ちちんせい》	小遮攔《しょうしやらん》	穆春《ぼくしゅん》	第三十六回
081	地嵇星《ちけいせい》	操刀鬼《そうとうき》	曹正《そうせい》	第十七回
082	地魔星《ちませい》	雲裏金剛《うんりこんごう》	宋万《そうまん》	第十一回
083	地妖星《ちようせい》	摸着天《もちゃくてん》	杜遷《とせん》	第十一回
084	地幽星《ちゆうせい》	病大虫《びょうだいちゅう》	薛永《せつえい》	第三十六回
085	地伏星《ちふくせい》	金眼彪《きんがんひょう》	施恩《しおん》	第二十八回
086	地僻星《ちへきせい》	打虎将《だこしょう》	李忠《りちゅう》	第三回
087	地空星《ちくうせい》	小覇王《しょうはおう》	周通《しゅうつう》	第五回
088	地孤星《ちこせい》	金銭豹子《きんせんひょうし》	湯隆《とうりゅう》	第五十四回
089	地全星《ちぜんせい》	鬼臉児《きれんじ》	杜興《とこう》	第四十六回
090	地短星《ちたんせい》	出林龍《しゅつりんりゅう》	鄒淵《すうえん》	第四十九回
091	地角星《ちかくせい》	独角龍《どくかくりゅう》	鄒潤《すうじゅん》	第四十九回
092	地囚星《ちしゅうせい》	旱地忽律《かんちこつりつ》	朱貴《しゅき》	第十一回
093	地蔵星《ちぞうせい》	笑面虎《しょうめんこ》	朱富《しゅふ》	第四十三回
094	地平星《ちへいせい》	鉄臂膊《てっぴはく》	蔡福《さいふく》	第六十二回
095	地損星《ちそんせい》	一枝花《いっしか》	蔡慶《さいけい》	第六十二回
096	地奴星《ちどせい》	催命判官《さいめいはんがん》	李立《りりつ》	第三十六回
097	地察星《ちさつせい》	青眼虎《せいがんこ》	李雲《りうん》	第四十三回
098	地悪星《ちあくせい》	没面目《ぼつめんぼく》	焦挺《しょうてい》	第六十七回
099	地醜星《ちしゅうせい》	石将軍《せきしょうぐん》	石勇《せきゆう》	第三十五回
100	地数星《ちすうせい》	小尉遅《しょううつち》	孫新《そんしん》	第四十九回
101	地陰星《ちいんせい》	母大虫《ぼだいちゅう》	顧大嫂《こだいそう》	第四十九回
102	地刑星《ちけいせい》	菜園子《さいえんし》	張青《ちょうせい》	第二十七回
103	地壮星《ちそうせい》	母夜叉《ぼやしゃ》	孫二娘《そんじじょう》	第二十七回
104	地劣星《ちれっせい》	活閃婆《かっせんば》	王定六《おうていろく》	第六十五回
105	地健星《ちけんせい》	険道神《けんどうしん》	郁保四《いくほうし》	第六十八回
106	地耗星《ちこうせい》	白日鼠《はくじつそ》	白勝《はくしょう》	第十六回
107	地賊星《ちぞくせい》	鼓上蚤《こじょうそう》	時遷《じせん》	第四十六回
108	地狗星《ちくせい》	金毛犬《きんもうけん》	段景住《だんけいじゅう》	第六十回

目次

水滸伝（一）

引首《いんしゅ》

詞《ツー》に曰《いわ》く、

試看書林隠処
幾多俊逸儒流
虚名薄利不関愁
裁氷及翦雪
談笑看呉鉤
評議前王幷後帝
分真偽占拠中州
七雄擾擾乱春秋
興亡如脆柳
身世類虚舟
見成名無数
図形無数

試みに書林の隠処を看《み》れば
幾多の俊逸《しゅんいつ》の儒流
名を虚《むな》しくし利を薄《うと》んじて愁に関わらず
氷を裁《た》ち及《ま》た雪を翦《き》り
談笑して呉鉤《ごこう》を看る
評議す　前王と後帝と
真偽を分かちて中州を占拠し
七雄《しちゆう》は擾《じょう》擾《じょう》として春秋を乱す
興亡は脆柳《ぜいりゅう》の如《ごと》く
身世は虚舟に類す
見よ　名を成すもの無数
形を図《えが》かるるもの無数

更有那逃名無数
霎時新月下長川
江湖変桑田古路
訝求魚縁木
擬窮猿択木
恐傷弓遠之曲木
不如且覆掌中杯
再聴取新声曲度

更《さら》に那《か》の名を逃がるるもの無数に有るを
霎時《しょうじ》にして新月は長川《ちょうせん》を下り
江湖《こうこ》は桑田《そうでん》の古路に変ず
魚を求むるに木に縁《よ》るを訝《いぶか》しみ
窮猿《きゅうえん》の木を択《えら》ぶに
弓に傷つけらるるを恐れ　曲木より遠ざかることに擬《ぎ》す
如《し》かず　且《しばら》く掌中の杯を覆《ふ》せて
再び新声の曲度を聴取せんには

書物あふれる隠遁の地には、あまたのすぐれた学者たち。名利を軽んじ　悠々自適。氷や雪を断ち切った〔かのようにキラキラ輝く〕呉鉤《ごこう》（刀剣の名）を　談笑しながら見る。評議するのは　次々にあらわれた帝王たちのこと、われこそはと中国を支配し、〔戦国の〕七雄《しちゆう》は争い騒いで　春秋の世を乱す。興亡は　はかなき柳に似て、一生は　からっぽの舟さながら。名を成した者は数えきれず、姿を描かれた者も数えきれず、さらには名声を得ることを避けた者も無数にいるのだ。あっというまに　新月は長江を流れ下り、川や湖は　桑畑のあぜ道に成り変わって久しい。木によじ登って魚を捕ろうとするのをいぶかしく思い、追いつめられた猿が木を選ぶにさいして、弓で射られるのを恐れ　曲がった木を敬遠するのを真似る。こ

こはひとまず　手の中の杯を伏せ、改めて新曲の調べに耳を傾けるに越したことはない。

詩に曰《いわ》く、

紛紛五代乱離間
一旦雲開復見天
草木百年新雨露
車書万里旧江山
尋常巷陌成羅綺
幾処楼台奏管絃
人楽太平無事日
鶯花無限日高眠

紛紛たる五代乱離《ごだいらんり》の間
一旦《いったん》　雲開き　復《ま》た天を見る
草木百年　新たなる雨露
車書万里　旧《ふ》りたる江山
尋常の巷陌《こうはく》　羅綺《らき》を成し
幾処の楼台　管絃を奏す
人は楽しむ　太平無事の日
鶯花《おうか》は限《かぎ》り無く　日高くして眠る

混乱極まる五代の乱世、黒雲がパッと開けて　ふたたび青空。草木に百年〔の命を与える〕　新たな雨露、車《わだち》も書《もじ》も万里〔にわたって統一された〕　悠久の大地。そこらの通りも　綺羅錦繡《きらきんしゅう》、あちこちの楼台で　管弦の音。太平無事を謳歌して、花に鶯《うぐいす》どこまでも　目覚めたときには日も高い。

さて、この八句の詩こそ、宋の神宗《しんそう》皇帝の御世の名高い学者で、姓は邵《しょう》、諱《いみな》（本名）は堯《ぎょう》夫《ふ》、道号（道士の法名）を康節《こうせつ》先生という方が作られ、唐末五代《ごだい》のとき、天下で戦いがやまなかったことを嘆いたものである。当時は、朝には梁《りょう》（五代の一つ後梁《こうりょう》）の世、暮れには晋《しん》（五代の一つ後晋《こうしん》）の世、まさしく、「朱《しゅ》（朱全忠《しゅぜんちゅう》。唐を滅ぼし後梁を立てる）・李《り》（朱全忠のライバル李克用《りこくよう》の息子李存勗《りそんきょく》。後梁を滅ぼし後唐《こうとう》を立てる）・石《せき》（石敬瑭《せきけいとう》。後唐を滅ぼし後晋を立てる）・劉《りゅう》（劉知遠《りゅうちえん》。後晋の滅亡後、後漢《こうかん》を立てる）・郭《かく》（郭威《かくい》。後漢滅亡後、後周《こうしゅう》を立てる）、梁（後梁）・唐（後唐）・晋（後晋）・漢（後漢）・周（後周）、合わせて十五人の皇帝があらわれ、混乱すること五十年」というありさま。

その後、天道の循環に応じて、甲馬営《こうばえい》（河南省にあった軍営。趙匡胤《ちょうきょういん》の出生地）に太祖《たいそ》武徳《ぶとく》皇帝（宋の太祖である趙匡胤）がお生まれになった。この聖人が誕生されたとき、紅い光が天に満ち、異香が一晩たっても消えず、これぞまさしく天上界の霹靂大仙《へきれきたいせん》が下界に降臨されたのである。英雄にして勇猛果敢、知恵と度量はケタはずれ、古《いにしえ》の帝王もみなこの天子さまにはかなわず、身の丈に等しい棒一本を持って、四百の州を打ち破り、すべて趙という姓にされたのだった。この天子さまは天下を平定し、中原《ちゅうげん》を打ち鎮《しず》めて、国号を大宋《だいそう》とされ、汴梁《べんりょう》（開封《かいほう》）に都を置かれて、九朝八帝（北宋九代と南宋八代。じっさいには南宋も九代）の筆頭となり、四百年の創業の主となられた。このため、邵堯夫先生は、「一旦　雲開き　復た天を見る」と称賛され、ちょうど人々がふたたび太陽を目にしたことに喩《たと》えられたのである。

　この先生のみならず、このとき、西岳《せいがく》の華山《かざん》に陳摶《ちんたん》という処士《しょし》（出仕しないで民間にいる人）がおられ、高潔で有徳の人であったが、風や雲の気配を見分けることが上手だった。ある日、驢《ろ》馬《ば》に乗って山を下り、かの華陰道《かいんどう》を進んでおられたとき、道中、旅の者が、「今、東京《とうけい》（開封）で柴世宗《さいせいそう》（柴栄《さいえい》。五代きっての名君とされる後周の世宗）が譲位され、趙検点《けんてん》（趙匡胤。検点は殿前都点検《でんぜんとてんけん》。近衛軍の総司令官にあたる）が即位されたそうだ（1）」と話しているのを聞かれ、かの先生は内心、大喜びされて、手で額を抑え、驢馬の背中でカラカラと大笑いされるや、驢馬から転がり落ちてしまわれた。人がわけを聞くと、先生は、「天下はこれから定まるぞ」とおっしゃった。

　これぞまさしく、上は天の心に合い、下は地の理に合い、中は人の和に合ったのである。庚申《こうしん》の年（九六〇）に禅譲を受けられ、宋王朝を立てて即位されてから、在位十七年、天下太平、これより天下は平穏になった。

　位を御弟の太宗《たいそう》に伝えて、〔太宗が〕即位された。太宗皇帝は在位二十二年で、位を真宗《しんそう》皇帝に伝えられた。真宗皇帝はまた位を仁宗《じんそう》皇帝に伝えられた。この仁宗皇帝こそ天上界の赤脚大仙《せっきゃくたいせん》にほかならない。誕生されたとき、昼も夜も泣きやまれないので、朝廷では黄色い立て札を出して、治してくれる者をつのった。これが天上世界の神々を感動させ、太白金星《たいはくきんせい》を老人に変身させて、下界に差し向けられた。〔かの老人は〕進み出て黄色い立て札を取りあげ、太子の泣き癖を治すことができると言った。立て札の番をしていた役人が宮殿に連れて来て、真宗皇帝にお目どおりさせたところ、勅命によって奥御殿に進ませ、太子を診察させられた。老人はまっすぐ奥御殿にやって来て、太子を抱きながら、耳もとで低い声で八文字をつぶやくと、太子はたちまち泣きやまれた。老人は姓名も告げず、一陣の清風と化して立ち去った。

　耳もとでどんな八文字をつぶやいたのか？　それは、「文有文曲、武有武曲（文には文曲《ぶんきょく》〔星の名称〕有り、武には武曲《ぶきょく》〔星の名称〕有り）」というものだった。果たせるかな、天帝は紫微宮《しびきゅう》のなかから二つの星を下界にくだされ、この皇帝（仁宗）を輔佐させられた。文曲星は南衙《なんが》開封府（開封府の南役所）の長官にして龍図閣大学士《りゅうとかくだいがくし》の包拯《ほうじょう》（北宋の名臣。講釈の世界では名裁判官として名高い）さまにほかならず、武曲星は征西夏《せいか》国大元帥の狄青《てきせい》（北宋きっての名将）さまにほかならない。この二人の名臣が出現して輔佐となったのである。

　この皇帝は廟号《びょうごう》を仁宗といわれ、在位四十二年、九度、年号を改められた。天聖《てんせい》元年癸亥《きがい》（一〇二三）に即位され、[2]天聖九年（一〇三一）に至るまで、その期間は天下太平、五穀豊穣、万民は楽しく暮らし、道に落ちた物を拾う者もなく、夜も戸を閉めなかった。この九年間を「一登《いっとう》（最初のみのり）」という。明道《めいどう》元年（一〇三二）から皇祐《こうゆう》三年（一〇五一）に至るまで（じっさいにはこの間、足かけ二十年になる）、この九年間もまた豊かであり、これを「二登《にとう》（二度目のみのり）」という。皇祐四年（一〇五二）から嘉祐《かゆう》二年（一〇五七）に至るまで（じっさいには、この間は足かけ六年しかない）、この九年間は穀物が大豊作であり、これを「三登《さんとう》（三度目のみのり）」という。このつづけて三九《さんく》二十七年を「三登の世」と呼ぶ。このとき、人々は楽しい思いをしたのだった。

思いがけないことに、楽しみ極まれば悲しみが生じ、嘉祐三年（一〇五八）初春、天下に疫病が大流行し、江南《こうなん》から両京《りょうけい》（東京《とうけい》＝開封と西京《せいけい》＝洛陽《らくよう》のこと）に至るまで、どの地方でもこの病にかからない者はおらず、天下の各州各府からは、舞う雪のように上奏文が捧げられた。

さて、東京の城内でも城外でも、軍人も民間人も大半いなくなってしまったので、開封府の長官の包待制《ほうたいせい》（包拯）はみずから「恵民和済《けいみんわざい》局方」によって、自分の俸給を出して薬を調合し、人々を治療されたが、医療では抑えることができず、疫病はますます猛威をふるった。文武の百官は協議してみな待漏院《たいろういん》（宮中の控えの間）に集まり、朝廷に出たおり、天子に上奏し、もっぱら祈禱して、疫病を禳《はら》い清めるように申しあげた。

このことがなければ、三十六の天罡星《てんこうせい》が下界に降臨し、七十二の地煞星《ちさっせい》が人の世に下って、宋の天地を騒がせ、趙家の社稷《しゃしょく》をあまねく揺るがすことにならなかったであろう。その証拠に次のような詩がある。

詩に曰《いわ》く、

万姓熙熙化育中　　万姓は熙熙《きき》たり　化育《かいく》の中《うち》
三登之世楽無窮　　三登《さんとう》の世　楽しみ窮《きわ》まり無し
豈知礼楽笙鏞治　　豈《あ》に知らんや　礼楽・笙鏞《しょうよう》の治

変作兵戈剣戟叢
水滸寨中屯節俠
梁山泊内聚英雄
細推治乱興亡数
尽属陰陽造化功

変じて兵戈《へいか》・剣戟《けんげき》の叢《そう》と作《な》るを
水滸《すいこ》寨《さい》の中《うち》に節俠を屯《たむろ》せしめ
梁山泊《りようざんぱく》の内に英雄を聚《あつ》む
細《こま》かに治乱興亡《ちらんこうぼう》の数《すう》を推《はか》れば
尽《ことごと》く陰陽造化《いんようぞうか》の功に属す

万民が幸せに暮らす　名君のもと、三登《さんとう》の時代は　天下太平。ところがなんと　折り目正しき風雅な治世が、争い絶えぬ世の中に。水滸の寨《とりで》に好漢集《つど》い、梁山泊に英雄聚《あつ》まる。とくとご覧あれ　治乱興亡の定め、すべて陰陽の移りゆきのなせる業《わざ》。

注

(1) じっさいには、世宗の死後、趙匡胤は将兵に推戴され、世宗の後を継いだ息子の幼い恭帝《きよう》から禅譲を受けるという形で即位した。

(2) じっさいにはこの前年に即位している。

第一回

張天師《ちようてんし》　祈《いの》りて瘟疫《おんえき》を禳《はら》い
洪太尉《こうたいい》　誤《あやま》りて妖魔《ようま》を走《に》がす

詩⑴に曰《いわ》く、

絳幘鶏人報暁籌
尚衣方進翠雲裘
九天閶闔開宮殿
万国衣冠拝冕旒
日色纔臨仙掌動
香煙欲傍袞龍浮
朝罷須裁五色詔
佩声帰到鳳池頭

絳幘《こうさく》の鶏人《けいじん》　暁籌《ぎようちゆう》を報じ
尚衣《しようい》は方《はじ》めて進む　翠雲《すいうん》の裘《きゆう》
九天《きゆうてん》の閶闔《しようこう》　宮殿を開き
万国の衣冠　冕旒《べんりゆう》を拝す
日色纔《わず》かに臨んで　仙掌《せんしよう》動き
香煙傍《そ》わんと欲して　袞龍《こんりゆう》浮かぶ
朝《ちよう》罷《や》んで須《すべから》く裁《さい》すべし　五色の詔《みことのり》
佩声《はいせい》は帰り到る　鳳池《ほうち》の頭《ほとり》

赤い帽子の鶏人《けいじん》（夜明けを知らせる役人）が　夜明けの時を知らせ、尚衣《しようい》（衣服係の役人）が　今しも天子に翠雲模様の皮衣をお着せする。九重の奥深くの宮殿は大門を開き、万国から集まった官吏は天子に拝礼する。朝日がはじめて宮中に射し込み　仙掌《せんしょう》（仙人が手に盤を捧げた姿をかたどった像）もきらめいて揺れ動き、香の煙がまつわらんとするなかから　天子の御衣《ぎょい》に描かれた袞龍《こんりゅう》（身をくねらせた龍）が浮かびあがる。朝廷が終了すれば　きみは詔を処理しなければならない、そこで腰につけた佩玉《はいぎょく》の音を響かせながら　鳳池のほとりにある役所（中書省《ちゅうしょしょう》を指す）へと帰り着く。

さて、大宋《だいそう》の仁宗《じんそう》天子の在位中（一〇二二〜一〇六三）、嘉祐《かゆう》三年（一〇五八）三月三日の五更三点[2]（午前四時過ぎ）、天子が紫宸殿《ししんでん》にお出ましになり、百官の朝の挨拶を受けられた。見れば、

祥雲《しょううん》は鳳閣《ほうかく》に迷い、瑞気《ずいき》は龍楼《りゅうろう》を罩《こ》む。煙《もや》を含みし御柳《ぎょりゅう》は旌旗《せいき》を払い、露を帯びし宮花《きゅうか》は剣戟《けんげき》を迎う。天香《てんこう》の影の裏《うち》に、玉簪《ぎょくしん》・珠履《しゅり》は丹墀《たんち》に聚《あつ》まり、仙楽の声《おと》の中《うち》に、繡襖《しゅうおう》・錦衣《きんい》は御駕《ぎょが》を扶《たす》く。珍珠の簾《すだれ》は捲《ま》かれて、黄金の殿上に金輿《きんよ》現われ、鳳尾《ほうび》の扇は開きて、白玉の階前に宝輦《ほうれん》停まる。隠隠として浄鞭《じょうべん》の三下《みたび》響けば、層層として文武両班斉《ととの》う。

めでたい雲が御殿にたなびき、太平の気配が宮城《きゅうじょう》をすっぽり。柳はふうわりと旗に戯れ、花はしっとりと剣にお愛想。やんごとなき香りに包まれて、珠玉の装いが　紅

いテラスにびっしり、妙《たえ》なる調べが鳴りわたるなか、豪華な衣服が御車に寄り添う。真珠の簾が巻きあげられて、黄金の御殿に黄金の輿《こし》が出《い》でたまい、鳳の尾の扇が開かれて、白玉の階《きざはし》にきらびやかな輦《てぐるま》をお寄せになる。合図の鞭がおごそかに三たび響けば、文武百官がずらりと左右に居並ぶ。

そのとき殿頭官《でんとうかん》（侍従官）が呼ばわった。

「何か事があれば列を離れてはやく上奏せよ。事がなければこれにて解散とする」

見れば、居並ぶ列のなかから、宰相《さいしょう》の趙哲《ちょうてつ》と参政《さんせい》（副宰相）の文彦博《ぶんげんはく》が進み出て上奏した。

「目下、都では疫病が流行し、民衆は安心して暮らすことができず、軍民のうち病にかかる者が大勢おります。なにとぞ陛下には罪人を釈放して恩愛をほどこし、減刑・減税を行って、天災を禳《はら》い清め、万民をお救いくださいますように」

天子は上奏を聞かれるや、ただちに翰林院《かんりんいん》（詔勅《しょうちょく》の作成をつかさどる官庁）に命じて詔《みことのり》を起草させ、天下の罪人に恩赦《おんしゃ》を下し、民間の租税はすべて免除するよう申しつけられる一方、都の道観《どうかん》（道教の寺院）や仏教の寺院には、祈禱を行って災禍を禳い清めるよう命じられた。しかし、思いがけないことに、その年の疫病はますます猛威をふるった。

仁宗《じんそう》天子はこれを聞き知られると、体調不安定となられ、ふたたび百官を召集され、一同うちそろって協議したのだった。その官僚の列から、一人の大臣があらわれ、進み出て奏上しようとした。天子が目をやると、その人は参知政事《さんちせいじ》（副宰相。参政）の范仲淹《はんちゅうえん》だった。彼は天子の御機嫌をうかがいおえるや、奏上した。

「目下、天災が猛威をふるって、軍民は塗炭《とたん》の苦しみに喘《あえ》ぎ、一日じゅう、安心して暮らすことができず、地獄落ちの苦しみにさいなまれております。愚見によりますれば、この災禍を禳い清めるためには、嗣漢天師《しかんてんし》に命じて夜を日についで参朝させ、都の宮廷にて三千六百分の羅天大醮《らてんだいしょう》（三十六天のうち最高の大羅天《だいらてん》をまつり祈禱する祭祀）をいとなみ、天帝に上奏させれば、民間の疫病を必ず禳い清めることができると存じます」

　仁宗天子はこの意見を聞き入れられ、急いで翰林学士《かんりんがくし》（翰林院に所属する官僚）に命じて詔一通を起草させ、みずから筆を取ってしたためられた。これとともに、御香《ぎょこう》一炷《しゅ》をくだされ、欽差内外提点殿前太尉《きんさないがいていてんでんぜんたいい》の洪信《こうしん》を勅使《ちょくし》として、江西信州《こうせいしんしゅう》の龍虎山《りゅうこざん》に向かわせ、嗣漢天師の張真人《ちょうしんじん》に夜を日についで参朝し、祈禱して疫病を禳い清めるよう申しつけられることとなった。かくて、正殿にお出ましになって御香を焚き、丹詔《たんしょう》（朱筆でしたためた詔）を手ずから洪信にわたして勅使に任じ、ただちに出発するよう命ぜられた。

　洪信は詔勅を拝受すると、天子にお暇乞いして、先延ばしすることなく、従者に詔勅を背負わせ、金の函《はこ》に御香を入れて、数十人のお供を引きつれ、駅馬に乗って、主従一行は東京《とうけい》（開封《かいほう》）を離れ、ただちに一路、信州の貴渓《きけい》県をめざした。道中、見れば、

遥かなる山は翠《みどり》を畳《かさ》ね、遠き水は澄んで清し。奇花《きか》は錦繍《きんしゅう》を綻《ほころ》ばせて林に鋪《し》き、嫩柳《どんりゅう》は金

糸を舞わせて地を払う。風は和《やわ》らかく日は暖かにして、時に野店・山村を過ぐ。路は直《なお》く沙《すな》は平らかにして、夜は郵亭《ゆうてい》・駅館《えきかん》に宿る。羅衣《らい》は紅塵《こうじん》の内に蕩漾《とうよう》し、駿馬《しゅんめ》は紫陌《しはく》の中《うち》に駆馳《くち》す。

はるかな山は　緑を重ね、果てなき流れは　どこまでも清らか。めずらしい花は　あでやかに咲いて林を埋め尽くし、やわらかな柳は　黄金の糸を踊らせて地を払う。風はそよそよ　日射しはぽかぽか、時おり過ぎる　田舎の茶屋・山間《やまあい》の村。道はまっすぐ　平坦そのもの、夜は宿場で眠りに落ちる。綾絹《あやぎぬ》の上衣が俗世間でゆらゆら、立派な馬は街道筋をひた走る。

　さて、太尉の洪信が丹詔を捧げもち、主従一行が旅路についてから、夜は郵亭《ゆうてい》に泊まり、朝は宿場を発《た》ち、遠く近く旅程を重ね、喉が渇けば飲み、ひもじくなれば食べながら、一日も休まず、江西の信州に到着した。身分の高い役人も低い役人もこぞって城郭の外に出て迎え、さっそく使者を派遣して龍虎山の上清宮《じょうせいきゅう》の住持《じゅうじ》（住職）と道士に知らせ、詔を受ける準備をさせた。

　翌日、大勢の役人がともに洪信を龍虎山の麓まで送ったところ、見れば、上清宮のあまたの道士が鐘を鳴らし太鼓を打ち、香華《こうげ》や蠟燭、のぼりや宝玉を飾った天蓋《てんがい》、妙なる楽の音とともに、そろって山を下り丹詔を出迎えていた。洪信はそのまま上清宮の前まで行って馬を

下り、社殿に目をやれば、はたしてこれぞなんともりっぱな上清宮であった。見れば、

青松は屈曲し、翠柏《すいはく》は陰森《いんしん》たり。門には勅額《ちょくがく》の金書を懸《か》け、戸には霊符《れいふ》の玉篆《ぎょくてん》を列《つら》ぬ。虚《きょ》皇壇《こうだん》の畔《ほとり》には、垂柳・名花依稀《いき》とし、煉薬炉《れんやくろ》の辺《ほとり》には、蒼松・老檜掩映《ろうかいえんえい》す。左壁廂《がわ》には天《てん》丁《てい》・力士《りきし》、太乙真君《たいいつしんくん》に参随《さんずい》し着《ちゃく》し、右勢下《がわ》には玉女《ぎょくじょ》・金童《きんどう》、紫微大帝《しびたいてい》を簇捧《そうほう》し定む。披髪《ひはつ》し剣に仗《よ》って、北方真武《ほっぽうしんぶ》は亀蛇《きだ》を踏み、履《くつ》を靸《は》き冠を頂きて、南極老人《なんきょくろうじん》は龍虎を伏《ふく》す。前には二十八宿の星君《せいくん》を排し、後ろには三十二帝の天子を列《つら》ぬ。階砌《かいせい》の下には流水潺湲《せんかん》とし、牆院《しょういん》の後ろには好山環繞《かんじょう》す。鶴は丹頂を生じ、亀は緑毛を長《の》ばす。樹梢《じゅしょう》の頭《いただき》には菓を献ずる蒼猿《そうえん》、莎草《はますげ》の内には芝《し》を銜《ふく》む白鹿。三清殿《さんせいでん》上、金鐘《きんしょう》を鳴らして道士は歩虚《ほきょ》し、四《し》聖堂《せいどう》前、玉磬《ぎょくけい》を敲《たた》きて真人は斗《と》に礼す。香を献ずる台砌《だいせい》に、彩霞《さいか》の光は碧琉璃《へきるり》を射《い》、将を召す瑶壇《ようだん》に、赤日の影は紅瑪瑙《こうめのう》に揺らぐ。早来には門外に祥雲《しょううん》現われ、疑うらくは是《こ》れ天師の老君を送るかと。

青々とした松はうねうねと、緑深き柏《ひのき》はこんもりと。門に懸《か》かるのは　天子直筆の金泥文字、戸口に連なるのは　ありがたい玉の篆書《てんしょ》のお札。虚皇（道教の神）の祭壇の側には、柳や花がおぼろげに、丹薬を煉《ね》る炉辺には、松や檜《ひのき》がどっしりと。左側には天丁と力士がいて、太乙真君《たいいつしんくん》（道教の神）に付き従い、右側には玉女と金童がいて、紫微大帝（道教の神）を取り囲む。髪をなびかせ　剣を杖ついて、北方真武（道教の

神）は亀蛇を踏み、履《くつ》をはき　冠を頂いて、南極老人（道教の神）は龍虎を伏す。前には二十八宿の星君を並べ、うしろには三十二帝の天子を列ねる。階段の石畳の下で水がサラサラと流れ、中庭の壁の向こうに　山がぐるりと囲む。鶴は丹頂を生じ、亀は緑毛を伸ばす。枝先には果物を献じる蒼猿、ハマスゲのなかには霊芝を口に含む白鹿。三清殿《さんせいでん》(3)では、金鐘を鳴らして　道士が賛歌をうたい、四聖堂の前では、玉磬《ぎょくけい》（玉の打楽器）を敲《たた》いて　真人が北斗に拝礼する。香を献じる台では、彩《あや》なす霞の光が碧玉の琉璃に射し込み、神将を召し寄せる壇では、お日さまの光が紅い瑪瑙に揺れている。朝には門外にめでたい雲があらわれ、天師（張真人）が太上老君（太清太上老君、老子）をお見送りするのかと思ってしまう。

時を移さず、上は住持の真人から、下は道童《どうどう》（子供の道士）や侍従に至るまで、先になり後になって、洪信を出迎え案内して、三清殿《さんせいでん》に招き入れ、詔《みことのり》を受け取って殿の中央に安置した。洪信はそこで監宮真人《かんきゅうしんじん》（社殿を管理する真人）にたずねた。

「天師は今どこにおいでか？」

住持の真人が進み出て答えて言った。

「太尉さまに申しあげます。当代の祖師《そし》さまは、虚靖《きょせい》天師とおっしゃいます。まことにすっきりとした高邁《こうまい》なお方でありますので、人との応対にうんざりされ、みずから龍虎山の頂上で庵《いおり》を結んで、修行しておられます。したがいまして、ここにはおいでになりません」

洪信は言った。

「このたびは天子さまから詔《みことのり》を賜ったのだから、どうすれば真人にお目にかかれるかな？」

住持の真人は答えた。

「お答えいたします。詔勅はしばらくこの社殿にお置きになってください。貧道《わたくし》（仏僧や道士の自称）どもはけっして開いて読んだりはしませんので、どうか太尉さまには方丈《ほうじょう》（住持の居所）でお茶をおあがりください。それからご相談いたしましょう」

そこで丹詔を三清殿に安置しておいて、大勢のお供の役人ともどもそろって方丈へ向かった。洪信が部屋の中央に腰を下ろしたところ、執事《しつじ》（事務担当の道士）らがお茶を捧げ、つづいてお斎《とき》を勧めた。山海の珍味がそろっている。お斎を食べおわると、洪信はまた真人にたずねた。

「天師が山の頂上の庵にいらっしゃるのなら、どうして使いをやり山を下りて来てもらい、丹詔を開いて読むよう、言わないのか？」

真人は答えて言った。

「太尉さま、当代の祖師さまは山の頂上にいらっしゃるとはいえ、その実、常ならぬ法術を備えておられます。すっきりと高邁《こうまい》にして自由自在、凡俗にうんざりされ、霧に乗り雲を呼ぶことがおできになるので、行方も定かではなく、山を下りて来られたことは一度もありません。貧道どももいつもはお会いできないのですから、使いをやり下りて来ていただくことなどできません」

　洪信は言った。

「ならばどうしたらお会いできるのか！　今、都では疫病が流行し、今上の天子さまは特に私《わたくし》を使者として遣《つか》わされ、みずからしたためられた丹詔を持たせ、龍香（御香）を奉じさせて、天師に三千六百分の羅天大醮をいとなみ、祈禱して天災を禳い清め、万民を救うよう、お願いして来いと、申しつけられたのだ。いったいどうしたらいいのか？」

　真人は答えて言った。

「朝廷の天子さまが万民を救いたいと思われるなら、太尉さまが真心をもって、斎戒沐浴《さいかいもくよく》され、衣服を改めて、従者を連れず、ご自分で詔を背負い、御香を焚きながら、歩いて山に登って礼拝し、叩頭《こうとう》して天師さまにお願いされるしかありません。そうしてはじめて対面が許可されるでしょう。もし真心がなければ、むだ足になり、お会いすることはできません」

　これを聞いた洪信はすぐに言った。

「わしは都からずっと精進食をしてここまで来たのだ。真心のないわけがない。そうであるからには、おまえの言うとおり、明日早朝、山に登ろう」

　その晩はそれぞれまずはひと休みした。

　翌日五更（午前三〜五時）ごろ、道士たちは起床すると、香湯とお斎《とき》を用意して、洪信に起きてもらい、香湯で沐浴させて、上から下まで新しい衣服に着替えさせ、足には麻で編んだ草鞋《わらじ》を履かせた。洪信はお斎をいただいてから、丹詔を取り寄せて、黄色の紗《さ》（薄絹）の袱紗《ふくさ》に包んで背負い、手には銀の香炉をさげて、うやうやしく御香を焚いた。あまたの道士らが裏山まで見送り、行く手を指し示すと、真人が重ねて申しあげた。

「太尉さまが万民を救いたいと思われるなら、ゆめゆめしり込みされてはなりません。ひたすら真心をもって登って行ってください」

洪信は一同と別れると、元始天尊《げんしてんそん》、元始天尊(4)と唱えながら、歩いて山を登って行った。山道の半分ほどまで来たとき、眺めやれば頂上はまっすぐ大空にそびえたっており、果たせるかな、すばらしい大山であった。これぞまさしく、

根は地角《ちかく》に盤《はん》し、頂《いただき》は天心に接す。遠く観《み》れば乱雲を磨断《まだん》せし痕《あと》、近く看《み》れば明月を平《へい》呑《どん》せし魄《あと》あり。高低等しからざる　之《こ》れを山と謂《い》い、石側《そばだ》ち道通ずる　之れを岫《しゅう》と謂い、孤嶺《これい》の崎嶇《きく》たる　之れを路《ろ》と謂い、上面の極めて平らかなる　之れを頂《ちょう》と謂い、頭《うえ》は円にして下は壮なる　之れを巒《らん》と謂い、虎を隠し豹を蔵する　之れを穴《けつ》と謂い、風を隠し雲を隠す　之れを岩《がん》と謂い、高人《こうじん》の隠居する　之れを洞《どう》と謂い、境《きょう》有り界《かい》有る　之れを府《ふ》と謂い、樵人《きこり》の出没する　之れを径《けい》と謂い、能《よ》く車馬を通ずる　之れを道《どう》と謂い、流水に声有る　之れを澗《かん》と謂い、古き渡しの源頭《みなかみ》　之れを渓《けい》と謂い、巌崖《がんがい》の滴水《てきすい》　之れを泉《せん》と謂う。左壁を掩《えん》と為し、右壁を映《えい》と為す。出《い》だすは是《こ》れ雲、納《い》るるは是れ霧。錐尖《すいせん》なるは小さき

が像《ごと》く、崎峻《きしゅん》なるは峭《きりた》てるが似《ごと》く、空に懸《か》かれるは険しきが似く、礲《ろう》を削れるは平らかなるが如《ごと》し。千峰《せんぽう》は秀《しゅう》を競い、万壑《ばんがく》は流れを争う。瀑布《ばくふ》は斜めに飛び、藤蘿《とうら》は倒《さか》しまに掛かる。虎嘯《うそぶ》く時に風は谷口に生じ、猿啼《な》く時に月は山腰《さんよう》に墜《お》つ。恰《あたか》も似たり　青黛《せいたい》の千塊《せんかい》の玉を染め成し、碧紗《へきさ》の万堆《ばんたい》の煙《もや》を籠《こ》め罩《こ》むるに。

威風堂々　地にどっしりと、はるかにそびえ　天にぴたりと。遠目に見れば　うねり漂う雲をスパッと断ち切った痕、近づいて見れば　光り輝く月をゴクリと呑み込んだ印。凹凸がある　それが山、切り立つ岩間に通り道　それが岫《しゅう》、ひときわ険しい　それが路、てっぺんまんまる　それが頂、頂きまるいが下は雄々しい　それが巒《らん》、虎豹の隠れ家　それが穴、風や雲すら隠してしまう　それが岩、高士の住まい　それが洞、境《さかい》や界《しきり》があれば　それが府、樵《きこり》が出入りする　それが径《けい》、車馬が行き交う　それが道、流れが響く　それが澗、古びた渡し場　それが渓《けい》、断崖の滴《したた》り　それが泉《せん》。左は覆われ、右は隠れる。湧き出るのは雲、取り込むのは霧。錐《きり》のように尖って　切っ先は小さく、鋭く切り立って　研ぎ澄まされた風情、空に懸かって　ゴツゴツと、礲《ろう》を削って　なめらかにしたかのよう。千の峰　姿を競い、万の谷　流れを争う。滝は斜めに水しぶき、蔓草《つるくさ》　上からしなだれ掛かる。虎が吠えれば　谷に風、猿が啼《な》くとき　月は山の端。千個の玉が青黛《あい》色に染まり、万重の煙《もや》が碧紗に閉じ込められたかのよう。

さて、洪信は一人でしばらく先へ進み、坂をめぐり道をまわり、ツタをつかみ藤にすがって、あてずっぽうにいくつかの山を越え、六里[5]余り進んだ。みるみるうちに、足が疲れてグニャグニャになり、動けなくなったとき、口には出さないものの、内心ためらう気が起こってきた。内心思うことには、「わしは朝廷の高官だ。都にいたときは、敷き布団を重ねて眠り、お皿を並べて食事をしても、それでもまだうんざりしていたのに、〔あろうことか〕草鞋《わらじ》を履いてこんな山道を歩く羽目になるなんて！　天師はいったいどこにいるのか。なんとわしをこんな苦しい目にあわせおって！」

また四、五十歩も行かないうちに、肩をすくませ、ぜいぜいと喘ぎはじめ、ふと見ると、山間《やまあい》から一陣の風が吹いてきた。風が吹き過ぎるや、松の木のうしろから、雷がとどろくように一声吼《ほ》えて、つりあがった眼、白い額、毛並みつややかな大虎が一頭、パッと跳びだして来た。洪信はびっくり仰天して、「ギャーッ！」と叫び、バタッと仰向けに倒れた。こっそりその大虎を見れば、

毛は一帯の黄金色を抜《ひら》き、爪は銀鉤《ぎんこう》十八隻《せき》を露《あら》わす。睛《まなこ》は閃電《いなずま》の如《ごと》く尾は鞭の如く、口は血の盆に似て牙は戟《ほこ》に似たり。腰を伸ばし臂《うで》を展《ひら》けば勢いは猙獰《そうどう》に、尾を擺《ふ》り頭を揺らせば声は霹靂《へきれき》なり。山中の狐兎は尽《ことごと》く潜《ひそ》み蔵《かく》れ、澗下《かんか》の獐麅《しょうほう》は皆《み》な跡《あと》を斂《おさ》む。

毛は堂々の黄金色、爪は十八　銀の鉤《かぎ》。眼は稲妻　尾はまるで鞭、口は血の盆　牙は
戟《ほこ》。腰を伸ばし臂《うで》を展《ひら》けば　気配は獰猛《どうもう》そのもの、尾を振って頭を揺らせば　うなり
声は雷さながら。山の狐や兎はすべて潜み隠れ、谷の獐《のろ》や　麕《なれしか》　は残らず姿を消す。

かの大虎は洪信を見て、左にまわり右にまわり、しばらく咆哮《ほうこう》すると、パッとうしろの坂の下へ跳びおりて行った。洪信は木の根もとに倒れ、仰天して三十六本の歯をガチガチ鳴らし、心臓は十五個のつるべが、てんでに鳴り響くようにドキドキし、全身は中風にかかって麻痺したよう、両足は闘いに敗れた雄鶏《おんどり》のようにグンニャリし、ひっきりなしに悲鳴をあげつづけた。大虎が立ち去ってしばらくしてから、やっと這い起きて、地べたの香炉を拾いあげ、龍香に火をつけると、何としても天師に会うべく、ふたたび山に登って行った。

　また四、五十歩行くと、何度もため息をついて、「皇帝はおんみずから日を限ってわしをここに遣わされ、こんな恐ろしい目にあわされるとは」と、怨み言をいった。その言葉がおわらないうちに、そこにまたヒューと風が吹き、ドッと毒気が吹き寄せてきた。洪信が目を凝らして見ると、山の辺の竹や藤のなかからガサガサという音がし、つるべほどの太さの真っ白な蛇がヌッと出て来た。これを見た洪信はまたまたびっくり仰天し、手に持った香炉を投げ捨てて、ワッと一声、「今度こそ死ぬぞ！」と叫ぶと、仰向けになって盤砣石《ばんだせき》(6)の側に倒れた。薄目を開けてその蛇を見たとき、これぞ、

首《こうべ》を昂《あ》ぐれば驚颷《きょうひょう》起こり、目を掣《せい》すれば電光生ず。動蕩《どうとう》すれば則《すなわ》ち峡《たに》を拆《さ》き岡を倒し、呼吸すれば則ち雲を吹き霧を吐く。鱗甲は乱れ分かつ千片の玉、尾梢《びしょう》は斜めに捲《ま》く一堆《いったい》の銀。

首をあげれば　つむじ風、目を見開けば　稲妻。体を揺らせば　谷は裂け岡は崩れ、息するたびに　雲を吹き霧を吐く。鱗甲《よろい》〔のようなうろこ〕は　千々に乱れる玉さながら、尻尾の先は　斜めに巻かれた銀のかたまり。

その大蛇はスルスルと盤砣石の側まで這い寄り、洪信のほうを向いてとぐろを巻くと、両眼から金光をほとばしらせ、大きな口を開いて、舌を出し、洪信の顔にその毒気を吹きつけた。仰天した洪信は三つの魂《こん》はゆらゆら、七つの魄《はく》はフワフワ、すっかり肝をつぶしてしまった。その蛇は洪信をしばらく眺めると、山の麓へ向かってスルスルとすべり下り、たちまち姿が見えなくなった。

洪信はやっと這い起き、「ありがたや！　肝がつぶれたわい！」と言いながら、わが身を見ると、ワンタンほどの鳥肌が立っていた。口のなかで、かの道士を「憎たらしい無礼者め、わしをコケにして、こんなにおどかしおって。もし頂上で天師に会えなかったら、山を下りてからただではおかんぞ」と罵り、また銀の香炉を手に持って、身に着けた詔勅と衣服や頭巾をととのえ、また山を登って行こうとした。

歩きだそうとしたそのとき、松の木のうしろからかすかに笛の音色が響き、だんだん近づいてきた。洪信がじっと目を凝らすと、一人の道童が、あか牛に横乗りし、横ざまに鉄笛を吹きながら、山の窪地をめぐってあらわれる姿が目に入った。洪信がその道童を見れば、

頭に両枚の丫髻《あけい》を綰《むす》び、身に一領の青衣を穿《つ》く。腰間の縧《おび》は草を結び来たりて編み、脚下の芒鞋《ぼうあい》は麻もて間隔《かんかく》す。明眸皓歯《めいぼうこうし》、飄飄《ひようひよう》として並びに塵埃《じんあい》に染まらず。緑鬢朱顔《りよくびんしゆがん》、耿耿《こうこう》として全然《まつたく》俗態無し。

頭に二つのあげまきを結び、身には青地の着物をまとう。腰帯は草で編み、履物は麻でつぎはぎ。きれいな瞳　真っ白な歯、飄々として　塵一つにすら染まっていない。緑の黒髪　つやつやした顔、耿耿《キラキラ》として　俗っぽさなどまったくない。

昔、呂洞賓《りよどうひん》に「牧童《ぼくどう》」の詩(7)があり、うまく歌っている。

草鋪横野六七里　草　横野に鋪《し》く　六七里
笛弄晩風三四声　笛　晩風に弄《ふ》く　三四声
帰来飽飯黄昏後　帰り来たりて飯に飽く　黄昏の後
不脱簑衣臥月明　簑衣《さい》を脱がずして　月明に臥《が》す

緑の絨毯《じゅうたん》　はるかにつづき、夜風にヒャラリと　笛の音《ね》のせる。家に帰ってたっぷり食べれば　とっぷり暮れて、簑《みの》を着たまま　月におやすみ。

見れば、その道童はニコニコ笑いながらあか牛に乗り、横ざまに鉄笛を吹きながら、山を越えて来た。洪信は見ると、さっそくその道童に呼びかけた。

「おまえはどこから来たのか？　わしがわかるか？」

道童は目もくれず、ひたすら笛を吹いている。洪信がつづけさまに問いかけると、道童はアハハと笑いながら、鉄笛で洪信を指して言った。

「おまえがここに来たのは、天師さまに会うためではないのか？」

洪信は仰天して言った。

「おまえは牧童のくせに、どうして知っているのか？」

道童は笑って言った。

「私が朝早く草庵で天師さまのお世話をしていると、天師さまが、『朝廷では、今上《きんじょう》の仁宗天子さまが、洪太尉を遣わされて、丹詔と御香を奉じて、山中へ向かわせ、私に東京《とうけい》に出て、三千六百分の羅天大醮をいとなみ、天下の疫病を禳い清めるよう命ぜられた。私はこれから鶴に乗り雲に乗って出発する』と、おっしゃった。今ごろもう出かけられて、庵にはおいでにならないだろう。もう山に登るのはやめなさい。山中には、害を加える虎や猛獣が多

張天師　祈りて瘟疫を禳い

いから、命を落とす恐れがあるぞ」

洪信はまた言った。

「デタラメを言うな！」

道童は声をあげて笑うと、もう答えず、また鉄笛を吹きながら、坂をめぐり越えて行ってしまった。洪信が思案するには、「こんな子供がどうして何もかも知っているのだろう。きっと天師が申しつけたのだろう。そうにきまっている。もっと登って行きたいけれど、さっき仰天し慌てふためいて、あやうく命を落とすところだったことを思うと、山を下りるに越したことはない」。

洪信は香炉を手にさげ、もと来た道をたどって、下まで走りおりた。道士一同が出迎え、方丈に案内して座らせると、真人はさっそく洪信にたずねた。

「天師さまとお会いになれましたか？」

洪信は言った。

「わしは朝廷の高官であるのに、どうして山道を歩かせ、あんなひどい目にあわせたのか。あやうく命を落とすところだったぞ！　まず中腹まで登ると、つりあがった眼に白い額の大虎が跳びだして来たので、わしは仰天して肝をつぶしてしまった。さらに山の端を曲がりきらないうちに、竹や藤のなかから白蛇がスルスルとあらわれ、とぐろを巻いてうずくまり、行く手を塞いでしまった。わしの福運が大きくなかったなら、命長らえて都に帰れないところだった。何もかもおまえたち道士がわしをコケにしたせいだ」

真人は答えて言った。

「貧道《わたくし》どもがどうして大臣さまをバカにしたりしましょうか？　これは祖師さまが太尉さまのお心を試されたのです。この山に蛇や虎はおりますが、けっして人を傷つけません」

洪信はまた言った。

「わしが動けなくなり、やっとまた坂を登ろうとしたとき、ふと見ると、松の木の側から道童があらわれ、あか牛に乗って鉄笛を吹きながら、ちょうど山を越えて来るところだった。さっそく、『どこから来たのか？　わしがわかるか？』とたずねると、その子は、『とっくに何もかも知ってるよ』と言い、天師さまがおっしゃるには、朝早く鶴に乗り雲に乗って、東京へ行かれたとのこと。それでわしはもどって来たのだ」

真人は言った。

「太尉さまは残念ながらせっかくの機会を逃されました。その牧童こそ天師さまにほかなりません」

洪信は言った。

「あの子が天師さまなら、どうしてあんなにむさくるしいのか？」

真人は言った。

「当代の天師さまは尋常一様の方ではありません。お若いけれども、その実、法術は並はずれでおられます。法外のお方で、いたるところに霊験をあらわされ、きわめて霊験あらたかなので、世間の者はみな道通祖師《どうつうそし》とお呼びしています」

洪信は言った。

「わしは目があるのに真師を見分けられず、目の当《ま》たりにしながら、機会を逃してしまったのだな」

真人は言った。

「太尉さま、どうかご安心ください。祖師さまがご託宣により、行くとおっしゃった以上、太尉さまが都にお帰りになったころには、祖師さまはこのたびの祈禱をおえておられます」

洪信はそう言われて、やっと安心した。真人は洪信をもてなすべく宴席の支度をする一方、丹詔を預かり文箱に収めて上清宮に安置し、龍香のほうはさっそく三清殿で焚いた。その日は方丈に盛大にお斎《とき》を並べ、宴会を開いて酒を飲み、夜になってお開きになると、明け方まで休んだ。


翌日、朝ご飯の後、真人と道士たちが提点《ていてん》（財物管理担当の道士）や執事らとともに、洪信を山見物に誘うと、洪信は大喜びした。大勢の者がお供をし、ぞろぞろあとについて、徒歩で方丈から出発し、前方では二人の道童が道案内をし、社殿のまわりをめぐり、あまたの絶景を楽しんだ。三清殿は言いあらわせないほどりっぱであり、左の廊下を行くと九天殿《きゅうてんでん》、紫微殿《しびでん》、北極殿《ほっきょくでん》、右の廊下を行くと、太乙殿《たいいつでん》、三官殿《さんかんでん》、駆邪殿《くじゃでん》がある。

諸殿をあまねく見物し、右の廊下のうしろのとある場所に行きついたので、洪信が目をやると、別に社殿があった。まわりは胡椒《こしょう》を塗りこめた赤土の塀でぐるりと囲まれ、正面には両開きになった朱塗りの格子扉がある。入口には頑丈な錠がかけられ、扉の合わせ目には十数枚のお札《ふだ》が貼りつけられ、お札にはまた幾重にもペタペタと朱印が押してある。軒さきには朱色の漆に金文字の扁額《へんがく》がかかげられ、上には四つの金文字で、「伏魔之殿《ふくまのでん》」と書かれている。

洪信は門を指さして言った。

「この社殿はどういうところか?」

真人は答えて言った。

「これぞ前代の老祖《ろうそ》天師さまが魔王を閉じ込められたところです」

「どうして上にペタペタと、たくさんお札が貼ってあるのか?」と洪信。

「開祖である大唐の洞玄国師《どうげんこくし》さまが魔王をここに封じ込められてから、代々の天師さまが一枚ずつ手ずからお札を貼り足し、子々孫々、みだりに開かせないようにしておられるのです。魔王を逃がしたら、たいへんなことになります。今まで八、九代の祖師さまがけっして開けようとはしておられません。鍵穴には溶かした銅汁が注ぎ込まれておりますので、誰も内部の事は知りません。私は本宮の住持になってから、三十年余りになりますが、ただ話に聞いているだけです」と真人。

洪信は聞いて、内心、驚き怪しんで、「ひとつ魔王を見てやろう」と思い、真人に向かって言った。

「門を開けてみよ。魔王がいったいどんなものなのか、見てみよう」

「太尉さま、この社殿はどうあっても開けられません！　今後、誰も勝手に開けることは許さぬと、先祖の天師さまがくれぐれも申しつけられたのです」と真人。

　洪信は笑いながら言った。

「バカなことを！　おまえたちは怪しげな話をデッチ上げて、人々を惑わし、わざとこんな場所を作って、魔王を封じ込めたなどとウソをつき、おまえたちの法術をひけらかそうとしているのだろう。わしは山ほど歴史書を読んだが、魔王を封じ込める方法など読んだことがない！　鬼神の道は、幽冥を隔てたところにあるものだ。魔王がこのなかにいるとは、信じられない。サッサと開けろ、魔王がどんなものか、見てやるから！」

　真人は何度も、「この社殿は開けられません。恐ろしいことが起こり、人に害を及ぼします」とくりかえした。

　洪信はカンカンに腹を立て、道士たちを指さしながら言った。

「おまえたちが開けて見せないのなら、朝廷にもどってから、まず、おまえたち道士が詔を宣布するのを邪魔だてして、聖旨に背き、わしを天師に会わせなかったと上奏するぞ。そのうえで、おまえたちが勝手にこの社殿を造り、魔王を封じ込めたとウソをついて、軍民を惑わしていると上奏し、おまえたち全員の度牒《どちょう》（出家の免許状）を取りあげ、罪人の刺青《いれずみ》を施して遠方の地に流し、ひどい目にあわせるぞ」

　真人たち一同は洪信の権勢を恐れはばかり、しかたなく何人かの火工道人（雑役係）を呼

んで来ると、まずお札をはがしてから、鉄鎚で錠前を叩き開けた。一同が門を開き、なかを見たところ、真っ暗闇だった。見ると、

昏昏黙黙《こんこんもくもく》、杳杳冥冥《ようようめいめい》、数百年　太陽の光を見ず、億万載　明月《めいげつ》の影を瞻《み》難し。南北を分かたず、怎《いか》でか東西を弁ぜん。黒煙靄靄《こくえんあいあい》として人を撲《う》ちて寒く、冷気陰陰として体を侵して顫《ふる》わす。人跡　到らざるの処、妖精　往来の郷。双目を閃開《せんかい》するも　盲《めし》いるが如《ごと》き有り、両手を伸出するも　掌《てのひら》を見ず。常に三十《みそか》の夜の如く、却《かえ》って五更の時に似たり。

真っ暗　真っ暗、闇　闇　闇、数百年　お天道さまとご縁なく、億万歳　お月さまなど見たことない。南も北もわからない、東も西も見当つかぬ。黒い煙《もや》が立ちこめて人はブルブル、冷気が怪しく肌を刺し　体はゾクゾク。人の立ち入らぬ所、妖精《ばけもの》が行き来する世界。両目をカッと開いても　物見る力は失われ、両手をいくら広げても掌《てのひら》は見えぬまま。いつも三十《みそか》の暗い夜、なんと五更《よあけ》の闇の中。

一同いっせいに社殿のなかに入ったが、真っ暗で何も見えない。洪信は従者に十数本の松明《たいまつ》をともさせ、持って来させてグルッと照らして見たところ、あたりにはほかの物とてなく、ただ中央に一つ石碑があるだけだった。高さは五、六尺（一尺は約三〇センチメートル）ほど、下には亀の台石があったが、大部分は泥のなかに落ち込んでいる。その碑の石文

を照らしてみると、前面はすべて龍章《りゅうしょう》・鳳篆《ほうてん》の天書符籙《てんしょふろく》（古代文字で書かれたご託宣）であり、誰も読めない。碑の背面を照らしたところ、なんと四個の楷書体の字が大きく書かれており、「遇洪而開（洪に遇《あ》いて開く）」と彫ってある。なんとこれは、一つには天罡星《てんこうせい》(8)がまさに世に出るべきこと、二つには宋王朝に必ずや忠義な者があらわれること、三つにはうまい具合に洪信とめぐりあったことを示しており、天の定めた運命ではないか。洪信はこの四文字を見ると大喜びして、真人に言った。

「おまえたちはわしをとめだてしたが、どうして数百年も前から、すでにわしの姓がここに記されているのか？　『遇洪而開』とは、明らかにわしに開けて見よということだ。何の差しさわりもない！　思うに、魔王はみな石碑の下にいるにきまっている。従者ども、何人か工事の者を呼んで来て、鉄の鋤《すき》と鍬《くわ》で掘り起こさせろ」

　真人は慌てて諫めた。

「太尉さま、掘って動かされてはなりません。恐ろしいことが起こり、人に危害が加えられます。ただではすみませんぞ」

　洪信は激怒して怒鳴りつけた。

「おまえたち道士どもに何がわかるか！　石碑には、はっきりとわしに会えば開けさせよと彫ってあるのに、どうしてとめだてするのか！　サッサと人を呼んで来て開けさせよ」

　真人はまた何度も言った。

「おそらく好くないことが起こるでしょう」

洪信が聞く耳をもたないので、やむなく人を集め、まず石碑を倒してから、いっせいに力を合わせてかの石亀を掘り、しばらくしてやっと掘り起こすことができた。さらに掘り下げてゆき、ほぼ三、四尺の深さになると、一丈（一丈は約三メートル）四方もある大きな黒い石板があらわれた。洪信が「もっと掘れ！」と言いつけ、真人はまた必死になって「掘り動かしてはなりません」と言った。

洪信が聞く耳をもたないので、一同がやむなく石板をいっせいに担ぎあげたところ、石板の下はなんと深さ一万丈ほどの洞穴だった。そのとき、洞穴のなかからガラガラという響きがしたが、その響きときたら、只事ならぬものすごさであった。さながら、

天摧《くだ》け地塌《お》ち、岳撼《うご》き山崩る。銭塘江上《せんとうこうじょう》、潮頭《ちょうとう》の浪は海門を擁出《ようしゅつ》し来たり、泰華山頭《たいかさんとう》、巨《きょ》霊神《れいしん》は山峰を一劈《いっぺき》し砕く。共工《きょうこう》は奮怒《ふんど》し、盔《かぶと》を去って不周山《ふしゅうざん》を撞《つ》き倒し、力士は威を施《ふる》い、鎚《つち》を飛ばして始皇《しこう》の 輦《みくるま》 を撃ち砕く。一風撼《ゆる》がし折る千竿《せんかん》の竹、十万の軍中に半夜の雷。

天は砕ける　地は沈む、山は揺らめき崩れ去る。銭塘江のほとりでは、大波が海門をせりあげ、泰山や華山の頂《いただき》は、巨霊神（山を裂く河神）の一撃で木っ端微塵。共工《きょうこう》（神話の人物。帝位を争って不周山にぶつかり、天の柱を折ったとされる）は激しく怒り、盔《かぶと》をぬいで不周山を頭突きで倒し、力士はここぞとばかりに、鉄鎚を飛ばして

始皇帝の御車を粉々に。風が吹きぬけて　千本の竹はザワザワ、十万の軍隊に夜半の雷。

その響きが鳴りわたったとき、見ると、ひと筋の黒煙が洞穴のなかから湧き起こって、社殿の角半分を吹き飛ばした。その黒煙はまっすぐ中空まで吹きあがり、空中で幾十幾百の金色の光となって散り、四方八方へと消えていった。一同はびっくり仰天し、ワッと叫ぶや、こぞって逃げだした。鋤やら鍬やらを放りだして、ドッと社殿のなかから走りだし、押し倒されひっくり返った者は数えきれないほど。驚いた洪信は目を見開き呆然として、手の舞い足の踏むところを知らず、土気色の顔をして、廊下まで逃げて行ったところ、見れば、真人がしきりに「しまった！」と叫びながらやって来た。

洪信は言った。

「逃げ去ったのはいかなる妖魔か？」

かの真人がほんの数言口にし、短い話をして、ことの次第を語りだしたために、ある日より、皇帝は、夜は安眠できず、昼は食事を食べ忘れ、ひたすら宛子城《えんしじょう》（梁山泊《りょうざんぱく》を指す）のうちに猛虎を潜ませ、蓼児洼《りょうじわ》（ここでは同じく梁山泊を指す）に飛龍を集めることと、あいなった次第。

はてさて、龍虎山の真人はどんな言葉を口にしたのでありましょうか。まずは次回の分解《ときあかし》をお聞きください。

洪太尉　誤りて妖魔を走がす

注

（1）王維《おうい》「賈舎人《かしゃじん》の『早《つと》に大明宮《だいめいきゅう》に朝《ちょう》す』の作に和《わ》す」。
（2）五更は午前三〜五時。一点は二時間の約五分の一、すなわち二十四分。したがって三点は、七十二分。
（3）三清すなわち玉清元始天尊、上清霊宝道君、太清太上老君を祭る社殿。
（4）道教の神の名を唱える。仏教の南無阿弥陀仏にあたる。
（5）原文は「三二里」。一里は約五五三メートル。
（6）平面がデコボコと渦巻状になった岩。
（7）『全唐詩』巻八五八「牧童」。ただし、作者名は呂洞賓とされていない。
（8）梁山泊《りょうざんぱく》の豪傑百八人は、ランクの高い天罡星三十六人とこれにつぐ地《ち》煞星《さっせい》七十二人から成る。

第二回

王教頭《おうきょうとう》　私《ひそ》かに延安府《えんあんふ》に走《はし》り
九紋龍《くもんりゅう》　大《おお》いに史家村《しかそん》を鬧《さわ》がす

詩に曰《いわ》く、

千古幽扃一旦開
天罡地煞出泉台
自来無事多生事
本為禳災却惹災
社稷従今雲擾擾
兵戈到処鬧垓垓
高俅奸佞雖堪恨
洪信従今醸禍胎

千古の幽扃《ゆうけい》　一旦《いったん》にして開き
天罡《てんこう》・地煞《ちさつ》　泉台《よみじ》より出づ
自来　事無きに　多く事を生じ
本《もと》は災いを禳《はら》わんが為《ため》なるに　却《かえ》って災いを惹《まね》く
社稷《しゃしょく》　今従《よ》り　雲擾擾《じょうじょう》
兵戈《へいか》　到る処　鬧垓垓《どうがいがい》
高俅《こうきゅう》の奸佞《かんねい》　恨むに堪《た》えたりと雖《いえど》も
洪信《こうしん》　今従《よ》り　禍胎《かたい》を醸《かも》す

長らく閉ざされた闇の扉は　あっさり開かれ、天罡星《てんこうせい》と地煞星《ちさつせい》が　黄泉《よみ》の国から飛びだした。以来　何かと多事多難、厄払いが　なんと　禍《わざわい》のもと。国家はこれより風雲急を告げ、戦いは各地を混乱のるつぼに陥れる。高俅《こうきゆう》のよこしまぶりは　断じて許せぬものの、洪信《こうしん》こそ　今ここに　禍の種をまいたのだ。

さて、このとき住持《じゆうじ》（住職）の真人《しんじん》が洪信《こうしん》に言うことには、

「太尉《たいい》さまはご存じありませんが、この社殿のなかに、むかし開祖の天師、洞玄真人《どうげんしんじん》さまがお札《ふだ》を下しおかれ、申しつけられました。『この社殿のなかには、三十六の天罡星《てんこうせい》と七十二の地煞星《ちさつせい》、合わせて百八人の魔王が封じ込めてある。上に石碑を立て、龍章《りゆうしよう》・鳳篆《ほうてん》（いずれも古代文字）のご託宣を彫りつけ、ここに封じ込めたのだ。もしもまたやつらを放って世に出したならば、必ずや地上の生きとし生ける者を苦しめるであろう』と。今、太尉さまはやつらを逃がしてしまわれました。どうすればいいのでしょうか？　いつの日か、きっと禍《わざわい》をもたらすに相違ありません！」

洪信はこれを聞くと、全身からドッと冷や汗が出て、震えが止まらず、慌てて荷物をかたづけて、従者を引きつれ、山を下りて都へ向かうことにした。真人と道士たちが洪信を見送った後、宮にもどって、社殿をきちんと修復し、石碑を立てたことは、さておく。

さて、洪信は道中、従者たちに、妖魔を逃がした一幕を他人に漏らしてはならぬ、天子のお耳に入れれば、お咎めを受ける恐れがあると、申しつけた。道中、事もなく、夜を日についで都にもどり、汴梁《べんりよう》（開封《かいほう》）城内に入ったところ、人々の話によれば、「天師さまが東京《とうけい》（開封）の宮廷で、七日七晩、祭祀を行われて、いたるところにお札をほどこし、祈禱して

疫病を禳《はら》い清められたため、疫病はすっかり退散し、軍民は安泰になった。天師さまは退朝され、鶴に乗り雲に乗って、龍虎山《りゅうこざん》にお帰りになった」とのこと。
洪信は翌日早朝、天子にお目どおりし、「天師さまは鶴に乗り雲に乗って、先に都に向かわれましたが、私どもは旅程をたどって、ようやくこちらに到着いたしました」と、上奏した。仁宗《じんそう》天子は上奏を聞いて、洪信に褒美を与えられ、元の官職に復帰させられたことは、さておく。

その後、仁宗天子は在位四十二年でお隠れになったが、太子がおいでにならなかったので、濮《ぼく》国安懿《あんい》王允譲《いんじょう》の御子《みこ》で、太祖《たいそ》皇帝の御孫（じっさいには太宗の曾孫）に帝位を伝えられた。帝号は英宗《えいそう》（一〇六三〜一〇六七在位）とお呼びする方である。英宗さまは在位四年で、帝位を太子の神宗《しんそう》さま（一〇六七〜一〇八五在位）に伝えられ、神宗さまは在位十八年で、帝位を太子の哲宗《てっそう》さま（一〇八五〜一一〇〇在位）に伝えられ、この方が即位された。このとき、天下はなべて太平であり、四方に問題はなかった。

さて、東京開封府《とうけいかいほう》の汴梁宣武軍《べんりょうせんぶぐん》に、一人の遊び人のごろつきがいた。姓は高《こう》、排行《はいこう》（兄弟の順番）は二番目で、若いときから家業に従事せず、ひたすら鎗術と棒術を好み、もっとも得意とするのは脚気毬《きゃくききゅう》（蹴鞠《けまり》）だった。このため、都の人は語呂《ごろ》がいいので、みな高二《こうじ》と呼ばず、高毬《こうきゅう》と呼びならわした。のちに出世すると、「毬」の毛《け》ヘンをとって人《にん》ベンにかえ、姓を高、名を俅《きゅう》と改めた。

この者は歌舞音曲、鎗術に棒術、相撲に曲芸、それに詩文もかなりうまかったが、仁義礼智、信行忠良となると、からっきしだめ、東京城の内外で太鼓持ちをするしか能がなかった。金物屋の王員外《おういんがい》（員外は財産家などにつける尊称）の息子の太鼓持ちをして金を使わせ、毎日、あちこち遊び歩いて、花柳の巷《ちまた》で享楽にふけったため、その父親に開封の役所に告発されてしまった。府尹《ふいん》（府の長官）は高俅に棒叩き四十を食らわせて、所払いとし、東京城内の住民に彼を泊めたり食べさせたりしてはならないと命じた。高俅はどうしようもなく、やむなく淮西《わいせい》の臨淮《りんわい》州に行って、賭場を開いている遊び人の柳大郎《りゅうたいろう》、本名柳世権《りゅうせいけん》のもとに身を寄せた。柳大郎は常日頃からいたって客好きで、遊び人の面倒をみ、天下四方の鼻つまみ者を招き集めていた。

高俅は柳大郎の家に身を寄せ、あっというまに三年が経過した。その後、哲宗天子が南郊に参拝されたおり、風が調和し雨も順調であるのに感じ入られて、広く恩徳を施され天下に大赦を行われた。臨淮州にいた高俅は、無罪放免になったため、故郷が懐かしくなり東京へ帰ろうとした。柳世権はなんと東京城内の金梁橋《きんりょうきょう》のたもとで生薬屋を営む董将士《とうしょうし》（将士は財産家につける尊称）と親類だったので、手紙を一通書いてやったうえ、少しばかりの土産物や旅費を準備して高俅に持たせ、東京に帰った後、董将士の家に身を寄せて暮らせるようにしてやった。

さっそく高俅は柳大郎に別れを告げて、荷物を背に臨淮州を離れ、テクテク歩いて東京に帰り着くと、まっすぐ金梁橋のたもとの董の生薬屋にやって来て、くだんの手紙をわたした。董将士は高俅に会い、柳世権からの手紙を読むと、腹のなかで思った。

「この高俅をどうして家に置いておけようか？　誠実で真面目な者なら、家に出入りさせ、子供たちに学ばせることもできよう。だが、こいつは遊び人のごろつきで、素行がわるく、しかも昔、罪を犯して開封の役所から所払いになったやつだ。もしも家に住まわせたら、反対に子供たちがよくないことを覚えるだろう。かといってやつの世話をしないでおいたら、柳大郎の面子《メンツ》をつぶすことになる」

　そこでしかたなく、しばらく大歓迎するふりをして、家に泊まらせ、毎日、酒食の歓待をした。こうして十数日留めると、董将士は一つ名案を思いつき、一揃いの衣服を取りだし、一通の手紙をしたためると、高俅に言った。

「てまえどもの家は蛍の光のようなもので、とても人さまを明るく照らすことなどできません。おそらく今後あなたの身を誤らせることになるでしょう。てまえはあなたを小蘇学士《しょうそがくし》（蘇轍《そてつ》〔一〇三九～一一一二〕のこと。北宋の大文人蘇軾《そしょく》（蘇東坡《とうば》）の弟）のところに推薦します。そうすれば、のちのち出世もできるでしょう。いかがでしょうか？」

　高俅は大喜びして、董将士に礼を言った。董将士は人に手紙を持たせ、高俅を連れて、さっそく学士の屋敷に行かせた。門番が小蘇学士に知らせたところ、学士は出て来て高俅と対面し、手紙を読みおわって、高俅がもともと太鼓持ちで遊び人だと知ると、内心で考えた。

「わしのところにどうしてやつを置いておけようか！　恩を売って、やつを駙馬《ふば》（駙馬都《ふばと》尉《い》。皇帝の娘婿が任命されるケースが多い）の王晋卿《おうしんけい》さまの屋敷に行かせ、側近にするよう推薦したほうがいい。人はみな彼を小王都太尉と呼んでおり、こんなやつがお好きなのだから」

さっそく董将士の手紙に返事を書くと、高俅を一晩、邸内に泊まらせた。翌日、一通の手紙を書き、使用人に命じて高俅をかの小王都太尉のもとに連れて行かせた。

この太尉こそ哲宗皇帝の妹婿であり、神宗皇帝の駙馬（娘婿）どのである。やくざな風流人を好み、そんな人物を取り立てていたので、小蘇学士が使用人に手紙を持たせ、高俅を送りとどけると言って来たのをごらんになり、お目どおりさせたところ、たちまち〔気に入って〕喜び、さっそく返事をしたためて、高俅を邸内に留めおき、側近としたのだった。これ以後、高俅は運が開けて王都尉の邸内に出入りすること、家人同然だった。

昔から、「日々に遠ければ日々に疏《うと》く、日々に親しければ日々に近し」というが、ある日、小王都太尉は誕生日のお祝いに、祝宴の準備をするよう家臣に申しつけられ、小舅《しょうきゅう》（義弟。妻の弟）の端《たん》王をお招きすることになった。この端王は、まさしく神宗皇帝の十一番目の御子《みこ》、哲宗皇帝の弟君にして、太子であり、排行《はいこう》によって九大王《きゅうだいおう》と呼ばれ、聡明で粋なお方であった。遊び人のやりかた、太鼓持ちのことなど、何もかもご存じで、何もかも心得ておられ、お好きでないものはない。さらにまた、琴棋書画《きんきしょが》、儒教や仏教に道教、通暁されないものはなく、蹴鞠《けまり》に弾《はじ》き弓、笛を吹くことや琴をひくことなど、歌舞音曲はいわずもがなだった。その日、王都尉の邸内では、祝宴の準備をし、山海の珍味がずらりと並べられた。見れば、香は宝鼎《ほうてい》に焚《た》かれ、花は金瓶《きんぺい》に挿さる。仙音院《せんおんいん》は競って新声を奏し、教坊司《きょうぼうし》は頻《しき》りに妙芸を逞《たくま》しくす。水晶の壺の内は、尽《ことごと》く都《すべ》て是《こ》れ紫府《しふ》の瓊漿《けいしょう》。琥珀《こはく》の杯の中《うち》は、瑶池《ようち》の玉液《ぎょくえき》を満泛《まんぺん》し着《ちゃく》す。玳瑁《たいまい》の盤《さら》に仙桃・異果を堆《つ》み、玻璃《はり》の碗に熊掌《ゆうしょう》・駝蹄《だてい》を供《そな》う。鱗鱗《りんりん》として膾《なます》は銀糸に切り、細細として茶は玉蕊《ぎょくずい》を烹《に》る。紅裙《こうくん》の舞女は、尽《ことごと》く象板《ぞうはん》・鸞簫《らんしょう》に随着《ずいちゃく》し、翠袖《すいしゅう》の歌姫は、簇《むら》がって龍笙《りゅうしょう》・鳳管《ほうかん》を捧定《ほうてい》す。両行《りょうこう》の珠翠《しゅすい》は階前に立ち、一派の笙《しょう》歌《か》は座上に臨む。

立派な鼎《かなえ》にお香を焚いて、豪華な瓶《かめ》にお花を活ける。仙音院（宮廷の音楽機関）では新曲次々、教坊司（音楽や官妓の管理を行う部署）では　妙技の連続。水晶の壺には、天上の瓊漿《エキス》。琥珀の杯には、仙界の玉液《スペシャル》。玳瑁《たいまい》のお皿には　仙《とこよ》の桃　異《ふしぎ》の果《くだもの》、玻璃のお碗には　熊の掌《てのひら》　駝《らくだ》の蹄。刺身はキラキラ　銀の糸、茶葉はほっそり　上《じょう》喜撰《きせん》。紅い裙《スカート》の踊り子は、象板《カスタネット》や鸞簫《ハモニカ》の側、緑の袖の歌姫は、龍笙《クラリネット》や鳳管《フルート》を手に。両行《ふたならび》の珠翠《きれいどころ》は階《きざはし》の前に立ち、一派《ひとくさり》の笙歌《メロディ》が宴席に響く。

さて、かの端王が王都尉の屋敷においでになり、宴席へ赴かれると、都尉は席の準備をし、端王を正座《せいざ》に案内してお座りいただき、自分は向かい側の席でお相伴をした。酒が数杯勧められ、二の膳が出たところで、端王はお手洗いに立たれ、たまたま書院のなかでしばらく休息された。ふと見ると、書机の上に羊脂玉《ようしぎょく》（半透明の玉）で作った獅子の文鎮一対があり、とてもうまく細工され、精巧で玲瓏《れいろう》と輝いている。端王はその獅子を手に取り、手から離さずしばらく眺めて、「すばらしい！」と言われた。王都尉は端王の気に入られたようすを見ると、さっそく言うことには、「玉龍の筆かけもございます。これも同じ職人が作ったものですが、あいにくしまってありますので、明日出して来て、いっしょにおとどけいたしましょう」。

端王は大喜びして言った。

「ご厚意感謝します。その筆かけもきっといっそう絶品でしょうな」

「明日、出して来て、宮殿におとどけし、さっそくお目にかけます」と王都尉。

端王はまたお礼を言い、二人はもとどおり席に着いて、夕暮れまで飲み、すっかり酔っぱらってようやく散会となった。端王は別れを告げ、宮殿へ帰って行かれた。

翌日、小王都太尉は玉龍の筆かけを取りだして、玉獅子の文鎮一対といっしょに、金の小箱に入れ、黄色の紗《さ》（薄絹）の袱紗《ふくさ》で包むと、手紙をしたため、高俅にとどけさせた。高俅は王都尉の言いつけをうけたまわるや、二様の玉細工を持ち、懐に手紙をしまいこんで、ただちに端王の宮殿へと向かった。

門番が執事《しつじ》(1)に取りつぐと、まもなく執事が出て来てたずねた。

「どちらのお屋敷からおいでかな？」

高俅はお辞儀をして言った。

「てまえは王駙馬さまのお屋敷の者でございます。特に玉の細工物を大王さまにおとどけにまいりました」

「殿下は庭のなかで若い側近と蹴鞠をしておられます。あなたは自分で行ってください」と執事。

高俅が「お手数ですが、案内してください」と言うと、執事は庭先まで連れて行ってくれた。高俅が目をやったとき、端王は頭に軟らかい紗の唐巾をのせ、龍の刺繍をした紫色の上衣を身に着け、腰に二つの糸を縒《よ》り合わせた房のある帯をしめて、龍の刺繍をした上衣をまくりあげ、腰帯にたくしこんでおられた。足には金糸で縫《ぬい》取《と》りをした飛《ひ》鳳《ほう》靴《か》（蹴鞠用の靴）を履いておられ、四、五人の若い側近がお相手をして蹴鞠をしておられるところだった。

高俅は邪魔をしようとせず、従者のうしろに立って控えていた。これも高俅のちょうど出世すべきめぐりあわせ、時の運が到来したのか、かの毬がパッと上がると、端王は受けとめられず、毬は人のいるほうへと向かい、高俅の側まで転がって来た。高俅は毬が転がって来たのを目にすると、これまた即座に度胸をきめて、鴛《えん》鴦《おう》拐《かい》（蹴鞠の蹴り方の一つ）の技《わざ》を使い、端王に蹴りかえした。端王はこれを見て大喜びしながら、おたずねになった。

「おまえは何者だ?」

高俅は進み出て跪《ひざまず》き申しあげた。

「てまえは王都尉さまの側近です。主人のお使いで、大王さまに献上する二種の細工物をおとどけにまいりました。手紙もここにありますので、どうぞごらんください」

端王は聞くと、笑いながら言った。

「義兄上《あに》はそんなにお心にかけてくださっていたのか」

高俅は手紙を取りだして献呈した。端王は小箱を開けて細工物をごらんになると、すべて側仕えの役人にわたして収めさせられた。端王は玉細工の始末にはかまわず、まず高俅におたずねになった。

「おまえはなんとまあ蹴鞠がうまいことよ！　何という名前か？」

高俅はまた両手を組合わせて跪《ひざまず》き、お辞儀をしながら答えて言った。

「てまえは高俅と申しますが、デタラメにいささか蹴ることができます」

「けっこうだ。すぐここに来て蹴ってみなさい」と端王。

「数ならぬてまえが、殿下のお相手をして蹴鞠などできません」と、高俅は拝礼して言った。

「こちらは『斉雲社《せいうんしゃ》（斉雲という蹴鞠クラブ）』であり、名は『天下円《てんかえん》』という。ただ蹴鞠をするだけなのだから、大事ない！」と端王。

「とてもできません！」と、高俅はまた拝礼して言った。

何度も辞退したが、端王がどうしても蹴るよう求められるので、高俅はやむなく叩頭《こうとう》して非礼を詫び、前掛けをはずしてその場に出た。わずか数回蹴っただけで、端王が拍手喝采されるので、高俅はやむなくふだんの技《わざ》をすべて出して、端王にお見せした。その身のこなしといったら、毬が膠《にかわ》で身体にくっついているようだった。端王は大喜びして、高俅を都尉の屋敷に帰そうとせず、宮殿内に留めて一夜を過ごさせた。あくる日、〔端王は〕宴会を催して、王都尉を宮殿に招き宴会に出席するよう要請された。

　さて、王都尉はその日、夜になっても高俅が帰って来ないので、いぶかしく思っていたところ、翌日、門番が「九大王さまがお使いの者をよこされ、太尉さまに宮殿の宴会においでいただきたいとのことです」と知らせてきた。王都尉は出て来てその使者に会い、手紙を読むと、ただちに馬に乗り、九大王の宮殿の前に到着したところで、馬を下り宮殿に入って、端王にお目どおりした。端王は大いに喜び、二種の玉細工の礼を言われた。席に着き飲んだり食べたりするうち、端王は言われた。

「あの高俅という者は蹴鞠がとても上手なので、孤《わたくし》（王侯の自称）はこの者を側近にしたいのですが、いかがでしょうか？」

　王都尉は答えて言った。

「殿下がこの者をお使いになられるのなら、このまま宮殿に留めおき殿下にお仕えさせましょう」

　端王はたいへん喜ばれ、杯を手ずからわたして感謝された。二人はまたしばらくよもやま話をし、夜になって宴がお開きになると、王都尉が駙馬の屋敷に帰って行ったことは、さておく。

　さて、端王は高俅を側近にもらいうけてから、そのまま宮殿に留めおいて泊まらせ、食事をさせられた。高俅はこうして端王とめぐりあってから、毎日つき従い、寸歩も離れなかった。さて、高俅が宮殿内にいるようになってから、二か月もたたないうちに、哲宗皇帝が崩御され、太子もおいでにならなかったため、文武の官僚が協議して、端王を天子に立てることになり、帝号を徽宗《きそう》（一一〇〇～一一二五在位）とすることになった。これぞ玉清教主徽《き》妙道君《みょうどうくん》皇帝である。

即位された後、ずっと何事もなかったが、ある日、高俅に言われた。

「朕《ちん》（皇帝の自称）はおまえを抜擢したいと思うが、ただ辺境で手柄を立てないと、昇進はできないだろう。そこでまず枢密院《すうみついん》（参謀本部）におまえの名を登録させよう。これは、まさしく天子の意のままに任用できる人員になるということだ」

その後、半年もたたないうちに、高俅は殿帥府《でんすいふ》太尉《たいい》（近衛部隊の大将）に抜擢された。

さて、高俅は殿帥府太尉になると、吉日良辰を選んで、殿帥府に赴き着任した。殿帥府に属するありとあらゆる役人、衙将、都軍、禁軍、騎兵、歩兵らが、こぞって挨拶に来て、名刺を捧げて、姓名を報告した。高俅が一人一人点検したところ、そのうちで八十万禁軍（近衛部隊）の教頭《きょうとう》である王進《おうしん》だけが欠席していた。半月前、すでに病気届が出ており、病気がまだ治らないので、役所に来て職務についていなかったのである。高俅はカンカンに腹を立てて怒鳴りつけた。

「デタラメを言うな！　名刺が出ているのに、そやつはお上に刃向かい、わしを騙そうとしているのではないか！　そやつは仮病をつかって家にいるのだ。サッサと連れて来い」

さっそく人を遣わして王進の家に向かわせ、彼をつかまえさせようとした。

さて、この王進、妻子はなく、六十を超えた老母がいるだけだった。牌頭《はいとう》（兵長）が王進に言うことには、「今、高殿帥が新たに着任され、あなたが点呼を受けなかったので、軍正《ぐんせい》司《し》（軍紀をただす官職。目付）が、病気にかかって家におり、現に役所に病気届も出していると申しあげられたが、高殿帥はお怒りになって、信じてくださらず、どうしてもあなたをつかまえて来い、教頭は仮病をつかって家にいるのだと言い張っておられます。教頭さん、何とかちょっと行ってください。もし、また行かれなかったら、必ずや大勢の者が迷惑をこうむり、てまえも罰せられてしまいます」

王進は聞いて、やむなく病気をおして行った。殿帥府の門を入り、高俅にお目どおりすると、四拝し身をかがめて「ハッ」と挨拶し、片端に直立した。高俅は言った。

「おまえは都軍教頭の王昇《おうしょう》の息子か？」

「そうです」と王進。

高俅は怒鳴りつけた。

「こいつめ、おまえの親父は路上で、役にも立たない棒術を見せて薬を売っていたやつだ。おまえにどんな武芸があるというのか！　前の長官は見る目がなく、おまえを任用して教頭にしたが、どうしてわしをバカにして、点呼を受けないのか！　誰の威勢を笠に着て、仮病をつかい家にいて、ぬくぬくと楽をしているのか！」

「てまえがどうしてそんなことをいたしましょうか。ほんとうに病気になってまだ治っていないのです」と王進。

「クソ配軍《はいぐん》め（配軍はもともと流刑に処され辺境で軍務についている者をいう。罵倒語）、病気なら、どうして出て来られたのか？」と、高俅は罵倒した。

「太尉がお呼びとあらば、来ないわけにはいきません」と、また王進は言った。

高俅はカンカンに腹を立て、左右の者に王進を引き据えさせ、「力いっぱいこやつを打ちのめせ！」と命じた。

牙将《がしよう》（武官）たちはみな王進と懇意だったので、ひたすら軍正司とともに言った。

「今日は太尉さまがご着任になったよき日でありますゆえ、このたびはしばらくこの者をお許しくださいますよう」

「クソ配軍め、とりあえず諸将の顔に免じ、今日のところは許してやるが、明日は始末をつけるぞ」と、高俅はわめいた。

王進は謝罪し、立ちあがって顔をあげて見るや、高俅だとわかった。役所を出て、ため息をつきながら言うことには、「わしの命も今度は危ない。高殿帥とは何者かと思ったら、なんと東京で幇間《ほうかん》をしていた『円社《えんしや》（蹴鞠クラブの名称）』の高二だったのか。以前、棒術を習いに来て、うちの親父に棒で一発打たれてひっくり返り、三、四か月も寝こんで起きられなかったことがあるから、これを根にもっているのだな。やつは今、出世して、殿帥府太尉になったから、仇討ちをしようとしているのだ。わしはやつの指揮下に入るとは、思いもよらなかった。昔から『官《かん》（お上）は怖くないが、ただ管《かん》（支配者）が怖い』というが、どうしてやつと勝負できようか。どうしたらいいだろうか？」

　家に帰ってからも、悶々と悩みつづけ、母にこのことを告げて、母子二人は頭を抱え声をあげて泣いた。母は言った。

「息子や、『三十六計逃げるに如《し》かず』だけど、逃げるところがないのだけが心配です」

　王進は言った。

「おかあさんのおっしゃるとおりです。私の考えもそうです。ただ、延安府《えんあん》に老种経略《ろうちゅうけいりゃく》相公《しょうこう》（种は姓、経略相公は辺境守備軍の司令官）という方がおられ、辺境を守備しておられます。その配下の軍官の多くは都に出張されたことがあり、私の鎗術や棒術を喜んだ方がたいへん多いのです。逃げて彼らのもとに身を寄せるしかありません。あそこは人手のいるところですから、安身立命《あんじんりゅうめい》（安心して暮らすこと）できます」

　母子二人の相談はまとまったが、母がまた言った。

「息子や、おまえといっしょに逃げるにしても、門前に兵士が二人いるのが心配です。あれらは殿帥府から派遣されおまえに付けられた者たちです。もし彼らに気づかれたら、きっと逃げられませんよ」

「大丈夫です。おかあさん、安心してください。私にやつらをあしらう考えがあります」と王進。

　そのときは夕方だったが、まだ日は暮れておらず、王進はまず張《ちょう》兵士を呼び入れて言いつけた。

「おまえ、さきに晩ご飯を食べてくれ。その後、ある所まで用事をしに行ってもらいたい」

「教頭さん、てまえをどこに行かせられるのですか？」と張兵士。

王進は言った。

「わしは先だってからの病気で、酸棗《さんそう》門外の岳廟《がくびょう》（泰山の神廟）に香を上げ願《がん》かけするために、明朝早く香を焚きに行こうと思う。おまえは先に行って、廟の道士に明朝早く廟門を開け、わしが到着して香を焚くのを待っているように申しつけよ。これからすぐ三種のいけにえ（鶏、豚、魚）を劉李王《りゅうりおう》さま（廟の神さま）にお供えする準備にとりかかるから、おまえは廟のなかで泊まって、わしを待っていよ」

張兵士は承知して、先に晩ご飯を食べ、「おやすみなさい」と大声で言うと、廟へ向かった。その夜、母子二人は荷物や衣類をまとめ、宝石や銀子をひとまとめにして荷造りし、また二つの大袋に食糧をつめて、馬の背中にくくりつけた。五更（午前三〜五時）になると、まだ薄暗いなかで、王進は李《り》兵士を起こして申しつけた。

「この銀子を持って岳廟に行き、張兵士といっしょに三種のいけにえを買いよく煮て、そこで待っていよ。わしは紙銭《しせん》と蠟燭を買って、すぐに行くから」

李兵士は銀子を持って廟へと向かった。王進は自分で馬に鞍を置き、裏の馬小屋から引きだして、大袋をのせ、縄でしっかりくくりつけると、裏門の外に引いて来て、母を助けて馬に乗せた。家のなかの金目でない物はすべて放置し、表門と裏門に錠を下ろすと、天秤棒で荷物を担いで、馬のうしろにつき従い、五更の明けきらない薄暗さに乗じ、機会をつかまえて西華門《せいかもん》を出るや、延安府へと向かった。

　さて、二人の兵士は、お供えのいけにえを買ってよく煮込み、廟で巳《み》の刻（午前十時）まで待っても、〔王進は〕やって来ない。李兵士が焦って、家にとって返して見たところ、門には錠が下ろされ、〔表門と裏門の〕どっちからも入れない。しばらく捜してみたが、見かけた者は誰もいない。みるみる夕方になり、岳廟では張兵士が疑いを深め、まっすぐ家に駆けもどって、李兵士といっしょに夕方中捜しているうち、あっというまに暗くなった。二人は王進がその夜、帰って来ず、母親の姿も見えなくなったので、翌日、王進の親類を訪ねたが、やはり見つからなかった。

　二人は巻きぞえを食うことを恐れ、やむなく殿帥府に行って、「王教頭は家を捨てて逃亡し、母子の行方がわかりません」と、自首した。高俅は報告を聞くと、激怒して言った。

「クソ配軍め、逃げやがって。いったいどこに逃げようというのか！」

ただちに布告を出して諸州各府にまわし、逃亡軍人の王進を逮捕させようとした。二人の兵士は自首したため、お咎めなしとなったことは、さておく。

　さて、王進母子二人は、東京を離れてから、道中、おきまりどおり、飢えれば食らい喉が渇けば飲み、夜は泊まり朝になると出発し、一か月余り旅をつづけた。ある日、暮れかかったころ、王進は天秤棒を担いで、母の馬の後に従いながら、小声で母に語りかけた。

「天も憐れんでくださり、かたじけなくもわれら母子二人、天地に張りめぐらされた網の災禍をくぐりぬけられました。ここから延安府まで遠くはなく、高太尉がたとえ追手を差し向け私をつかまえようとしても、つかまえられなくなりました」

母子二人は大喜びし、道中、うっかり宿を見過ごしてしまった。一晩中、歩いても、一つの村にも行き当たらず、いったいどこで泊まったらよいものか、思案にくれていたとき、ふと見ると、はるか遠くの林のなかから、一筋の灯りがきらめいていた。王進は見ると、「いいぞ、ままよ、あそこへ行って、丁重に頼んで一晩、泊まらせてもらい、明日の朝、出発しよう」と思った。さっそく方向を転じて林のなかへ入って見たところ、なんと大きな屋敷であり、まわりはぐるりと土塀で囲まれ、塀の外には二、三百株の大きな柳が植えられていた。その屋敷はといえば、

前は官道に通じ、後ろは渓岡《けいこう》に靠《よ》る。一週遭《まわり》は楊柳《ようりゅう》の緑陰濃く、四下裏《よも》は喬松《きょうしょう》の青きこと染むるに似たり。草堂《そうどう》は高起し、尽《ことごと》く五運の山荘に按《なぞら》う。亭館《ていかん》の低軒は、直《ただ》ちに山に倚《よ》り水に臨むに造《つく》る。屋角を転ずれば牛羊の地に満ち、打麦場《むぎうちば》に鵞《が》鴨《おう》群れを成す。田園広野、負傭《ふよう》の荘客《そうかく》の千人有り。家眷《かけん》は軒昂《けんこう》、女使・児童は計数し難し。正《まさ》しく是《こ》れ、家に余糧有りて鶏犬飽き、戸《こ》に書籍多くして子孫賢なり。

前につづくは表街道、うしろに控える谷や岡。まわりは緑の柳の木陰、四方に青々

王教頭　私かに延安府に走り

松の大木。藁葺《わらぶ》き屋根はそびえ立って、すべて五つの運《めぐり》（五行）に応じた山荘になぞらえる。亭館《たてもの》は軒《のき》を低くし、じかに山に寄りそい 流れに臨む。角を曲がれば 牛や羊が野原にいっぱい、麦打ち場には 鵞鴨《アヒル》が群れなす。田んぼや畑が広がって、千人もの作男が野良仕事。家族は大いに繁昌し、女中や子供は数えきれない。これぞまさしく、食べ物は有り余って 鶏や犬も腹一杯、本もたくさんそろって 子孫は賢いというところ。

ただちに王進は屋敷の前まで行き、しばらく門を叩くと、一人の作男が出て来た。王進が天秤棒を下ろし、彼にお辞儀をすると、作男は言った。

「この屋敷に何の用ですか？」

王進は答えて言った。

「実を申しますと、てまえども母子二人は、旅路を欲ばり、間違って宿屋を通り過ぎてしまいました。ここまで来ましたが、前には村がなく、後には宿がありませんので、このお屋敷に身を寄せ一夜の宿をお借りしたいと思います。明朝早く出発し、決まりどおり宿賃を払います。どうかよろしくお願いします」

作男は言った。

「そういうことでしたら、しばらくお待ちください。屋敷の主《あるじ》の太公《たいこう》（大旦那）さまにたずねてきます。承知されたときは、お休みいただいてかまいません」

「兄さん、よろしくお願いします」と王進。

作男が奥に入り、しばらくしてから出て来て言った。

「太公さまがお入りくださいと、言っておられます」

王進は母に馬から下りてもらうと、自分は天秤棒を担ぎ、馬を引いて作男のあとについて、邸内の麦打ち場まで行き、天秤棒を下ろして、馬を柳の木に繋いだ。母子二人は、まっすぐ表の間に行き、太公と対面した。かの太公は年のころ六十余り、ひげも髪も真っ白で、頭に塵除けの冬の帽子を載せ、飾り気のないゆったりした上着を身に着け、腰に黒絹の帯をしめ、足になめし革の長靴を履いている。王進が対面するや、拝礼をすると、太公は慌てて言った。

「お客人、拝礼はやめて、どうかお立ちください。あなたがたは旅するお方であり、お疲れでしょう。どうか腰を下ろしてください」

王進母子が挨拶して、二人とも席に着くと、太公はたずねた。

「どちらから来られましたか？　どうして暮れてからここに着かれたのですか」

王進は答えて言った。

「てまえは姓を張《ちょう》といい、もともと都の者です。最近、すっかり元手をなくし、やっていけなくなりましたので、延安府へ行き親類に身を寄せようとしています。思いがけず、今日、道中で旅路を欲ばり、誤って宿屋を通り過ぎてしまいました。このお屋敷に身を寄せて、一夜の宿をお借りし、明朝早く出発したいと存じます。宿賃は決まりどおり払わせていただきます」

太公は、「かまいません。今どき、世の中で家を頭に載せて歩く人などおりません。お二方は食事もまだでしょう？」と言うと、作男に申しつけて食事の支度をさせた。時を移さず、大広間に卓が置かれ、作男が四種の野菜を盛った皿と牛肉を盛った皿を持って出て来て、卓に並べ、まず燗した酒をついだ。

太公は言った。

「村では何のおもてなしもできませんが、ごかんべんください」

王進は立ちあがり、礼を言った。

「てまえども母子が勝手にお騒がせしておりますのに、ご厚意をたまわり、このご恩は忘れません」

太公は「そんなことをおっしゃらずに、どうかまずお飲みください」と言いながら、酒を六、七杯勧め、ご飯を出した。二人が食べおわると、お碗や皿をかたづけ、太公は立ちあがり、王進母子を客間に案内し休ませようとした。王進は言った。

「てまえの母が乗って来た馬も、ご面倒ですがお世話いただき、秣《まぐさ》をやっていただきたく存じます。代金はいっしょにお支払いします」

太公は言った。

「おやすいご用です。家にも家畜や騾馬《らば》や馬がおりますから、作男に裏の馬小屋に引いて行かせ、いっしょに世話をさせましょう。秣もご心配には及びません」

王進はお礼を言い、天秤棒を担いで客間にやって来た。作男が灯りをともす一方、お湯を持って来て、足を洗わせると、太公は奥へもどって行った。王進母子は作男にお礼を言うと、部屋の戸を閉め、かたづけて休んだ。

翌日、夜明けになっても起きて来ないので、太公が客間の前まで来ると、王進母子が部屋のなかで叫ぶ声が聞こえてきた。太公はたずねた。

「お客人、明け方も過ぎましたぞ。起きてください」

王進はこれを聞くと、慌てて部屋から出て来て、太公と顔を合わせ、お辞儀をして言った。

「てまえはとっくに起きております。夜分にはお騒がせして、申しわけありませんでした」

「どなたがひどく叫んでおられるのかな？」と太公。

「実を申しますと、老母が馬に乗ってくたびれ、昨夜、胸痛の発作を起こしたのです」と王進。

「そういうことでしたら、お客人には心配なさらぬように。母上にてまえどもの屋敷で何日か滞在してもらってください。てまえにはこの胸痛の処方がありますから、作男を県（県役所のある町）に行かせ、薬を取って来させて、母上にのんでいただきます。母上には安心して、ゆっくりと養生していただきましょう」と、太公は言い、王進は礼を言った。

くだくだしい話はさておき、これより王進母子は太公の屋敷で薬をのみながら、六、七日、滞在するうち、母の病気もよくなってきたので、王進は荷物をかたづけ、出発しようとした。その日、裏の馬小屋に馬を見に行ったとき、空き地で一人の若者を見かけた。肌ぬぎになっていたが、全身に青い龍の刺青《いれずみ》があり、顔は銀盤のように白く輝き、年のころは十八、九、棒を手にしてそこでふりまわしている。王進はしばらく眺めているうち、思わず口をすべらせた。

「棒の使いかたはうまいが、しかし破綻があり、真の好漢（豪傑）には勝てない」

その若者は聞いて激怒し、怒鳴りつけた。

「おまえは何者だ？　わしの腕前を笑いものにしやがって！　わしは七、八人の有名な師匠についたことがあり、おまえなんかに負けないぞ。おまえ、わしと勝負しようというのか」

その言葉がおわらないうちに、太公がやって来て、その若者を怒鳴りつけた。

「無礼者め！」

「こいつにはがまんなりません。わしの棒術を笑いものにしたのです」とその若者。

太公は言った。

「お客人は鎗や棒を使われるのではありませんか？」

王進は答えた。

「いささか心得ております。旦那さまにおうかがいしますが、この若者はお宅のどなたですか」

「てまえの息子です」と太公。

「お宅の小官人《ぼっちゃん》だとすれば、もし学びたいとお思いなら、てまえがきちんと伝授いたしましょうか？」と王進。

太公は「そうしていただければ、大いにけっこうです」と言い、さっそくその若者に先生として拝礼させようとした。その若者は拝礼するはずもなく、内心ますます腹を立てて言った。

「お父さん、こいつのデタラメに耳を貸してはダメだ。もしこいつがわしの棒術に勝ったなら、すぐ拝礼して師匠とします」

王進は言った。

「小官人《ぼっちゃん》がぶしつけだと思われないなら、戯れに棒術を競ってみましょう」

その若者は空き地のまんなかで、一本の棒を風車のようにブンブンまわし、王進に言った。

「かかって来い！　かかって来い！　びくついたら好漢とはいえないぞ」

王進はただ笑うだけで、手を動かそうとしないので、太公は言った。

「お客人には倅《せがれ》をご教示くださることを承知なさったからには、棒を使われても何のさわりがありましょうぞ」

王進は笑いながら言った。

「ご令息を突いたとき、きっと見苦しいことになるのが、はばかられます」

「かまいません。もし手や足が折れたとしても、自業自得です」と太公。

王進は、「ご無礼の段、お許しを」と言うや、鎗掛けから一本の棒を手に取り、空き地までやって来ると、構えの姿勢をとった。若者はちょっと目をやると、棒を持ってすばやく進み、まっすぐ王進に向かって行った。王進はパッと棒を下げて逃げ、若者は棒をふりまわしながら、また追いかけた。王進は身をひるがえし、隙をめがけてまっこうから打ち下ろした。若者は棒が打ち下ろされたと見るや、棒で受けとめたが、王進は打ち下ろさず、棒をひらりとはねあげて引き、若者の胸めがけて突き、ただひねりあげた。と、若者の棒は手から離れて飛び、若者はバタッと仰向けに倒れた。

王進は慌てて棒を捨て、前進して抱きかかえて言った。

「すみません、すみません」

若者は這い起き、すぐさまわきへ行って腰掛けを持って来ると、王進を座らせ、拝礼して言った。

「てまえはむざむざ多くの師匠のところへ行き、なんと半分の値打ちもありませんでした。先生、何としてもお教えください」

王進は言った。

「てまえども母子二人は、連日、ここでお宅をお騒がせし、お礼のしようもありませんので、力を尽くさせていただきます」

太公は大いに喜び、若者に衣服を着けさせると、一同そろって奥の間に行き腰を下ろした。作男に申しつけ一匹の羊を殺して酒肴を用意させ、王進の母も請われてともども宴席にやって来た。四人の座が定まり、杯をとると、太公は立ちあがり酒を勧めて、言った。

「先生はこれほどの腕前なのですから、きっと教頭さんでしょう。倅は、目はあっても泰山《たいざん》を見分けられないのです」

王進は笑いながら言った。

「『その道の者同士は騙し合いをしない』です。てまえの姓は張ではなく、東京八十万禁軍教頭の王進にほかなりません。鎗と棒は一日じゅう、もてあそんでおります。新任の高太尉は、もともと亡父にやっつけられ、今度、殿帥府太尉になったので、昔の怨みを根にもって、この王進をどうにかしようとしております。てまえはまずいことに彼の配下に属し、争うこともできませんので、やむなく母子二人で延安府に逃げ、老种《ちゅう》経略相公さまに身を寄せ、仕官しようとしました。思いがけず、ここまで来て、ご父子にめぐりあい、かくもおもてなしいただいたうえ、老母の病も助けていただきました。毎日、お世話になり、まことに申しわけなく存じております。ご令息が学ぼうとなさるからには、てまえは全力でお教えいたします。ただ、ご令息が学ばれたのはすべて見せかけの棒術であり、かっこうがいいだけで、実戦には役立ちません。てまえが一から伝授させていただきましょう」

太公は聞くや、息子に言った。

「息子や、負けたわけがわかったか？　サッサともう一度、先生に拝礼しなさい」

若者はまた王進に拝礼した。太公は言った。

「教頭さんに申しあげます。うちは先祖代々、この華陰《かいん》県に住み、前にあるのが少華山《しょうかざん》にほかなりません。この村は史家《しか》村《そん》と呼ばれ、村中で三、四百軒ありますが、みな姓は史です。

うちの息子は幼いときから農業に励まず、ひたすら鎗術や棒術を好み、母親はこの子が言うことをきかないのを気に病み、死んでしまいました。てまえはしかたなくこの子の好むがままに、莫大な金品を使って、先生のもとで学ばせ、また腕のいい彫師に頼んで、この刺青を入れてもらいました。肩・腕・胸と全部で九つの龍があり、県中の者がみなこの子を〈九紋《くもん》龍《りゅう》〉史進《ししん》と呼んでいます。教頭さん、今ここにおいでくださったからには、ひとつ一人前に仕上げてやってください。十分にお礼をさせていただきます」

　王進は大喜びして言った。

「太公さま、ご安心ください。このようにおっしゃっていただいた以上、てまえは何もかもご令息にお教えしてから、出発します」

　この日をはじまりに、酒食を供されて、王進母子は屋敷に滞在した。史進は毎日、王進に十八般武芸の伝授を乞い、一つ一つ、最初から教えてもらった。かの十八般とは、矛《ほこ》・鎚《つち》・弓・弩《いしゅみ》・銃、鞭・簡《かん》（金属製の角棒）・剣・鏈《れん》（くさりがま）・撾《た》（先端が爪型になった武器で、長い縄などにつけて飛ばす）、斧・鉞《まさかり》と戈《かぎほこ》・戟《ほこ》（えだ刃のあるほこ）、牌《たて》・棒と鎗・杈《さすまた》、である。

　さて、史進は毎日、屋敷で王進母子をもてなし、武芸を習った。史太公は華陰県に行き、里正《りせい》（村や町などの責任者）に任命されたことは、さておく。思わぬうちに、歳月が流れ、早くも半年余りがたった。まさしく、

窓外日光弾指過　窓外の日光は指を弾《はじ》くまに過ぎ
席間花影坐前移　席間の花影は坐前に移る
一杯未進笙歌送　一杯未《いま》だ進まざるに笙歌《しょうか》送り
階下辰牌又報時　階下の辰牌《しんぱい》は又《ま》た時を報ず

あっというまに　お日さま傾き、あっちの花影　こっちへ移る。一杯も干さないうちに　はや送別の歌、階下の時計も「時間ですよ」

というところ。

およそ半年余りで、史進は十八般の武芸を、一から学び十分に熟達した。王進が心を尽くして指南したおかげで、伝授した一つ一つすべて奥義に達した。

王進は史進が学んで熟達したのを見ると、「ここにいるのはいいが、きりがなくなってしまう」と思い、ある日思いたって、別れを告げ延安府に向かおうとしたが、史進はどうしても放そうとせず、言った。

「先生、ずっとここで暮らしてください。てまえがあなたがたお二人のお世話をし、天寿をまっとうしていただけたなら、どんなにすばらしいことでしょう！」

王進は言った。

「きみにいろいろ親切にしてもらい、ここにいられたら、たいへんうれしいと思う。ただ高太尉の追手がやって来て、きみに迷惑をかけ、きみまで逮捕される災難にあう恐れがあり、そうなったらただではすまず、ともに災難だ。わしはどうあっても延安府に行って、老种《ちゅう》経略相公さまに身を寄せ仕官をしようと思う。あそこは辺境の守備に当たっており、人を用いる機会があり、安心して暮らすことができるから」

史進と太公はねんごろに引きとめたが、引きとめきれず、送別の宴席を設け、お盆に二巻きの緞子《どんす》と百両（十銭が一両。約三七グラム）の銀子を載せて出し、謝礼とした。翌日、王進は荷物をかたづけ、馬に鞍を置くと、母子二人は史太公と史進に別れの挨拶をし、母を馬に乗せて、延安府めざし出発した。史進は作男に天秤棒を担がせ、みずから十里、見送ったが、内心離れ難い思いだった。史進はそのとき先生に拝礼して別れを告げ、涙を流しながら袂を分かって、作男とともに帰途についた。王進はもとどおり自分で天秤棒を担いで、馬のあとにつき従い、母と二人で関西路《かんせいろ》をとって進んだ。

王進が軍役につきに行ったことはさておき、史進は屋敷にもどると、毎日、ひたすら気力を鍛え、また若くて、妻子もいなかったので、夜中の三更（午後十一～午前一時）に起きて武芸の稽古をし、日中は屋敷の裏手で弓を射たり馬を走らせたりした。半年もたたないうちに、史進の父の太公が病気にかかり、数日間、起きられなくなった。

史進は人をあちこちにやって医者を呼んで来させ、治療してもらったが、治すことはできず、嗚呼《ああ》哀しいかな、太公は亡くなってしまった。史進は柩《ひつぎ》を用意して盛大に殯《かりもがり》をし、僧侶に頼んで法要を行い、斎戒《さいかい》して七日七夜の法事をし、太公の往生安楽を祈った。また、道士を呼んで祈禱してもらい、太公を死の苦しみから救い昇天させるべく、十数回の追善供養をきっちりすませると、よき日よき時を選んで出棺し埋葬することとなった。村中の三、四百軒の史家の小作人たちはみな喪服を着て葬列に加わり、村の西の山の先祖の墓地に埋葬した。史進の家ではこれ以後、家業を管理する者がいなくなり、史進もまた農業に励もうとせず、ただ雇い人や代々の使用人を相手に、鎗や棒の腕前を競うばかりだった。

史太公が他界してから、早くも三、四か月が過ぎ、ちょうど六月中旬で、焼けるような暑さだった。そんなある日、史進は気晴らしをする術《すべ》もなく、床几を持ちだし、麦打ち場の柳の下で涼んでいた。向かいの松林を抜けて風が吹き寄せてきたので、「なんと涼しい風だろう！」と声をあげて感嘆した。ちょうど涼んでいるさなか、ふと見ると、きょろきょろしながら、のぞいている者がいる。史進は、「怪しいやつめ！　そこでうちの屋敷をのぞいているのは誰だ？」と怒鳴りつけて跳び起き、木のうしろにまわって見れば、なんと兎とりの猟師の李吉《りきつ》だった。史進が、「李吉、うちの屋敷をのぞいて何をしているのか。ようすをうかがっているのか？」と怒鳴りつけると、李吉は進み出て「ハッ」と答えて言った。

「大郎《わかだんな》、てまえは一杯酒を飲もうと、お屋敷のチビの丘乙郎《きゅういつろう》を訪ねてまいりましたが、大郎がここで涼んでおられるのを見かけましたので、近寄ってお騒がせできなかったのです」

「ちょっとおまえに聞くが、以前、おまえは獲物を担いで屋敷に売りに来るだけで、おまえに損をさせたことはないのに、どうしてこのごろ売りに来ないのか。わしに銭がないとバカにしているのか」と史進。

「とんでもありません！　このごろ獲物がありませんので、うかがえないのです」と李吉。

「デタラメを言うな。こんなに大きい少華山の、あんなに広い所に、のろ鹿や兎が一匹もいないとは信じられん」と史進。

李吉は言った。

「大郎《わかだんな》はなんとご存じありませんか。近ごろ山の上に山賊一味が陣取って寨《とりで》を構え、六、七百の手下を集めて、百頭ほどの良馬もいます。筆頭は〈神機軍師《しんきぐんし》〉朱武《しゅぶ》といい、二番目は〈跳澗虎《ちょうかんこ》〉陳達《ちんたつ》、三番目は〈白花蛇《はくかだ》〉楊春《ようしゅん》といいます。この三人が頭領になり、家を襲い強盗をはたらいていますが、華陰県の役所はやつらをつかまえようとせず、三千貫（一貫は千銭）の賞金を出し、人につかまえさせようとしていますが、誰が山に上ってやつらに手出しできましょうか？　それで、てまえどもは山に上って獲物をとることができず、どうして売りになぞ来られれましょうか？」

史進は言った。

「わしも山賊がいるという話は聞いたことがある。なんとやつらがそんなにのさばり、人を悩ませているとは思わなかった。李吉よ、これから山で獲物がとれるようになったら、訪ねて来い」

李吉は「ハッ」と答えて、立ち去った。

史進は大広間の前にもどると、「やつらがのさばり、必ず村を悩ませに来るだろう」と思い、ならばということで、さっそく作男に二頭の肥えた水牛を選んで殺させ、屋敷には自家製のうまい酒もあったので、まず百枚の紙銭を焼き、作男をやってこの村の三、四百軒の史家の小作人を招き、こぞって家の表の間に上げ、年齢順に座らせた。作男に杯を持たせ酒を勧めさせながら、史進は集まった人々に言った。

「聞くところによれば、少華山の頂上に三人の山賊がおり、六、七百の手下を集めて家に押し入り、強盗をはたらいている由。やつらがのさばっている以上、必ず遅かれ早かれ、わしらの村を襲うだろう。今、みなの衆に相談に来てもらったのは、もしやつらが来たとき、それぞれの家で準備してもらうためだ。うちの屋敷で拍子木を鳴らしたら、みなの衆はそれぞれ鎗や棒を持って、応援に来てもらいたい。各自の家で何かあれば、やはり同じだ。おたがいに助け合い、いっしょに村を守ろう。山賊の頭領がやって来たら、わしが相手になってやる」

「われら村の百姓は、大郎《わかだんな》のお考えによるだけです。拍子木が鳴ったら、みんな参ります」と一同。

その夜はみな酒宴の礼を言い、それぞれ家へ帰って、得物を準備した。これ以後、史進は門や扉、垣根を修理し、屋敷をかたづけて、鎧《よろい》や兜《かぶと》をまとめ、刀や馬をととのえて、山賊の襲撃に備えたことは、さておく。

さて、少華山の寨の三人の頭領は、腰を下ろして相談した。筆頭の〈神機軍師〉朱武は腕つぶしはないが、はかりごとに長けていた。朱武は陳達・楊春に向かって言った。

「今、華陰県の役所では三千貫の賞金を出して、わしらをつかまえる者を捜しているそうだ。そいつが来たとき、一勝負をしなければならない。ただ、寨には銭や食糧が不足しているから、なんとか強盗をやって、寨の必要な分にあてねばならない。ここに食糧を集めておけば、官軍の攻撃を防ぐときも、持ちこたえやすい」

〈跳澗虎〉陳達は言った。

「そのとおりだ。これからすぐ華陰県に行き、食糧を借りたいと要求し、向こうがどう出るか、見ようじゃないか」

〈白花蛇〉楊春は言った。

「華陰県に行ってはいけない。ただ蒲城《ほじょう》県に行くなら、万に一つの失敗もない」

陳達は言った。

「蒲城県は住民も少ないし、銭や食糧も多くない。華陰県に攻め込んだほうがいい。あそこは住民も多いし、銭や食糧もたっぷりだ」

楊春は言った。

「兄貴は知らねえのか。華陰県に攻め込むときには、史家村を通らねばならん。あそこの〈九紋龍〉史進は猛虎みたいなやつだから、やつを怒らせてはならない。あいつがわしらを通すわけがない」

陳達は言った。

「兄弟のなんとまあ臆病なことよ。一つの村を通ることもできないで、どうして官軍と張り合えようか」

　楊春は言った。

「兄貴、やつをバカにしちゃならねえ。あいつはほんとに凄いんだ」

　朱武は言った。

「わしもやつが文句なしの英雄《ほんもの》だと聞いたことがある。こいつはほんとに腕があるそうだ。兄弟、行くのはやめろ」

　陳達は叫びながら立ちあがり、「おまえら二人、黙っておれ。他人の気概を褒め、自分の威勢を損なうとはな。やつもただの人間、頭が三つ、腕が六本あるわけではなかろう。わしは信じんぞ！」と言うと、「サッサとわしの馬を連れて来い！　これからすぐ、まず史家の屋敷を攻めてから、華陰県にとりかかるぞ」と、手下を怒鳴りつけた。

　朱武と楊春は何度も諫めたが、陳達は聞く耳をもたず、ただちに武装して馬に乗り、百四、五十の手下を召集して、銅鑼《どら》を鳴らし太鼓を叩きながら、山を下り史家村へと向かった。

　さて、史進がちょうど屋敷のなかで刀や馬の手入れをしていたとき、作男がこのことを知らせに来た。史進は聞いてすぐ屋敷で拍子木を叩いた。屋敷の前後や東西の三、四百軒の史家の小作人は拍子木の響きを聞くや、鎗や棒を引きずり、ドッと史家の屋敷に駆けつけた。見れば、史進は頭に一字巾《いちじきん》（上が平らで一文字となった頭巾）を載せ、紅い鎧を身に着け、上に青錦の上衣をはおり、下に萌黄色の長靴を履き、腰に皮の帯をしめ、身体の前後に鉄製の胸当てをつけ、一張の弓、一壺の矢を持ち、手に一振りの三尖両刃四竅八環刀《さんせんりょうじんしきょうはちかんとう》（2）を持っている。

作男が燃える炭のような赤毛の馬を引いて来ると、史進は馬に乗って、刀をにぎり、前方に三、四十人の屈強な作男を並ばせ、後方に八、九十人の田舎者の農夫を並ばせた。史家の小作人はみな後について、いっせいに鬨《とき》の声をあげながら、まっすぐ村の北にある道の入口に展開した。と、早くも軍勢がやって来るのが見えた。見れば、

紅旗閃閃《せんせん》、赤幟翩翩《せきしへんぺん》。小嘍囉《てした》は　叉《さすまた》　と鎗を乱りに搠《つ》き、莽撞漢《もうどうかん》斉《そろ》って刀斧《とうふ》を担《にな》う。頭巾は歪めると整えると、渾《あたか》も三月の桃花の如《ごと》し。衲襖《のうおう》は緊《きつ》く拴《し》め、却《かえ》って九秋の落葉に似たり。個個《ここ》円《まる》く睜《みは》る横死の眼、人人輒《すなわ》ち起こす夜叉《やしや》の心。

緋色の旗がゆらゆら揺れて、赤い幟《のぼり》が風にはためく。三下《さんした》やたらに突くは　叉《さすまた》　と鎗、荒くれ担ぐは　刀か斧か。頭巾のかっこう　てんでんバラバラ、あたかも三月の桃の花。上衣はギュッと固くしめ、秋の落ち葉を思わせる。カッと目玉を見開けば、情け無用の無法者。

かの少華山の陳達は、人馬を率い、飛ぶように坂を下りるや、手下を展開させた。史進が

目をやったとき、見れば、陳達は頭に紅い凹面巾《おうめんきん》（上部のくぼんだ頭巾）をかぶり、金を飾った鉄の鎧を身に着け、紅い上衣をはおり、足に先のとがった靴を履き、腰に七尺の組糸の帯をしめ、丈の高い白馬に乗り、手に一丈八尺の点鋼矛《てんこうぼう》（鋼《はがね》まじりの矛）を横たえている。

手下は両側で鬨《とき》の声をあげ、二人の大将は馬上で対面した。陳達が馬上で史進を見ながら、身をかがめてお辞儀すると、史進は怒鳴りつけた。

「おまえたちは人を殺し火を放ち、家を襲い強盗をはたらいて、天をおおう大きな罪を犯している。どいつもこいつも不埒千万。おまえにも耳があるはずなのに、大胆にも太歳《たいさい》の頭の上で土を掘り起こすのか（身のほどをわきまえず、強い相手に喧嘩をふっかけるのか）！」

陳達は馬上で答えた。

「わしらの寨でいささか食糧が足りないゆえ、華陰県へ借りに行きたいので、貴殿の村を通り、道を借りるだけだ。別に草一本動かすつもりはない。わしらを通してくれれば、もちろんあとで礼を言うから」

史進は言った。

「デタラメを言うな！　わしの家は里正をまかされ、おまえたち山賊をつかまえに来たところだ。今、この村を通りかかったのに、おまえをつかまえず、そのまま通過させて、県役所に知られたなら、わしも巻きぞえを食うにきまっている」

陳達は言った。

「『四海の内、皆《み》な兄弟也《なり》』(3)だ。どうか道を貸してもらいたい」

史進は言った。

「むだ口をたたくな！　わしが承知しようとしても、承知しない者がいる。おまえ、やつにたずねて承知したら、すぐ通れ」

陳達は言った。

「好漢よ、誰にたずねろと言うのか？」

「わしの手にあるこの刀に聞け。承知したら、すぐ通らせてやるぞ」と史進。

陳達は激怒して言った。

「ふざけるな！　調子にのりやがって！」

史進も逆上して手の刀をふりまわし、乗った馬を走らせて、陳達に闘いを挑んだ。陳達も馬を蹴立て鎗を構えて、史進を迎え撃つ。両方の馬が交差し、見れば、

一来一往、一上一下《いちじょういちげ》。一来一往すれば、深水に珠《たま》に戯るる龍の如《ごと》き有り。一上一下すれば、却《かえ》って半岩に食を争う虎に似たり。左盤右旋《さばんゆうせん》、好《さ》も似たり　張飛《ちょうひ》の呂布《りよふ》に敵するに。前廻後転《ぜんかいこうてん》、渾《すべ》て敬徳《けいとく》の秦瓊《しんけい》と戦うが如し。九紋龍《くもんりゅう》は忿怒《ふんぬ》し、三尖刀は只《た》だ頂門《ひたい》を望んで飛ぶ。跳澗虎《ちょうかんこ》は嗔《いか》りを生じて、丈八の矛は心坎《みぞおち》を離れずして刺す。好手の中間《うち》に好手を逞《たくま》しくし、紅心の裏面《うち》に紅心を奪う。

丁々発止、真剣勝負。丁々発止のそのさまは、真珠に戯れる深淵の龍。真剣勝負のそ

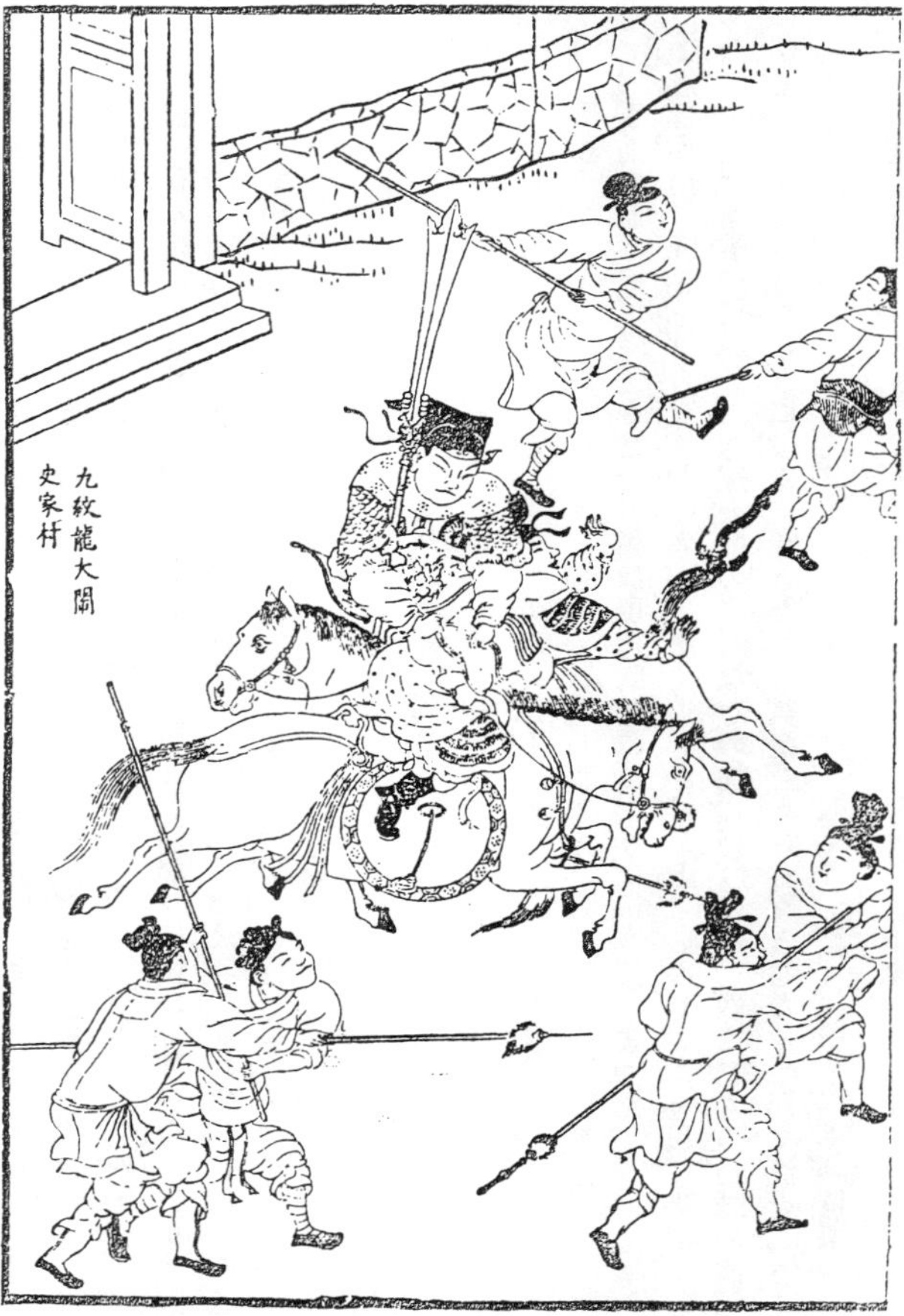

九紋龍　大いに史家村を閙がす

のさまは、獲物を争う岩場の虎か。左と思えば右に舞い、まるでそっくり　張飛《ちょうひ》が呂《りょ》布《ふ》（劉備《りゅうび》の義弟である張飛と、呂布。二人は『三国志演義』世界きっての猛将）に挑んだ構え。前かと思えばうしろにひねり、これぞまさしく　敬徳《けいとく》（尉遅《うっち》敬徳《けいとく》。名は恭《きょう》）(4)が秦瓊《しんけい》（あざな叔宝《しゅくほう》）(5)と闘う姿。〈九紋龍〉は怒りに燃えて、三尖の刀を　脳天めがけて狂いなく。〈跳澗虎〉はいきりたち、丈八の矛を　心坎《みぞおち》に狙い定めて突き立てる。いずれ劣らぬ好敵手、手加減なしの名勝負。

史進と陳達の二人は長い間闘いつづけたが、戦馬は嘶《いなな》き、手中の武器をかかげて、鎗と刀が行き交い、それぞれ丁々発止と渡り合った。両者の闘いが佳境に至ったとき、史進はわざと隙を見せて、陳達に鎗を胸めがけて突かせ、腰をグッとひねると、陳達は鎗もろとも史進の胸もとに転がり込んだ。史進は軽く猿臂《えんぴ》を伸ばし、ゆっくりと狼のような腰をひねって、ちょっと挟みつけるや、陳達を軽々と螺鈿《らでん》の鞍からつまみあげ、悠々とその組糸の帯をつかんで、馬前に投げ捨て降伏させた。馬は風に吹かれたように行ってしまった。

史進は作男に陳達を縛らせ、他の者が手下を追いかけると、いっせいに全員、逃げてしまった。史進は屋敷に帰還し、陳達を庭のまんなかの柱に縛りつけ、残る二人の山賊の頭領をつかまえてから、いっしょに役人に突きだし、賞金をもらおうとした。やがて酒をふるまって人々をねぎらい、しばらく解散することとした。人々は、「やっぱり史大郎《したいろう》は凄い豪傑だ！」と褒めそやしたのだった。

人々が大喜びで酒を飲んだことは、さておく。さて、朱武と楊春の二人は、寨のなかでようすがわからずヤキモキして、手下にまた情報を探りに行かせようとした。ふと見れば、帰って来た者が空馬《からうま》を引き、山の麓で、「たいへんだ！　陳の兄貴が、兄貴たち二人の言うことを聞かなかったために、命を落とすことになった」と叫んでいる。朱武がわけを聞くと、手下は一騎打ちの一部始終を話し、史進の剛勇にかなうわけがなかったと告げた。朱武は言った。

「わしの言うことを聞かないから、案の定、このざまだ」

「わしらがこぞって出て行き、やつと死に物狂いで闘ったらどうだろう？」と楊春。

「それもダメだ。あいつでさえ負けたのに、どうしておまえがやつに太刀打ちできるもんか。わしに一つ苦肉の計がある。これでもしあいつを助けられなかったら、わしもおまえもおしまいだ」と朱武。

楊春が「どんな計略か？」とたずねると、朱武は小声で耳打ちし、「これしかない」と言った。楊春は「妙案だ！　いっしょにすぐ出発しよう。遅れてはならんぞ」と言った。

さて、史進は屋敷でまだ腹立ちがおさまらずにいると、作男が飛んで来て知らせた。

「寨の朱武と楊春が来ました」

史進は、「やつらはもうおしまいだ。わしがやつら二人をいっしょに役人に引き渡してやる。はやく馬を引いて来い」と言いながら、拍子木を鳴らしはじめると、大勢の者が早くも駆けつけて来た。史進が馬に乗り、ちょうど屋敷の門を出ようとしたところ、見れば、朱武と楊春が歩いてもう屋敷の前まで来ていた。二人はそろって跪き、ハラハラと涙を流した。

史進は馬を下りて怒鳴った。

「おまえたち二人、跪いて何を言おうというのか？」

朱武は声をあげて泣きながら言った。

「てまえども三人は、役人に追いつめられ、しかたなく山に上って山賊になりました。最初に『同日に生まるることを求めず、只《た》だ同日に死なんことを願う(6)』と誓いを立て、関羽《かんう》・張飛・劉備の信義には及ばずとも、その心は同じです。今、弟分の陳達が忠告を聞かず、誤って虎の威光を犯し、すでに英雄にとらえられこのお屋敷におります。お願いする術《すべ》もありませんので、今、ひたすら死ぬためにやって来ました。どうか英雄には、わしら三人をいっしょに役人に突きだし、賞金をもらってください。けっして怨みはしません。わしらは英雄の手で死なせてもらえたら、何の思い残すこともありません」

史進は聞いて思案した。

「やつらはこんなに信義があるのだから、もしわしがやつらをつかまえて役人に突きだし賞金をもらったら、かえって天下の好漢から英雄ではないとバカにされ笑われてしまう。昔から『虎は腐肉は食わない』と言うしな」

そこで史進は言った。

「おまえたち、ちょっとわしについて来い」

朱武と楊春は別におびえるふうもなく、史進についてまっすぐ奥の間の前まで来ると跪き、また史進に縛らせようとした。史進は何度も立てと叫んだが、両人がどうして立ちあがろうか。まさに「知者は知者を愛し、好漢は好漢を識《し》る」というところ。史進は言った。

「おまえたちがこれほど信義に厚いからには、わしがおまえたちを突きだせば、好漢ではない。陳達を放しておまえたちに返してやろう。どうだ？」

「英雄を巻きぞえにしてはなりません。ただではすまなくなります。どうかわしらを役人に突きだして賞金をもらってください」と朱武。

「そんなことはできない。おまえたち、わしの酒を飲むか？」と史進。

「死ぬことさえ怖くないのですから、酒や肉などいうまでもありません」と朱武。

そのとき、史進は大喜びして、陳達を解き放ち、奥の間に酒を用意し席を設けて、三人をもてなした。朱武、楊春、陳達は拝礼して大恩に感謝した。数杯飲み、やや気分がよくなったところで、お開きとし、三人は史進に礼を言って山へ帰って行った。史進は屋敷の門を出て見送り、屋敷にもどった。

さて、朱武ら三人は寨に帰り着いて腰を下ろすと、朱武が言った。

「わしらはこの苦肉の計がなければ、どうして命があったことだろうか？　一人を救ったとはいえ、ありがたいことに史進どのが信義によってわしらを解放してくれたおかげだ。何日かしたらお礼の品を用意してとどけ、命を助けてもらった恩義に感謝しよう」

くだくだしい話はさておき、十数日たったころ、朱武ら三人は三十両の金の延べ棒を工面し、二人の手下に命じて闇夜に乗じ史家の屋敷にとどけさせた。その夜、初更（午後七〜九時）ごろ、手下どもが門を叩くと、作男が史進に知らせた。史進は大急ぎで上衣を引っかけ、門前まで来ると、手下に、「何の用だ？」と聞いた。手下は、「三人の頭領がくれぐれもよろしくと言っておりました。特にてまえどもを遣わして少しばかりのお礼の品をおとどけし、大郎《わかだんな》が命を助けてくださったご恩に報いたい由です。どうかお断りなさらず、ご笑納くださいますように」と言って、金の延べ棒を取りだし、史進にわたした。はじめは断ったものの、ついで「送って来たからには、返礼して酬いよう」と考え、金の延べ棒を受け取って、作男に酒の用意をさせ、手下をもてなした。手下は夜中まで飲み、銀の端くれを褒美にもらうと、山へ帰って行った。

　また半月余りたつと、朱武ら三人は寨で相談し、略奪して手に入れた一串の上物の大きな真珠を、また手下をやって夜中に史家の屋敷にとどけさせた。史進が受け取ったことは、さておく。

　また半月たつと、史進は「この三人のようにわしを敬愛し重んじてくれることは、めったにないことだ。わしもいささかお礼の品を用意して、彼らに返礼しよう」と考え、翌日、作男に裁縫屋に行かせ、自分で県に行って三匹（一匹は二反。すなわち四丈。約一二メートル）の紅い錦織を買い、三着の錦の綿入れを作らせた。また、肥えた羊を選び、三頭を煮込んで、大きな蓋つきの箱に入れ、二人の作男にとどけさせた。史進の屋敷の筆頭作男は王四《ワンスー》という者だったが、この男は役所との交渉がなかなかうまく、口がよくまわったので、村中の者が王伯当《おうはくとう》（王伯当は隋末・唐初の能弁家）と呼んでいた。史進は彼に力持ちの作男をつけ、蓋つきの箱を担がせて、まっすぐ山の麓にとどけさせた。

手下は仔細を聞くと、寨に案内し、朱武ら三人の頭領に会わせたところ、大喜びで錦の綿入れと肥えた羊や酒を受け取り、十両の銀子を作男に与えた。誰も彼も十数碗の酒を飲み、山を下りて屋敷に帰り、史進に言った。

「山の頭領がくれぐれもよろしくと言っていました」

これから、史進はしょっちゅう朱武ら三人と行き来し、ひっきりなしに、ただ王四だけを寨に行かせ、贈り物をとどけることがつづいた。寨の頭領たちもひんぴんと人をやって金銀を史進にとどけさせたのだった。

ゆるゆると時が経過し、八月中秋がやって来た。史進は三人と話がしたくなり、十五夜になったら、屋敷で月を愛でながら酒を飲みに来るよう誘うことにした。まず作男の王四に招待状を持って少華山に行かせ、朱武、陳達、楊春に屋敷に来て宴席に出るように招いた。王四は手紙を持ってただちに寨に駆けつけ、三人の頭領に会って手紙をわたした。朱武は読んで大喜びし、三人は承知した。すぐ返事を書き、王四に銀子五両の駄賃を与え、十碗ほど酒を飲ませた。王四が山を下りて来たとき、いつも品物をとどけに来る手下とばったり出くわした。手下はギュッと抱きしめて、放そうとせず、また山道のわきの居酒屋に引っぱって行かれ、十数碗飲んだ。

王四は別れて屋敷に帰ろうとしたが、歩きながら山風に吹かれると、酒がまわってきて、フラフラしながら、一歩進んではつまずき、十里の道も歩けない。林が見えてきたので、なかへ走り込んで、緑の雑草の茂みに向かい、バタンと倒れてしまった。なんと兎とりの李吉が、ちょうど坂の下で兎を見張っており、史家の屋敷の王四だとわかったので、追いかけて林に入り、彼を助け起こそうとしたが、どうしても動かせない。見れば、王四の胴巻から銀子が飛びだしている。李吉は「こいつは酔っぱらっているくせに、どこからこんな大金をもらって来たのだろう。ちょっといただいてやろうではないか」と思った。

これまた天罡星が集まるべく、自然に機会が生まれたということであろう。李吉が胴巻をほどいて、地面に向けて一振りすると、あの返書と銀子がすべて飛びだした。李吉は拾いあげ、やや字がわかるので、手紙を開けて読んでみたところ、上に少華山の朱武、陳達、楊春と書いてあったが、なかほどには堅苦しい言葉が並んでおり、意味がわからない。三つの姓名がわかっただけだったが、李吉は「わしは猟師で、いつになったら出世できるかわからない。易者が、わしは今年、大金持ちになると言ったのは、なんとこのことだったのか。華陰県では三千貫の賞金を出して、あの三人の山賊をつかまえようとしている。クソ史進めが、この間、わしがやつの屋敷にチビの丘乙郎を訪ねて行ったとき、わしがようすをうかがっているとぬかしたが、なんとおまえこそ盗人とつきあっていたのか！」と言うと、銀子と手紙をいっしょに持ち去り、華陰県の役所へ訴え出た。

さて、作男の王四はひと眠りしてそのまま二更（午後九〜十一時）まで眠り、やっと目が覚めた。見ると、月の光がほのかに身体を照らしており、王四はびっくり仰天して跳び起き、あたりを見まわせば松の木ばかり。腰を探ると、胴巻と手紙は両方ともなくなっている。あたりを捜すと、からっぽの胴巻が草の茂みに転がっており、ひたすら「しまった！」と叫ぶばかり。「銀子はかまわないが、返書はどうしたらいいだろう？　誰が持って行ったのだろうか？」と、眉間に皺を寄せて思案するうち、妙案が浮かんできた。「お屋敷に帰って返書をなくしたと言えば、大郎《わかだんな》はきっとイライラして、わしを追いだすにきまっている。返書はもらわなかったと言うほうがいい。調べるはずもないし」

考えが決まり、飛ぶように道をたどって屋敷にもどると、うまい具合に五更（午前三〜五時）時分だった。史進は王四が帰って来たのを見て、たずねた。

「どうしてやっと今ごろ帰って来たのか？」

「旦那さまのおかげをもちまして、寨の三人の頭領がどうしても放してくれず、引きとめられ夜中まで酒を飲んでおりましたので、帰るのが遅くなりました」と王四。

史進がまた「返書はもらったか？」と聞くと、王四は言った。

「三人の頭領が返事を書こうとされたので、てまえは『頭領衆には宴会に出ると決めておられるのですから、返書はいりません。てまえは酒をいただいており、途中で落とす恐れもあり、そうなったら冗談ではすみません』と、言ったのです」

史進は聞いて大喜びして、言った。

「道理で人が『賽伯当《さいはくとう》（伯当もどき）』と呼ぶはずだ。ほんとにすぐれ者だ」

王四が「てまえがどうして間違いをやらかすでしょうか？　途中、まったく休まず、まっすぐお屋敷にもどってまいりました」と言うと、史進は言った。

「そういうことなら、誰か県に行かせて酒のつまみや肴を買って来させ、支度しよう」

いつのまにやら中秋節になり、その日はうまいぐあいに晴れわたった。史進はその日屋敷中の作男に申しつけて、一頭の大羊をさばき、百羽ほど鶏や鵞鳥を殺して、酒宴の準備をした。みるみるうちに暗くなり、なんともすばらしい中秋になった。見れば、

午夜初めて長く、黄昏已《すで》に半ばにして、一輪の月掛《か》かること銀の如《ごと》し。氷盤《ひょうばん》は昼の如く、
賞玩正《まさ》に人に宜《よろ》し。清影　十分に円満、桂花《けいか》・玉兎《ぎょくと》　交《こも》ごも馨《かお》る。簾櫳《れんろう》は高く捲《ま》かれ、金
杯　頻《しき》りに酒を勧め、歓笑　昇平《しょうへい》を賀す。年年　此《こ》の節に当たり、酩酊　酔うこと醺醺《くんくん》た
り。辞する莫《な》かれ　終夕《しゅうせき》の飲、銀漢　露華《ろか》新たなり。

秋の夜長も、たそがれ半ばを過ぎて、月がポッカリ　キラキラと。空にまんまる　昼
かと思われ、今宵まさしく　お月見の夜。光さわやか　満ちあふれ、桂と兎は　月よ
りの使者。簾《すだれ》は高く巻きあげられ、金の杯《さかずき》　しきりにやり取り、あら　めでたいな
天下太平。このお節句が来るたびに、グデングデンに酔っぱらう。ちゃんとつき合え
徹夜の宴、天の川　露も新たにしっとり結ぶ。

さて、少華山の朱武、陳達、楊春の三人の頭領は、手下に言いつけて寨を守らせ、四、五人のお供だけ連れて、朴刀《ぼくとう》（長い柄に長い刀身のついた刀）を持ち、それぞれ腰に刀を帯び

て、馬には乗らず、歩いて山を下り、まっすぐ史家の屋敷にやって来た。史進は出迎え、めいめい挨拶をおえると、裏庭に請じ入れた。屋敷にはすでに酒宴の準備がととのっている。史進は三人の頭領を上座に座らせ、自分は向かい合った席に着くと、すぐ作男に命じて前後の門に閂《かんぬき》をかけさせた。酒を飲みながら、作男は代わる代わる酌をする一方、羊を切り分け酒の肴を勧めた。数杯かさねたころ、早くも東から明月が上って来た。見れば、

桂花　海嶠《かいきょう》を離れ、雲葉　天衢《てんく》に散ず。彩霞　万里を照らして銀の如《ごと》く、素魄《そはく》　千山に映じて水に似たり。一輪の爽塏《そうかい》、能《よ》く宇宙を分かちて澄清。四海団圝《だんらん》、乾坤《けんこん》を射映して皎《こう》潔《けつ》。影は曠野《こうや》に横たわり、独宿の烏鴉《からす》を驚かす。光は平湖に射し、双栖《そうせい》の鴻雁《こうがん》を照らす。氷輪　三千里に展出し、玉兎《ぎょくと》　四百州を平呑《へいどん》す。

　桂花《おつきさま》　海辺の山から差しのぼり、雲葉《むらくも》は　四方の空へ散り散りに。美しい輝きは　万里を照らして　銀世界、白い光は　千山に映えて　清らかな水。一輪の明月は、宇宙の隅々まではっきり分かつ。四海を照らす満月は、天地を輝かせて　純白の汚れなき姿。影《ひかり》は広野《の》に横たわり、独り寝の烏鴉《からす》を驚かす。光はなめらかな湖に射し、つがいの鴻雁《かり》を照らす。氷の輪は　三千里を展べ広がり、玉の兎は　四百州を呑み込むほど。

史進は三人の頭領と裏庭で酒を飲み、中秋の名月をめで楽しみながら、よもやま話をした。そのとき塀の外でワッと鬨《とき》の声があがり、松明《たいまつ》がそこここにともったので、史進は仰天し、パッと立ちあがって言った。

「お三方、そのまま座っていてください。見に行って来ますから」

作男に門を開けてはならぬと怒鳴り、梯子《はしご》をかけて塀に上がって見れば、華陰県の県尉《けんい》(県の長官の下で、盗賊逮捕にあたる責任者の官吏)が馬に乗り、二人の都頭《ととう》(県において盗賊逮捕にあたる実行部隊の隊長)を従え、三、四百の地元兵を率いて、屋敷を取り囲んでいるではないか。史進と三人の頭領はただ「しまった!」と叫んだが、外では松明の光に、鋼叉《こうさ》(鋼《はがね》の叉《さすまた》)、朴刀、五股叉《ごこさ》(先端が五つに分かれた叉)、留客住《りゅうかくじゅう》(カギで相手を引っかける武器)が照らしだされ、麻の林のように並び、二人の都頭が口々に「強盗を逃がすな!」と叫んでいる。このおびただしい人数は史進と三人の頭領をつかまえに来たものにほかならなかった。

これによって、史進がまず一人、二人を殺して、十数人の好漢と交わりを結び、大いに河《か》北《ほく》を騒がせて、天罡星・地煞星をいっせいに遭遇させ、蘆花《ろか》の生い茂る奥深いところに兵士を駐屯させ、荷葉《かよう》のかげに戦船《いくさぶね》を治めることと、あいなった次第。

はてさて、史進と三人の頭領はいかにして脱出するでしょうか。まずは次回の分解《ときあかし》をお聞きください。

注

（1）原文は「院公」。高官や貴人の家で、家事万端を処理する使用人。

（2）もろ刃で先端が三つに分岐し、柄に四つの装飾用の穴をあけ、八つの環をはめた刀。

（3）『論語』顔淵篇の言葉。

（4）盗賊上がりの宋金剛《そうこんごう》の配下だったが、後に唐の第二代皇帝の太宗李世民《りせいみん》に帰属し猛将となる。

（5）唐の高祖李淵《りえん》および太宗李世民配下の猛将。宋金剛のもとにいた尉遅敬徳と闘い、勝利した。

（6）『三国志演義』第一回「桃園の契り」。

第三回

史大郎《したいろう》　夜に華陰県《かいんけん》を走《のが》れ
魯提轄《ろていかつ》　拳《こぶし》もて鎮関西《ちんかんせい》を打つ

詩に曰《いわ》く、

暑往寒来春復秋　暑さ往き寒さ来たり　春復《ま》た秋
夕陽西下水東流　夕陽《せきよう》は西に下り　水は東に流る
時来富貴皆因命　時来たって富貴なるも　皆《み》な命《めい》に因《よ》り
運去貧窮亦有由　運去りて貧窮なるも　亦《ま》た由《ゆえ》有り
事遇機関須進歩　事　機関に遇《あ》えば　須《すべから》く歩を進むべく
人当得意便回頭　人　当《まさ》に意を得《う》れば　便《すなわ》ち頭《こうべ》を回《めぐ》らすべし
将軍戦馬今何在　将軍の戦馬　今　何《いず》くにか在る
野草閑花満地愁　野草《やそう》　閑花《かんか》　満地《まんち》の愁い

〔あっというまに〕季節は移ろい、日は西に沈み　川は東へ流れて〔もどりはしない〕。ツキに恵まれ金持ちになるのも　すべて命《さだめ》のなせるわざ、ツキをなくして貧

乏になる　それも由《いわれ》があればこそ。ここぞというとき　一歩前に、得意の絶頂　そ
こが引き際。将軍の戦馬　今いずこ、兵《つわもの》どもが　夢の跡。

さて、そのとき史《し》進《しん》が「どうすればよかろうか？」と言うと、朱武《しゅぶ》ら三人の頭領は跪《ひざまず》いて言った。

「兄貴、あなたは堅気《かたぎ》のお人ですから、わしらの巻きぞえになってはなりません。どうかわしら三人を縄で縛って突きだし、賞金をもらってください。あなたを巻きぞえにしてお顔をつぶすような目にあわさずにすみますから」

史進は言った。

「どうしてそんなことができよう！　そんなことをすれば、わしがきみたちを騙しておびき寄せ、つかまえて賞金をもらうことになり、むざむざ天下の笑いものになってしまう。わしが死ぬときはきみたちといっしょに死に、生きるときはいっしょに生きる。立ちなさい。落ち着いて別によい手だてを考えよう。こんなことになったわけを聞いて来るから、しばらく待っていなさい」

史進は梯子《はしご》に上ってたずねた。

「二人の都頭《ととう》さんよ、どうして夜中の三更（午後十一～午前一時）にうちの屋敷を襲いに来たのか？」

二人の都頭は答えた。

「大郎《わかだんな》、言い逃れをするのか！　見ろ、原告の李吉《りきつ》がここにいるぞ」

史進が「李吉！　おまえはどうして無実の者を誣告《ぶこく》するのか？」と怒鳴りつけると、李吉は、「もともと知らなかったんだが、林のなかで王四《ワンスー》の返書を拾ったもんで、すぐさま県のお役所に持って行き、中身を確かめてもらったのさ。それで事が露見したってわけさ」と答えた。

史進は王四を呼びつけて言った。

「おまえは返書はないと言ったのに、どうしてまた返書があるのか？」

「てまえはいささか酔っぱらっておりまして、返書のことは忘れておりました」と王四。

「ちくしょうめ！　どうしてくれよう」と、史進は大声で怒鳴った。

外の都頭らは史進の腕っぷしを恐れて、屋敷に突入してつかまえようとはしなかった。三人の頭領は手で指し示して言った。

「ともかく外の要求を承知してください」

史進はその意を悟り、梯子《はしご》の上から叫んだ。

「都頭さんがた、騒がず、しばらく一歩下がってください。わしが自分で縛りあげて出て行き、いっしょにお上に突きだして賞金をもらうとしよう」

二人の都頭は史進が怖いので、しかたなく承知して言った。

「わしらは二人ともかかわりがないのだから、あんたが縛って出て来たら、いっしょに賞金をもらいに行こう」

史進は梯子を下り、大広間の前まで来ると、まず王四を呼んで裏庭に連れて行き、バッサリ一刀のもとに斬り殺した。それから大勢の作男に命じて、屋敷のなかにある一切合財の貴重品類を即座にまとめ、すべて荷造りさせる一方、三、四十本の松明《たいまつ》に点火した。屋敷のなかで史進と三人の頭領は、武装に身をかため、鎗掛けからそれぞれ腰刀をとってたばさみ、朴刀《ぼくとう》を手に持ち、衣服をまくりあげると、屋敷の裏の藁《わら》葺《ぶ》き小屋に火をつけた。作男たちはめいめい包みを身体にくくりつけた。外では中から火の手があがったので、ドッと裏手へ見に行った。

さて、史進は正堂にも火を放ち、屋敷の大門を開け放って、鬨《とき》の声をあげながら、ドッと突撃した。史進が先頭、朱武と楊春《ようしゅん》がなかほど、陳達《ちんたつ》がしんがりになり、手下や作男とともに突っ込み、あっちに突き進みこっちにぶちかまし、縦横無尽に暴れまわった。史進はやはり猛虎、どうして遮ることができよう！

裏手で炎がパッとあがり、血路を開いて跳びだしたとき、二人の都頭と李吉にばったり出くわした。史進は見つけて激怒し、まさに「ここで逢ったが百年目」というところ。二人の都頭は形勢わるしと見るや、身をひるがえして逃げだし、李吉も身をひるがえそうとした。史進はサッと追いついて、手の朴刀をふりあげて、李吉を一刀両断に斬り捨てた。二人の都頭が逃げようとしたとき、陳達と楊春が追いつき、一人ずつ朴刀で二人をかたづけた。県尉《けんい》は仰天して馬を走らせ逃げ帰ってしまった。地元兵はとても前進などできず、それぞれ命からがら逃げ散り、行方もわからない。

　史進は一行を率いて、殺しながら逃げたが、官軍の兵卒たちは追撃しようとせず、それぞれ逃げ散った。史進と朱武、陳達、楊春および作男たちは、そろって少華山《しょうかざん》の寨《とりで》に到着、腰を下ろすと、ようやく弾む息もおさまった。朱武らは寨に着くや、すぐさま手下たちに牛を殺し馬をさばかせながら、祝賀の宴を開いたことは、さておく。

　つづいて数日たつと、史進は「ちょっと三人を助けようとしたために、屋敷に火を放ち、いくらかの貴重品や財物は残ったとはいえ、大きくて重い道具は何もかもなくなってしまった」と思案し、内心ためらって、ここにはいられないと思い、口を開いて朱武ら三人に言った。

「わしの師匠の王教頭《おうきょうとう》は、関西経略府《かんせいけいりゃくふ》（経略府は辺境守備軍の役所）で仕官しておられる。わしは前から訪ねたいと思っていたが、親父が死んだために、まだ訪ねたことがない。今、財産も屋敷もなくなってしまったので、これから訪ねて行こうと思う」

　朱武ら三人は言った。

「兄貴、行かないでください。わしらの寨でしばらく暮らしてから、また相談しましょう。もし兄貴が山賊稼業はごめんだとお思いなら、ほとぼりがさめたころ、てまえどもが兄貴のために屋敷をもう一度、建て直しますから、また堅気になればいいでしょう」

「きみたちの好意はありがたいが、わしのどうしても出発したいという気持ちは止められない。財産もすべてなくなってしまい、屋敷をもう一度建て直すのは無理だ。これから師匠を訪ねて行き、向こうで出世の道を捜して、残りの人生を楽しく過ごしたいと思う」と史進。

史大郎　夜に華陰県を走れ

朱武が「兄貴、ここで寨の主になるのも、愉快ではありませんか！　寨は小さいけれど、馬を休ませるには十分です」と言うと、史進は言った。

「わしは清白《まつさら》な好漢《おとこ》だ。死んだ両親からもらった身体を汚すことはできない。山賊になれなどと、二度と言うな」

史進はさらに何日か滞在すると、どうあっても出発しようとし、朱武らがねんごろに引きとめても聞き入れず、連れて来た作男をみな寨に残し、少しばかりの小粒の銀子だけを収めて、一つ荷物を作り、余分な物をすっかり寨に預けた。史進は頭に白い大きな范陽《はんよう》の毛氈《もうせん》の帽子をのせて、上に紅い房をたらし、紺色の抓角《そうかく》の軟頭巾（角をつまんだ軟らかい頭巾）をかぶり、首には黄色い襟巻をし、白い紵《からむし》の糸で織った立ち襟の戦衣《いくさごろも》を身に着け、腰に査《さ》五指《ごし》の紅い組紐で作った帯をしめ、青と白の縞模様の脚絆《きやはん》を巻き、紐を通す輪がたくさん付いた旅行用の麻草鞋《あさわらじ》を履き、銅鉢形のまるい鍔《つば》の雁翎刀《がんれいとう》（薄刃の刀）を一振りたばさみ、背中に荷物を負い、朴刀を持って、朱武ら三人に別れを告げた。手下たちはそろって麓まで見送り、朱武らは涙を流して別れ、寨へともどって行った。

さて、史進は朴刀を持って、少華山を離れると、関西五路をたどり、延安府《えんあんふ》へと向かった。見れば、崎嶇《きく》たる山嶺、寂寞《せきばく》たる孤村。雲霧を披《ひら》きて　夜　荒林に宿し、暁月を帯びて　朝　険道に登る。落日　趲行《さんこう》して　犬の吠ゆるを聞き、厳霜に早《つと》に促《うなが》され　鶏《にわとり》の鳴くを聴く。山影将《まさ》に沈まんとし、柳陰漸《ようや》く没す。断霞は水に映じて　紅光散じ、日暮転《うた》た収まりて　碧《へき》霧《む》生ず。渓辺《けいへん》の漁父　村に帰り去《ゆ》き、野外の樵夫《きこり》　重きを負《お》いて回《かえ》る。

山道険しくうねうねつづき、ポツンと寂しい村一つ。立ちこめる霧かき分けて　荒れた林に野宿して、夜明けの月の光とともに　道なき道をよじ登る。慌ただしくも日が沈み　犬が吠えれば　あたりは暗く、厳しい霜にうながされ　鶏の声　夜が明ける。山影　早くも暗夜に没し、柳のかげも　闇のなか。霞切れ切れ　水面《みなも》に映えて　紅い光をあたりに放ち、夕暮れ深まりゆくにつれ　碧《みどり》の霧が湧き起こる。谷川の漁師は村へ帰り、野辺の樵《きこり》は　ずっしり担いで家路を急ぐ。

史進は道中、お決まりどおり、飢えれば食らい喉が渇けば飲み、夜は泊まり朝になると出発し、一人きりで半月余り旅をつづけ、渭《い》州にやって来た。ここにも経略府があるため、史進は「先生の王教頭はここにおられるのではあるまいか？」と、城内に入った。

見れば、型どおりの町並みがつづいている。小さな茶店が道の入口にあったので、史進はさっそく茶店に入り、席を選んで腰を下ろした。給仕が「お客さん、どんなお茶にいたしましょうか？」とたずね、史進が「煎茶をくれ」と言うと、給仕は茶をいれ、史進の前に置いた。史進はたずねた。

「ここの経略府はどこにあるかな？」

「目の前にあるのがそうです」と給仕。

史進はたずねた。

「経略府のなかに、東京《とうけい》（開封《かいほう》）から来られた教頭の王進《おうしん》という方はおられるか？」

「ここの府の教頭さんはとても多く、王という姓の方も三、四人おられるが、どの方が王進さんか、わかりません」と給仕。

まだ言いおわらないうちに、ふと見ると、一人の大男が大股で茶店のなかに入って来た。目をやれば、軍官ふうの出で立ちである。どんな具合かと見れば、

頭に芝麻羅《しまら》の万字頂の頭巾を裹《かぶ》り、脳後《のうご》に両個の太原府の紐糸《ちゆうし》の金環、上は一領の鸚哥緑《おうかりよく》の乾《かん》の紵糸《ちよし》の戦袍《せんぽう》を穿《つ》け、腰に一条の文武双股の鴉青《あせい》の絛《おび》を繋《し》め、足に一双の鷹爪皮《ようそうひ》四縫の乾黄《こう》の靴を穿《は》く。生得《うまれつき》面《かお》は円《まる》く耳は大きく、鼻は直《なお》くして口は方《ほう》、腮《あご》の辺は一部の貉臊《むじな》の鬍鬚《ひげ》。身長八尺、腰の闊《はば》は十囲なり。

頭には芝麻羅《しまら》（絹織物。紗の地に胡麻《ごま》の模様がある）の「卍《まんじ》」の刺繍をした頭巾、頭のうしろには二つの太原府の紐糸《かけひも》がある金環、上には鸚哥緑《もえぎいろ》の紵《からむし》の糸で織った戦《いくさ》衣《ごろも》を身に着け、腰には文武双股《よりあわせ》の鴉青《あいいろ》の帯をしめ、足には先の尖った四筋縫いの乾黄《きいろ》

の皮靴を履く。顔はまんまる　耳はでっかく、鼻はまっすぐ　口は四角く、腮《あご》には貉獇《むじな》のひげがモジャモジャ。身長八尺、腰回りは十囲《とおい》（囲は両手の親指と人差し指で輪にした大きさ）。

その人が茶店に入り腰を下ろすと、給仕は言った。

「お客さん、王教頭をお捜しなら、この提轄《ていかつ》（隊長）さんに聞かれたら、すぐわかりますよ」

史進は慌てて立ちあがりお辞儀をして、言った。

「お役人、どうぞ座ってお茶を飲んでください」

その男は、史進が長身で堂々とし、好漢らしいと見てとると、さっそくやって来てお辞儀を返した。両者が腰を下ろすと、史進は言った。

「ぶしつけで恐縮ですが、お役人さんは何というお名前ですか？」

その男は答えた。

「わしは経略府の提轄で、姓は魯《ろ》、本名は達《たつ》と申す。兄さんにおたずねするが、きみの名は何という？」

「てまえは華州華陰《かかいん》県の者で、姓は史、名は進と申します。お役人さんにおたずねしますが、てまえの師匠は、東京《とうけい》八十万禁軍の教頭で、姓は王、名は進と申されますが、この経略府においででしょうか？」と史進。

魯達は言った。

「兄さん、きみは史家村《しかそん》の〈九紋龍《くもんりゅう》〉史大郎《したいろう》ではないか？」

「そうです」と、史進は拝礼して言った。

魯達は慌てて礼を返して言った。

「『名を聞くは面《かお》を見るに如《し》かず、面を見るは名を聞くに勝《まさ》るに似たり』だ。きみの捜している王教頭は、東京で高太尉《こうたいい》を怒らせた王進どのではないかね？」

「その人にほかなりません」と史進が言うと、魯達は言った。

「わしもその人の名を聞いたことはあるが、ここにはいない。聞くところによれば、その人は延安府の老种経略相公《ろうちゅうけいりゃくしょうこう》（种は姓、経略相公は辺境守備軍の司令官）のもとで仕官したそうだ。この渭州は小种《しょうちゅう》経略相公（老种経略相公の息子）が守っておられ、その人はここにはいない。きみが史大郎であるからには、かねてからきみの勇名は聞いているゆえ、わしといっしょに町へ行って酒を飲もう」

魯達は史進の手を引いて、さっそく茶店を出るや、ふり返って言った。

「茶代はわしが払うぞ」

「提轄さん、かまいません。どうぞ行ってください」と給仕。

二人が腕を組んで茶店を出、町へ向かって四、五十歩行くと、見れば、大勢の者が群がり、空き地を取り囲んでいる。史進は、「兄貴、ちょっと見てみましょう」と言い、人群れをかき分けて見ると、なかに一人の者がおり、十本ほどの棍棒を立てかけ、地面に十数枚の膏薬を並べて、一皿に盛り、上に一枚の紙のぼりを挿していた。なんと鎗や棒を使ってみせる巷《ちまた》の膏薬売りだったのだ。

見ると、その男はなんと史進に手ほどきした師匠、〈打虎将《だこしょう》〉李忠《りちゅう》ではないか。史進は人群れのなかから叫んだ。

「先生、お久しぶりです」

魯達は言った。

「きみ、どうしてここに来たのか？」と李忠。

「史大郎の師匠なら、わしらといっしょに飲みに行こう」

「膏薬を売り、代金をもらってから、提轄さんといっしょに行きます」と李忠。

「待つなど面倒しごく。すぐいっしょに行こう」と魯達。

「てまえの飯が食いあげになります。提轄さん、先に行ってください。おっつけ参りますから。きみは提轄さんと一足さきに行ってくれ」と李忠。

魯達はイラついて、見物人を押し倒し、怒鳴りつけた。

「てめえら、とっとと散れ。さもないと、わしがぶちのめすぞ！」

見物人は魯達だと見てとるや、ワッと声をあげドッと逃げ去った。李忠は魯達の凶暴さを目にすると、ムカッとしたが口には出さず、しかたなく追従笑いをして、「せっかちなお方だ」と言いながら、さっそく商売道具の薬袋をかたづけ、鎗と棒を預けた。三人は角をまがり、州橋《しゅうきょう》のたもとの潘家《はんか》なる名の知れた酒楼にやって来た。門前には旗竿《はたざお》が出されて、酒旗が掛けられ、ヒラヒラと空中に漂っている。いかによい酒楼かといえば、これぞまさしく、李白《りはく》がうなずいてすぐ飲み、陶淵明《とうえんめい》が手招きするともどって来るというところ。その証拠に次のような詩がある。

風払煙籠錦旆揚
太平時節日初長
能添壮士英雄胆
善解佳人愁悶腸
三尺暁垂楊柳外
一竿斜挿杏花傍
男児未遂平生志
且楽高歌入酔郷

風払い煙籠《もや》めて　錦旆《きんはい》揚がり
太平の時節　日初めて長し
能《よ》く添う　壮士の英雄の胆《きも》
善く解す　佳人の愁悶の腸《はら》
三尺　暁に垂る　楊柳《ようりゅう》の外
一竿《いっかん》　斜めに挿す　杏花《きょうか》の傍《かたわら》
男児未《いま》だ遂げず　平生の志
且《しばら》く楽しむ　高歌して酔郷に入るを

風はそよぎ靄《もや》は立ちこめ　錦の旗は空高く、天下太平　のどかなる日々。いや増すは　男度胸の肝っ玉、わかります　悩める美女の胸の内。夜明けの楊柳《やなぎ》　三尺に垂れ、杏花《あんず》のかたわら　一竿斜めに。いまだかなわぬ　日ごろの大志、ここはひとまず　歌って酔って。

三人は潘家酒楼の二階に上がり、こざっぱりした部屋を選んで腰を下ろした。魯達が上座、李忠が向かい側、史進が下座に座った。給仕は「ハッ」と言いながら敬礼し、魯達だと見てとるや、「提轄さん、お酒はどのくらい持って来ましょうか？」と言った。魯達は「まず四角（一角は約五合）ほど持って来い」と言った。給仕が野菜、果物、酒の肴を並べながら、また「旦那さん、ご飯のおかずは何にされますか？」と聞くと、魯達は言った。

「うるさい！　あるものは何でも持って来い。いっぺんに払ってやる。ほんとに騒々しいやつだ」

給仕は下りて行き、すぐ燗をした酒とつまみや肉料理を持って来て、卓いっぱいに並べた。

三人は数杯飲んで、いささか雑談し、鎗術の優劣を論じて、話が佳境に入ったとき、隣りの部屋から、誰かが嗚咽《おえつ》する声が聞こえてきた。魯達はイライラして、皿や小鉢をすべて床板に払い落とした。給仕が聞きつけ、慌てて見に上がって来ると、魯達がプンプンしているので、揉み手をして言った。

「旦那さん、何かご入り用でしたら、お申しつけください。持ってまいります」

魯達は言った。

「わしが何がいるか、おまえも察しろ。どうして誰かを隣りの部屋でしくしく泣かせ、わしら兄弟の酒盛りの邪魔をするのか。わしが今までおまえに酒代を払わなかったことがあるか！」

給仕は言った。

「旦那さん、怒らないでください。てまえどもが人を泣かせて、旦那さんの酒盛りの邪魔などするわけがありません。泣いているのは、酒席をとりもつ芸人の親子二人です。旦那さんがたがここで酒を飲んでおられるのを知らず、ちょっと悲しんで泣いているのです」

「それはおかしい！　やつらを呼んで来い」と魯達。

給仕が呼びに行くと、まもなく二人がやって来た。前にいるのは十八、九の娘、うしろにいるのは五、六十の年寄りで、手に拍子木を持ち、そろって目の前に来た。見れば、その娘はとびきりの美貌ではないが、ちょっと人の心を動かす顔だちである。


鬅鬆《ほうそう》たる雲髻《うんけい》、一枝の青玉の簪児《かんざし》を挿す。裊娜《じょうだ》たる纖腰《せんよう》、六幅《ろっぷく》の紅羅の裙子《スカート》を繫《まと》う。素白の旧衫《きゅうさん》は雪体を籠《つつ》み、淡黄の軟襪《なんべつ》は弓鞋《きゅうあい》に襯《そ》う。蛾眉《がび》　緊蹙《きんしゅく》して、汪汪《おうおう》たる涙眼　珍珠を落とす。粉面　低《いだ》く垂れ、細細たる香肌に玉雪消ゆ。若《も》し雨病雲愁に非《あら》ざれば、定めて是《こ》れ憂いを懐き恨みを積めるならん。大体は他《かれ》の肌骨《きこつ》の好《よろ》しきに還《かん》し、脂粉《しふん》を搽《ぬ》らざるも也《ま》た風流。

乱れかかった雲なす髷《まげ》に、青玉の簪《かんざし》一つ挿す。なよなよとした細い腰には、紅い羅《あやぎぬ》六幅《むはば》の裙子《スカート》。着慣れた白い衫《ブラウス》は雪のような肌を包み、淡黄色《クリーム》の軟らかい襪《くつした》は弓なりの鞋《くつ》にぴったりと。しなやかな眉　キュッと顰《ひそ》めて、真珠の涙　ポロポロこぼす。白い顔《かんばせ》うつむけて、なめらかな肌に　雪が染み入る。恋の病でないというなら、いや増す憂いや怨みのせいか。もともときれいな顔だちなれば、紅白粉《べにおしろい》を塗らずとも風流《いき》。

その娘は涙をぬぐって、進み出ると、「万福《ワンフー》」と唱えながら三人に深々とお辞儀し、老人もともに挨拶した。魯達はたずねた。

「おまえたち二人はどこの者か？　どうして泣いているのか？」

娘はそこで答えた。

「旦那さまはご存じないことですが、どうか私の話を聞いてください。私は東京《とうけい》（開封《かいほう》）の者で、父母とともにこの渭州にまいり、親類に身を寄せようと思ったのですが、思いがけないことに、親類は南京《なんけい》（南京応天《なんけいおうてん》府。河南省商丘市）に引っ越した後でした。母は宿屋で病気になって身まかり、父子二人、ここで落ちぶれ、苦しい思いをしていたところ、このあたりのお金持ちで、鎮関西《ちんかんせい》の鄭《てい》大旦那という人があらわれ、私に目をつけて、無理やり仲人を立て、妾にしようとしました。なんと三千貫の身売り証文を書かせ、お金は払わず証文だけなのに、私の身体を引き取って行ったのです。三か月もたたないうちに、鄭の正妻がほんとにきつい人で、私を叩きだしたので、破談になりました。なのに鄭は宿屋の主人に取り立てを命じ、三千貫の身売り代を返せと迫ってきました。父は臆病で、あいつと争うことはできず、またあいつにはお金も力もありません。最初からビタ一文もらっていないのに、今どうしてお金を工面して返せましょうか。どうしようもなく、父が子供のときから小唄を教えてくれていたので、ここの二階でお座敷に出ています。毎日、ほんの少しのお金が手に入るだけなのに、そのほとんどはあいつに返し、ほんの少し残った分だけ私どもの生活費にしています。この二、三日、飲みに来るお客さんも少なく、支払期限に遅れていますので、あいつが集金に来たとき、おそらくひどい目にあわされるでしょう。私ども父子はこの苦しみを思い悩み、訴えるところもないため、それで泣いていたのです。思いがけず、旦那さまのお邪魔をしてしまい、どうかお許しください。よろしくお汲みとり願います」

魯達はまたたずねた。

「おまえの姓は何というのか？　どこの宿屋に泊まっているのか？　その鎮関西の鄭大旦那とやらはどこに住んでいるか？」

老人は答えた。

「てまえは金《きん》という姓で、排行《はいこう》（兄弟の順番）は二番目です。娘の名は翠蓮《すいれん》と申します。鄭大旦那はここの状元橋《じょうげんきょう》のたもとで肉屋をやっている鄭さんで、あだ名が鎮関西なのです。てまえども二人はすぐそこにある東門の魯家客店《ろかきゃくてん》に泊まっています」

魯達はこれを聞くと、「ペッ！　鄭大旦那とは誰かと思えば、なんと肉屋の鄭だったのか！　あのいまいましいならず者は、うちの小种経略相公に身を寄せて、肉屋をやらせてもらっているのに、なんとそんなに阿漕《あこぎ》な野郎だったのか」と言い、ふり返って李忠と史進を見て、「お二方はしばらくここにいてくれ。あいつをぶっ殺して、すぐもどって来るから」

と言った。

史進と李忠は抱きとめ、なだめて言った。

「兄貴、怒ってはいけない。明日、けりをつければよい」

二人は何度も魯達をなだめ、思いとどまらせた。魯達はまた言った。

「じいさん、こっちへ来い。おまえに旅費をやるから、明日さっそく東京へ帰ったらどうだ」

父子二人は言った。

「もし故郷へ帰ることができれば、まさしく命の恩人、第二の父母にほかなりません。ただ、宿屋の主人がどうして放してくれましょう。鄭大旦那がやつに命じて金を要求してくるにちがいありません」

魯達は「そんなことはかまわん。わしに考えがある」と言うや、懐から五両の銀子を探りだして、卓上に置き、史進に目をやって言った。

「わしは今日、持ち合わせが少ないゆえ、きみ、銀子があったら、ちょっとわしに貸してくれ。明日すぐ返すから」

史進は「兄貴に返してもらうなど、とんでもありません」と言うと、包みから十両の銀子一錠（大判の金子や銀子を数える単位。一枚）を取りだし、卓上に置いた。魯達が李忠に目をやり、「きみもちょっと貸してくれ」と言うと、李忠は懐から二両の銀子を探りだした。

魯達は少ないと見るや、「ケチな男だな」と思い、十五両の銀子だけ金じいさんに与えて、申しつけた。

「おまえたち父子はこれを持って行って旅費にし、荷物をかたづけろ。わしは明日の朝早く行って、おまえたちを出発させてやろう。宿屋のおやじに止めだてなんかさせるものか」

金じいさんと娘は拝礼して感謝し出て行った。魯達は二両の銀子を李忠に投げ返した。三人はまた二角の酒を飲み、階下へ下りて呼びかけた。

「おやじ、酒代は明日、払うぞ」

酒楼の主人はハイハイと答えて言った。

「提轄さん、どうぞ行ってください。ただ飲んでいただければけっこう、提轄さんが掛けで飲みに来てくださらないほうが心配です」

三人は潘家酒楼を出ると、町で別れ、史進と李忠はそれぞれ宿屋へと向かった。

さて、魯達は経略府の前にある下宿にもどり、部屋に入ると、晩ご飯も食べず、プンプン怒って眠ってしまった。下宿の主人もわけを聞こうとはしなかった。

さて、金じいさんは十五両の銀子を手に入れると、宿屋にもどって娘を休ませ、まず城外の遠い所に行って馬車を一台予約した。もどって来ると、荷造りをし、宿賃を払い、薪代や米代を精算して、ひたすら翌朝の夜明けを待った。その夜は別に何事もなく、翌朝五更（午前三～五時）に起き、父子二人はまず火を起こしてご飯を炊き、食べおわってかたづけると、空が白みはじめた。

見ると、魯達が大股で宿屋に入って来て、声を張りあげて叫んだ。

「若いの、金じいさんの部屋はどこだ」

宿屋の若い者が言った。

「金さん、提轄さんがお訪ねだよ」

金じいさんは部屋の戸を開けて言った。

「提轄の旦那、どうぞなかでお座りください」

「座ってどうするんだ！　行った、行った！　モタモタするな！」と魯達。

金じいさんは娘を引きつれ、天秤棒を担ぐと、魯達にお礼を言い、さっそく門を出ようとした。若い者が遮って言った。

「金さん、どこへ行くんだい？」

魯達はたずねた。

「この人は宿賃を払っていないのか？」

「宿賃は昨夜、すっかり払ってもらいましたが、鄭大旦那の身売り金が残っています。てまえどもは取り立てを命ぜられていますので、こいつを見張っているのです」と若い者。

魯達は言った。

「鄭の金は、わしが返してやる。おまえは、この親子を故郷に帰してやれ」

若い者がどうして放そうか？　魯達は激怒して五本の指をパッと開き、かの若い者の顔を平手打ちにしたところ、若い者は口から血を吐いた。またもう一発、拳骨を食らわし、前歯を二本へし折ると、若い者は這い起きて、一目散に逃げた。宿屋の主人に止めに出る度胸があるはずもない。金じいさん父子は慌てて宿屋を離れ、町を出て昨日予約した馬車のところへと向かった。

さて、魯達は宿屋の若い者があとを追い、邪魔をするのではないかと思い、とりあえず宿屋のなかから腰掛けを持って来て、両個《ふたつ》の時辰《とき》（四時間）ほど座っていた。金じいさんが遠くへ行った頃合いを見はからって、はじめて立ちあがり、ただちに状元橋へと向かった。

さて、肉屋の鄭は間口二間（間は建物の梁《はり》〔柱〕と梁〔柱〕の間を数える単位。二間は柱一本、間が二つ）の店を開いており、二つの肉切り台に四つか五つ、豚の肉塊がぶらさげられていた。鄭はちょうど入口の勘定台の内側に座り、十人ほどの切り手が肉を売っているさまを見ていた。魯達は入口まで来ると、「おい、鄭」と声を張りあげた。鄭は見て、魯達だと見てとるや、慌てて勘定台から出て来て、「ハッ」と唱えながら、「提轄さん、失礼しました」と言い、見習いに腰掛けを持って来させ、「提轄さん、どうぞおかけください」と言った。魯達は腰を下ろして言った。

「経略相公さまのお言いつけで、赤身の肉十斤（一斤は約六〇〇グラム）、微塵切りにしてくれ。ほんの少しでも脂身を残してはならんぞ」

「おまえたち、はやく上物を選んで、十斤切って来い」と鄭。

魯達は言った。

「そんな小汚い者どもが切ってはならぬ。おまえが自分で切れ」

鄭は「わかりました。てまえが自分で切ります」と言うと、自分で肉切り台のところに行き十斤の赤身の肉を選び、微塵切りにした。かの宿屋の若い者は手拭いで頭を包み、ちょうど鄭の肉屋に金じいさんのことを知らせに来たが、魯達が肉切り台の側に座っているのを見るや、近づこうとせず、やむなく遠くの軒下に立ちつくして眺めていた。

鄭は半個《はんぶん》の時辰《とき》（一時間）ほどかけて自分できちんと切ると、荷《はす》の葉に包んで言った。

「提轄さん、誰かにとどけさせましょうか」

魯達は言った。

「とどけなくともよい。しばらく待て。もう十斤、入り用だ。すべて脂身で、少しでも赤身を残してはならんぞ。これも微塵切りにしろ」

「今さっきの赤身は、たぶん役所で餛飩《ワンタン》を作るのにご入り用なのでしょうが、脂身の微塵切りは何に使われるのですか」と鄭。

魯達は目をむいて言った。

「相公がわしに申しつけられたのだ。おたずねできるものか」

「お使いになられるものでしたら、てまえが切ります」と鄭は言い、また十斤の上等の脂身を選んで、微塵切りにし、荷の葉で包んだ。朝中かかりきりで、昼ご飯がすむ時間になってしまったが、宿屋の若い者は近づくこともできず、肉を買いに来た客さえ近づこうとはしなかった。

鄭は言った。

「誰かに持たせて、役所におとどけしましょう」

魯達は言った。

「もう十斤、上等の軟骨が入り用だ。これも微塵切りにしてくれ。ちょっとでも肉を残してはならんぞ」

鄭は笑いながら言った。

「わざわざ、てまえをからかいに来られたのではありませんか!」

これを聞いた魯達は、パッと立ちあがり、二包みの微塵切りにした肉を手に取り、目をむいて鄭を睨みつけ、「わしはわざわざ、おまえをからかいに来たのだ!」と言うと、二包みの微塵切りの肉をまっこうから投げつけたので、まるでひとしきり肉の雨が降ったようなありさま。

鄭はカンカンに腹を立て、二筋の怒気が足もとから頭のてっぺんまで突きあがった。メラメラ燃えあがる激しい怒りを抑えきれず、肉切り台の上から骨を削る鋭利な刀をつかむや、ポンと跳びおりたが、魯達は早くも街路に足を踏みだしていた。近所の者や十人ほどの使用人も進み出てなだめようとせず、道の両側を通る者もみな立ちどまり、宿屋の若い者とともにびっくり仰天するばかりだった。

鄭は右手に刀を持ち、左手ですぐさま魯達をつかまえようとしたが、魯達がそのまま左手を抑えながら、踏み込み、下腹めがけて一発蹴ったので、バタンと道路に倒れた。魯達はもう一歩踏み込み、胸を踏みつけて、大どんぶりのような拳骨をふりあげ、鄭を見ながら言った。

「わしははじめ老种経略相公に身を寄せて、関西五路廉訪使《れんほうし》になったから、たしかに鎮関西と呼ばれても間違いはない。おまえはしがない肉屋の包丁使いなのに、それでも鎮関西と称し、どうして金翠蓮を恐喝したのか？」

一発殴ると、鼻に命中し、鮮血がドッと流れて、鼻は片方に歪んでしまい、たちまち醬油屋を開いたように、しょっぱいの、すっぱいの、辛いのが、一度にあふれ出てきた。鄭はもがいたが起きあがれず、刀もかたわらに放りだして、ただ口のなかで「よくもやったな！」と叫ぶばかり。魯達は「クソ泥棒め、まだ口ごたえするか！」と罵り、拳骨をふりあげて、目のふち、眉じりに一発食らわせると、目のふちが破れて、目玉が飛びだし、呉服屋を開いたように、紅いの、黒いの、臙脂《えんじ》色のが、すべてあふれ出てきた。

両側で見ていた者は、魯達を恐れ、誰が進み出てなだめられようか？　鄭がたまらず、許しを乞うと、魯達は「こらっ！　おまえはごろつきだ。わしとことんまでやり合うなら、許してもやるが、どんなに許してくれと言っても、わしはおまえを許さん」と怒鳴りつけ、また一発、拳骨をこめかみに命中させた。と、施餓鬼《せがき》をしたように、磬《けい》や鈸《ばち》や鐃《どら》が、いっせいに鳴り響いた。魯達が見ると、鄭は地面にのびており、口から出る息はあるが、入る息はなく、ピクリとも動かない。

魯達はわざと、「こんちくしょう、死んだ真似をしやがって。もういっぺん殴るぞ！」と言い、ふと見ると、顔の色がだんだん変わってきた。魯達は、「わしはただこいつをこっぴどく殴るつもりだったが、なんと三発でほんとに殴り殺してしまったわい。訴えられたら、飯を差し入れてくれる者もないし、サッサと逃げるに越したことはない」と思い、歩きだして逃げようとした。ふり返って鄭の死体を指さしながら、「おまえが死んだふりをするなら、わしはゆっくりおまえとけりをつけるぞ」と言い、罵りながら、大股で歩み去った。近所の者や鄭の使用人が、どうして進み出て彼を止めたりするだろうか。

魯達は下宿に帰り着くと、大慌てで衣服、路銀、貴金属、銀子をまとめ、古い服やガラクタはすべてそのまま置いて、背丈ほどの短い棒をひっさげ、南門を出るや、一目散に逃げた。

さて、鄭の家の者は、しばらく手当てをしたが生き返らず、ああ、鄭は死んでしまった。家族や隣人たちがただちに州役所に訴状を提出したところ、ちょうど府尹《ふいん》（府の長官）が登庁していた。府尹は訴状を受け取り、読みおえると言った。

「魯達は経略府の提轄だ。勝手にすぐやつを捕まえることはできない」

府尹はさっそく轎《かご》に乗り、経略府の前まで来ると、轎を下りて、門番の兵士に命じて報告に行かせた。経略（司令官）は聞くと、大広間に請じ入れた。府尹と挨拶をかわすと、経略はたずねた。

「何のご用ですか？」

府尹は答えた。

魯提轄　拳もて鎮関西を打つ

「閣下にお知らせいたしますが、役所の提轄の魯達が、ゆえなく拳骨で町の肉屋の鄭を殴り殺しました。閣下に申しあげず、勝手に犯人を逮捕はできませんので」

経略は聞いてびっくり仰天し、「魯達は武芸にすぐれているが、性格が粗暴だ。今度、殺人事件を起こし、わしがどうしてかばうことができようか。府尹に尋問させるべきだ」と思い、府尹に答えて言った。

「魯達という者は、もともと私の父、老経略のところの軍官です。私のところで警護に当たる者がいなかったために、やつを配置して提轄にしたのです。殺人事件を起こしたからには、やつをつかまえ法によって尋問すべきです。はっきり自供し、罪が決まれば、私の父にも知らせ、それではじめて判決してもらいたい。さもないと、後日、父のところで国境警備のためこの者を求めて来たとき、具合がわるいというものです」

府尹は答えた。

「私《わたくし》が事情を尋問し、あわせて老経略相公に申しあげ、お知らせしてから、処置いたします」

府尹は経略相公のもとを辞し、役所の前まで来て、轎に乗り、州役所に帰り着いた。大広間に出て腰を下ろすと、ただちにその日の捕縛担当の配下を呼び、文書に書き判をして、犯人の魯達を逮捕させることとした。そのとき王観察《おうかんさつ》（観察は捕縛担当役人の呼称）は公文書を受け取るや、捕り方を二十人ほど引きつれ、たちまち魯達の下宿に到着した。すると、下宿の主人が言うには、「いまさっき荷物を担ぎ、短い棒を持って出て行きました。てまえはただ公務で出かけたとばかり思い、何もたずねませんでした」とのこと。

王観察はこれを聞き、主人に部屋の戸を開けさせて見ると、なかにはいささかの古びた衣裳と布団が残っているだけだった。王観察は主人を連れて、四方八方捜し、州の南から北まで走りまわったが、つかまえることができなかった。王観察は両隣りの家の者と下宿の主人を拘束して、ともども州役所の大広間へもどり報告した。

「魯提轄は処罰を恐れて逃亡し、行方がわかりませんので、下宿の主人と隣りの者をここに引っ立てて来ました」

府尹は報告を聞き、しばらく監視させる一方、肉屋の鄭の隣人らを集め、検死役人を召集して、現地の町役人および町の責任者に申しつけて、何度も死体を検証させた。それが完了すると、鄭の家では柩《ひつぎ》を準備して死体を収め、寺院に安置した。また、公文書を作成する一方、人を遣わして厳しく期日を限り犯人を逮捕させることとした。原告一同はこの件は預かりとして帰宅させたが、隣人一同は助けようとしなかった咎《とが》で、棒叩きに処し、下宿の主人とその隣人は、不届きだと叱責するだけにとどめた。

逃亡中の魯達は、全国手配の文書を配布し、各地で追跡逮捕させることとし、一千貫の賞金をつけ、その年齢、本籍を記し、似顔絵をかいて、いたるところに貼りだした。関係者一同は釈放され沙汰を待つことになり、鄭の家族や親類が喪に服したことは、さておく。

さて、魯達は渭州を離れると、東に逃げ西へ走り、そのさまは以下のようだった。

群れを失いし孤雁は、月明を趁《お》いて独自《ひと》り天に貼《つ》いて飛び、網を漏れし活魚は、水勢に乗じて身を翻《ひるがえ》し浪を衝《つ》きて躍《おど》る。遠近を分かたず、豈《あ》に高低を顧みんや。心忙《せわ》しく路行く人を撞《つ》き倒し、脚の快《はや》きこと陣に臨む馬の如《ごと》き有り。

群れからはぐれた孤独な雁は、月明かりを頼りに空高く飛び、網を逃れた元気な魚は、流れに乗って身をひるがえし波に逆らい躍りあがる。遠いも近いも知るものか、高いも低いもかまっちゃおれぬ。気もそぞろ 道行く人を突き倒し、快足ぶりは戦《いくさ》に臨む馬のよう。

魯達は慌てふためくこと喪家《そうか》の犬（喪中の家の犬。あるいは家を失った犬）のごとく、焦りまくること網から逃れた魚のごとく、いくつかの州府を通過した。これぞまさしく、「命拾いするには道を選ばず、いたるところわが家と為す」というところ。昔から「飢えては食を択《えら》ばず、寒くして衣を択ばず、惶《あわただ》しくして路を択ばず、貧しくして妻を択ばず」などというが、魯達は慌てて道を急ぎ、どこへ行けばよいかもわからず、むやみに半月余り歩いて、途中で代《だい》州の雁門《がんもん》県に到着した。

城内に入ると、町は賑やかで、人家が密集し、車馬は行き交い、さまざまな店が商売をし、どんな品物もみなあり、まことにきちんとととのっていて、県役所のある町とはいえ、州役所のある町にまさるほど。魯達は歩いているうち、人々が四つ角の立て札を取り囲んでいるのを目にした。見れば、

肩を扶《たす》け背を搭《とう》し、頸《くび》を交え頭を並ぶ。紛紛として賢愚を弁ぜず、攘攘《じょうじょう》として貴賤を分かち難し。張三《チャンサン》は蠢胖《しゅんぱん》にして、字を識《し》らざれば只《た》だ頭を揺すり、李四《リースー》は矮矬《わいざ》にして、別人を看《み》て也《ま》た脚を踏む。白頭の老叟《ろうそう》は、尽《ことごと》く拐棒《つえ》将《も》て髭鬚《ひげ》を柱《ささ》え、緑鬢《りょくびん》の書生は、却《かえ》って文房把《も》て款目《かんもく》を抄《うつ》す。行行《ぎょうぎょう》総《すべ》て是《こ》れ蕭何《しょうか》の法、句句倶《とも》に律令《りつれい》に依《よ》って行わる。

押し合いへし合い、首を差し伸べ　頭をかしげる。ゴチャゴチャ入りまじって　賢愚もいっしょくた、ガヤガヤ騒いで　貴賤もわからぬ。張三は愚かしく、字を知らないから　ひたすらうなずくばかり、李四はチビなので、まわりの人を踏み台代わり。白髪のじいさんは、拐棒《つえ》にすがってひげ面支え、髪の黒い書生は、筆を使っておふれを写す。毎行すべて蕭何《しょうか》（前漢の高祖劉邦《りゅうほう》の創業の功臣）の法《おきて》、一語一語が律令《きまり》に基づく。

魯達は人々が立て札を眺め、四つ角でひしめき合っているのを見ると、自分も人ごみにもぐり込んだ。しかし、魯達は字が読めず、ただ人々が「代州雁門県は、太原府指揮使司《たいげんふしきしし》の命

令を奉じた渭州からの文書により、肉屋の鄭を殴り殺した殺人犯魯達、すなわち経略府の提轄の逮捕にあたる。家に留めてかくまい宿泊飲食させた者は犯人と同罪とする。捕獲し連行して来た者やお上に訴え出た者には、賞金一千貫文を与える」と読みあげるのを耳にした。

魯達がちょうどそこまで聞いたとき、背後から誰かが大声で「張兄貴、どうしてここにいるのか」と呼びかけ、腰にしがみついて、まっすぐ県役所の近くまで引っぱって行った。この人物に会い、無理やり引っぱって行かれたことにより、魯達は頭をまるめ、ひげを剃り、人を殺したときの姓名を変え、僧侶たちを手ひどく悩ませたあげく、禅杖《ぜんじょう》にものをいわせて危険な道を切り開き、戒刀《かいとう》によって不公平な者どもを殺し尽くすことと、あいなった次第。

はてさて、魯達を引きとめたのはいったい何者でありましょうか。まずは次回の分解《ときあかし》をお聞きください。

第四回

趙員外《ちょういんがい》　重ねて文殊院《もんじゅいん》を修め
魯智深《ろちしん》　大いに五台山《ごだいさん》を鬧《さわ》がす

詩に曰《いわ》く、

躱難逃災入代州
恩人相遇喜相酬
只因法網重重布
且向空門好好修
打坐参禅求解脱
粗茶淡飯度春秋
他年証果塵縁満
好向弥陀国裏遊

難を躱《さ》け災《わざわ》いを逃れて　代《だい》州に入り
恩人相《あ》い遇《あ》い　相《あ》い酬《むく》ゆるを喜ぶ
只《た》だ法網の重《かさ》ね重ね布《し》くに因《よ》って
且《しばら》く空門に向《お》いて好《よ》く好《よ》く修む
打坐《だざ》参禅して　解脱《げだつ》を求め
粗茶淡飯《たんぱん》もて　春秋を度《わた》る
他年証果《しょうか》して塵縁《じんえん》満つれば
好《よ》し　弥陀《みだ》の国裏《こくり》に向《お》いて遊ばん

禍《わざわい》避けて　代州へ、ありがたや　ご恩返しの人に会う。びっしり敷かれた　法の網、ここはひとまず　お寺で修行。座禅を組んで　解脱を求め、粗末な食事で　日を過ごす。いつの日か　悟り開いて　俗縁尽きれば、いざ　阿弥陀の世界へ旅立とう。

さて、そのとき魯《ろ》達《たつ》が身体をひねって見ると、引っぱった者は別人ならぬ、さても渭《い》州の酒楼の二階で助けてやった金《きん》じいさんだった。じいさんはそのまま魯達を静かなところまで引っぱって行って、言った。

「恩人さま、なんと大胆なことを！　今、はっきりと立て札に文書を貼りだし、一千貫の賞金つきであなたをつかまえようとしていますのに、どうして立て札なぞ見に行かれたのですか？　もしてまえがたまたま見つけなければ、捕り方につかまったかもしれません。立て札にはあなたの年齢、人相、本籍が書いてあるのですから」

魯達は言った。

「実を言うと、あんたのために、さっそくあの日、状元橋《じょうげんきょう》のたもとに行ったところ、ばったり肉屋の鄭《てい》の野郎と出くわし、拳骨三発で殴り殺してしまったのだ。それで、逃げだして、そのまま四、五十日あっちこっち逃げまわり、いつのまにかここまで来たというわけだ。あんたはどうして東京《とうけい》（開封《かいほう》）へ帰らず、ここに来たのか？」

金じいさんは言った。

「恩人さまに申しあげます。恩人さまに助けていただいてから、てまえは一台の馬車を見つけ、もともと東京へ帰りたいと思っていましたが、また、あいつが追いかけて来るかも知れず、こんどは助けてくださる方もいらっしゃいません。それで、東京へはまいりませんでした。

道なりに北へ向かいましたところ、都での昔馴染みとばったり出会い、ここで商売をしているとのことで、てまえども父子二人を連れて来てくれました。その者が、娘の仲人になってくれたおかげで、この土地の大金持ちの趙員外《ちょういんがい》（員外は財産家などにつける尊称）とご縁が結ばれ、別宅に囲われて、衣食も満ち足りております。これもみな恩人さまのおかげです。

うちの娘はしょっちゅう自分の旦那に、提轄さまから受けた大恩を話しております。員外さまも鎗術や棒術がお好きな方なので、いつも『何とかして恩人と一度お会いしたいものだ』とおっしゃり、どうすればお会いできるかと思案しておいでです。どうか恩人さまには、わが家においでいただき、数日ご滞在ください。それからまた相談いたしましょう」

魯達はさっそく金じいさんとともに半里も行かないうちに、門口に着いた。じいさんは簾《すだれ》をめくって大声で言った。

「娘や、大恩人がここにおいでだよ」

濃艶な化粧と装いをした娘が、なかからあらわれ、魯達をまんなかに座らせて、地につくほど深く頭を垂れて六度拝礼をし、言った。

「恩人さまが助けてくださらなかったならば、どうして今日の日があったでしょう」

魯達が娘を見ると、格別の風情があり、以前とは別人のようだった。見れば、金釵《きんさ》斜めに挿し、烏雲《くろかみ》に掩映《えんえい》す。翠袖《すいしゅう》巧みに裁《た》ち、軽く瑞雪《ずいせつ》を籠《こ》む。桜桃の口は浅く微紅を暈《ぼか》し、春筍《しゅんじゅん》の手は半ば嫩玉《どんぎょく》を舒《の》ぶ。繊腰《せんよう》は嬝娜《じょうだ》として、緑の羅裙《らくん》は微《かす》かに金蓮を露《あら》わす。素体は軽盈《けいえい》にして、紅の繡襖《しゅうおう》は偏《ひと》えに玉体に宜《よろ》し。臉《かお》は三月の嬌花《きょうか》を堆《つ》み、眉は初春の嫩柳《どんりゅう》を掃《はら》う。香肌《こうき》は撲簌《ぼくそく》たり　瑶台《ようだい》の月、翠鬢《すいびん》は籠鬆《ろうそう》たり　楚岫《そしゅう》の雲。

斜めに挿した金の釵《かんざし》、とってもお似合い　黒髪に。翠《みどり》の袖は　みごとな仕立て、瑞々《みずみず》しい雪（白い腕）をふうわり包む。桜桃《さくらんぼ》のような唇は　うっすらとおぼろに紅く、春筍《わかたけ》のような手は　やわらかな玉《ぎょく》を伸ばした風情。細い腰は　なよなよ、緑の綾絹の裙《スカート》から　小さな足がチラリとのぞき、白い体は　ピチピチ、紅いきらびやかな襖《うわぎ》は　それこそなめらかな身にふさわしい。顔は三月（晩春）のあでやかな花、眉は初春の若柳。匂い立つ肌はすべすべとして　まるで瑶台《ようだい》（玉《ぎょく》の高殿）に輝く月、黒髪は高く結われて　あたかも楚の峰に立ちこめる雲。

娘は拝礼しおわると、魯達に「恩人さま、二階へ上がってお座りください」と言ったが、魯達は、「面倒はかけられない。わしはすぐ出て行く」と言った。金じいさんは「恩人さまがここにおいでになったからには、そのまま行かせるわけにはいきません」と言い、棒と荷物を受け取り、二階に上がってきちんと座ってもらった。

じいさんが、「娘よ、おまえは恩人さまにお相伴して、ちょっと座っていなさい。わしは支度をしてくるから」と申しつけると、魯達は言った。

「気づかいは無用。ありあわせで十分だ」

「提轄さまのご恩は、この身を殺してもお返しできません。粗末な料理などお気になさるまでもありません」とじいさん。

娘が魯達を引きとめて二階に座らせると、金じいさんは下りて行って、家で新たに雇った小者を呼び、召使いに命じて、火を焚かせた。じいさんは小者といっしょに町へ出かけ、鮮魚、やわらかい鶏、粕漬けの鵞鳥《がちょう》、肥鮓《ひさ》（肉の脂身の塩漬け）、旬の果物などを買って帰って来た。酒の甕《かめ》を開ける一方、料理をととのえ、手早く仕上げると、二階へ運びあげた。食卓の上に、三つの杯、三膳の箸を置き、野菜料理、果物、おかずなどを並べ、召使いが銀の銚子を燗して上がって来ると、父子二人は代わる代わるお酌をした。

金じいさんが床にひれ伏して拝礼したので、魯達は言った。

「ご老体、どうしてそんなにへりくだられるのか。身が縮むわい」

「恩人さま、お聞きください。先日、てまえははじめてここに来たとき、紅い位牌を作り、朝晩、お香を焚いて、父子二人で拝んでおります。今日、恩人さまがみずからここにおいでになったのですから、拝礼しないではいられません」と金じいさん。

魯達は「なんとまあ、ありがたい気持ちであることよ」と言い、三人はゆっくり酒を飲んだ。

夜が近づいたころ、階下で騒がしい物音がするので、魯達が窓を開けて見ると、階下で二、三十人がそれぞれ白木の棍棒を持ち、口々に「つかまえろ！」と叫んでいる姿が目に入った。人群れのなかで、一人の者が馬に乗り、「賊を逃すな！」と叫んでいる。魯達は形勢不利と見て、腰掛けを持ちあげ、二階から投げ落とそうとしたところ、金じいさんが手を鳴らして叫んだ。「みなさんやめてください！」

じいさんは大慌てで階下へ下り、まっすぐ馬に乗った人物の側に行き、二言三言、話しかけた。その人物は笑いだして、すぐ二、三十人の者に解散を命じ、それぞれ立ち去らせると、馬を下りてなかへ入って来た。じいさんが魯達に下りて来てもらうと、その人物はパッと身をひるがえし拝礼して、言った。

「『名を聞くは面《かお》を見るに如《し》かず、面を見るは名を聞くに勝《まさ》るに似たり』です。義士の提轄どの、礼を受けてください」

魯達は金じいさんにたずねた。

「この人は誰だ？　もともと知り合いではないのに、どうしてわしに拝礼するのか？」

「この方こそ娘の旦那さんの趙員外です。さっきはてまえがどこかの若旦那を連れて来て二階で酒を飲んでいるのだとばかり思われ、それで作男を連れて殴り込みに来られたのです。てまえが説明して、やっと解散させられたという次第」とじいさん。

「なんとそうだったのか。それでは員外どのを責めるわけにはいかんな」と魯達。

趙員外はふたたび魯達に頼んで二階に上がってもらい、座が定まると、金じいさんが改めて杯や皿を並べ、また酒食を用意してもてなした。趙員外が魯達に上座を譲り、魯達が「とんでもない」と言ったところ、員外は言った。

「いささかてまえの敬愛の念を表するまでです。かねがね提轄さんがすばらしい豪傑だと聞いておりますが、今日、お会いすることができて、まことに光栄です」

魯達は言った。

「わしは粗野な男で、また死刑に当たる罪を犯しました。もし員外どのがこの貧しく賤しい身をお見捨てにならず、知り合いになってくださるなら、わしでお役に立つことがあれば、何でもやります」

趙員外は大喜びした。話題を変えて、肉屋の鄭を殴り殺した一件をたずね、いささか雑談をして、あれこれ鎗術の話をし、夜中まで酒を飲んで、それぞれ休んだ。

翌朝空が白むころ、趙員外は言った。

「ここはおそらく安全ではありません。提轄どのには、うちの屋敷で何日か滞在してくださ い」

「お屋敷はどこにありますか？」と魯達。

「ここから十里余り離れた、七宝村《しちほうそん》というところです」と員外は言い、魯達が「それは好都合です」と言うと、員外は先に人を屋敷にやり、馬を二頭引いて来させることにした。正午にならないうちに、馬は到着した。員外はさっそく魯達に馬に乗るように言うと、作男に荷物を担がせ、魯達は金じいさん父子に別れを告げて、趙員外とともに馬に乗った。

二人は馬を並べて道を行き、道中、よもやま話をしながら、七宝村へ向かった。まもなく屋敷の前に到着し馬を下りると、趙員外は魯達の手をとって、まっすぐ表の間に行き、主客座を分かって座る一方、羊を殺させ酒を出してもてなした。夜、客間をととのえて休ませ、翌日は酒食を用意してもてなした。魯達が、「員外どのに身に余るご厚意をたまわり、どうしてお返しすればよいものやら」と言うと、趙員外はすぐさま、「『四海の内、皆《み》な兄弟也《なり》』です。どうしてお返しのことなど言われるのか！」と言った。

くだくだしい話はさておき、魯達はこれ以後、趙員外の屋敷で六、七日滞在した。突然ある日、二人がちょうど書院にゆったり座って話をしていると、ふと見れば、金じいさんが慌てふためいて屋敷に駆けつけ、まっすぐ書院までやって来た。趙員外と魯達に会い、あたりに人影がないと見ると、さっそく魯達に言った。

「恩人さま、これはてまえが心配しすぎて申すのではありません。先日、てまえが恩人さまにお願いし、二階で酒を飲んでいただいたとき、員外さまが人の間違った知らせを聞かれ、作男を引きつれて町を騒がされ、あとから解散されましたので、人々がいささか疑いをもちました。それで申し開きをしてきたのですが、昨日、三、四人の捕り方がやって来て、隣近所に厳しく聞き込みをしましたので、村に恩人さまをつかまえに来るかもしれません。もし、手落ちがあったらどうしたものでしょう？」

「そのときは、わしが自分で出て行けば、それでよい」と魯達。

「提轄どのをここにお引きとめすれば、もしものことがあったときに、提轄どのから怨まれましょうし、かと言って、もしお引きとめしなければ、まったく面子《メンツ》が立ちません。てまえに一つ考えがあります。提轄どのには万に一つの失敗もなく、安心して災難から身をかわすに十分なのですが、ただ提轄どのが承知されないことだけが気がかりです」と趙員外。

「わしは死ぬべき人間なのだから、ただ身を落ち着ける場所さえあればよい。どうして承知しないことなどありましょうか」と魯達。

　趙員外は言った。

「それなら、けっこうです。ここから三十里余り離れたところに、五台山《ごだいさん》という山があり、山上に文殊院《もんじゆいん》という寺があります。もともと文殊菩薩の道場ですが、寺には六、七百人の僧侶がおり、いちばん上の智真《ちしん》長老は、私の兄弟分です。私の祖先が昔、寺に銭を寄付し、この寺の檀越《だんおつ》（施主）になっています。私は以前、この寺で〔自分の身代わりに〕一人の僧侶の出家を許可してもらおうと思い、すでに五つの花押《かおう》（書き判）のある度牒《どちよう》（出家の免許状）もここにあります。ただ、心の許せる人がおらず、この願かけもまっとうしておりません。もし提轄どのが承知されるなら、すべての費用はてまえがもちますが、ほんとうに髪を落として和尚になることを承知されますか？」

　魯達は「今すぐ出発しようとしても、身を寄せるところもない。この方法をとったほうがよい」と考え、そこで答えた。

「員外どのがお世話くださるなら、わしは和尚になりたいと思います。員外どのにおまかせします」

さっそく話がまとまると、一晩かけて、衣服や旅の費用、手土産をまとめ天秤の荷物とした。

翌日は早起きし、作男に荷物を担がせて、二人は五台山へと向かい、辰《たつ》の刻（午前八時）が過ぎたころ、早くも麓に到着した。魯達がその五台山を眺めたところ、果たせるかな、すばらしい大山だった。見れば、

雲は峰の頂《いただき》を遮《さえぎ》り、日は山腰に転ず。嵯峨《さが》彷彿《ほうふつ》として天関《てんかん》に接し、崒嵂《しゅつりつ》参差《しんし》として漢《あまのがわ》の表を侵《おか》す。巌前の花木は春風に舞い、暗《ひそ》かに清香を吐く。洞口の藤蘿《とうら》は宿雨を披《こうむ》り、倒《さか》さまに嫩線《どんせん》を懸く。飛雲の瀑布《ばくふ》、銀河の影は月光を浸《ひた》して寒し。峭壁《しょうへき》の蒼松、鉄角《てっかく》鈴《れい》の龍尾を揺らして動く。宜《げ》に是《こ》れ藍《あい》を揉むに由《よ》りて染め出《い》だすべく、天生の工《たくみ》に翠を積みて粧《よそおい》成れり。根盤は直《た》だ圧す三千丈、気勢は平呑《へいどん》す四百州。

雲は山頂を遮り、日は山腹をめぐる。ゴツゴツ険しく　北斗星に接し、すっくとそびえて　天の川を侵す。岩場の花木は春風に舞い、ひっそりとさわやかに香る。洞穴の藤蘿《ふじづる》は昨夜の雨に濡れ、なよなよと垂れ下がる。水しぶきが雲をなす大滝では、銀河の輝きが月の光と溶け合ってひんやり。絶壁に青々と茂る松では、四角い鉄の鈴が龍

のような尻尾を揺らして動く。藍を揉んで染めたような色合い、翠を積み重ねた天然の化粧。どっしりと　三千丈の威容を誇り、勢いは　四百州を丸呑みに。

趙員外は魯達と二丁の轎《かご》に乗って山に登る一方、先に作男をやって知らせたので、寺の前に到着したときには、早くも寺中の都寺《つうす》（寺の総務をつかさどる役僧）や監寺《かんす》（僧侶たちを監督する役僧）たちが出迎えていた。二人は轎を下りると、山門の外の亭《あずまや》に行って腰を下ろした。寺のなかでは智真長老が知らせを聞き、首座《しゅそ》（僧侶の筆頭）や侍者《じしゃ》（長老などに近侍する僧侶）を引きつれて山門の外まで出迎えた。趙員外と魯達が進み出て礼をすると、智真長老は合掌の礼をして言った。

「施主さまには遠路はるばるようこそ」

趙員外が「ちょっとお願いがありまして、お寺にご面倒をおかけしにまいりました」と言うと、智真長老は「まずは員外さまには方丈《ほうじょう》でお茶を召し上がってください」と言った。趙員外が前を行き、魯達は後からついて行き、かの文殊寺を見やれば、果たせるかな、りっぱな大寺院であった。見れば、

山門は峻嶺《しゅんれい》を侵《おか》し、仏殿は青雲に接す。鐘楼《しょうろう》は月窟《げっくつ》と相《あ》い連なり、経閣《きょうかく》は峰巒《ほうらん》と対立す。香積《こうしゃく》の厨《くりや》は一泓《おう》の泉水に通じ、衆僧の寮は四面の煙霞を納《い》る。老僧の方丈は斗牛の辺、禅客の経堂《きょうどう》は雲霧の裏《うち》。白面の猿は時時に果を献じ、怪石を将《もっ》て木魚を敲《たた》き響かす。黄斑の

鹿は日日に花を啣《くわ》え、宝殿に向《お》いて金仏に供養す。七層の宝塔は丹霄《たんしょう》に接し、千古の聖僧は大刹《だいさつ》に来たる。

山門は険しい嶺《みね》に食い込み、仏殿は晴れ渡る空の雲に接するかのよう。鐘楼は月の洞窟につづくかと見え、経閣は山々の頂《いただき》と対峙する。寺の庫裡《くり》は　豊かな泉に通じ、僧侶の宿舎は　すっぽり霞に包まれる。老僧の方丈は　北斗星と牽牛星のあたりに、禅僧の経堂は　雲や霧の向こうに。色白の猿が　おりおりに果物を献じ、不思議な石で木魚を敲《たた》き鳴らす。茶色い斑《まだら》模様の鹿が　毎日花をくわえて来ると、宝殿で金色《こんじき》の御仏に供養する。七層の宝塔は　丹《あか》い霄《そら》に接する〔かのように高くそびえ〕、千古の聖僧は　大寺院を訪れる。

そのとき、智真長老は趙員外と魯達を方丈に案内し、員外を客席に導いて座らせたので、魯達はすぐ下手《しもて》に行き、禅椅《ぜんい》に腰をかけた。員外は魯達を呼び、「あなたはこちらに出家しに来たのだから、長老の前で座ってはなりません」と耳打ちした。魯達は「気がつきませんでした」と言い、員外の肩のあたりに直立した。目の前の首座、維那《いの》（庶務担当の僧侶）、侍者、監寺、都寺、知客《しか》（客人の接待担当の僧侶）、書記《しょき》（記録担当の僧侶）は、順番に東西二列に並んで立っていた。長老は言った。作男は轎をかたづけると、いっせいに箱を方丈に運び入れ、前にずらりと並べた。

「どうして贈り物など持って来られるのですか？　寺のなかには、たくさん檀越《だんおつ》さまにご寄進いただいたものがありますのに」

「ほんの粗品です。お礼を言ってくださるほどのものではありません」と趙員外。

道人《どうにん》（寺男）や行童《あんどう》（小坊主）がかたづけると、趙員外は立ちあがって言った。

「大和尚さまに申しあげます。てまえは以前、願をかけまして、お寺で僧侶を一人、出家させるお許しをいただき、度牒や詞簿(起誓書)もそろっておりますが、今に至るまで出家させることができずにおります。ただいま、この表弟（母方のいとこ）は姓を魯、名を達といい、軍人出身なのですが、浮世の生き辛さを見て、俗世を捨てて出家したいと願っております。どうか長老さまにはお受け入れくださり、お慈悲をたまわって、てまえの顔に免じて、出家させ僧侶にしてやってください。入り用のものはすべて、てまえがみずから用意いたします。長老さまにはお許しいただければ、これにまさる幸いはありません」

これを聞いた長老は答えて言った。

「このことは老僧《わたくし》の山門にとって光栄であり、簡単なことです。まずはどうかお茶をあがってください」

見れば、行童がお茶を捧げてやって来た。そのお茶のすばらしさが、いかばかりか、その証拠に次のような詩がある。

玉蕊金芽真絶品　　玉蕊《ぎょくずい》　金芽　真《まこと》に絶品

僧家製造甚工夫　僧家の製造　甚《はなは》だ工夫あり
兎毫盞内香雲白　兎毫《とごう》の盞《さかずき》の内　香雲白く
蟹眼湯中細浪鋪　蟹眼《かいがん》の湯中　細浪鋪《し》く
戦退睡魔離枕席　睡魔を戦い退けて枕席《ちんせき》を離れしめ
増添清気入肌膚　清気を増し添え　肌膚《きふ》に入《い》らしむ
仙茶自合桃源種　仙茶自《おの》ずと合《まさ》に桃源に種《う》うべし
不許移根傍帝都　許さず　根を移して帝都に傍《ちか》づくを

玉の蕊《ずい》　金の芽は　まことに絶品、お寺での作りかたにはじつに手間暇がかかっている。兎毫盞《とごうさん》（茶碗の一種）には　香ばしい雲が白く湧き、蟹眼《あわ》だつ湯のなかでさざ波が広がる。睡魔を退治して枕席《ベッド》とサヨナラさせ、すがすがしい気を増しそえて　肌膚《はだ》に染み込ませる。仙界のお茶は　桃源郷に植えねばならぬ、花の都で育てようなど　とんでもないこと。

智真長老は趙員外ら一同にお茶をふるまうと、茶碗や茶托をかたづけさせた。智真長老はさっそく首座、維那を呼んで、この人物の剃髪得度について相談し、監寺、都寺にお斎《とき》の用意をするよう命じた。と、首座が僧侶たちに相談をかけ、「この男は出家の風貌に似つかわしくなく、両眼はまるで賊のようだ」と言うと、僧侶たちは言った。「知客さん、客人を案内して席に着いてもらってください。私たちは長老さまとご相談しますから」

知客は出て行って趙員外と魯達を客間に案内し、席に着かせた。首座と僧侶たちは長老に申しあげた。

「あの出家したいという人物は、姿は醜悪ですし、顔つきも凶暴ですから、剃髪得度させてはなりません。おそらくいつかお寺に害を及ぼすでしょう」

長老は言った。

「彼は趙員外檀越の兄弟だから、その顔をつぶすわけにはゆかない。おまえたちはしばらく疑うのをやめて、私が確かめるのを待っていなさい」

線香を焚くと、長老は禅椅にあがり、膝を組んで座り、呪文を唱えて、禅定《ぜんじょう》に入った。お香が燃え尽きるころ、もどって来て僧侶たちに告げた。

「ぜひとも剃髪得度させなさい。この人は、上は天の星に応じ、心根は剛直です。今は凶暴で、運勢も錯綜していますが、やがては清浄を得て、並々ならぬ真の悟りに達します。おまえたちはみな彼にかないません。私の言葉をしっかり覚えておき、邪魔だてしてはなりませんぞ」

首座は言った。

「長老さまがひたすらおかばいになるなら、私どもは従うしかありません。お諫めしないわけにはいかず、お諫めしてもお聞き入れくださらないなら、それまでです」

長老はお斎《とき》を用意させ、趙員外らを方丈に招いてお斎をふるまった。食べおわると、監寺が必要な物の一覧表を作った。趙員外は銀子を取りだし、人をやって物品を買いととのえさせる一方、寺で、僧鞋《そうぐつ》、僧衣、僧帽、袈裟《けさ》、数珠などを作ってもらい、一日二日ですべて準備完了した。

長老は吉日良時を選んで、大鐘を鳴らさせ、法鼓《ほっく》を打たせて、法堂に僧侶たちを集めたところ、整然と五、六百人の僧侶がみな袈裟をまとい、そろって法座の下で合掌してお辞儀をし、二列に分かれて並んだ。趙員外は銀錠、引き出物、線香を取りだし、法座の前に向かって拝礼し、願文を朗読しおわると、行童が魯達を法座の下まで導いた。

維那が魯達の頭巾をはずし、髪を九つに分けてたばね、指の間にはさんで持ちあげると、剃髪係がまずまわりからはじめて、すっかり髪を剃り落とし、ついでひげを剃り落とそうとしたところ、魯達は言った。「こいつは残してもらえるとありがたい」。僧侶たちが笑いをこらえていると、智真長老が法座の上から「みなの者、偈《げ》を聞きなさい」と言い、こう唱えられた。

寸草留めず、六根清浄《ろっこんしょうじょう》、汝の与《ため》に剃了《ていりょう》し、争競《そうきょう》を免《まぬか》れ得しむ。

長老は偈を唱えおわると、「カッ！　何もかもすべて剃り落とせ」と一喝し、剃髪係は一刀のもとにすべて剃り落とした。首座は度牒を法座の前に捧げ、長老に法名を賜るよう願い出た。長老は空白の度牒を手に持ち、偈を唱えた。

霊光一点、価値千金、仏法広大、名を智深《ちしん》と賜う。

長老は名を賜ると、度牒を下げわたし、書記僧が度牒に書き込んで、魯智深にわたし、受け取らせた。長老はまた法衣や袈裟を賜り、魯智深に着けさせた。監寺が彼を法座の前まで連れて行くと、長老は彼の頭のてっぺんを撫でながら、諭された。

「第一に三宝《さんぼう》（仏、法、僧）に帰依《きえ》せよ、第二に仏法を帰奉せよ、第三に師友を帰敬《ききょう》せよ、これが三帰《さんき》である。五戒《ごかい》は、第一に殺生をしてはならぬ、第二に偸盗《ちゅうとう》をしてはならぬ、第三に邪淫をしてはならぬ、第四に酒を貪ってはならぬ、第五に妄語《もうご》をしてはならぬ、である」

魯智深は禅宗では、「是《ぜ》」「否《ひ》」の二字で返答することを知らなかったため、すぐさま「わしは覚えました」と答えたので、僧侶たちはドッと笑った。

授戒がおわると、趙員外は僧侶たちを雲堂（僧堂）に導いて座ってもらい、お香を焚きお斎を出して贈り物をし、大小の役職についている僧侶たちにはめいめい祝儀の引き出物を贈った。都寺は魯智深を連れて年長者から年少者まで、僧侶たちに挨拶まわりさせ、また僧堂の裏手の林にある選仏場《せんぶつじょう》（座禅を組む場所。宿泊所を兼ねる）に案内して腰を下ろさせた。その夜は何事もなく過ぎた。

翌日、趙員外は帰ろうとして、長老に別れの挨拶をし、引きとめてもきかないので、朝のお斎がすむと、僧侶たちとともに山門を出て見送った。趙員外は合掌して言った。

「長老さま、和尚さまがた、何事もお慈悲を賜りますように。小弟《おとうと》の智深は愚かな正直者ゆえ、遅かれ早かれ礼儀にかなわず、ぶしつけな物言いをしたり、うっかり掟を破ることもあるかと存じますが、てまえの顔に免じて、なにとぞお許しくださいますようお願いいたします」

長老は言った。

「員外さま、ご安心ください。老僧《わたくし》がみずからゆっくりと彼に読経や念誦《ねんじゅ》、修行や参禅を教えましょう」

員外は「のちほどお礼をさせていただきます」と言い、人群れのなかから魯智深を呼んで松の木の下に連れて行き、小声で言い含めた。

「今日からはこれまでのようにゆきませんぞ。どんなことでもわが身を省みて戒め、威張ってはなりません。そうしないと、もうお目にかかれなくなります。自重、自重ですぞ。着る物は、おっつけ私がおとどけさせます」

魯智深は言った。

「兄貴に言われるまでもなく、すべて承知しております」

そこで趙員外は長老に別れの挨拶をし、また僧侶たちにも挨拶して轎に乗り、作男を引きつれて、一丁の空轎を担がせ、空箱を取りまとめ、山を下りて家へ帰って行った。ただちに長老も僧侶たちを率いて寺にもどった。

趙員外　重ねて文殊院を修め

さて、魯智深は林のなかの選仏場の禅牀《ぜんしょう》にもどると、バタッと頭から倒れてすぐ眠り込んだ。禅牀の上手《かみて》と下手《しもて》にいた二人の修行僧が彼を起こして、言った。

「いけません。出家したのに、どうして座禅しないのですか？」

「わしは勝手に眠っているのだ。おまえに何の関係があるか！」と魯智深。

「善哉《シャンザイ》（おやまあ）」と修行僧。

魯智深は腕まくりして言った。

「団魚《すっぽん》ならわしも食ったことがあるが、どんな鱔哉《シャンザイ》（うなぎ）か」

「これは『苦《クー》（ひどい）』だ」と修行僧。

「団魚は身がたっぷりあり、こってりと甘く、うまいもんだ。どうして『苦《クー》（にがい）』のか？」と魯智深。

上手下手の修行僧は二人とも彼にかまわず、眠るままにさせた。翌日、長老に魯智深がひどく無礼だと知らせようとすると、首座がなだめて、「長老さまは、彼がのちに並々ならぬ真の悟りに達し、われらはみな彼にかなわないと言われて、ひたすらかばっておられる。今はどうしようもないから、彼を相手にするな」と言うので、修行僧たちは立ち去った。

魯智深は説教する者がいなくなったので、夜になるとひっくり返って、大の字になり、禅牀に倒れて眠った。夜中は雷のような鼾《いびき》をかき、手洗いに起きると、ドタバタと大騒ぎして、仏殿の裏で大小便をするので、そこらじゅう汚物だらけになった。

侍者が長老に「智深は無礼千万で、まったく出家者らしくありません。林中の選仏場にこんな者を置いておけません」と申しあげると、長老は怒鳴りつけて言った。

「デタラメを言うな！　しばらく檀越の顔を立てよ。そのうち必ず改めるだろう」

これ以後、誰も何も言わなくなった。


魯智深が五台山の寺に入ってから、いつのまにか四、五か月たった。おりしも初冬の季節、魯智深は久しく静かにしていたので活動したくなった。その日はよく晴れわたり、魯智深は黒い僧衣を身に着けて、紺色の帯をしめ、僧鞋《そうぐつ》に履きかえて、大股で山門を歩み出た。足にまかせて山の中腹の亭《あずまや》まで行き、鵞鳥の首のかっこうをした腰掛けに腰を下ろして思案することには、「ええクソ！　わしは常日頃から酒と肉が好物で、毎日欠かしたことはなかったのに、今は和尚にさせられ、腹がへって干物みたいだ。趙員外はこの数日、使いの者にわしの食べる物をとどけさせてこないし、口の中が水っぽくてたまらん。こうなったら、なんとかして酒を手に入れて飲みたいものだ」。

ちょうど酒のことを考えているとき、ふと見れば、はるか向こうから一人の男が、天秤棒に一対の桶を担ぎ、歌いながら山を上って来た。桶の上には蓋《ふた》がかぶさり、男は手に金属製の杓《しゃく》を持って、歌いながらやって来る。その歌は以下のとおり。

九里山前作戦場
牧童拾得旧刀鎗
順風吹動烏江水
好似虞姫別覇王

九里山前《きゅうりさん》 戦場と作《な》り
牧童拾い得たり 旧《ふる》き刀鎗
順風吹き動かす 烏江《うこう》の水
好《さ》も似たり 虞姫《ぐき》の覇王《はおう》に別れたるに

九里山（漢楚の古戦場）の麓は古戦場、牧童が拾うのは古い刀。追い風が烏江（項《こう》羽《う》が劉邦《りゅうほう》に追いつめられて自殺した場所。安徽省の渡し場）の水を吹き動かす、まるで虞美人《ぐびじん》（項羽の愛姫）が覇王（項羽）と別れるように。


魯智深はその男が桶を担いで上って来るのを眺めながら、亭に座っていると、その男も亭にやって来て、桶を下ろして休んだ。魯智深は言った。

「おい、おまえのその桶のなかは何だ？」

「うまい酒です」

「一桶いくらだ？」

「和尚さん、お戯れを」

「おまえをからかってどうする？」

「てまえがこの酒を担いで上って来たのは、ただお寺の火工道人《かこうどうにん》（雑役係）や轎《かご》かきや老郎（寺男）たちにだけ飲ませるためです。このお寺の長老さまからお達しがあり、和尚さんたちに売って飲ませたら、長老さまに罰せられ、元手を取りあげられて、追いだされてしまいます。わしらはこのお寺から元手を貸してもらい、お寺の借家に住まわせてもらっています。どうしてあなたに売れましょうか？」

「ほんとうに売らんのか？」

「殺されたって売りませんとも」

「殺しはせん。ただ、おまえから酒を買って飲みたいだけだ」

男は雲ゆきが怪しいと見て、桶を担ぐや逃げだした。魯智深が追いかけて亭から下り、もろ手で天秤棒をつかみ、ポンと蹴とばすと、男は両手で蹴られたところを抑えて、地面にうずくまり、しばらく立ちあがれなかった。魯智深はその二桶の酒を亭にさげて行き、地面から杓を拾いあげて、桶の蓋を開け、ひたすら冷酒を酌んで飲んだ。まもなく、二桶のうち一桶を飲み尽くすと、魯智深は言った。

「おい、おまえ、明日、寺に代金を取りに来い」

男はやっと痛みもおさまったことであり、また寺の長老に知られ、生計の道がおじゃんになるのを恐れて、どうして代金など求めようか。酒を半分ずつ分けて桶に入れて担ぎ、杓を持って、飛ぶように山を下りて行った。

さて、魯智深は亭でしばらく座っているうち、酔いがまわってきた。亭を下り、松の木の根もとにまたしばらく座っていたが、酔いはますますまわってくる。魯智深は僧衣をもろ肌ぬぎにし、両袖を腰にはさんで、背中の刺青《いれずみ》をむきだしにし、両肩をブラブラ揺らしながら

山を登って行った。見れば、

頭は重く脚は軽く明月に対し、眼は紅く面《おもて》は赤し。前に合し後ろに仰いで清風を趁《お》い、東に倒れ西に歪む。浪浪蹌蹌《ろうろうそうそう》として山に上り来たること、風に当たる鶴に似たり。擺擺揺揺《はいはいようよう》として寺に回《かえ》り去《ゆ》くこと、水を出《い》でし亀の如《ごと》し。脚尖《あしさき》曾《かつ》て踢《け》る　澗中《かんちゅう》の龍、拳頭打たんとす　山下の虎。天宮を指し定め、天蓬元帥《てんぽうげんすい》を叫罵す。地府を踏み開き、催命判官《さいめいはんがん》を拿《とら》えんとす。裸形赤体《らぎょうせきたい》の酔魔君《すいまくん》、放火殺人の花和尚《かおしょう》。

頭は重く足取り軽く　明月仰ぎ、眼も紅ければ顔も赤い。前にのめるわうしろに反るわ　風に吹かれて、東にヨロヨロ西にグラグラ。千鳥足にて山登り、風を突っ切る鶴みたい。ゆらゆら揺れて　お寺にもどる、水から顔出す亀さながら。谷間の龍に　ひと蹴りくれて、山間《やまあい》の虎に　拳骨見舞う。天の御殿を指さして、天蓬元帥（天帝につかえる水神）を罵倒する。地獄の役所に押し入って、催命判官（地獄の役人）を召し捕る構え。スッポンポンの酔いどれ魔王、放火殺人の〈花和尚〉だ。

魯智深がみるみるうちに山門の下までやって来ると、遠くから見つけた二人の門番は、割り竹を持って山門の下に駆けつけ、魯智深を遮り止めて怒鳴った。

「おまえは仏門の弟子なのに、どうして酒を飲んでグデングデンに酔っぱらい山に上って来たのか？　おまえも目が開いているなら、庫裡《くり》に貼ってある掲示に、およそ和尚が、戒めを破って酒を飲めば、必ず割り竹で四十回叩き、寺から追いだすとあるのを見ただろう。もし門番が酔った僧侶が寺に入るのを許せば、これも十回叩かれるのだ。サッサと山を下りろ。割り竹で叩くのはかんべんしてやる」

魯智深は、一つには和尚になったばかりであり、二つには元の性格がまだ改まっていないために、両目をむいて罵った。

「ろくでなしめ！　おまえら二人がわしを叩こうとするなら、わしはおまえらと勝負するぞ」

門番は形勢不利と見て、一人は飛ぶように寺に入って監寺に知らせ、一人は割り竹を引き寄せ彼を遮り止める構えをした。魯智深は手で押しのけ、五本の指を開いて、その門番の顔めがけて、一発ビンタを食らわせた。ぶたれてフラフラになりながら、立ち直ろうとしたところを、魯智深がもう一発、拳骨を食らわせると、門番は山門の下にぶっ倒れ、助けてくれと叫ぶばかり。魯智深は「わしはこんちくしょうを許してやる」と言うと、フラフラと揺れながら寺のなかに入って行った。

監寺は門番の報告を聞くや、寺男、雑役係、轎かきら、二、三十人を呼び集め、めいめい白木の棍棒を持って西の廊下からドッと出て来たところで、ばったり魯智深と出くわした。魯智深はこれを見ると、ウォーと一声、怒号したが、そのさまときたら、口もとで雷がとどろいたよう。かくて大股で踏み込んで来た。

一同は最初、彼が軍人出身だと知らなかったが、ついでその振舞いが凶暴だと見てとるや、慌ててみな経蔵《きょうぞう》のなかに逃げ込み、格子戸に閂《かんぬき》をかけた。魯智深はずかずかと階《きざはし》を上り、拳をふるい足で蹴って格子戸を破った。二、三十人の者がみな追いつめられて逃げ場がなくなったところを、棒を奪い取り経蔵から叩きだした。

監寺は慌てて長老に知らせた。長老は聞くや、四、五人の侍者を引きつれ、ただちに廊下にやって来て、一喝した。

「智深、無礼はならんぞ！」

魯智深は酔っぱらっていたが、長老だとわかると、棒を捨てて、前に向かって挨拶し、廊下を指さしながら、長老に言った。

「この智深は二、三碗の酒を飲みましたが、やつらに手出しをしていませんのに、やつらは人を引きつれてわしを殴りに来たのです」

「私の顔を立てて、サッサと寝に行きなさい。明日、話そう」と長老。

「長老さまの顔を立てないなら、わしはこのままあいつらクソ坊主どもをぶちのめしてやったのに！」と魯智深。

長老が侍者に命じて魯智深を禅牀の上に連れて行かせたところ、バタッと倒れて、グーグー鼾をかいて眠ってしまった。

役僧たちは、長老を取り囲んで訴えた。

「先日、私どもは長老さまをお諫めしましたが、今日はいかがですか？　本寺には掟を乱すこんな野良猫を置いておくところはありません」

「目下のところはいささかゴタゴタするが、後には真の悟りに達するだろう。いかんともし難いが、まずは趙員外檀越の顔を立てて、このたびのことは許してやってくれ。私がみずから明日、彼に乱暴するなと言って聞かせるから」と長老。

　僧侶たちは「なんとまあ、物わかりのわるい長老さまだことよ」と冷笑しながら、それぞれ引き取って休んだ。

　翌日、お斎《とき》がすみ、長老が侍者を僧堂の座禅の場所にやり魯智深を呼びに行かせたときには、まだ起きていなかった。起きるのを待っていると、僧衣を着て、裸足のまま、一目散に僧堂を飛びだした。びっくり仰天した侍者が、外まで追いかけ捜したところ、なんと仏殿の裏に行き大便しているではないか。侍者は笑いをこらえきれず、彼が用を足してから、「長老さまがおまえに話があるとお呼びだ」と言った。

　魯智深が侍者について方丈に行くと、長老は言った。

「智深よ、おまえは軍人出身とはいえ、今は趙員外檀越がおまえを剃髪得度させ、私はおまえのために頭を撫でて戒を授け、『第一に殺生をしてはならぬ、第二に偸盗をしてはならぬ、第三に邪淫をしてはならぬ、第四に酒を貪ってはならぬ、第五に妄語をしてはならぬ』と教えた。この五つの戒めこそ、僧侶の道理だ。出家した者はまず第一に酒を貪り飲んではならないのに、どうして昨夜は大酒を飲んで酔っぱらい、門番を殴り、経蔵の朱塗りの格子を壊したのか。また、どうして雑役係らを殴って追い払い、わめきちらす行為に及んだのか」

魯智深は跪《ひざまず》いて言った。

「今後はいたしません」

「すでに出家の身でありながら、どうして酒の戒めを破り、寺の掟を乱したのか。施主の趙員外どのの顔を立てないなら、必ずやおまえを寺から追いだすところだ。今後、やってはならんぞ」と長老。

魯智深は立ちあがって合掌して言った。

「もうしません、もうしません」

長老は方丈に彼を引きとめ、朝ご飯の用意をさせて食べさせ、また穏やかな言葉であれこれたしなめると、細布の僧衣一着と僧鞋一足を魯智深に与え、僧堂に帰らせた。

昔、唐の名士で、姓は張《ちょう》、名は旭《きょく》という人が「酔歌行《すいかこう》」なる一篇の歌を作り、ひたすら酒についてのみ歌っており、まことにすばらしい出来栄えである。その歌には次のようにある。

金甌瀲灔傾歓伯　　金甌《きんおう》　瀲灔《れんえん》として歓伯《かんぱく》を傾く
双手擎来両眸白　　双手　擎《ささ》げ来たって両眸《りょうぼう》白し
延頸長舒似玉虹　　頸《くび》を延ばすこと長く舒《の》ばせば　玉虹《ぎょくこう》に似
嚥呑猶恨江湖窄　　嚥呑《えんどん》　猶《な》お恨む　江湖の窄《せま》きを

昔年侍宴玉皇前
敵飲都無両三客
蟠桃爛熟堆珊瑚
瓊液濃斟浮琥珀
流霞暢飲数百杯
肌膚潤沢腮微赤
天地聞知酒量洪
勅令受賜三千石
飛仙勧我不記数
酩酊神清爽筋骨
東君命我賦新詩
笑指三山詠標格
信筆揮成五百言
不覚尊前堕巾幘
宴罷昏迷不記帰
乗鸞誤入雲光宅
仙童扶下紫雲来
不弁東西与南北

昔年　宴に侍す　玉皇《ぎょくこう》の前
敵《あいて》に飲むは　都《すべ》て両三客も無し
蟠桃《はんとう》は爛熟《らんじゅく》して　珊瑚《さんご》を堆《つ》み
瓊液《けいえき》は濃《こま》やかに斟《く》み　琥珀《こはく》を浮かぶ
流霞は暢飲《ちょういん》す　数百杯
肌膚《きふ》は潤沢して　腮《ほお》微《ほの》かに赤し
天地は聞知《ぶんち》す　酒量の洪《おお》いなるを
勅令にて受賜《じゅし》す　三千石
飛仙の我《わ》れに勧むること　数を記せず
酩酊して　神《たましい》は清らかに　筋骨は爽やかなり
東君《とうくん》　我《わ》れに命じて新詩を賦《ふ》せしめ
笑いて三山を指し　標格《ひょうかく》を詠ず
筆に信《まか》せて揮《ふる》い成す　五百言
覚えず　尊前に巾幘《きんさく》を堕《おと》すを
宴罷《おわ》れば昏迷して帰るを記せず
鸞《らん》に乗り　誤りて入る　雲光《うんこう》の宅
仙童扶《たす》けて紫雲より下ろし来たれば
弁ぜず　東西と南北とを

一飲千鍾百首詩　一飲千鍾《せんしよう》　百首の詩
草書乱散縦横劃　草書乱れ散ず　縦横の劃《かく》

金の瓶から　なみなみと歓伯《さけ》を注ぐ、両手で捧げもてば　両目は白一色。思い切り首を伸ばせば　まるで虹のよう、このうまさ　江湖《うみ》ほどあってもまだ飲み足りぬ。かつて玉皇大帝（天帝）の宴に侍ったが、相手になって飲めるのは　二、三人もいない始末。蟠桃《はんとう》（仙界にある桃）は爛熟して　珊瑚色、玉杯にねっとり満ちて　琥珀色。流れる霞のように　あれよあれよと数百杯、肌はすべすべになり　頬はほんのり紅い。天下に名だたる大酒飲みゆえ、詔《みことのり》にて三千石の酒を賜った。空飛ぶ仙人は　いったい何杯勧めてくれたやら、酩酊して魂は清らか　筋骨は爽やか。東君（春の神）が私に新しい詩を作るよう命じられたので、笑って三山（蓬萊《ほうらい》、方丈、瀛州《えいしゆう》の三山）を指さし　格調高く口ずさむ。筆にまかせて　サラサラと五百言、酒樽に頭巾を落としたことも気づかぬまま。宴が終われば　酔いつぶれて　帰りは覚えなく、鸞に乗り　誤って雲光の屋敷に入ってしまう。童子が支えて紫雲から下ろしてくれたが、東も西も　北も南も分からない。飲めば千杯　百首の詩、草書は自由奔放　縦横に乱れる。

ただし、およそ飲酒はとことんやってはいけない。諺にも「酒は能《よ》く事を成し、酒は能く

り、ましてや大胆な人はいうまでもない。たとえ小心者が飲んでも、むやみに気が大きくなるものであり、ましてや大胆な人はいうまでもない。

さて、魯智深は酒を飲んで酔っぱらい、大騒動を起こしてこのかた、つづいて三、四か月の間、寺の門から出ようとしなかった。ある日、急に暖かくなり、おりしも二月のころ、僧房を離れ、足にまかせてブラブラと山門の外に出て立ちどまった。五台山を眺めながら、感嘆していると、ふいに麓からトントンカンカンという音がし、風に乗って山上まで上がって来た。

魯智深はふたたび僧堂にもどり、いくばくかの銀子を取りだし、懐にねじ込んで、一歩一歩、山を下りて行った。かの「五台福地」と記された牌楼《はいろう》（屋根のついた鳥居形の門）を出て、見やれば、なんと一つの町があり、六、七百軒の人家があった。魯智深がその町並みを見ると、肉屋もあれば、八百屋、酒屋、蕎麦屋もある。魯智深は、「なんてこった！　早くからこんなところがあると知っていたら、あの桶の酒を奪わず、下りて買いに行って飲んだものを。このところ酒をがまんしてきたが、ちょっと見に行って、何か買って食べよう」と考えた。

聞こえてきたあの響きは、なんと鍛冶屋で鉄を打つ音であり、隣りの家の門には「父子客店」と書いてある。魯智深が鍛冶屋の門前まで行き、見れば、三人が鉄を打っている。魯智深はさっそく声をかけた。

「おい待詔《おやかた》、よい鋼鉄《はがね》はあるか？」

鍛冶屋は魯智深の、顎《あご》のあたりは剃りたてで、ツクツクと長短のひげが生えた恐ろしげなさまを見るや、まず半ば恐怖を覚えた。待詔《おやかた》は手を止めて言った。

「和尚さま、どうぞおかけください。どんな道具を打ちましょうか？」

「禅杖《ぜんじょう》と一振りの戒刀《かいとう》（僧侶の持つ刀）を打ってもらいたい。上物のよい鉄はあるか？」

「てまえどものところに、ちょうどよい鉄がございます。和尚さまにはどのくらいの重さの禅杖と戒刀をお求めでしょうか？　ご注文どおりにいたします」

「百斤（一斤は約六〇〇グラム）の重さのものを一本、打ってくれ」

「重いですな。てまえは何でも打ちますが、ただ、和尚さまが動かせないのではないかと心配です。関王《かんおう》（関羽《かんう》）の刀でも、八十一斤の重さしかありません」と、待詔は笑った。

魯智深はイラつき、「わしが関王に及ばないことがあろうか。関王もただの人間だ」と言った。

「てまえは親切から申すのですが、四、五十斤のものを打ったほうがよろしいでしょう。それでも十分重いです」

「おまえの言うように、関王の刀に合わせ、やはり八十一斤のものを打ってくれ」

「和尚さま、それでは太くてみっともないですし、また使い勝手もわるいです。てまえにおまかせくだされば、六十二斤の水磨《すいま》（水で磨きあげること）の禅杖をよく気をつけて打ち、和尚さまにおわたしします。使いこなせなくとも、てまえを責めないでください。戒刀はすでに承知しておりますので、ご注文いただくまでもなく、てまえがよい鉄で打ったものを作っておきます」

「二つの道具で、銀子何両になるか？」

「掛け値なし、実費で五両です」

「すぐおまえに五両払おう。うまく打ってくれたら、また褒美をとらそう」

王《おう》待詔は銀子を受け取って言った。

「これからすぐ打ちます」

「ここに小粒の銀子があるから、おまえと一杯、酒を買って飲もう」と魯智深。

「和尚さま、ご随意に。てまえは急ぎの仕事がありますので、お相伴させていただくわけにはゆきません」と待詔。

魯智深は鍛冶屋の家を出て、二、三十歩も行かないうちに、酒屋の看板が軒下に掲げられているのが目に入った。魯智深は簾をまくりあげ、なかに入って腰を下ろすや、卓を叩いて叫んだ。「酒を持って来い！」。酒屋の主人は言った。

「和尚さま、申しわけありません。てまえどもの住む家はお寺のものですし、元手もお寺のものです。長老さまからお達しがありまして、てまえどもが酒を売り、お寺の和尚さまに飲ませたら、たちまち元手を取りあげられ、家からも追いだされます。ですから、わるく思わないでください」

「ごまかしてちょっと売って、わしに飲ませてくれ。わしがおまえの家だと言わなければ、それでよかろう」

「ごまかすことはできません。和尚さま、別のところへ行って飲んでください。すみません！　すみません！」

魯智深はしかたなく立ちあがり、「別のところで飲めたら、おまえと話をつけに来るぞ」と言った。店の戸口を出て数歩行くと、また一軒、門前にまっすぐ酒旗をかかげている店が目に入った。魯智深はまっすぐ入って行き、腰を下ろして叫んだ。

「おやじ！　サッサと酒を売って、わしに飲ませろ」

店の主人は言った。

「和尚さま、あなたはなんと物わかりのわるいお方か。長老さまからお達しがあることを、あなたもご存じでありながら、てまえどもの衣食の道を台無しにしに来られたのか」

魯智深は動こうとせず、数回催促したが、どうしても売ろうとはしなかった。魯智深はどうしても売らないと思い知り、立ちあがって、また歩きだした。つづけさまに四、五軒に立ち寄ったが、どこも売ろうとしない。

魯智深は計略を使わなければ、酒を買って飲めないと、思案するうち、はるかに遠く杏《あんず》の花の茂り咲く町はずれに、草箒《くさぼうき》（草をしばって球形にまるめたもの。村の居酒屋の標識）を掲げる一軒の店があった。魯智深がそこまでやって来て、見ると、なんと村の小さな居酒屋ではないか。見れば、

傍村酒肆已多年
斜挿桑麻古道辺
白板凳鋪賓客坐
矮籬笆用棘荆編
破瓮榨成黄米酒
柴門挑出布青帘
更有一般堪笑処
牛屎泥墻画酒仙

傍村の酒肆《しゅし》　已《すで》に多年
斜めに桑麻《そうま》を挿す　古道の辺《ほと》り
白き板凳《ばんとう》は　賓客の坐を鋪《し》き
矮《ひく》き籬笆《まがき》は　棘荆《いばら》を用《も》って編む
破れ瓮《かめ》は榨成《さくせい》す　黄米の酒
柴門に挑《かか》げ出《い》だす　布の青帘《せいれん》
更に一般の笑うに堪《た》えし処《ところ》有り
牛屎《ぎゅうし》の泥墻《でいしょう》に　酒仙を画《えが》く

村の酒肆《さかや》は　長らく商売、桑と麻とを斜めに挿す　ゆかりの道辺。白い長椅子　お客の席をととのえて、低い籬笆《まがき》は　棘荆《トゲ》で編む。破れ瓶に仕込んであるのは　黄米の酒、柴の扉にはためくのは　木綿の青旗。もっと笑えることがある、牛糞を塗り固めた壁に　酒仙のお姿。

魯智深は簾をかかげて、村の居酒屋に入り、小窓にもたれて腰を下ろすや、叫んだ。

「おやじ！　行きずりの僧に酒を飲ませろ」

村人はチラッと見て、言った。

「和尚さま、どちらからおいでなすった？」

「わしは行脚《あんぎゃ》の僧で、方々歩いてここを通りかかり、酒を一碗、飲みたいのだ」

「和尚さま、もし五台山のお寺の和尚さまなら、酒を売って飲ませることはできません」

「そうではない。サッサと酒を持って来い」

村人は魯智深のくだんの風体を見、言葉もよその土地のものなので、言った。

「いかほど持って来ましょうか」

「いかほどもクソもあるか。大きな碗にドンドンついで来い」

およそ十碗ばかり酒を飲むと、魯智深はたずねた。

「なんの肉があるか。一皿持って来てくれ」

「朝にはいくらか牛肉がありましたが、売り切れてしまいました。少々、野菜があるだけです」

魯智深はふっと肉の匂いがしたので、空き地に出てみると、塀ぎわの土鍋で一匹の犬を煮ているのが目に入り、すぐに言った。

「おまえのところには犬の肉があるではないか。どうしてわしに食わせないのか」

「あなたはご出家の身ゆえ、犬の肉は召し上がらないと思いましたので、おたずねしませんでした」

魯智深は「銀子はここにある」と言って、銀子を村人にわたし、「まずは半匹分、食わせろ」と言った。村人は慌てて半匹分の煮込んだ犬肉を取りだして、ニンニクを少々つきつぶし、持って来て魯智深の前に置いた。魯智深は大喜びして、手でその犬肉を引き裂き、ニンニクに浸して食べた。つづけさまにまた十碗ばかり飲み、口が滑らかになったので、ひたすら飲みつづけ、どうにも止まらない。村人が呆気にとられて、「和尚さま、もうそのあたりになさいませ」と言うと、魯智深は目をむいて言った。

「おまえのものをただ飲みしているわけではない。ぐだぐだぬかすな」

「もういかほどご入り用ですか？」

「もう一桶、持って来い」

村人はしかたなくまた一桶汲んで来た。魯智深はさっそくこの一桶を飲んでしまった。余った一本の犬の足を懐にねじ込み、門を出るとき、また言うことには、「余った銀子は、明日また飲みに来るぞ」。仰天した村人は目を見張り口を開けて、呆然とするうち、見れば、彼は早くも五台山めざして登って行った。

魯智深は山の中腹の亭《あずまや》まで来て、ちょっと休むと、酔いがまわってきたので、跳び起きて口のなかで言った。

「しばらく拳《こぶし》や足を使わなかったから、身体がなまったようだ。ちょっと何手か使ってみよう」

亭を下りて、両袖をにぎり、上下左右にふりまわした。力を出したので、片方の肩が亭の柱にぶつかり、ガラガラと音が響きわたって、柱がへし折れ、亭の片側が崩れ落ちてしまった。

門番は山の中腹で音が響きわたったので、高い所で見てみると、魯智深がフラフラよろめきながら、登って来る姿が目に入った。二人の門番は叫んだ。

「こりゃひどい！　先だっても、あんちくしょうは酔っぱらったが、今度の酔っぱらいかたは只事ではない」

ただちに山門を閉めて閂《かんぬき》をかけ、門の隙間からのぞいていると、魯智深が山門の下までフラフラしてたどり着き、山門が閉まっているのを見て、拳《こぶし》で太鼓を叩くように門を叩いたが、二人の門番は開けるわけがない。魯智深はひとしきり叩いて、身をひねり、左側の仁王像が目に入ると、大声で怒鳴った。

「このクソタレ大男め！　わしのために門を叩きもせず、なんと拳骨でわしを脅すのか。おまえなんか怖くないぞ」

土台の上に跳びのり、柵をグッと引っぱると、まるでネギでも引きちぎるように、引っこ抜いた。その折れた材木を一本、手に取り、仁王像の足を殴りつけたので、パラパラと粘土も絵の具も落ちてしまった。のぞき見していた門番は、「こりゃひどい！」と言うや、やむなく長老に知らせた。

魯智深はしばらくすると、身体の向きを変え、右側の仁王像を見ながら一喝した。

「こんちくしょうめ！　大口を開けて、わしを笑っていやがる」

右側の土台に跳びのり、仁王像の足を二、三度ぶっ叩いた。すると、天にとどろく大音響が響きわたったかと思うと、かの仁王像は土台から転がり落ちてしまった。魯智深は折れた

魯智深　大いに五台山を鬧がす

材木をぶらさげ大笑いするばかり。

二人の門番が長老に知らせにゆくと、長老は「やつにさからうな。もどりなさい」と言った。ふと見れば、首座、監寺、都寺はじめ、役僧一同がうちそろって方丈に来て申しあげた。

「この野良猫め、今日は悪酔いして、中腹の亭や山門の下の仁王像をすべて打ち壊してしまいました。どうすればよいでしょうか？」

「昔から天子さまさえ酔っぱらいは避けられるという。ましてや老僧《わたくし》はいうまでもない。仁王像を打ち壊したのなら、やつの施主の趙員外どのに新しいのを作ってもらおう。亭を倒したのも、あの方に修理してもらおう。ここはしばらくやつのしたいようにさせよ」と長老。

「仁王さまは山門の主です。どうして取り換えられましょうか？」と役僧たち。

「仁王さまを壊したのはいうまでもなく、たとえ本堂の三世仏（過去仏の迦葉諸仏、現在仏の釈迦牟尼仏、未来仏の弥勒諸仏）を壊したとしても、どうしようもない。やつから身をかわすしかない。おまえたちは先日の騒ぎを見ただろう」と長老。

役僧たちは方丈を出て、「なんとまあ、物わかりのわるい長老さまだことよ！　門番よ、しばらく門を開けず、なかでようすを見ていなさい」と、口々に言った。

魯智深は外で大声を張りあげて叫んだ。

「ろくでなしのクソ坊主ども！　わしを寺に入れなければ、山門の外へ松明《たいまつ》を持って来て、このクソ寺を燃やしてしまうぞ」

役僧たちは叫び声を聞き、やむなく門番に言った。

「閂を引いて、あんちくしょうを入れなさい。開けなかったら、ほんとにやるだろう」

門番はしかたなく抜き足さし足で、閂を引くと、飛ぶようにパッと部屋のなかに隠れ、役僧たちもそれぞれ身をかわした。

さて、かの魯智深は両手で山門を力いっぱい押し、バタッとよろめき入るや、スッテンコロリとひっくり返ったが、這い起き、頭をちょっと撫でて、まっすぐ僧堂へ向かった。選仏場にやって来ると、ちょうど修行僧が座禅を組んでいるところだったが、魯智深が簾を掲げて跳び込んで来たのを見て、一同びっくり仰天し、みなうつむいた。

魯智深は禅牀のへりまで来ると、喉《のど》をゲーゲーいわせ、見ている間に床にへどを吐いた。僧侶たちは臭くてたまらず、それぞれ「あれまあ！」と言いながら、いっせいに口や鼻をおおった。魯智深はひとしきり吐いた後、禅牀に這いあがり、腰ひもをほどき、僧衣の帯をビリビリと引きちぎったところ、あの犬の足が転がり落ちた。魯智深は、「よし、よし、ちょうど腹がへったわい！」と言い、引き裂いて食べた。僧侶たちはこれを見るや、袖で顔をおおい、彼の上手《かみて》下手《しもて》の修行僧は遠くに身を避けた。

魯智深は彼らが避けたのを見ると、すぐ一塊の犬肉を引きちぎり、上手の修行僧を見ながら、「おまえも食え」と言った。上手のその和尚は必死になって両袖で顔をおおった。魯智深は、「食わんのか」と言い、肉を下手の修行僧の口もとめがけて押し込もうとしたところ、かの和尚は避けきれず、禅牀から下りようとした。魯智深は彼の耳たぶをつかみ、肉を押し込んだ。向かい側の四、五人の修行僧が飛んで来てなだめたとき、魯智深は犬肉を投げ捨て、拳骨をふりあげて、そのツルツルに剃った頭をポカポカとひたすら殴りつけた。僧堂中の僧侶たちは大声で叫びはじめ、全員櫃《ひつ》のなかの衣鉢を取りだして、逃げだそうとした。これは「寺中大騒動」と呼ばれるものであり、どうして首座が制止できようか。魯智深がまっしぐらに打って出るや、おおかたの修行僧はみな廊下に逃げ出た。監寺、都寺は長老に知らせず、一群の役僧たちを呼びだし、寺男、雑役係、轎かきらを召集し、ほぼ一、二百人がみな杖、叉《さすまた》、棍棒を持ち、手拭いで頭を包んで、ドッと僧堂に攻め込んだ。魯智深はこれを見ると、「ウォー!」と雄叫びをあげ、かくべつ得物もないため、僧堂へ突入すると、仏像の前の供物机をひっくり返し、机の二本の脚をへし折って、僧堂のなかから打って出た。見れば、

心頭　火起こり、口角　雷鳴す。八九尺の猛獣の身軀を奮い、三千丈の凌雲《りょううん》の志気を吐く。殺人の怪胆《かいたん》を按《おさ》え住《とど》めずして、捲海《けんかい》の双睛《そうせい》を円睜《えんせい》し起こす。直《たて》に截《き》り横に衝くは、箭《や》に中《あた》り崖に投ずる虎豹に似たり。前に奔《はし》り後ろに湧《おど》るは、鎗に着《あた》り澗《たに》を跳ぶ豺狼《さいろう》の如《ごと》し。直饒《たと》い　掲帝《ぎゃてい》なるも也《ま》た当たり難く、便是《たと》い　金剛《こんごう》なるも　須《すべから》く拱手《きょうしゅ》すべし。恰《あたか》も絨縧《ひも》を頓断《たちき》れる錦の鷂子《たこ》に似、猶《な》お鉄鎖を扯《ひ》き開く火猢猻《かこそん》の如し。

怒りの炎が燃えさかり、雄叫びは雷鳴のよう。八、九尺の猛獣が　獅子奮迅、雲を凌《しの》

いで三千丈にも達する鋭い気合。人殺しもどうってことない肝っ玉を抑えきれず、大波うねらす二つの瞳をギョロリと開く。縦横無尽の大立ち回りは、矢に当たって崖に身を躍らせる虎豹さながら。前後に素早い身のこなしは、鎗に突かれて谷を跳ぶ豺狼《さいろう》（ヤマイヌと狼）のよう。掲帝《ぎゃてい》（護法神、神将）だろうと防げやしない、金剛《こんごう》（護法侍者、金剛力士）ですら拱手傍観《きょうしゅ》。絋繩《ひも》を断ち切った錦の鶻子《タカ》か、鉄の鎖を引きちぎった火《あかげ》の猢猻《サル》か。

そのとき、魯智深が二本の机の脚をふりまわしながら、打って出て来ると、僧侶たちはその凶暴さを見てとり、みな棒を引きずって廊下に退いた。魯智深が机の脚をビュンビュンふりまわすと、僧侶たちは早くも両側から包みこもうとした。魯智深は激怒して、東に西に、南に北に打ちかかり、難を逃れたのはただ両端だけだった。魯智深がまっすぐ法堂の下まで攻めて行ったとき、長老が一喝した。

「智深、無礼はならぬ！　おまえたちもやめなさい」

両側の僧侶たちのうち、十数人がケガをしていたが、長老が来たのを見て、めいめい退いた。魯智深は僧侶たちが退散したと見るや、机の脚を放りだして、叫んだ。

「長老さま、お助けを」

このとき、酒はすでに七、八分がた醒めていた。長老は言った。

「智深よ、おまえは老僧《わたくし》を巻きぞえにし迷惑をかけるのか！　この前、酔っぱらって、大騒動を起こしたさい、おまえの兄さんの趙員外どのに知らせたところ、あの方は手紙をよこされ、僧侶たちに詫びられた。今度またこんなに酔っぱらって無礼をはたらき、寺の掟を乱し、亭を打ち倒し、また仁王さまを打ち壊した。それはさておくとしても、おまえが僧侶に乱暴して僧堂から追いだした罪は、小さくはない。この五台山の文殊菩薩《もんじゅぼさつ》の道場は、何百年何千年の清らかな修行の場所ゆえ、おまえのように汚れた者を置いておくことはできない。おまえはしばらく私につき従って方丈で何日か過ごしなさい。私がおまえの行く先を取りはからってやろう」

魯智深は長老について方丈に行った。長老は役僧たちに参禅の修行僧を引きとめさせ、ふたたび僧堂にもどらせて座禅させる一方、ケガをした僧侶たちを休息させた。長老は魯智深を方丈に連れて行き、一晩休ませた。

翌日、智真長老は首座と相談して、いささかの銀子を用意して魯智深に与え、別の場所に行かせることになったが、まずは趙員外に知らせることにした。長老はただちに手紙を一通書き、二人の寺男をさっそく趙員外の屋敷にやって、詳しい事情を告げさせ、即座の返事を求めた。趙員外は手紙を見て、なんとも具合がわるいと思い、返書を書いて長老に、「打ち壊した仁王像や亭は、てまえがただちに費用を準備して修理します。智深は長老さまのご処置におまかせします」と返事した。

長老は返書を受け取るや、さっそく侍者に黒い僧衣、僧鞋一足、白銀十両を取りださせ、部屋に魯智深を呼んで、言った。

「智深よ、おまえはこの前、酔っぱらって、僧堂を騒がせたのは、誤って規則を犯しただけだった。今回またグデングデンに酔っぱらって、仁王像を打ち壊し、亭を打ち倒し、僧堂から僧侶を追いだし選仏場を騒がせた。この罪業は小さくない。また、座禅の僧を殴りケガをさせた。ここで出家するのは、清浄な場所だからだ。おまえのやったことは、きわめてよくない。趙檀越の顔を立てて、おまえにこの手紙を与えるゆえ、別の場所に行って暮らしなさい。ここには、けっしておまえを置いておくことはできない。私は昨夜、考えたのだが、四句の偈《げ》をおまえに贈ることにする。生涯、役に立つだろう」

「お師匠さま、てまえをどこへやって安身立命《あんじんりゅうめい》（心身を安らかにして、天命を悟ること）させられるのでしょう。どうかお師匠さまの四句の偈をお聞かせください」と魯智深。

智真長老は魯智深を指さしながら、数句の言葉を説き、彼をある所に行かせた。これによって、この人物は笑って禅杖をふるい、天下の英雄好漢と闘い、怒って戒刀を持ち、世の逆臣、讒臣《ざんしん》を斬り、ずっと塞北のかなた三千里まで名を馳せ、江南第一州にて悟りを開くこと と、あいなった次第。

はてさて、智真長老は魯智深にいかなる言葉を説いたのでありましょうか。まずは次回の分解《ときあかし》をお聞きください。

第五回

小覇王《しょうはおう》 酔って銷金《しょうきん》の帳《とばり》に入《い》り
花和尚《かおしょう》 大いに桃花村《とうかそん》を鬧《さわ》がす

詩に曰《いわ》く、

禅林辞去入禅林
知己相逢義断金
且把威風驚賊胆
謾将妙理悦禅心
綽名久喚花和尚
道号親名魯智深
俗願了時終証果
眼前争奈没知音

禅林《ぜんりん》を辞去して　禅林に入《い》る
知己《ちき》　相《あ》い逢えば　義は金を断つ
且《か》つ威風を把《も》って　賊の胆《きも》を驚かし
謾《みだ》りに妙理を将《もっ》て　禅心を悦ばす
綽名《あだな》は久しく喚《よ》びなす　花和尚《かおしょう》と
道号は親しく名づく　魯智深《ろちしん》と
俗願の了《おわ》る時　終《つい》に果《か》を証するも
眼前に争奈《いかん》せん　知音《ちいん》没《な》きを

お寺にお暇《いとま》　次なるお寺、知己に出会えば　断金の交わり。その威風には　賊も肝をつぶし、出たとこ妙理で　出家の心を悦ばせる。長らく呼ばれてきた　あだ名は

〈花和尚《かおしょう》〉と、手ずからつけていただいた　道号は魯智深《ろちしん》と。俗縁が終わるとき
　悟りを得るが、とりあえず知己がいなけりゃ　どうにもならぬ。

さて、その日、智真《ちしん》長老は言った。

「智深《ちしん》よ、おまえはここにはいられなくなった。私に一人、弟子《でし》があり、今、東京《とうけい》（開《かい》封《ほう》）の大相国寺《だいしょうこくじ》で住持《じゅうじ》（住職）をしており、智清禅師《ちせいぜんし》という。おまえにこの手紙をわたすから、彼のもとに身を寄せ、役僧にしてもらいなさい。私は夜に考えた四句の偈《げ》をおまえに贈ろう。生涯、役に立つだろう。今日のこの言葉をしっかり覚えておきなさい」

魯智深は跪《ひざまず》いて、言った。

「その偈を聞かせてください」

長老は言った。

遇林而起　林に遇《あ》いて起こり
遇山而富　山に遇いて富み
遇水而興　水に遇いて興《おこ》り
遇江而止　江に遇いて止まる

魯智深は四句の偈を聞いて、長老に九たび拝礼すると、荷物を背負い、腰包みや胴巻をし

て、手紙をしまい、長老ならびに僧侶たちに別れの挨拶をして、五台山《ごだいさん》を離れた。かくて、まっすぐ鍛冶屋の隣りの宿屋にやって来て泊まり、禅杖《ぜんじょう》と戒刀《かいとう》ができあがれば、すぐ出発することにした。

寺のなかの僧侶たちは魯智深が出て行くと、誰も彼も大喜びした。長老は雑役係に命じて打ち壊された仁王像や亭《あずまや》をかたづけさせた。数日もたたないうちに、趙員外《ちょういんがい》がみずからいくばくかの銭や手土産を持ち五台山にやって来て、仁王像を造りなおし、山の中腹の亭を再建したことは、さておく。

さて、魯智深がそのまま宿屋で数日滞在するうち、二種の得物ができあがったので、鞘を作って、戒刀を鞘におさめ、禅杖に漆《うるし》を塗りつけた。小粒の銀子を鍛冶屋の親方に与え、荷物を背負うと、戒刀をたばさみ、禅杖をぶらさげて、宿屋の主人と鍛冶屋の親方に別れを告げ、出発した。道行く人が見れば、これぞ荒くれ和尚そのもの。見れば、

皂《くろ》き直裰《じきとつ》　背に双袖を穿《せん》し、青き円縧《えんじょう》　斜めに双頭を綰《つか》ぬ。戒刀《かいとう》は三尺の春氷に燦《さん》として、深く鞘《さや》の内に蔵す。禅杖《ぜんじょう》は一条の玉蟒《ぎょくぼう》を揮《ふる》いて、横ざまに肩頭《けんとう》に在り。鷺鷥《さぎ》の腿《あし》に緊《きっ》く脚絣《きゃはん》を繫《し》め、蜘蛛《くも》の肚《はら》に牢《かた》く衣鉢を拴《せん》す。嘴縫《しほう》の辺、千条の断頭の鉄線を攢《あつ》む。胸脯《きょうほ》の上、一帯の胆を蓋《おお》う寒毛を露《あら》わす。生成《うまれつき》　肉を食らい魚を湌《くら》う臉《かお》、是《こ》れ看経《かんきん》念仏の人ならず。

黒い直裰《じきとつ》（僧衣）　背中に両袖をからげ、青い円絛《まるひも》　斜めに二つの輪を綰《わが》ねる。三尺の春の氷にきらめく戒刀は、しっかりと鞘におさまる。龍の模様もみごとな禅杖を軽々と操って、横ざまにヒョイと肩に担ぐ。鷺鷥《さぎ》の腿〔のような足〕に　きつく脚絆を巻き、蜘蛛の肚〔のような腹〕に　固く衣鉢を縛りつける。口もとには、千本もの断頭《ていれ》された　鉄線《ひげ》がびっしり。胸板には、肝を覆い隠すように　産毛がモジャモジャ。生まれつき　肉や魚を食らう顔だち、経を読み念仏を唱えるような人じゃない。

さて、魯智深は五台山の文殊院《もんじゅいん》を離れてから、旅路をたどり東京へと向かった。半月余り行くうち、道中、寺に立ち寄って泊まらず、ひたすら宿屋で炊事をして身を休め、日中は酒屋で酒を買って飲んだ。道中、お決まりどおり、飢えれば食らい喉が渇けば飲み、夜は泊まり朝になると出発した。ある日、ちょうど歩いている最中、山紫水明の景色に見とれ、日が暮れたのに気づかなかった。見れば、

　山影は深沈し、槐《えんじゅ》　の陰《かげ》は漸《ようや》く没す。緑楊《りよくよう》の影裏、時に聞く　鳥雀《ちようじやく》の林に帰るを。紅杏《こうきよう》の村中、毎《つね》に見る　牛羊の圏《おり》に入《い》るを。落日は煙《もや》を帯びて碧霧《へきむ》を生じ、断霞《だんか》は水に映じて紅光を散ず。渓辺の釣叟《ちようそう》　舟を移して去り、野外の村童　犢《こうし》に跨《また》って帰る。

山影は深く沈み、槐《えんじゅ》の木陰も闇に消えゆく。緑なす楊樹のかげに、時おり鳥たちが

林に帰るさえずりを聞く。紅い杏《あんず》の花咲く村里では、いつものように　牛や羊が柵のうちにもどる。夕陽は煙《もや》を帯びて　碧《みどり》の霧を生じ、切れ切れの霞は水面《みなも》に映えて　紅い光を放つ。渓流の釣り人は　舟を移して去り、野外の村の童は　犢《こうし》に跨ってわが家にもどる。

魯智深は山水の美しい景色に見とれ、半日、歩きすぎたために、宿場にたどり着けなくなり、また道づれもなく、いったいどこに泊まればよいものやらと、また二、三十里、田んぼ道を急ぎ、板の橋を渡ったところ、はるか遠くに紅いもやがかかっているのが見え、林の隙間から一軒の田舎屋敷がほの見えた。屋敷の裏は、何層にも重なった高低バラバラの山々だ。魯智深は、「しかたない。あの屋敷へ行って宿を借りよう」と思い、まっすぐ屋敷の前まで行ったとき、見れば、数十人の作男が慌てふためいて、荷物を運んでいる。

魯智深は屋敷の前まで来ると、禅杖を立てかけ、作男に合掌の礼をした。作男は言った。

「和尚さん、こんな日暮れにこの屋敷に何をしに来られたのか？」

「宿にたどり着けないので、このお屋敷で一晩、宿をお借りしたい。明日の朝、すぐに立つゆえ」

「うちの屋敷では、今夜、取り込みがあるので、お泊めできません」

「何でもいいから、一晩泊めてくれ。明日すぐに立つから」

「和尚さん、サッサと行ってください。ここで殺されないように」

「これはまたおかしなことを。一晩泊まるのに、何の大事があろうぞ。どうして殺されるのか？」

「行けといったらすぐ行け。行かないと、つかまえてここに縛りつけるぞ！」

魯智深は激怒して言った。

「この田舎者め、ふざけやがって！　何にも言っておらんのに、わしを縛りあげるというのか」

作男たちのうち、ある者は罵り、ある者はなだめにまわった。魯智深が禅杖をふりあげ、暴れだそうとしたとき、屋敷のなかから一人の老人が歩み出て来た。見れば、

髭鬢《ひげ》は雪に似、髪鬢《はつびん》は霜の如《ごと》し。行く時　肩は曲がり頭は低《た》れ、坐せし後　耳は聾《ろう》し眼は
暗し。頭は三山の暖帽《だんぼう》で裹《つつ》み、足に四縫の寛靴《かんか》を穿《は》く。腰間の條《ひも》　仏頭青《ぶっとうせい》なるを繋《し》め、身
上の羅衫《らさん》　魚肚《ぎょと》の白。好《げ》にも似たり　山前の都土地《ととち》、正《まさ》しく海底の老龍君《ろうりゅうくん》の如し。

ひげは雪のよう、髪鬢《かみ》は霜のよう。歩く時には　肩は曲がり頭は垂れ、座った後では
耳は聞こえず眼も見えぬ。三山の〔形をした〕暖帽（防寒帽）をかぶり、四縫（四筋
縫い）の寛靴《かんか》（幅広の長靴）を履く。腰には仏頭青《ぶっとうせい》（群青色《ぐんじょういろ》）の帯をしめ、魚肚白《ぎょとはく》
（青みがかった白）の羅衫《らさん》（薄絹の上着）を身にまとう。まるでそっくり　山の麓の
土地神さま、じつに似ている　海の底にいる龍王さま。

その老人は六十を超しているようで、背丈より高い杖をつき、歩み出て来ると、作男たちを一喝した。

「おまえたち、何を騒いでいるのか？」

「どうにもこうにも、この坊主がわしらを殴ろうとしているのです」と作男。

魯智深はすぐ言った。

「てまえは五台山から来た僧で、用があって東京に行くところです。今晩、宿場にたどり着けませんでしたので、このお屋敷で一晩、宿をお借りしようとしたら、こいつらが無礼にも、てまえを縛ろうとしたのです」

老人は言った。

「五台山からおいでになった和尚さまなら、どうかお入りください」

魯智深は老人のあとについて、まっすぐ正堂に行き、賓主座を分かって腰を下ろすと、老人は言った。

「和尚さま、申しわけありませんでした。作男たちは、和尚さまが生き仏さまのところからおいでになったとは知らず、巷《ちまた》のふつうのお坊さんだと見なしたのです。てまえはかねがね仏さまを信心しております。うちの屋敷には今夜、取り込みがありますが、しばらく和尚さまにご滞在いただき、一晩、お休みなさってください」

魯智深は禅杖をわきにもたせかけると、立ちあがって合掌し、感謝して言った。

「施主さまのご厚意痛みいります。ぶしつけながら、この村とあなたさまの姓は何といわれますか？」

「てまえは劉《りゅう》という姓で、ここは桃花村《とうかそん》といい、村人はてまえを桃花荘《とうかそう》の劉太公《りゅうたいこう》と呼んでおります。失礼ながらおたずねいたしますが、和尚さまの俗姓は何といわれ、お名前は何といわれますか？」

「わしの師匠は智真長老で、わしに名前をつけてくださいました。それで、わしの姓が魯であることから、魯智深と呼ぶことになさったのです」

「和尚さま、どうか晩ご飯を召し上がってください。酒や生臭物は召し上がられますか？」

「わしは酒や生臭物もかまいません。濁ったのでも澄んだのでも白酒《バイチュウ》でも、何でもやります。牛肉や犬肉も、あれば食べます」

「和尚さまが酒も生臭物も召し上がるなら、まず作男に酒と肉を持って来させましょう」

時をおかず、作男が卓を出して、牛肉一皿と野菜三、四皿を置き、一膳の箸を魯智深の前に置いた。魯智深は腰包みや胴巻をはずして、座に着いた。作男は一壺の酒を燗し、杯を持って来て酒をつぎ、魯智深に飲ませた。魯智深は遠慮もせず、辞退もせず、あっというまに一壺の酒、肉一皿を平らげてしまった。太公は向かい側の席でしばし呆気にとられるばかり。作男がご飯を運び、食べてしまうと、卓をかたづけた。

太公は言い含めた。

「申しわけありませんが、和尚さまには表の小部屋で一晩、お休みいただきます。夜中、外が騒がしくなっても、出て来てのぞき見されてはなりません」

「ぶしつけながらおたずねしますが、このお屋敷では今夜、何があるのですか？」と魯智深。

「出家の方にはかかわりのないことです」

「太公さまにはどうしてそんなにご不快なふうをしておられるのか。てまえが来てご面倒をおかけするのが、お嫌なのではあるまいか？　明日、てまえは宿賃をお支払いすれば、それでよいでしょうに」

「和尚さま、お聞きください。うちではいつもお坊さんにお斎《とき》をお出しし、お布施をさしあげており、和尚さま一人など、どうということもありません。ただ、うちでは今夜、娘が婿を取るので、それで悩んでいるのです」

魯智深はカラカラと大笑いして言った。

「息子は成長すれば必ず婚礼をあげ、娘は必ず嫁ぐものです。これは人倫の大事、五常の礼です。どうして悩まれるのか？」

「和尚さまはご存じありませんが、この婚姻は望んで娘を与えるものではないのです」

「太公さま、あなたも物わかりのわるいお方だ。双方が望まない以上、どうして婿を取られるのか？」と、大いに笑いながら魯智深。

「てまえにはこの娘一人だけで、今年十九になったばかりです。このあたりに一つ山があり、桃花山《とうかざん》と呼ばれておりますが、近ごろ山上に二人の大王（頭領）がおり、寨《とりで》を作って、

六、七百人を集め、押し込み強盗をはたらいております。このあたりの青州《せい》官軍の捕り方もつかまえることができません。そこでてまえの屋敷にも押しかけて来て、てまえの娘を見そめ、二十両の金子と一匹の紅錦を出して結納とし、今夜は日柄がよいといって、夜、てまえの屋敷に婿入りに来るのです。やつに手向かうことはできず、娘を与えるしかないので、悩んでいるのです。和尚さま一人など、どうということもありません」

魯智深は聞いて言った。

「なんとそうでしたか。てまえに考えがあります。やつの心を入れかえさせ、お嬢さんを娶《めと》らせないようにいたしましょう。いかがですか？」

「やつはまばたきもせずに人を殺す魔王です。あなたはどうしてやつの心を入れかえさせることができましょうか？」

「わしは五台山の智真長老のもとで、因縁の説きかたを学びました。たとえ鉄や石のような心をもった者でも、なだめて改心させられます。今夜、お嬢さんを別の場所に隠してくだされば、わしがお嬢さんの部屋のなかで因縁を説き、やつをなだめて心を入れかえさせましょう」

「まことにけっこうですが、ただ、虎のひげを引っぱってはなりません」

「わしは命なんか惜しくない。あなたはただわしの言うとおりにすればよろしいのです。わしがいることは言ってはなりませんぞ」

「まことにけっこうです。うちに福があり、こんな生き仏さまがご来臨くださるとは」

作男たちは聞いてみなびっくり仰天した。太公は魯智深にたずねた。

「もっとご飯を召し上がりますか？」

「飯はもういらない。酒があればもう少し飲みたい」と魯智深。

太公は、「あります、あります」と言い、ただちに作男に一羽の煮込んだ鵞鳥《がちょう》を持って来させ、大碗に酒をつがせたところ、魯智深は思う存分、二、三十碗飲み、煮込んだ鵞鳥も食べてしまった。作男に荷物を運ばせ、先に部屋のなかに置かせると、禅杖をひっさげ、戒刀を身に着けて、たずねた。

「太公どの、お嬢さんはもう身を隠されましたか？」

「てまえがもう娘を隣りの屋敷に預けてきました」と太公。

魯智深が、「わしを新婦の部屋に案内してくだされ」と言うと、太公は部屋の側まで案内し、指さして言った。

「このなかがそうです」

「あんたたちははずしてください」と魯智深。

太公は作男たちとともに外に出て、宴会の準備をした。

魯智深は、室内の一脚の椅子と一つの卓をかたづけ、戒刀を枕もとに置き、禅杖を寝台のへりに立てかけた。銷金《しょうきん》の帳《とばり》（金糸のついた帳）を下ろすと、真っ裸になって寝台に跳びあがって座った。

太公は空がみるみるうちに暗くなったと見るや、作男に命じて家の前後に煌々《こうこう》と灯りをともし、麦打ち場に食卓を置いて、上に花や灯りを並べさせる一方、作男に命じて大皿に肉を盛り、大壺で酒を温めさせた。

　ほぼ初更（午後七〜九時）時分、山のあたりから銅鑼《どら》や太鼓が鳴り響くのが聞こえた。劉太公は不安な気持ちになり、作男たちはみな手に汗をにぎって、こぞって屋敷の門の外に見に出たとき、はるか遠くに四、五十の松明《たいまつ》が、まるで白昼のように照り輝き、一群の人馬が飛ぶように屋敷に向かって来た。見れば、

霧は鎖《とざ》す　青山の影裏、滾出《こんしゅつ》す　一夥《いっか》の没頭神《ぼっとうしん》。煙《もや》は迷う　緑樹の林辺、擺着《はいちゃく》す　幾行の
争食鬼《そうしょくき》。人人は兇悪、個個《ここ》猙獰《そうどう》。頭巾は都《すべ》て戴く　茜根《せんこん》の紅、衲襖《のうおう》は尽《ことごと》く披《き》る　楓葉《ふうよう》の
赤。纓鎗対対《えいそうたいたい》、囲み遮り定む　人の心肝を吃《くら》う小魔王。梢棒《しょうぼう》双双、簇《むら》がり捧着す　爹娘《ちちはは》を
養わざる真の太歳《たいさい》。声を高め斉《ひと》しく道《い》う　新郎を賀すと、山上の大虫《とら》　来たりて馬より下《お》
る。

青山が霧に鎖《とざ》されると、ぞろぞろ出て来る没頭神《やどなし》。緑樹が煙《もや》に包まれると、押すな押
すなの争食鬼《はらぺこ》。どいつも凶悪、こいつも獰猛《どうもう》。頭巾はすべて茜《あかね》色、衲襖《きもの》はそろって楓《かえで》
色。鎗は二列に、しっかと囲む　人の肝《きも》食う小魔王。棒も二列に、びっしり取り巻く
親を見捨てた太歳《ふとどきもの》。声高らかに「めでたや、婿どの」、山の猛虎が　やって来て馬
から下りる。

劉太公は見ると、すぐ作男に大きく屋敷の門を開かせ、進み出て迎えた。見れば、前を守りうしろを囲み、キラキラ光っているのはすべて武器、旗、鎗であり、ことごとく紅や緑の絹が結びつけてあり、手下たちの頭巾のふちには野の花がめったやたらに挿してある。前方には四、五対の紅い紗《さ》を貼った灯籠を並べ、馬上のかの大王を照らしている。いかなる装束かといえば、

頭に撮尖《さつせん》の乾紅《かんこう》の凹面巾《おうめんきん》を戴き、鬢《びん》の傍辺には一枝の羅帛《うすぎぬ》の像生花《ぞうせいか》を挿し、上には一領の虎の体を囲む挽絨《ばんじゆう》金繍の緑羅《りよくら》の袍《ほう》を穿《き》て、腰には一条の狼身に称《かな》う銷金包肚《しようきんほうと》の紅搭膊《こうとうはく》を繋《し》め、一双の対掩雲跟《たいえんうんこん》の牛皮の靴を着け、一匹の高頭捲毛《けんもう》の大いなる白馬に騎《の》る。

頭に撮尖《えりすぐり》の乾紅《あかねいろ》の凹面巾《おうめんきん》（上部のくぼんだ頭巾）をかぶり、鬢《びん》には薄絹の造花を挿し、身に虎のような体にうってつけの　細い毛糸を繋いで金糸の繡《ぬいと》りを施した緑の薄絹の上衣を着け、腰に狼のような身にふさわしい　腹に金糸模様の巾着《きんちやく》が付いている紅い幅広の腰帯をしめ、対を成す雲形模様の牛革の長靴を履き、大柄で巻き毛の白馬に跨る。

かの大王は屋敷の前で馬を下りると、手下たちが声をそろえ祝って言った。

「帽児は光光、今夜　新郎と做《な》る。衣衫《いさん》は窄窄《さくさく》、今夜　嬌客《きようかく》と做る（帽子はピカピカ、今夜花婿となる。着物はぴったり、今夜　婿君になる）」

劉太公は慌てて手ずから重ねた杯を捧げ、一杯の上等の酒を酌んで、地面に跪き、作男たちもみな跪いた。大王は手をとって助け起こして言った。

「あんたはわしの舅《しゆうと》なのに、どうして跪かれるのか？」

「ご冗談を！　てまえは大王さまが治めておられる家の者に過ぎません」と太公。

かの大王は七、八割がた酔っぱらっており、カラカラと大笑いして言った。

「わしはあんたの家の婿になるのだから、あんたをバカにするわけにはいかない。あんたの娘をわしに嫁がせるのもめでたいことだ。わしの兄貴の一の頭領は山を下りては来ないが、よろしくとのことだ」

劉太公が下馬の杯をつぎおえると、大王は麦打ち場にやって来た。花や灯りを見て言うことには、「舅御、どうしてこんなに歓迎してくれるのか？」。

そこでまた三杯飲むと、大広間にやって来て、手下に命じ馬を緑楊樹《りよくようじゆ》に繋ぎに行かせた。手下たちは大広間の前で太鼓を鳴らしはじめ、大王は大広間に上がって腰を下ろすと、叫んだ。

「舅どの、わしの奥さんはどこにいるのかな？」

「恥ずかしがって、出て来られないのです」と太公。

大王は笑いながら言った。

「酒を持って来い。舅どのに返杯しよう」

大王は一杯ついでから言った。

「わしが奥さんと顔を合わせてから、酒を飲みに来ても遅くはあるまい」

劉太公はひたすらかの和尚がなだめてくれることを願いつつ言った。

「てまえが大王さまをご案内しましょう」

太公は燭台を手に、大王を案内して、屏風《ついたて》の裏に回りこみ、まっすぐ花嫁の部屋の前まで行くと、指さして言った。

「この部屋がそうです。どうか大王さまにはご自分でお入りください」

太公は燭台を手に、そのまま立ち去った。吉と出るか凶と出るかはまだわからないが、まずは逃げ道を用意した次第。

大王が部屋の戸を押し開いたところ、なかは真っ暗闇だった。大王は言った。

「あれまあ、わしの舅どのはつましい人で、部屋のなかに灯りもともさないから、わしの奥さんは暗闇に座っておるぞ。明日、手下どもに申しつけて山の寨から一桶の上等の油を担いで来させ、奥さんのためにともすとしよう」

魯智深は帳《とばり》のなかで何もかも聞いたが、笑いをこらえて、声を出さなかった。大王は手探りで部屋のなかに入って来て呼びかけた。

「奥さんや、あんたはどうしてわしを出迎えないんだい？　恥ずかしがらなくていいぞ。わしは明日あんたをりっぱな寨の奥方にしてやろう」

「奥さんや」と呼びかけながら、手探りで行ったり来たりするうち、銷金の帳に触れ、パッとめくりあげて、片手を突っ込み探ったとき、魯智深の腹に触ってしまった。魯智深は勢いに乗じて頭巾の紐をつかみ、グッと寝台に抑えつけた。

大王がもがき起きようとしたとき、魯智深は右手の拳骨を固め、「ろくでなしめ！」と罵るや、耳から首にかけて、一発食らわせた。大王が、「どうして亭主を殴るんだ！」と叫ぶと、魯智深は「おまえに女房の腕を見せてやる！」と怒鳴りつけ、寝台のへりに引きずり倒し、拳骨やら足蹴りやらを浴びせた。殴られた大王は助けてくれと絶叫するばかり。

劉太公は、そのうち因縁を説いて、大王をなだめてくれるとばかり思っていたのに、なかから聞こえてきたのは、助けを呼ぶ声だったので、仰天し呆気にとられた。太公は慌てて燭を持ち、〔大王の〕手下どもを引きつれて、ドッとなかへ踏み込んだ。

一同が灯りのもとで見たとき、一人の太った和尚が、真っ裸で一糸まとわず、大王に馬乗りになり、寝台の前で殴りつけていた。頭《かしら》の手下が「わしらはみんなで大王を助けに来ました」と叫ぶと、手下どもはいっせいに鎗や棒を引きずって、打ちかかり助けに入ろうとした。これを見た魯智深は大王をうち捨て、寝台の側の禅杖をとって、力いっぱい打ちかかって来た。手下どもはその凶暴なさまを見るや、ワッと叫んでいっせいに逃げだした。劉太公は悲鳴をあげるばかり。

大騒ぎのなか、かの大王は部屋の戸口から這い出て、門前まで走って行き、空馬を捜しあてると、柳の枝を折り、パッと馬の背に飛び乗って、柳の枝で打ったが、馬は動かない。大王は、「クソ！　畜生までわしをバカにしおって」と言い、もう一度見たところ、なんと慌てているので、馬繋ぎの綱もほどいていなかった。慌てふためいて引きちぎり、裸馬に乗って飛ぶように逃げだした。屋敷の門を出るとき、大声で「クソじじい、ほえ面かくなよ。どうあっても逃さんぞ！」と、劉太公を罵り、柳の枝で二度ばかり馬を打つと、馬は大王を乗せてパカパカと山を上って行った。

劉太公は魯智深を引きとめて言った。

「和尚さん、あなたのせいで、てまえの一家は困ったことになりました」

魯智深は、「無礼のほどはご容赦くだされ。衣服と僧衣を取って来て、身に着けてから話しましょう」と言うと、作男が部屋に取りに行き、魯智深は身に着けた。太公は言った。

「てまえは最初、あなたが因縁を説き、やつをなだめて心を入れかえさせてくださることを望んでおりましたのに、なんとあなたは拳骨をふるって、やつをぶちのめされました。きっと山の寨の山賊どもに知らせに行き、てまえどもを殺しに来るでしょう」

「太公どの、慌てなさんな。ほんとうのことを言うと、わしはほかならぬ延安府《えんあん》の老种経略相公《ろうちゆうけいりやくしようこう》の帳前提轄官《ちようぜんていかつかん》だったが、人を殴り殺したために、出家して坊主になった者だ。あんなクソッタレの二人や三人はいうまでもなく、千や二千の軍勢が来ても、恐れはせんぞ。おまえたちが信じないなら、わしの禅杖を持ってみろ」と魯智深。

作男たちにどうして持ちあげられようか。魯智深は禅杖を受け取るや、灯心をひねるように操りはじめた。太公は言った。

小霸王　酔って銷金の帳に入り

「和尚さま、どうか出て行かず、われら一家を守ってください」

「当たりまえだ！　わしは死んでも行かんぞ」と魯智深。

「まずは酒を持って来て和尚さまに飲んでいただきましょう。へべれけになられませんように」と太公。

「わしは一分の酒を飲めば、ただ一分の腕前、十分の酒を飲めば、十分の力だ」と魯智深。

「それは好都合です。ここには酒も肉もあります。存分に召し上がってください」と太公。

さて、桃花山の一の頭領は寨のなかで座り、ちょうど麓に人をやり、入婿になった二の頭領がどうしているか、探りに行かせようとしていたとき、見れば、数人の手下が息も絶え絶え、ボロボロになって、寨にたどり着き、「困った！　困った！」と叫んでいるではないか。一の頭領が慌てて、「どうして慌てて、転がり込んできたのか？」と聞くと、手下たちは言った。「二の兄貴がこてんぱんに殴られました」。一の頭領が仰天して、仔細を聞こうとしたとき、「二の兄貴がお着きです」と知らせがあった。

一の頭領が目を向けたところ、二の頭領は紅い頭巾もなくし、身に着けた緑の上衣もズタズタに引き裂かれ、馬から下りるや、大広間の前に倒れ、口のなかで「兄貴、助けてくれ」と言った。一の頭領が「どうしたのか？」と聞くと、二の頭領は言った。

「わしが山を下りて、やつの屋敷に行き、部屋に入ると、どうにもこうにも、あのクソじじいが娘を隠し、なんとデブの和尚を娘の寝台に潜ませていた。わしは警戒もせず、帳をめくってちょっとさわると、そいつにつかまり、拳骨やら足蹴りやらをかまされ、身体じゅう傷だらけになった。そいつは大勢の者が助けに来たのを見ると、手を放して、禅杖をぶらさげ打って出たので、わしは逃げだして、命拾いできたのだ。兄貴、わしのために仇を討ってくれ」

一の頭領は、「なんとそうだったのか。おまえは部屋に行って休め。わしがおまえのためにそのクソ坊主をつかまえに行こう」と言い、左右の者に大声で命じた。

「サッサと馬の支度をしろ！　者ども、行くぞ！」

一の頭領は馬に乗って、鎗をひっつかみ、手下どもをことごとく引きつれて、いっせいに鬨《とき》の声をあげながら山を下りて行った。

さて、魯智深がちょうど酒を飲んでいたとき、作男から「山の一の頭領が手下を引きつれ攻めて来ました」と知らせがあった。魯智深は言った。

「慌てるな。わしがぶちのめしてやるから、おまえたちはただ縛りあげてお上に突きだし、褒美をもらえばよい。わしの戒刀を持って来い」

魯智深は僧衣をぬぎ、下の衣服をまくりあげて、戒刀をたばさみ、大股で禅杖をぶらさげ、麦打ち場に出て行った。見れば、一の頭領は多くの松明のなか、馬に乗って屋敷の前に攻め寄せ、馬上で長い鎗を構え、声を張りあげて怒鳴った。

「クソッタレ坊主はどこか？　とっとと出て来い、勝負をつけよう！」

魯智深は激怒して、「うす汚い盗っ人野郎のろくでなしめ、わしの腕前を思い知らせてやる！」と罵り、禅杖をグルグルふりまわして、ドッと打ちかかっていった。

かの一の頭領は鎗をひっこめ、大声で叫んだ。

「和尚、しばらく手を止めてくれ！　おまえの声に聞き覚えがある。姓名を教えてくれ」

「わしはほかならぬ〔延安府の〕老种《ちゅう》経略相公の帳前提轄の魯達《ろたつ》だ。今は出家して魯智深という」

かの一の頭領はカラカラと大笑いして、鞍から滑り降り、鎗を放りだして、パッと身をひるがえすや、平伏して言った。

「兄貴、別れてこのかたお変わりありませんか。弟分があなたにやっつけられたのも道理だ」

魯智深は頭領が騙しにかかったのかと思って、パッと数歩しりぞき、禅杖をおさめて、目を凝らして見ると、松明のもとで見分けたのは別人ならず、なんと巷で鎗や棒を使い薬を売っていた教頭の〈打虎将《だこしょう》〉李忠《りちゅう》だった。もともと山賊は「下拝（平伏すること）」という二字を悦ばず、軍中で縁起がわるいと、「剪払《せんふつ》」と呼ぶのだが、これが縁起のいい字だからである。李忠はそのとき「剪払」しおわって立ちあがると、魯智深を抱えて言った。

「兄貴、どうして和尚になられたのか？」

「まずはなかへ入ってから話そう」と魯智深。

劉太公はこれを見て、「この和尚さんもなんと一味だったのか」とがっくりするばかり。

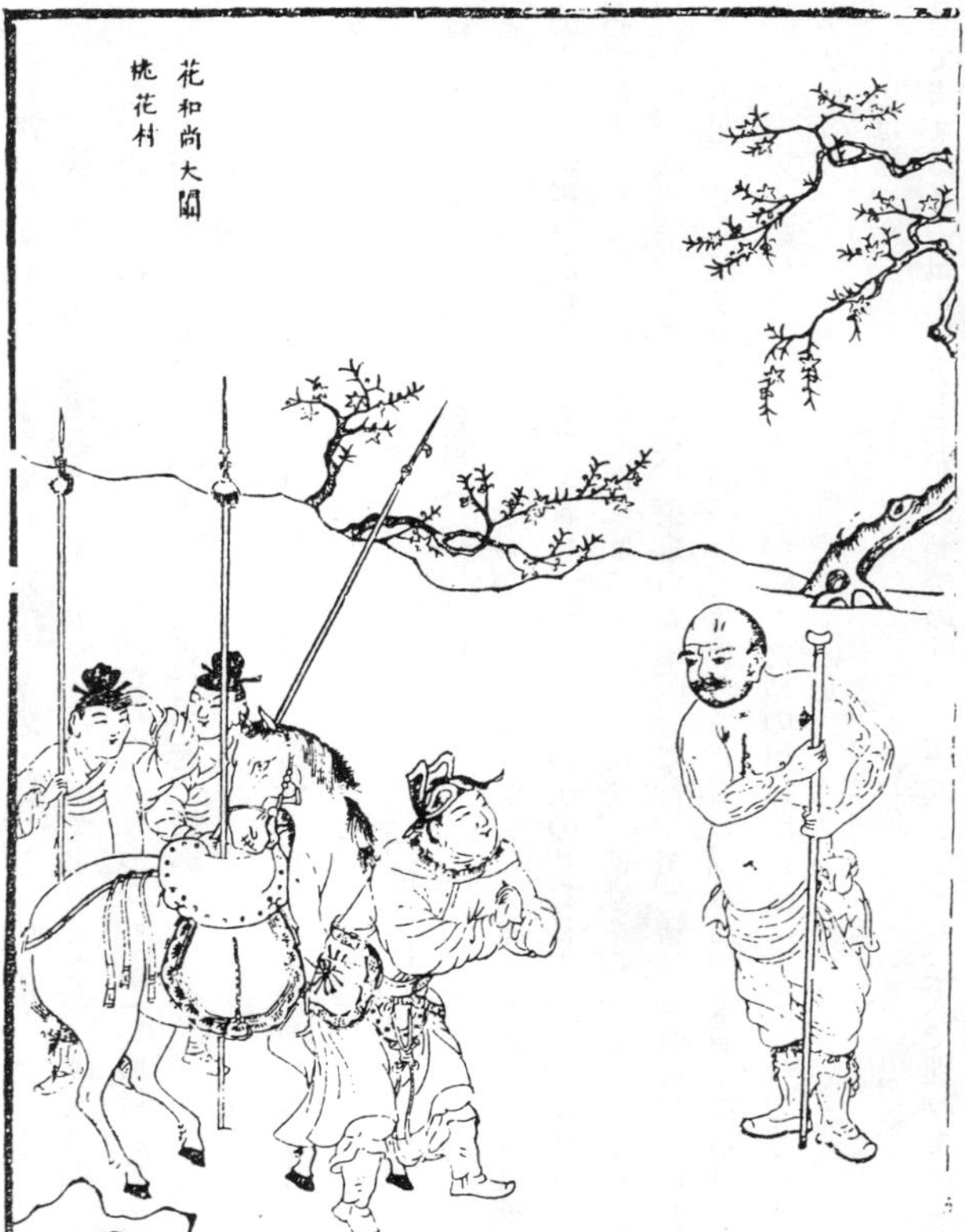

花和尚　大いに桃花村を鬧がす

魯智深はなかへ入り、また僧衣を着て、李忠といっしょに大広間に行き、ご無沙汰の挨拶をした。魯智深は正面に座ると、劉太公を呼んで出て来させたが、老人は進み出ようとしなかった。魯智深は、「太公どの、やつを怖がらなくともよい。こいつはわしの弟分だ」と言い、李忠が二番目の席に着き、太公は三番目の席に着いた。

魯智深は言った。

「お二方、まあ聞いてくだされ。わしは渭州《いしゅう》で拳骨三発で、鎮関西《ちんかんせい》を殴り殺してから、代州《だいしゅう》の雁門《がんもん》県まで逃げたところで、わしが金をやり逃がしてやった金《きん》じいさんに出会った。じいさんは東京《とうけい》へ帰らず、知り合いについて、やはり雁門県に住んでいたのだ。じいさんの娘は、その土地の金持ちの趙員外の世話になっており、〔その員外が〕わしと顔を合わせると、非常に大事にしてくれた。思いがけず、お上がわしを厳しく追いかけ逮捕しようとしたので、その員外が銭を出してくれて、わしを五台山の智真長老のもとに送り込み、頭をまるめて坊主にしてくれた。わしが二回ほど酒を飲んで、僧堂を騒がせたところ、師匠の長老がわしに一通の手紙をくだされ、東京の大相国寺《だいしょうこくじ》に行って、智清《ちせい》禅師に身を寄せ、役僧になるよう手配してくださった。日が暮れてきたので、この屋敷に宿を借りたら、なんとあんたと会ったというわけだ。さっきわしが殴ったあの男は誰だ？　あんたはどうしてここにいるのか？」

李忠は言った。

「てまえはあの日、兄貴と渭州の酒楼の前で、史進《ししん》ともども三人で別れてから、翌日、兄貴が肉屋の鄭《てい》を殴り殺したと聞いたので、史進を訪ね相談に行きましたが、やつもまたどこへ行ったかわからず、捕り方が逮捕しようとしていると聞き、てまえも慌てて逃げだしました。この山の麓を通りかかると、さっき兄貴に殴られたあの男が、先にここの桃花山に寨を築き、〈小覇王《しょうはおう》〉周通《しゅうつう》と呼ばれていましたが、そのとき、手下を引きつれて山を下りて来て、てまえとやり合い、てまえに打ち負かされました。やつはてまえを山に引きとめて寨の主とし、一の頭領の座に座らせました。そんなわけで、ここで山賊の仲間入りをしたのです」

「兄弟がここにいるからには、劉太公とのこの縁組み、二度と持ちださんでくれ。この人にはこの娘しかおらず、死ぬまで面倒をみてもらわなければならんのだ。あんたたちが連れて行き、ご老体はよるべがなくなってしまったら、どうするのか」と魯智深。

太公は聞いて大喜びし、酒や肴の用意をして二人をもてなした。手下たちにはそれぞれ二つの饅頭《マントウ》、二切れの肉、大碗の酒をふるまい、全員にたらふく食べさせた。太公が結納の金子と反物を持って来ると、魯智深は言った。

「李忠兄弟、収めて持って行け。この一件は何もかもあんたしだいだ」

「よし、わかりました。どうか兄貴には寨でしばらくご滞在を。劉太公も一度来てください」と李忠。

太公は作男に轎《かご》を用意させて、魯智深を乗せ、禅杖、戒刀、荷物を運ばせた。李忠も馬に乗り、太公も一丁の小さな轎に乗ったとき、早朝の空は明るくなっていた。

一同は山に上り、魯智深と劉太公は寨の前まで来ると轎を下り、李忠も馬を下りて、魯智深を寨のなかに迎え入れ、聚義庁《しゅうぎちょう》（集会場）において、三人の座が定まった。李忠が周通を呼びだしたところ、周通は和尚を見て、内心、腹を立て、「兄貴はわしの仇を討つどころか、あべこべにあいつを寨に来させ、上座に座らせおって！」と思った。李忠は言った。

「兄弟、この和尚さんが誰だかわかるか？」

「知っていれば、殴られずにすんだとでも言うのか！」と周通。

「この和尚さんこそ、わしがいつもおまえに話している、拳骨三発で鎮関西を殴り殺した、あのお方だ」と、李忠は笑った。

周通は頭をさすって「あちゃー！」と叫び、パッと「剪払」した。魯智深は答礼をして言った。

「失礼の段、まっぴらごめんなすって」

三人の座が定まり、劉太公が前に立っているので、魯智深は言った。

「周の兄弟、わしの話を聞いてくれ。劉太公とのこの縁組み、あんたは知らんだろうが、この人にはこの娘しかおらず、死ぬまで面倒をみてもらい、祭りを絶やさず線香をあげるのは、みんなこの娘にかかっているのだぞ。あんたが娶ったら、ご老体としてはよるべがなくなるから、内心、望んではおられないのだろう。わしの顔を立てて、この話は無しにして、別に良い娘を選んでくれ。結納の金子と反物はここにある。どうだ？」

「兄貴の言うことを聞いて、わしは二度と行きません」と周通。

深。

「大丈夫《だいじょうふ》（一人前のりっぱな男）は事をなすにあたり、心変わりしてはならんぞ」と魯智深。

周通は矢を折って誓いを立て、劉太公は跪いてお辞儀をし、金子と反物を返すと、山を下りて屋敷へ帰って行った。

李忠と周通は牛を殺し馬をさばき、宴席を用意して、数日間もてなし、魯智深を山の前後に案内して景色を見せた。果たせるかな、よき山の桃花山は、もともと地勢けわしく、まわりは険阻で、ただ一本の道しかなく、四方は見渡すかぎりぼうぼうと草が生えている。魯智深は見ると、「なるほど険しい要害だ」と思った。

数日滞在すると、魯智深は李忠と周通が気概のある人物ではなく、何事につけケチくさいと見てとり、ひたすら山を下りることを求めた。二人はねんごろに引きとめたが、承知しようとせず、ただ「わしはもう出家の身だ。どうして山賊の仲間入りができよう？」と辞退するばかり。李忠と周通は言った。

「兄貴が仲間入りを断り、出発されるなら、わしらは明日山を下り、いくらか手に入れて、すっかり兄貴に送り路銀にしてもらおう」

翌日、寨のなかで羊や豚を殺し、送別の宴会を行うことになり、準備がととのうと、金銀の酒器を卓に並べた。ちょうど席に着いて酒を飲もうとしたとき、手下が「麓に二輛の馬車があらわれ、十数人やって来ました」と知らせに来た。李忠と周通はこれを聞くや、大勢の手下を呼び集め、二人の手下だけ残して魯智深をもてなし、酒を飲んでもらうことにした。

李忠と周通は、「兄貴、どうか気ままに二、三杯飲んでいてください。わしら二人は山を下りてお宝を取って来て、すぐ兄貴の餞別にします」と言い、手下どもを率いて山を下りて行った。

さて、魯智深は、「この二人はひどくケチだ。見れば、多くの金銀があるのに、わしに贈らず、他人のものを奪い取ってから、わしに贈ろうとしておる。これは、『人のフンドシで相撲をとる』というもので、他人を困らせるだけだ。あいつらの度肝をぬいてやろう」と思い、すぐさま手下を呼び、酒を持って来させて飲んだ。

ほんの二、三杯飲むと、パッと立ちあがり、二人の手下を拳骨でぶっ飛ばし、帯を解いていっしょに縛りあげ、口のなかにボロ布を押し込んだ。すぐさま荷物を開けて、不要不急の物はすべて放りだし、卓上の金銀の酒器だけつかむと、すべて踏みつぶして、荷物に入れて縛り、胸にかけた度牒《どちょう》袋に智真長老の手紙をしまい、戒刀をたばさみ、禅杖をさげ、衣類の包みを頭にのせて、寨を出た。

裏山まで来て眺めやれば、どこもかしこも地勢険しく、また身を隠す茂みもない。「山の表から行けば、必ずやつらと出くわすに相違ない。ここから転がり下りたほうがいい」と思い、まず戒刀を荷物といっしょにくくりつけて、下へ投げ落とし、禅杖もまた放り投げた。かくて身体を下へ向けて転がし、ゴロゴロとまっすぐ麓まで転がったところ、ケガ一つしなかった。魯智深は跳び起きて、荷物を捜し、戒刀をたばさみ、禅杖を持ち、手をふり闊歩して、東京へと向かった。

さて、李忠と周通は山裾に下り、その十数人と出会ったところ、それぞれ得物を持っており、李忠と周通は鎗を構え、手下どもは鬨の声をあげて、前進し怒鳴りつけた。

「おい、旅の者。物のわかるやつは通行税を置いて行け」

旅人のなかの一人が、朴刀《ぼくとう》をひねって李忠に闘いを挑み、丁々発止と、十余合闘ったが、勝負がつかない。激怒した周通が前に走り出て一喝すると、手下どもがワッといっせいに進み出たので、旅人たちは防ぐことができず、身体の向きを変えて逃げだした。逃げ足の遅い七、八人をことごとく突き殺して、馬車と金品を強奪し、声を合わせて凱歌をあげ、ゆっくり山を上って行った。

寨に到着して、見ると、二人の手下がもろともに柱のわきで縛られ、食卓の金銀の酒器はすべてなくなっているではないか。周通が手下の縄をほどき、「魯智深はどこへ行ったのか」と、仔細を尋ねたところ、「わしら二人をぶん殴って縛りあげ、器や皿を包んで、全部持ち去りました」とのこと。周通は、「あのクソ坊主はとんでもねえ野郎だ。なんとあいつにしてやられたぞ。どこから逃げたのだろうか？」と言い、グルッと足跡を追って行くと、裏山に着いた。見れば、あたりの草木が平らにすべてなぎ倒されている。周通はこれを見て言った。

「クソ坊主め、根っからの悪党じゃないか。こんな険しい山なのに、ここから転がって下りたのだ」

「わしらは追いかけて問いただし、恥をかかせてやろうじゃないか」と李忠。

「よした！　よした！　クソ野郎が関所の門を出たら、追いつけやしねえよ。よしんば追いついたところで、やつを問いつめて取りもどすことなんかできやしねえ。のっぴきならないことにでもなれば、わしとあんたはやつにかなわないし、のちのち顔を合わせることができなくなる。手を引いて、のちのち顔を合わせてもよいようにしたほうがいい。まずは馬車の荷を開けて、金銀や反物を三つに分けよう。わしとあんたがそれぞれ一山、残りの一山は手下どもの褒美だ」と周通。

「あいつを山に連れて来なければよかった。おまえに多くの損をさせたのだから、わしの分はそっくりおまえにわたそう」と李忠。

「兄貴、わしとあんたは生きるも死ぬもいっしょだ。そんなに気にするなって」と周通。

みなさん、この話をしっかり覚えておいてください。李忠と周通はそのまま桃花山で山賊稼業をつづけたのです。

さて、魯智深は桃花山を離れると、大股で、ひたすら早朝から午後まで歩き、五、六十里余りの道のりを行った。腹が減ったけれども、途中で炊事をするところもなく、「朝起きてからひたすら歩きつづけ、何も食べていないが、はてどこへ行ったらよかろうか？」と思案しながら、あたりを見まわすと、ふいにはるか遠くから風鈴の音が聞こえてきた。魯智深はこれを聞くと、「しめた、寺でなければ、道観《どうかん》（道教の寺院）だ。風が吹いて軒下の風鈴を鳴らしている。まずはあそこを訪ねてお斎《とき》をよばれよう」と思った。

魯智深がそこへ行かなければそれまでだったが、そこへ行ったがために、十人余りの命をあの世に送り、一個の松明の火もて名高い霊山古跡を燃やし、黄金殿上に紅蓮《ぐれん》の炎があがり、碧玉堂《へきぎょくどう》の前に黒煙が立ちのぼることと、あいなった次第。

はてさて、魯智深はいかなる寺院・道観へと向かったのでしょうか。まずは次回の分解《ときあかし》をお聞きください。

第六回　九紋龍《くもんりゅう》　赤松林《せきしょうりん》に剪径《せんけい》し
魯智深《ろちしん》　瓦罐寺《がかんじ》を火焼す

詩に曰《いわ》く、

萍蹤浪跡入東京　　萍蹤《へいしょう》　浪跡《ろうせき》　東京《とうけい》に入り
行尽山林数十程　　行き尽くす　山林数十程《てい》
古刹今番経劫火　　古刹《こさつ》　今番　劫火《ごうか》を経《へ》
中原従此動刀兵　　中原《ちゅうげん》　此《こ》れ従《よ》り刀兵を動かす
相国寺中重掛搭　　相国寺《しょうこくじ》中　重ねて掛搭《かた》し
種蔬園内且経営　　蔬《そ》を種《う》えし園内に　且《しばら》く経営す
自古白雲無去住　　古自《いにしえよ》り　白雲は去住無く
幾多変化任縦横　　幾多の変化　縦横に任《まか》す

漂い　さまよい　東京《とうけい》へ、延々と　山や林を踏破する。古きお寺も　このたび火炎に包まれ、中原《ちゅうげん》は　これより戦《いくさ》に明け暮れる。相国寺《しょうこくじ》に　重ねてお世話になり、野

　菜畑をひとまず管理。昔から　白雲は行方定めず、くるくる変わって　自由自在。

さて、魯智深《ろちしん》はいくつもの山坂を通り過ぎたところで、大きな松林と一本の山道が目に入った。その山道に沿って行くと、半里も行かないうちに、仰向いて見ると、なんと荒れはてた寺院があり、風に吹かれて風鈴が鳴っている。その山門を見ると、上に古びた赤い扁額《へんがく》があって、四つの金文字が書かれ、みな黒ずんでいるものの、「瓦罐《がかん》之寺」と記されている。また四、五十歩行かないうちに、石橋を渡り、もう一度見れば、年代を経た古い寺院だった。山門のなかに入り、つぶさに見たところ、大寺院とはいえ、まったく崩れ壊れている。見れば、

鐘楼《しょうろう》は倒塌《とうとう》し、殿宇は崩摧《ほうさい》す。山門尽《ことごと》く蒼苔《そうたい》を長じ、経閣《きょうかく》都《すべ》て碧蘚《へきせん》を生ず。釈迦仏《しゃかぶつ》は蘆芽《ろが》の膝を穿《うが》ち、渾《すべ》て雪嶺《せつれい》に在るの時の如《ごと》し。観世音《かんぜおん》は荊棘《けいきょく》身に纏《まと》い、却《かえ》って香山《こうざん》を守るの日に似たり。諸天は壊損《かいそん》し、懐中に鳥雀《ちょうじゃく》巣を営む。帝釈《たいしゃく》は欹斜《きしゃ》し、口内に蜘蛛《くも》網を結ぶ。方丈は凄涼《せいりょう》、廊房は寂寞《せきばく》たり。頭《かしらな》没き羅漢《らかん》、這《こ》の法身も也《ま》た災殃《さいおう》を受く。折臂《ぴ》(1)の金剛、神通有るも如何《いか》にして施展せん。香積厨《こうしゃくちゅう》中兎穴を蔵し、龍華台《りゅうげだい》上に狐蹤《こしょう》を印す。

　鐘楼はぶっつぶれ、拝殿は見るも無惨。山門には蒼苔《こけ》がびっしり、経閣にも碧蘚《こけ》がわ

んさか。お釈迦さまは膝の隙間から蘆《あし》の芽がにょっきり、雪嶺（須弥山《しゅみせん》）で苦行していた時のお姿とそっくり。観音さまは荆棘《いばら》の衣を身にまとい、香山《こうざん》（須弥山の北にある山）を守っておられた日々を彷彿とさせる。諸天はすっかりボロボロになり、中にはあちこち鳥の巣が。帝釈天《たいしゃくてん》はグラリと傾き、お口のなかには蜘蛛の巣が。方丈はさびれはて、廊房《わきべや》はひっそりかん。羅漢さまには頭がなく、出家の御身も禍《わざわい》が降りかかる。金剛さまは臂《うで》が折れ、神通力も施しようがない。厨房には兎の穴、龍華台には狐の足跡。

魯智深は寺に入り、ただちに知客寮《しかりょう》（接待所）へと向かった。見れば、知客寮の入口には大門もなくなり、四方の塀もすべて脱落して何もない。魯智深は、「こんな大きな寺が、どうしてこんなに荒れはてているのだろう？」と思い、まっすぐ方丈の前まで行って見ると、地面は一面、燕の糞《ふん》だらけ、門には錠が下りていたが、その錠の上はすべて蜘蛛の巣でおおわれている。魯智深は禅杖《ぜんじょう》を地面に突き刺し、声を張りあげて言った。

「旅の僧がお斎《とき》をいただきにまいった！」

しばらく叫んだが、何の返事もない。庫裡《くり》のほうにもどり、見れば、鍋もなければ、竈《かまど》もすべて壊れている。魯智深は包みをほどいて、監斎使者《かんさいしし　しゃ》（厨房に祭ってある神）の前に置き、禅杖をぶらさげて、いたるところ尋ねてまわった。厨房の裏の小屋を尋ねると、数人の老僧が床に座っていたが、誰も彼も肌は黄ばみ痩せている。魯智深は一喝した。

「おまえたちクソ坊主どもは、なんとひどいやつらか！　わしが呼んでいるのに、誰も答えんとは」

　その僧侶らは手を振って言った。

「大きな声を出すでない」

「わしは旅の僧だ。めしを一回、所望するのに、何の不都合があるのか？」と魯智深。

「私どもは三日も腹に入れる飯がありません。どうしてあなたに食べさせられましょう」と老僧。

「わしは五台山《ごだいさん》から来た僧だ。粥でもなんでもかまわんから、わしに半碗でも食べさせてもらいたい」

「生き仏さまのもとから来られた和尚さまなら、私どもはあなたにお斎《とき》を出して当然です。しかし、この寺の僧侶は逃げだしてしまい、一粒のお斎の米もなく、私どもはほんとうに三日も腹をすかせているのです」

「デタラメを言うな！　これほど大きな寺に、お斎の米がないとは信じられん」

「ここは小さな寺ではなく、四方を托鉢する行脚《あんぎゃ》僧が立ち寄る寺でしたが、一人の旅の坊主が一人の道人《どうにん》（寺男）を連れて来て、ここの住持《じゅうじ》（住職）になり、寺のものを一切合財、壊してしまいました。やつら二人はやりたい放題、僧侶たちを追いだしました。私ども年寄り数人は歩けないので、しかたなくここにおります。そんなわけで、食べる飯もないのです」

「デタラメを言うな！　一人の坊主と一人の道人で何ができるというのか！　どうしてお上

にやつらを訴えないのか？」

「和尚さまはご存じありませんが、ここの役所は遠いうえ、たとえ官軍でもやつらをつかまえることはできません。この坊主と道人はほんとに凄い腕前なのです。殺人・放火、何でもござれで、今は方丈の裏の建物に住んでいます」

「その二人は何という名前か？」

「坊主は崔《さい》という姓で、法名は道成《どうじよう》、あだ名は生鉄仏《せいてつぶつ》です。道人は丘《きゆう》という姓で、排行は小《しよう》乙《いつ》（排行が第一番目の者の俗称）、あだ名は飛天夜叉《ひてんやしや》です。この二人はまったく出家の者らしくなく、緑林《りよくりん》の強盗同然、出家のふりをしているだけです」

話をしている最中、ふっといい匂いがしてきた。魯智深が禅杖をさげ、裏へまわって、見やれば、土の竈に藁《わら》の蓋《ふた》がしてあり、湯気がポッポッと吹きあがっている。蓋をめくって見ると、鍋に粟米《あわごめ》の粥が煮えているではないか。魯智深は罵って言った。

「おまえたち老いぼれ坊主どもはひどいやつらだ。三日も食べる飯がないと言いながら、今ここで粥を煮ているではないか。出家の者がなぜウソをつく？」

老僧たちは魯智深に粥を見つけられるや、ただ「これは一大事」ということで、〔魯智深が粥をすくい取れないように〕茶碗や皿、瓶《かめ》（口が小さく腹のふくれた容器）、杓、水桶をすべてひったくった。魯智深は空腹でたまらず、粥を食べようとしたが、手だてがない。ふと見ると、竈のわきに漆の剝げた食卓があり、表面に埃《ほこり》がたまっていた。魯智深はこれを見るや、「困れば知恵が出る」で、禅杖を立てかけ、竈のまわりの藁を拾って、食卓の埃をぬぐい、もろ手で鍋を持ちあげて、粥を食卓めがけてザッと傾けた。老僧たちはいっせいに粥を奪って食べたが、わずか数口食べただけで、魯智深に突きとばされたり蹴られたりして、倒れる者は倒れ、逃げる者は逃げだした。魯智深はその粥を捧げもって食べ、ほんの数口食べたところで、老僧は言った。

「私たちはほんとうにこの三日、食べる物がなく、さっき村へ行ってこの粟米を喜捨してもらい、ともかく粥を煮て食べようとしたのに、あんたは私たちのものを食べてしまうのか」

魯智深は六、七口食べたところで、この言葉を聞くと、すぐ食べるのをやめた。

と、表で誰かが戯《ざ》れ歌をうたうのが聞こえてきた。魯智深は手を洗い、禅杖をさげて見に出ると、崩れた塀のなかから一人の道人が見えた。頭に黒い頭巾をかぶり、身に木綿の上着を着け、腰に種々の色がまざった紐をしめ、麻草鞋《あさわらじ》を履き、天秤棒を担いでいる。天秤棒の片方には竹籠をさげ、なかから魚の尾や荷《はす》の葉でくるんだ肉が見えている。もう一方には一瓶《かめ》の酒があり、これも荷の葉がかぶせてある。口ずさんでいる戯れ歌は以下のとおり。

　你《なんじ》の東に在る時　我《わ》れは西に在り、你に男子無く　我れに妻無し。我れに妻無き時　猶《な》お間《ま》可《か》なるも、你に夫無き時　好だ孤恓《はなはこせい》ならん。

　　おまえ東で　俺は西、おまえ亭主《とと》なく　俺女房《かかあ》なし。女房なくても　俺はいいけど、亭主がいなけりゃ　おまえ一人で寂しかろ。

数人の老僧が追いかけて来て、指さして魯智深に言った。

「あの道人こそ飛天夜叉・丘小乙です」

これを聞いた魯智深は、禅杖をさげ、後からついて行った。その道人は魯智深がうしろからつけて来たのに気がつかず、一目散に方丈の裏の塀のなかに入って行った。魯智深がさっそく後についてなかに入り、見れば、緑の槐《えんじゅ》の木の下に食卓が置いてあり、皿に盛った料理、三つの杯、三膳の箸を並べ、まんなかに太った坊主が座っている。漆を塗ったような真っ黒の眉、黒墨のような目、ゴツゴツとした凶悪な体つき、胸の下からは黒い腹の皮がのぞいている。横には若い女が座っていた。道人は竹籠を置き、自分も地面に座った。

魯智深が目の前に歩み寄ると、かの坊主はびっくり仰天して、パッと跳びあがって言った。

「どうか和尚さまには、お座りになって、いっしょに一杯飲んでください」

魯智深は禅杖をさげたまま言った。

「おまえたち二人はどうして寺を荒らしたのか？」

その坊主は言った。

「和尚さま、どうか座って、てまえの話をお聞きください」

魯智深は目をむいて言った。

「言ってみろ！　言ってみろ！」

坊主は言った。

「以前、この寺はたいへんりっぱで、荘園も広く、僧侶も大勢おりました。ただ、あの廊下の数人の年寄りの坊主どもが酒を飲んでは騒ぎ、金を持ちだして女を囲い、長老さまもやつらを取り締まることができず、そのうえ、やつらは長老さまを追いだしてしまいました。このため、寺はすっかり荒れはて、僧侶たちもみな逃げだし、田畑もすべて売られてしまいました。てまえとこの道人は新たにここの住持になり、ちょうど山門を修理し、建物を修理しようとしているところです」

魯智深は言った。

「この婦人は誰だ？　なんとここで酒を飲んでいるとは」

「和尚さまにお答えします。このご婦人はこの先の村の王有金《おうゆうきん》さんの娘さんです。以前、この方のお父さんは本寺の檀越《だんおつ》でしたが、今は財産を使いはたし、近ごろはたいへん困っておいでです。家族はすっかり死に絶え、ご亭主もまた病気なので、この寺に米を借りに来られたのです。てまえは施主檀越の顔を立てて、酒を出してもてなしていたのです。別に他意はなく、ただ敬意を表しただけです。和尚さま、あのクソ坊主どもの言うことなど、お聞きになりませんように」と坊主。

魯智深はこの話を聞き、また坊主がたいへん気をつかっているのを見て、すぐに、「ちくしょうめ、あの年寄り坊主どもがわしをからかったのだな」と言うと、禅杖をさげて、ふたたび庫裡にもどっていった。

数人の老僧はご飯がすんだばかりで、ちょうどそこにいたところ、魯智深がプンプンしながら出て来て、老僧たちを指さしながら言った。

「なんとおまえたちが寺を荒らしたのに、まだわしの前でウソをつくのか」

老僧たちはいっせいに言った。

「和尚さま、やつの言うことを聞かれてはなりません。現に女を一人あそこで囲っているではありませんか。やつは今さっきあなたが戒刀《かいとう》や禅杖を持っておられるのに、自分には武器がなかったので、あなたと争おうとしなかったのです。信じられないなら、もう一回行って、やつがどう出るかごらんになってください。和尚さま、考えてみてください。やつらは酒を飲み肉を食らっているのに、私どもは粥さえ食べられず、さっき和尚さまに食べられるのをただ恐れていたではありませんか」

魯智深は「それもそうだ」と言うと、禅杖を逆《さか》さにぶらさげ、ふたたび方丈の裏へ向かった。見れば、わきの門は早くも閉められており、激怒した魯智深は一足で蹴破って、なかへ突入した。見れば、かの生鉄仏・崔道成が一振りの朴刀《ぼくとう》を構え、なかから槐の木の下まで追いかけて来て魯智深に打ちかかった。これを見た魯智深は、ウォーと叫び声をあげ、手中の禅杖をグルグルふりまわして、崔道成と闘った。二人の和尚の闘いやいかに、
一個《いっこ》は袈裟《けさ》を着けず、手中に朴刀を斜めに刺し来たる。一個は直裰《じきとつ》を将《もっ》て牢く拴《かた》し、掌の内に禅杖を横ざまに飛ばし去《ゆ》けり。一個は牙《は》を咬《か》むこと必剝《ばりばり》と、渾《すべ》て敬徳《けいとく》の秦瓊《しんけい》と戦うが

如《ごと》し。一個は眼を睜《みは》ること円輝、張飛《ちょうひ》の呂布《りょふ》を迎うるに好《さ》も似たり。一個は尽世《じんせい》　梁武懺《りょうぶせん》
を看ず、一個は半生《はんせい》　懶《ものう》く念ず法華経。

一人は袈裟を身に着けず、朴刀　斜めに突き刺し入れる。一人は僧衣をキリリとまとい、手にした禅杖　横に払う。一人はバリバリ歯嚙みして、まるで敬徳《けいとく》が秦瓊《しんけい》と闘うようだ[2]。一人はカッと眼を見張り、張飛《ちょうひ》が呂布《りょふ》（張飛と呂布は『三国志演義』世界指折りの猛将）を迎え撃つ姿にそっくり。一人は終生　梁武懺《りょうぶせん》（梁皇懺《りょうこうせん》ともいう。梁の武帝が制作した『慈悲道場懺法《せんぽう》』十巻。僧侶に唱えさせ仏に懺悔させる）など見たこともなく、一人は半生　法華経を唱えるのもうんざり。

かの生鉄仏・崔道成は、手のなかで朴刀をひねり、魯智深とやり合った。二人は丁々発止と十四、五合闘ったが、崔道成は魯智深と五分には闘えず、ただ防戦一方、武器を引いて身をかわし、防ぎきれないと見て、逃げだそうとした。丘道人は彼が対抗できないと見るや、なんと背後から朴刀を持って、大股で突っ込んで来た。魯智深は闘っている最中、背後から足音の響きを聞いたが、ふりむいて見ることもできなかった。その瞬間、人影が近づくのが目に入り、騙し討ちだと悟り、「決まりだ！」と叫んだ。崔道成は焦っていたので、禅杖を食らわされたと思い、パッと打ち合いの場から跳びすさった。魯智深が身体の向きを変えようとしたところ、ちょうど三人が睨み合う形になり、崔道成と丘道人の二人はまた十合以上

も打ちかかって来た。

魯智深は、一つには腹ペコだったため、二つには遠い道のりを歩いたため、三つには彼ら二人の元気に対抗できなかったため、やむなくわざと隙を見せ、禅杖を引きずって逃げだした。二人は朴刀をひねって、まっすぐ山門の外までドッと押しだして来た。魯智深はまた十合ばかり闘ったが、二人を相手に闘うことはできず、禅杖を引き寄せて逃げだした。二人は石橋の下まで追いかけて来たが、欄干の上に座り、それ以上は追いかけて来なかった。

魯智深は二里ほど逃げて、息の喘《あえ》ぎもやっとおさまり、思案することには、「荷物を監斎使者の前に置いたまま、夢中で逃げて来たから、持って来られなかった。道中、一銭の旅費もないし、腹ペコだ、どうしたらよかろう？　もどろうとしても、やつらにはかなわん。やつら二人がわし一人にかかって来たら、むざむざ一巻の終わりだ」と。足にまかせて前方に進んだが、一歩行っては、だるくて一歩休むという具合だった。数里歩いたところで、前方に大きな林が見え、すべて赤松ばかりだった。見れば、

虬《みずち》の枝は錯落《さくらく》し、数千条の赤脚の老龍盤《わだかま》る。怪影《かいえい》は参差《しんし》、幾万道の紅鱗《こうりん》の巨蟒《きょぼう》立つ。遠く観《み》れば却《かえ》って判官の鬚《ひげ》に似、近く看《み》れば宛《あたか》も魔鬼の髪の如《ごと》し。誰か鮮血を将《もっ》て林梢《りんしょう》に洒《そそ》がん、疑うらくは是《こ》れ朱砂樹頂に鋪《し》く。

虬《みずち》の枝は入り組んで、赤い脚《あし》もつ老龍が数千。怪しい影は不規則に、紅い鱗の大蛇が数万。遠目に見れば判官のひげ、近くで見れば魔鬼の髪。誰が鮮血を林梢《えだ》にそそいだのだろう、朱砂を樹頂《てっぺん》に敷きつめたのかと思った。

魯智深は見て思った。

「なんとまあものすごい林だろう」

見ているうちに、樹のかげから一人の者が頭を出してのぞき、あたりを見まわすと、ペッと唾を吐き、サッと引っ込んだ。魯智深はこれを見て思った。

「あのクソ野郎は、追剝ぎの強盗で、ここで商売しようとしているのだろう。わしが坊主で、やつは儲けにならんと思い、唾を吐いて、引っ込んだのだ。あんちくしょうは運わるく、わしに出くわしたが、わしのほうもちょうど腹いっぱいのクソいまいましさを晴らすところがなかったのだ。あんちくしょうの着物を剝いで酒代にしてやろう」

禅杖をさげ、ただちに松林のへりに突き進むと、一喝した。

「おい、林のなかのクソ野郎め！　サッサと出て来い」

その男は林のなかで聞くと、大笑いして思った。

「わしは運がわるいと思っていたが、なんとやつのほうから相手になってきたぞ」

すぐさま林のなかから朴刀を手に、身をひるがえし跳びだして来るや、一喝した。

「クソ坊主！　おまえは自分から死にに来たので、わしが手を出したのではないぞ」

「おまえにわしの腕を見せてやる」と、魯智深は言い、禅杖をグルグルまわして、その男に打ちかかり、その男は朴刀をひねって、魯智深に闘いを挑んだ。前に進もうとしたとき、腹のなかで、「この和尚の声には聞き覚えがある」と思い、「おい、和尚、おまえの声に聞き覚えがあるが、姓はなんというか？」とたずねた。魯智深は「おまえと三百合《ごう》手合わせしてから、姓名を名乗ってやる」と言った。

その男は激怒して、手中の朴刀を構えて禅杖を受けとめた。二人が十数合闘ったところで、その男はひそかに感嘆し「凄い荒くれ和尚だ」と思い、また、四、五合闘ってから、叫んだ。

「ちょっと待て。話がある」

二人はそろって打ち合いの場から退き、その男はたずねた。

「ほんとうにあんたの姓名はなんというのか？　声に聞き覚えがある」

魯智深が姓名を名乗るや、その男は朴刀を放りだし、パッと剪払《せんふつ》（平伏）して言った。

「史進《ししん》がおわかりですか」

「なんと史大郎《したいろう》だったのか」と、魯智深は笑った。

二人はふたたび剪払し、いっしょに林のなかに入って座った。魯智深はたずねた。

「史大郎よ、渭《い》州で別れた後、きみはずっとどこにいたのか？」

「あの日、酒楼の前で兄貴と別れてから、次の日、兄貴が肉屋の鄭《てい》を殴り殺し、逃げたと聞

九紋龍　赤松林に剪径し

きました。この史進と兄貴があの芸人の金《きん》じいさんに金をやって逃がしてやったと、聞き込んだ捕り方がおり、それでてまえもすぐ渭州を離れました。王進《おうしん》先生を捜して、まっすぐ延《えん》州に行きましたが、また捜しあてられませんでした。北京大名府《ほくけいだいめいふ》（河北省大名県）にもどり、しばらく滞在しましたが、旅費がなくなり、それでここに来て、いささか旅費を調達していたところ、思いがけず兄貴にお会いしたというわけです。どうして坊さんになられたのですか？」と史進。

魯智深がこれまでの話を、最初から一通りすると、史進は、「兄貴、腹がへっておられるなら、乾し肉と焼餅《シャオビン》がここにあります」と言い、すぐ取りだして、魯智深に食べさせた。史進がまた言うことには、「兄貴、荷物が寺にあるなら、わしはいっしょに取りに行きます。返すことを承知しないなら、やつらをかたづけるまでだ」。

魯智深はそうしようと答えた。

さっそく史進ともどもたらふく食べると、めいめい得物を持ち、いっしょに瓦罐寺に取って返した。寺の前まで来ると、かの崔道成と丘道人の二人は、まだ橋の上に座っていた。魯智深は声を張りあげて一喝した。

「このクソ野郎ども、かかって来い！　かかって来い！　今度は生きるか死ぬかの勝負だ」

かの坊主は笑って言った。

「おまえはわしに負けたくせに、どうしてまた来て、わしと渡り合おうとするのか？」

魯智深は激怒して、鉄の禅杖をグルグルまわしながら、橋に向かって突進した。かの崔道成は腹を立て、朴刀を構えながらドッと橋を下りて攻めて来た。魯智深は、一つには史進を得て、肝っ玉が太くなったため、二つにはたらふく食べて、精神や気力がますます旺盛になったため、八、九合闘うと、崔道成はだんだんとひるみ、ただ逃げ道を捜すだけだった。

かの飛天夜叉・丘道人は崔道成が負けたのを見ると、ただちに朴刀を構えて助けに来た。こちら史進はこれを見るや、たちまち林のなかから跳びだし、一喝した。

「二人とも逃げるな！」

笠をはねあげ、朴刀を水平に構えて、丘道人にかかっていった。四人は二人ずつ闘い、そのさまはまるで画閣に描かれた画さながら。見れば、

和尚は嚚頑《ごうがん》、禅僧は勇猛。鉄禅杖は一条の玉蟒《ぎょくぼう》を飛ばし、鋒朴刀《ほうぼくとう》は万道の霞光を迸《ほとばし》らす。壮士は翻身し、宇宙を平呑《へいどん》し了《りょう》すること得ざるを恨む。道人は縦歩し、只《た》だ乾坤《けんこん》を撼《かん》動《どう》し了せんと待要《ほっ》す。八臂《はっぴ》相《あ》い交わりて、有《あ》るいは三たり呂布《りょふ》と戦うが如《ごと》し。一声の響き亮として、四座の天王の若《ごと》くならず。渓辺の闘処　鬼神驚き、橋上の戦時　山石裂く。

和尚はガオーとやかましく、禅僧はウォーと勇ましい。鉄の禅杖は　玉の蟒《おろち》となって飛び、鋒《するど》き朴刀　万の霞光《きらめき》をほとばしらせる。壮士は身をひるがえして、宇宙をそっくり呑み込めないのを惜しがる。道人は闊歩して、ひたすら天地を揺り動かそうと試みる。八つの臂《うで》が交錯し、〔虎牢関《ころうかん》にて劉備《りゅうび》・関羽《かんう》・張飛の〕三人が呂布《りょふ》と闘ったか

のよう。雄叫びはワーンと響き、四天王すら顔負け。水のほとりで闘えば　鬼神もびっくり、橋の上で闘えば　山石も真っ二つ。

魯智深は崔道成と闘い、土壇場まで来たとき、つけ込む隙を得て「エイッ！」と一喝し、禅杖を一振りしただけで、崔道成を橋の下に叩き落とした。丘道人は崔道成が倒れたのを見ると、闘いつづける気もなくなり、わざと隙を見せて逃げだした。史進は、「どこへ行くのか？」と怒鳴りつけて追いかけ、背中のまんなかめがけて朴刀で一突きすると、バタンと音がして、道人はかたわらに倒れた。史進は踏み込んで、朴刀をまわし、下に向けてめったやたらにグサグサと突き刺した。

魯智深は橋の下まで追いかけて行き、崔道成の背中に禅杖をふりおろした。哀れなるかな、二人の強盗は一巻の終わり[3]となった次第。これぞまさしく、前過の報いが運わるくもいっぺんに押し寄せた、というところ。魯智深と史進は、丘道人と崔道成の二つの屍をいっしょに縛り、谷川に投げ捨てた。

二人がふたたび寺のなかに押し入ったところ、庫裡のあの数人の老僧は、魯智深が負けて逃げたのを見て、崔道成と丘道人が殺しに来るかと恐れ、すでに首をくくって死んでいた。魯智深と史進が方丈のわきの門から入って見ると、あのとらえられてきた婦人は、井戸に身を投げて死んでいた。まっすぐ裏の八、九間の小屋まで行き、打ち入ったところ、誰もおらず、見れば、荷物はすでにそこに持ち込まれていたが、まだ開かれてはいない。

魯智深は、「荷物がある以上、もとどおり担いでしまおう」と言い、さらに小屋のなかを調べた。見れば、寝台の上に三、四包みの衣服があり、史進が開くと、すべて衣裳であり、金銀が少々、包み込まれていたので、よさそうなものを選び、ふろしきに包んで、背中に担いだ。厨房を調べると、酒も肉もあり、二人はたらふく飲み食いした後、竈の前で二本の松明《たいまつ》を作り、火炉をほじって、炭の上で火をつけた。火はメラメラとまず裏の小屋を燃やしてから、門前に燃え移ったので、さらに数本の松明を作って、まっすぐ仏殿の裏の軒端に来て、火をつけて燃やしはじめた。おりよく風が強くなり、ゴーゴーと火事が起こって、空いっぱいに燃えあがった。その火の凄いことときたら、見れば、

濃煙滾滾《こんこん》、烈焔《れつえん》騰騰。須臾《しゆゆ》の間　天関を燎徹《りょうてつ》し、頃刻《けいこく》の時　地戸を焼き開く。飛禽《ひきん》の翅《はね》を燎《や》いて　尽《ことごと》く雲霄《うんしょう》より墜《お》ち、走る獣の毛を焼き　焦がして澗壑《かんがく》に投ず。多《た》だ一霎《いっしょう》も無きに、仏殿は尽く通紅、那《な》んぞ半朝も有らん、僧房は倶《とも》に赤に変ず。恰《あたか》も似たり　老君の煉《れん》丹《たん》の炉を推し倒し、一塊の火山　地に連なりて滾《わ》くに。

黒い煙は濛々と、紅い炎は高々と。天の門は一気に燃え尽き、地の家は見るまに焼け落ちる。羽を燃やされて　飛ぶ鳥は空から落ち、毛を焼かれて　走る獣は谷底へ身を投じる。またたくまに、仏殿は一面の火の海、呆気なく、僧房はすべて焼失。あたかも　太上老君《たいじょうろうくん》（老子）が丹薬《たんやく》を煉《ね》る炉を押し倒し、火の山が　次々と噴火するのとそ

つくり。

魯智深と史進が眺めていたところ、しばらくすると、四方八方すべてに火がまわった。二人は、「長居は無用だ。サッサとずらかろう」と言い、先になり後になりしながら、一晩中歩いた。空がほのかに明るくなったころ、はるか遠くに一群れの人家が見え、村のようだった。二人が村をめざして行くと、丸木橋のほとりにちっぽけな居酒屋があった。見れば、

柴《しば》の門は半ば掩《おお》われ、布幕低く垂る。酸醨《さんり》の酒瓮《しゅおう》　土牀《どしょう》の辺、墨画の神仙　塵壁《じんへき》の上。村童　酒を量り、想うに器を滌《あら》う相如《しょうじょ》に非《あら》ず。醜婦　壚《ろ》に当たり、是《こ》れ当時の卓《たく》氏ならず。壁間の大字、村中の学究　酔いし時に題す。架上の簑衣《さい》、野外の漁郎　興に乗じたる　当《しちぐさ》なり。

柴の門は半ば掩われ、仕切りの幕は低く垂れる。安酒を入れた瓮《かめ》は　土の牀《ベッド》の側に転がり、墨絵の神仙は、壁で埃にまみれる。村童《こわっぱ》が酒を量り、器を洗った司馬相如《しばしょうじょ》（前漢の文人）ではない。醜婦《しこめ》が　壚《カウンター》に立ち、かつての卓文君《たくぶんくん》（司馬相如と駆け落ちした富豪の娘）ではない。壁の大きな字は、村の先生が　酔っぱらったときに書いたもの。衣架《ころもかけ》の簑《みの》は、村はずれの漁師が　羽目を外したさいの質草だ。

魯智深　瓦罐寺を火焼す

魯智深と史進はその村の居酒屋に入り、酒を飲む一方、給仕に肉を買いに行かせ、米を借りて、火を起こしご飯を作った。二人は酒を飲みながら、道中のくさぐさのことを語り合った。酒とご飯がすむと、魯智深は史進にたずねた。

「きみはこれからどこへ行くのか?」

「わしは今、仕方がないから少華山《しょうかざん》にもどり、朱武《しゅぶ》ら三人のもとに身を寄せて仲間入りし、しばらくしたら、また考えます」と史進。

魯智深はこれを聞いて、「それもよかろう」と言い、さっそく荷物を開けて、いくばくかの金銀を取りだし、史進にわたすと、二人は荷物をしばって、武器を持ち、酒代を払った。二人は店を出ると、村を離れ、また六、七里も行かないうちに、三叉路についた。魯智深は言った。

「兄弟、別れなければならん。わしは東京《とうけい》(開封《かいほう》)へ行くが、見送らなくていい。きみは華《か》州へ行くなら、この道から行きたまえ。後日、また会えるだろう。もし、ついでのある者がいたら、たよりをしよう」

史進は拝礼して魯智深に別れの挨拶をすると、それぞれ別の道を行き、史進は去って行った。

さて、魯智深は東京へと向かい、また、道中、八、九日行くと、早くも東京が見えてき

た。城内に入って、見れば、

千門万戸、紛紛と朱翠《しゅすい》交《こも》ごも輝く。三市六街、済済《せいせい》と衣冠聚集《しゅうしゅう》す。鳳閣《ほうかく》は九重《きゅうちょう》の金玉《きんぎょく》を列《つら》ね、龍楼は一派の玻璃《はり》を顕《あらわ》す。鸞笙《らんしょう》・鳳管《ほうかん》歌台に沸き、象板《ぞうはん》・銀箏《ぎんそう》舞榭《ぶしゃ》に鳴る。満目の軍民は相《あ》い慶び、太平豊稔《ほうねん》の年を楽しむ。四方の商旅は交通し、富貴栄華の地に聚《あつ》まる。花街・柳陌《りゅうはく》、衆多の嬌艶《きょうえん》の名姫《めいき》。楚館・秦楼、無限の風流の歌妓。豪門・富戸は盧《ばくち》を呼び、公子・王孫は笑いを買う。景物の奢華《しゃか》なること　比べ並ぶ無く、只《た》だ疑うらくは閬苑《ろうえん》か蓬萊《ほうらい》かと。

びっしりと立ち並ぶ家、賑やかに　朱や翠が競って輝く。通りという通りは、押し合いへし合い　群れなす人々。鳳をかたどる閣は　金や玉を九重に連ね、龍と見紛う楼は　玻璃《はり》の細工も鮮やかに。鸞の笙　鳳の管　歌台《ステージ》に沸き起こり、象板《カスタネット》　銀の箏舞榭《フロア》に鳴り響く。つめかけた庶民も兵士もニコニコ顔で、太平豊作の年を楽しむ。四方の商人《あきんど》　盛んに行き交い、豊かで賑やかなこの地に集まる。粋な色街　そこかしこ、嬌艶《みがき》のかかる一流どころ。華やぐ館《やかた》　おちこちに、風流《トップスター》の歌姫ずらり。大金持ちは　サイコロ賭博、若い公達《きんだち》　夜のお遊び。豪華絢爛　他に例なく、閬苑《ユートピア》か　それとも蓬萊《シャングリラ》か。

魯智深は東京開封の賑わい、市井《しせい》の喧騒を見ながら、町なかに入り、気をつかいながら、人に、「大相国寺《だいしょうこくじ》はどこにありますか？」と聞くと、町の者は、「前の州橋《しゅうきょう》のところがそうです」と答えた。魯智深は禅杖をぶらさげて、さっそく歩き、早くも寺の前にやって来た。山門を入って見ると、ほんとうにりっぱな大寺院だった。見れば、

山門は高く聳《そび》え、梵宇《ぼんう》は清幽。当頭《とうとう》の勅額《ちょくがく》　字は分明にして、両下《りょうか》の金剛　形勢猛なり。五間の大殿、龍鱗《りゅうりん》の瓦砌《がせい》　碧行を成す。四壁の僧房、亀背の磨磚《ません》　花なして嵌縫《かんほう》す。鐘楼は森立し、経閣《きょうかく》は巍峨《ぎが》たり。旛竿《はたさお》は高峻として青雲に接し、宝塔は依稀《いき》として碧漢《へきかん》を侵す。木魚《もくぎょ》は横ざまに掛かり、雲板《うんばん》は高く懸《か》かる。仏前の灯燭は熒煌《けいこう》、炉内の香煙は繚《りょう》繞《じょう》。幢幡《どうばん》は断《た》えず、観音殿は祖師堂に接す。宝蓋《ほうがい》相い連なり、水陸会《すいりくえ》は羅漢院に通ず。時時　護法の諸天降り、歳歳　降魔《ごうま》の尊者来たる。

山門は高く聳え立ち、仏殿はすがすがしくひっそり。正面の勅額は　文字もくっきり、両わきの金剛は　げに恐ろしき。五間の大殿には、碧色《みどり》の瓦や砌《みぎり》が　龍の鱗のように列を成す。周囲の僧房には、磨き抜かれた亀背《たかだか》が　模様のように嵌《は》め込まれる。鐘楼は森立し、経閣は巍峨と。旗竿は　はるかに高く青雲《くも》に接し、宝塔は　まるで碧漢《あおぞら》を貫くかのよう。木魚は横ざまに掛かり、雲板は高く懸かる。仏前の灯燭は熒煌《きらきら》、炉の中の香煙は繚繞《ゆらゆら》。幢幡《はた》は間断なくつづき、観音殿は祖師堂に接する。宝蓋《かさ》

は切れ目なく連なって、水陸会《すいりくえ》（施餓鬼《せがき》堂）は羅漢院に通じる。おりおりに　護法の諸天が降り、毎年　降魔《ごうま》の尊者がやって来る。

魯智深は寺のなかに入り、東西の廊下を見渡して、ただちに知客寮《しかりょう》に向かったところ、ばったり出会った道人《どうにん》（寺男）が、知客僧《しかそう》に知らせた。まもなく知客僧が出て来たが、魯智深が凶暴な面構えで、鉄の禅杖をぶらさげ、戒刀をたばさみ、大きな包みを背負っているのを目にすると、まず半ば恐れを抱いた。知客僧は言った。

「和尚さま、どこから来られましたか？」

魯智深が荷物や禅杖を下に置き、合掌の挨拶をすると、知客僧は挨拶を返した。魯智深は言った。

「てまえは五台山から来ました。わが師の智真《ちしん》長老の手紙がここにあります。このお寺の智《ち》清《せい》大師長老のもとで、役僧にしていただくようにとのことです」

「智真大師長老の手紙があるからには、いっしょに方丈へまいりましょう」と知客僧。

知客僧は魯智深をまっすぐ方丈へ案内すると、〔魯智深は〕荷物をほどき手紙を取りだして、手に持った。知客僧は言った。

「和尚さま、あなたは作法をご存じないのですか？　すぐ長老さまがお出ましになりますから、戒刀をはずし、かの七条（袈裟）、座具、信香（線香）を取りだして、長老さまに拝礼しなければなりません」

「どうしてはやく言ってくれなかったのか！」と魯智深。

さっそく戒刀をはずし、荷物のなかから一炷《しゅ》の線香、座具、七条を取りだしたが、しばらくやりかたがわからない。知客僧はまた彼に袈裟を着せ、まず座具を敷かせて、聞いた。

「信香はどこですか？」

「信香とは何ですか？　線香しかここにはありません」と魯智深。

知客僧はそれ以上、彼と話そうとはしなかったが、腹のなかで疑わしく思った。

しばらくすると、智清禅師が二人の侍者《じしゃ》を引きつれてあらわれ、禅椅《ぜんい》の上に座った。知客僧が進み出て挨拶し、申しあげた。

「この僧は五台山から参った者で、智真禅師の手紙がここにありますので、進呈いたします」

「けっこう！　けっこう！　師兄からはずいぶん長いこと、手紙をいただいたことがない」と智清長老。

知客僧は魯智深を呼んで言った。

「和尚さま、手紙を持って来て長老さまに拝礼しなさい」

魯智深はまず線香を香炉に挿し込んでから、三度拝礼をして、手紙を進呈した。智清長老は手紙を受け取り、開いて見ると、以下のように記されていた。

　智真和尚、合掌して、賢弟の清公大徳禅師に申しあげます。

思いがけず、遠く離れ離れになり、お目にかかる機会もありませんが、南北別れ別れになり、千里離れていても気持ちは一つです。今、お願いしたい儀があります。うちの寺の檀越《だんおつ》の趙員外《ちょういんがい》が剃髪得度した僧の智深は、俗姓は延安《えんあん》府の老种経略相公《ろうちゅうけいりゃくしょうこう》の帳前提《ちょうぜんてい》轄官《かつかん》の魯達《ろたつ》といいます。人を殴り殺したために、剃髪して僧となることを願った者ですが、二度にわたり、酔っぱらって僧堂を騒がせ、役僧もおとなしくさせることはできませんでした。とくに貴寺へ行かせますので、役僧の一人にしていただければ、これにまさる幸いはありません。どうかくれぐれもお断りなさいませんように。この僧は、ゆくゆくは清浄を得て、並々ならぬ真の悟りに達します。どうか手もとにお留めくださいますように。御身お大切に！　御身お大切に！

智清長老は手紙を読みおえると、言った。

「遠来の和尚よ、しばらく僧堂で休み、お斎《とき》のご飯を食べてください」

魯智深はお礼を言い、座具や七条をかたづけて、荷物をさげ、禅杖と戒刀を持って、行童《あんどう》（小坊主）の後について行った。

智清長老は二組の大勢の役僧を召集し、全員、方丈にやって来ると、言った。

「ここにいるみなの者、私の師兄の智真禅師はほんとうに物わかりのわるい人だ。ここに来た僧は、もともと経略府の軍官であり、人を殴り殺したために、剃髪して僧となったものの、二度あっちで僧堂を騒がせ、そのためにあっちにやつを置いておけなくなり、私に押しつけてきたのだ。やつを受け入れまいとしても、師兄からあれほど念入りに頼まれたのだから、断ることはできない。やつをここに置けば、清規《しんぎ》を乱すかも知れない。どうしたものだろうか？」

知客僧は言った。

「ごもっともです。てまえどもが見ても、あの僧はまったく出家の者らしくありません。どうしてこの寺に彼を置いておけましょうか？」

都寺《つうす》僧は言った。

「てまえが思いますに、酸棗《さんそう》門外の詰所の裏の菜園には、いつも軍営の若い者や門外の二十人ほどのごろつきが押し入り、勝手に羊や馬を放って、騒ぎちらしております。年寄りの和尚があそこを管理しておりますが、取り締まることなどできません。魯智深をあそこに行かせて管理させれば、取り締まることができましょう」

智清長老は、「都寺の言うとおりだ」と言い、侍者《じしゃ》を僧堂のなかの客房に行かせ、魯智深のご飯がすむと、すぐ連れて来させることにした。

侍者は時をおかず、魯智深を案内して方丈にやって来た。智清長老は言った。

「あなたは私の師兄、智真大師がうちの寺に投宿して、役僧にするよう推薦してきた人だ。うちの寺に大きな菜園があり、酸棗門外の岳廟《がくびょう》の隣りにあるが、そこに行って管理してもらいたい。毎日、耕作する者に十担ぎの野菜を納めさせれば、残った分はすべてあなたのものになる」

魯智深はすぐに言った。

「わが師の智真長老はわしをこの寺の役僧にさせようとなさったのです。わしを都寺や監寺《かんす》にせず、どうして菜園の管理に行かせるのですか？」

首座《しゅそ》僧は言った。

「和尚さん、きみはわかっていない。きみは投宿したばかりで、手柄を立てたこともない。どうしてすぐ都寺になれようか。菜園の管理も大事な役僧の仕事のうちだ」

「わしは菜園の管理はせんぞ。都寺か監寺にならせろ」と魯智深。

首座はまた言った。

「私の言うことを聞きなさい。僧門の役職にはそれぞれ分担がある。たとえば、私が知客《しか》ならば、ただ出入りするお客さんや僧侶たちのもてなしを扱うだけだ。維那《いの》、侍者、書記《しょき》、首座はすべて重要な職で、簡単にはなれない。都寺、監寺、提点《ていてん》、院主《いんじゅ》はすべて寺の財物を管理する。きみは方丈に来たばかりであり、どうしてそんな上級の役職を得られようか。また、蔵を管理する者は蔵主《ぞうす》と呼ばれ、殿を管理する者は殿主《でんす》と呼ばれ、閣を管理する者は閣《かく》主《す》と呼ばれ、化縁《けえん》（お布施）を管理する者は化主《けしゅ》と呼ばれ、浴堂を管理する者は浴主《よくす》と呼ばれる。これらはみな主《す》といって中級の役職だ。また、塔を管理する塔頭《たっちゅう》、ご飯を管理する飯《はん》頭《じゅう》、茶を管理する茶頭《ちゃじゅう》、菜園を管理する菜頭《さいじゅう》、廁《かわや》を管理する浄頭《じんじゅう》がおり、これらはみな頭《じゅう》といって、下級の役職だ。もし和尚さんが一年、菜園を管理して、うまくゆけば、昇進して塔頭になる。また一年、管理して、うまくゆけば、昇進して浴主になり、また一年やって、うまくゆけば、やっと監寺になるのだから、わしは明日すぐ行こう」と魯智深。

「そういうことなら、出世の道もあるのだ」

くだくだしい話はさておき、智清長老は魯智深が行くことを承知したので、方丈に留めて休ませた。その日、職務が決まったので、ただちに告示を書き、まず人をやって菜園の詰所に行かせ、寺務所からの告示を出し、翌日、引き継ぎをすることにし、その晩はそれぞれ解散した。

翌朝、智清長老は法座に上がって、法帖に書き判をし、魯智深に菜園を委ねた。魯智深は法座の前まで来て法帖を受け取ると、長老に別れの挨拶をして、荷物を担ぎ、戒刀と禅杖をたばさみ、菜園まで見送る僧侶二人とともに、まっすぐ酸棗門外の詰所の管理に行って住持になった。

さて、菜園の近所に二、三十人のバクチしか能のないごろつきがおり、いつも園内で野菜を盗み、これによって暮らしを立てていた。野菜を盗みに来たついでに、見れば、詰所の門に新しく寺務所の告示が貼ってあり、「大相国寺は菜園を管理する僧に魯智深を任命し、住持として赴任させる。明日から管理を行い、無関係者が入園して騒ぐことを禁止する」と書いてあった。数人のごろつきは見ると、すぐさまみなで相談した。

「大相国寺は和尚を一人、派遣し、魯智深とかいうやつが菜園の管理に来る。わしらは、やつが来たばかりなのにつけこみ、ひと騒ぎ起こして、その頭に一発、ガツンとかまし、わしらに従わせようではないか」

　なかの一人が言った。

「わしに一つ手だてがある。やつはわしらを知らないのに、どうしてすぐ騒ぎを起こせようか？　やつが来たら、肥溜めに誘いだし、お目見えの挨拶をするふりをして、両手で足をつかみ、ひっくり返して、肥溜めに突き落とそう。ほんの冗談だ」

　ごろつきどもは「賛成、賛成」と言い、相談がまとまると、しばらく彼が来るのを待った。

　さて、魯智深は詰所のなかの部屋に入ると、包みや荷物を置き、禅杖を立てかけ、戒刀を掛けていると、数人の畑仕事をする寺男がみな挨拶に来た。すべての鍵の引き渡しがすむと、二人の和尚と前任の住持の老和尚は別れの挨拶をして、寺にもどって行った。

　さて、魯智深が菜園の場所までやって来て、あたりを眺め、菜園の畑を見ていると、二、三十人のごろつきが果物の箱と祝酒を持って、みなニコニコと笑いながら言った。

「和尚さまが新しく住持になられた由、わしら近所の者一同、お祝いに参上しました」

　魯智深はこれが罠だと気づかず、まっすぐ肥溜めのへりまでやって来た。ごろつきはドッと突進し、一人が左足をつかみ、一人が右足をつかんで、魯智深をひっくり返そうとした。

　かくして魯智深の爪先が上がるとき、山前の猛虎は仰天し、拳骨が落ちるとき、海内の蛟龍も肝をつぶすことと、あいなった次第。これぞまさしく、

方円一片閑園圃　方円一片　閑《しず》かなる園圃《えんぽ》
目下排成小戦場　目下　排成す　小戦場

あたり一面　静かな菜園は、たちまち小戦場と化す。

というところ。

はてさて、ごろつきどもはいかにして魯智深をひっくり返したのでしょうか。まずは次回の分解《ときあかし》をお聞きください。

注

(1) 底本は「拆背」。諸本によって改めた。

(2) 第二回注(4)(5)を参照。

(3) 原文は「南柯一夢」。唐代伝奇の李公佐《りこうさ》著「南柯太守伝《なんかたいしゅでん》」にもとづく成語。主人公の淳于棼《じゅんうふん》は酔ったあげく、王の使者に導かれて、槐《えんじゅ》の木の下にある穴のなかに広がる槐安国《かいあんこく》へ行き、以来、三十年、栄枯盛衰をつぶさに味わう。はたと気がつけば、それはつかのまの夢であり、槐安国は蟻の国だったという話。以下、この成語については「一巻の終わり」「つかのまの夢」「一場の夢」と訳す。

第七回

花和尚《かおしよう》　倒《さか》さまに垂楊柳《すいようりゆう》を抜《ぬ》き
豹子頭《ひようしとう》　誤《あやま》って白虎堂《はくこどう》に入《い》る

詩に曰《いわ》く、

在世為人保七旬　世に在りて人と為《な》り　七旬《しちじゆん》を保つ
何労日夜弄精神　何ぞ労せん　日夜に精神を弄《ろう》するを
世事到頭終有尽　世事　到頭　終《つい》に尽くる有り
浮花過眼総非真　浮花　眼を過ぐるがごとく　総《すべ》て真に非《あら》ず
貧窮富貴天之命　貧窮富貴は天の命《めい》にして
事業功名隙裏塵　事業功名は隙《げき》裏《り》の塵《ちり》なり
得便宜処休歓喜　便宜を得る処《おり》も　歓喜する休《な》かれ
遠在児孫近在身　遠くは児孫に在り　近くは身に在り

この世に生まれて　七十歳、日夜あくせく　ああバカらしい。いつか終わるさ　この世のことは、あっというまに　すべてパー。貧富の定めは　天のお指図、どえら

い手柄も　一瞬の塵。いい目にあっても　喜ぶでない、遅くても子孫　早ければわ
が身〔にきっちり報い〕。

さて、酸棗《さんそう》門外の二、三十人のごろつきのなかに、頭《かしら》が二人おり、一人は過街老鼠《かがいろうそ》・張三《チャンサン》、もう一人は青草蛇《せいそうだ》・李四《リースー》といった。この二人が先頭に立って近づいて来たので、魯智深《ろちしん》も肥溜めのへりまで行こうとしたが、見れば、大勢の者が一人も動かず、ただ肥溜めのへりに立っているだけで、声をそろえて言った。

「わしらはわざわざ和尚さまにお祝いをしに来ました」

「きみたちが隣近所の者なら、みな詰所に来て座りたまえ」と魯智深。

張三と李四は地面に平伏したまま、立ちあがろうとせず、魯智深が起こしに来たら、すぐ手を下そうとしていた。魯智深はこれを見て、内心、早くも不審を抱いて、「こいつらはうさんくさいし、近づこうともしない。わしをひっくり返そうとしているのではあるまいか。やつらめ、かえって虎のひげを引っぱることになるぞ。ちょっと前に出て、やつらにわしの手並みを見せてやろう」と思い、大股で前に進み出て、彼らの目の前まで行った。

かの張三と李四はすぐさま「てまえども兄弟はわざわざ和尚さまに挨拶にまいりました」と、口のなかで言いながら、スッと前に進み、一人は〔魯智深の〕左足をつかみ、もう一人は右足をつかもうとした。魯智深は彼らが近づかないさきに、右足をサッとあげて、まずポンと李四を肥溜めに蹴落とした。張三が逃げようとしたところ、魯智深は左足をサッとあげ

た。二人のごろつきはともに肥溜めに蹴落とされ、もがくばかり。うしろの二、三十人のごろつきはびっくりして目を見張り呆然として、いっせいに逃げだそうとすると、魯智深は怒鳴りつけた。

「一人逃げれば、一人蹴落とし、二人逃げれば、二人蹴落とすぞ！」

ごろつきどもはみな身動きできなくなった。見れば、かの張三と李四は肥溜めから頭をもたげていた。もともとその肥溜めは底なしの深さがあり、二人は全身糞まみれ、髪には蛆虫《うじむし》がたかっており、肥溜めのなかに立って叫んだ。

「和尚さま、お許しください」

「ごろつきども、サッサとクソ野郎を引きあげてやれ。おまえたちを許してやろう」と、魯智深は怒鳴りつけた。

一同は助けにかかり、瓢箪《ひょうたん》棚の側まで連れて行ったが、臭くて近寄れない。魯智深はカラカラと大笑いして言った。

「おい、そこの大バカ者、菜園の池に行って洗って来い。おまえたちに話がある」

二人のごろつきが洗いおわると、仲間は服をぬいで、二人に着せた。魯智深は、「みな詰所に来い。座って話そう」と言い、先にまんなかに座り、一同を指さして言った。

「クソ野郎ども、わしを騙そうとするな。おまえたちはみなクソ野郎のくせに、ここに来てわしをなぶろうとしたのか？」

張三と李四および仲間はいっせいに跪《ひざまず》いて言った。

「てまえどもは先祖代々このあたりに住み、ただバクチによって稼ぎ、暮らしています。この菜園はてまえどもの飯の種で、大相国寺《だいしょうこくじ》が何度金を使っても、てまえどもをどうすることもできなかったのです。和尚さまはどこからおいでになられた長老さまでしょうか。なんと凄い腕前なことか。相国寺では、お見受けしたことがありませんが、今日から、てまえどもはお仕えしたいと存じます」

魯智深は言った。

「わしは関西延安府《かんせいえんあんふ》の老种《ろうちゅう》経略《けいりゃく》相公《しょうこう》の帳前提轄官《ちょうぜんていかつかん》だ。多くの人を殺したために、出家を願い、五台山《ごだいさん》からここに来た。わしの俗姓は魯、法名は智深だ。おまえらごとき二、三十人などいうまでもなく、たとえ千軍万馬の軍隊でも、ドッと突っ込み、思うまま出入りできるぞ」

ごろつきどもは「ハッ、ハッ」とつづけさまに声をあげ、平伏して詫びを言って立ち去った。魯智深は詰所のなかの部屋に入り、かたづけて休んだ。

翌日、ごろつきどもは相談して金を集め、酒を十瓶《かめ》買い、豚を一頭引いて、魯智深をもてなしに来た。詰所で宴会の準備をすると、魯智深を招いてまんなかに座ってもらい、両側に二、三十人のごろつきが座り、酒を飲んだ。魯智深は言った。

「おまえたちに散財させる道理はないぞ」

「われわれには福運があり、今日から、和尚さまにここでわれら一同の親分になっていただきます」と、一同は言い、魯智深は大いに喜んだ。

半ば酔いがまわると、歌う者がいれば、話す者があり、手をたたく者、笑う者もいる。ちょうどそこで騒いでいたとき、門の外でカラスがカーカー鳴く声がし、一同のなかに歯を指で叩く者がおり（魔除けの動作）、一同は言った。

「赤口上天、白舌入地（呪文の一種）」

　魯智深は言った。

「何を騒いでいるのか？」

「カラスが鳴くと、騒動が起きます」と一同。

「どうしてそんなことがあるものか？」と魯智深。

　畑仕事をする寺男が笑って言った。

「塀の角の緑楊樹《りょくようじゅ》の上に、カラスが一個あたらしく巣を作り、毎日、晩まで鳴いているだけです」

「梯子《はしご》をかけて上り、その巣を壊してしまえばいい」と一同は言い、何人か「わしらがすぐ行こう」という者があった。

　魯智深も酒の勢いで、外に出て見ると、果たせるかな、緑楊樹に一つカラスの巣があった。一同は言った。

「梯子で上って壊してしまえば、耳がすっきりするぞ」

「わしが上って行く。梯子はいらない」と李四。

　魯智深はちょっと眺めると、木の前まで行き、僧衣をぬいで、右手を下へ向け、身体をねじり倒して、左手で上の方を抱え、腰をグッと入れて、その緑楊樹を根こそぎ引き抜いた。ごろつきどもはこれを見ると、いっせいに地面に平伏し、ひたすら「和尚さまは並の人ではありません。まさしく本物の羅漢さまです。千万斤の力がなければ、どうして引き抜けましょう」と叫ぶばかり。魯智深は、「大したことはない。明日、わしが武芸を演じ武器を使うところを見せてやろう」と言い、ごろつきどもはその晩はそれぞれ解散した。

その翌日を皮切りに、この二、三十人のごろつきは、魯智深を見ればへいこらし、毎日、酒や肉を持って来て魯智深をもてなし、彼が武芸を演ずるのを見学した。数日たつと、魯智深は、「毎日、やつらに多くの酒やごちそうを呼ばれているから、わしが今日は準備して返礼しよう」と思い、寺男を城内に行かせて、何種類かの果物と二、三担ぎの酒を買わせ、一頭の豚と一匹の羊をさばかせた。

そのときはちょうど三月の末で、暑かった。魯智深は暑いと言い、寺男に命じて槐《えんじゅ》の木の下に蘆《あし》のゴザを敷かせ、かのごろつきどもを車座に座らせた。大碗に酒を酌み、大きな塊に肉を切り、一同にたらふく飲み食いさせると、また果物を出して酒を飲ませ、興たけなわになったころ、ごろつきどもは言った。

「この何日か、和尚さまの武芸のほどは拝見しましたが、和尚さまの武器はまだ拝見しておりません。てまえどもにちょっと見せていただければありがたい」

魯智深は「そうだな」と言い、自分で部屋に行って渾鉄《こんてつ》(純鉄)の禅杖を取りだした。全体の長さは五尺、重さは六十二斤。一同はこれを見ると、こぞってびっくり仰天し、口々

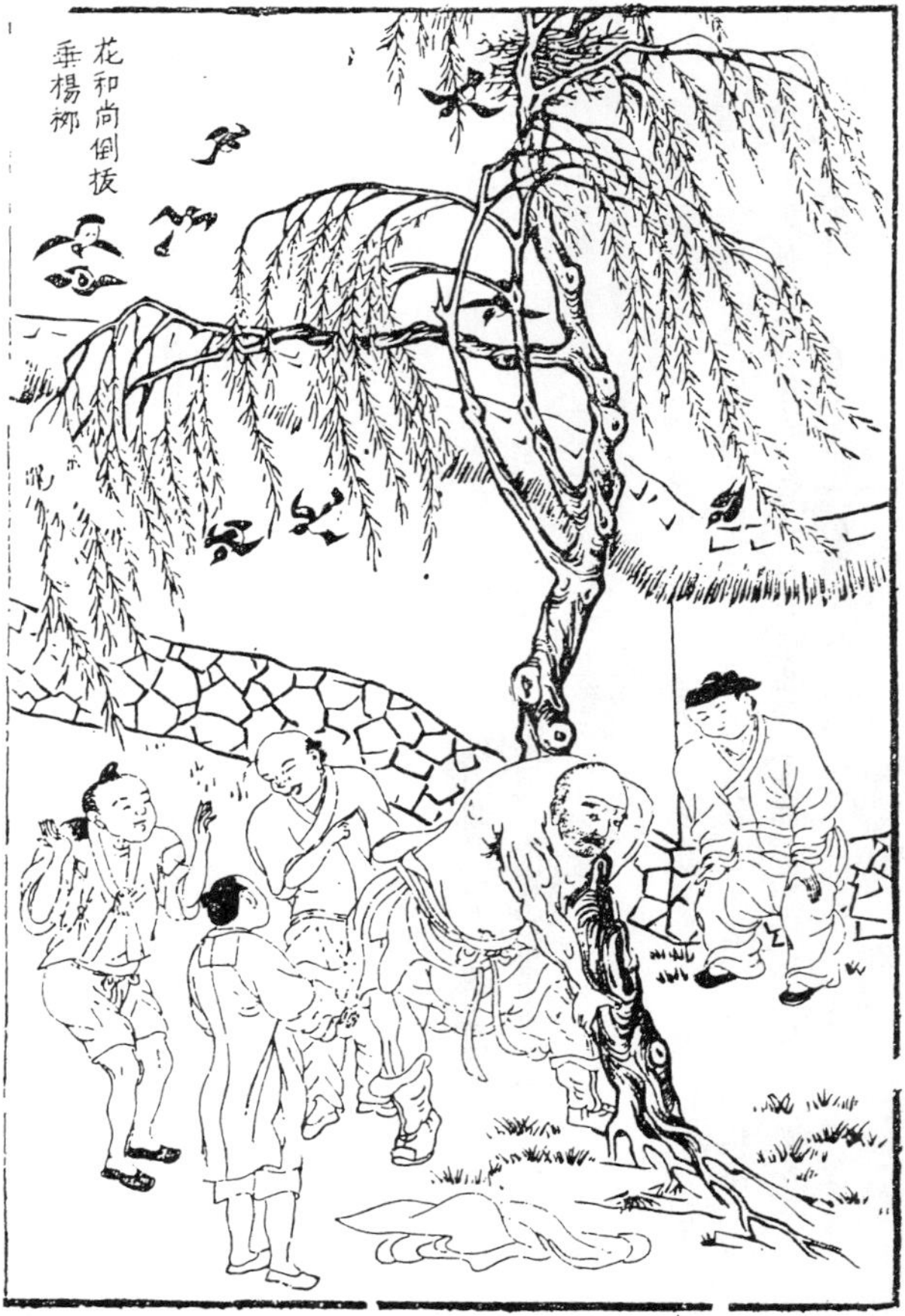

花和尚　倒さまに垂楊柳を抜き

に、「両腕に水牛ほどの力がなければ、とても動かせませんな！」と言った。魯智深が手に持って、ヒューヒューと操ったところ、身体全体、上から下まで、寸分の狂いもない。一同はこれを見ると、いっせいにヤンヤと喝采した。

魯智深が縦横無尽に禅杖を操っている最中、塀の外で見ていた一人の役人が、喝采して言った。

「おみごと！」

魯智深はこれを聞き、手を止めて見ると、塀の破れた角に一人の役人が立って見物していた。いかなる出で立ちかといえば、

頭に戴くは一頂の青紗《せいさ》の抓角児《そうかくじ》の頭巾、脳後《のうご》には両個の白玉の圏《けん》と連珠の鬢環《びんかん》。身には一領の単緑羅の団花の戦袍《せんぽう》を穿《き》、腰には一条の双搭尾《そうとうび》の亀背の銀帯を繫《し》めたり。一対の磕瓜《かいか》頭《とう》の朝様《ちょうよう》の皂靴《そうか》を穿《は》き、手中に一把の摺畳紙《しょうじょうし》の西川《せいせん》の扇子《せんす》を執《と》る。

頭には青い紗《さ》の抓角児《そうかくじ》の頭巾（角をつまんだ軟らかい頭巾）、後頭部には白玉の圏《リング》と連珠の鬢環《かみどめ》。身には単緑《みどり》の羅《きぬ》で丸い飾り模様のある戦衣《いくさごろも》、腰には双搭尾《そうとうび》（未詳）で亀の背模様のある銀帯。〔足には〕磕瓜頭《かいかとう》（未詳）の朝様《フォーマル》の皂《くろ》い長靴を履き、手に摺畳紙《しょうじょうし》（折りたたんだ紙）の西川の扇子を持つ。

その役人は豹頭環眼《ひょうとうかんがん》（豹の頭にまん丸の眼）、燕の頷《あご》に虎のひげ、身の丈《たけ》八尺、年のころは三十四、五だった。その人は口のなかで言った。

「この和尚さんはほんとうにすばらしい。武器をみごとに使われる」

「この先生が喝采するのだから、きっとすばらしいのだ」とごろつきども。

魯智深はたずねた。

「あの軍官は誰だ？」

「このお役人は八十万禁軍の鎗術と棒術の教頭《きょうとう》さんの林《りん》武師です。名は林冲《りんちゅう》といわれます」

とごろつきども。

「こちらに来てもらって、ご挨拶したい」と魯智深。

かの林冲はさっそく塀を跳び越えて入って来たので、二人は槐の木の下で顔を合わせ、いっしょに地面に座った。林冲はさっそくたずねた。

「和尚さんはどちらの方ですか？　法名と本名は何といわれますか」

「わしは関西《かんせい》の魯達《ろたつ》といいます。大勢の者を殺したために、志願して僧になりました。幼いころにも東京《とうけい》（開封《かいほう》）に来たことがあり、お父上の林提轄《りんていかつ》を知っています」と魯智深。

林冲は大いに喜び、さっそく兄弟の契りを結び、魯智深が兄となった。魯智深は言った。

「教頭さん、今日はどうしてここに来られたのか？」

「ちょうど愚妻といっしょに隣りの岳廟《がくびょう》に願ほどきに来ました。棒を使う音がしたので、見に来て見とれてしまい、召使いの錦児《ジンアル》に言いつけて愚妻とともに廟に焼香に行かせ、わしはここで待っていましたところ、思いがけず兄貴とお会いできたのです」と林冲。

「わしはここへ来たばかりで、知り合いもなかったのだが、この数人の兄さんたちと毎日つきあうことができ、今また教頭さんの心にかけてもらい、兄弟になることができて、たいへんありがたい」と、魯智深は言い、さっそく寺男にまた酒を持って来させ、もてなした。わずか二、三杯飲んだところで、見れば召使いの錦児が慌てふためき、顔を赤くして、塀の破れ目から叫んでいる。

「旦那さま、座っておられる場合ではありません。奥さまが廟のなかで人ともめておられます！」

林冲は慌ててたずねた。

「どこだ？」

「ちょうど五岳楼《ごがくろう》の下に来ましたとき、怪しげな男と出くわし、通せんぼして奥さまを放そうとしません」と錦児。

林冲は慌てて言った。

「また兄貴にお目にかかりにきます。失礼します！　失礼します！」

林冲は魯智深に別れの挨拶をすると、急いで塀の破れ目を跳び越え、錦児とともにただちに岳廟に駆けつけた。五岳楼に突進して見ると、数人が弾《はじ》き弓、吹き矢、トリモチのついた竿を持ち、そろって欄干のふちに立っており、楼の階段に若い男が、一人背を向けて立ち、林冲の妻を遮って言うことには、「ちょっと上へ行きましょう。あなたに話があります」。

林冲の妻は顔をあからめて言った。

「太平のご時世に、どうして堅気の者をからかうのですか？」

林冲は目の前まで行くと、その若者の肩をつかんで、一喝した。

「堅気の妻女をからかうのは、どんな罪になるか、見せてやろう！」

拳骨をふりおろし殴ろうとしたとき、直属の長官高太尉《こうたいい》の養子、高衙内《こうがだい》（衙内は若様、坊ちゃんの意）だとわかった。もともと高俅《こうきゅう》は出世したものの、実の子がなく、面倒をみてくれる者もなかった。このため、叔父の高三郎《こうさんろう》の息子を家に連れて来て、わが子とした。本来は父方の従弟だが、それを自分の養子にしたため、高太尉は彼をたいへん可愛がっていた。この男は東京で威勢を笠に着て力をふるい、もっぱら好んで人妻をものにしたが、都の人々は彼の権勢を恐れはばかり、誰も争おうとせず、彼を「花花太歳《かかたいさい》（ドラ息子の疫病神）」と呼んでいた。

　このとき、林冲は彼をつかんで、直属長官の息子、高衙内だとわかると、おのずと手がゆるんだ。高衙内は言った。

「林冲！　何をするのか、余計なことをするな！」

　なんと高衙内は彼女が林冲の妻だとは知らなかったのだ。もし知っていたならば、こんな事は起こらなかっただろう。林冲が手出ししないと見て、彼はこんなことを言ったのだ。取り巻きどもは騒ぎを見るや、ドッと押し寄せ、なだめて言った。

「教頭さん、ご容赦を。衙内《ぼっちゃん》はご存じなくて、失礼されたのだ」

林冲は怒りがまだおさまらず、両目をむいて高衙内を睨んだ。取り巻きどもは林冲をなだめると、高衙内をなだめすかして廟を後にし、馬に乗って立ち去った。

林冲が妻と召使いの錦児を連れて、廊下をまわって出ようとしたとき、魯智深が鉄の禅杖をぶらさげ、二、三十人ものごろつきを引きつれて、大股で廟に突っ込んで来た。これを見た林冲は叫んだ。

「兄貴、どこに行かれる?」

「きみの助っ人に来た」と魯智深。

「なんと直属長官高太尉の衙内《ぼっちゃん》だった。愚妻を知らずに、たまたま無礼をはたらいたのだ。わしはやつをこっぴどく殴ろうと思ったが、太尉の面子《メンツ》上、具合がわるい。昔から、『官《かん》(お上)は怖くないが、ただ管《かん》(支配者)が怖い』というではないか。わしは不本意ながら、やつの配下になっているので、とりあえず今回は譲ったのだ」と林冲。

「きみはその直属長官の太尉を怖がっているが、わしはそのクソ野郎など怖くない! もし、そのろくでなしに出くわしたら、わしの禅杖三百発を食らわしてやるぞ」と魯智深。

林冲は魯智深がグデングデンに酔っぱらっているのを見て、すぐに言った。

「兄貴の言われるとおりだ。わしは大勢の者になだめられ、とりあえずやつを許しただけだ」

「何かあれば、すぐにわしを呼んでくれ。駆けつけるから」と魯智深。

ごろつきどもは魯智深が酔っぱらっていると見て、身体を支えながら言った。

「和尚さま、ひとまず帰りましょう。明日またお目にかかれますから」

魯智深は禅杖をぶらさげて言った。

「ねえさん、失礼しました。無作法をお笑いくださるな。兄貴、明日また会おう」

魯智深は別れを告げると、ごろつきどもと去って行き、林冲は妻と錦児を連れて、道をたどり帰宅したが、内心はひたすら鬱々として楽しまなかった。

さて、こちら高衙内は取り巻き連中を連れて、林冲の妻を見そめ、また林冲に追い払われてから、内心、無我夢中になり、快々《おうおう》として楽しまず、屋敷にもどってもふさぎこんでいた。二、三日たつと、取り巻きたちがそろってご機嫌うかがいに来たが、衙内がイライラ、もやもやしているのを見て、帰ってしまった。

そのなかに一人、乾鳥頭《かんちょうとう》・富安《ふあん》という幇間《ほうかん》がおり、高衙内の気持ちを察して、一人だけで屋敷にやって来た。衙内が書院でしょんぼり座っているのを見ると、かの富安は歩み寄り進み出て言った。

「衙内はこのごろお顔の色もすぐれず、お心のうちもつまらなそうですが、きっと面白くないことがおありなのでしょうな」

「どうしてわかるのか」と高衙内。

「てまえの当て推量は必ず当たります」と富安。

「私の心のうちの面白くないことは何か、当ててみよ」

「衙内はあの『二つの木（「林」の意）』のことを思っていらっしゃるのでしょう。当たりましたか？」

高衙内は笑いながら言った。

「当たりだ。しかし、彼女を手に入れる方法がない」

「何の難しいことがありましょうか！　衙内は林冲が豪傑だと恐れ、やつに気をかねておられますが、心配はご無用です。やつは今、配下として使われ、優遇されております。どうして太尉に憎まれることなどできましょうか？　軽くとも、刺青《いれずみ》をされて流罪、重ければ命をとられるのです。てまえが思案しますに、一つ計略があり、あの女をものにすることができるようにしてさしあげましょう」と富安。

高衙内は聞いて、すぐに言った。

「多くのいい娘を見てきたが、どうしたわけか、ただあの人だけが愛おしく、夢中になってしまい、鬱々として楽しまないのだ。おまえに何か考えがあって、彼女をものにできれば、存分に褒美をとらせよう」

「腹心の部下の陸虞候《りくぐこう》（虞候は官名。副官）・陸謙《りくけん》は林冲ともっとも仲よしです。明日、衙内は陸虞候の家の二階の奥の部屋に隠れ、酒と肴を並べたうえで、陸虞候に酒を飲もうと林冲を誘いださせ、やつをそのまま樊楼《はんろう》（開封の有名な酒楼）の二階の奥の部屋に連れて行って酒を飲ませます。てまえはさっそくやつの家に行き、林冲の奥さんに『あなたのご主人の教頭さんが陸虞候と酒を飲んでいて、急に息がつまり、〔陸虞候の家の〕二階で気を失われました。奥さん、はやく見に行ってください」と言い、彼女を騙して二階に連れて来ます。婦人というものは水の性（浮気性）ですから、衙内のような粋な人を見、また甘い言葉で誘ったなら、言うことをきかないわけはありません。てまえのこの計略はいかがでしょうか？」

　高衙内は喝采して言った。

「うまい計略だ。今晩すぐ人をやって陸虞候を呼びに行かせ、申しつけよう」

　もともと陸虞候の家はちょうど高太尉の屋敷のすぐ隣りの路地にあった。翌日、相談をかけると、陸虞候はたちまち承知した。どうしようもない、衙内の気に入りさえすれば、友情などかまっていられないというところだ。

　さて、林冲は毎日、悶々とするばかりで、街に行くのも物憂かった。巳《み》の刻（午前十時）ごろ、門口で「教頭はご在宅か？」と呼ぶ声が聞こえたので、林冲が見に出ると、なんと陸虞候だった。慌てて、「陸の兄貴、何の用か？」と言うと、陸虞候は言った。

「わざわざ兄貴のようすを見に来たんだ。どうしてこのごろ、街で見かけないのか」

「ムシャクシャして、表に出ていないのだ」

「いっしょに二、三杯飲んで、憂さ晴らししよう」

「ちょっと座って、お茶を飲んでくれ」

　二人はお茶を飲むと立ちあがった。陸虞候は言った。

「ねえさん、兄貴といっしょに家へ行って、二、三杯やってきます」

林冲の妻は簾《すだれ》の下まで追いかけて来て言った。

「あなた、あまり飲まずにはやく帰って来てください」

林冲は陸虞候とともに門を出て、しばらく街をぶらついた。陸虞候が、「兄貴、家へ行くのはやめて、すぐそこの樊楼《はんろう》で二、三杯飲もう」と言い、さっそく二人は樊楼に上がって、小部屋をとり、給仕を呼んで注文し、二瓶《かめ》の上等のよい酒とめずらしい果物を持って来させた。二人が雑談するうち、林冲はホッとため息をついた。陸虞候は言った。

「兄貴、どうしてため息をつくのか？」

「きみは知らないが、一人前の男が才能をもちながら、すぐれた主君にめぐりあえず、小人の下でくすぶり、こんな気分のわるい目にあわされるとはな」

「今、禁軍には数人の教頭がいるけれども、兄貴の腕前にかなう者などいない。太尉もよく待遇してくださっているのに、誰に嫌な目にあわされているのか？」

林冲が先日の高衙内のことを陸虞候に一通り告げると、陸虞候は言った。

「衙内はきっと奥さんを知らなかったのだろう。そんなことは大したことではない。兄貴、くよくよしないで、ドンドン飲め」

林冲は八、九杯飲み、用を達しようと立ちあがって、言った。

「わしは手を洗って来る」

林冲は下へおり、酒楼の門を出て、東の路地に入って手を洗い、身体の向きを変えて路地の入口を出たところ、見れば、召使いの錦児が声を張りあげて言った。

「旦那さま、ずいぶんお捜ししました！　なんとここにいらっしゃったのですね」

林冲は慌ててたずねた。

「どうしたのか？」

錦児は言った。

「旦那さまが陸虞候とお出かけになってから、半個《はんぶん》の時辰《とき》（一時間）もしないうちに、一人の男が慌てふためいて家に駆けつけて来て、奥さまに、『私は陸虞候の家の隣りの者です。お宅の教頭さんが陸虞候と酒を飲んでいて、息がつまり、ひっくり返ってしまわれました。奥さん、はやく見に来てください』と申しました。奥さまはこれを聞いて、慌てて隣りの王《ワン》婆《ポ》に留守番を頼み、私といっしょにその男について、まっすぐ太尉の屋敷の前の路地にある一軒の家にまいりました。二階に上がると、見れば、食卓に酒やおかずが並び、旦那さまはいらっしゃいませんでした。下へおりようとしたとき、先日、岳廟で奥さまにうるさくつきまとったあの若者が出て来て、『奥さん、まあお座りください。ご主人も来られます』と言いました。私が慌てて下へおりたとき、奥さまが二階で『人殺し！』と叫ばれるのが聞こえました。だから、私は一所懸命、旦那さまを捜しましたが、見つからず、ちょうど薬売りの張《ちょう》さんと出会い、『樊楼の前を通りかかったとき、教頭さんが誰かと酒を飲みに入ったのを見た』と言うので、わざわざここまで走って来ました。旦那さま、はやく行ってください！」

言われて林冲はびっくり仰天し、錦児にかまわず、三歩を一歩にして陸虞候の家に駆けつけ、階段に突き進んだ。なんと二階の戸は閉まっており、妻が「太平のご時世に、どうして堅気の人妻をここに閉じ込めるのですか?」と叫ぶ声がした。また、高衙内が「奥さん、わしを可哀そうだと思って助けてください。鉄石のような人でも、こうまで言われたら思いなおしてくださるでしょう」と言うのが聞こえた。林冲は階段に立って叫んだ。

「おまえ、戸を開けるんだ!」

かの婦人は夫の声を聞き、必死で戸を開けに来た。高衙内は仰天して、二階の窓をこじ開け、塀を跳び越えて逃げた。林冲は二階に上がって見たが、高衙内は見つからず、妻にたずねた。

「あんちくしょうに辱められたのではないか?」

「そんなことはありません」と、妻は答えた。

林冲は陸虞候の家をメチャクチャに叩きこわすと、妻を下へおろし、門の外に出て見たとき、両隣りはぴったり門を閉めていた。錦児が迎えに来たので、三人そろって家へ帰って行った。

林冲は匕首《あいくち》を手に、ただちに樊楼の前に駆けつけ、陸虞候を捜したが、姿が見えない。陸虞候の家の門前にもどり、一晩中待ったが、帰って来ないので、林冲は帰宅した。妻がなだめて言うことには、「私はあの男のペテンにかからなかったのですから、ムチャはしないでください」。

「どうにもこうにも、あの陸謙のちくしょうは、わしと兄弟同然だったのに、ペテンにかけおった！　高衙内の機嫌を損ねるのを恐れ、やつの顔色をうかがったのだろう」と林冲。

妻は必死になだめて、彼を表に出そうとしなかった。陸虞候はひたすら太尉の屋敷に隠れて、家に帰ろうとせず、林冲はつづけさまに三日待ったが、まったく顔を見なかった。屋敷の前の人々も林冲の顔色がわるいのを見ると、誰も事情をたずねようとしなかった。

四日目のご飯時、魯智深はまっすぐ林冲の家を捜しあてて訪ね、聞いた。

「教頭さん、どうして毎日、顔を見ないのか」

「ちょっと忙しくて、兄貴をお訪ねできなかったのです。拙宅にお運びいただいたからには、粗酒を二、三杯飲んでいただきたいが、急に用意もできない。いっしょに街をぶらついて、二、三杯飲みましょう、いかがですか？」と林冲。

魯智深は「大いにけっこう」と言い、二人はいっしょに街へ出て、一日じゅう、酒を飲み、また翌日会う約束をした。これ以来、毎日、魯智深と街へ出て酒を飲み、この事件のこともすっかりなおざりになった。

さて、高衙内はあの日、陸虞候の家の二階で肝をつぶし、塀を跳び越えて逃げてから、太尉にわけを話すこともできず、屋敷で病みふせっていた。陸虞候と富安の二人は、邸内に衙内を見舞い、顔色がわるく、やつれて気力も衰えているのを見て、陸虞候が言った。

「衙内さま、どうしてそんなにふさいでいらっしゃるのですか？」

「おまえたちにほんとうのことを言うと、私は林冲の女房のために、二度もあの女をものにできず、また驚かされて、病気がますます重くなった。もうすぐ半年か三か月で、命もあぶないだろう」と高衙内。

二人は言った。

「衙内さま、ご安心ください。てまえども二人におまかせくだされば、どうあってもあの女と添い遂げさせてさしあげます。ただあの女が首をくくれば、それでおしまいですが」

ちょうど話をしているところに、屋敷の老都管（執事）も衙内の病気見舞いにやって来た。見れば、

痒《かゆ》からず疼《いた》からず、渾身《こんしん》上　或《ある》いは寒く或いは熱し。没撩没乱《ぼつりょうぼつらん》、満腹中　又《ま》た飽き又《ま》た飢う。白昼は湌《そん》を忘れ、黄昏《こうこん》は寝を廃す。爺娘《ちちはは》に対し怎《いか》で心中の恨みを訴えん、相識《そうしき》を見れば瞼上《れんじょう》の羞《はず》かしさを遮り難し。七魄《しちはく》は悠悠として、鬼門関《きもんかん》の上《ほとり》に等候《ま》たんと去り、三魂《さんこん》は蕩蕩《とうとう》として、横死《おうし》案《あん》の中《うち》に安排し来たる。

痒くもないし　痛くもない、全身が　寒いような熱いような。イライラ　もやもや、お腹が　いっぱいのようなからっぽのような。真っ昼間には食事を忘れ、夜になっても眠れやしない。父母《ちちはは》に　明かせるものか　この悩み、知り合いに　会えばおのずと顔が赤らむ。七つの　魄《たましい》　悠々と、地獄の関所に迷い込み、三つの魂　蕩々と、非業の最期が待ちうける。

かの陸虞候と富安は老都管が見舞いに来たのを見て、二人で「ただ、これこれしかじかにするほかない」と相談し、老都管が見舞いをおえて出て来ると、静かなところへ連れて行って、言った。

「もし衙内の病気がよくなるよう願われるのならば、太尉にお知らせして、林冲の命を取ることです。それではじめて、やつの女房をものにして衙内といっしょにすることができ、この病気はよくなります。そうしないと、衙内のお命は必ずおしまいです」

老都管は、「それはたやすいことだ。てまえが今晩、太尉にお知らせしよう」と言い、二人は「われらにはすでに計略があります、あなたのご返事をお待ちしています」と言った。

老都管は夜になると太尉の高俅にお目どおりして、言った。

「衙内はほかの病気を患っておられません。なんと林冲の女房を患っておられるのです」

「いつ、やつの女房を見たのか？」と高俅。

老都管は、「先月二十八日、岳廟で見られたのです。もう一か月余りになります」と答え、また陸虞候がお膳立てした計略〔が失敗したこと〕を、事細かに話した。高俅は言った。

「だとしても、やつの女房のために、どうしてやつを殺せようか。しかし思うに、林冲一人を惜しめば、息子は命を落とすにちがいない。さて、どうしたらよかろう？」

「陸虞候と富安に企てがあるようです」と老都管。

「そういうことなら、二人を呼んで相談しよう」と高俅。

老都管はさっそく陸虞候と富安を呼び、二人は部屋に入ると、お辞儀をしながら挨拶した。高俅はたずねた。

「うちの小衙内のことで、おまえたち二人にどんな企てがあるのか？　息子を助け、元気にしてくれたら、わしがおまえたち二人を取り立ててやろう」

陸虞候は進み出て答えた。

「大臣さまに申しあげます。これこれしかじかになさるしかありません」

高俅は聞いて喝采し、言った。

「うまい計略だ！　明日さっそく取りかかってくれ」

この話はこれまでとする。


さて、林冲は毎日、魯智深と酒を飲み、この事件を気にとめなくなった。そんなある日、二人がいっしょに閲武坊《えつぶぼう》の路地口に行くと、一人の大男が、頭に抓角児《そうかくじ》の頭巾をかぶり、古びた戦衣《いくさごろも》を着て、手に一振りの宝刀を持ち、草標児《そうひょうじ》（枯れ草の茎を物品に挿して売り物の表示とする）を挿して、路上に立ち、口のなかで口上を述べていた。

「うまく識者に遭遇しなければ、わしのこの宝刀もうずもれてしまう！」

林冲が気にもとめず、ひたすら魯智深と話しながら歩いていると、その男はまたうしろからついて来て、言った。

「すばらしい宝刀なのに、識者に遭遇しないのが残念だ」

林冲はひたすら魯智深と歩き、話をしながら路地に入った。その男はまたうしろで言った。

「こんなに大きな東京《とうけい》で、武器のわかる者が一人もいないとはな！」

林冲はこれを聞いてふりむいた。その男はサッと刀を引き抜くと、それはキラキラと輝き、目もくらむほど。林冲はちょうど災難にあう運命にあったのか、突然言った。

「見せてくれ」

その男が手渡すと、林冲は受け取り、魯智深といっしょに見た。見れば、

清光　目を奪い、冷気　人を侵《おか》す。遠く看《み》れば　玉沼春氷の如《ごと》く、近く看れば　瓊台瑞雪《けいだいずいせつ》の似《ごと》し。花紋は密に布《し》き、鬼神も見し後　心驚く。気象《きしょう》縦横、奸党も遇せし時　胆《きも》裂く。太阿《たいあ》・巨闕《きょけつ》も応《まさ》に比べ難かるべく、干将《かんしょう》・莫邪《ばくや》も亦《ま》た等閑ならん。

キラリとまぶしく、ゾクッと冷気。遠くで見れば　麗しき池に結んだ春の氷か、近くで見れば　美々しき台《うてな》をおおうめでたい雪か。紋様はいとも細やか、鬼神ですらも見ればびっくり。剣気は縦横に走り、悪者どもも　出会えば腑抜け。太阿《たいあ》・巨闕《きょけつ》（古の名剣）も格下扱い、干将《かんしょう》・莫邪《ばくや》（春秋時代の呉の名剣）も取るに足りない。

そのとき、林冲は見て、びっくり仰天し、思わず「みごとな刀だ！　いくらで売るのか？」と言った。その男は言った。

「三千貫ほしいが、掛け値なしで二千貫だ」

「二千貫の値打ちはあるが、わかる者はいないだろう。一千貫でいいなら、わしは買うぞ」

「私は急に金がいります。もしほんとうにほしいなら、五百貫まけましょう。ほんとうに一千五百貫いるのです」

「一千貫きっかりなら、すぐ買おう」

その男はため息をついて言った。

「黄金を生鉄《なまがね》にして売るようなものだが、仕方がない！　ビタ一文、欠けてはなりませんぞ」

「わしについて家まで来い。銭を払おう」と、林冲は言い、ふり返って魯智深に言った。

「兄貴、しばらく茶店で待っていてくれ。すぐもどるから」

「わしもひとまず帰る。明日また会おう」と魯智深。

林冲は魯智深と別れ、刀売りの男を連れて、家に支払いの銭を取りに行った。銀子を貫に換算して払うと、その男にたずねた。

「あんた、この刀をどこで手に入れたのか？」

「てまえの先祖が持っていたものですが、貧乏になったので、しかたなく、持ちだして売りに来たのです」

「きみの先祖は誰だ？」

「言えば、先祖を辱めることになります」

林冲はそれ以上聞かず、男は金を手に入れて立ち去った。林冲はこの刀をためつすがめつ、ひとしきり眺めると、喝采して言った。

「ほんとうにみごとな刀だ！　高太尉の役所に一振りの宝刀があるが、みだりに人に見せようとしない。わしも何度か借りて見ようとしたが、取りだそうとしなかった。今日、わしもこのみごとな刀を買ったのだから、ゆっくり太尉のと比べてみよう」

林冲はその晩、手から離さず一晩中眺め、夜中には壁にかけたが、夜明けにならないうちに、またその刀を見に行った。

翌日の巳《み》の刻（午前十時）ごろ、門口に二人の下役が来て、「林教頭どの、太尉さまのお言いつけです。あなたが一振りの好い刀を買った由、持って来させ比べて見たいと仰せです。太尉は役所でお待ちです」と言うのが、聞こえた。林冲は聞いて言った。

「どこのおしゃべりがお知らせしたのだろう」

二人の下役は林冲を急かせて服を着させ、〔林冲は〕その刀を持って彼らについて行った。途中で、林冲は言った。

「わしは役所でおまえたちを見たことがないが」

「てまえどもは最近、召し抱えられたのです」と二人。

早くも役所の前まで来て、なかへ入り大広間の前に来た。林冲が足をとめると、二人はまた、「太尉は奥の間にいらっしゃいます」と言うので、屏風《ついたて》をまわって奥の間に行ったが、また太尉の姿は見えなかった。林冲がまたもや足をとめると、二人はまた、「太尉は奥でお待ちです。教頭どのを案内して入って来てもらえとのことです」と言い、また二つ三つ門を過ぎ、とある場所にやって来た。まわりはぐるりと緑の欄干に囲まれている。二人はさらに林冲を堂の前まで案内すると、「教頭どの、ここでしばらくお待ちください。てまえどもはなかへ入って、太尉に申しあげてきますから」と、言った。

林冲が刀を持って、軒の前に立っていると、二人は入って行き、お茶を一服飲むほどの間、なかなか出て来ない。林冲は内心疑い、頭を簾に入れてのぞいて見ると、軒の前の額に青い字が四つ、「白虎節堂《はくこせつどう》」と書いてある。

林冲はふと、「この節堂は軍事の重要なことを協議する場所だ。どうして理由もなく入れようか？　規則違反だ！」と気がついた。急いで身体の向きを変えたところ、長靴の音が響き、足音が聞こえたと思うと、誰かが外から入って来た。林冲が目をやると、別人ならぬ、直属長官の高太尉だった。林冲は見ると、刀を手に取り前に向かって「ハッ」と声をあげた。と、高俅が怒鳴りつけて言うことには、

「林冲。おまえは呼ばれもしないのに、どうして白虎節堂に入ろうとしたのか。規則を知らないのか。おまえは手に刀を持っているが、わしを刺し殺しにきたのではあるまいな。ある者がわしに言うことには、おまえは二、三日前、刀を持って役所の前で待ち伏せしていた

豹子頭　誤って白虎堂に入る

由、きっとよからぬ考えをもっているにちがいない」

林冲は身体を曲げて敬礼し、言った。

「閣下、いまさっき二人の下役によっててまえをお召しになり、刀を比べて見ようとの仰せでした」

「下役はどこにいる?」と、高俅は怒鳴りつけた。

「閣下、彼ら二人はすでに堂に入ってゆきました」と林冲。

「デタラメを言うな。どんな下役が、わしの役所のなかに入れるというのか。者ども、こやつをつかまえろ」と高俅。

その言葉がまだおわらないうちに、かたわらの小部屋から二十人余りが走り出て来て、林冲を横合いから突き倒し逆さまに引きずった。まるで、黒鵰《わし》が紫燕を追いかけ、猛虎が羊や子羊を食らうようだった。高俅は激怒して、「おまえは禁軍の教頭でありながら、規則も知らず、どうして鋭利な刃を持って、わざと節堂に入ったのか。わしを殺そうというのか?」と言い、左右の者に林冲を引っ立てさせた。彼の命はどうなることであろうか。

これによって、大いに中原《ちゅうげん》を騒がせ、海内《かいだい》を揺り動かし、農夫の背中にまるい印を付けて兵士とし、漁夫の船に印の旗を挿して軍船とすることと、あいなった次第。

はてさて、林冲の命やいかに? まずは次回の分解《ときあかし》をお聞きください。

第八回

林教頭《りんきようとう》　刺《いれずみ》して滄州道《そうしゆうどう》に配され
魯智深《ろちしん》　大いに野猪林《やちよりん》を鬧《さわ》がす

詩に曰《いわ》く、

頭上青天只恁欺
害人性命覇人妻
須知奸悪千般計
要使英雄一命危
忠義縈心由秉賦
貪嗔転念是慈悲
林冲合是災星退
却笑高俅枉作為

頭上の青天　只《た》だ恁《か》く欺《あなど》り
人の性命を害し　人の妻を覇《よこど》る
須《すべから》く知るべし　奸悪の千般の計
英雄の一命をして危《あや》うからしめんと要す
忠義の心に縈《まつわ》るは　秉賦《へいふ》に由《よ》る
貪嗔《どんしん》　念を転ずるは　是《こ》れ慈悲
林冲《りんちゆう》は合《まさ》に是《こ》れ災星の退《しりぞ》くべく
却《かえ》って笑う　高俅《こうきゆう》の枉《ま》げて作為せしを

頭上の青天《おえらいさん》は　この無法ぶり、人を殺して　奥さん横取り。なんと悪知恵　次から次に、英雄《おとこ》の命　危機一髪。忠義の心は　生まれつき、欲望は　一転　慈悲となる。林冲《りんちゅう》は災星《わざわいぼし》も退く運命《さだめ》とあれば、高俅《こうきゅう》の悪あがきこそ物笑い。

さて、そのとき太尉《たいい》の高俅《こうきゅう》が左右の者に命じて下士官を排列させ、林冲《りんちゅう》をとらえて斬らせようとすると、林冲は大声で冤罪《えんざい》だと叫んだ。高俅は言った。

「おまえは節堂《せつどう》に何の用があって来たのか？　今、手に鋭利な刃を持っているところを見ると、わしを殺しに来たにちがいない」

「太尉のお召しでなければ、どうしてお目どおりにまいりましょうか？　二人の下役が堂のなかへ入って行き、わざとてまえを騙してここまで連れ込んだのです」と林冲。

「デタラメを言うな！　この役所のどこにそんな下役がいるか？　こいつは処分に従わんぞ」と高俅は怒鳴りつけ、左右の者に命じた。

「開封府《かいほうふ》に引き渡し、滕府尹《とうふいん》（府尹は府の長官）に申しつけて厳しく尋問させ、取り調べて白黒をつけてから処刑せよ。宝刀は封印して持っていけ」

左右の者は命令を受け、林冲を護送して開封府へ向かうと、ちょうど府尹はまだ退出していなかった。見れば、

緋羅《ひら》の繳壁《きょうへき》、紫綬《しじゅ》の卓囲《たくい》。当頭《とうとう》の額は朱紅を掛け、四下の簾《れん》は斑竹《はんちく》を垂る。官僚は守正、戒石《かいせき》の上に御製《ぎょせい》の四行を刻む。令史は謹厳、漆牌《しっはい》の中《うち》に低声の二字を書す。提轄官《ていかつかん》は能《よ》く機密を掌《つかさど》り、客帳司《かくちょうし》は専《もっぱ》ら牌単《はいたん》を管す。吏兵《りへい》は沈重、節級《せっきゅう》は厳威。藤条《とうじょう》を執《と》り祇候《しこう》して

階前に立ち、大杖を持ち班を離れて左右に分かる。龐眉《ほうび》の獄卒は、沈《おも》き枷《かせ》を挈《ささ》げて狰獰《そうどう》を顕耀《けんよう》す。竪目《じゅもく》の押牢《おうろう》は、鉄鎖を提《さ》げて猛勇を施逞《してい》す。戸婚《ここん》の詞訟《ししょう》、断ずる時　玉衡《ぎょくこう》の明に似たる有り。闘殴《とうおう》の相争、判断すること　恰《あたか》も金鏡の照らすが如《ごと》し。一郡の宰臣官と雖然《いえど》も、果たして是《こ》れ四方の民の父母なり。直《ただ》ちに囚をして氷上に従《お》いて立たしめ、尽《ことごと》く人をして鏡中に向《お》いて行かしむ。説き尽くさず　許多《あまた》の威儀、一堂の神道を塑《そ》し就《な》したるに似たり。

四方の壁は　緋色の　羅《うすぎぬ》、卓の覆いに　紫の綬《ふさ》。正面の額は　鮮やかな朱紅《あか》、周囲の簾《すだれ》は　斑《まだら》模様の竹。官僚は清く正しく、戒めの石には　天子さまの四行の文字。胥吏《しょり》はあくまで几帳面、漆の牌《ふだ》には　「低声《しずかに》」の二文字。提轄官は機密を保持し、客帳司は牌単《スケジュール》を管理する。警備兵はおっかなく、節級（牢役人）はいかめしい。〔拷問用の〕籐の鞭を手に　畏《かしこ》まって　階《きざはし》の下に立ち、〔仕置き用の〕大杖《こんぼう》を持ち　左右に分かれて居並ぶ。眉の太い獄卒は、重い枷《かせ》を携えて　見るからに獰猛《どうもう》。眼がギョロリとした牢番は、鉄の鎖を提げて　ほしいままに凶悪。民事訴訟は、玉衡《ぎょくこう》（天体観測器）が明示するように　適切に審判。刑事裁判は、黄金の鏡に照らすように　曇りなく判断。一つの郡の役人とはいえ、津々浦々の民の父母。氷の上に立つように　罪人《つみびと》を粛然とさせ、鏡の中を行くように　諸人《もろびと》を公明正大にする。あまたの威儀は　説き尽くせない、〔府尹は〕立派なお堂の神さまそのもの。

高俅の部下は林冲を開封府の前まで護送すると、階《きざはし》の前に跪《ひざまず》かせ、高俅の言葉を滕府尹に伝え、高俅が封印したその刀を持ちだして、林冲の前に置いた。府尹は言った。

「林冲、おまえは禁軍の教頭《きょうとう》でありながら、どうして規則をわきまえず、鋭利な刃を持って、わざと節堂に入ったのか？　これは死刑に当たる罪だ」

林冲は告げて言った。

「閣下のご明察により、この林冲が冤罪であることをお察しください。てまえは粗野な軍人ですが、いくぶんかは規則を知っております。どうしてむやみに節堂に入ったりしましょうか？　この原因は、先月の二十八日、てまえが妻とともに岳廟《がくびょう》に願ほどきにまいりましたとき、ちょうど高太尉の小衙内《しょうがだい》（若様）と出くわし、妻をからかって、てまえに怒鳴りつけられ追い払われたことにあります。その後また陸虞候《りくぐこう》を使っててまえを騙して酒を飲ませ、富安《ふあん》を使っててまえの妻をペテンにかけ、陸虞候の家の二階に連れて行って戯れかかろうとし、またてまえに追い払われました。それでてまえは陸虞候の家を打ち壊したのです。二度とも未遂におわりましたが、すべて証人がいます。その後、てまえがこの刀を買いましたところ、本日、太尉が二人の下役をてまえの家に差し向けて呼びだし、刀を持って役所に来て比べて見ようとのこと。それで、二人といっしょに節堂の下まで来ますと、二人の下役は節堂のなかへ入って行き、思いがけず、太尉が外から入って来られて、罠にかけてまえを陥られたのです。どうか閣下、ご明察ください」

府尹は林冲の自供を聞くと、まずは高俅に返書をとどける一方、刑具の手枷《てかせ》・首枷《くびかせ》を取り寄せてはめ、牢獄に入れて監禁した。林冲の家では食事をとどける一方、金をばらまき、林冲の舅《しゅうと》の張《ちょう》教頭も、金品を使って、上下の役人に袖の下を贈った。

たまたま当案孔目《とうあんこうもく》（事件担当の書記官、文書担当役人）は、姓を孫《そん》、名を定《てい》といい、人となりはきわめて剛直で、大いに善を好み、ひたすら人助けをしようとしたため、誰もがみな「孫仏児《そんぶつじ》（仏の孫）」と呼んでいた。孫定はこの事件の真相をはっきり見抜いて、あれこれと役所で実情を説明し、申しあげた。

「この事件はやはり林冲が濡れ衣を着せられたのです。なんとか彼を救うべきです」

府尹は言った。

「やつは以下のような罪を犯したとして、高太尉が『罪を決定されたし』と指示され、やつは『手に鋭利な刃を持ち、わざと節堂に入って本官を殺害しようとした』という具合に、必ず裁きをつけるよう求めておられる。どうしてやつを救うことができようか？」

「この南衙《なんが》開封府（開封府の南役所）は朝廷のものではなく、高太尉の家のものですか？」と孫定。

「バカなことを言うな！」と府尹。

「高太尉が権力をにぎり、勢いに乗って勝手放題をやっていることを、知らない者はいません。また太尉の官庁はやりたい放題、ちょっと気にさわる者がいれば、すぐ開封府に護送してきて、死刑にしたり、凌遅《りょうち》の刑（身体をバラバラにする極刑。八つ裂きの刑）にせよと求めてきます。これでは彼の家の役所ではありませんか？」

「おまえの意見では、林冲のことは、どんな手だてによれば、うまく裁きがつけられようか？」

「林冲の自供を見れば、間違いなく無罪ですが、その二人の下役の所在がつかめませんので、今、彼に『腰に鋭利な刀を帯び、間違って節堂に入るべきでなかった』と自白させ、背中を棒杖で二十叩きにし、刺青《いれずみ》をして遠方の州に流すのです」

滕府尹もこれに納得し、みずから高俅のもとに行き、その面前で再三、林冲の自供を申しあげた。高俅も内心、理不尽だとわかっており、また府尹に阻まれたので、やむなく受け入れた。

すぐその日、府尹はもどって登庁し、林冲を呼びだし長い枷をはずすと、背中を二十叩きにし、彫師を呼んで頬に刺青を入れさせ、距離を計算して、滄《そう》州の牢城営《ろうじょうえい》（監獄）に流刑と決定した。その場で重さ七斤半の団頭鉄葉《だんとうてつよう》（穴のあいた板金）の首枷をはめ釘付けにして、封印を貼りつけ、一通の公文書に書き判をすると、二人の護送役人に監視させ出発させた。二人とは董超《とうちょう》と薛覇《せつは》である。

二人は公文書を受け取ると、林冲を護送して開封府から出て来た。見れば、隣人たちと林冲の舅の張教頭がそろって開封府の前で出迎え、林冲と二人の役人ともども州橋《しゅうきょう》のたもとの酒楼まで行き、席に着いた。と、林冲は言った。

「孫孔目のおかげで、棒叩きもきつくはなく、それで身体を動かすこともできます」

張教頭は給仕を呼んで酒の肴や果物を用意させ、二人の役人をもてなした。酒が数杯まわったころ、張教頭は銀子を取りだして、かの二人の護送役人にわたした。林冲は手をにぎって舅に言った。

「舅どのに申しあげます。年月のめぐりあわせがわるく、高衙内と出くわして、無実の罪をこうむる羽目になりました。今日、いささか話があり、舅どのに申しあげます。舅どののご慈愛をこうむり、お嬢さんがてまえのもとに嫁がれてから、はや三年、ほんのわずかなイザコザもありませんでした。子供は授かっていないものの、顔を赤くして、争ったこともありません。

今、てまえはこんな災難にあって、滄州に流され、生死も保証されなくなりました。妻が家におりましたなら、てまえは行っても心穏やかでいられず、高衙内が威勢をふるって縁談を迫ってくるのが、ほんとうに心配です。まして妻は年若く、てまえのために将来を誤ってはなりません。これはこの林冲自身の考えであり、他人に押しつけられたのではありませんん。今日ちょうどご近所のみなさんもここにおられますから、はっきりと離縁状を書き、思いのままに再婚してもらうことにし、けっして争ったりはしません。そうすれば、てまえは安心して行くことができ、高衙内の悪だくみからも免れることができます」

張教頭は言った。

「林冲どの、何を言うのか。きみは年まわりがわるく、災難にあったが、これはきみが自分でしでかしたことではない。今しばらく滄州に行って災難から逃れたならば、遅かれ早かれ、天も哀れと思し召すことだろう。きみが帰って来たとき、もとどおり夫婦いっしょになればよい。わしの家はまあまあ暮らして行けるから、明日、娘を錦児《ジンアル》ともども連れて帰り、どこにも嫁がせず、四年や五年、養うことはできる。また、娘を表に出さず、高衙内が会おうとしても、手を出せないようにしよう。心配するな。すべてわしにまかせよ。きみが滄州の牢城営にいる間、わしはしばしば手紙や衣服を送ろう。妙な考えをおこさず、安心して行きなさい」

林冲は言った。

「舅どののご厚意に感謝します。しかし、てまえは安心できません。みすみす両方とも時機を失ってしまいます。舅どの、てまえを哀れと思って、てまえの言うとおりにしてください。そうすれば、死んでも悔いはありません」

張教頭はどうしても承知せず、隣人たちもそんなことをしてはいけないと言った。林冲は言った。

「てまえの言うとおりにしてくださらないなら、てまえは何とかして帰って来ても、けっして妻とはいっしょに暮らしません」

「そんなに言うのなら、とりあえずきみの考えどおり離縁状を書きなさい。わしが娘を他人に嫁がせなければ、いいのだから」と張教頭。

さっそく給仕に代書人を呼んで来させ、一枚の紙を買って来ると、その人は林冲の言うことを書きとめた。それは、東京《とうけい》八十万禁軍の教頭林冲は、身に重罪を犯したために、滄州に流刑となり、出発した後の存亡が保証できない。妻の張氏は年若く、みずから願って、この離縁状を作り、再婚自由とし、永遠に争わない。これは私の願いを実行したのであり、強制されたものではない。後日、証拠がないことを恐れ、この証文を作って証拠とする。　年月日。

林冲はそのとき代書人が書きおえたのを見ると、筆を借りて、年月日の下に書き判をし、手形を押した。部屋のなかで書きおえ、舅にわたそうとしたとき、林冲の妻が天地をどよもすように慟哭しながら、召使いの錦児に一包みの衣服を抱えさせ、いっしょに酒楼にやって来た。林冲は見ると、立ちあがって出迎え、言った。

「おまえ、ちょっと話がある。舅どのにはもう申しあげた。わしは年月のめぐりあわせがわるく、こんな無実の罪をこうむる羽目になった。これから滄州に向かうが、生死も保証のかぎりではなく、年若いおまえの身を誤ることになるのが心配だ。今すでにこうして離縁状をしたためた。どうかおまえはわしを待たず、良い人があれば、嫁に行くなり婿を取るなりして、わしのために身を誤ることがないよう、心から願っている」

かの婦人は聞くと、声をあげて泣きだし、言った。

「あなた、私はこれまでいささかも身を汚したことはありませんのに、どうして離縁なさるのですか！」

「おまえ、これはわしが好かれと思えばこそなのだ。後日、二人とも時機を失い、おまえを〔待ちぼうけにして〕騙すことになるのが心配なのだ」と林冲。

張教頭がさっそく言った。

「娘や、安心しなさい。林冲どのはそう言っているが、わしはおまえを再婚させはしない。しばらく言うとおりにして、安心して出発させてやろう。たとえ、彼がもどって来なくとも、わしはおまえの生涯の費用を準備して、後家を立てとおさせれば、それでよかろう」

妻は聞くと、内心、悲しみにむせび、またその文書を見るや、ワッと泣き声をあげて地面に倒れ気絶した。五臓はどうかわからないが、見たところ、手足はピクリとも動かない。見れば、

荊山《けいざん》 玉損《ぎょく》なわれ、惜しむ可《べ》し 数十年 結髪より親《しん》を成すに。宝鑑《ほうかん》の花は残《しお》れ、枉《ま》げて費やす 九十日 東君の匹配《ひっぱい》。花容は倒臥《とうが》し、西苑の芍薬《しゃくやく》 朱闌《しゅらん》に倚《よ》るが如《ごと》き有り。檀口《だんこう》言無く、一《いっ》に南海の観音の来たりて入定《にゅうじょう》するに似たり。小園 昨夜 春風悪《あ》しく、江梅を吹き折り 地に就《つ》きて横たう。
荊山の美玉は損なわれ、痛ましや 幼いころに結んだ絆。宝鑑の名花はしおれて、水の泡 東君（春の神）取り持つ似合いの夫婦。花の容貌《かんばせ》 グラリと倒れ、西苑の芍薬が 朱い闌《てすり》にもたれる風情。可愛い口もと 言葉なく、南海の観音さまが 入定《にゅうじょう》し

林教頭　刺して滄州道に配され

て交わりを断つようす。昨夜　小園には春風が荒れ狂い、吹き折られた江梅が　地面
に横たわる。

林冲が舅の張教頭とともに助け起こすと、しばらくして蘇生したが、なおも慟哭しつづけた。林冲は離縁状を張教頭にわたし、しまってもらった。隣人たちのうち、婦人が林冲の妻をなだめ、支えて帰って行った。張教頭は林冲に申しつけて言った。

「きみは気をつけて行きなさい。がまんして帰って来たら会おう。きみの家族は、わしが明日すぐ引き取り、家で面倒を見るから、きみが帰って来たらいっしょに暮らしなさい。安心して行き、心配しなさんな。ついでのある人がいれば、しばしば便りをよこしなさい」

林冲は立ちあがってお礼を言い、舅と隣人に拝礼をして別れの挨拶をすると、包みを背負い、役人の後について立ち去った。張教頭が隣人とともに家路についたことは、さておく。


さて、董超と薛覇の二人は林冲を護送役人の詰所に連れて行って収監すると、めいめい家に帰って荷物をまとめた。董超が家で包みを作っているところに、路地口の酒楼の給仕がやって来て言った。

「董端公《たんこう》さん、お役人さんが一人、うちの店で話がしたいそうです」

「誰だ？」と董超。

「知らない方ですが、ただ端公さんに頼んですぐ来てもらうようにとのことです」と給仕。

もともと宋代では役人をすべて「端公」と呼んでいたのである。そのとき、董超はすぐ給仕といっしょに店の小部屋に行き、見ると、一人の男が座っており、頭に「卍《まんじ》」の刺繡をした頭巾をかぶり、身に黒い紗《さ》の背子《チョッキ》を着け、足もとには黒い長靴と白靴下を履いている。董超を見ると、慌てて両手をこまねいて挨拶し、言った。

「端公さん、どうぞおかけください」

「てまえはこれまでご尊顔を拝したことがありませんが、何のご用でお呼びになったのでしょうか？」

「どうかしばらくおかけください。すぐわかりますから」

董超が向かい側の席に腰を下ろすと、給仕は杯を並べる一方、野菜、果物、つまみを運び卓いっぱいに並べた。その人物はたずねた。

「薛端公さんはどこにお住まいですか？」

「すぐ前の路地のなかです」と董超。

その人物は給仕を呼んで仔細をたずね、「呼びに行って、来てもらってくれ」と言った。給仕は行ってしばらくすると、薛覇を小部屋に連れて来た。董超は言った。

「このお役人がわしらと話をしたいそうだ」

「おたずねいたしますが、旦那さんのお名前は何といわれますか」と薛覇。

その人物はまた、「すぐわかります。まずは飲んでください」と言い、三人の席が定まると、給仕が酒をついだ。数杯飲んだところで、その人物は袖のなかから十両の金子を取りだし、卓の上に置いて、言った。

「お二方の端公さんにはそれぞれ五両収めてください。ちょっとお手を煩わせたいことがあります」

「てまえどもはもともとあなたさまを存じあげませんのに、どうして金子をくださるのですか？」と二人。

「お二方は滄州へ行かれるのではありませんか」

「てまえども二人は開封府から派遣され、林冲を護送してあちらへ行きます」と董超。

「でしたら、お二人のお手を煩わせたいのです。私は高太尉の腹心の部下の陸虞候《りくぐこう》です」

董超と薛覇はつづけさまに「ハッ、ハッ」と声をあげ、言った。

「てまえどものような者が、お席をともにすることはできません」

「あなたがたお二方も、林冲と太尉が敵《かたき》同士であることはご存じでしょう。今、太尉のご命令を奉じて、この十両をお二方に贈りますので、どうか承知してもらいたい。遠くまで行かないうちに、前方の人けのないところで、林冲をかたづけ、すぐそこで公文書の返事をもらい、帰って来てくだされればいいのです。もし開封府から何か言ってきても、太尉がみずから処置されますから、まったく差し支えはありません」

「そうはゆかないでしょう。開封府の公文書は生きたまま護送せよとあり、やつをかたづけろとは命じていません。また、本人もそんなに年もいっておらず、どうして理由がつけられましょうか。もし問題が起これば、具合のわるいことになります」と董超。

「董超、わしの言うことを聞け。高太尉がおまえとわしに死ねと言われても、従うしかないのに、このお役人を使ってわしらに金子を贈ってくださったのだ。ぐだぐだ言わずに、おまえと分けてしまうのが、けっきょく義理をはたすことになる。後日、またわしらに目をかけてくださることもあるだろう。行く手に大きな松林のもの凄まじいところがあるから、どうであれ、やつをかたづけてしまおう」と薛覇。

さっそく薛覇は金子を収めると、言った。

「お役人さま、ご安心を。多ければ宿場五つ、少なければ宿場たった二つの道のりで、すぐカタがつきます」

陸虞候は大喜びして言った。

「やっぱり薛端公さんはほんとうにテキパキしている。そのうち、現場でしとめたら、必ず林冲の顔の金印《いれずみ》をはぎとって帰り、証拠にしてください。この陸謙《りくけん》はまたお二方に十両包んでお礼します。ひたすらよい知らせを待っています。くれぐれも失敗してはなりませんぞ」

もともと宋代には罪人で流刑になった者は、みな顔に刺青を入れたが、誰もが嫌がるので、ただ金印を押すと称したのだ。三人はまたしばらく飲み、陸虞候が勘定をすませると、三人は酒楼を出て、それぞれ別れた。

さて、董超と薛覇は金子を分配して分け前を受け取り、家にもどると、荷物や包みを取り、水火棍《すいかこん》（懲罰棒）を持って、すぐ護送役人の詰所に行き、林冲を受けだし、護送して旅路についた。

その日、城内から出て、三十里余り行って休んだ。宋代では、道中の宿屋は、役人が囚人を護送して泊まると、宿賃を取らなかった。そのとき、董超と薛覇の二人は、林冲を連れて宿屋に到着し、一晩泊まった。翌日の夜明けに、起きて火を起こし、ご飯を食べると、滄州へ向かう道へ出た。

おりしも六月のころ、猛暑の盛りであり、林冲は棒を食らったばかりのときは、何でもなかったが、その後、二、三日すると、暑さのために、棒の傷が痛みだし、またはじめて棒を食らったので、一歩ごとに歩けなくなった。董超は言った。

「おまえはほんとうに物わかりがわるい。ここから滄州まで二千里以上の道のりなのに、おまえみたいに歩いていたら、いつになったら到着できようか」

「てまえは太尉の役所で不都合をしでかし、先日、棒を食らったばかりで、棒の傷が痛むし、こんなに暑いので、旦那がた、どうか大目に見てください」と林冲。

「おまえはゆっくり歩け。ぐだぐだ言うな」と薛覇。

董超は道中、ブツブツと口のなかで怨み言を言い、嘆いて言った。

「ついてないぜ。おまえみたいな疫病神に出くわすとはな」

みるみるうちに日が暮れ、見れば、

紅輪　低く墜《お》ち、玉鏡　将《まさ》に明《めい》ならんとす。遥かに観《み》れば　樵子《きこり》は帰り来たり、近く観《み》れば　柴門《さいもん》は半《なか》ば掩《おお》わる。僧は古寺に投じ、疎林に穰穰《じょうじょう》として鴉《からす》飛ぶ。客は孤村に奔《はし》り、断岸に嗷嗷《ごうごう》と犬吠ゆ。佳人は燭を秉《と》って房《ぼう》に帰り、漁父は綸《いと》を収め釣を罷《や》む。喞喞《そくそく》と乱蛩《らんきょう》は腐草に鳴き、紛紛と宿鷺《しゅくろ》は莎汀《さてい》に下《お》る。

紅輪《おひさま》は低く墜ちかかり、玉鏡《おつきさま》がそろそろお出まし。遠く眺めれば　樵《きこり》は家路を急ぎ、近くを見れば　柴の扉は半ば閉じられる。坊さんは　古いお寺に身を投じ、まばらな林に　穰穰《バタバタ》と鴉が飛ぶ。旅人は　寂しい村に駆け込み、切り立った岸辺で　嗷《ウオー》嗷《ウオー》と犬が吠える。佳人は蠟燭を手に部屋へもどり、漁師は糸を収めて釣りをやめる。数えきれない　蛩《コオロギ》どもは　枯れ草のかげで喞喞《コロコロ》と鳴き、塒《ねぐら》求める鷺《さぎ》たちは　莎《はますげ》の汀《みぎわ》に次々と舞い下りる。

その晩、三人は村の宿屋に到着し、部屋に入ると、二人の役人は棍棒をおき、荷物を下ろした。林冲も荷物を下ろし、二人が口を開くのを待たずに、包みのなかから小粒の銀子を取りだし、宿屋の若い者に頼んで酒と肉を買わせ、いささか米も買って来させると、ごちそうを並べて、二人の護送役人に食べてもらった。董超と薛覇はまた酒を買い足して、林冲を酔いつぶし、枷ごとわきに転がした。薛覇は鍋に湯を沸かして沸騰させ、さげて来て足湯のたらいにあけ、呼びかけた。

「林教頭、あんたも足を洗って、ゆっくり眠るがいい」

林冲はもがいて起きあがろうとしたが、枷が邪魔をして身体を曲げることができない。薛覇が言った。

「わしが洗ってやろう」

「とんでもありません」と、林冲は慌てて言った。

「旅する者は、あれこれと気づかいは無用だ」

林冲はそれが罠だとは気づかず、足を伸ばしたところ、薛覇はグッと抑えて煮えたぎった湯のなかにつけた。林冲は「ギャッ！」と叫び、急いで足を縮めたが、火傷をして足の皮膚が赤く腫れていた。

林冲が、「ご面倒をおかけするには及びません」と言うと、薛覇は、「罪人が役人に仕えることはあるが、役人が罪人に仕えるためしはない。親切でやつの足を洗ってやったのに、あべこべに冷たいのが嫌だ、熱いのが嫌だという。これでは、せっかくの親切が仇になるではないか」と、口のなかでブツブツと夜中まで罵っていたが、林冲は返事もできず、一人でわきに倒れていた。

彼ら二人は湯をぶちまけて、入れ換え、外へ行って足を洗った。かたづけて四更（午前一〜三時）まで眠り、同宿の者がまだ起きて来ないうちに、薛覇は起きて顔を洗う湯を沸かし、支度して火を起こしご飯を作って食べた。

林冲は起きると眩暈《めまい》がして食べられず、また歩けなかった。薛覇は水火棍を手にし、出発だと急きたてた。董超は腰から一足の新しい草鞋《わらじ》をはずしたが、耳も緒もなんと麻で編んであり、それを林冲に履けと言った。林冲が見ると、足の皮膚は一面に火ぶくれしているので、何とか古い草鞋を捜して履こうとしたが、どこにも見当たらず、しかたなく新しい草鞋を履いた。宿屋の若い者を呼んで酒代の勘定をすませ、二人の役人が林冲を連れて宿屋を出たのは、五更（午前三〜五時）ごろだった。

林冲は二、三里も行かないうちに、足の火ぶくれが新しい草鞋で破れて、鮮血がしたたり落ち、歩けなくなったので、ひっきりなしにうめきつづけた。薛覇が罵って言った。

「歩くならサッサと歩け。歩かないなら、棍棒で小突いてやるからな」

「旦那、勝手にしてください。てまえは怠けて、ぐずぐず旅程を引き延ばしているのではありません。ほんとうに足が痛くて歩けないのです」と林冲。

「わしがおまえを支えて歩けばいいだろう」と董超は言い、林冲を支えたが、それでも動けないので、やむなくのろのろと四、五里進んだ。まもなく歩けなくなったとき、早くも前方に、もやが立ちこめ霧にとざされた、もの凄まじい林があらわれた。見れば、

　層層として雨脚《あめあし》の如《ごと》く、鬱鬱として雲頭《うんとう》に似たり。杈枒《さが》として鸞鳳《らんほう》の巣の如く、屈曲して龍蛇《りゅうだ》の勢に似たり。根は地角に盤《わだかま》り、彎環《わんかん》して蟒《うわばみ》の盤旋するに似たる有り。影は煙霄《えんしょう》を払い、高く聳《そび》えて直《ただ》ちに禽《とり》をして打捉《だそく》せしめんばかり。直饒《たと》い胆硬《きもかた》く心剛《たけ》き漢《おとこ》なりと

も、也《ま》た魂飛び魄《はく》散る人と作《な》らん。

重なり合うは　雨模様、固まり合うは　雲まがい。突き出るさまは　鸑鳳《おおとり》の巣、うねりくねるは　龍蛇の勢。根っこは地面にわだかまり、とぐろを巻いた大蛇さながら。樹影は煙霄《もや》をはらいのけ、すっくとそびえて　鳥を生け捕り。たとえ肝っ玉野郎でも、たまげて生きた心地なし。

このもの凄まじい林は野猪林《やちょりん》と呼ばれ、東京《とうけい》（開封《かいほう》）から滄州への道中の最初の難所だった。宋代では、怨みのある者が少々の銭を役人に与えて、この林のなかに連れ込ませ、どれほどの好漢豪傑がかたづけられたかわからない。

今日、この二人の役人は林冲を連れてこの林に入るや、董超は言った。

「五更から歩いて、十里の道のりも行かず、こんな具合ではいつになったら滄州に到着できようか？」

「わしも歩けなくなった。しばらく林のなかで一休みしよう」と薛覇。

三人は林のなかに入り、荷物や包みをほどいて下ろし、すべて木の根もとに運んだ。林冲は「アアッ！」と叫び、一株の大樹に寄りかかって倒れた。すると、董超は「一歩行って一歩待ち、わしも歩きくたびれた。一眠りしてから行こう」と言い、水火棍を置いて、木の側に倒れ、眼を閉じようとしたとき、地面から叫び声をあげて起きあがった。

魯智深（花和尚）　大いに野猪林を鬧がす

林冲は言った。

「旦那、どうされましたか？」

「わしらは一眠りしようとしたが、ここには錠も鎖もなく、おまえが逃げるのが心配で、安心できず、おちおち眠れないのだ」と、董超と薛覇。

「てまえは好漢であり、お裁きもついているのだから、生涯、逃げやしません」と林冲。

「どうしておまえの言うことが信じられよう？　安心のために、ちょっと縛らせてもらおう」と董超。

「旦那がた、縛りたいなら縛ってください。てまえはどうこう言えません」と林冲。

薛覇は腰から縄をはずして、林冲の手足を枷ごと木に縛りつけた。二人はパッと跳びあがって、ふりむきざま水火棍を取りあげ、林冲を睨みつけて、言った。

「わしらがおまえをかたづけようとするのではない。このまえ、あの陸虞候が高太尉のご命令を伝えられ、わしら二人がここでおまえをかたづけ、金印《いれずみ》を持って帰り報告するのをお待ちなのだ。たとえ何日か余計に歩いても、死ぬ運命だ。今日ここで、わしら二人がうまくやって、少しでもはやく帰れるようにしてくれ。わしら兄弟二人を怨むな。ただお上の命令に従うだけで、わしらのせいではないのだ。おまえ、よく考えてみてくれ。来年の今日はおまえの一周忌だ。わしらは日を限られており、少しでもはやく報告したいのだ」

林冲は言われて、雨のように涙を流して、すぐに言った。

「旦那がた、てまえとお二方は昔も今も怨みはありません。なんとかしててまえを助けてくださったら、生涯、ご恩は忘れません」

「繰り言をぬかすな！　おまえを助けることはできない」と董超。

薛覇はサッと水火棍をふりあげ、林冲の脳天めがけて打ち下ろそうとした。憐れむべし、豪傑はたちまち鬼門関《きもんかん》（冥土）に向かい、惜しいかな、英雄はここに到ってかえって槐国《かいこく》の一場の夢となる[1]。万里のかなたの黄泉には宿屋もなく、三魂は今夜、誰の家に身を寄せるのか。

はてさて、林冲の命はいかがあいなりますでしょうか。まずは次回の分解《ときあかし》をお聞きください。

注

（1）人生のはかなさのたとえ。唐代伝奇の李公佐《りこうさ》著「南柯太守伝《なんかたいしゅでん》」による。第六回注（3）参照。

第九回　柴進《さいしん》　門に天下の客を招き
林冲《りんちゅう》　棒もて洪教頭《こうきょうとう》を打つ

「鷓鴣天《しゃこてん》」の詞《ツー》、

千古高風聚義亭
英雄豪傑尽堪驚
智深不救林冲死
柴進焉能擅大名
人猛烈
馬猙獰
相逢較芸論専精
展開縛虎屠龍手
来戦移山跨海人

千古の高風　聚義亭《しゅうぎてい》
英雄豪傑　尽《ことごと》く驚くに堪《た》えたり
智深《ちしん》　林冲《りんちゅう》の死を救わざれば
柴進《さいしん》　焉《いず》くんぞ能《よ》く大名《だいめい》を　擅《ほしいまま》にせんや
人は猛烈
馬は猙獰《そうどう》
相《あ》い逢うて芸を較《くら》べ専精《せんせい》を論ず
虎を縛り龍を屠《ほふ》る手を展開し
来たり戦う　山を移し海を跨《また》ぐ人

慕われつづける　聚義亭《しゅうぎてい》、英雄豪傑　みな超一流。魯智深《ろちしん》が林冲《りんちゅう》を救わなかったら、柴進《さいしん》の名も天下にとどろきはしなかった。人は猛《たけ》り、馬は荒ぶる。出くわせば技を競って奥義《おうぎ》を繰りだす。虎を縛り龍を屠る手並みを見せつけて、いざ戦わん山を移し海を跨ぐ人。

さて、そのとき、薛覇《せつは》がもろ手で棍棒をふりあげ、林冲《りんちゆう》の脳天めがけて打ち下ろそうとした。この時遅く、かの時早く、薛覇の棍棒がちょうどふりあげられた瞬間、松の木のうしろから、雷鳴のような声が響いたかと思うと、かの鉄の禅杖《ぜんじよう》が飛んで来て、水火棍《すいかこん》を遮り、空の彼方にはね飛ばした。太った和尚が跳びだして来て、一喝した。

「わしは林のなかでおまえたちの話をずっと聞いていたぞ！」

二人の役人がその和尚を見ると、黒い僧衣に、一振りの戒刀《かいとう》をたばさみ、禅杖を持ちあげ、グルグルまわしながら、二人の役人に打ちかかって来る。林冲が今しもパッと目を開けて見ると、魯智深《ろちしん》だとわかった。林冲は慌てて声をかけた。

「兄貴、手を下すな！　話がある」

魯智深はこれを聞くと、禅杖をおさめ、二人の役人はしばし呆然として、身動きもできない。林冲は言った。

「この二人にはかかわりのないことだ。何もかも高太尉《こうたいい》が陸虞候《りくぐこう》を使って、この二人の役人に申しつけ、わしの命を取ろうとしたのだ。この二人はやつに従わないわけにはいかなかったのだ。きみが二人を打ち殺したら、やっぱり濡れ衣を着せることになる」

魯智深は戒刀を抜いて、縄をすっかり断ち切ると、林冲を助け起こして、叫んだ。

「兄弟、わしはきみが刀を買ったあの日に別れてから、きみのことが心配でたまらなかった。きみが告訴されてから、助けだす手だてもなく、裁きがついて滄州《そう》に流されると聞いたので、開封府《かいほうふ》の前に行ったが、また会えなかった。人の話では、護送役人の詰所に留置されたというし、また、酒楼の給仕が二人の役人を呼びに来て、『店で一人のお役人が話をしたいそうです』と言っているのを、見かけもした。

それでわしは疑い、きみを放っておけず、こいつらが道中できみを殺すことを恐れて、わざわざ後をつけ、こんちくしょうどもが、きみを連れて宿屋に入れば、わしもその宿屋で泊まった。夜中、こいつら二人がこそこそ悪だくみをして、きみを騙して熱湯に足をつけようとしているのを耳にし、そのときすぐこんちくしょうどもを殺そうと思ったが、宿屋は人目も多く、邪魔が入る恐れがある。

わしはこいつらが悪心を抱いているのを見て、ますますきみを放っておけなくなった。きみが五更（午前三〜五時）に出発したとき、わしは先にこの林に来て、こんちくしょうどもを殺そうと待ち伏せしていた。と、やつらはここできみを殺そうとしおった。これぞもっけの幸い、こいつらを殺してやる！」

林冲はなだめて言った。

「兄貴がわしを助けてくれたのだから、この二人の命を取らないでくれ」

魯智深は怒鳴りつけた。

「クソッタレめ！　兄弟の顔を立てないなら、おまえたち二人を斬り刻んでグシャグシャにするところだが、ひとまず兄弟の顔を立てて、命は助けてやろう」
すぐそこで戒刀を鞘に入れると、「クソッタレども！　サッサと兄弟を支えて、みんなでわしについて来い」と怒鳴りつけ、禅杖をさげて先に歩きだした。二人の役人は返事もできず、ただ「林教頭、わしら二人をお助けください！」と叫ぶばかり。もとどおり包みを背負い、水火棍をさげて、林冲を支え、彼に代わって包みを担いで、いっしょに林を出た。三里か四里ほど行くと、村の入口に一軒のちっぽけな居酒屋があり、四人はなかへ入って腰を下ろした。その店を見れば、

前は駅路に臨み、後《うし》ろは渓村に接す。数株の槐《かい》と柳《りゅう》の緑陰は濃《こま》やかに、幾処かの葵《き》と榴《りゅう》の
紅影は乱る。門外　森森たる麻と麦、窓前　猗猗《いい》たる荷花《かか》。軽軽と酒の旆《はた》は薫風《くんぷう》に舞い、
短短と蘆《あし》の簾《すだれ》は酷日《こくじつ》を遮る。壁辺の瓦瓮《がおう》、白泠泠《はくれいれい》と村醪《そんろう》を満貯《まんちょ》す。架上の磁瓶《じへい》、香噴噴《こうふんぷん》と
新たに社醞《しゃうん》を開く。白髪の田翁　親しく器を滌《あら》い、紅顔の村女　笑って壚《ろ》に当たる。

前は街道、うしろは谷間《たにあい》の村。数本の槐《えんじゅ》と柳　緑のかげは濃く落ちて、あちこちの
葵《あおい》と榴《ざくろ》　紅色しきりに乱舞する。門の外には　いっぱいに麻と麦、窓の前には　ゆら
ゆらと蓮の花。酒店《さかや》の旗は　薫る風にヒラヒラと舞い、蘆の簾は　強い光を小刻みに
遮る。壁沿いの素焼きの瓮《かめ》には、白くさらりとした地物の醪《どぶろく》がぎっしり。架《たな》の上の

磁器の瓶《かめ》には、出来たての村の地酒が　プンプン香る。白髪《しらが》の田舎のじいさんが　手ずから器《うつわ》を洗い、紅顔《つやつや》の村の娘が　にこやかに　壚《カウンター》で相手する。

そのとき、魯智深、林冲、董超《とうちょう》、薛覇の四人は村の居酒屋に腰を下ろし、給仕を呼んで六、七斤の肉を買い、二角の酒を注文して飲み、小麦粉を買って餅《ピン》を作らせた。給仕は用意しながら、酒をつぎに来た。二人の役人は言った。

「失礼ながら、和尚さまはどこのお寺のご住持ですか」

「クソッタレどもが、わしの住まいを聞いてどうするのか？　高俅《こうきゅう》に言いつけてわしをどうかさせようというのだろう。ほかの者はあいつを怖がるが、わしはあいつなんか怖くない。あんちくしょうと出くわしたら、禅杖を三百発、食らわしてやる！」と、魯智深は笑った。

二人の役人はそれ以上口をきくことができず、〔四人は〕いささか酒と肉を飲み食いすると、荷物をかたづけ、酒代を払って、居酒屋を出た。林冲はたずねた。

「兄貴、これからどこへ行くのか」

「『人を殺すなら血を見るまで、人を救うなら無事を見るまで』と言うではないか。わしはきみを放っておけないから、このまま滄州まで送って行くぞ」と魯智深。

二人の役人は聞いて思った。

「困ったぞ！　わしらの仕事をメチャクチャにされ、帰ったらなんと報告するのか？　しかたないから、やつにつき従っていっしょに旅するまでだ」

これ以来、道中、魯智深が歩けと言えば歩き、休めと言えば休み、逆らうこともできず、うまくいって罵られ、まずければ殴られて、二人の役人は大声を出すこともできず、いっそう魯智深の怒りの爆発を恐れた。

宿場二つの道のりを進むと、馬車を呼び、林冲を乗せて休ませ、三人は馬車の後について歩いた。二人の役人は不安だったが、めいめい命を守るべく、おとなしく従って歩くほかなかった。魯智深は道中、酒を買い肉を買って、林冲を養生させながら、役人たちにも食べさせた。宿屋があると、早めに休んで遅く出発し、すべて役人たちが火を起こしてご飯を作り、魯智深に逆らうことはできなかった。二人はこっそり相談した。

「わしらはこの和尚にきっちり抑えられている。今度帰ったら、高太尉はきっとわしらをどうにかしてしまわれるぞ」

「聞くところによれば、大相国寺《だいしょうこくじ》の菜園の詰所に、新しく坊さんが来て、魯智深というそうだ。思うに、やつにちがいない。帰ったらほんとうのことを告げて、わしらが野猪林《やちょりん》でやつをかたづけようとしたところ、この和尚が助けに来て、ずっと滄州まで護送したので、手を下せなかったと言おう。諦めて、もらった十両の金子を返し、陸謙《りくけん》さんに自分でこの和尚を訪ねて行ってもらえばよい。わしとおまえはひたすら知らん顔をしていようぜ」と薛覇。

「それもそうだな」と董超。

二人がこっそり相談したことはこれまでとする。

くだくだしい話はさておき、魯智深がぴったり付いて監督し護送して、十七、八日旅し、滄州まで七十里ほどのところまで来ると、それからさきの道中は、すべて人家があり、もう人けのない寂しいところもなくなった。魯智深は実情を聞き合わせると、松林のなかでしばらく休み、林冲に言った。

「兄弟、ここから滄州まで近いし、前途にはみな人家があり、寂しいところもない。わしはすでに聞き合わせをして確かめた。ここできみと別れ、後日また会おう」

「兄貴、帰ったら、舅どのに知らせてくだされ。守ってくれたご恩は、命があれば、必ずお返しします」と林冲。

　魯智深はまた一、二十両の銀子を取りだして林冲に与え、二、三両を二人の役人に与えて、言った。

「クソッタレども、もともと道中、おまえたちの二つの頭を斬ってしまうところだったが、兄弟の顔を立てて、命を助けてやったのだ。もう道のりは少なくなったが、悪心を起こしてはならんぞ」

「もう二度といたしません。何もかも太尉のお指図だったのです」と二人は言い、銀子を受け取って、別れようとした。

　魯智深は二人を見ながら言った。

「おまえら二人のクソ頭の硬さは、この松と同じくらいか？」

「てまえどもの頭は父母からもらった皮や肉に、ちょっと骨を包んだものです」と二人。

　魯智深はグルグルと禅杖をふりまわし、松の木にたった一発ふりおろすと、打たれた木には二寸（一寸は約三センチメートル）の深い痕《きず》がつき、メリメリと折れた。魯智深は、「クソッタレども、もし悪心を起こしたら、おまえたちの頭もこの木と同じ目にあわせるぞ」と言うと、手をふり、禅杖を引きずって、「兄弟、元気でな」と叫び、帰って行った。

　董超と薛覇は舌の先を出し、しばらく引っ込めなかった。林冲は言った。

「旦那がた、わしらも行こう」

「なんと凄い荒くれ和尚か。一振りで木を一本、へし折ってしまうとはな」と二人の役人。

「これしきのことは何でもない。相国寺の柳の木を一本、根まで引っこ抜いたんだから」と林冲。

　二人はただ首を振り、はじめてやっぱりそうだと、わかったのだった。

　三人はただちに松林を離れ、正午ごろまで歩くと、早くも大通りに一軒の居酒屋が見えてきた。見れば、

　古道の孤村、路傍の酒店。楊柳《ようりゅう》の岸の暁に錦の旆《はた》を垂れ、杏花《きょうか》の村に風は青帘《せいれん》を払う。劉《りゅう》伶《れい》の仰臥《ぎょうが》は床前に画《えが》かれ、李白《りはく》の酔眠は壁上に描かる。香りを聞《か》ぎて馬を駐《とど》むれば、果然壁を隔てて三家を酔わす。味を知りて舟を停むれば、真《まこと》に乃《すなわ》ち瓶《かめ》を透して十里に香る。社《しゃ》醞《うん》　農夫の胆を壮《さか》んにし、村醪《そんろう》　野叟《やそう》の容を助く。神仙の玉佩《ぎょくはい》　曾《かつ》て留め下《お》き、卿相《けいしょう》の金《きん》貂《ちょう》も也《ま》た当《かた》にし来たる。

古くからの街道に　ポツンと村一つ、路のかたわらに　酒を売る店。楊柳《ようりゅう》の萌える岸辺には　朝早く錦の旗が垂れ、杏《あんず》の花咲く村では　風が青い旗を払う。床《こしかけ》の前には仰向けに寝転んだ劉伶《りゅうれい》（竹林七賢の一人。大酒飲みで知られる）が描かれ、壁には酔って眠った李白が描かれる。香りに誘われ　馬を止めれば、なんとまあ　三軒先まで酔い心地。味に惹かれて　舟を泊めれば、これぞまさしく　瓶《かめ》を透《す》かして香りは十里。村の地酒は　農夫を鼓舞し、地物の　醪《どぶろく》　田舎のじいさん　ご機嫌さん。仙人さまの玉佩《ぎょくはい》（帯玉）は　酒代として留め置かれ、お偉い方の金貂《きんちょう》（冠のかざり。黄金のかざり玉に貂《てん》の毛がついている）も　カタに取られて残される。

三人が居酒屋に入ると、林冲は二人の役人を上座に座らせた。董超と薛覇の二人はしばらくしてようやくくつろぐことができた。その居酒屋には調理場にも卓にもいっぱいに酒と肉があり、店のなかには四、五人の酌をする給仕がいたが、みな大忙しで、品物を運んでいた。林冲と二人の役人は半個《はんぶん》の時辰《とき》（一時間）ほど座っていたが、給仕は注文を聞きに来ない。林冲は待ちきれず、卓を叩いて言った。

「この店のおやじは客をバカにしているのか！　わしが罪人だと思って、目もくれないのか。わしはけっしてただでおまえの酒を飲んだりせんぞ。どういうことだ！」

主人は言った。

「あんたという人は、なんとてまえの親切がわからないのですな」

「酒も肉もわしに売らないのに、何が親切か？」と林冲。

主人は言った。

「あんたはご存じないが、この村には大金持ちがおられ、姓は柴《さい》、名は進《しん》といわれます。このあたりでは柴《さい》の大官人《だいかんじん》（旦那さま）と呼ばれ、江湖《こうこ》（渡世、遊侠社会）ではみな〈小旋風《しょうせんぷう》〉と呼んでいます。この方は大周《だいしゅう》の柴世宗《さいせいそう》の嫡流のご子孫です。陳橋《ちんきょう》で有徳の方（趙匡胤《ちょうきょういん》、宋の太祖《たいそ》）に位を譲られてこのかた、その太祖武徳《ぶとく》皇帝さまから勅命によって誓書鉄券《せいしょてっけん》（鉄の札《ふだ》に書かれた誓書）を賜り、それを家に置かれていますので、軽く見る者なぞおりません。もっぱら天下を往来する好漢を招いて、受け入れられ、四、五十人は家で養っておられます。いつもてまえどもの店に、『もし流罪になった罪人が来れば、わしの屋敷に来てもらってくれ。わしがその人に金を出して助けよう』と申しつけておられます。てまえが今あんたに酒や肉を売り、飲んで顔が赤くなったら、あの方はあんたには自前の路銀があると思われ、助けられません。これはてまえの親切なのです」

林冲は聞いて、二人の役人に言った。

「わしは東京《とうけい》（開封）で教頭だったとき、しょっちゅう軍中の者が柴大官人の名を口にするのを耳にしたが、なんとここにおられたのか。わしらはいっしょにその人のところへ行こうではないか？」

董超と薛覇は思案しながら言った。

「そういうことなら、わしらが損をすることはなかろう」

さっそく包みをかたづけ、林冲といっしょにたずねた。

「おやじ、柴大官人の屋敷はどこだ。わしらはこれからお訪ねしたい」

「このすぐ先です。二、三里ほど行き、大きな石橋のたもとを曲がったところの、大きなお屋敷がそうです」と主人。


林冲ら三人は居酒屋の主人に礼を言い、門を出ると、果たせるかな、二、三里で大きな石橋が見えた。橋を渡ると、一筋の平坦な大道であり、早くも緑の柳のかげから、その屋敷が見えてきた。周囲はぐるりと広い堀に囲まれ、両岸にはびっしりと垂楊《すいよう》の大木が植えられ、木陰から白く塗った塀が見える。角を曲がって屋敷の前まで来ると、なんともりっぱな大邸宅である。見れば、

門は黄道《こうどう》を迎え、山は青龍を接《むか》う。万株の桃は武陵《ぶりょう》の渓《たに》に綻《ほころ》び、千樹の花は金谷《きんこく》の苑《その》に開く。聚賢堂《しゅうけんどう》の上《ほとり》、四時謝《しお》れざる奇花有り。百卉庁《ひゃくきちょう》の前、八節とも長《とこ》しえの春の佳景に賽《あ》う。堂には勅額《ちょくがく》の金牌《きんぱい》を懸《か》け、家には誓書《せいしょ》の鉄券《てっけん》有り。朱の甍《いらか》に碧の瓦、九級の高堂に掩《えん》映《えい》し着《ちゃく》す。画棟雕梁《がとうちょうりょう》、真《まこと》に乃《すなわ》ち是《こ》れ三微の精舎なり。義に仗《よ》り財を疏《かろ》んずること卓茂《たくも》を欺《あなど》り、賢を招き士を納《い》るること田文《でんぶん》に勝る。

門は黄道《こうどう》（太陽が運行する軌道）を迎え、山は青龍を接《むか》える。一万本の桃の花は　武陵源《ぶりょうげん》（陶淵明著「桃花源記《とうかげんき》」に描かれる桃源郷）の渓谷に綻び、一千本もの樹木は金谷園《きんこくえん》（贅沢で知られる西晋の貴族石崇《せきすう》の別荘）の庭に咲き誇る。聚賢堂の側には、四季を通じて枯れないめずらしい花。百卉庁《ひゃくきちょう》の前には、八つの節句にまたがる春の佳き眺め。堂には　勅額の金牌を懸け、家には　誓書の鉄券がある。朱《あか》い甍《いらか》や碧《みどり》の瓦が、九層の高い建物に照り映える。彩り豊かな棟木《むなぎ》　彫りもみごとな梁《はり》、これぞまさしく　三微（天・地・人。ここでは意味不詳）の精舎。信義を重んじて財産を軽んじる点では　卓茂《たくも》（後漢の人）など物の数でなく、賢者を招いて高士を受け入れる点では　田文《でんぶん》（戦国時代の任俠の大ボスとして知られる戦国四君の一人、孟嘗君《もうしょうくん》）にまさる。

三人が屋敷の側まで来ると、広い板の橋に、四、五人の作男が腰をかけ、みんなで涼んでいた。三人は橋のたもとまで行き、作男に挨拶をすると、林冲は言った。

「すみませんが、兄さん、大官人に『都から罪人で牢城営に流される、林《りん》という苗字の者がお会いしたいと申している』と、お伝えください」

作男たちは口をそろえて言った。

「あなたは運がありませんな。大官人がご在宅なら、酒食や金品をあなたにさしあげられたでしょうが、今朝、猟に出かけられました」

「いつお帰りになりますか？」と林冲。

「決まっていません。東のお屋敷に泊まりに行かれるかもしれませんが、それもわかりません。あなたはお会いできないでしょう」と作男。

「そういうことなら、私は運がわるくて、お会いできませんな。私どもは失礼します」と、林冲は言い、作男たちに別れを告げ、二人の役人とともに元の道にもどったが、腹のなかは悶々としていた。半里余り行ったところで、ふと見ると、はるか遠くの林の奥から、一群の人馬がやって来た。見れば、

人人は俊麗《しゅんれい》、個個は英雄。数十四の駿馬《しゅんめ》は風に嘶《いなな》き、両三面の繍旗《しゅうき》は日に弄《たわむ》る。粉青の氈《せん》笠《りゅう》は、荷葉を倒翻《とうはん》して高く擎《ささ》げたるに似たり。絳色《こうしょく》の紅纓《こうえい》は、爛熳《らんまん》たる蓮花の乱れ挿したるが如《ごと》し。飛魚袋《ひぎょたい》の内には、金雀《きんじゃく》の画を描きし細く軽き弓を高く挿着し、獅子《しし》壺《こ》の中《うち》には、翠鵰《すいちょう》の翎《はね》を点《つ》けし端正なる箭《や》を整え攢着《さんちゃく》す。幾隻かの獐《のろ》を趕《お》う細犬を牽《ひ》き、数対の兎を拿《と》る蒼鷹を擎《ささ》ぐ。穿雲《せんうん》の俊鶻《しゅんこつ》は絨 縧《じゅうじょう》に頓《とど》まり、脱帽の錦鵰《きんちょう》は護指を尋ぬ。摽鎗《ひょうそう》は鋒利にして、鞍辺に就きて微《かす》かに寒光を露《あら》わす。画鼓は団圞《だんらん》として、鞍上に向《お》いて時に響震《きょうしん》を聞く。轡《くつわ》の辺に拴繋《せんけい》するは、都《すべ》て縁《よ》って是《こ》れ天外の飛禽《ひきん》。馬上に擎擡《けいたい》するは、是れ山中の走獣ならざる莫《な》し。好《さ》も似たり　晋王の紫塞《しさい》に臨み、渾《すべ》て漢武の長楊《ちょうよう》に到るが如し。

どなたも颯爽、こなたも英雄。数十四の駿馬は　風に嘶き、二、三本の飾り旗は　お

日さまに戯れる。粉青《しもふり》の氈《フエルト》の笠は、荷《はす》の葉を逆さまにして高く捧げたかのよう。絳色《あかのきわみ》の紅い纓《ひも》は、爛熳たる蓮の花が入り乱れて挿されたかのよう。飛魚袋《ひぎょたい》（弓袋）には、金の鵲《かささぎ》を描いた細くて軽い弓を高々と挿し、獅子壺《ししこ》（矢筒）には、翠《みどり》の鷲《わし》の翎《はね》を付けた端正な箭《や》がきちんと並んでいる。獐《のろ》を趕《お》う細《スリム》な犬を数頭引きつれ、数対の兎を拿《と》る蒼い鷹を手に掲げる。雲を穿《うが》つ俊敏な鶻《はやぶさ》は毛糸の紐に結わえられ、帽子を脱いだ錦の鵰《わし》は爪を守る覆いを捜す。摽鎗《なげやり》は鋭くとがり、鞍のわきでかすかに寒光《きらめき》を発する。画鼓《かざりだいこ》はまんまるく、鞍の上で時おり響きわたる。轡に縛りつけてあるのは、すべて空飛ぶ鳥たち。馬上に担ぎあげているのは、いずれも山を駆ける獣たち。あたかも晋王（李晋王、李克用《りこくよう》。唐末五代の猛将）が紫塞（万里の長城）に臨み、漢の武帝が長楊宮（離宮の名）に到ったようなもの。

その一群の人馬は飛ぶように屋敷をめざし、まんなかに、真っ白な巻き毛の馬に乗った官人を取り囲んでいる。馬上のその人は、龍の眉に鳳の目、白い歯に紅い唇、口を掩う三筋のひげ、三十四、五の年頃である。頭には黒い紗の転角簇花巾《てんかくそうかきん》をかぶり、身には紫の繍《ぬいと》りの団龍雲肩《うんけん》の上衣を着て、腰には玲瓏《れいろう》たる宝玉をちりばめた絛環《くみひも》をしめ、足には一対の金線抹緑《きんせんまつりょく》の皂朝靴《そうちょうか》（金糸の繍りのある萌黄色と黒の長靴《ブーツ》）を履いている。一張の弓を帯び、一壺の箭《や》を負い、従者を率いて屋敷へと向かって行く。

林冲はこれを見て、「もしかしたら柴大官人ではあるまいか？」と思ったが、たずねることもできず、ただ内心、ためらっていた。馬上の年若い官人は、馬の手綱をゆるめやって来てたずねた。

「こちらの枷《かせ》をつけた方はどなたですか？」

林冲は慌てて身体を曲げ敬礼して答えた。

「私は東京《とうけい》の禁軍教頭、姓は林、名は冲です。高太尉に憎まれたために、言いがかりをつけられ、開封府に告発されて罪に問われ、判決によって刺青《いれずみ》のうえ、この滄州に流されました。先の道の居酒屋で、ここには賢者を招きりっぱな男を受け入れる、好漢の柴大官人という方がいらっしゃると聞き、特にお訪ねしましたが、官人にお目にかかれませんでした。ほんとうのことを申しあげたまでです」

その官人は転がるように鞍から下り、飛ぶように近づいて、「柴進、お出迎えもせず失礼しました」と言うと、草むらで拝礼し、林冲は慌てて答礼した。その官人は林冲の手をとり、いっしょに屋敷へと向かった。作男たちは見ると、屋敷の門を大きく開き、柴進はまっすぐ大広間の前まで案内した。

両者の挨拶がすむと、柴進は言った。

「てまえは久しく教頭のご高名を聞いていましたが、思いがけず、今日、つまらないこの土地においでいただき、平生、切に渇望しておりました願いがかないました」

「微賤の林冲めも、大人のご高名が天下に鳴り響いているのを聞き、敬っておりました。思いがけず、今日、罪人となったために、流されてここにまいり、ご尊顔を拝することができ

柴進　門に天下の客を招き

たのは、前世からの幸運です」と、林冲は答えた。

柴進は再三、譲って、林冲を客席に座らせ、董超と薛覇もいっしょに座らせた。柴進につき従っていたお供は、それぞれ馬を引き、裏庭に行って休息したことは、さておく。

柴進はすぐに作男を呼んで、酒を持って来させた。あっというまに、数人の作男が一皿の肉、一皿の餅《ビン》を捧げて出し、一壺の酒を温めてきた。また、一枚の皿に、一斗（約九・五リットル）の白米をのせ、米のうえには十貫銭が置いてあった。これらすべてが一度に出されたのだった。柴進はこれを見て言った。

「田舎者は上下の区別もつかないな！　教頭がここにおいでくださったのに、こんな粗末なものでどうする。サッサと下げろ。まずは果物と酒を持って来て、すぐ羊を殺し、それからおもてなしだ。サッサと用意せよ」

林冲は立ちあがって感謝し言った。

「大官人、これ以上、ちょうだいするまでもなく、これで十分です。感謝に堪えません」

「そんなことはおっしゃらないでください。教頭がここにおいでくださるのはめったにないこと、どうしてなおざりにできましょうか」と柴進。

作男は命令にたがわず、まず果物と酒を持って来た。柴進は立ちあがり、手に三つの杯を持ってさしだすと、林冲は柴進に礼を言って酒を飲み、二人の役人もいっしょに飲んだ。柴進は言った。

「教頭、どうかしばらくおくつろぎください」

柴進はさっそく弓袋と箭の壺をはずし、二人の役人を招いていっしょに酒を飲んだ。柴進がそのとき主席に着き、林冲が客席に着くと、二人の役人は林冲のわきの席に着いた。よもやま話や、江湖の話をするうち、知らない間に日が沈んだ。酒肴、果物、海産物が用意されて、卓に並べられ、めいめいの前に置かれた。柴進はみずから杯をあげ、三回酒をついでまわると、腰を下ろして命じた。

「ちょっと湯《スープ》を持って来い」

湯を飲み、また六、七杯酒を飲むと、作男が知らせに来た。

「先生が来られました」

「入ってもらい、いっしょに座って顔を合わせるのもまたよかろう。はやく卓をもう一つ持って来い」と柴進。

林冲が立ちあがって見ると、その先生が入って来た。頭巾を斜めにかぶり、胸をはって、奥の間にやって来た。林冲は、「作男が先生と呼んでいたから、きっと大官人の師匠だろう」と思い、急いで身体を曲げ、拝礼して言った。

「林冲、謹んでお目どおりします」

その男は目もくれず、答礼もしなかったが、林冲は頭をあげようとはしなかった。柴進は林冲を指さしながら、洪《こう》教頭に言った。

「この方こそ東京八十万禁軍の鎗棒教頭の林武師、林冲さんです。どうぞ挨拶してください」

林冲はこれを聞くと、洪教頭を見ながら、すぐ拝礼をした。かの洪教頭は、「やめて、お立ちください」と言ったが、身体を曲げて答礼もしない。柴進はこれを見て、内心、たいへん不快だった。林冲は二度、拝礼をすると、立ちあがり、洪教頭に席を譲った。洪教頭はまた譲りもせず、サッと上座に行って腰を下ろした。柴進はこれを見て、また不快に思った。林冲はしかたなく下座に座り、二人の役人もそれぞれ座った。

洪教頭はさっそくたずねた。

「大官人、今日はどうして流刑人を手厚くもてなされるのか？」

「この方はほかの者とは比べられません。八十万禁軍の教頭さんにほかなりません。先生はどうしてバカにされるのか？」と柴進。

「大官人はひたすら鎗や棒の稽古がお好きなために、これまでもしばしば流刑になった軍人がみな頼って来て、誰もが『私は鎗や棒の教師です』と言い、屋敷にやって来て、酒食や銭や米をたかります。大官人はどうしてそんなにバカ正直なのですか？」と洪教頭。

林冲はこれを聞いても、別に声を出さなかった。柴進は言った。

「そもそも人を外見で見分けてはならない。この方を侮《あなど》ってはいけません」

洪教頭はこの柴進の「侮ってはいけない」という言葉に引っかかり、パッと立ちあがって言った。

「わしはこいつを信じない。こいつがわしと棒を手合わせできたら、本物の教頭だと認めましょう」

「それもよかろう！　それもよかろう！　林武師、お考えはいかがですか」と、柴進は笑った。

「てまえはできません」と林冲。

洪教頭は内心、「こいつはきっとできないので、内心、ひるんでいるのだろう」と推しはかり、それでますます林冲に棒を使わせようとした。柴進は、一つには、林冲の腕前が見たいと思い、二つには、林冲が洪教頭に勝って、その嘴《くちばし》をへし折ればいいと思って、言った。

「しばらく酒を飲みながら、月が上るのを待ちましょう」

さっそくまた六、七杯飲んだところで、早くも月が上り、大広間のうちを照らし、まるで昼のようだった。柴進は立ちあがって、言った。

「お二方の教頭さん、ちょっと棒の手合わせをなさってください」

林冲は内心、「この洪教頭はきっと柴大官人の師匠なのだろう。もしわしが棒の一発でやつをひっくり返したら、具合がわるいにちがいない」と思った。柴進は林冲がためらっているのを見て、すぐに言った。

「この洪教頭もここへ来てから、そう長くはありません。この間、相手もなかったのですから、林武師、お断りになってはいけません。てまえもお二方の教頭さんの腕前を拝見したいと思います」

柴進がこう言ったのは、林冲が柴進の面子《メンツ》をはばかり、腕前を発揮しようとしないのを恐れたからだった。林冲は、柴進が内情を説明するのを聞いて、ようやく安心した。

見れば、洪教頭は先に立ちあがって、「かかって来い！　かかって来い！　おまえと棒の手合わせだ」と言うと、みなドッと喚声をあげながら、大広間の裏の空き地に出た。作男は一束の棍棒を持って来て、地面に置いた。洪教頭はまず衣服をぬぎ、裙子《はかま》をたくしあげて、棒を持ち、構えをしながら、「かかって来い！　かかって来い！」と怒鳴った。

柴進は言った。

「林武師、勝負してください」

林冲は「大官人、お笑いくださるな」と言うと、地面から一本の棒を取りあげ、「先生、お教えください」と言った。

洪教頭は見て、林冲を一呑みにしてやろうと勇み立った。林冲は棒を持って、「山東大《さんとうだい》擂《らい》」の構えをして、打ち込むと、洪教頭は棒を地面につけてはねあげ、一発、林冲に打ちかかった。二人の教頭は明月に照らされた地上で手合わせし、ほんとうにみごとだった。「山東大擂」とはいかなるものか、見れば、

山東大擂《さんとうだいらい》、河北夾鎗《かほくきょうそう》。大擂棒《だいらいぼう》は是《こ》れ鰍魚《しゅうぎょ》の穴内から噴《ふ》き来たり、夾鎗棒は是れ巨蟒《きょぼう》の窠中《かちゅう》より抜き出《い》だす。大擂棒は根を連ねて怪樹を抜くに似、夾鎗棒は地に遍《あまね》く枯藤を捲くが如《ごと》し。両条の海内に珠を搶《あらそ》う龍、一対の岩前に食を争う虎。

山東大擂、河北夾鎗。大擂の棒は　泥鰌《どじよう》が穴のなかからヒュッと飛びだす構え、夾鎗の棒は　大蛇が巣の中からニュッとあらわれる風情。大擂の棒は　根こそぎ怪樹を抜くに似て、夾鎗の棒は　あたり一面の枯藤を巻きとるかのよう。海中で真珠を奪い合う二匹の龍か、岩場で獲物を争う一対の虎か。

二人の教頭は月明かりに照らされた地上で渡り合い、四、五合、棒を使ったところで、林冲は打ち合いの場の外に跳びだし、「しばらく休もう」と叫んだ。柴進は言った。

「教頭、どうして腕前を見せられないのですか？」

「てまえの負けです」と林冲。

「お二方の勝負はまだついていないのに、どうして負けなのですか？」と柴進。

「てまえにはこの枷が余計なので、とりあえず負けということにします」と林冲。

「これはてまえとしたことが、うかつでした」と、柴進は言い、「それは簡単なことです」と大笑いして、すぐに作男に十両の銀子を取りに行かせると、すぐ持って来た。柴進は二人の護送役人に言った。

「厚かましいお願いですが、しばらく林教頭の枷をはずしていただきたい。後日、牢城営で問題になれば、すべててまえにおまかせください。この白銀十両をお贈りします」

董超と薛覇は柴進の人となりに勢いがあるのを見て、逆らおうとはせず、情をかけることにした。そのうえ十両の銀子も手に入るし、林冲が逃げる恐れもない。薛覇が即座に林冲の護身の枷をはずすと、柴進は大喜びして言った。

「さあ、お二方の教頭さん、もう一勝負してください」

洪教頭は林冲のさきほどの棒術にひるみが見えたので、内心、甘く見て、棒を取りあげて使おうとしたとき、柴進が「待った！」と言い、作男に一錠の重さ二十五両の銀塊を取りに行かせると、すぐ目の前に持って来た。柴進はそこで言った。

「お二方の教頭さんの腕比べは、他に類がありません。この銀子をまずは賞金とします。勝った方が、これを持って行ってください」

柴進は内心、ひたすら林冲が本領を発揮することを願い、わざと銀子を地面に置いた。洪教頭は林冲がひどく気にさわり、また、この大銀子を勝ち取りたいと思い、さらにまた、負けて威勢を失うことを恐れた。そこで棒を取り、力を尽くして構え、「把火焼天《はかしょうてん》」の型を示した。林冲は、「柴大官人は内心、ひたすらわしを勝たせたいと思っておられる」と考え、また棒を横にして構え、「撥草尋蛇《はっそうじんだ》」の型を示した。

洪教頭は「かかって来い！　かかって来い！」と一喝して、棒を打ち下ろし踏み込んで来た。林冲が一歩後退すると、洪教頭は一歩踏み込み、棒をふりあげて、もう一度ふりおろした。林冲はその足取りがすでに乱れていると見るや、棒を地面から跳ねあげた。洪教頭に応じる暇も与えず、跳ねあげたままで身体をくるりと回転させると、棒が一気に洪教頭の脛《すね》を払ったために、洪教頭は棒を投げだして、バタンと地面に倒れた。

柴進は大喜びして、「サッサと酒を持って来て杯をおわたしせよ」と命じ、一同はいっせ

林冲　棒もて洪教頭を打つ

いに笑った。洪教頭はもがいて立ちあがることもできず、作男たちはドッと笑いながら支えた。洪教頭は顔中恥ずかしさでいっぱいにしながら、屋敷の外へ出て行った。柴進は林冲の手をとり、ふたたび奥の間に入って酒を飲み、賞金を持って来させて、林冲に贈った。林冲はどうしても受け取ろうとしなかったが、辞退することができず、やむなく収めたのだった。

柴進は林冲を屋敷に滞在させ、ひきつづき数日泊めて、毎日、上等の酒や食事でもてなした。さらに六、七日、滞在すると、二人の役人が出発しようと催促したので、柴進は宴席を設けて送別のもてなしをし、また二通の手紙を書いて、林冲に言い含めた。

「滄州の大尹《たいいん》（長官）もてまえと仲がよく、牢城営の典獄《てんごく》や看守もてまえと親しい仲です。この二通の手紙を持って行けば、必ず教頭に目をかけてくれます」

さらに二十五両の大きな銀塊一錠を林冲に贈り、また銀五両を二人の役人に贈って、一晩中、酒を飲んだ。

翌日の夜明け、朝ご飯を食べると、作男に三人の荷物を担がせ、林冲はもとどおり枷をつけて、柴進に別れを告げ、出発した。柴進は屋敷の門まで見送って別れ、言い含めた。

「何日かしたら、てまえが人をやって冬の衣類をおとどけします」

「大官人には恩返しのしようもありません！」と、林冲はお礼を言い、二人の役人もお礼を言って、三人は道をたどって滄州へ向かった。

午《うま》の刻（正午）ごろには、はや滄州城内に到着した。小さい町とはいえ、ちゃんとした町並みもある。まっすぐ州役所に行って公文書をわたすと、当直の役人が林冲を州の大尹に目どおりさせた。〔州の大尹は〕さっそく林冲を収容して、返書に書き判をする一方、文書で通達して牢城営へ護送した。二人の役人が返書を受け取り、別れを告げて、東京へ帰って行ったことは、さておく。

さて、林冲は牢城営に護送され、見れば、

門は高く墻《へい》は壮、地は闊《ひろ》く池は深し。天王堂畔、両行の垂柳　緑なること煙《もや》の如《ごと》し。点視《てんし》庁前《ちょうぜん》、一簇《いっそう》の喬松《きょうしょう》　青きこと黛《たい》を潑《はつ》す。来往の的《もの》は尽《ことごと》く是《こ》れ釘を咬《か》み鉄を嚼《か》む漢《おとこ》なり。出入の的《もの》は龍を降し虎を縛る人に非《あら》ざる無し。聶政《じょうせい》・荊軻《けいか》の士を埋蔵し、専諸《せんしょ》・豫譲《よじょう》の徒を深く隠す。

門は高々　壁は堂々、敷地は広々　池は深々。天王堂（毘沙門堂）の側では、二列の枝垂れ柳が　緑の煙《もや》を作りだす。点視庁（取調所）の前では、一簇《ひとむら》の大きな松が黛《まゆずみ》のような青色を呈する。行き来するのは　すべて釘を咬《か》み鉄を嚼《か》む男たち。出入りするのは　いずれも龍を降し虎を縛る者ども。聶政《じょうせい》や荊軻《けいか》(1)（刺客の名）の　輩《ともがら》を封じ込め、専諸《せんしょ》や豫譲《よじょう》(2)（同前）の徒《なかま》を押し込める。

滄州牢城営では林冲の身柄を受け取ると、独房に送り込み、処分を待たせた。同様の罪人がみな見に来て、林冲に向かって言った。

「ここの典獄と看守はひどく人を痛めつけ、ひたすら金品を巻きあげようとするばかりだ。袖の下の金や品物をわたせば、すぐよくしてくれるが、金がなければ、あんたを土牢に放り込み、生きるに生きられず、死ぬに死ねない目にあわせる。袖の下をわたせば、入牢のときも、あんたに百発の殺威棒《さついぼう》（新入りに食らわせる棒叩き）を加えず、病気だと言えば、預かりにしてくれる。袖の下がなければ、百発の殺威棒で息絶え絶えになるまでぶたれるぞ」

林冲は言った。

「兄さんがたの教えに従い、まずは金を使おうと思いますが、どのくらいわたせばいいでしょうか？」

「ふんだんに金が使えるなら、典獄に五両の銀子、看守に五両の銀子をわたせば、十分だ」

と罪人たち。

話し合っている最中、看守が来てたずねた。

「どいつが新入りの配軍《はいぐん》か」

聞かれて林冲は進み出て答えて言った。

「てまえがそうです」

その看守は林冲が銭を出さないので、顔色を変え、指さして罵った。

「このクソ配軍め、わしを見てどうして平伏もせず、へいへい言うだけなのか！　東京で大それたことをしでかしたのも道理、わしを見てもやっぱり偉そうにしおって。ほら、このクソ配軍は、顔中、餓鬼の面相で、一生、出世できんぞ。ぶたれても死なず、拷問されても死なない、しぶとい野郎だ！　おまえのクソ骨は、どっちみちわしの手に落ちたのだから、バラバラに砕きグシャグシャにしてやる。そのうち、おまえに目にもの見せてやるぞ」

林冲はおそろしく長い間、罵られるにまかせ、頭をあげて答えようとしなかった。罪人たちは怒鳴られて、それぞれ引き取った。林冲は看守の怒りがおさまるのを待って、五両の銀子を取りに行き、愛想笑いを浮かべて言った。

「看守さん、薄謝です。少なくて申しわけありません」

看守は見て言った。

「典獄にわたす分とわしの分と、両方とも入っているのか？」

「看守さんにおわたしする分だけです。別に十両の銀子がありますので、お手数ですが、看守さんから典獄さんにわたしてください」と林冲。

看守はそこで、林冲を見て笑いながら言った。

「林教頭、わしもあなたの名前を聞いていましたが、ほんとうにりっぱな人だ。思うに、高太尉はあなたを陥れたのだろうが、今はしばらく辛い目にあっても、ずっと後になればきっと出世されるにきまっている。あなたのご高名とこんなりっぱな人柄から見れば、並の人ではなく、将来はきっと高官になられるにちがいない」

林冲は笑いながら言った。

「何もかも看守さんのご配慮しだいです」

「まかせなさい」と看守。

林冲はまた柴進の手紙を取りだして言った。

「お手数ですが、この二通の手紙をとどけてください」

「柴大官人の手紙があるなら、何の心配もない。この一通の手紙は一錠の金子の値打ちがある。わしは手紙をとどけに行くが、しばらくしたら典獄が点呼に来て、百発の殺威棒で打てと言ったら、あんたはただ『道中ずっと病気で、まだなおっていません』と言うがいい。わしが乗りだしてうまくやり、人の目をごまかすから」と看守。

「ご教示感謝します」と林冲。

看守は銀子と手紙を持って、独房を離れ、立ち去った。林冲はため息をついて思った。

「『地獄の沙汰も金しだい』というのは、間違いない。ほんとうにこんなやっかいなことがあるのだな」

なんと看守は〔典獄の分の十両から〕五両を懐に入れ、ただ五両の銀子と手紙だけを持って、典獄に会いに行くと、事細かに説明した。

「林冲はりっぱな人物で、柴大官人の推薦状もありますので、献上いたします。高太尉が陥れて、ここに流刑したのであり、重い罪はありません」

典獄は「ましてや柴大官人の手紙もあることだから、面倒を見てやらねばならぬ」と言い、さっそく林冲を呼び、会いに来させた。

　さて、林冲はちょうど独房で、ふさぎこんで座っていたところ、牌頭《はいとう》（兵長）が大声で言った。

「典獄さまが大広間で新入りの罪人林冲に点呼に来るようお呼びだ」

林冲が呼びだしだと聞き、大広間の前までやって来ると、典獄は言った。

「おまえが新入りの罪人か。太祖武徳《ぶとく》皇帝さまがのこされた旧制によって、新入りの配軍には、百発の殺威棒を食らわさねばならない。者どもやれ」

　林冲は告げた。

「てまえは道中、風邪にかかり、まだなおっておりません。打つのはお預かりいただき、後日にしてくださいますよう」

　看守は言った。

「こいつは今、病気ですので、どうか哀れと思し召し、許してやってください」

「なるほどこいつが病気にかかっているなら、しばらく預かりとする。病気がなおったら打とう」と典獄。

「目下、天王堂の堂守りはすでに任期満了になっていますので、林冲をその後任にするとよいでしょう」と看守。

　さっそく大広間で公文書に書き判し、看守は林冲を連れて独房に行き、荷物を取って、天王堂へ行き交替させた。看守は言った。

「林教頭、わしは十分にあんたの世話をし、天王堂の堂守りにしてやったが、これは牢城営のなかでもっとも手間のはぶける仕事で、朝晩、線香をあげ地面を掃けばそれでよい。ほかの囚人を見てみなさい。朝起きてから夜までずっと働き、それでもまだ許してもらえない。また、心付けが出せない者は、土牢に入れられて、生きようとも生きられず、死のうとしても死ねないのだ」

「お世話になりまして感謝します」と林冲は言い、また二、三両の銀子を取りだし、看守に与えて、言った。

「兄貴にもう一つお手を煩わせたいのですが、首の枷をはずしてもらえれば、ありがたい」

看守は銀子を受け取ると、すぐに「まかせろ」と言い、急いで典獄に報告に行き、すぐ枷をはずした。林冲はこれ以後、天王堂のなかに寝食する場所を用意し、毎日、ただ線香をあげ地面を掃くうち、いつしか早くも四、五十日が過ぎた。

かの典獄と看守は袖の下をもらっており、月日のたつうち、気心も知れて、彼のしたいようにさせ、かまわなくなった。柴進はまた人を使って冬服や贈り物をとどけさせ、牢城営中の囚人もまた、林冲に〔おすそわけしてもらい〕助けられたのだった。

くだくだしい話はさておく。おりしも真冬が近づいたころ、ある日、林冲は巳《み》の刻（午前十時）ごろ、たまたま牢城営の前に出て、ブラブラ歩いていた。歩いている最中、うしろから誰かが呼びかける声がした。

「林教頭、どうしてここにおられるのですか」

林冲はふりむいて、その人を見た。

さてここから、林冲は火と煙のさなかで、ほとんど命を落としかけ、風雪のただなかで、あわや殺されそうになり、ついには、宛子城《えんしじょう》のうちに鎧をつけた馬をとどめ、梁山泊上《りょうざんぱく》に旌《せい》旗《き》を列《なら》べることと、あいなった次第。

はてさて、林冲が見たのは誰だったのでしょうか。まずは次回の分解《ときあかし》をお聞きください。

注

(1) 二人とも司馬遷著『史記』の「刺客列伝《しかくれつでん》」に登場する。

(2) 同右。

第十回　林教頭《りんきょうとう》　風雪の山神廟《さんしんびょう》
陸虞候《りくぐこう》　火もて草料場《そうりょうじょう》を焼く

詩に曰《いわ》く、

天理昭昭不可誣　　天理は昭昭として誣《し》う可《べ》からず
莫将奸悪作良図　　奸悪を将《もっ》て良図《りょうと》と作《な》す莫《な》かれ
若非風雪沽村酒　　若《も》し風雪に村酒を沽《か》うに非《あら》ざれば
定被焚焼化朽枯　　定めて焚焼《ふんしょう》せられて朽枯《きゅうこ》と化さん
自謂冥中施計毒　　自《みずか》ら謂《おも》う　冥中《めいちゅう》に計を施し毒《どく》すと
誰知暗裏有神扶　　誰か知らん　暗裏《あんり》に神有りて扶《たす》けんとは
最憐万死逃生地　　最も憐れむ　万死に逃生の地
真是瑰奇偉丈夫　　真《まこと》に是《こ》れ瑰奇《かいき》の偉丈夫なり

お天道《てんと》さまは公明正大、悪だくみを妙計と思っちゃならぬ。吹雪を冒《おか》して地酒を買いに出かけなければ、きっと焼かれて朽ちはてたはず。まんまとしてやったりと思いきや、なんとまあ　神のご加護があったとは。絶体絶命　危機一髪、これぞまさしく　男の中の男でござる。

さて、その日、林冲《りんちゆう》がちょうどブラブラ歩いていたとき、ふいに背後から誰かに声をかけられ、ふりむいて見たところ、なんと居酒屋の給仕の李小二《りしようじ》だった。以前、東京《とうけい》（開封《かいほう》）にいたとき、よく面倒を見てやった者だ。この李小二は東京にいたころ、けしからんことに、店の主人の財産を盗んでつかまえられ、役所に突きだされて裁判沙汰になるところを、林冲が間に入り詫びを入れて助けてやり、役所に突きだされずにすんだ。また、彼のために盗んだ財産を弁償してやり、ようやく無罪放免になった。都で身の置き所がなくなったところ、さらにまた林冲が旅費を出してくれたおかげで、誰かに頼ろうと旅に出たのだが、思いがけず、今日ここでばったり出会ったのだった。林冲は言った。

「小二くん、きみはどうしてここにいるのか？」

李小二はさっそく拝礼して言った。

「恩人さまに助けていただき、路銀もちょうだいしましたが、どこへ行っても身を寄せることができず、あちらこちらへ行くうち、いつのまにか滄州《そう》にたどり着き、一軒の居酒屋に身を寄せたところ、王《おう》という主人が、てまえを店に置いて使ってくれました。てまえの真面目さに目をかけてくれましたので、うまい酒の肴を用意し、うまい汁物を作ったところ、食べに来る人はみんな喜んでくれ、おかげで商売は繁昌しました。また、主人に娘が一人おり、てまえを娘婿にしてくれました。今は舅《しゅうと》も姑《しゅうとめ》も亡くなり、てまえども夫婦二人だけになりましたので、とりあえず、牢城営の前で茶と酒の店を開いております。勘定をもらいに来たところ、恩人さまとばったりお会いしたのです。恩人さまはどうしてここにいらっしゃるのですか？」

林冲は顔を指さしながら言った。

「わしは高太尉《こうたいい》に憎まれ、事件を起こして陥れられ、裁きを受けて刺青《いれずみ》のうえ、ここに流されたのだ。今は天王堂の管理をしているが、これから先どうなるか、わからない。今日ここでおまえと会うとは、思いもしなかった」

李小二は林冲を家に案内し座ってもらうと、妻を呼んで出て来させ、恩人に拝礼させた。二人は喜んで言った。

「私ども夫婦には親類もなく、今日、恩人さまに来ていただけるとは、天からご降臨されたというほかありません」

「わしは囚人だから、きみたち夫婦の体面を汚すことになるのが心配だ」と林冲。

「恩人さまのご高名を知らない者などおりません。そんなことをおっしゃらずに、衣類がありましたら、家へ持って来てくだされば、洗濯したり繕ったりいたします」と李小二。

さっそく林冲に酒食を出してもてなし、夜になると、天王堂へ送って行ったが、翌日また呼びに来た。このため、林冲は李小二の家と行き来できるようになり、李小二はしょっちゅう食べ物をとどけ、林冲に食べさせた。林冲は彼ら二人が忠実でよく仕えてくれるのを見て、いつもいささか銀子を与え、元手の足しにしてやったことは、さておく。その証拠に次のような詩がある。

纔離寂寞神堂路　纔《わず》かに離る　寂寞《せきばく》たる神堂の路
又守蕭条草料場　又《ま》た守る　蕭条《しょうじょう》たる草料場《そうりょうじょう》
李二夫妻能愛客　李二《りじ》夫妻　能《よ》く客を愛し
供茶送酒意偏長　茶を供し酒を送り　意は偏《ひと》えに長し

ひっそりかんの天王堂とはおさらばなれど、今度のお勤め　寂しい草料場《まぐさ》。李小二夫婦は　客人の面倒見がよく、茶を供え　酒を送って　いつまでも誠心誠意。

さて、閑話《まわりみち》はこれまでとし、本題にもどそう。光陰は矢のごとく、早くも冬になった。林冲の綿入れの上下は、すべて李小二の女房がととのえ、縫いつくろってくれた。と、ある日、李小二が入口付近で野菜やおかずを用意していると、一人の者がパッと入って来て、店のなかに腰を下ろし、後につづいてまた一人入って来た。見れば、先のその男は軍官の装束、後の者は兵卒のようだが、つづいて彼も腰を下ろした。李小二は近寄ってたずねた。

「お酒を飲まれますか？」

その男は一両の銀子を出し、李小二にわたして言った。

「とりあえず銭箱に入れて、よい酒を三、四瓶《かめ》、持って来てくれ。お客さんが来たら、果物や肴をドンドン持って来てくれ。注文は聞かなくていいから」

「旦那さん、どんなお客さんをお招きですか？」と李小二。

「すまんが、牢城営に行って典獄《てんごく》と看守の二人に話があると呼んで来てもらいたい。聞かれたら、ある旦那さんが話をしたい、相談したい用向きがあり、お待ちしていますとのことです、とだけ言うように」とその男。

李小二は承知して、牢城営に行くと、まず看守を招待し、いっしょに典獄の家に行って、典獄を招待し、そろって居酒屋にやって来た。その軍官は典獄、看守と挨拶をかわした。典獄が言った。

「お初にお目にかかります。失礼ですが、旦那さんのお名前は？」

「手紙がここにあります。しばらくすれば、すぐわかります。まあ、まずは一杯」とその男。

李小二は慌てて酒を用意する一方、野菜、果物、酒の肴を並べた。その男は勧杯《かんぱい》（客に勧める大きめの杯）を載せた皿を持って来させ、杯を取って酒を勧めると、上座を譲って腰を下ろした。李小二は一人で忙しく立ち働き給仕した。あとから来た男が湯桶を注文し、自分で酒の燗をして、ほぼ十数杯、酌み交わすと、ふたたび酒の肴を注文した。卓に並べられると、先に来た男は言った。

「供の者が燗をするから、呼ぶまで来るな。わしらは話をするから」

李小二は承知し、門口に出て女房を呼んで言った。

「おまえ、あの二人のお客は怪しくないか？」

「どうして怪しいの？」と女房。

李小二は言った。

「あの二人の言葉や発音は東京《とうけい》（開封）の人のものだ。最初は典獄さんを知らなかったのに、あとからわしが肴を持って行ったとき、看守さんが口のなかで『高太尉《こうたいい》』とつぶやいているのが、耳に入った。あいつは林教頭に害を加えようとしているのではあるまいか。わしは表で手だてを考えているから、おまえ、とりあえず小部屋の裏に行って、何を話しているのか聞いてきてくれ」

「あんた、牢城営に行って林教頭さんを呼んで来て、ちょっと確かめてもらったら？」と女房。

「おまえは知らないが、林教頭はカッとしやすい人だ。気がすまなければ、すぐ人を殺し火をつけようとする。もし、見に来てもらって、この間、話していた陸虞候《りくぐこう》とかいうやつだったら、そのままにしておかないだろう。事が起こったら、わしとおまえも巻きぞえを食うにきまっている。おまえはともかく聞きに行ってくれ。それから考えよう」と李小二。

女房は「それもそうね」と言うと、すぐなかへ入りしばらく聞いてから、出て来て言った。

「あの人たちは、こそこそと耳に口をつけて話しているから、何を話しているのか、聞こえなかったわ。ただ、あの軍官のような男が、お供の懐からふろしきに包んだ物を取りだして、典獄さんと看守さんにわたすのが見えました。ふろしきのなかの物は金銀じゃないかしら。また、看守さんが口のなかで、『私におまかせください。どうあってもやつをかたづけます』と言うのが聞こえました」

話し合っている最中、小部屋から、「湯を持って来い」という大きな声がしたので、李小二は急いで〔湯桶の〕湯を換えになかへ入ったとき、典獄が手に一通の手紙を持っているのが目に入った。李小二が湯を換え、少々つまみを足したところ、また半個《はんぶん》の時辰《とき》(一時間)ほど飲み、酒代を払うと、典獄と看守は先に出て行った。その後、かの二人もうつむいて出て行った。

帰ってから間をおかず、林冲が店に入って来て言った。

「小二くん、毎日、繁昌だな」

李小二は慌てて言った。

「恩人さま、どうか座ってください。てまえはちょうど恩人さまをお訪ねしようと思っていたところです。大事な話があります」

その証拠に次のような詩がある。

潜為奸計害英雄　潜《ひそ》かに奸計を為し英雄を害せんとするも

一線天教把信通
虧殺有情賢李二
暗中回護有奇功

一線に天は信を通さしむ
虧殺《さいわい》にも　有情の賢《さと》き李二のおかげをもって
暗中《ひそか》に回護し奇功有り

陰謀をめぐらせて　英雄を亡き者に、いやいや　天はお見捨てにならぬ。ありがたや　信義に厚く賢い李小二が、こっそり護って大手柄。

さっそく林冲はたずねた。

「どんな大事な話だ?」

李小二は林冲を請じ入れ腰を下ろしてもらうと、説明した。

「さきほど東京から来た怪しい男が、私どもの店に、典獄と看守を招いてしばらく酒を飲みました。看守が口のなかで『高太尉』という三字をつぶやきましたので、てまえは内心、疑い、また女房にしばらく立ち聞きさせました。やつらはこそこそと耳に口をつけて話していたので、話はまったく聞こえませんでしたが、最後に、看守が口のなかで、『私におまかせください。どうあってもやつをかたづけます』と言いました。その二人は一包みの金銀を典獄と看守にわたし、またひとしきり酒を飲んで、めいめい引き取りました。何者かはわかりませんが、てまえは内心、疑い、恩人さまの身に害が加えられるのではないかと心配しています」

「そいつはどんな風体だったか？」と林冲。

「小柄で色白、ひげはなく、三十ちょっとくらいです。お供も背は高くなく、あから顔でした」と李小二。

林冲は聞いて、仰天して言った。

「その三十くらいのやつはまさしく陸虞候だ。あのクソッタレめ、ここにわしを殺しに来たのだ！　出くわしたら、骨も肉もグチャグチャに砕いて泥にしてやる！」

「やつに用心なされば、それでいいのです。昔の人も、『飯を食うには喉につめぬよう、道を歩くにはころばぬよう』といっているではありませんか」と李小二。

林冲はカンカンに腹を立て、李小二の家を出ると、まず町へ行って匕首《あいくち》を買い、身に帯びると、大通りから路地の隅々まで、いたるところを捜しまわった。李小二夫婦は手に汗をにぎったが、その夜は何事もなかった。

翌日の夜明け、林冲は手早く顔を洗い口を漱《すす》ぐと、匕首を身に帯びて、また滄州城の内外、路地やせまい道を、一日じゅう捜し歩いた。牢城営のなかでは、何の動きもない。林冲はまたやって来て、李小二に言った。

「今日も何もなかった」

「恩人さま、それがいちばんです。ひたすら気を落ち着けて注意なされば、それでよいのです」と李小二。

林冲は天王堂に帰って、一晩過ごし、四、五日、町を捜し歩いたが、手がかりがなく、内心、気がゆるんできた。

六日目、典獄が林冲を点視庁（取調所）に呼んで言った。

「おまえはここに来てずいぶんになるが、柴大官人《さいだいかんじん》の面子《メンツ》もあるのに、これまで取り立ててやったことはなかった。この東門の外十五里のところに、大きな軍の草料場《まぐさ》があり、毎月、ただ草料や飼料を受け取るだけで、いくらか決まった銭が入る。もともと年寄りの兵卒が管理していたのだが、今度、おまえを取り立ててその兵卒と交替させ、兵卒に天王堂を管理させる。おまえはあっちでいささか金儲けをせよ。看守といっしょにただちにあそこへ行き、交替せよ」

林冲は「すぐまいります」と承知し、ただちに牢城営を出て、まっすぐ李小二の家に行き、彼ら夫婦に言った。

「今日、典獄がわしを大きな軍の草料場の管理にまわしたが、どうだろう？」

「この仕事は、天王堂よりいいでしょう。あそこでは草料を受け取るとき、決まった銭が入ります。ふつうは袖の下を使わないと、やれない仕事です」と李小二。

「わしに危害を加えず、逆にいい仕事をくれるとは、どういう意味だろうか？」と林冲。

「疑ってはいけません。何事もなければそれでよいのです。ただ、てまえの家から遠く離れていますので、しばらくしてから、時間を作り、お目にかかりにまいります」と李小二。

さっそく家で何杯かの酒を用意し、林冲に飲ませた。

くだくだしい話はこれまで。二人が別れると、林冲は天王堂に行って荷物を取り、匕首を帯び、花鎗《かそう》（短い鎗）を一本、手に持って、看守といっしょに典獄に別れの挨拶をすると、道をたどって草料場をめざした。

おりしも厳冬の季節、雪雲にびっしりおおわれ、北風がしだいに吹きつのり、早くも空一面からヒラヒラと大雪が降ってきたかと思うと、あっというまに、びっしり降り積もった。どんなに凄い雪かといえば、その証拠に次のような「臨江仙《りんこうせん》」の詞《ツー》がある。

作陣成団空裏下
這回忒殺堪憐
剡渓凍住子猷船
玉龍鱗甲舞
江海尽平填
宇宙楼台都圧倒
長空飄絮飛綿
三千世界玉相連
氷交河北岸
凍了十余年

陣を作《な》し団を成して空の裏《うち》より下り
這《こ》の回　忒殺《はなは》だ憐れむに堪《た》えたり
剡渓《せんけい》　子猷《しゆう》の船を凍住せん
玉龍の鱗甲は舞い
江海は　尽《ことごと》く平填す
宇宙の楼台　都《すべ》て圧《お》し倒され
長空の飄絮《ひょうじょ》　飛ぶ綿
三千世界　玉相《あ》い連なる
氷は交わる　河北の岸
凍了《とうりょう》せしこと十余年

切れめなく　とめどなく　降り積もり、いやはやなんともすさまじい。剡渓《せんけい》では
子猷《しゆう》の船が凍りつくことだろう。(1)　玉龍の鱗甲《うろこ》〔のような雪〕はキラキラと舞い、大
河や海をすべて埋め尽くす。楼《たかどの》も台《うてな》も　一つ残らず押しつぶされ、大空には　綿
毛〔のような雪〕がはてしなく飛び交う。広大無辺の世界は　雪また雪。河北の岸
に氷が張って、十年以上も凍《い》てついたまま。

大雪が激しく降りしきるなか、林冲と看守の二人は、途中で酒を買って飲むところもなく、早くも草料場の外に到着した。見れば、まわりはぐるりと黄土の塀で囲まれて、観音開きの正門があり、押し開けると、間口七、八間の藁葺《わらぶ》きの建物が穀物倉庫だった。あたりじゅうに草料の山があり、まんなかに二棟の藁葺きの事務所がある。その事務所に入ると、かの老兵がなかで火にあたっていた。看守が言った。

「典獄さんがこの林冲を差し向け、代わりにおまえを天王堂の看守にもどされるから、すぐ引き継ぎをやれ」

老兵は鍵を持ち、林冲を案内して説明した。

「倉庫のなかにお上の封印があり、この草料は、一山ずつすべて数が決まっています」

老兵は山の数をすべて点検すると、また林冲を事務所に連れてもどり、荷物をまとめた。別れぎわに、老兵は言った。

「火鉢、鍋、茶碗や皿はすべてあなたに貸してあげます」

「天王堂のなかに、私の物も置いてあります。必要なら使ってください」と林冲。

老兵は壁に掛けた大きな瓢箪《ひょうたん》を指さして言った。

「酒を買って飲まれるときは、草料場を出て、東の街道を二、三里行くと、町があります」

かくて老兵は看守といっしょに牢城営に帰って行った。

さて、林冲は寝台に包みと夜具を置き、腰をかけて火をかきたて、部屋のかたわらに炭の山があったので、いくつか持って来て囲炉裏《いろり》にくべた。仰向いてその藁葺きの部屋を見ると、そこらじゅうが崩れているうえ、北風に吹かれて、ゆらゆら揺れている。林冲は、「この部屋でどうして冬中、暮らせようか？　雪がやんだら、城内に行って左官屋を呼んで来て修理させよう」と思い、しばらく火にあたっていたが、悪寒がしてきた。

そこで、「さっきの老兵の話では、五里（老兵の言葉では二、三里）ほど行くと町があるとか。酒を買いに行って飲もう」と思い、さっそく包みのなかから小粒の銀子を取りだし、花鎗に瓢箪を引っかけ、炭に灰をかけると、毛氈《もうせん》の笠をかぶり、鍵を持ちだして、事務所の門に施錠した。正門の外に出ると、観音開きの草料場の門を閉めて施錠した。鍵を身に着け、足にまかせて東に向かい、雪におおわれた地面をバリバリと踏みしだきながら、うねうねと北風を背に歩を進めた。

ちょうど雪が激しく降りしきるさなか、半里余りも行かないうちに、古い廟《びょう》があった。林冲は跪《ひざまず》いて礼をし、「神明のご加護を！　後日、紙銭を焼きに来ます」と言い、またしばらく行くと、一群れの人家が見えてきた。林冲が足を止めて見ると、垣根のなかに草箒《くさほうき》（村の居酒屋の標識）がかけてあり、雨ざらしになっている。林冲が店に入ると、主人は言った。

「お客さん、どこから来られましたか？」

「この瓢箪に見覚えがあるか？」と林冲。

主人は見て言った。

「その瓢箪は、草料場の看守さんのものですね」

「さすが、すぐにわかったな！」と林冲。

主人は、「草料場の看守さんなら、まずはおかけください。寒いですから、とりあえず二、三杯お酌して、歓迎のしるしにします」と言い、店内で一皿のよく煮えた牛肉を切り、酒を一壺、熱燗にして、林冲に飲み食いさせた。林冲はまた自分で牛肉を少々買い、また数杯飲んだうえに、瓢箪いっぱいの酒を買い、二切れの牛肉を包ませると、小粒の銀子を置き、花鎗に酒入りの瓢箪をぶらさげ、懐に牛肉を押し込んで、「邪魔したな」と声をかけるや、すぐ間垣の門を出て、もとどおり北風に向かいつつ帰途についた。

雪は夜になってますます激しくなった。昔、ある書生が、一篇の詞《ツー》を作り、ひたすら貧しさに苦しむ者の雪への怨みを歌っている。

広莫厳風刮地　　広莫《こうばく》として厳風　地を刮《はら》い
這雪児下的正好　　這《こ》の雪児《ゆき》の下《ふ》る的《こと》　正に好し

扯絮捋綿
裁幾片大如栲栳
見林間竹屋茅茨
争些児被他圧倒
富室豪家
却言道圧瘴猶嫌少
向的是獣炭紅炉
穿的是綿衣絮襖
手撚梅花
唱道国家祥瑞
不念貧民些小
高臥有幽人
吟詠多詩草

絮《じょ》を扯《ちぎ》り綿を捋《むし》り
幾片の大なること栲栳《ざる》の如《ごと》きを裁《た》つ
見れば　林間の竹屋と茅茨《かやぶき》は
争些《あやう》く　他《かれ》に圧《お》し倒されんとす
富室・豪家は
却《かえ》って言道《い》う　瘴《しょう》を圧すること　猶《な》お少なきを嫌うと
向かう的《もの》は是《こ》れ　獣炭の紅き炉
穿《き》る的《もの》は是れ　綿衣・絮襖《じょおう》
手に梅花を撚《ひね》り
唱道す　国家の祥瑞《しょうずい》
貧民を些小《いささか》も念《おも》わず
高臥　幽人有り
吟詠《ぎんえい》して詩草多し

荒野に　強風吹きすさび、降り積もる雪も　只事じゃない。まるで綿毛をちぎったかのよう、なかにはザルほど大きなひとひらも。林の中のあばら屋は、今にも押しつぶされんばかり。ところが金持ちの家ときたら、毒気を抑えるにはまだ足りぬと言う始末。向かうのは　上等の炭が燃える暖炉、身に着けるのは　ふかふかの綿入れ。指先で梅の花をひねりながら、お国に幸《さち》多かれと唱和して、貧しい民のことなど　これっぽっちも念頭にない。俗世を避けた隠者がここに、吟詠して　多くの詩ができあがる。

さて、林冲は雪を踏み、北風に向かいながら、飛ぶように草料場の門をめざし、鍵を開けてなかへ入り、目をやった瞬間、ギャッと叫ぶばかり。もともと天の道理は明らかであり、善人・義士を加護され、この大雪にかこつけて、林冲の命を救ってくださったのだ。

その二棟の藁葺きの事務所はすでに雪で押し倒されていたため、林冲は「どうしたらよかろう？」と思案した。花鎗と瓢箪を下ろして雪のなかに置き、火鉢のうちの炭が延焼するのを恐れて、壊れた壁をどけ、半身を入れて、探りに行ったところ、火鉢のなかの火種はすっかり雪と水に濡れて消えていた。林冲は手で寝台の上を探り、なんとか綿入れの掛け布団だけ引きずりだした。

もぐり出て来て、見れば、空はまっくらだった。「火を起こすところもないし、どうしたらよかろう？」と思案するうち、ここから半里ほど先に、古い廟があり、身を置くことができると、思いついた。「とりあえずあそこへ行って一夜明かし、それから身のふりかたを考えよう」と、掛け布団を巻き、花鎗に瓢箪をぶらさげて、前のとおり門に施錠すると、あの廟へと向かった。

廟の門を入り、また扉を閉めて、側にあった大きな石を持って来て、扉にもたせかけた。なかに入って見ると、殿上には一体の金の甲《よろい》を着けた山神が置かれ、両側に判官（閻魔の部下）と小鬼（神の侍者）がいて、かたわらに一山の紙が積まれている。グルッと見渡したところでは、隣家はなく廟主もいない。

林冲は鎗と酒入りの瓢簞を紙の山の上に置き、綿入れの掛け布団を広げて、まず毛氈の笠をぬぎ、身体の雪をすっかり払い落とした。上に着ていた白木綿の上着をぬいだところ、早くも半分がた湿っており、毛氈の笠といっしょにお供え机の上に置いた。そこで、布団を引っぱって来て、下半身をおおうと、瓢簞の冷酒をぶらさげて来て、すぐ飲み、懐の牛肉をつまみにした。

食べている最中、外でピシピシ、パチパチと物のはじける音がしたので、林冲は跳びあがり、壁の隙間からのぞいて見ると、草料場のなかから火があがり、バリバリ、ゴーッと燃えている。その火を見れば、

一点の霊台、五行《ごぎょう》の造化、丙丁《へいてい》は世に在りて伝流す。無明《むみょう》の心の内、災禍は滄州に起こる。鉄鼎《てってい》を烹《に》て能《よ》く万物を成し、金丹を鋳《い》て還《ま》た重楼に与う。今古を思うに、南方は離《り》の位にして、熒惑《けいわく》は最も頭と為る。緑窓は焔燼《えんじん》に帰し、隔花の深き処《ところ》に、掩映《えんえい》す釣漁《ちょうぎょ》の舟。兵を赤壁《せきへき》に鏖《ほふ》り、公瑾《こうきん》は謀の成れるを喜ぶ。李《り》晋王《しんおう》は酔って館駅に存し、田単《でんたん》は即墨《そくぼく》

林教頭　風雪の山神廟

に在りて牛を駆る。周の褒姒《ほうじ》驪山《りざん》に一笑し、此《こ》れに因《よ》って諸侯に戯れたり。

一点《ひとつ》の霊台《こころ》、五行の造化《たまもの》として、丙丁《へいてい》（丙と丁は五行では火にあたる）は世に伝わる。明るさを失った心のうち、災禍《わざわい》は滄州に起こる。鉄の鼎をぐつぐつ煮立てていろんな物をこしらえ、金丹を鋳ては重楼《のど》に施す。思えば昔から、南方は〔八卦《はっか》の〕離《り》の位置にあり、熒惑《けいわく》（火星）がその筆頭である。緑の窓は炎に焼き尽くされ、花に隔てられた奥深い場所に、魚釣り船が見え隠れする。赤壁《せきへき》にて敵を火攻めの計に、してやったりと公瑾《こうきん》（赤壁の戦いのさい、火攻めによって曹操《そうそう》の大軍を撃破した周瑜《しゅうゆ》のあざな）はご満悦。酔っぱらった李晋王《りしんおう》（李克用《りこくよう》。唐末五代の猛将）は〔燃えさかる〕宿駅で命拾いし（この話は『残唐五代史演義伝《ざんとうごだいしえんぎでん》』に見える）、田単《でんたん》（戦国時代の斉の人）は即墨《そくぼく》にて〔尻尾に火を付けた〕牛を駆り立てる（田単火牛《かぎゅう》の計《けい》。これによって燕《えん》軍を撃破した）。周の褒姒《ほうじ》（周の幽《ゆう》王の愛妃）(2)は驪山《りざん》〔の狼煙《のろし》〕にようやく笑い、おかげで諸侯は気晴らしの種となる。

そのとき、草料場から火の手があがり、まわりに燃え移ったのを見て、林冲はすぐ鎗を持ち、門を開けて消火に行こうとすると、前のほうで誰かが話をしながらやって来た。廟にうつぶせになって耳をすますと、三人の足音が響き、廟に向かって来て、手で扉を押したが、林冲がギュッと石をもたせかけていたため、押しても開けられなかった。三人は廟の軒下に立って火を眺め、そのうちの一人が言った。

「この計略はうまくいったでしょう？」

一人が答えて言った。

「ほんとうに典獄さんと看守さんのお二方のお骨折りのおかげです。都に帰って、高太尉さまにご報告し、きっとお二方を大官に取り立てていただきましょう。今度こそ、張《ちょう》教頭も言い逃れの口実がなくなりました」

「林冲は今回、私たちがすっかりかたづけましたから、高衙内《こうがだい》さまの病気もきっとよくなります」と、先のその男。

また、一人が言った。

「張教頭のやつには、何度も伝《つて》に託して、『あなたの娘婿は亡くなりました』と言ってやったのですが、ますます承知しようとせず、それで、衙内さまの病気はみるみるうちに重くなりました。太尉さまは特にわれら二人を遣わされ、お二方にこの事をやってもらうよう、お願いしたのですが、思いがけず、今、すっかりかたづきました」

「てまえが塀のなかまで這って行き、四方の草料の山に十本ほどの松明《たいまつ》で火をつけましたから、やつはどこにも逃げられませんよ」と、また一人。

「今ごろは八分以上、燃えたでしょう」と、その男。

「たとえ命拾いしたとしても、大きな軍の草料場を焼いてしまったのだから、死罪になりますよ」と、また一人。

「われわれは城内にもどりましょう」と、また一人。

一人が言った。

「もう一度ちょっと見て、やつの骨を一切れか二切れ拾って都に帰れば、太尉さまと衙内さまにお目どおりするとき、われらがうまく事を運んだと思われるだろう」

林冲はその三人の話を聞いたところ、一人は看守、一人は陸虞候、一人は富安《ふあん》だった。林冲は、「天がこの林冲を憐れんでくださったのだ！　もし事務所が倒れていなかったら、わしはきっとこんちくしょうどもに焼き殺されていたにちがいない」と思い、そっと石を持ちあげると、花鎗を構え、片手でぐいと廟の扉を引きあけ、大声で一喝した。

「クソッタレども、どこへ行く！」

三人は急いで逃げようとしたが、びっくり仰天して呆気にとられ、動けなくなった。そのとき、林冲は手をふりあげて、グサッと一鎗、まず看守を突き倒した。陸虞候は「助けてくれ！」と叫び、驚き慌てて、手足をばたつかせるだけで、身動きできない。かの富安は十歩も歩かないうちに、林冲に追いつかれ、背中に一鎗、これまた突き倒された。身を返してもどり、陸虞候がわずかに三、四歩、歩いたところで、怒鳴りつけた。

「悪人め、どこへ行こうというのか！」

胸ぐらをひっつかんでぶらさげ、雪の地面にひっくり返すと、鎗を地面に突きたてて、足で胸を踏みつけ、身に着けた匕首を取りだして、陸虞候の顔に押しつけながら、怒鳴った。

「悪党め！　わしはもともとおまえとは何の怨みもないのに、どうしてこれほどわしを害そうとするのか？　『人を殺すのは許せても、その料簡は許せん』とはこのことだ」

「てまえにはかかわりのないことです。太尉に差し向けられ、来ないわけにはいかなかったのです」と、陸虞候は訴えた。

　林冲は、「悪人め！　わしとおまえは子供のころからつきあいがあるのに、今日、わしを殺しに来ながら、どうしてかかわりがないと言うのか。まずはわしの刀を食らえ」と罵り、陸虞候の上の衣服を引き裂いて開き、心臓めがけて匕首でただ一突きすると、身体中の穴から血が噴きだした。心臓と肝臓を取りだし、手にさげて、ふり返って見ると、看守が這い起きて逃げようとしていた。林冲は抑えつけて、怒鳴った。

「おまえときたら、なんとこんなに悪いやつだったのか。わしの刀を食らえ」

　またサッと頭を斬り取り、鎗にぶらさげると、もどって来て富安と陸虞候の頭もみな斬り取り、匕首を鞘におさめて、三人の頭髪を一つにくくりつけ、ぶらさげて廟に入り、いっしょに山神の前のお供え机の上に並べた。ふたたび白木綿の上着を身に着け、帯をしめて、毛氈の笠をかぶり、瓢簞の冷酒をすっかり飲みほした。掛け布団と瓢簞はいらなくなったので捨て、鎗をぶらさげ、すぐさま廟の門を出て東へ向かって歩いた。四、五里も行かないうちに、早くも近くの村人たちが水桶やとび口を持って、消火に行くのが見えた。

　林冲は、「みなさん、はやく応援に行ってください。私は役所に報告に行って来ます」と言うと、鎗をぶらさげて、ひたすら歩いた。雪はますます激しく降り、見れば、

凜凜厳凝霧気昏　凜凜《りんりん》として厳《きび》しく凝り　霧気昏《くら》し
空中祥瑞降紛紛　空中の祥瑞《しょうずい》　降ること紛紛
須臾四野難分路　須臾《しゅゆ》にして四野　路を分かち難く
頃刻千山不見痕　頃刻《けいこく》にして千山　痕を見ず
銀世界　銀世界か
玉乾坤　玉乾坤《ぎょくけんこん》か
望中隠隠接崑崙　望中隠隠として崑崙《こんろん》に接す
若還下到三更後　若《も》し還《ま》た下りて三更の後に到らば
彷彿填平玉帝門　彷彿《ほうふつ》として玉帝《ぎょくてい》の門を填平《てんぺい》せん

骨身にしみる厳しい寒さ　世界もどんより灰色に、空一面の祥瑞《めでたさ》は　勢いよく降りしきる。みるみるうちに　四方《よも》の平野は　道も分かたず、あっというまに　千もの山が　姿を隠す。銀の世界か、玉の乾坤《あめつち》か、　見やれば　はるかに崑崙山へとつづく。このまま三更（午後十一～午前一時）まで降りやまねば、きっと玉帝（天帝）の門を埋め尽くしてしまうだろう。

林冲は両個《ふたつ》の更次《とき》（四時間）ほど歩いたが、身体は単衣《ひとえ》で寒く、その冷たさに耐えられなかった。雪のなかからふり返って見ると、草料場から遠く離れていた。ふと見れば、前方の

陸虞候　火もて草料場を焼く

まばらな林の奥に、樹木が入りまじり、はるか遠くに間口数間《けん》の藁葺きの家が雪に埋もれており、破れた壁の隙間から、火の光が透けて見える。

林冲はまっすぐその藁葺きの家に向かい、門を押し開くと、まんなかに一人の老いた作男が座り、まわりに四、五人の若い作男が座って火にあたっていた。囲炉裏にはメラメラと柴が燃えている。林冲はその前まで行って声をかけた。

「みなさん、失礼します。てまえは牢城営の使用人ですが、雪に降られて着物が濡れてしまったので、この火をお借りしてちょっと乾かしたく存じます。よろしくお願いします」

作男は言った。

「自分で乾かせばよろしい。好きに乾かせばよい！」

林冲は身に着けた濡れた衣服を火にあて、ほぼ乾いたところで、見ると、燃える炭の側に甕《かめ》が一つ温めてあり、なかから酒の匂いが漏れている。林冲はさっそく言った。

「てまえにはいささか小粒の銀子があります。すみませんが、少し酒を分けて飲ませてくだされ」

老いた作男は言った。

「わしらは毎晩、交替で米蔵を見回っているのだが、今は四更（午前一〜三時）で、ほんとうに寒く、わしら数人で飲むだけで、まだ足りんのだ。どうしてあんたに分けられようか。諦めてくだされ」

「適当にほんの四、五杯でいいから、てまえに分けて、寒さをしのがせてくだされ」と林沖。

「あんた、うるさくせんでくれ！　うるさくせんでくれ！」と、老いた作男。

林冲は酒の匂いを嗅いで、ますます飲みたくなり、言った。

「ならば仕方がない！　ほんの少しでも分けてもらいたい」

作男たちは言った。

「親切であんたに着物をあぶらせ、火にあたらせてやったのに、酒まで飲ませてくれとはな。行くならサッサと行け、行かないなら、ここに吊るすぞ」

林冲は怒って、「なんと物わかりのわるいやつらだ」と言い、手中の鎗をメラメラ燃える柴に当てて、老いた作男の顔に向かってパッとはねあげ、また鎗を持って囲炉裏のなかをサッとかきまぜたところ、かの老作男のひげにメラメラと火がつき、作男たちはみな跳びあがった。林冲が鎗の柄でメチャクチャに殴りつけたので、老作男がまっさきに逃げだしたが、他の作男たちはみな身動きもできず、林冲に鎗の柄でひとしきり殴られ、みな逃げた。

林冲は、「みな逃げたから、おれさまは愉快に酒を飲もう」と言い、土坑《オンドル》の上に瓢箪代わりの椰子《やし》が二つあったので、一つ取って来て、かの瓮の酒を入れて飲んだ。しばらく飲んで、半分残し、鎗をぶらさげ、門を出て歩きだしたが、一歩は高く、一歩は低く、フラフラ、ヨロヨロ、足もとがぐらついて定まらない。一里も行かないうちに、北風に吹き倒されて、山の谷川の岸辺に倒れ、どうもがいても起きあがれない。およそ酔っぱらいは、一度倒れたら、起きあがれないものであり、林冲は酔っぱらって雪のなかに倒れたのだった。

さて、作男たちは二十人余りを引きつれ、鎗や棒を引きずって、いっせいに藁葺きの家に駆けつけ見ると、林冲の姿は見えなくなっていた。足跡をたどって追いかけると、雪のなかに倒れているではないか。作男たちは口をそろえて、「おまえ、なんとここに倒れていたのか！」と言った。花鎗はわきに投げ捨ててあった。作男たちはいっせいにかかって、その場で林冲を取り押さえ、一本の縄で縛りあげると、五更（午前三〜五時）時分になったころ、林冲をどこかへ護送して行った。

これが別の場所でなかったために、蓼児洼《りょうじわ》の前後に数千隻の戦艦や艨艟《もうどう》（駆逐艦）を並べ、水滸の砦《とりで》の左右におよそ百十人もの英雄好漢が居並び、心乱れて道君《どうくん》皇帝（徽宗《きそう》を指す）は、盤龍《ばんりゅう》の玉座で仰天され、丹鳳楼《たんぽうろう》のなかで肝をつぶされることと、あいなった次第。

これぞまさしく、

説時殺気侵人冷　　説く時は殺気の人を侵して冷たく
講処悲風透骨寒　　講ずる処《とき》は悲風の骨に透って寒し

口を開けば　殺気がぞっと沁みわたって冷たく、語れば　悲風が骨に突きとおって寒い。

というところ。

はてさて、林冲は作男によって何処《いずこ》へと護送されたのでしょうか。まずは次回の分解《ときあかし》をお聞きください。

注

（1）『世説新語《せせつしんご》』任誕《にんたん》篇に、東晋の人で、自由奔放で知られる王羲之《おうぎし》の五男王徽之《おうきし》あざな子猷《しゆう》が、大雪の日にふと思いつき、小船に乗って剡《せん》県（浙江省）で隠遁中の友人を訪問したエピソードがあり、これにもとづく。

（2）褒姒は笑わぬ美女であり、幽王が偽りの狼煙をあげて諸侯を集め、からもどりさせたとき、はじめて笑った。後にほんとうに外敵が侵入したとき、王が狼煙をあげても、諸侯は集まらず、王は殺されてしまう。

第十一回

朱貴《しゅき》　水亭《すいてい》に号箭《ごうせん》を施《はな》ち
林冲《りんちゅう》　雪夜に梁山《りょうざん》に上《のぼ》る

詞《ツー》に曰《いわ》く、

天丁震怒　　天丁《てんてい》は怒りを震わせ
掀翻銀海　　銀海を掀翻《きんほん》し
散乱珠箔　　珠箔《しゅはく》を散乱す
六出奇花飛滾滾　　六出《りくしゅつ》の奇花は飛ぶこと滾滾《こんこん》
平塡了山中丘壑　　平塡し了《りょう》す　山中の丘壑《きゅうがく》
皓虎顚狂　　皓虎《こうこ》は顚狂《てんきょう》
素麟猖獗　　素麟《そりん》は猖獗《しょうけつ》
掣断珍珠索　　掣断《せいだん》す　珍珠の索《なわ》
玉龍酣戦　　玉龍　戦い　酣《たけなわ》　にして
鱗甲満天飄落　　鱗甲《りんこう》　満天に飄落す
誰念万里関山　　誰か念《おも》わん　万里の関山《かんざん》

征夫僵立
縞帯沾旗脚
色映戈矛
光揺剣戟
殺気横戎幕
貔虎豪雄
偏裨英勇
共与談兵略
須拚一酔
看取碧空寥廓

征夫は僵立《きょうりつ》し
縞帯《こうたい》は旗脚を沾《ぬ》らすを
色は戈矛《かぼう》に映じ
光は剣戟《けんげき》に揺らめき
殺気は戎幕《じゅうまく》に横たわる
貔虎《ひこ》の豪雄
偏裨《へんぴ》の英勇
共《とも》に与に兵略を談ず
須《すべから》く一酔を拚《はん》し
碧空《へきくう》の寥廓《りょうかく》なるを看取すべし

天兵は大いに怒り、銀の海（雪の喩え）を沸き立たせ、珠《たま》の箔（雪の喩え）を散乱させる。六出《りくしゅつ》の奇花（雪の異名。雪が花弁のように六つに分かれていることをいう）はうねるように飛び、丘も谷も平らに埋め尽くす。皓《しろ》い虎は猛り狂い、素《しろ》い麒《き》麟《りん》は猖獗《しょうけつ》をきわめ、珍珠の索《なわ》（雪が連なって降る喩え）をズタズタにする。玉龍は戦いの真っ最中、〔銀の〕鱗甲《うろこ》が空一面に漂い落ちる。誰が思いやるだろう　万里の彼方　関所のある山では、征夫《さきもり》がこわばって立ち尽くし、縞《しろぎぬ》（雪の喩え）の帯が旗の根もとを濡らしているのだ。矛先を彩り、剣先を輝かせ、殺気は陣幕に満ちあふれている。勇猛果敢な豪傑と、副将たる英雄が、ともに兵略を語り合う。ここはとことん酒に酔って、青空の雄大なさまを見てとるがよい。

さて、この詞《ツー》は「百字令《ひゃくじれい》」と題し、大金《だいきん》の完顔亮《かんがんりょう》王の作ったもので、ひたすら大雪が、胸中の殺気を盛んにすることを歌っています。

ここに私がお話しするのは、東京《とうけい》（開封《かいほう》）のかの好漢、姓は林《りん》、名は冲《ちゅう》、あだ名〈豹子頭《ひょうしとう》〉のことですが、彼は空から大雪が降ってきたために、あやうく命を落とすところでした。

かの林冲はその夜、酔っぱらって雪のなかに倒れ、どうしても起きられず、駆けつけた作男たちに縛りあげられ、ある屋敷に護送されて来た。見れば、一人の作男が邸内から出て来て、「大官人《だいかんじん》（旦那さま）はまだ起きて来られません」と言うので、作男たちはとりあえず林冲を門楼の下に吊るした。

みるみるうちに、空が明るくなり、酔いがさめた林冲が見まわすと、果たせるかな、りっぱな屋敷だった。林冲は大声で叫んだ。

「誰がわしを不届きにもここに吊るしたのか？」

その作男は叫び声を聞くと、手に薪《まき》の棒を持ち、門番小屋から出て来て、怒鳴りつけた。

「こんちくしょう、まだへらず口をたたくのか！」

かのひげを焼かれた老作男が言った。

「やつにかまうな、ただぶちのめせ。大官人が起きて来られたら、厳しく尋問しよう」

作男たちはドッと打ちかかり、林冲は打たれてがまんできず、「やめろ、わしには言い分がある」と叫ぶばかり。

と、一人の作男がやって来て叫んだ。

「大官人がお見えだ」

林冲が目をやると、その官人は背中で手を組み、歩み出て来ると、廊下でたずねた。

「おまえたち、どんなやつを打っているのか？」

「昨夜、つかまえた米泥棒です」と作男たち。

その官人が近づいて見たとき、林冲だとわかったので、慌てて作男たちを怒鳴りつけてしりぞけ、自分で縛《いまし》めをほどいて、たずねた。

「教頭さん、どうしてここに吊るされておいでか？」

作男たちは見ると、ドッと逃げて行った。林冲が見ると、別人ならぬ、なんと柴進《さいしん》だったので、慌てて叫んだ。

「大官人、助けてください」

「教頭さん、どうしてここに来て、村の者に辱められたのですか」と柴進。

「一言では語り尽くせません」と林冲。

二人はとりあえず奥に入って腰を下ろし、林冲は草料場《まぐさ》が火事で燃えた一幕を、事細かに告げた。柴進は聞きおわって言った。

「兄貴はほんとうに運がわるい！　今日、天の助けがあったのだから、どうか安心してください。ここはてまえの東屋敷です。とりあえず何日か滞在され、それからまた相談しましょう」

作男に一籠の衣裳を持って来させ、林冲の下着から上着まですっかり着替えさせると、暖閤（全体を火坑《オンドル》にした小部屋）に案内して座らせ、酒や肴、杯や皿を用意してもてなした。これ以後、林冲は柴進の東屋敷に、六、七日滞在した。

滄《そう》州牢城営では、典獄によって、林冲が看守、陸虞候《りくぐこう》、富安《ふあん》ら三人を殺害し、軍の草料場に放火、炎上させたと、告発がなされた。大尹《たいいん》は仰天してただちに公文書に書き判をし、捕縛担当の役人に申しつけて、捕り方を連れて、村々をめぐり、街道の宿屋や各村に、絵姿と人相書きを貼って、三千貫の賞金を出し、林冲をつかまえようとした。みるみる追及は非常に厳しくなり、どこの村もこの噂でもちきりになった。

さて、林冲は柴進の東屋敷でこの話を聞くと、針のむしろに座っているようであり、柴進が屋敷に帰って来るのを待って、さっそく言った。

「大官人がてまえを滞在させてくださるのはありがたいですが、いかんせん、お上の追跡が厳しく、家々をしらみつぶしに捜索しています。もしもこのお屋敷にまで、捜査に来たら、大官人に累を及ぼし、具合のわるいことになります。すでに大官人の義理を重んじ太っ腹に散財されるおかげをこうむっておりますが、どうかてまえに旅費を少々お貸しいただきたい。別の土地へ行って身を落ち着けたく存じます。後日、死なずにおりましたら、きっと犬馬となってお返しいたします」

「兄貴が出発したいとおっしゃるなら、てまえに行く先の心当たりがあります。手紙を一通書いて兄貴におわたしし、出発していただきましょう。いかがですか？」と柴進。

豪傑蹉跎運未通　豪傑は蹉跎《さた》し　運未《いま》だ通ぜず
行蔵随処被牢籠　行蔵《こうぞう》　随処に牢籠《ろうろう》を被《こうむ》る
不因柴進修書薦　柴進《さいしん》の書を修めて薦《すす》むるに因《よ》らざれば
焉得馳名水滸中　焉《いず》くんぞ　名を水滸中に馳するを得ん

豪傑は挫折つづきで　いまだに運が開けず、世に身を処して　あちこちで危険な罠にはまり込む。柴進が推薦状を書いてくれなかったら、水の滸《ほとり》に名を馳せることもできなかっただろう。

林冲は言った。

「大官人がそうして助けてくださるなら、てまえは安心して暮らすことができます。いったいどこへ行くのでしょうか？」

柴進は言った。

「山東済《さんとうせい》州の管轄下の水郷です。土地の名は梁山泊《りょうざんぱく》、周囲は八百里余り、なかに宛子城《えんしじょう》と蓼《りょう》児洼《じわ》があります。今、三人の好漢がそこに寨《とりで》を築いています。筆頭は白衣《はくい》秀士《しゅうし》・王倫《おうりん》といい、二番目は〈摸着天《もちやくてん》〉杜《と》遷《せん》、三番目は〈雲裏《うんり》金剛《こんごう》〉宋万《そうまん》といいます。その三人の好漢が七、八百の手下を集めて、押し込み強盗をはたらいています。途方もない大罪を犯した者の多くが、あそこへ行って禍《わざわい》を逃れようとし、すべて受け入れています。三人の好漢は私とも親しく、いつも手紙をよこしています。私はこれから手紙を一通書いて、兄貴におわたししますから、あそこへ行って仲間入りされては、どうですか？」

「そうお世話願えれば、もっとも好都合です。どうかよろしくお願いします」と林冲。

「ただ、滄州の街道口には、目下、役所が立て札を出し、二人の軍官をそこに派遣して検問させ、街道口を封鎖していますが、兄貴はどうしてもそこを通過しなければなりません」と柴進は言い、うつむいてちょっと考えてから、言った。

「名案が浮かびました。兄貴を無事に送りとどけてさしあげましょう」

「うまくいったら、死んでもご恩は忘れません」と林冲。

　柴進はその日、まず作男に包みを担がせ、関所を出て待つよう命じた。柴進は二、三十頭の馬を用意して、弓矢と旗、鎗を帯び、鷹《たか》と鵰《わし》をとまらせ、猟犬を引きつれると、一行の人馬はすべて身支度をして、林冲をなかにまじらせ、いっせいに馬に乗って、関所の外をめざした。

　さて、関所を守る軍官が腰を下ろしていると、柴進の姿が見えたが、なんと彼らは二人とも〔柴進と〕顔見知りだった。もともとこの軍官たちはまだ官職についていなかったとき、柴進の屋敷に来たことがあり、このためよく知っていたのである。軍官は立ちあがって言った。

「大官人、またお楽しみにお出かけですか！」

柴進は馬を下りてたずねた。

「お二方、どうしてここにおいでですか？」

「滄州の大尹から公文書と絵姿や人相書きがまわってきましたので、犯人の林冲をつかまえるため、特に私どもが差し向けられここで守備しています。通過する旅の商人は、一人一人尋問してから、はじめて関所を出しているのです」と軍官。

柴進は笑って言った。

「われら一行のなかに林冲がまざっています。わかりませんか？」

軍官も笑って言った。

「大官人は法度をご存じですから、紛れ込ませて、連れて出られるはずはありません。どうぞご随意に馬に乗ってください」

柴進はまた笑いながら、「ではご信頼により通らせてもらいます。獲物があったら、帰りに進呈します」と言い、別れの挨拶をして、いっせいに馬に乗り、関所を出た。

十四、五里行くと、先に出発した作男が待っていた。柴進は林冲を下馬させると、狩猟用の衣服をぬがせ、作男が持って来た自分の衣裳を身に着けさせた。〔林冲は〕腰刀を帯び、紅い纓《ひも》のついた毛氈《もうせん》の笠をかぶり、背中に包みを負い、袞刀《こんとう》（大刀）をぶらさげると、柴進に別れを告げ、拝礼して出発した。

一方、柴進一行は馬に乗って猟に行き、夕方になってやっと帰ったが、もとどおり関所を通ったとき、いくばくかの獲物を軍官に贈り、屋敷へと帰って行った。

林冲は柴進と別れた後、十数日、道をたどって進んだ。おりしも晩冬の季節、雪雲にびっしりおおわれ、北風が激しく吹き起こり、また早くも空一面からヒラヒラ、ハラハラと大雪が降ってきた。二十里余りも行かないうちに、あたり一面、銀世界となった。見れば、

冬深く正に清く冷たく、昏晦《こんかい》にして路は行くこと難し。長空は皎潔《こうけつ》、争いて看《み》る瑩浄《えいじょう》にして、遥かなる山を埋没《まいぼつ》せしを。反覆して風は絮粉《じょふん》を翻《ひるがえ》し、繽紛《ひんぷん》として軽く林巒《りんらん》に点ず。清らかに沁《し》みて　茶の煙は湿り、平らかに鋪《し》く　濮水《ぼくすい》の船。楼台　銀は瓦を圧し、松《しょう》壑《がく》に玉龍　蟠《わだかま》る。蒼松は鬅髪皓《ぜんはつしろ》く、拱星攢《きょうせいあつ》まり、珊瑚《さんご》円《まど》かなり。軽柯《けいか》　渺漠《びょうばく》たる汀灘《ていたん》に、孤艇《こてい》に独り釣り　雪漫漫。村墟《そんきょ》　情は冷落、悽惨として欣歓《よろこび》少なし。

冬も本番　キリリと寒く、闇に包まれ　歩くに難儀。大空は白く清らか、争って見るつやつやと汚れなく、はるかな山を埋め尽くすのを。行きつもどりつ　柳の綿毛（雪

の喩え）は風に舞い、乱れ飛び　峰の林をふうわり彩る。〔雪が〕清らかに沁みてお茶の煙は湿り気を帯び、濮水の船に　一様に降りそそぐ。楼台の瓦は　銀（雪の喩え）に圧しつけられ、松の茂る谷には　玉龍（雪の喩え）が蟠る。緑の松は　ひげや髪が白くなったかのように〔雪に埋もれ〕、北斗に向かう星々が集まるのに似て、珊瑚のようにまんまるだ。早船は　果てしなく広がる渚に〔動かぬまま〕、離れ小舟には　釣り人一人　一面の銀世界。村里は　音もなくひっそり、もの寂しくて　喜びもわずか。

林冲が雪を踏みしめて、ひたすら歩くうち、みるみる寒さが厳しくなり、だんだん日が暮れてきた。遠くに谷川に沿い、湖によった一軒の居酒屋が、一面の雪に抑えつけられているのが見えた。見れば、

銀は草舎を迷わせ、玉《ぎょく》は茅《かや》の檐《ひさし》に映ず。数十株の老樹は杈枒《さが》とし、三五処の小窓は関閉す。疎荆《そけい》の籬落《かきね》、渾《すべ》て膩粉《じふん》を軽く鋪《し》くが如《ごと》く、黄土《こうど》の繞牆《じょうしょう》、却《かえ》って鉛華《えんか》を布《し》き就《な》せるに似たり。千団の柳絮《りゅうじょ》は簾幕《れんばく》に飄《ひるがえ》り、万片の鵞毛《がもう》は酒旗を舞わす。

銀（雪の喩え）は藁葺きの家を包み隠し、玉（雪の喩え）は藁葺きの軒に照り映える。数十本の老樹は不揃いに突きだし、いくつかの小窓はぴったり閉ざされる。まば

らなイバラの垣根は、ふうわりと膩粉《おしろい》を塗ったかのよう、周囲にめぐらされた黄色い土壁は、ねっとりと鉛華《おしろい》を塗ったかのよう。千もの柳の綿毛（雪の喩え）は〔入口の〕幔幕にひるがえり、万もの鵞鳥の羽毛（雪の喩え）は〔軒先の〕居酒屋の旗に戯れる。

林冲は見ると、その居酒屋に駆け込み、蘆《あし》の簾《すだれ》をあげて、身体の雪を払って入り、わきへ行って見れば、すべて座席だった。一か所選んで腰を下ろし、袞刀《こんとう》を立てかけると、包みをほどいて下ろし、毛氈の笠を取って、腰刀も掛けた。給仕が近寄って来てたずねた。

「お客さん、お酒はいかほどご入り用ですか？」

「まず二角持って来てくれ」と林冲。

給仕は酒樽から二角の酒を汲み、持って来て卓に置いたので、林冲はまたたずねた。

「どんな肴があるのか？」

「生《なま》の牛肉とよく煮た牛肉、脂ののった鵞鳥、若鶏があります」と給仕。

「まずよく煮た牛肉を二斤切って来てくれ」と林冲。

給仕は立ち去ってから、そう間をおかず、大皿の牛肉、いろいろな野菜を持って来て並べ、大きな碗を置いて、酒をついだ。林冲は三、四碗の酒を飲み、ふと見ると、店の奥から背中に手を組んだ男が出て来て、門前で雪を眺めていた。その男は給仕にたずねた。

「酒を飲んでいるのはどんな人か？」

林冲がその男を見たところ、頭にひさしの深い防寒帽をかぶり、身には貂《てん》の皮ごろもを着け、足には獐《のろ》の皮のぴったりした長靴を履いている。背は高く、容貌は魁偉《かいい》。頬骨の高い顔に、三束の赤ひげ、ひたすら頭を出して雪をのぞき見ている。

林冲は給仕にしきりに酒をつがせながら、言った。

「給仕さん、きみも一碗飲んでくれ」

給仕が一碗飲むと、林冲はたずねた。

「ここから梁山泊に行くには、まだどのくらいの道のりだろうか？」

「ここから梁山泊に行こうとされるなら、ほんの数里ですが、水路で、まったく陸路はありません。行こうとされるなら、船でないと、あそこへは渡れません」と給仕。

「きみが船を捜しに行ってくれないか？」

「こんな大雪で、暗くなってきましたから、どうして船を捜しに行けましょうか」

「きみに金を払うから、船を捜して来て、わしを渡してもらいたい」

「捜すところはありませんって」

林冲は「こんな具合だとどうすればよかろう？」と思案し、また数碗、酒を飲んだが、やりきれなさがこみあげてきて、ふと思い起こすのは、「以前は都で教頭をし、禁軍にいて、毎日、あちこちの盛り場で、遊び戯れ酒を飲んでいた。思いもよらず、今、高俅《こうきゅう》の野郎に陥れられこんな目にあって、顔に刺青《いれずみ》をされ、ここまで流された。あげくのはてに、家はあっても帰れず、故郷はあっても行けず、こんなわびしい身になってしまった」こと。

そこで感慨が胸にあふれるままに、給仕に頼んで筆と硯を借り、一時の酒の勢いにまかせて、その白く塗った壁に、八句の五言詩を書きつけた。その詩にいう。

仗義是林冲　義に仗《よ》るは是《こ》れ林冲《りんちゅう》
為人最朴忠　人と為《な》りは最も朴忠《ぼくちゅう》なり
江湖馳聞望　江湖《こうこ》に聞望《ぶんぼう》を馳せ
慷慨聚英雄　慷慨《こうがい》して英雄を聚《あつ》む
身世悲浮梗　身世《しんせい》浮梗《ふこう》のごときを悲しみ
功名類転蓬　功名《こうみょう》転蓬《てんぽう》に類す
他年若得志　他年　若《も》し志を得れば
威鎮泰山東　威は鎮《しず》めん　泰山《たいざん》の東

正義漢なら林冲さまよ、飾らぬ真心　生まれつき。江湖に響く　その名声、英雄《おとこ》が惚れる　心意気。浮き草なのさ　人生なんて、功名なんぞ　転がる蓬《よもぎ》。いつか　志を得たならば、泰山の東にて　威風堂々。

林冲は詩を書きおえると、筆をおき、また酒を持って来させた。飲んでいる最中、かの男が前に向かって来るや、林冲の腰をつかんで言った。

「あんた、なんと大胆なことを！　あんたは滄州でとてつもない大罪を犯し、なんとここにいたのか。今、お上は三千貫の賞金を出して、あんたをつかまえようとしているが、どうするつもりか？」

「あんたは、わしが誰だと思うのか？」と林冲。

「あんたは林冲ではないのか？」とその男。

「わしの姓は張だ」と林冲。

「バカなことを！　今、壁に姓名を書きつけたし、あんたの顔には金印（刺青）がある。とぼけちゃいけませんぜ」と、その男は笑った。

「あんたは本気でわしをつかまえるつもりか？」と林冲。

「わしがあんたをつかまえてどうするというのか！　わしの後について来てくれ。奥へ行ってあんたと話をしよう」と、その男は笑った。

その男は手を放し、林冲があとについて、裏の水亭《すいてい》（水上に張りだしたあずまや）まで行くと、給仕に灯りをともさせて、林冲にお辞儀をし、向かい側に腰を下ろした。その男はたずねた。

「さっき兄貴はひたすら梁山泊への道を聞かれていたが、船を捜して行っても、あそこは山賊の寨《とりで》です。何をしに行かれるのか？」

「実をいえば、今、お上が厳しくてまえを追いかけ、つかまえようとしており、身の置き場がないので、特にあの寨の好漢のもとに身を寄せ、仲間入りしたい。それで行こうとしているのだ」と林冲。

「そうはいっても、仲間に入るには、必ず誰か兄貴を推薦してくれる人がいるのでしょうね」

「滄州横海郡《おうかい》の昔馴染みが推薦してくれました」

「柴進さんではないですかね？」

「どうして知っているのか？」

「柴大官人は寨の大王頭領《だいおう》と親しくつきあい、いつも手紙のやりとりがあります」

もともと王倫は当初、根拠地を得られなかったとき、杜遷といっしょに柴進に身を寄せ、幸い柴進が屋敷においてくれたおかげで、しばらく滞在し、出発するときには、また路銀を出してくれた。このため、恩義があったのである。林冲はこれを聞くと、さっそく拝礼して言った。

「『眼があっても泰山《たいざん》を識《し》らず』で、お見それしました。お名前を聞かせてください」

その男は慌てて答礼して、言った。

「てまえは王頭領の手下の密偵で、姓は朱《しゅ》、名は貴《き》といい、もともと沂州沂水県《ぎぎすい》の者です。寨では、てまえにここで表向きは居酒屋を開かせ、もっぱら往来する旅の商人のようすを探らせて、金品を持った者がいれば、すぐ寨に報告させます。ただ、一人旅の者が来て、金品を持っていなければ、そのまま通過させますが、金品を持った者が来たときは、軽い場合はしびれ薬を盛って麻痺させ、重い場合はただちにかたづけ、赤身の肉片は餅《ビン》にし、脂身は搾って油にし灯りをともします。さっき兄貴がしきりに梁山泊への道を聞いておられましたので、手を下さなかったのです。ついでお名前を書きつけられたのを見ました。以前、東京から来た人から兄貴の豪傑ぶりを聞いておりましたが、思いがけず、今日、お目にかかることができました。すでに柴大官人の推薦状があり、また兄貴の名声は天下を震わせておりますから、王頭領はきっと重用されるでしょう」

〔朱貴は〕ただちに給仕に命じて仲間用の酒を用意させ、もてなした。林冲は言った。

「どうして仲間用の酒食をいただくのですか？　ご面倒をかけて申しわけない」

「寨には仲間用の酒食がおいてあり、好漢が立ち寄られたときは、必ずてまえにもてなしをさせます。すでに兄貴がこっちへ来られ仲間入りされるのですから、失礼があってはなりません」と朱貴。

すぐ魚や肉の皿や酒の肴を並べてもてなした。二人は水亭で夜中まで飲み、林冲は言った。

「どんなふうにして船を求め渡って行くのですか？」

「ここに船がありますから、兄貴にはご安心ください。とりあえず一晩お泊まりになり、五更（午前三〜五時）に起きていただいて、いっしょに行きましょう」と朱貴。

さっそく二人はそれぞれ休みに行った。

五更ごろまで眠ると、朱貴が自分で林冲を起こしに来て、洗顔とうがいがすむと、また四、五杯酒を出してもてなし、少々、肉類など食べたころ、空はまだ明るくなっていなかった。朱貴は水亭の窓を開けると、鵲《かささぎ》を描いた弓を取りだし、一本の鏑矢《かぶらや》をつがえて、向かい側の入り江の枯れた蘆《あし》や折れた葦《あし》の茂みに向かって射込んだ。

林冲が、「これはどういう意味ですか？」と聞くと、朱貴は、「これは寨の合図の矢です。しばらくしたらすぐ船が来ます」と言った。そう時をおかず、蘆葦《あし》の水辺から、四、五人の手下が、一隻の快速船を漕いでやって来たかと思うと、ただちに水亭の下に到着した。朱貴はさっそく林冲を案内し、刀や荷物を持って乗船した。手下どもは船を動かして、湖へ向かい、金沙灘《きんさたん》をめざした。林冲が目をやると、かの周囲八百里の梁山泊は、果たせるかな、要害であった。見れば、

山は巨浪を排し、水は遥天に接す。乱蘆《らんろ》は万万隊の刀鎗を攢《あつ》め、怪樹は千千層の剣戟《けんげき》を列《つら》ぬ。濠辺の鹿角《ろくかく》は、倶《とも》に骸骨を将《もっ》て攢《あつ》め成す。寨の内の碗瓢《わんひょう》は、尽《ことごと》く骷髏《ころ》を使って做《つく》り就《な》す。人皮を剝《は》ぎ下《と》って戦鼓に蒙《は》り、頭髪を截《き》り来たりて韁縄《きょうじょう》と做《な》す。官軍を阻当《そとう》し、無限の断頭の港陌《こうはく》有り。盗賊を遮り攔《はば》むは、是《こ》れ許多《あまた》の絶逕《ぜっけい》の林巒《りんらん》なり。鵞卵石《がらんせき》は畳畳として山の如《ごと》く、苦竹鎗《くちくそう》は森森として雨の如し。戦船《いくさぶね》は来往し、一周廻《ひとまわり》に埋伏するに蘆《ろ》花《か》有り。深港に停《ひそ》まり蔵み、四壁《まわり》下に窩盤《かばん》するに草木多し。断金亭《だんきんてい》上　愁雲起こり、聚義《しゅうぎ》庁《ちょう》前　殺気生ず。

山は大波　ものともせず、水は彼方の天に達する。乱れ茂る蘆《あし》は　万もの隊列　刀や

朱貴　水亭に号箭を施ち

鎗がびっしりと、魁偉な木々は千もの布陣　剣《つるぎ》や戟《ほこ》が延々と。堀の鹿角《さかもぎ》は、すべて骸骨を寄せ集めてこしらえる。寨《とりで》のお碗や瓢《ひさご》は、何もかも髑髏《どくろ》を用いて作りだす。人の皮を剥いで陣太鼓に貼りつけ、髪の毛を断ち切って韁《たづな》や縄に当てる。官軍を阻むには、袋小路の入り江がそこかしこに。盗賊を遮るには、行き止まりの林や峰がいたるところに。鵞鳥《がちょう》の卵大の石はうずたかく積み重なって山のよう、苦竹鎗《くちくそう》（真竹の鎗）はずらりと並んで雨のよう。戦船《いくさぶね》は行き交い、周囲には伏兵を潜ませるのに好都合な蘆の茂み。奥深い港にひっそり停泊し、まわりには隠れるのに絶好な草木がこんもり。断金亭には穏やかならぬ雲が湧き起こり、聚義庁には殺気が漂う。

そのとき、手下が船を金沙灘《きんさたん》の岸辺につけ、朱貴が林冲とともに岸に上がると、手下は包みを背負って、刀を持ち、二人の好漢は山の寨に上って行った。幾人かの手下はみずから船を漕いで小さな入り江へと去って行った。

林冲が岸辺で見ると、両側にはすべて抱えるほどの大樹があり、山の中腹には断金亭《だんきんてい》があり、さらにめぐり上って行くと、大きな関所があり、関所の前には刀・鎗・剣・戟、弓・弩《いしゆみ》・戈・矛が並べられ、まわりはすべて檑木《らいぼく》（投げ下ろすための木）と砲石《ほうせき》（投石用の石）だった。

手下が先に知らせに行き、二人が関所を通過すると、道の両側にずらりと隊伍の旗さし物が並んでいた。また、二か所の関所を通り、ようやく寨の入口に到着した。林冲が眺めやっ

林冲　雪夜に梁山に上る

たところ、四方は高い山、三つの関所が雄壮に、グルッとしっかり取り囲んだ中央に、鏡のような平地があって、四方は四、五百丈、山の入口に沿ったところに、正門があり、両側はすべて耳房《じぼう》（小部屋）である。

朱貴が林冲を案内して聚義庁《しゅうぎちょう》（集会場）にやって来たところ、まんなかの肘掛け椅子に王倫、左側の肘掛け椅子に杜遷、右側の肘掛け椅子に宋万が座っていた。朱貴と林冲は前に向かって拝礼し、林冲は朱貴の側に立った。朱貴がさっそく言うことには、

「こちらは東京八十万禁軍の教頭、姓は林、名は冲です。高太尉に陥れられ、刺青のうえ滄州に流刑されましたが、そこでまた火をつけられて軍の草料場を焼かれ、いたしかたなく三人を殺し、柴大官人の家に逃げ込んだところ、たいへん丁重にもてなされました。このため、特に手紙をしたため、仲間入りさせるよう推薦しておられます」

林冲が懐から手紙を取りだしてわたすと、王倫は受け取って開封して読み、さっそく林冲に四番目の肘掛け椅子に座るようにと言い、朱貴は五番目の肘掛け椅子に座った。その一方、手下に命じて酒を持って来させ、杯が三巡りしたところで、柴大官人はお変わりないかとたずねた。林冲は答えて言った。

「毎日ひたすら郊外で猟をされ、まずは楽しく過ごしておられます」

王倫はひとしきりたずねるうち、ふと思案した。

「わしは落第した秀才（書生）で、気を腐らせ、杜遷といっしょにここに来て山賊になり、あとからつづいて宋万が来て、多くの人馬や供の者を集めた。わしには大した腕前はなく、

杜遷と宋万の武芸も並だ。今もしこいつが加わったら、都の禁軍の教頭だから、武芸もできるに相違ない。もしこいつにわしらの手並みを見破られたら、きっとのさばり、わしらはかなうわけがない。ちょっと難癖をつけ、口実をもうけて断り、こいつを下山させれば、それで後の禍も免れることができよう。ただ、柴進の顔を立てないと、具合がわるく、以前の恩義を忘れたことになるが、今はそんなことにかまっていられない」

その証拠に次のような詩がある。

英勇は多く推す　林《りん》教頭
賢を薦《すす》むる柴進《さいしん》も亦《ま》た儔《ともがら》とし難し
斗筲《としょう》なること笑う可《べ》し　王倫《おうりん》の量
抵死《あくまで》　推辞し　留むるを肯《がえ》んぜず

英勇多推林教頭
薦賢柴進亦難儔
斗筲可笑王倫量
抵死推辞不肯留

英勇《おとこ》の憧れ　林教頭、推薦者の柴進だって　一目置くほど。王倫の器量の狭さときたら　噴飯物で、何だかんだと難癖つけて　引きとめる気持ちは微塵もない。

さっそく王倫は手下に命じて酒食を用意させ、宴席をととのえる一方、林冲を席に案内し、好漢たちはいっしょに酒を飲んだ。宴会がおわるころ、王倫は手下に命じて、大きな皿に五十両の白銀と二匹の紵《からむし》の糸で織った布を載せて来させた。王倫は立ちあがって言った。

「柴大官人は教頭さんをこの寨に仲間入りさせようと推薦されたが、いかんせん、この小さな寨には食糧が少なく、建物もととのっておらず、人手も少ないので、後日、あなたの身を誤らせることが心配であり、また体裁もわるい。いささか粗末な贈り物があるので、どうかご笑納いただきたい。大きな寨をたずねて身を休ませ馬を休ませてください。どうかあしからず」

「お三方の頭領に申しあげます。てまえは千里の彼方からお訪ねし、万里の彼方から身を寄せ、柴大官人のお顔のおかげで、まっすぐこの寨に仲間入りしに来たのです。てまえは不才ではありますが、仲間に入れていただければ、死んでも突き進みます。けっして口先ではなく、ほんとうに一生の願いです。路銀をもらうために来たのではありません。どうか頭領のみなさんにはご明察のほど、お願いします」と林冲。

「てまえのところは小さく、あなたに落ち着いてもらえるようなところではありません。どうかあしからず」と王倫。

朱貴はこれを見て、ただちに諫めて言った。

「兄貴、差し出がましいようだが、寨に食糧が少ないといっても、遠近の村に借りに行くこともできる。山や入り江には木が多いし、千間の建物を建てたって大丈夫だ。こちらは柴大官人が力を入れて推薦してこられた方なのに、どうして別の場所にやられるのか。そもそも柴大官人はこれまで寨に恩のあるお方だ。後日、この人を受け入れなかったとわかったら、きっと体裁のわるいことになるだろう。それにこの人は腕っぷしがあるから、きっと力を出してくれるにちがいない」

杜遷は言った。

「寨ではこの人一人くらい問題にならない！　兄貴がもし受け入れなければ、柴大官人が知られたとき、気をわるくされ、わしらが恩知らずで義理に背くことになる。以前、あの方にずいぶんお世話になりながら、今、人を推薦してこられたのに、そんなふうに断って出て行かせるとはな！」

宋万もなだめて言った。

「柴大官人の顔を立てて、その人を受け入れてここで頭領になってもらったほうがいい。さもないと、わしらに心意気がないと思われ、江湖の好漢たちに笑われるぞ」

王倫は言った。

「おまえたちは知らないが、この男は滄州で、とてつもない大罪を犯し、今、山に上って来たとはいえ、腹のなかはわからない。もし内情を探りに来たのなら、どうするのか？」

林冲は言った。

「てまえのこの身は死罪を犯したために、仲間入りしに来ましたのに、どうして疑われるのか？」

「そういうことで、あなたが本心から仲間入りしようとするなら、ひとつ『投名状《とうめいじょう》』を持って来なさい」と王倫。

林冲が「てまえはまああ文字を知っています。紙と筆をくだされば、すぐ書きます」と言うと、朱貴が笑いながら言った。

「教頭さん、ちがいますよ。およそ好漢たちが仲間入りするときには、投名状を入れなければなりませんが、それは、あなたに山を下りて誰か一人を殺させ、その頭を献上させることで、そうすると、疑いを持たれなくなります。これを投名状というのです」

「そんなことは簡単です。てまえはすぐ山を下りて待ち伏せしますが、通りかかる者がないのが心配です」と林冲。

王倫は言った。

「三日の期限を与えましょう。三日以内に投名状を持って来れば、すぐあなたの仲間入りを認めよう。三日以内に持って来ないときは、あしからず」

林冲は承知し、部屋に帰って休んだが、悶々としつづけた。まさしく、

愁懐鬱鬱苦難開　愁懐《しゅうかい》鬱鬱として苦《はなは》だ開き難く
可恨王倫忒弄乖　恨む可《べ》し　王倫忒《はなは》だ乖《かい》を弄するを
明日早尋山路去　明日早く山路を尋ね去《ゆ》かん
不知那個送頭来　知らず　那個《なんぴと》か頭を送り来たるかを

気分はもやもや　ちっとも晴れぬ、むかつくわい　王倫め　小細工を弄しやがっ

て。明日は早々に山道に出向くとしよう、はてさて　どんなやつが首を授けてくれるやら。

その夜、宴がおわると、朱貴は別れを告げて山を下り、店番をしに行った。林冲は夜になると、刀と荷物を持ち、手下に案内されて客間に行き、一晩休んだ。

翌日、朝起きて、茶を飲みご飯を食べると、腰刀をたばさんで、朴刀《ぼくとう》をぶらさげ、一人の手下に道案内させて山を下り、船で対岸に渡って、人けのないひっそりした小道で、旅人がやって来るのを待ちかまえた。朝から日暮れまで、一日じゅう待ったが、一人旅の旅人は一人も通らなかった。林冲は悶々としながら、手下とともにまた船で渡って、寨に帰ると、王倫がたずねた。

「投名状はどこにありますか？」

林冲は答えた。

「今日はまったく一人も通らなかったので、手に入れられませんでした」

「明日もし投名状がなければ、ここにいるのも難しくなりますぞ」と王倫。

林冲はもう答えようとせず、内心、不愉快になって、部屋にもどり、食事を求めて食べおわると、また一晩休んだ。

翌日、早朝に起き、手下といっしょに朝ご飯を食べると、朴刀を持って、また山を下りた。手下が、「わしらは、今日は南の街道へ行って待ち伏せしましょう」と言うので、二人は林に行き、身を潜めて待ったが、まったく一人の旅人も通らない。午《うま》の刻（正午）過ぎまで潜んでいると、一群の旅人、ほぼ三百人余りが一団となって通り過ぎたが、林冲は手を出すことができず、行くがままにさせた。またしばらく待つうち、みるみる暮れてきたが、また一人の旅人も通らなかった。林冲は手下に言った。

「わしはほんとうに運がわるい！　二日待ったのに、一人旅の旅人は一人も通らない。どうすればいいだろうか」

「兄貴、まずは気を落ち着けてください。期限まで明日もう一日あります。てまえと兄貴は東の街道に行って待ち伏せしましょう」と手下。

その晩は前日と同様、山へ上った。王倫が「今日は、投名状はどうでしたかな？」と聞いたが、林冲は答えようとせず、ただホッとため息をついた。と、王倫は笑いながら言った。

「今日もまたなかったようですな。あなたに三日の期限を与えたが、もうすでに二日たった。明日またなければ、もう会うまでもないから、すぐその足で山を下り、別のところへ行ってください」

林冲は部屋にもどり、ほんとうに内心、ひどくイライラした。「臨江仙《りんこうせん》」の詞《ツー》の一篇にいう、

悶似蛟龍離海島　　悶《もだ》えること　蛟龍《こうりゅう》の海島を離るるに似

愁如猛虎困荒田　　愁うること　猛虎の荒田に困《くる》しむが如《ごと》く

悲秋宋玉涙漣漣
江淹初去筆
覇王恨無船
高祖滎陽遭困危
昭関伍相憂煎
曹公赤壁火連天
李陵台上望
蘇武陥居延

秋を悲しみ　宋玉《そうぎょく》は涙漣漣《れんれん》たり
江淹《こうえん》は初めて筆を去《うば》われ
覇王《はおう》は船無きを恨む
高祖《こうそ》は滎陽《けいよう》にて困危《こんき》に遭い
昭関《しょうかん》にて伍相《ごしょう》は憂い煎《いらだ》ち
曹公《そうこう》は赤壁《せきへき》にて火は天に連なる
李陵《りりょう》は台上より望み
蘇武《そぶ》は居延《きょえん》に陥る

蛟龍が海中の島から引き離されたかのように悶え、猛虎が荒野で苦しむように愁い、秋を悲しんで　宋玉《そうぎょく》（戦国時代の楚《そ》の詩人。『楚辞』の代表的作者屈原《くつげん》の弟子）はさめざめと涙を流す。江淹《こうえん》(1)（六朝《りくちょう》時代梁《りょう》の詩人）は筆を奪われ、覇王《はおう》（項羽《こうう》）は〔烏江《うこう》の渡し場で〕船が無いのを怨む。高祖（劉邦《りゅうほう》）は滎陽《けいよう》でにっちもさっちもゆかなくなり、昭関《しょうかん》にて伍相《ごしょう》（伍子胥《ごししょ》。春秋時代の呉《ご》王夫差《ふさ》の軍師）は憂いいらだち、赤壁《せきへき》にて曹公《そうこう》（曹操《そうそう》）は天に連なる火攻めに遭う。李陵《りりょう》（前漢の武帝配下の将軍。匈奴に降伏した）は物見台からようすを眺め、蘇武《そぶ》(2)（前漢の武帝の臣下）は居延《きょえん》で捕虜となる。

その晩、林冲は空を仰ぎながら長いため息をついて、言った。

「思いがけず、わしは、高俅のクソッタレに陥れられ、ここまで流れて来たが、これほど道窮まり運に見放されるとはな」

一夜を過ごし、翌日、空が明るくなると起きて、朝ご飯を求めて食べると、包みをまとめ、部屋に置いたまま、腰刀をたばさみ、朴刀をぶらさげて、また手下といっしょに山を下り船で渡って、東の街道をめざした。林冲は言った。

「わしは今日、もし投名状を手に入れられなければ、別のところに行って暮らすしかない」

二人は麓の東の街道まで来て、林に身を潜めて待ち伏せした。みるみる太陽が真上に上ったが、また一人もやって来ない。おりしも残雪がはじめて晴れ、日の光も晴朗だった。林冲は朴刀をぶらさげて、手下に言った。

「どっちみちまたダメだろう。早めの明るい間に、荷物を取って来て、別のところへ行き、落ち着き先を捜したほうがよかろう」

と、手下が手で指して言った。

「しめた！　あれは、一人来たのではないですか？」

林冲は見て、声をあげて叫んだ。

「ありがたい！」

見れば、その男ははるか遠くの坂の下を歩いて来た。男がやや近くまで来たとき、林冲は朴刀の柄をサッとふりまわすと、パッと跳びだした。その男は林冲を見ると、「あれっ！」

と叫び、荷物を捨てて、くるりと身体の向きを変え、すぐに逃げだした。林冲は追いかけて行ったが、どうして追いつけよう、その男は坂を飛ぶように越えて逃げて行った。林冲は言った。

「ああ、わしは運がわるい！　三日待って、やっと一人来たかと思えば、また逃げられてしまった」

「人は殺せなかったけれど、一担ぎの財物があるから、抵当《かた》になります」と手下。

林冲は、「おまえは先に担いで、山に上って行け。わしはもうちょっと待ってみよう」と言い、手下は先に財物を担いで、山に上って行った。ふと見ると、坂の下をめぐって、一人の大男が出て来た。林冲は見ると、「天の助けだ！」と言った。

その男は朴刀を構え、雷のような大声で、「ごろつきめ！　殺されぞこないの強盗め！　わしの荷物をどこへ持って行った！　わしがおまえをつかまえに来たら、虎のひげを抜きに出て来やがったか！」と怒鳴りつけるや、飛ぶように躍りあがり向かって来た。林冲はその男の勢いが猛烈だと見て、構えをして迎え撃った。

この男が林冲と闘ったがゆえに、梁山泊に、風を起こす白額の大虎を加え、水滸の砦《とりで》に、何頭もの谷川を跳ぶ金色の目をした猛獣を集め、ひっくり返った天地をふたたび支え起こし、切り破られた蒼穹《そうきゆう》をふたたび補完することと、あいなった次第。

はてさて、来たりて林冲と闘ったのはいかなる男だったのでしょうか。まずは次回の分解《ときあかし》をお聞きください。

注

（1）五色の筆を東晋《とうしん》の詩人郭璞《かくはく》に返す夢をみた後、文才を失ったという有名なエピソードがある。

（2）使者として匈奴に赴き捕らえられるが、十九年間、不服従を貫き、後に帰国した。

第十二回

梁山泊《りょうざんぱく》にて林冲《りんちゅう》　落草《らくそう》し
汴京城《べんけいじょう》にて楊志《ようし》　刀を売る

詩に曰《いわ》く、

天罡地煞下凡塵
托化生身各有因
落草固縁屠国士
売刀豈可殺平人
東京已降天蓬帥
北地生成黒煞神
豹子頭逢青面獣
同帰水滸乱乾坤

天罡《てんこう》　地煞《ちさつ》　凡塵《ぼんじん》に下《くだ》り
生身《なまみ》に托《たく》し化《か》すること　各《おの》おの因《いん》有り
落草《らくそう》　固《まこと》に国士を屠《ころ》すに縁《よ》り
刀を売るに　豈《あ》に平《なみ》の人を殺す可《べ》けんや
東京《とうけい》に已《すで》に降《くだ》る　天蓬帥《てんぽうすい》
北地に生成す　黒煞神《こくさつしん》
豹子頭《ひょうしとう》　青面獣《せいめんじゅう》に逢い
同《とも》に水滸に帰して乾坤《けんこん》を乱さん

天罡星《てんこうせい》と地《ち》煞星《さつせい》が　俗世間に生まれ落ち、それぞれの因果に従って　生身の人間に転生する。盗賊に仲間入りしたのは　国士を亡き者にしようとしたからだが、刀を

売るのに　凡人を殺していいものだろうか。東京《とうけい》にはすでに天蓬帥《てんぽうすい》（天帝につかえる水神）が降臨し、北方の地では黒煞神《こくさつしん》（北方の凶神）が誕生する。〈豹子頭《ひょうしとう》〉（林《りん》冲《ちゅう》）は〈青面獣《せいめんじゅう》〉（楊志《ようし》）に出会い、ともに水の滸《ほとり》に所を得て　天地をかき乱す。

さて、林冲《りんちゅう》が一瞥《いちべつ》すると、その男は頭に范陽《はんよう》の毛氈《もうせん》の笠をかぶって、上に紅い房をたらし、白い緞子《どんす》の旅行着を身に着けて、縦線《たてせん》の帯をしめ、下には青と白の縞の脚絆《きやはん》を巻いて、ズボンの裾をくくり、獐皮《のろ》の靴下、毛のある牛革の長靴を履いている。腰刀をたばさんで、朴刀《ぼくとう》をさげ、身の丈は七尺五、六寸、顔に大きな青あざがあり、頰のあたりに少々赤ひげがある。毛氈の笠を背中にはねのけて、胸を押し開き、抓角児《そうかくじ》の軟頭巾（角をつまんだ軟らかい頭巾）をかぶって、手の朴刀を構え、声を張りあげて怒鳴った。

「この不届き者め、わしの荷物と金をどこへやった？」

林冲はちょうどムシャクシャしていたので、答えるわけもなく、凄味のある眼を見張り、虎ひげを逆立てて、朴刀を構え、打ちかかって行って、その大男と闘った。見れば、

残雪初めて晴れ、薄雲方《はじ》めて散ず。渓辺に一片の寒氷を踏み、岸畔に両条の殺気を湧かす。一上一下、雲中の龍の水中の龍と闘うに似、一往一来、岩下の虎の林下の虎と闘うが如《ごと》し。一個は是《こ》れ擎天《けいてん》の白玉の柱、一個は是れ架海《かかい》の紫金《しきん》の梁《はし》。那個《なこ》は些《いささ》かの破綻高低没《な》く、這個《しゃこ》は千般の威風勇猛有り。一個は気力を尽くし心窩《しんか》を望んで対し戳《つ》き、一個は精神

を弄して脅肋《きょうろく》に向かって忙しく穿《うが》つ。架隔《かかく》し遮攔《しゃらん》すること、却《かえ》って似たり　馬超《ばちょう》の翼徳《よくとく》に逢いしに。盤旋《ばんせん》し点捌《てんさく》すること、渾《すべ》て敬徳《けいとく》の秦瓊《しんけい》と戦うが如し。闘来すること半晌《はんしょう》　輸贏《しゅえい》没《な》く、戦って数番に到るも　勝敗無し。果然　巧筆の画《えが》かんとして成し難く、便是《たと》い鬼神なるも　須《すべから》く胆《きも》落とすべし。

雪も降りやみ　日射しがもどり、薄雲散って　晴れわたる。谷川に　氷を踏みしめ、岸辺には　ふたすじの殺気が立ち上る。かたや上　かたや下、雲中の龍が　水中の龍と闘うかのよう、かたや往き　かたや来たり、岩場の虎が　林の虎と闘うかのよう。一人は天を支える白玉の柱、一人は海に架けた紫金の梁《はし》。あちらはいささかの隙も見せず、こちらはあらゆる雄々しさを示す。一人は気力を尽くし　心臓めがけて渾身のひと突き、一人は精神を奮い立たせ　胸もとめがけて連続攻撃。身をかわして遮り防ぐさまは、馬超《ばちょう》（『三国志演義』における劉備《りゅうび》配下の猛将・五虎将軍の一人）が翼徳《よくとく》（張飛《ちょうひ》）に出会ったかのよう。グルグルまわりながら攻撃するさまは、敬徳《けいとく》が秦瓊《しんけい》と闘うかのよう。(1)しばし闘うも　決着には至らず、何度か手合わせしても　勝敗はつかず。〔その凄まじさは〕まことに巧みな絵師が描こうにも描けないほど、鬼神すら肝をつぶしてしまうだろう。

林冲はその男と三十合ほど闘ったが、勝負がつかない。二人はまた十数合闘い、ちょうど勝負の分かれ目まできたとき、山の高みで叫ぶ声がした。

「お二方の好漢、待った！」

林冲は聞くと、パッと打ち合いの場から跳びだした。二人が手中の朴刀をおさめ、その山の頂上を見あげると、なんと王倫《おうりん》が杜遷《とせん》、宋万《そうまん》および大勢の手下といっしょに、山を走り下り、船で河を渡って来て、言った。

「お二方の好漢、ほんとうにみごとに朴刀を操られ、神出鬼没だ。これはわしの弟の林冲です。青あざの御仁、あなたはどなたですか？　姓名をお教え願いたい」

「わしは三代つづいた将軍の家の後裔にして五侯楊令公《ようれいこう》(2)（宋初の武将、楊業《ようぎょう》）の孫、姓は楊《よう》、名は志《し》、この関西《かんせい》に流れて来た者だが、若いとき、武挙《ぶきょ》に合格し、殿司制使《でんしせいし》の職についていた。道君《どうくん》（徽宗《きそう》）さまが万歳山《ばんざいさん》（ここに艮岳《こんがく》と呼ばれる大庭園を造った）を建造されるため、つごう十人の制使を太湖《たいこ》の岸辺に派遣され、花石綱《かせきこう》（江南から花木や太湖石などを運搬する事業）を運んで、都に納めることになった。思いがけず、わしは不運にも、花石綱を運んで黄河まで来たとき、風で船が転覆したため、花石綱をなくし、都にもどって任務をはたすことができなくなり、別のところに逃げて難を避けた。今、わしらは恩赦によって罪を許されたので、一担ぎの金品をととのえて、東京《とうけい》（開封《かいほう》）へもどり、枢密院《すうみついん》に運動して、また元の職につこうと思い、ここを通るのに、作男を雇い荷を担がせたところ、思いがけず、おまえたちに奪われてしまったのだ。どうかわしに返してもらえないだろうか？」

「あなたはあだ名を〈青面獣《せいめんじゅう》〉と呼ばれる方ではありませんか？」と王倫。

梁山泊にて林冲　落草し

「そうだ」と楊志。

「楊制使どのならば、どうか寨《とりで》に立ち寄り、二、三杯、粗末な酒を飲んでいただいてから、荷物をお返ししましょう。いかがですか？」と王倫。

「好漢どの、わしが誰だかおわかりなら、すぐ荷物を返してもらいたい。酒を飲ませてもらうより、そのほうがよろしい」と楊志。

「制使どの、てまえは数年前、東京で武挙を受験したとき、制使どののご高名を耳にしました。今日、幸いお会いできたのですから、手ぶらで行ってもらうわけにはゆきません。まずは寨でしばらくお過ごしください。けっして他意はありません」と王倫。

楊志は聞いて、やむなく王倫一行とともに河を渡り、寨に上った。さっそく朱貴《しゅき》を呼んで寨で顔合わせをさせ、そろって寨の聚義庁《しゅうぎちょう》にやって来た。左側に並ぶ四つの肘掛け椅子には、王倫、杜遷、宋万、朱貴が腰かけ、右側に並ぶ二つの肘掛け椅子には、上座に楊志、下座に林冲が腰かけ、一同、座が定まった。と、王倫は羊を殺し酒を運ばせて、宴席を設け、楊志をもてなしたことは、さておく。

くだくだしい話はさておき、酒を数杯飲んだところで、王倫は林冲を指さし、楊志に言った。

「この兄弟は東京八十万禁軍の教頭で、〈豹子頭《ひょうしとう》〉林冲と呼ばれています。高太尉《こうたいい》（高俅《こうきゅう》）の野郎がりっぱな人物を認めず、いいがかりをつけて刺青《いれずみ》したうえ、滄《そう》州に流し、そこでまた事件を起こしたので、今ここに来たばかりです。さきほど制使どのは東京へ行って職につくと言われたが、ドサクサに紛れて仲間入りさせようというわけではありませんが、てまえは文を捨てて武につき、ここへ来て山賊になりました。制使どのも罪を犯した人ですから、恩赦で放免になったとはいえ、復職するのは難しいでしょう。それに高俅《こうきゅう》の野郎が目下、軍権をにぎっていますから、どうしてあなたを受け入れるでしょうか？　この小さな寨で身を落ち着け、大きな秤で金銀を分け、大きな茶碗で酒や肉を食らい、好漢といっしょに過ごされたほうがましです。制使どののお考えはいかがですか？」

楊志は答えて言った。

「頭領がたにこんなに親切にしていただきありがとうございます。だが、わしには身寄りが一人あり、今、東京に住んでいます。以前、お上の事件でこの者を巻きぞえにしたのに、礼もしていません。これからあっちへ行きたいので、どうか頭領がたにはわしの荷物を返してくだされ。もし、返そうとされないなら、わしは空手でも行きます」

王倫は笑いながら言った。

「制使どのがここにいることを承知されないなら、仲間入りを無理強いしません。まずはゆっくり一晩泊まり、明朝出発してください」

楊志は大いに喜び、その日は酒を飲んで、二更（午後九〜十一時）になってようやくお開きとなり、めいめい休みに行った。

翌日、朝起きると、また酒を出して楊志に飲ませ送行した。朝ご飯がすむと、頭領衆は手下一人に昨夜の荷物を担がせ、そろって山を下って見送った。山道の入口で楊志と別れると、手下に船で河を渡らせ、街道まで送らせた。一同は別れた後、寨に帰った。

王倫はこれ以来、やっと林冲を第四位の頭領の座に座らせることを承知し、朱貴は第五位となった。これから五人の好漢は梁山泊《りようざんぱく》で押し込み強盗をはたらいたことは、さておく。

さて、楊志は街道に出ると、作男を捜して荷を担がせ、手下に駄賃を与えて寨に帰らせた。楊志は道をたどって東京へ向かい、道中お決まりどおり、飢えれば食らい喉が渇けば飲み、夜は泊まり朝になると出発し、数日たたないうちに東京に到着した。その証拠に次のような詩がある。

清白伝家楊制使　清白　家を伝うる楊制使《ようせいし》
恥将身跡履危機　身跡を将《もつ》て危機を履《ふ》むを恥ず
豈知奸佞残忠義　豈《あ》に知らんや　奸佞《かんねい》　忠義を残《そこ》ない
頓使功名事已非　頓《とみ》に功名をして　事を已《すで》に非ならしむるを

清廉潔白　誇る家柄　楊制使、その血筋ゆえ　危ない稼業はご免こうむる。なんとまあ　奸佞《かんねい》の輩《やから》が忠義の士をひどい目にあわせ、せっかくの功名も　すべて水の泡。

かの楊志は城内に入ると、宿屋を捜して落ち着き休んだ。作男は荷物をわたし、少しばかりの銀子をもらうと、帰って行った。楊志は宿屋に荷物を置き、腰刀と朴刀をはずすと、宿屋の若い者に小粒の銀子をわたして酒肉を買って来させ、飲み食いした。

数日たつと、人に頼んで枢密院《すうみついん》に袖の下を贈り、元の職にもどれるよう運動した。担ぎ荷のなかの金銀財物を出し、上の役人にも下の役人にも袖の下を贈って、ふたたび殿司府制使の官職に任命されようとしたのである。多くの金品を使い切ったころ、ようやく上申書が受けつけられ、殿帥の高俅にお目どおりできることになった。

大広間の前まで来たとき、かの高俅は前歴を記した文書にすべて目を通し、大いに怒って言った。

「おまえたち十人の制使は花石綱を運び、九人が都にもどって引き渡したのに、おまえだけが花石綱を失い、自首もせず、逃亡に及び、長らく逮捕されなかった。今、また復職しようとしても、犯した罪は恩赦されたとはいえ、任用し難い」

上申書を一筆で消して不採用とし、楊志を殿司府から追いだした。

楊志は鬱々としてやまず、宿屋にもどって思案した。

「王倫はわしに〔仲間入りを〕勧めたが、やはり正しかった。ただ、わしは清廉潔白な家柄の出であり、父母にもらったこの身体に泥を塗るような真似はできない。この腕前をもって、辺境で武勇をふるい、妻子にも栄誉をもたらして、祖先と功名を競いたいと願っていたが、思いがけず、こんな不運な目にあってしまった。高太尉め、おまえはあまりにも悪辣だ。こんなにも人を締めあげるとはな！」

内心、ひとしきり悩み苦しみ、宿屋にまた数日、滞在すると、旅費が底をついてしまった。楊志は、「さてどうすればよかろう？　祖先が残してくれたこの宝刀は、これまでずっとわしといっしょだったが、今、背に腹は代えられぬ。街に持って行き千貫か百貫かで売って、旅費を作り、別のところへ行って身を落ち着けるしかない」と考え、その日、宝刀を持ち、草標児《そうひょうじ》（枯れ草の茎。売り物の印）を挿して、市場へ売りに行った。

馬行街《ばこうがい》まで行き、両個《ふたつ》の時辰《とき》（四時間）ほど立っていたが、声をかける者は一人もいない。正午ごろまで立ち、場所を変えて天漢州橋《てんかんしゅうきょう》の繁華なところに売りに行った。楊志が立ってまもなく、両側の人々がみな川べりの路地に駆け込み身を隠した。楊志が目を向けると、みな入り乱れて逃げ隠れ、口々に「はやく逃げろ、虎が来たぞ！」と言っている。楊志は、「はて面妖な！　この錦の都に、どうして虎が出るのだろう？」と思い、ただちに足を止めて見ると、遠くのほうから真っ黒な大男が、半分酔っぱらって、一歩ごとにつまずき、ぶつかりながら、フラフラとやって来た。楊志がその男を見やると、顔つきも体つきも粗暴で醜悪だった。見れば、

面目は依稀《いき》として鬼《き》に似、身材は彷彿《ほうふつ》として人の如《ごと》し。杈枒《さが》たる怪樹、変じて肐胳《きっとう》たる形骸と為る。臭穢《しゅうあい》の枯椿《ことう》、化して腌臢《えんさん》の魍魎《もうりょう》と作《な》る。渾身遍体、都《すべ》て滲滲瀬瀬《しんしんらいらい》たる沙魚《さめ》の皮

を生ず。夾脳連頭《きょうのうれんとう》、尽《ことごと》く拳拳彎彎《けんけんわんわん》たる捲螺《まきがい》の髪を長《は》やす。胸前は一片の錦《ほりもの》の頑皮、額上に三条の強拗《きょうよう》の皺《しわ》。

顔つきは鬼さながら、体つきは人のよう。ちぐはぐに枝の突き出た怪樹が、ゴツゴツの姿に変わる。醜悪なひからびた杭《くい》が、汚らしい妖怪に化ける。体じゅう、ゴワゴワの鮫肌。頭には、グジャグジャにもつれた髪の毛。胸には一面の刺青、額には三本のごつい皺《しわ》。

なんとこの男は都で有名なごろつき野郎、没毛大虫《ぼつもうだいちゅう》・牛二《ぎゅうじ》であり、もっぱら街で恐喝、暴力、喧嘩をやらかして、何度も裁判沙汰になったものの、開封府《かいほうふ》も取り締まることができないため、都中の者はこいつを見かけると、みな逃げるのだった。

さて、牛二は楊志の前に押し寄せるや、手に持った宝刀を引き抜いて、たずねた。

「おい、この刀はいくらで売るのか？」

「祖先伝来の宝刀だから、三千貫で売りたい」と楊志。

牛二は怒鳴った。

「こんなクソ刀に、ふっかけやがって。わしは三百文で一本買ったが、肉も切れるし、豆腐も切れるぞ。おまえのクソ刀にどんないいところがあって、宝刀などとぬかすのか？」

「わしの刀は店で売っているナマクラではない。これは宝刀だ」と楊志。

「どうして宝刀などとぬかしやがるのか?」

「第一に、銅を切り鉄を切り刻んでも、刃こぼれがしない。第二に、毛を吹いて切ることができる。第三に、人を殺しても刀に血がつかない」

「銅銭でも切れるってのか?」

「すぐ持って来い。切って見せてやる」

牛二はさっそく州橋のたもとの胡椒屋に行き、二十文分の三銭銅貨をふんだくり、一かさねにして、橋の欄干の上に置き、楊志に叫んだ。

「おい、もし切り分けることができたら、わしはおまえに三千貫払ってやる」

そのとき、見る者は近づこうとはしないものの、遠巻きにして眺めていた。楊志は「そんなことはなんでもない」と言うや、袖をまくりあげ、刀を手に持って、狙いを定め、一刀のもとに、銅銭を真っ二つに切った。人々はドッと喝采をあげた。牛二は言った。

「クソ褒めなんかするな。おまえの言った二番目は何だ?」

「毛を吹いて切ることができる、だ。何本かの髪の毛を、刀身めがけてただ一吹きするだけで、いっぺんに全部断ち切れる」と楊志。

牛二は「わしは信じんぞ」と言いながら、自分で頭からひとつかみの毛を抜き取り、楊志にわたして、言った。

「おまえ、とりあえず吹いて、わしに見せろ」

楊志は左手で髪の毛を受け取り、刃に当て、気合をこめて一吹きしたところ、その髪の毛はすべて真っ二つになり、ヒラヒラと地面に落ちた。人々は喝采し、見物人はますます多くなった。牛二がまたたずねた。

「三番目は何だ？」

「人を殺しても刀に血がつかない」と楊志。

「どうして人を殺しても刀に血がつかないのか」

「人を一刀で切っても、けっして血痕はつかない。よく切れる」

「わしは信じんぞ。おまえ、刀で一人斬って見せろ」

「天子の都で、どうして人を殺せようか？　信じないなら、犬を一匹連れて来れば、殺しておまえに見せてやろう」

「おまえは人が殺せるといい、犬が殺せるとは言わなかったぞ」

「おまえが買わないなら、それまでだ。やたらに人に絡んでどうするのか」

「わしに見せろ」

「いちいち、おまえの相手になっていられるものか」

「おまえ、わしが殺せるか」

「おまえには昔の怨みもなければ、仇もない。売り買いの話にカタがついていないのに、わけもなくおまえを殺してどうするのか」

牛二は楊志をギュッとつかんで言った。

「わしはどうあってもおまえの刀が買いたいのだ」

「買いたければ、銭を持って来い」

「銭はない」

「銭もないのに、わしをつかんでどうするんだ」

「この刀がほしい」

「わしはやらんぞ」

「男なら、わしをバッサリ斬ってみな」

楊志はカンカンに腹を立て、牛二を突き倒した。牛二は這い起きて、楊志の懐に突っ込んで来た。楊志は叫んだ。

「街のみなさん、全員が証人です。わしは旅費がなく、この刀を売っていると、このヤクザ者がわしの刀を無理やり奪おうとし、わしを殴りました」

街の者はみな牛二を怖がり、誰も進み出てなだめようとしない。牛二は、「わしがおまえを殴ったと言うなら、殴り殺してもどうだと言うんだ！」とわめきながら、右手をふりあげ、拳骨で殴りかかった。楊志はパッと身をかわし、刀を持って突っ込むと、急に怒りがカッとこみあげ、牛二の喉もとを突き刺したところ、牛二はばったり倒れた。楊志は追い打ちをかけ、牛二の胸をつづけて二度突き刺すと、血が地面いっぱいに流れ、死んだ。

楊志は叫んだ。

「わしはこのヤクザ者を殺しましたが、みなさんを巻きぞえにする気はありません！　ヤクザ者が死んだ以上、みなさんもいっしょに来て、わしについて役所に出頭してください」

汴京城にて楊志　刀を売る

街の人々は慌てて集まって来て、楊志といっしょにただちに開封府へ出頭した。ちょうど府尹《ふいん》（府の長官）は役所におり、楊志は刀を持って、街の人々とともに大広間に来ると、いっせいに跪《ひざまず》き、刀を前に置いた。楊志は告げて言った。

「てまえはもと殿司制使でしたが、花石綱を失ったために、職をはずされ、旅費もないため、この刀を街で売っておりました。思いがけず、ヤクザ者のごろつき、牛二がてまえの刀を無理に奪おうとし、また拳骨でてまえを殴りました。それで、カッとしてそやつを殺してしまいました。街の衆が証人です」

人々もまた楊志のために、ひとわたり説明し訴えた。府尹は言った。

「すでにみずから出頭し自首して来たのだから、こやつに入門定めの棒叩きを免除せよ」

その一方、大きな枷《かせ》を持って来させてはめ、二人の町役人に命じて、検死役人を連れ、楊志および街の者など関係者を護送させて、そろって天漢州橋のたもとに行き、現場検証させ、文案を作成させた。街の者など関係者は、みな供述書をとって保釈、役所の処分を待つよう、その場で申し渡した。楊志は死刑囚の牢獄に連れて行かれ投獄された。見れば、

獄内に推臨せられ、牢門に擁入《ようにゅう》せらる。擡頭《たいとう》すれば　青面の使者に参じ、転面すれば　赤《せき》髪《はつ》の鬼王を見る。黄鬚《こうしゅ》の節級《せっきゅう》は、麻縄もて吊るし繃揪《ほうしゅう》するを準備す。黒面の押牢《おうろう》、木匣《きばこ》に牢《かた》く鎖鐐《さりょう》するを安排す。殺威棒《さついぼう》、獄卒の断ずる時　腰痛む。撒子角《さんしかく》、囚人は見了《けんりょう》して　心驚く。言う休《な》かれ　死し去って閻王に見《まみ》ゆと、只《た》だ此《こ》れ便《すなわ》ち真の地獄為《な》り。

獄中に押し込められ、牢屋に放り込まれる。見あげれば　青い顔した〔地獄の〕使者、ふりむけば　赤い髪した悪鬼羅刹《あっきらせつ》。黄色いひげの節級（牢役人）は、麻縄もって吊り下げる準備。黒い顔した牢番は、枷にがっちりはめ込む用意。殺威棒、獄卒がふりおろせば　腰にこたえる。撒子角《さんしかく》（拷問の道具）、囚人は目にしたとたん　ギョッとする。死んではじめて閻魔さまにお目どおりなんてとんでもない、これこそ本物の地獄でござる。

さて、楊志は死刑囚の牢獄に拘留されると、大勢の牢番や看守、節級は、彼が没毛大虫・牛二を殺したと聞いて、みなりっぱな男だと同情し、金を要求することもなく、たいへん大事に世話をしてくれた。天漢州橋のたもとの人々は、楊志が街で人に悪さをする男を退治してくれたために、みな金を出し合い銀子を集めて、彼にご飯をとどけ、上の者にも下の者にも楊志に代わって袖の下を贈った。裁判官も彼が自首した好漢であること、また東京の町のために害を取り除いてくれたこと、牛二に家族がないことを酌量して、調書をすべて軽く書き改めた。何度も取り調べをした結果、一時の喧嘩沙汰で、誤って人命を損なったと自白した、というふうにしたのである。

六十日の拘留期限が満了すると、担当の裁判官が府尹に上申し、楊志を大広間の前に引きだして、長い枷をはずし、背中を棒で二十回打つと、彫師を呼んで、二行の「金印（刺青）」を施し、北京大名府《ほくけいだいめいふ》留守司《りゅうしゅし》(3)のもとに流刑、軍役につかせることとした。かの宝刀は没収しお上の倉庫に入れた。

その場で府尹が文書に書き判すると、二人の護送役人を付けた。お決まりどおり張龍《ちょうりゅう》に趙虎《ちょうこ》といった手合いである。楊志を重さ七斤半のうすがねで作った、盤頭護身《ばんとうごしん》の枷《かせ》（首枷）で釘付けにすると、二人の役人に申しつけ、さっそく護送して旅路につかせた。天漢州橋付近の何軒かの財産家は、いささかの金品を出し合って、楊志の到着を待ちかまえ、かの二人の役人ともども居酒屋に招いて酒食をふるまい、銀子を出して、二人の護送役人に贈り、言った。

「思うに、楊志どのは好漢であり、民のために害を除いてくださった。これから北京《ほくけい》に向かう道中、どうかお二方には何かとお世話いただき、気をつけて面倒をみてくださいますように」

張龍と趙虎は言った。

「われら二人もこの人が好漢だとわかっています。みなさんがたに申しつけられるまでもありません。どうかご安心ください」

楊志が財産家たちに感謝すると、彼らは残りの銀子をそっくり楊志に与え旅費にさせ、それぞれ引き取って行った。

さて、楊志だが、二人の役人とともに泊まっていた宿屋にやって来て、宿賃や食費を精算し、預けてあった衣服や荷物を受け取ると、酒食の用意をし、二人の役人をもてなした。また、医者をたずねて何枚かの棒叩きの傷用の膏薬を買い、傷口に貼ると、さっそく二人の役人とともに旅路につき、三人は北京めざして出発した。

五里に一つの道標、十里に二つの道標と、州や県を通過するたびに、酒肉を買い、ひっきりなしに張龍と趙虎をもてなした。三人は道中、夜は宿屋に泊まり、朝になると街道を行き、数日たたないうちに、北京に到着し、城内に入って、宿屋を捜し身を落ち着けた。

もともと北京大名府留守司《ほくけいだいめいふりゆうしゆし》は、馬に乗っては軍を指揮し、馬を下りては住民を管理し、もっとも権勢があった。かの留守（所司代）は、梁中書《りようちゆうしよ》と呼ばれるが、諱《いみな》（本名）は世傑《せいけつ》といい、東京《とうけい》の現在の太師《たいし》、蔡京《さいけい》の娘婿だった。

その日二月九日は、留守が登庁する日だった。二人の役人は、楊志を留守司の大広間の前まで護送し、開封府の公文書を献上した。梁中書はこれを見ると、もともと東京にいたころ、楊志を見て知っていたので、さっそく目どおりさせ、事細かに事情をたずねた。楊志はさっそく高太尉に復職を許可されず、銭を使いはたしたため、宝刀を売りに行き、そこで牛二を殺した事実を、さかのぼって一つ一つ申しあげた。梁中書は聞いて大いに喜び、その場ですぐ枷をはずし、大広間の前に留めて指図を待たせた。また、返書に書き判してわたすと、二人の役人が東京へもどって行ったことは、さておく。

さて、楊志は梁中書の役所で、朝から晩までまめまめしく働き、指図を待った。梁中書は彼が勤勉なのを見て、取り立てたいと思い、軍の副牌軍（小隊長）に昇進させて、月々の俸給を与えたいと考えた。しかし、人々が納得しないことを恐れ、命令を出して、軍政司《ぐんせいし》に上下の諸将に告げさせ、明日、全員を東郭門《とうかくもん》の練兵場に集め、武芸の腕試しをさせようとした。その夜、梁中書は楊志を大広間の前に呼んで、言った。

「わしはおまえを副牌軍に取り立て、月々、俸給を与えたいと思うが、おまえ、武芸の腕はどうか」

楊志は答えた。

「てまえは武挙合格者の出身です。かつて殿司府制使の職についており、武芸十八般は子供のころから習っております。今日、ご恩をこうむり、取り立てていただければ、雲を開いて太陽を見るようです。てまえがもし少しでも昇進できましたなら、環をくわえ鞍を背にし、犬馬の労を尽くします」

梁中書は大いに喜び、一揃いの軍服と鎧《よろい》を賜った。その夜は何事もなかった。その証拠に次のような詩がある。

楊志英雄偉丈夫　　楊志《ようし》は英雄にして偉丈夫なり
売刀市上殺無徒　　刀を市上に売り　無徒を殺す
却教罪配幽燕地　　却《かえ》って罪もて　幽燕《ゆうえん》の地に配せらるるも
演武場中敵手無　　演武場中　敵手無し

楊志《ようし》は英雄にして偉丈夫、市場で刀を売って　無頼の徒を殺す。罪に問われて　幽燕の地（今の河北省北部）に流されたものの、演武場では無敵の強さ。

翌日の明け方、おりしも二月中旬であり、風おだやかにして暖かかった。梁中書は朝ご飯がすむと、楊志を引きつれて馬に乗り、前後に護衛を従えて、東郭門へと向かった。練兵場に到着すると、上下の軍人およびあまたの官吏の出迎えを受け、演武庁《えんぶちょう》の前で下馬した。演武庁に入ると、正面に置かれた純銀の肘掛け椅子に腰を下ろした。左右両側には、ぎっしりと二列の官吏、すなわち指揮使《しきし》、団練使《だんれんし》、正制使《せいせいし》、統領使《とうりょうし》、牙将《がしょう》、校尉《こうい》、副牌軍が並び、前後四方には、獰猛《どうもう》なようすで百人の将校が並んでいる。

ちょうど指揮台の上に、二人の都監《とかん》（司令官）が立っており、一人は李天王《りてんおう》・李成《りせい》、いま一人は聞大刀《ぶんだいとう》・聞達《ぶんたつ》である。二人とも万夫不当《ばんぷふとう》の武勇の持ち主だが、あまたの軍馬を統率し、ドッと進み出るや、梁中書に向かい、「ハッ」と三度、声をあげ挨拶した。

さてそのとき、指揮台の上に一本の黄色い旗が立てられると、台の両側では、左右に居並ぶ四、五十対の金鼓手《きんこしゅ》が、いっせいに軍楽を演奏しはじめた。かくて、三度、画のある角笛《つのぶえ》が吹かれ、三度、太鼓が打ち鳴らされて、練兵場のなかでは誰も大きな声を出そうとしない。さらにまた、指揮台の上に一本の白旗が立てられると、前後五軍がいっせいに整列した。指揮台の上で軍を指揮する一本の紅旗が揺らされると、太鼓が響きわたり、五百の軍隊が両陣に分かれ、兵卒がそれぞれ武器を手にした。指揮台でまた白旗が揺れると、両陣の馬軍がいっせいに前に立ち、それぞれ馬の手綱を引き締めた。

梁中書は伝令を飛ばして、副牌軍の周謹《しゅうきん》を呼び、前に進んで命令を待たせた。右軍のなかで周謹は呼びだしを聞き、馬を躍らせて演武庁の前まで来ると、馬から跳びおり、鎗をおさめて、雷のような声で「ハッ」と答えた。梁中書は言った。

「副牌軍に持ち前の武芸を披露してもらおう」

周謹は命令を聞くと、鎗を取って馬に乗り、演武庁の前で右に左に旋回し、身にそえた鎗を幾通りか使って見せると、人々は喝采した。梁中書は言った。

「東京から差し向けられて来た流刑の軍卒、楊志を呼べ」

楊志は演武庁の前へまわり、大声で「ハッ」と唱えた。梁中書は言った。

「楊志よ、わしは、おまえがもともとは東京殿司府制使の軍官であり、罪を犯してここに流刑されたことを知っている。目下、盗賊が暴れまわり、国家が人材を用いる時機だ。おまえに、周謹と武芸の腕を比べる勇気があるか？　もし勝てば、おまえを取り立てて、その職につけてやろう」

「閣下のお指図を賜ったからには、どうしてご命令に背きましょうぞ」と楊志。

梁中書は一頭の戦馬を引きださせ、武器庫の担当役人に武器を持って来させると、楊志に武装させて馬に乗らせ、周謹と腕比べさせることにした。楊志は演武庁の裏に行き、夜に賜った軍服と鎧を身に着け、身支度をおえると、盔《かぶと》、弓矢、腰刀を身に着け、手に長い鎗を持って馬に乗り、演武庁の裏から馳せ出て来た。梁中書は見て言った。

「楊志と周謹にまず鎗術を競わせよ」

周謹がまず腹を立てて言った。

「このクソ配軍め、わしと鎗の手合わせをする気か！」

この言葉がなんと好漢（楊志）を憤激させ、周謹と武芸を競わせることになった。楊志が周謹と腕比べをしたがために、万馬の群れのなかで姓名を鳴り響かせ、千軍の隊列のなかで、第一の手柄を奪い取り、はては大斧を横ざまに担《にな》って水滸に来たり、鋼《はがね》の鎗を斜めに引きずって梁山に上ることとと、あいなった次第。

はてさて、楊志は周謹と腕比べし、いかなる人物を引きだすことになるのでしょうか。まずは次回の分解《ときあかし》をお聞きください。

注

（1）第二回注（4）（5）を参照。
（2）その一族は楊家将《ようかしょう》と称され、明に成立した白話長篇小説『楊家将演義《ようかしょうえんぎ》』の中心をなす。
（3）宋代では、西京《せいけい》、南京《なんけい》、北京《ほくけい》の三つの副首都に置かれた。

第十三回

急先鋒《きゅうせんぽう》　東郭《とうかく》に功を争い
青面獣《せいめんじゅう》　北京《ほくけい》に武を闘わす

詩に曰《いわ》く、

得罪幽燕作配戎　罪を得て幽燕《ゆうえん》に配戎《はいじゅう》と作《な》り
当場比試較英雄　当場にて比試し英雄を較《くら》ぶ
棋逢敵手難蔵弆　棋《き》は敵手に逢えば蔵弆《ぞうきょ》し難く
将遇良才怎用功　将は良才に遇えば怎《いか》でか功を用いん
鵲画弓彎欺満月　鵲画弓《じゃくがきゅう》は彎《ひ》くこと　満月に欺《まが》い
点鋼鎗刺耀霜風　点鋼鎗《てんこうそう》は刺すこと　霜風に耀く
直饒射虎穿楊手　直饒《たと》い虎を射て　楊《やなぎ》を穿《うが》つ手なるも
尽在輸贏勝負中　尽《ことごと》く輸贏《しゅえい》勝負の中《うち》に在り

罪を得て　幽燕の地（今の河北省北部）に流刑となり、その場にて試合に臨み英雄《おとこ》ぶりを競う。囲碁では　好敵手に会えば　技を出し惜しみするわけにはいかず、武将は　すぐれた相手に出くわせば　本領発揮もままならぬ。鵲画弓《じゃくがきゅう》（鵲《かささぎ》を描いた弓）を引きしぼると　満月かと思えるほど、点鋼鎗（鋼《はがね》まじりの鎗）を繰りだすたびに　霜を帯びた風にきらめく。虎を射とめ　柳を穿つ名手であったとしても、勝ち負けは　やってみないとわからない。

さて、そのとき周謹《しゅうきん》と楊志《ようし》の二人が旗下で馬の手綱を引き締め、これから出撃して鋒《ほこ》を交えようとしたところ、兵馬都監《へいばとかん》の聞達《ぶんたつ》が「待った！」と大声で叫びながら、演武庁《えんぶちょう》に上がり、梁中書《りょうちゅうしょ》に申しあげた。

「閣下に申しあげます。この両人が武芸の試合をするにあたり、まだ腕前のほどはわかりませんが、鎗や刀はもともと無情の物、賊を殺し敵を討伐するのにふさわしいものです。今日、軍中で味方同士が試合をすれば、ケガをする恐れがあります。軽くて後遺症が残り、重ければ命を落とし、まさしく軍に不利です。二本の鎗の先端を取って、それぞれ羅紗《らしゃ》の切れはしで包み、地面で石灰をつけてから、めいめい馬に乗り、二人とも黒い上着を身に着けます。ただ鎗の先で相手を突き、白い点の多い者が負けということになります。このやりかたはいかがでしょうか？」

梁中書は即座に、「もっともしごくだ」と言い、すぐ命令を伝えた。

二人はその言葉をうけたまわると、演武庁の裏へ行って鎗の先を取り、羅紗の切れはしで包み、丸くくくりつけて、それぞれ黒い上着を身に着けると、鎗を石灰桶に入れ石灰をつけてから、ふたたび各自、馬に乗り、陣の前に出て行った。

楊志が鎗を横たえ馬を立てて見ると、かの周謹は果たせるかな、弓と馬に熟達しているようだった。いかなる出で立ちかといえば、頭に皮の盔《かぶと》をかぶり、黒い上着に精銅の鎧《よろい》、下には戦闘用の長靴を履いて、深紅色の腹巻をしめ、あし毛の馬に乗っている。

かの周謹は馬を飛ばし鎗を構えて、ただちに楊志に攻めかかった。こちら楊志も戦馬を蹴立て、手中の鎗をしごいて、周謹に向かって行った。二人は行ったり来たり、くりかえし一団となってもつれあい、一塊となって揉みあい、鞍の上では人と人が闘い、鞍の下では馬と馬が闘った。二人が四、五十合闘ったところで、周謹を見れば、まるで豆腐を叩きつけたように、斑点がほぼ四、五十もついている。楊志を見れば、左の肩胛骨《けんこうこつ》に一つ白い斑点があるだけだった。

梁中書は大喜びして、周謹を呼んで演武庁に上らせ、石灰の跡を見ながら言った。

「前任者は、おまえを軍中の副牌軍《ふくはいぐん》にしたが、おまえのこんな腕前から見れば、どうして方々に遠征し、ちゃんと俸禄を受ける副牌軍に任ぜられようか。代わって楊志をこの者の職につけよう」

管軍兵馬都監の李成《りせい》が演武庁に上がり、梁中書に申しあげた。

「周謹は、鎗術は不得手ですが、弓馬に熟達しております。もし、この職を追われたならば、軍の士気がゆるむ恐れがあります。もう一度、周謹と楊志に矢を競わせれば、いかがでしょうか?」

梁中書は、「もっともしごくだ」と言い、ふたたび命令を伝え、楊志と周謹に矢を競わせることとした。両者は命令をうけたまわると、鎗を捨て、それぞれ弓矢を取った。楊志は弓袋から一張の弓を取りだし、きちんと張ってから、弓を捧げもち、馬に跳び乗って演武庁の前まで馳せつけると、馬上に立って、お辞儀をして申しあげた。

「閣下、弓矢は発するときには、情け容赦がなく、ケガをする恐れがあります。どうかご命令をたまわりたく存じます」

梁中書は言った。

「武人が腕比べするのに、どうしてケガを心配することがあろうぞ。ただ腕前さえあれば、射《い》殺してもかまわぬ」

楊志は命令を受けると、陣の前にもどった。と、李成が伝言して、二人の矢比べする好漢にそれぞれ矢を遮る盾をわたし、身を守らせた。二人はそれぞれ護身用の盾を受け取り、腕に縛りつけた。楊志は言った。

「おまえがまずわしに三本の矢を射かけよ。後からおまえに三本、射《い》返そう」

周謹は聞くと、楊志を一本の矢で射ぬきたいものだと願った。楊志は何といっても軍官の出身であり、周謹の手並みを見破っていたので、まったく問題にしなかった。二人の矢比べはいかがであったか？

一個は天姿英発、一個は鋭気豪強。一個は曾《かつ》て山中に向《お》いて虎を射、一個は風裏従《よ》り楊《やなぎ》を穿《うが》つに慣れたり。彀《ひ》き満つる処　兎狐は命を喪《うしな》い、箭《や》の発する時　鵰鶚《ちょうがく》(1)も魂傷《いた》む。芸術《わざ》を較《くら》べんとして　場に当たりて比並《ひへい》し、手段《てなみ》を施さんとして　衆に対して揄揚《ゆよう》す。一個は磨《ま》鍬解《しゅうかい》　実に抵当し難く、一個は閃身解《せんしんかい》　提防する可《べ》からず。頃刻《けいこく》の内に勝負を観《み》るを要し、霎時《しょうじ》の間に存亡を見るを要す。両個の龍を降す手なみと雖《いえど》然も、必定《ひつじょう》　其の中《うち》に一強有らん。

一人は颯爽たる姿、一人は鋭気をみなぎらせる。一人はかつて山中で虎を射とめ、一人は当たりまえのように風にそよぐ柳の葉を射つらぬく。いっぱいに引きしぼればウサギやキツネは命を失い、ヒュッと矢が放たれるや　鵰《ちょう》（ワシ）や鶚《がく》（ミサゴ）はたまげるばかり。妙技を比べて　五分と五分、秘術を繰りだし　やんやの喝采。一人は磨《ま》鍬解《しゅうかい》（弓術の一種）　太刀打ちできぬ、一人は閃身解《せんしんかい》（同前）　防ぐのは無理。あっというまに　勝負がつくか、一瞬のうちに　生きるか死ぬか。おたがいに　龍をしとめる手並みとはいえ、勝つのはもちろんどちらか一人。

そのとき、指揮台では早くも青旗が揺れ動き、楊志は馬を蹴立てて南へ向かい、周謹は馬を走らせて追いかけ、手綱を鞍に掛けて、左手で弓を取り、右手で矢をつがえて、めいっぱい引きしぼり、楊志の背中のまんなかめがけてヒューッと矢を放った。楊志は背後に弓の弦《つる》の響く音を聞くや、パッと身をかわし、鐙《あぶみ》のかげに身を隠したところ、その矢はサッと空を

青面獣　北京に武を闘わす

射るばかり。周謹は一本目の矢がはずれたと見るや、早くも慌てふためき、ふたたび矢壺のなかから、急いで二本目の矢を取りだし、弦につがえると、楊志の姿に目を凝らし、背中のまんなかめがけて放った。楊志は二番目の矢が飛んで来る音を聞いても、今度は鐙のかげに身を隠さず、その矢が風のように飛んで来ると、弓を手に取り、弓の先でサッとはね飛ばしたところ、その矢はするりと草むらに落ちた。周謹は二番目の矢もまたはずれたのを見ると、内心、ますます慌てふためいた。

楊志の馬は早くも練兵場のはしまで馳せ、グッと手綱を引き締めると、たちまち方向転換して演武庁めざして馳せもどった。周謹もまたグッと馬の手綱を引き締めたところ、その馬も馳せもどり、勢いに乗じて追いかけた。かの緑柔らかな草地で、八個の蹄が玉杯を転がし鈸《ばち》を打ち鳴らすように、パカパカと風のごとく馳せるなか、周謹は三番目の矢を取り、弦につがえて、めいっぱい引くと、ありったけの力をこめ、目を見張って楊志の背中のまんなかを見つめながら、一本の矢を放った。楊志は弦の響きを耳にするや、身をひねり、鞍の上でその矢を一つかみにし、手につかんだまま、馬を飛ばし演武庁の前まで来ると、周謹の矢を投げ捨てた。

梁中書はこれを見て大いに喜び、命令を伝え、楊志にもまた周謹に三本の矢を射させよと命じた。指揮台にまた青旗が揺れ動き、周謹は弓矢を捨て、護身用の盾を手に持って、馬を蹴立てて南へ向かった。楊志が馬上で、サッと腰をあげ、足で一蹴りしたところ、馬はすぐパカパカと追いかけた。

楊志がまず弓をちょっと空引きすると、馬上の周謹は、うしろで弦の響く音を耳にしたので、身をひねりまわし、すぐ護身用の盾で迎えたが、手ごたえはなかった。周謹は、「あいつは鎗しか使えず、弓はできない。やつが三番目の矢まで、またごまかしたとき、怒鳴りつけたら、わしの勝ちというものだ」と思った。

周謹の馬は早くも練兵場の南端まで来ると、すぐさま方向転換して演武庁の前へと向かった。楊志の馬は周謹の馬が方向転換したと見るや、これもまた身をめぐらした。楊志は矢壺から一本の矢を取りだし、弦につがえると、内心、「やつの背中のまんなかに命中したら、きっと致命傷になる。やつとわしは怨みも仇もないのだから、ただ射るだけで、致命傷にならないようにすれば、それでよい」と思った。

かくて、左手は泰山《たいざん》を捧げるようにし、右手は赤子を抱くようにして、弓を満月のように引きしぼり、矢を流星のように放つと、この時遅く、かの時早く、一本の矢が周謹の左肩に命中した。周謹は手向かう暇もあらばこそ、ひっくり返って落馬し、乗り手のいなくなった馬はまっすぐ演武庁の裏へ走り去り、軍卒たちは周謹を助けに行った。

梁中書は見て、大いに喜び、軍政司《ぐんせいし》にすぐさま文書を持って来させ、楊志を周謹と交替させその職務につかせた。楊志は意気揚々と馬を下り、演武庁の前に来て、中書に拝礼し、その職務を引き受けようとした。

そのとき、階《きざはし》の下の左側をまわり、一人の男が上がって来て、叫んだ。

「職についた礼を言うな。わしとおまえと二人で勝負しよう」

楊志がその男を見れば、身体つきは凛々と精悍、身の丈は七尺余り、顔はまるく耳は大きく、唇は分厚く口は角ばり、あごのあたりまで頰ひげを生やし、威風凛々、風貌堂々、つかつかと梁中書の前まで来て「ハッ」と声をあげて挨拶し、申しあげた。

「周謹は病気がまだ治らず、気力もないため、楊志に不覚を取りました。てまえは不才ではありますが、楊志と武芸の試合をしたいと思います。もし、てまえが少しでも楊志にひけをとりましたなら、周謹と交替させずに、てまえの職につけてください。死んでも怨みはしません」

梁中書が見ると、ほかならぬ、大名府留守司正牌軍《せいはいぐん》の索超《さくちょう》だった。彼は短気で、塩をつまんで火に入れるようにすぐカッとし、国家のためにひたすらがんばり、まっさきに戦うので、人はみな〈急先鋒《きゅうせんぽう》〉と呼んでいた。李成はこれを聞くと、すぐさま指揮台から下り、まっすぐ演武庁の前まで来て、申しあげた。

「閣下、楊志は殿司制使《でんしせいし》だったのですから、必ずや武芸に秀でているに相違ありません。周謹では勝負にならないとはいえ、ちょうど索正牌なら武芸の試合に好都合、すぐ優劣のほどがわかりましょう」

梁中書は聞いて、内心思うに、「わしは何としても楊志を引き立てたいと思ったが、諸将が納得しない。いっそやつが索超に勝ってからなら、彼らも死んでも怨まず、文句も言わないだろう」。

梁中書はさっそく楊志を呼んで演武庁に上らせ、たずねた。

「索超と武芸の試合をするというのは、どうだ？」

「閣下のご命令とあらば、否やはありません」と楊志。

「ならば、おまえは演武庁の裏に行って着替え、十分に武装せよ」と梁中書は言い、武器庫の担当役人に必要な武器を持って来させると、「わしの戦馬を引いて来て、楊志に貸し与え、騎乗させよ」と命じ、楊志に「気をつけて当たり、並の者だと思うな」と言った。

楊志は礼を言い、支度をしに行った。

さて、李成は索超に申しつけた。

「おまえは別の者とは比べものにならない。周謹はおまえの弟子だが、先に負けてしまった。おまえがもしうっかり失敗すれば、やつに大名府の軍官全員がなめられてしまう。わしに一頭の戦場に慣れた戦馬があるから、武装一式と合わせて、すべておまえに貸してやろう。気をつけて当たり、士気を損なわないようにせよ」

索超は礼を言って、支度をしに行った。

梁中書は立ちあがり、階《きざはし》の前まで歩み出た。従者は銀の肘掛け椅子を移して、月台《げつだい》（正堂の前の露台）の欄干のあたりに置いた。梁中書が腰を下ろすと、左右に二列に居並ぶ側仕えが、傘持ちに命じて、てっぺんに銀の瓢箪を飾り、茶褐色のうす絹を三段に張った日傘を開かせ、梁中書の背後からさしかけさせた。

指揮台の上から号令が伝えられ、紅旗が揺れ動くと、両側の銅鑼《どら》や太鼓がいっせいに鳴り響き、ひとしきり太鼓がとどろいて、練兵場の両陣からそれぞれ一発、大砲が鳴った。砲声が響くと、索超が馬を馳せて陣中に入り、門旗の下に身を隠した。楊志もまた陣中から馬を馳せて軍中に入り、まっすぐ門旗のうしろまで行った。指揮台でまた黄旗が揺れるや、またもひとしきり、太鼓がとどろき、両軍はいっせいにワッと鬨《とき》の声をあげた。練兵場はしわぶきの音もせず、シーンと静まりかえっている。もう一度、銅鑼が鳴り、白旗が揚げられると、両側の軍官は誰一人身動きせず、むだ口をきこうともせず、静かに立ちつくしている。指揮台でまた青旗が揺れると、三度、軍鼓が響き、左側の陣中の門旗のあたりが、みるみるサッと二手に分かれ、馬の鈴を鳴らしながら、正牌軍の索超が出撃し、まっすぐ陣前まで行くと、馬を押しとどめ、武器を手にした。果たせるかな、英雄の姿である。いかなる出で立ちかと、見れば、

　頭に一頂の熟銅《じゆくどう》の獅子の盔《かぶと》を戴き、脳後《のうご》に斗《と》大来《だいらい》の一顆《か》の紅纓《こうえい》。身に一副の鉄葉を攢《あつ》め成す鎧《よろい》甲を披《き》、腰に一条の鍍《と》金《きん》獣面の束帯を繋《し》む。前後の両面には青銅の護心鏡《ごしんきよう》、上には一領の緋紅の団花《だんか》袍《ほう》を籠《かさ》ぬ。上面に両条の緑《りよく》絨縷《じゆうる》の頷帯《がんたい》を垂らし、下には一双の斜皮の気《き》跨靴《こか》を穿《は》く。左に一張の弓を帯び、右に一壺の箭《や》を懸《か》け、手裏に一柄の金蘸斧《きんざんふ》を横着す。李都監の那《か》の戦いに慣れし征を能《よ》くする雪白馬に坐下す。

頭に戴くは　鍛えられた銅製の獅子の盔《かぶと》、うしろに結ぶは　升《ます》ほどの大きさの紅い纓《ひも》。身には　薄い鉄板を綴り合わせた鎧《よろい》甲をまとい、腰には　獣の顔をあしらった金

メッキの帯をしめる。前後にすっぽり　青銅の護心鏡《むねあて》、はおるは　丸い飾り模様を繍《ぬいと》った緋色の袍《うわぎ》。緑の刺繍糸を撚《よ》り合わせた二本の頷帯《あごひも》を垂らし、馬の皮製で留め金が付いた一対の気跨靴（騎跨靴。乗馬用ブーツ）を履く。左に弓を帯び、右に矢筒を懸け、一丁の金蘸斧《きんざんふ》（金メッキの宣花斧《せんかふ》。古兵器の一種）を横に持つ。戦《いくさ》慣れした李都監の白馬に跨る。

かの馬を見れば、これまたすばらしい馬である。見れば、

両耳は玉の筯《はし》と同じきが如《ごと》く、双睛《そうせい》は凸《とつ》として金鈴に似たり。色は庚《かのえ》と辛《かのと》を按じ、南山の白額虎に彷彿《ほうふつ》たり。毛は膩粉《じふん》を堆《つ》み、北海の玉麒麟《ぎょくきりん》と同じきが如し。陣を衝《つ》き得、渓を跳び得、戦鼓を喜ぶこと、性は君子の如し。重きを負い得、遠きに走《は》せ得、風に嘶《いなな》くに慣ること、必ず是《こ》れ龍の媒《たぐい》ならん。伍相《ごしょう》の梨花馬《りかば》に勝如《しょうじょ》し、秦《しん》王の白玉駒《はくぎょくく》に賽過《さいか》す。

両耳は玉の箸のようにピンと立ち、両目は金の鈴のようにギョロリとしている。色は庚辛《まつしろ》（西の色は白。庚辛は西方に配される）で、額の白い南山の虎を思わせる。毛は膩粉《おしろい》を塗り重ねたようで、北海の玉麒麟と瓜二つ。敵陣を突き破り、渓谷を跳び越え、戦太鼓《いくさだいこ》を喜ぶさまは、まるで君子そのもの。重いのもへっちゃら、遠くまで行くんだ、風に嘶《いなな》く姿も堂に入っており、きっと龍の類《たぐい》に相違ない。伍相（伍子胥《ごししょ》。春秋

時代の呉王夫差《ふさ》の軍師）の梨の花の〔ように白い〕馬にまさり、秦王（唐の太宗李世《りせい》民《みん》）の白玉の駒をも凌《しの》ぐ。

左の陣から〈急先鋒〉索超は馬の手綱を引き締め、金蘸斧《きんざんふ》を持って、陣の前に馬を立てた。と、右側の陣内の門旗のあたりがみるみる開き、馬鈴を響かせながら、楊志が鎗を手に馬を出し、まっすぐ陣前まで来ると馬の手綱を引き締め、鎗を横たえた。果たせるかな、勇猛果敢な風情である。いかなる出で立ちかと、見れば、

頭に一頂の霜を鋪《し》き日に耀く鑌鉄《ひんてつ》の盔《かぶと》を戴き、上に一把の青纓《せいえい》を撒着《さんちゃく》す。身に一副の梅花と楡《ゆ》葉《よう》を鉤嵌《こうかん》せし甲《よろい》を穿《つ》け、一条の紅絨《こうじゅう》にて打ち就《な》せる勒甲《ろくこう》の絛《ひも》を繋《し》め、前後には獣面の掩心《えんしん》。上には一領の白羅《はくら》の生色の花袍《かほう》を籠着《ろうちゃく》し、〔一〕条の紫絨飛《しじゅうひ》帯《たい》を垂着《すいちゃく》し、脚には一双の黄皮の襯底靴《しんていか》を登《ふ》む。一張の皮靶《ひは》弓、数根の鑿子《さくし》箭《せん》、手中には渾鉄《こんてつ》の点鋼鎗《てんこうそう》を挺着《ていちゃく》す。騎《の》れるは是《こ》れ梁中書の那《か》疋の火《か》塊赤《かいせき》の千里の風に嘶《いなな》く馬なり。

頭にはキラキラ輝く鋼鉄の盔《かぶと》、その頂きに揺れ動く青色の飾り紐。梅の花と楡《にれ》の葉を象《かたど》った鉄片を組合わせた鎧を、紅い刺繡糸でこしらえた紐でギュッと縛り、身体の前後には獣面を象《かたど》った掩心《むねあて》。その上に花模様も鮮やかな白い羅《うすぎぬ》の上衣をまとい、紫の刺繡糸でこしらえたしなやかな帯を垂らし、足には裏打ちした黄色い皮製の靴《ブーツ》を履

く。一張の皮貼りの弓、数本の的を穿つ矢、手には純鉄の点鋼鎗をピンと立てる。跨るは　炎のような色をして千里の風に嘶《いなな》く梁中書の馬。

見ると、これまた無敵のすばらしい馬である。見れば、

鬃《たてがみ》は火焔を分かち、尾は朝霞を擺《ゆる》がす。渾身　胭脂《えんじ》を乱掃し、両耳は紅葉を対攢《たいさん》す。晨《あした》を侵して紫塞《しさい》に臨めば、馬蹄は四点の寒星を迸《ほとばし》らせ、日暮に沙堤に転ずれば、地に就《つ》きて一団の火塊を滾《ころ》がす。言うを休《や》めよ　火徳の神駒《しんく》、真に乃《すなわ》ち寿亭《じゅてい》の赤兎《せきと》なりと。疑うらくは是《こ》れ南宮より来たれる猛獣かと、渾《すべ》て北海に出でし驪龍《りりゅう》の如《ごと》し。

たてがみは燃えさかる炎、尻尾は朝靄《あさもや》にゆらめく。満身　胭脂《べに》を散らしたかのよう、両耳は対を成す紅葉《もみじ》。夜明けに紫塞（万里の長城）に臨めば、蹄は冬空に輝く四つの星の光を放ち、夕暮れに砂漠の防壁へと転じれば、火の塊が地平線の彼方まで突き進む。言うなかれ　火徳の神駒とは、寿亭侯《じゅていこう》（関羽《かんう》）の赤兎馬にほかならぬと。南宮からやって来た猛獣ではあるまいか、まるで北海にあらわれた驪《くろ》い龍のようだ。

右側の陣から、〈青面獣〉楊志が手中の鎗をひねり、乗った馬の手綱を引き締め陣前に馬を立てた。両陣の部将はひそかに喝采し、武芸のほどはわからないものの、まず彼らの威風

が抜きん出ていると思った。真南の旗牌官《きはいかん》（旗をもつ軍官）が金糸で「令」の字を書いた旗を捧げもち、馬を飛ばしてやって来ると、大声で言った。

「閣下の仰せである。おまえたち二人はそれぞれ留意せよ。負ければ、きっと罰を与え、勝てば、手厚く褒美をとらせる」

二人は仰せを聞くと、馬を馳せて出陣し、二人とも練兵場の中央に到った。両馬が馳せちがい、二様の武器が同時にあがった。索超はカンカンに腹を立て、手中の大斧をブンブンふりまわし、馬を蹴立てて楊志に向かって行き、楊志は威勢よく、手中の鎗をひねり、索超を迎え撃つ。両者は練兵場の中央、指揮台の前で闘い、それぞれ日ごろの腕前を披露した。一来一往、一去一回、四本の腕が縦横に動き、八個の馬蹄が入り乱れた。見れば、

征旗は日を蔽《おお》い、殺気は天を遮《さえぎ》る。一個の金蘸斧《きんざんふ》は直《ただ》ちに頂門《ちょうもん》を奔《め》ざし、一個の渾鉄《こんてつ》の鎗は心坎《しんかん》を離れず。這個《しゃこ》は是《こ》れ社稷《しゃしょく》を扶持する、毘沙門托塔李天王《びしゃもんたくとうりてんおう》。那個《なこ》は是れ江山を整頓する、金闕《きんけつ》を掌《つかさど》る天蓬大元帥《てんぽうだいげんすい》。一個の鎗尖《やりさき》の上には一条の火焔を吐き、一個の斧刃《ふじん》の中《うち》には幾道もの寒光を迸《ほとばし》らす。那個は是れ七国の中の袁達《えんたつ》重ねて生まれ、這個は是れ三分の内の張飛《ちょうひ》世に出づ。一個は巨霊神《きょれいしん》の忿怒《ふんぬ》して、大斧を揮《ふる》い西華山《せいかざん》を劈《さ》き砕くに似たり。一個は華光蔵《けこうぞう》の嗔《いか》りを生じ、金鎗に仗《よ》り鎖魔関《さまかん》を搠《つ》き透すが如《ごと》し。這個は円彪彪《えんひょうひょう》と双眼を睜開《みひら》き、肐査査《こつささ》と斜めに斧頭を砍《き》り来たる。那個は必剝剝《ひつはくはく》と牙関《がかん》を咬み砕き、火焔焔《かえんえん》と鎗桿《そうかん》を揺らし得て断つ。這個は精神を弄《ろう》して、些児《いささか》の空《すき》も放《のこ》さず。那個は破綻を覰《み》て、安《いず》

急先鋒　東郭に功を争い

くんぞ半点の閑《むだ》を容《ゆる》さん。

軍旗は日を覆い、殺気は天を遮る。金蘸斧《きんざんふ》は脳天めがけてふりおろされ、純鉄の鎗は心臓を狙って繰りだされる。こちらは　社稷を保持する、毘沙門托塔李天王（托塔天《たくとうてん》王李靖《おうりせい》。毘沙門天と唐代の武将李靖《りせい》が習合した神）。あちらは　海山をととのえ、宮殿を守護する天蓬大元帥（天帝につかえる水神）。一人は鎗先に燃えあがる炎を生じ、一人は斧刃に凍りつくような光を発する。あちらは　戦国七雄の袁達《えんたつ》[2]（架空の豪傑）の生まれ変わり、こちらは　天下三分の張飛の再来。一人は　巨霊神《きょれいしん》（山を裂く河神）が憤激し、大斧を揮って西華山《せいかざん》を粉微塵にするかのよう。一人は　華光蔵（華光菩薩）が立腹し、金鎗を用いて鎖魔関《さまかん》を突き破るかのよう。こちらは　爛々と両目を剝《む》いて睨みつけ、ブーンと斜めに斧をふるって情け無用。あちらは　ギリギリと歯を噛みしめ、ゴーッと鎗の柄を揺らして必殺の一撃。こちらは　気迫をみなぎらせ、わずかの隙も見せることはない。あちらは　破綻を見つけようにも、そんな手がかりはどこにもない。

そのとき、楊志と索超の両者は五十余合闘ったが、勝負がつかなかった。月台の上で、梁中書はわれを忘れて見惚れ、両側の軍官たちは見て、喝采してやまず、陣の前の兵卒たちはたがいに顔を見合わせて言った。

「わしらは長年、軍で働き、何度か遠征もしたが、こんな好漢の闘いは見たことがない」

李成と聞達《ぶんたつ》は指揮台の上で、ひっきりなしに「みごとだ！　みごとだ！」と叫び、聞達は内心、二人のうち、一人が傷つくことを恐れて、慌てて旗牌官を呼び、「令」の字の旗を持たせ、二人を引き分けさせようとした。

指揮台の上からふいに銅鑼の音がしたが、楊志と索超はここまで闘ったのだから、それぞれ手柄を争い、どうして馬を返すことを承知しようか。と、旗牌官が飛ぶようにやって来て、叫んだ。

「お二方の好漢どの、待った！　閣下のご命令だ」

楊志と索超はやっと手中の武器をおさめ、乗っていた馬をとどめて、それぞれ本陣に帰り、馬を旗の下に立てて、かの梁中書に目をやり、ひたすら命令を待った。

李成と聞達は指揮台から下りて、まっすぐ月台の下まで行き、梁中書に申しあげた。

「閣下、この二人の武芸は同格でありますから、二人とも重用されるべきです」

梁中書は大いに喜び、命令を伝えて、楊志と索超を召し寄せることとした。旗牌官が命令を伝え、二人を演武庁の前まで呼び寄せると、二人とも馬を下りた。下士官が二人の武器を受け取ると、二人は演武庁に上がり、身体をかがめて敬礼し、命令をうけたまわった。梁中書は二錠の白銀と二揃いの反物を持って来させ、二人に賜った。すぐに、軍政司を呼び、二人をともに管軍提轄使《かんぐんていかつし》に昇進させるように命じて、さっそく文書を作らせ、その日からすぐ二人をその職につけた。

索超と楊志はともに梁中書に拝礼して感謝し、賜り物を持って演武庁を下りた。〔楊志は〕鎗・刀・弓・箭をはずし、盔《かぶと》や鎧をぬいで着替え、索超もまた武装を解いて、錦の上衣に着替えた。二人そろって演武庁に上がり、さらに軍官たちに拝礼して感謝すると、隊列に入り、提轄の役職についた。兵卒たちは勝利の太鼓を打ち鳴らし、銅鑼や太鼓と旗を持って先に解散した。

梁中書は大小の軍官とともに、そろって演武庁で宴会を催した。みるみるうちに日が西に沈み、宴会はお開きとなったが、一同は大喜びだった。

梁中書が馬に乗ると、軍官たちはそろって役所に帰還するのを見送った。馬前には二人の新提轄が並び、前後して肩を並べ馬に乗り、頭には紅い花飾りを挿していた。彼らが東郭門を入ったとき、街道の両側に、老人を助け幼い子供を連れた人々が出迎え、みな喜んで見物していたので、梁中書は馬上から問いかけた。

「おまえたちはどうして喜んでいるのか？　わしを嘲り笑っているのではあるまいな？」

老人たちが跪《ひざまず》いて答えた。

「てまえどもは北京《ほくけい》に生まれ、大名府《だいめいふ》で育ちましたが、今日のようにお二方の好漢将軍が手合わせをされたのは、見たことがありません。今日、練兵場でこれほどの好試合を拝見し、喜ばずにはいられましょうか？」

梁中書は馬上でこれを聞き、大喜びした。役所に到着すると、軍官たちはそれぞれ引き取った。索超には兄弟分の仲間がいたので、招かれて祝い酒を飲みに行った。楊志は来たばかりなので、まだ知り合いもなく、梁中書の屋敷に行って泊まり、〔以来〕朝から晩までまめまめしく働き、指図を待ったことは、さておく。

さて、閑話《まわりみち》はこれまでとし、本題にもどそう。東郭門の試合以後、梁中書はたいへん楊志を慈しみ、朝から晩まで側に置き、けっして離そうとせず、また月のうちに一人分の俸給を与えた。楊志にもだんだんと付き合う知人ができ、索超も楊志のすぐれた腕前を見て、内心、敬服していたのだった。

知らず知らずのうちに、時がたち、早春が過ぎて夏になり、おりしも五月五日、端午節がやって来た。梁中書は蔡《さい》夫人と奥の間で家宴を開き、端午節を祝った。見れば、

盆には緑艾《りよくがい》を栽《う》え、瓶《かめ》には紅榴《こうりゆう》を挿す。水晶の簾《れん》には蝦鬚《かしゆ》を捲《ま》き、錦繍《きんしゆう》の屏《へい》には孔雀《くじやく》を開く。菖蒲は玉を切り、佳人は笑いて紫霞《しか》の杯を捧ぐ。角黍《かくしよ》は金を堆《つ》み、美女は高く青玉の案《つくえ》を擎《あ》ぐ。食は異品を烹《に》、果は時新を献ず。絃管《げんかん》・笙簧《しようこう》、一派の声清く韻美なるを奏す。綺羅・珠翠、両行の舞女と歌児を擺《なら》ぶ。筵《えん》に当たって象板《ぞうはん》は紅牙を撒《ち》らし、遍体の舞裙《ぶくん》は錦繍を拖《ひ》く。消遣《しようけん》す　壺中の閑日月、遨遊《ごうゆう》す　身外の酔乾坤《すいけんこん》。

盆には緑のヨモギ、瓶《かめ》には紅いザクロ。水晶の簾は　エビのひげで巻きあげられ、錦《きん》繍《しゆう》の屏風《ついたて》に　孔雀が羽を開く。菖蒲は玉を切り取ったかのごとく、佳人はにこやかに紫霞の杯を捧げる。角黍《ちまき》は金を積み重ねたかのごとく、美女は高く青玉の案《つくえ》を掲げ

る。料理にはめずらしい素材を用い、果物は季節の旬のもの。管弦の音は、なんとも耳に心地よい。豪華な衣裳に身を包むのは、左右に並んだ舞姫と歌姫。宴に際して
象板《カスタネット》の紅い板は賑やかに揺れ、舞姫の体を包む裙《スカート》は錦繍を長々と引きずる。味わおう壺中天ののどかな日々、楽しもう肉体を離れた酔い心地の世界。

その日、梁中書はちょうど奥の間で蔡夫人と家宴を開き、端午節を祝って、酒を数杯飲み、料理も二通り出たところで、蔡夫人が言った。

「閣下には出仕されてこのかた、今は一方の総司令官となられ、国家の重任についておられますが、この功名と富貴はどこから来たのでしょうか？」

梁中書は言った。

「わしは小さいころから学問して、まあまあ経史《けいし》（経書や史書）も知っているが、人は草木ではないゆえ、お舅御のご恩やお引き立てを承知しており、感激してやまない」

「あなたが私の父の恩徳を承知しておられるのなら、どうしてその誕生日をお忘れなのですか？」

「どうして覚えていないことがあろうか？　お舅御は六月十五日がお誕生日だから、すでに人に十万貫を持たせて金銀財宝を買わせ、都にお祝いを送りとどけるつもりだ。一か月前には、担当の者がすべて金を受け取って行き、現在、九割がたそろった。ここ数日のうちに、きちんと用意してから、誰かを派遣して出発させるつもりだが、ただ一つ困った問題があ

り、それでためらっているのだ。去年、あまたの骨董や金銀財宝を買い、送りとどけさせたところ、道の半分も行かないうちに、ことごとく盗賊に奪われ、財物はすべて無に帰した。今に至るまで厳しく捜査しているにもかかわらず、盗賊はまだつかまっていない。今年は誰を行かせたらよいものだろうか？」

「配下に大勢の下士官がいるのですから、あなたが腹心の者を選んで行かせられたら、それでよろしいでしょうに」

「まだ四、五十日あるから、そのうち急かせて贈り物がそろってから、行く者を選んでも遅くはあるまい。おまえは心配するな。わしに考えがある」

その日の家宴は、午《うま》の刻（正午）に始まり、二更（午後九〜十一時）になってようやくお開きになった。その話は、これまでとする。

さて、梁中書は贈り物の骨董を買いととのえ、人を選んで都に行かせ蔡太師の誕生祝いをしようとしたことは、さておくとして、ここに、山東済《さんとうせい》州の鄆城《うんじょう》県に新たに一人の知県《ちけん》（県の長官）が赴任した。姓は時《じ》、名は文彬《ぶんぴん》という。その日、登庁して公座に着き、見れば、

官と為《な》っては清正、事を作《な》しては廉明。毎《つね》に惻隠《そくいん》の心を懐《いだ》き、常に仁慈の念有り。田を争い地を奪うものは、曲直を弁じて後に施行す。闘殴《とうおう》して相《あ》い争うものは、軽重を分かちて

方《はじ》纔めて決断す。間暇　琴《きん》を撫し客と会うも、也《ま》た応《まさ》に民情を分理すべし。県治の宰臣の官と雖《いえど》然も、果たして是《こ》れ一方の民の父母なり。

お役につけば　清廉潔白、腕をふるえば　公明正大。か弱き者に味方して、人情あふれるお取りなし。たがいに土地を争えば、しっかり吟味して　それからお裁き。殴り合いに及んだら、程度を見きわめて　はじめて処分。暇なおり　琴を奏でたりお客に会ったりするときでさえ、民の暮らしのさまを理解するのに心を砕く。一県の長官とはいえ、そこに住まう者たちの父母〔ともいえる人〕なのだから。

そのとき、知県の時文彬《じぶんぴん》が登庁し公座に着くと、左右両側に役人たちが居並んだ。知県はさっそく尉司《いし》（県尉の管轄下にある部局）の盗賊逮捕の担当役人、ならびに二人の巡捕都頭《じゅんほとう》（県において盗賊逮捕にあたる実行部隊の隊長）を召し寄せた。この県の尉司には二人の都頭がおり、一人は歩兵都頭、一人は馬兵都頭である。馬兵都頭は二十人の騎馬弓手と二十人の地元兵を率い、歩兵都頭は鎗を使う二十人の下士官と二十人の地元兵を率いている。

この馬兵都頭は、姓は朱《しゅ》、名は仝《どう》といい、身の丈は八尺四、五寸、虎ひげを生やし、ひげの長さは一尺五寸、顔は重棗《ちょうそう》（熟した棗《なつめ》）のごとく、目は明るい星のごとく、関雲長《かんうんちょう》（関《かん》羽《う》）に似ているため、県中の者が〈美髯公《びぜんこう》〉と呼んでいる。もともとこの県の財産家だったが、ひたすら義理を重んじ金ばなれがよく、天下の好漢と交わりを結ぶことを好み、しっか

りした武芸を身につけていた。朱仝のありさまはいかなるものか。見れば（以下は「臨江《りんこう》仙《せん》」の詞《ツー》のスタイル）、

義胆忠肝豪傑
胸中武芸精通
超群出衆果英雄
彎弓能射虎
提剣可誅龍
一表堂堂神鬼怕
形容凜凜威風
面如重棗色通紅
雲長重出世
人号美髯公

義胆忠肝の豪傑
胸中　武芸に精通す
群を超え衆に出《い》で　果たして英雄なり
弓を彎《ひ》いては能《よ》く虎を射
剣を提げては龍を誅す可《べ》し
一表堂堂として　神鬼も怕《おそ》れ
形容凜凜として　威風あり
面は重棗《ちょうそう》の如《ごと》く　色は通紅《つうこう》なり
雲長《うんちょう》の重ねて世に出《い》でしがごとく
人は美髯公《びぜんこう》と号す

忠義の塊のような豪傑、武芸百般　何でもござれ、非凡な才能　これぞ英雄。弓を引けば　虎をしとめ、剣を提げては　龍すら退治。堂々たる体つきに　鬼神もおののく、凜々とした姿に　みなぎる威風。顔の色は重棗のように真っ赤。雲長（関羽）の再来かと思われて、人は〈美髯公〉と称する。

かの歩兵都頭は、姓は雷《らい》、名は横《おう》といい、身の丈は七尺五寸、赤銅《しゃくどう》色の顔に、渦巻くあごひげ。腕っぷしは並はずれ、幅二、三丈の渓谷を跳び越すことができるため、県中の者が〈挿翅虎《そうしこ》〉と呼んでいる。もともとこの県の鍛冶屋だったが、のちに碓《うす》つき場を開き、牛を殺したり賭場を開いたりした。義理には厚いものの、いささか偏屈だったが、やはりしっかりした武芸を身につけていた。雷横のありさまはいかなるものか。見れば（以下も「臨江仙」の詞《ツー》のスタイル）、

天上罡星臨世上
就中一個偏能
都頭好漢是雷横
拽拳神臂健
飛脚電光生
江海英雄当武勇
跳墻過澗身軽
豪雄誰敢与相争
山東挿翅虎
寰海尽聞名

天上の罡星《こうせい》　世上に臨み
中に就《つ》きても一個は偏《ひと》えに能あり
都《と》頭《とう》の好漢是《こ》れ雷横《らいおう》なり
拳《こぶし》を拽《ふる》いては神臂《しんぴ》健やかに
脚を飛ばせば電光生ず
江海の英雄は当《まさ》に武勇たるべく
墻《かき》を跳び澗《たに》を過ぎて身は軽し
豪雄誰か敢えて与《とも》に相《あ》い争わん
山東の挿翅虎《そうしこ》
海の寰《うち》は　尽《ことごと》く名を聞けり

天罡星《てんこうせい》が地上に降り立ち、とりわけ秀でたこの男、それは雷横《らいおう》　都頭の好漢。拳をふるえば　臂《うで》がしなり、足を飛ばせば　稲妻きらめく。世間に名だたる英雄は　武勇の誉れ高く、壁を跳び越え　谷をまたいで　軽々とした身のこなし。張り合うやつなどいるものか。山東の〈挿翅虎《そうしこ》〉、四海にその名はとどろきわたる。

かの朱仝と雷横の二人は並の者ではないため、大勢の人が二人の保証人になって都頭に推薦し、もっぱら盗賊の逮捕に当たっていた。その日、知県のお召しを受けて、二人は登庁し、挨拶して、命令を待つと、知県は言った。

「わしは着任して以来、本府済州の管轄下にある水郷の梁山泊《りょうざんぱく》に、盗賊が手下を集めて略奪をはたらき、官軍に刃向かっていると耳にした。また、各地の郷村で盗賊が暴れまわり、よからぬ者が非常に多いことも気にかかる。今、おまえたち二人を呼んだのは、苦労をいとわず、わしのために配下の兵卒を引きつれて、一人は西門から、一人は東門から出撃し、手分けして巡回逮捕してもらうためだ。もし賊を発見すれば、ただちに討伐・逮捕して連行し、村人を騒がせてはならない。わしもよく知っているが、東渓村《とうけいそん》の山上に、一株の大きな紅葉樹があり、ほかのところにはまったくない。おまえたちはその葉っぱを何枚か採って県役所に納めてはじめて、そのあたりを巡回したことの証《あかし》となる。それぞれ紅葉がなかった場合は、ウソをついたこととし、役所では必ず罰を科し、許さない」

かった。

二人の都頭は命令を受けて、それぞれ帰り、配下の地元兵を点呼して、手分けし巡察に向かった。

朱仝が人々を率いて西門を出て、巡察・逮捕に向かったことはさておき、雷横はその夜、二十人の地元兵を率い、東門を出て村々をめぐり巡察し、あまねく一回りして、東渓村の山上にもどり、一同、その紅葉を採るや、すぐ村へ下りた。二、三里も行かないうちに、早くも霊官廟《れいかんびょう》の前にやって来た。見れば、社殿の門が開いているので、雷横は言った。

「この廟には廟守がいないのに、社殿の門が閉まっていないのは、悪人がなかにいるのではあるまいか？　わしらは入ってちょっと見に行こう」

一同は松明《たいまつ》を手に持ち、いっせいに照らしながらなかへ入ったところ、お供え机の上に、真っ裸で一人の大男が眠っているではないか。暑い日だったので、その男はボロボロの衣類をまるめた塊を枕とし、首の下に置いて、お供え机の上でグーグーいびきをかきながら、熟睡している。雷横はこれを見て、言った。

「おかしいぞ！　おかしいぞ！　知県閣下はたいへん賢明だ。なんとこの東渓村にはほんとうに盗賊がいたのだ」

大声で一喝し、その男があがきだそうとしたとき、二十人の地元兵がドッと前に進み、その男を一本の縄で縛りあげると、廟の門から押し出て、ある保正《ほせい》（村や町の世話役）の屋敷へと向かった。

そこへ行ったがために、東渓村に三、四人の好漢英雄が集まり、鄆城県で十万貫の金銀財

宝を捜し求めることと、あいなった次第。これぞまさしく、

天上罡星来聚会　天上の罡星《こうせい》来たって聚会し
人間地煞得相逢　人間《じんかん》の地煞《ちさつ》相い逢うを得

天上の罡星が集まり、人間《じんかん》（人の世）の地煞が出会う。

というところ。

はてさて、雷横はその男をとらえ、どこへ連れて行ったのでしょうか。まずは次回の分解《ときあかし》をお聞きください。

注

（1）底本は「鴞《きよう》」。諸本により改めた。

（2）『全相平話《ぜんそうへいわ》楽毅《がくき》図《ず》斉七国春秋後集《せいしちこくしゅんじゅうこうしゅう》』に登場する斧の使い手。

第十四回

赤髪鬼《せきはつき》　酔って霊官殿《れいかんでん》に臥《が》し
晁天王《ちょうてんおう》　義《ちぎり》を東渓村《とうけいそん》に認《むす》ぶ

詩に曰《いわ》く、

勇悍劉唐命運乖
霊官殿裏夜徘徊
偶逢巡邏遭羈縛
遂使英雄困草莱
鹵莽雷横応堕計
仁慈晁蓋独憐才
生辰綱貢諸珍貝
総被斯人送将来

勇悍《ゆうかん》なる劉唐《りゅうとう》　命運乖《たが》い
霊官殿裏《れいかんでん》　夜　徘徊す
偶《たま》たま巡邏《じゅんら》に逢いて　羈縛《きばく》に遭《あ》い
遂に英雄をして草莱《そうらい》に困《くる》しましむ
鹵莽《ろもう》なる雷横《らいおう》　応《まさ》に計に堕《お》つべく
仁慈なる晁蓋《ちょうがい》　独《ひと》り才を憐れむ
生辰綱《せいしんこう》は貢《みつ》ぐ　諸珍貝
総《すべ》て斯《こ》の人の被《ため》に送り将《も》て来たる

勇敢な劉唐《りゅうとう》も　星回りがわるく、霊官殿《れいかんでん》にて　夜にうろうろする羽目に。たまたま巡邏《じゅんら》に出くわして　縄目の恥を受け、英雄が片田舎で困難にあう。粗暴な雷横《らいおう》にしてやられたが、情け深い晁蓋《ちょうがい》に見込まれる。生辰綱《せいしんこう》は珍宝の山、それをもたらしたのは　ひとえにこの人。

さて、そのとき、雷横《らいおう》は霊官殿《れいかんでん》にやって来て、かの大男がお供え机の上で眠っているのを見ると、地元兵をかからせ、縄で縛りあげて、霊官殿を離れた。時間はまだ早く、五更（午前三～五時）時分だったので、雷横は、「とりあえずこいつを晁保正《ちょうほせい》の屋敷に護送し、ちょっとした食事をいただいてから、県役所に護送して取り調べよう」と言い、一行はそろって保正の屋敷へと向かった。

かの東渓村《とうけいそん》の保正は、姓を晁《ちょう》、名を蓋《がい》といい、祖先はこの土地の財産家だった。常日頃から義理を重んじ金ばなれがよく、もっぱら天下の好漢と交わりを結ぶことを好み、身を寄せて来る者がいれば、よしあしを問わず、さっそく屋敷に泊めてやった。立ち去るときには、また銀子を与えて旅立ちの援助をしてやった。なにより好きなのは鎗術・棒術であり、また体格がよく力もちだったので、妻も娶《めと》らず、一日じゅう、ひたすら筋骨を鍛錬していた。

鄆城県《うんじょう》の管轄下の東門の外には村が二つあり、一つは東渓村、もう一つは西渓村《せいけいそん》で、ただ大きな谷川で隔てられていた。最初、この西渓村によく幽霊があらわれ、真っ昼間に人を迷わせ谷川に突き落としたが、どうしようもなかった。ふいにある日、僧侶が通りかかったので、村の者が事細かにこのことを告げたところ、僧侶はある場所を指さし、青い石を用いて宝塔を刻ませ、その場所に置いて、谷川のほとりを鎮《しず》めさせた。そのとき、西渓村の幽霊は、すべて追われて東渓村にやって来た。晁蓋はこれを知って激怒し、谷川を渡って行き、青い石の宝塔を一人で奪い取って来ると、東渓村の谷川のほとりに置いた。このため、住民はみな彼を〈托塔天王《たくとうてんおう》〉と呼ぶようになり、晁蓋は東渓村を支配し、江湖でもその名が知れわたったのだった。

さて、早くも雷横と地元兵はその男を護送し、屋敷に行って門を叩くと、邸内の作男が聞いて、晁蓋に報告した。このとき、晁蓋はまだ起きていなかったが、雷都頭《らいととう》が来たとの知らせを聞くと、慌てて門を開かせた。作男が門を開けると、地元兵たちはまずその男を門番小屋に吊るし、雷横は主だった配下十数人を引きつれて、表の間に行き腰を下ろした。晁蓋は起きて来てもてなし、たずねて言った。

「都頭さん、ここに何のご用ですか」

「知県《ちけん》(県の長官)閣下の命を奉じて、わしと朱仝《しゅどう》の二人で配下の兵卒を率い、手分けして郷村の各所を巡察し盗賊の逮捕にあたっております。歩き疲れ、しばらく休息したいと思って、このお屋敷にお邪魔しました。保正どののお休みのところをお騒がせして、申しわけない」と雷横。

晁蓋は「かまいません」と言い、作男に酒食を用意してもてなすよう命じ、まず湯《スープ》を持って来させ、飲んでもらった。晁蓋はたずねて言った。

「この村でコソ泥でもつかまえられましたか?」

雷横は答えた。

赤髪鬼　酔って霊官殿に臥し

「さきほど、あそこの霊官殿で大男が眠っていました。そいつは善良な者ではなく、きっと酔っぱらって寝込んだものと思われます。わしらは縄で縛りあげ、すぐ県役所に護送し知県さんに見せようと思いましたが、一つにはいささか時刻が早すぎ、二つには、保正どのにもお知らせしておけば、後日、知県さんからおたずねがあったとき、保正どのも答えやすかろうと思った次第。今、お屋敷の門番小屋に吊るしてあります」

晁蓋は聞いて心にとめ、感謝して言った。

「都頭さんのお知らせ、かたじけない」

しばらくして、作男が大皿に盛った料理や酒を捧げて出て来た。晁蓋は大声で、「ここでは話がしにくい。奥の間に行って座ったほうがいい」と言い、さっそく作男に命じて、奥の間に灯りをともさせ、雷横を奥に案内して飲ませた。晁蓋は主人の席、雷横は客席に座り、両者の座が定まると、作男は果物や酒のつまみ、野菜や大皿に盛った料理を並べる一方、酌をした。晁蓋はまた酒を出し地元兵たちに飲んでもらうように言い、作男は地元兵一同を廊下の客席に案内してもてなし、大盛りの酒や肉をたっぷり一同に飲み食いさせた。

晁蓋は雷横に酒を飲ませながら、腹のなかで思案した。

「村にやつにつかまえられるようなどんなコソ泥がいたのだろう？　どんなやつか見に行って来よう」

お相伴して六、七杯飲むと、家のなかから執事を呼んで出て来させ、「都頭さんのお相手をしてちょっと座っていてくれ。わしは手を洗ったらすぐもどる」と申しつけた。執事が雷横の相手をして酒を飲んでいる間に、晁蓋は奥へ入って提灯《ちょうちん》を手に持ち、まっすぐ門楼のあたりに来て見れば、地元兵たちはみな酒を飲みに行き、外には誰もいない。晁蓋はさっそく門番の作男にたずねた。

「都頭さんがつかまえた泥棒はどこに吊られているのか？」

「門番小屋に閉じ込めてあります」と作男。

晁蓋が戸を押し開け、のぞいてみると、その男がなかで高々と吊りあげられていた。全身、黒い肌をむきだしにして、下では二本の黒々とした毛脛をくくられ、両足は裸足だ。晁蓋が提灯でその男の顔を照らすと、赤銅色の広い顔、鬢《びん》のあたりに赤あざがあり、その上に一面、茶色の毛が生えている。晁蓋はさっそくたずねた。

「おい、おまえはどこの者だ？　この村で見かけない顔だな」

「てまえは遠方からの旅人で、ある人を頼ってここに来たが、なんと泥棒に間違えられ、つかまってしまった。ちゃんと申し開きできるぞ」とその男。

「この村の誰を頼って来たのか？」

「この村に一人の好漢を頼って来たのだ」

「その好漢は何という者か？」

「晁保正という人だ」

「おまえは何の用があってその者を訪ねて来たのか？」

「その人は天下に名の知れた義士の好漢だ。今、わしに一つ儲け話があり、それで知らせに来たのだ」

「しばらく待っておれ。わしこそ晁保正だ。助けてほしかったら、おまえはただわしを母方の叔父さんだと言え。しばらくしたら、わしは雷都頭を送って出て来るから、おまえはさっそくわしに『叔父さん!』と呼びかけろ。わしはすぐおまえを外甥だと言ってやるから。おまえはただ四、五歳のときにここを離れ、今度、叔父さんを訪ねて来たので、わからなかったとだけ言え」

「そんなふうに助けてもらえたら、深く恩にきます。どうか義士どの、助けてくだされ」

これぞまさしく、

黒甜一枕古祠中　黒甜《こくてん》　一枕　古祠の中《うち》
被捉高懸草舎東　捉えられ高く懸《か》けらる　草舎の東
却是劉唐未応死　却《かえ》って是《こ》れ劉唐《りゅうとう》未《いま》だ応《まさ》に死せざるべく
解囲晁正有奇功　囲みを解くに　晁正《ちょうせい》　奇功有り

古い祠《ほこら》でぐっすり眠っていたら、つかまえられて　藁葺きの家の東に吊るされた。
ところが劉唐はまだ死なない定め、縛《いまし》めを解いたのは　晁保正の大いなる手柄。

さて、晁蓋は提灯をぶらさげ、門番小屋から出ると、もとどおり戸を閉め、急いで奥の間に入って雷横と顔を合わせ、言った。

「失礼しました」

「たいへんお騒がせして申しわけない」と雷横。

　二人はまた数杯、酒を飲み、ふと見れば、窓の外から陽光が射し込んでいたので、雷横は言った。

「日が昇りました。てまえはお暇して、役所に出勤します」

「都頭さんは宮仕えの身、お引きとめはしません。またこの村にご用があったら、どうかくれぐれもお立ち寄りいただきたい」と晁蓋。

「またお目にかからせてもらいます。言われるまでもありません。お見送りはけっこうです」

「まあまあ、門までお送りしましょう」

　二人がいっしょに出ると、地元兵たちはみなたらふく飲み食いしたので、それぞれ鎗や棒を持ち、ただちに門番小屋に行ってその男を下ろし、後ろ手に縛って、門の外へ連れだした。晁蓋はこれを見て言った。

「なんとまあ大きな男ですな！」

「こいつが霊官殿でつかまえた泥棒です」と雷横。

　その言葉がおわらないうちに、その男が叫んだ。

「叔父さん、わしを助けてくれ！」

晁蓋はわざとその男をチラッと見るや、怒鳴りつけてたずねた。

「なんとこいつは王小三《おうしょうさん》ではないか？」

「そうです。叔父さん、助けてください！」

一同びっくり仰天し、雷横はすぐ晁蓋にたずねた。

「この人は誰ですか？　どうして保正どのを知っているのですか？」

「わしの外甥の王小三です。こいつがどうして廟で寝ていたのですか？　これは姉の息子で、小さいときからここで暮らしていましたが、四、五歳のとき、姉の夫と姉について南京《なんけい》に引っ越し、もう十数年になります。こいつは十四、五のとき、もういっぺん来たことがあります。南京の商人についてここへ棗《なつめ》を売りに来たのですが、その後、顔を合わせたことはありません。人の話ではこいつは出来損ないだとのこと。どうしてここにいるのやら？　わしもやつが見分けられませんでしたが、鬢のあたりに赤あざがあるので、なんとかわかりました」

晁蓋は怒鳴りつけた。

「小三！　おまえはどうしてまっすぐわしに会いに来ず、村で泥棒したのか？」

「叔父さん、わしは泥棒などしていません」と、その男は叫んだ。

晁蓋は、「泥棒をしていないなら、どうしてここでつかまえられているのか？」と怒鳴りつけ、地元兵の手から棍棒を奪って、頭といわず顔といわず打った。

雷横と一同が、「まあまあ打つのはやめて、こいつの言うことを聞きましょう」となだめたところ、その男は言った。

「叔父さん、怒らないで、わしの話を聞いてください。十四、五のころ、お訪ねしてから、今まで十年になるのではないでしょうか？　昨夜、道中でちょっと酒を飲み過ぎましたので、叔父さんに会いに来れず、しばらく廟で眠り酔いを醒ましてから、お訪ねするつもりでした。思いがけず、こいつらがわけも聞かずに、わしをつかまえたのです。泥棒なぞしていません！」

晁蓋は棍棒を持ちあげ、また打とうとしながら罵った。

「こんちくしょう、おまえはまっすぐわしに会いに来ず、道で酒など食らいおって。家におまえに飲ませる酒がないというのか。恥をかかせやがって！」

雷横はなだめて言った。

「保正どの、お怒りをしずめてください。甥御さんはもともと泥棒ではないのに、わしらはこの人がとてつもない大男で、廟で眠っているのが怪しいと思い、また見たことのない顔で、誰かわからず、それで怪訝《けげん》に思って、つかまえてここに連れて来たのです。最初から保正どのの甥御さんだと知っていたなら、けっしてつかまえませんでした」

雷横は地元兵にサッサと縄を解き、釈放して保正どのにお返しせよと命じ、地元兵たちは即刻、その男を釈放した。雷横は言った。

「保正どの、お咎めなきように。最初から保正どのの甥御さんだと知っていたなら、こんなことにはなりませんでした。たいへん失礼しました。てまえどもは帰ります」

晁蓋は言った。

「都頭さん、ちょっと待って、どうか家にお入りください。話があります」

雷横はその男を放すと、そろってまた表の間のなかに入った。晁蓋は十両の銀子を取りだし、雷横にわたして言った。

「都頭さん、些少ですが、ご笑納ください」

「こんなことをしていただくわけにはゆきません」と雷横。

「収めていただけないなら、てまえの顔をつぶすことになります」

「保正どののご厚意、しばらく収めさせてもらいます。後日、お礼をさせてもらいます」

晁蓋はその男に命じて雷横に拝礼して感謝させ、またいくらかの銀子を地元兵たちに与えてから、また門の外に送りだした。雷横は別れの挨拶をすると、地元兵を率いて立ち去った。

さて、晁蓋はその男とともに奥の間に行き、数着の衣裳を取りだして着替えさせ、頭巾を出してかぶらせると、さっそく姓名と出身地をたずねた。

その男は言った。

「てまえは、姓を劉《りゅう》、名を唐《とう》といい、本籍は東潞《とうろ》州の者です。鬢《びん》のあたりに赤あざがあるため、人はみなてまえを〈赤髪鬼《せきはつき》〉と呼んでいます。とくに儲け話を保正兄貴に伝えにきました。昨夜は遅くなり、酔っぱらって廟で倒れたため、思いがけず、あいつらにつかまえられ、縛られてしまいました。まさに、『縁があれば、千里の彼方からやって来てもめぐりあい、縁がなければ、対面してもめぐりあえない』というとおり、今日幸いにもここに来ることができました。兄貴、お座りなすって、劉唐めの四拝をお受けください」

拝礼がおわると、晁蓋は言った。

「きみ、まずはその儲け話を言ってみてくれ。今、それはどこにあるのか」

劉唐は言った。

「てまえはガキのころから、江湖をさまよい、いろんなところへ行って、もっぱら好漢とよしみを結び、しばしば兄貴のご高名を耳にしましたが、思いがけず、縁あってお会いすることができました。以前、山東《さんとう》や河北《かほく》の私商（闇の商人）と会うと、大勢の者が兄貴に身を寄せたことがあると言うので、思い切ってこの話を持って来ました。人払いをしてもらえたら、兄貴にほんとうのことを申しあげます」

「ここにいるのはみなわしの腹心の者だ。かまわんから言いなさい」と晁蓋。

「てまえは、北京大名府《ほくけいだいめいふ》の梁中書《りょうちゅうしょ》が、十万貫の金銀財宝や骨董などを買い集め、東京《とうけい》（開《かい》封《ほう》）のやつの舅《しゅうと》、蔡太師《さいたいし》の誕生祝いに送るという話を耳にしました。去年も十万貫の金銀財宝を送ったが、途中で、何者かに奪われ、今に至るまでつかまえることができません。今年また十万貫の金銀財宝を買い集めており、遅かれ早かれ準備して出発し、この六月十五日の誕生日に間に合わせようとするでしょう。てまえが思うに、これは不義の財物であり、奪っても何の差し支えもありません。ただちに手順を相談し、途中で奪い取るべきです。天がこれを知っても、罪にはなりません。兄貴のご高名を聞き、これぞまことの男、人にまさる武勇の主だと存じております。てまえは不才ではありますが、かなり武芸も学んでいます。四人や五人の男はいうまでもなく、たとえ千や二千の騎馬隊でも、一本の鎗さえ手にすれば恐れはしません。兄貴がお見捨てにならなければ、この儲け話を献上しますが、兄貴のお考えはいかがですか」

晁蓋は言った。

「それは凄い！　まあ、また相談しよう。きみはここに来るまで、苦労しただろうから、とりあえず客間に行って休みたまえ。しばらくわしが考え、相談するまで待ってくれ。明日、話そう」

晁蓋は作男に命じて劉唐を大広間わきの客間に案内させ、休ませた。作男は客間に案内すると、自分の仕事をしに行った。

さて、劉唐は部屋のなかで思案した。

「わしはなんの因果で、あんなひどい目にあったのだろうか？　晁蓋さんがとりなしてくれたおかげで、この一件から解放されたが、ただあのクソ雷横の野郎は、晁蓋さんからむざむざ十両の銀子を騙し取り、わしを一晩吊るしおった。あいつはまだ遠くへは行っていないだろう。棒を持って追いかけ、どいつもこいつもぶっ叩き、あの銀子を奪い返して、晁蓋さんに返したほうがいい。そうすれば、わしを見直してくれるにちがいない。この計略はすばらしいぞ」

劉唐はさっそく部屋を出て鎗掛けから一本の朴刀《ぼくとう》を取ると、サッと屋敷の門を出て、大股

で南をめざし追いかけた。このとき、空はすっかり明るくなっていた。見れば、

北斗《ほくと》初めて横たわり、東方漸《ようや》く白む。天涯《てんがい》の曙色《しょしょく》纔《わず》かに分かれ、海角《かいかく》の残星暫《しばら》く落つ。金鶏《きんけい》は三たび唱し、佳人を喚《よ》びて粉《おしろい》を傅《つ》け朱《くちべに》を施さしめ、宝馬は頻《しき》りに嘶《いなな》き、行客《かく》を催《うなが》して名を争い利を競わしむ。牧童・樵子《きこり》は荘を離れ、牝牡《ひんぼ》の牛羊は圏《おり》を出づ。幾縷《いくる》の暁霞《ぎょうか》碧漢《へきかん》に横たわり、一輪の紅日は扶桑《ふそう》より上る。

北斗星がようやく横になり、東の空がしだいに白む。空の彼方では夜明けの光が兆《きざ》し、海の果てでは残んの星が落ちかかる。りっぱな鶏は高らかに三度鳴いて、紅《べに》白粉《おしろい》を塗るよう佳人を急きたて、みごとな馬はしきりに嘶き、今日も商売に励むよう旅人をうながす。牧童や樵《きこり》は田舎屋敷から仕事に出かけ、牛や羊は雌雄ともども囲いから出る。幾筋もの朝霞が碧《あお》い空に横たわり、お日さまが扶桑の木からさし昇る。

さて、〈赤髪鬼〉劉唐は朴刀を構えながら、五、六里追いかけると、早くも雷横が地元兵を率い、ゆっくりと進んでいるのが見えた。劉唐は追いつくや、大声で一喝した。

「クソ都頭、待て!」

雷横が仰天してふりむき、見れば、劉唐が朴刀をひねりながら追いかけて来たのだった。

雷横は慌てて地元兵の手から朴刀をもぎとり、手に持って怒鳴った。

「こんちくしょうめ、追って来てどうするつもりか？」

「おとなしくその十両を出し、わしに返せば、許してやる」と劉唐。

「きさまの叔父さんがわしにくれたものだ。きさまに何の関係があるか！　きさまの叔父さんの顔を立てなければ、すぐきさまをかたづけていたところだ。どうしてわしから銀子を取りあげようとするのか！」

「わしはけっして泥棒でないのに、おまえはわしを一晩中、吊るしたうえ、わしの叔父さんから十両の銀子を騙し取ったじゃないか。おとなしくわしに返せば、穏便にすませてやるが、返さないなら、血を見るぞ！」

雷横はカンカンに腹を立てて、劉唐を指さし大声で罵った。

「一族の恥、親兄弟の面汚しのペテン野郎め、無礼千万な！」

「民《たみ》を騙すうす汚いごろつきめ、なんでわしを罵るのか！」

「泥棒頭の泥棒顔の泥棒根性め、おまえは晁蓋どのを巻き込むにきまっている。きさまのような泥棒根性のやつに、何もさせんぞ！」と、雷横はまた罵った。

劉唐は激怒して、「勝負だ！」と言うや、朴刀をひねって、まっすぐ雷横に向かっていった。雷横は劉唐がかかってくると、カラカラと大笑いし、手中の朴刀を構えて迎え撃ち、両者は街道で闘った。見れば、雲山は翠《みどり》を顕《あらわ》し、露草は珠《たま》を凝《こ》らす。天色は初めて林下に明るく、暁煙《ぎょうえん》は纔《わず》かに村辺に起こる。一来一往、鳳の身を翻《ひるがえ》すに似たり。一撞《どう》一衝《しょう》、鷹の翅《はね》を展《ひろ》ぐるが如《ごと》し。一個は照《しょう》搠《さく》すること尽《ことごと》く良法に依《よ》り、一個は遮攔《しゃらん》すること自《おの》ずから悟頭《ごとう》有り。這個《しゃこ》は丁字脚《ていじきゃく》もて、搶将《そうしょう》し入《い》り来たり、那個《なこ》は四換頭《しかんとう》もて、奔将《ほんしょう》し進み去《ゆ》く。両句にて道《い》わば、凌煙閣《りょうえんかく》には上《のぼ》らずと雖《いえど》然も、只《た》だ此《こ》れのみ描きて画図《がと》に入るに堪《た》えたり。

雲かかる山は　緑も鮮やか、露の降りた草は　珠を育む。夜明けの光が林に射し込み、朝靄《あさもや》が村のあたりに湧き起こるころ。一挙　一動、鳳が身をひるがえしたかのよう。一撃　一閃、鷹が羽を広げたかのよう。一人はすべてお手本どおりに狙いを定め、一人はごくごく自然に防ぎとめる。こちらは丁字脚《ていじきゃく》の構えで、突っ込もうとし、あちらは四換頭《しかんとう》の構えで、躍り入ろうとする。これを二言で表せば、凌煙閣（唐の太《たい》宗《そう》が二十四人の功臣の像を描かせた高楼）に飾られることはないものの、まことにみごとな絵図になる。

そのとき、雷横と劉唐は路上で五十余合闘ったが、勝負がつかない。地元兵たちは、雷横が劉唐に勝てないと見て、ドッと劉唐にかかろうとした。と、かたわらの間垣の門が開き、二本の銅鍊《どうれん》（銅の鎖）を持った者が、大声で、「二人の好漢よ、まあ待て！　私はずっと見ていたが、一休みせよ！　話がある」と言うと、銅鍊をもって二人の間を隔てた。二人はともに朴刀を引き、打ち合いの場の外に跳びだして、立ちどまった。

その人物を見れば、秀才（書生）のような出で立ち、桶のような目《ま》ぶかの頭巾をかぶり、黒の縁取りをした麻のゆったりした上着を身に着け、腰に茶褐色の鸞帯《らんたい》をしめ、絹靴に白い靴下を履いている。眉目秀麗、色白でひげは長い。この秀才こそ〈智多星《ちたせい》〉呉用《ごよう》、あざな学《がく》究《きゅう》、道号は加亮《かりょう》先生、先祖代々、この村を本籍とする人だった。かつて「臨江仙《りんこうせん》」の詞《ツー》が一首あり、呉用の美点を称えたことがある。

万巻経書曾読過　　万巻《ばんかん》の経書《けいしょ》　曾《かつ》て読過し
平生機巧心霊　　平生　機巧にして　心は霊なり
六韜三略究来精　　六韜《りくとう》・三略《さんりやく》　究め来たりて精
胸中蔵戦将　　胸中に戦将を蔵し
腹内隠雄兵　　腹内に雄兵を隠す
謀略敢欺諸葛亮　　謀略　敢《あ》えて諸葛亮《しょかつりょう》を欺《あなど》り
陳平豈敵才能　　陳平《ちんぺい》　豈《あ》に才能に敵せんや
略施小計鬼神驚　　略《ほ》ぼ小計を施せば　鬼神も驚く
名称呉学究　　名は称す　呉学究《ごがくきゅう》
人号智多星　　人は号す　智多星《ちたせい》と

万巻の書物を読破し、日ごろから知略に長《た》けて察しもいい。『六韜』や『三略』〈といった兵法書〉はお手のもの。胸の中《うち》には勇将を隠し、腹の内には精兵を潜ませる。諸葛亮《しょかつりょう》もそこのけのはかりごと、陳平《ちんぺい》（前漢の高祖劉邦《りゅうほう》の参謀）なんぞ　お呼《ご》びでない、ちょっと計略を施しただけで　鬼神もびっくり仰天する。その名は　呉学究《がくきゅう》、人呼んで　〈智多星《ちたせい》〉。

そのとき、呉用は手にさげた銅錬で、劉唐を指さして叫んだ。

「ちょっと待ちたまえ！　きみはどうして都頭さんと争っているのか？」

劉唐は目を光らせ呉用を見て、言った。

「秀才には関係ないことだ」

雷横がすぐに言った。

「先生はご存じないが、こいつは夜、真っ裸で霊官殿に寝ていたところ、わしらがつかまえて晁保正の屋敷に連れて行くと、なんと保正どのの外甥だった。そこで、こいつの叔父さんの顔を立てて、放してやった。晁天王はわしらに酒を飲ませてくれ、わしにちょっと祝儀を出した。と、こいつは叔父さんの目を盗み、ここまで追いかけて来て、わしからそれを奪おうとしたのです。厚かましいと思いませんか？」

呉用は思案し、「晁蓋とわしは子供のころから友だちで、何かあればすぐわしに相談した。やつの親類や知り合いも全部知っているが、こんな外甥がいるとは聞いたことがないし、年齢も釣合っていないから、わけがあるにちがいない。とりあえず、なだめてこの騒ぎをおさめ、またやつに聞こう」と考え、すぐに言った。

「デカイの、意地を張るな。きみの叔父さんは私の親友だし、この都頭さんとも昵懇《じっこん》だ。叔父さんがこの都頭さんにいささか祝儀を贈ったのに、きみが取り返そうとしたら、叔父さんの顔をつぶすことになる。ここはひとつ私の顔を立ててくれ。私が叔父さんに説明しよう」

劉唐は言った。

「秀才さんよ、あんたは知らないが、叔父さんは喜んでこいつにやったんじゃない。こいつが叔父さんの金を騙し取ったのだ。わしに返さないなら、絶対に帰らない」

「保正どのが自分で取りに来るなら、すぐ返すが、きさまには返さん」と雷横。

「きさまは無実の者に泥棒だと濡れ衣を着せて、金を騙し取ったくせに、どうして返さんのか？」と劉唐。

「きさまの金ではない。返さんぞ！　返さんぞ！」と雷横。

「きさまが返さんのなら、わしの手の朴刀に聞くしかない」と劉唐。

呉用はまたなだめた。

「きみたち二人は長らく闘っても勝負がつかなかったのに、いつまで闘えば気がすむのか？」

「こいつがわしに金を返さないなら、食うか食われるか、とことんやり合うまでだ」と劉唐。

雷横はカンカンに腹を立てて言った。

「きさまを怖がって、兵卒に加勢させてやり合うのでは、好漢とはいえない。わしはどうあっても、きさまを突き倒すまでやるぞ」

劉唐もカンカンに腹を立て、胸を叩きながら、「〔きさまなんか〕どうってことない！」と叫ぶと、かかっていった。

こちら雷横も身振り手振りをしながら、これまたかかっていった。二人がまた渡り合おうとしたとき、呉用は身体を横にして割って入りなだめようとしたが、どうしてなだめられようか。劉唐は朴刀をしごきながら、ひたすら突っ込もうとし、雷横は口のなかで泥棒野郎とさんざん罵りながら、朴刀を構え、闘おうとした。

そのとき、地元兵たちが指さしながら言った。

「保正さんが来られました」

劉唐がふり返って見ると、晁蓋が衣裳を引っかけて、前をはだけ、街道から追いかけて来て、大声で怒鳴りつけた。

「こんちくしょう、無礼者め！」

かの呉用は大笑いして言った。

「保正どのみずからお出ましで、やっとこの騒ぎも落着というものだ」

晁蓋は息をはずませながら、たずねた。

「どうしてここまで追いかけて来て、朴刀を闘わせているのか？」

雷横は言った。

「甥御さんが朴刀を持って追いかけて来て、わしから銀子を取りあげようとしたのです。てまえは『きさまには返さん、わしが自分で保正どのに返す。きさまは関係ない』と言い、こいつとてまえが五十合闘ったところで、先生が仲裁に入られたのです」

晁蓋は言った。

「こんちくしょうめ、てまえはまったく知りませんでした。都頭さん、てまえの顔を立てて、どうかお帰りください。また日を改めてお詫びに参上します」

雷横は、「てまえも、こいつはバカで、常識がないことは承知しております。保正どのに遠くまでお出ましいただき、申しわけない」と言い、挨拶をして立ち去った。この話はこれまでとする。

さて、呉用は晁蓋に言った。

「保正さんが自分で来ないと、あやうく大事件になるところでした。この甥御さんはほんとうに並はずれています。凄い腕前です。私は間垣のなかから見ていましたが、名高い朴刀の使い手の雷都頭もかなわず、ただ防いで身をかわすだけでした。もう何合か闘ったら、雷横は命を落としたにちがいありません、そこで私は慌てて出て来て割って入ったのです。この甥御さんはどこから来られたのか。今までお屋敷で見かけたことはありませんが」

晁蓋は言った。

「ちょうど先生にうちの屋敷まで来ていただいて、ご相談したいと思い、人をやろうとして

晁天王　義を東渓村に認ぶ

いたのですが、見れば、こいつがいなくなり、鎗掛けの朴刀もなくなっていました。すると、牧童が、『一人の大男が朴刀を持って、南へ向かってまっすぐ追いかけて行きました』と言うので、慌てて後を追って来たところ、早くも先生がなだめてくださっていたのです。どうかいっしょにうちの屋敷においでください。相談したいことがあります」

呉用は書斎にもどり、銅鍊を書斎のなかに掛けて、大家に、「学生が来たら、先生は今日用事ができて、一日臨時休みにすると言ってください」と頼み、書斎の戸を閉め鍵をかけると、晁蓋・劉唐といっしょにまっすぐ晁蓋の屋敷に行った。

晁蓋はまっすぐ奥の間の静かなところへ案内し、主客座を分かって腰を下ろした。呉用はたずねた。

「保正さん、この人は誰ですか」

晁蓋は言った。

「江湖の好漢です。姓は劉、名は唐といい、東潞州の人です。儲け話があるといって、わざわざわしに身を寄せに来たのですが、夜中に酔っぱらって霊官殿に寝ていたところを、雷横につかまえられ、この屋敷に連れて来られました。わしが外甥だと認めたために、やっと助かったのです。この者の話では、北京大名府の梁中書が、十万貫の金銀財宝を買い集めて東京に運び、やつの舅の蔡太師への誕生祝いにするとのこと。遅かれ早かれここを通るでしょう。これらは不義の財物であり、奪っても何の差し支えもありません。この人が来たのは、ちょうどわしの夢に応じています。わしは昨晩、北斗七星がまっすぐうちの屋根に墜ちる夢をみました。斗柄の上に別の小さな星があり、それが一筋の白光となって飛んで行きました。思うに、星がわが家を照らしたのだから、吉兆にきまっています。今朝、先生に来ていただいて相談したいと思っていたら、思いがけずこの事件が起こったのです。この話、どう思われますか」

呉用は笑って言った。

「私は劉くんが追いかけて来たのにはわけがあると思い、七、八分がた見当がついていました。この話はいいことはいいのだが、一つだけ問題があります。人数が多くてはやれないし、少なくてもやれません。お宅には大勢の作男がいるが、一人も役に立ちません。今は保正さん、劉くんと私の三人しかいないのに、どうしてこの仕事をうまくやれましょうか。保正さんと劉くんが凄腕だとしても、この仕事は手に余ります。七、八人の好漢がいて、はじめてできる仕事だが、多くもいりません」

「夢の星の数に合わせるというわけか」と晁蓋。

「兄貴の夢はすばらしい。これも只事ではない。北方から加勢してくれる者があらわれるのではなかろうか」と呉用。

呉用はしばらく思案し、眉間に皺を寄せるうち、一計を思いついて言った。

「いた！　いた！」

「先生にすでに心を許した好漢がいるなら、すぐ来てもらい、この仕事をやり遂げよう」と晁蓋。

呉用が慌てず騒がず、二本の指を折り、ほんの数言口にし、短い話をしたために、蘆花《ろか》の茂みに戦船《いくさぶね》を停泊させて、漁船に見せかけ、荷葉《かよう》の郷に義理に厚い男を集め、まことの好漢に生まれ変わらせることと、あいなった次第。これぞまさしく、

指麾説地談天口　地を説き天を談ずる口を指麾《しき》し
来誘拿雲捉霧人　来たり誘う　雲を拿《つか》み霧を捉うる人を

さわやかな弁舌をふるって、雲をつかみ霧をとらえる人々を誘いだす。

というところ。

はてさて、〈智多星〉呉用はいかなる人々を口に出したのでしょうか。まずは次回の分解《ときあかし》をお聞きください。

第十五回

呉学究《ごがくきゅう》　三阮《さんげん》に説いて撞籌《とうちゅう》し
公孫勝《こうそんしょう》　七星《しちせい》に応じて義に聚《あつ》まる

詩に曰《いわ》く、

英雄聚会本無期
水滸山涯任指揮
欲向生辰邀衆宝
特扳三阮協神機
一時豪俠欺黄屋
七宿光芒動紫微
衆守梁山同聚義
幾多金帛尽俘帰

英雄の聚会《しゅうかい》　本《もと》も期無し
水滸《すいこ》と山涯《さんがい》に　指揮に任ず
生辰《せいしん》に向《お》いて衆宝を邀《むか》えんと欲し
特に三阮《さんげん》を扳《ひ》きて神機に協せしむ
一時の豪俠　黄屋《こうおく》をも欺《あなど》り
七宿《しちしゅく》の光芒《こうぼう》　紫微《しび》を動かす
衆は梁山《りょうざん》を守り　同じく義に聚《あつ》まり
幾多の金帛《きんぱく》　尽《ことごと》く俘《えもの》として帰る

英雄の集結に　定まった時などない、水のほとり　山の奥　それぞれ自由。誕生祝いに　あまたの宝をいただきたく、阮氏《げんし》三兄弟に白羽の矢を立て　協力を仰ぐ。

一時《いまここ》の豪侠は　黄屋《こうおく》（天子の宮殿）ですらものともせず、七宿の星々は　紫微《しび》（天帝の宮殿）をも揺り動かす。義を旗じるしとして　梁山泊《りょうざんぱく》に結集し、多くの財宝をすべてぶんどって持ち帰る。

さて、そのとき、呉用《ごよう》は言った。

「私は思いついた。義侠心にあふれ、武芸抜群、水火を辞さず、死生をともにし、義侠心を重んずる三人の男がいる。この三人を得てはじめて、この仕事をまっとうできるだろう」

晁蓋《ちょうがい》は言った。

「その三人はどんな男だ？　姓は何といい名は何といい、どこに住んでいるのか？」

呉用は言った。

「彼らは三人兄弟で、済《せい》州の梁山泊《りょうざんぱく》のほとりの石碣村《せきけつそん》に住んでいる。ふだんはただ魚を取って暮らしているが、湖で闇商売をしたこともある。姓は阮《げん》といい、三人兄弟のうち、一人は〈立地太歳《りっちたいさい》〉阮小二《げんしょうじ》、一人は〈短命二郎《たんめいじろう》〉阮小五《げんしょうご》、一人は〈活閻羅《かつえんら》〉阮小七《げんしょうしち》という。この三人は実の兄弟で、無学だけれども、とびきり義侠心がある。私は昔、あそこで数年暮らし、彼らとつきあったさい、人と交わりを結ぶと、ほんとうに義侠心に富む、いい男たちだと思い、それで彼らと親しくなった。ここ二、三年は会っていないが、この三人を得たなら、大事は必ず成就するだろう」

晁蓋は言った。

「わしも阮家《げんか》三兄弟の名は聞いたことがあるが、会ったことはない。石碣村はここから百里もない距離だから、人をやって彼らに来てもらい相談しようではないか？」

「人をやって招いても、来るはずはない。私が自分で行き、三寸不爛《さんずんふらん》の舌によって、仲間入りするよう彼らを説得しよう」と呉用。

「先生、ご高見だ。いつお出かけか？」と、晁蓋は大いに喜んで言った。

「遅くなってはまずい。今夜三更（午後十一〜午前一時）にさっそく出かければ、明日の昼にはあっちに到着できる」と、呉用は答えた。

晁蓋は、「それがいい」と言い、その夜、作男に命じてまず酒と肴を用意させ飲んだ。と、呉用は言った。

「北京《ほくけい》から東京《とうけい》（開封《かいほう》）まで、以前、行ったことはあるが、生辰綱《せいしんこう》（誕生祝いの運搬）がどの道から来るかわからない。劉《りゅう》くんにはご苦労だが、夜を日についで北京の街道筋まで行き、出発の日とじっさいにどの道から来るか、探ってもらいたい」

「今夜にでもすぐ行きます」と劉唐《りゅうとう》。

「まあ待ってくれ。蔡京《さいけい》の誕生日は六月十五日だが、今は五月の初め、まだ四、五十日ある。私がまず阮三兄弟に話をし、もどって来てから、劉くんに行ってもらおう」と呉用。

「それもそうだ。劉くんはこの屋敷で待っていたまえ」と晁蓋。

くだくだしい話はさておき、その日しばらく飲み食いし、三更時分になると、呉用は起きて洗顔し、朝ご飯を食べると、銀子を少々求めて身に着け、草鞋《わらじ》を履いた。晁蓋と劉唐は屋

敷の門を出て見送り、呉用は夜どおし歩いて石碣村へと向かった。お昼ごろまで歩くと、早くもその村に着いた。見れば、

青鬱鬱《せいうつうつ》として山峰は翠《みどり》を畳《かさ》ね、緑依依《りよくいい》として桑柘《そうしゃ》は雲を堆《つ》む。四辺の流水　孤村を遶《めぐ》り、幾処の疎篁《そこう》　小径に沿う。茅簷《ぼうえん》は澗《たに》に傍《そ》い、古木は林を成す。籬外《りがい》に高く懸《か》く　沽酒《こしゅ》の旆《はた》、柳陰に閑《しず》かに纜《つな》ぐ　釣魚の船。

山々は鬱蒼として緑豊かに、桑畑は青々として雲のように重なる。四方の流水は隔てられた村をめぐり、点在する竹林が　小道に沿っている。軒は谷づたいに並び、古木が林を形作る。籬《まがき》の外に高く掲げられたのは　居酒屋の旗、柳のかげにひっそり繋がれたのは　釣り船。

呉用はもともとよく知っている道なので、人にたずねるまでもなく、石碣村に着くと、まっすぐ阮小二の家に向かった。門の前に来て、見ると、古ぼけた杭に数隻の小さな漁船が繋がれ、間垣の外に一枚のボロボロの魚網が乾され、山に沿い水に沿って、ほぼ十数間の藁葺《わらぶ》きの家があった。呉用は一声張りあげて言った。

「二の兄貴はご在宅か？」

すると、一人の者がなかから出て来た。その風貌やいかに。見れば、

膃兜《おうとう》の臉《かお》　両眉は竪起《じゅき》し、略綽《りゃくしゃく》の口　四面　連拳《れんけん》たり。胸前一帯　胆《たん》を蓋《おお》う黄毛、背上に両枝の横に生ぜし板肋《はんろく》。臂膊《ひはく》　千百斤の気力有り、眼睛《がんせい》　幾万道の寒光を射る。人は称す　立地太歳《りっちたいさい》、果然として混世魔王《こんせいまおう》なり。
くぼんだ眼《まなこ》に　とがった眉、口はでっかく　頭はゴツゴツ。胸には　びっしり茶色い
胸毛、背中には　左右に張りだした筋肉。臂《うで》には　千斤もの気力がみなぎり、目は
鋭い視線を容赦なく浴びせかける。人は〈立地太歳〉と称し、紛れもなく混世魔王
(世をかき乱す魔王)。

かの阮小二は歩み出て来たが、頭にボロ頭巾をかぶり、古びた衣服を身に着け、両足は裸足で、呉用だと見てとると、慌てて「ハッ」と挨拶して言った。

「先生、どうして来られたのですか。どんな風の吹きまわしで、ここにおいでになりましたか?」

「ちょっと用があって、わざわざ二郎くんに会いに来たのです」と、呉用は答えた。

「何のご用ですか。かまいませんから、言ってください」と阮小二。

「私がここを離れてから、早くも二年になります。今はさるお大尽の家で塾をしていますが、その方が宴会の準備をされるのに、十数匹の重さ十四、五斤の金色の鯉がご入り用で

す。それでわざわざきみを訪ねて来ました」と呉用。

阮小二はアハハと笑って言った。

「とりあえず先生と二、三杯飲んでから話しましょう」

「私が来たのも、きみと二、三杯やりたかったからです」と呉用。

「湖の向こう岸にたくさん居酒屋があります。船で渡って行きましょう」と阮小二。

「けっこうですな。五郎くんにも話があるのだが、ご在宅かな」

「いっしょにやつを捜しに行きましょう」と、阮小二は言い、二人で船泊まりに行って、古ぼけた杭に繋いだ小船を一隻ほどき、呉用を支えて船に乗せ座らせた。木の根もとから櫓《ろ》を一本取ると、ひたすら漕ぎ進んで、湖の向こう岸をめざした。漕いでいる最中、阮小二は手招きをして叫んだ。

「七郎、五郎を見かけなかったか」

呉用が見ると、蘆葦《あし》の茂みから一隻の船が漕ぎだして来た。その男の風貌やいかに。見れば、

疙疸《きったん》の臉《かお》　横ざまに怪肉を生じ、玲瓏《れいろう》たる眼　双睛《そうせい》を突出す。腮辺《さいへん》に長短の淡黄の鬚《ひげ》、身
上に交加す　烏黒《うこく》の点。渾《すべ》て生鉄の打ち成すが如《ごと》く、疑うらくは是《こ》れ頑銅《がんどう》の鋳就《いな》せるか
と。言う休《な》かれ　岳廟《がくびょう》の悪司《あくし》神《しん》と、果たせるかな是れ人間《じんかん》の剛直漢なり。村中　喚《よ》んで活《かっ》
閻羅《えんら》と作《な》し、世上に降生せし真の五道《ごどう》なり。

あばた顔から張りだす筋肉、キラキラ輝く目玉がにょっきり。頬には　不揃いの薄茶色のひげ、身体には　あちこちに真っ黒な点《ほくろ》。地金を鍛えたかのよう、頑銅（精錬前の銅）を鋳型に流し込んだのか。岳廟（泰山の神廟）の悪司神と言うなかれ、これこそこの世の剛直漢。村では〈活閻羅〉と呼び、世にあらわれた真の五道（泰山の神の配下で生死をつかさどる神）である。

この阮小七は、頭には日よけの黒い竹皮の笠をかぶり、身には格子模様の木綿の袖なしを着け、腰には白い布の半ズボンを着け、船を漕ぎながら、たずねた。

「二の兄貴、どうして五の兄貴を捜しているのかい」

呉用は一声張りあげて言った。

「七郎くん、私は特にきみたちと話がしたくてやって来たのです」

「先生、失礼しました。ご無沙汰しています」と阮小七。

「二の兄貴といっしょに酒を飲みに行くところです」と呉用。

「てまえも先生といっしょに一杯やりたいです。長いことお目にかかっていませんし」と阮小七。

二隻の船はあとになり先になり湖中を進み、まもなく同じ場所に漕ぎ寄せた。まわりはすべて湖水であり、小高い所に間口七、八間の藁葺きの家がある。阮小二は大声で言った。

「おっかさん、五郎はいるかい？」

その老婆は言った。

「どうにもこうにも、魚が取れないから、毎日、バクチをやり、負けて一文無しさ。今さっき私の頭の釵《かんざし》を取って、村にバクチをやりに行ったよ」

阮小二はアハハと笑うと、すぐ船を漕ぎだした。阮小七がうしろの船の上から言った。

「兄貴はどういうわけか、バクチをやると負けてばかり。運がわるいったらない。兄貴が勝てないのは言うに及ばず、わしも負けてスッテンテンだ」

呉用はひそかに、「しめた！」と思った。二隻の船は並んで、石碣村をめざしながら、しばらく漕ぐと、一本橋のたもとで、一人の男が二さしの銅銭を持ち、船の綱をほどきに下りるのが目に入った。阮小二が、「五郎が来た」と言い、呉用が見ると、

一双の手は渾《すべ》て鉄棒の如《ごと》く、両隻《りようせき》の眼は銅鈴に似たる有り。面皮上　常に些《いささ》かの笑容有るも、心窩《しんか》の裏《うち》　深く鴆毒《ちんどく》を蔵着《ぞうちやく》す。能《よ》く横禍《おうか》を生じ、善く非災を降《くだ》す。拳《こぶし》もて打来《だらい》すれば獅子も心寒く、脚の踢《け》る処　蚖蛇《げんだ》も胆を喪《うしな》う。何処《いずこ》にか覓《もと》めん　行瘟使者《やくびようがみ》、只《た》だ此《こ》れぞ是《こ》れ短命二郎《たんめいじろう》。

両手はあたかも鉄の棒、両眼はまるで銅の鈴。つねに笑顔を絶やさぬものの、心のうちには鴆毒《ちんどく》を隠し持つ。禍《まがごと》もたらす張本人、災《わざわ》いを招く元凶。拳で打ちかかれば

獅子もビクビク、足で蹴り飛ばせば　蛇もこわごわ。行瘟使者《やくびょうがみ》はいったいどこに、これぞまさしく〈短命二郎〉。

かの阮小五は破れ頭巾を斜めにかぶり、鬢《びん》に石榴《ざくろ》の花を挿し、古びた木綿の上着を引っかけて、胸に彫った濃い青い色の豹《ひょう》の刺青《いれずみ》を露出し、下のズボンをたくしあげ、上には格子縞の木綿の手拭いを巻いている。呉用は一声張りあげて言った。

「五郎くん、バクチは勝ったかい？」

「なんと先生でしたか。二年ぶりですな。わしは橋の上であんたたちをしばらく見ていました」と阮小五。

「先生といっしょにおまえの家を訪ねて行ったが、おっかさんが、『村にバクチをしに行った』と言うから、いっしょにここまでおまえを捜しに来たのだ。とりあえず先生といっしょに水辺の居酒屋へ二、三杯飲みに行こうぜ」と阮小二。

阮小五は慌てて橋のあたりに行って、小船の綱を解き、船に跳び乗って、櫓をつかみ、ただ一漕ぎすると、三隻の船はたがいに並んだ。しばらく漕ぐと、早くも水辺の居酒屋の前に到着した。見れば、

前は湖泊に臨み、後《うし》ろは波心に映ず。数十株の槐柳《かいりゅう》は緑にして煙《けむ》るが如《ごと》く、一両蕩《とう》の荷花《かか》
は紅《くれない》にして水を照らす。涼亭《りょうてい》上　四面は明窓、水閣《すいかく》中　数般の清致。当壚《とうろ》の美女、紅裙《こうくん》

は翠紗《すいさ》の衫《さん》に掩映《えんえい》す。器《うつわ》を滌《あら》う山翁、白髪は偏《ひと》えに麻布の襖《おう》に宜《よろ》し。言う休《な》かれ　岳陽楼《がくようろう》
に三たび酔うと、只《た》だ此《こ》れ便《すなわ》ち蓬島《ほうとう》の客為《た》り。

前は湖に臨み、うしろは波に映える。数十本の槐柳は　煙るような緑色、一、二輪のゆらめくハスは　紅く水を照らす。涼亭《あずまや》は　四方に明るい窓を設け、水閣（水辺の楼閣）は　あれこれ趣向を凝らす。壚《カウンター》の番をする美女は、紅い　裙《スカート》と翠の紗の　衫《ブラウス》が照り映える。器を洗う山翁《じいさん》は、白髪が麻布の襖《うわぎ》にお似合いだ。岳陽楼（洞庭湖《どうていこ》に面した楼）で三たび酔う〔のがすばらしい〕と言うでない、いま蓬莱島（東海の三神山の一つ）のお客となっているではないか。


ただちに三隻の船は水亭《すいてい》（水上に張りだしたあずまや）の下にある荷花《はす》の沢に漕ぎ寄せ、三隻とも繫ぎとめた。呉用を助けて上陸させて、居酒屋のなかに入り、ともども水上の部屋に入ると、紅く塗った卓と腰掛けの席を選んだ。阮小二がさっそく言った。

「先生、わしら三兄弟をがさつだとお咎めなく、どうか上座に座ってください」

「それはいけません」と呉用。

「兄貴が主人の席に座り、先生には客席に座ってもらいなよ。わしら二人は先に座るから」

と阮小七。

「七郎くんはテキパキしてますな」と呉用。

四人の席が定まると、給仕に一桶の酒を持って来るよう命じた。給仕は四つの大きな杯を並べ、四膳の箸を置き、四皿の野菜を出して、一桶の酒を卓に置いた。阮小七が、「肴は何がある？」と言うと、給仕は、「さばいたばかりのあか牛の、蒸し餅みたいな脂身のいい肉です」と答え、阮小二は、「大きな塊を十斤、切って来てくれ」と言った。

阮小五は言った。

「先生、お笑いくださるな。粗末なものですが」

「かえってお騒がせし、きみたちに面倒をかけてすまない」と呉用。

「そんなことを言わないでください」と阮小二。

給仕を急かせてひたすら酒をつがせ、早くも牛肉を切ったのが二皿、出て来て、卓に置かれた。阮家三兄弟は呉用に幾切れか食べさせたが、とても食べきれない。かの三人は猛烈な勢いで、あっというまに食べてしまった。

阮小五がたずねた。

「先生、ここに何のご用でおいでか？」

阮小二が言った。

「先生は今、さるお大尽の家塾で教えておられ、十数匹の金色の鯉を調達してほしいと、頼みに来られたのだ。重さ十四、五斤のがご入り用で、わざわざわしらを訪ねて来られたのだ」

阮小七は言った。

「いつもなら、四、五十匹ほしいと言われてもあるし、十数匹はもちろん、もっとたくさんでも、わしら兄弟で用立てられます。だが、今は重さ十斤のものでも、手に入れられません」

「先生は遠くから来られたのだから、わしらで十匹ほどの重さ五、六斤のものを用立てて、おわたししよう」と阮小五。

呉用は言った。

「私は大枚の銀子をここに持っていますから、値段に糸目はつけません。ただ、小さいのはいりません。十四、五斤の重さのものでないとダメなのです」

阮小七は言った。

「先生、捜すところがありませんよ。五の兄貴が五、六斤のものを受けあったけれども、それも難しく、何日かしてやっと手に入るのです。わしの船に生きた小魚が一桶あるから、持って来て酒のつまみにしましょうや」

阮小七はさっそく船内に行って、小魚を一桶持って来た。およそ六、七斤はあり、自分で調理場に行って調理し、三皿に盛り分けて運び、卓の上に置いた。

阮小七は言った。

「先生、間に合わせですが、あがってください」

四人がまたひとしきり食べるうち、みるみる暗くなり、呉用は、「この居酒屋では話がしにくい。今夜、きっとやつの家にとりあえず泊めてもらうことになるだろうが、そこでまた

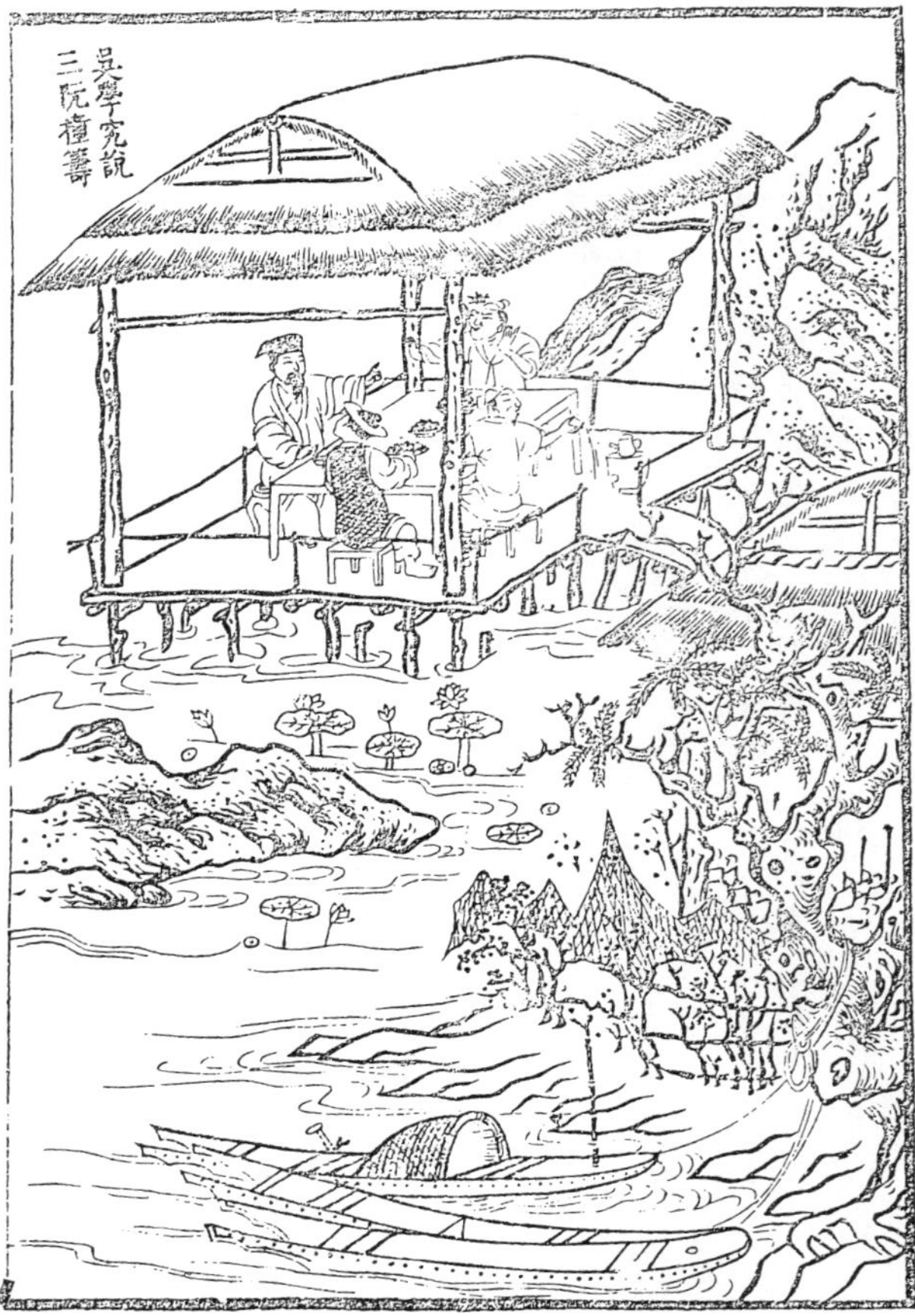

呉学究　三阮に説いて撞籌し

考えよう」と思った。と、阮小二が言った。

「日が暮れてきました。先生、どうかわしの家に一晩泊まってください。明日また相談しましょう」

「ここまで来るのも、四苦八苦でしたが、幸いきみたち兄弟と今日、いっしょになることができた。どうやら、私がここの酒代を払うことは承知してもらえそうにないようだが、今晩、二郎くんの家に一晩、泊めてもらうとして、銀子はここにあるから、面倒をかけるが、この店で酒を一瓮《かめ》と肉を少々買い、村で一対の鶏を捜して、夜いっしょにゆっくり飲みましょう」と呉用。

「どうして先生に散財をさせられましょうか。わしら兄弟がちゃんとしますから、心配しないでください」と阮小二。

「きみたち兄弟にごちそうしようと思っているのに、私の言うとおりにしないなら、すぐお暇しよう」と呉用。

「先生がこう言っておられるのだから、まずはお気持ちに従っていただき、また考えようぜ」と阮小七。

「やっぱり七郎くんはテキパキしているな」と呉用は言い、一両の銀子を取りだして、阮小七にわたし、その場で店主を呼んで一瓮の酒を買い、大きな甕《かめ》を借りて入れさせ、二十斤の生肉と煮込んだ肉、および一対の大きな鶏を買った。阮小二が、「わしの酒代もいっしょに払うから」と言うと、店主は「どうも、どうも」と答えた。

四人は居酒屋を離れ、また船に乗ると、酒や肉を船倉に置き、綱をほどいて、ただちに漕ぎだし、まっすぐ阮小二の家に向かった。門前まで来ると、岸に上がり、もとどおり船を杭に繫ぎ、酒や肉を持って、四人そろって家の奥に行き腰を下ろすと、すぐに灯りをともさせた。もともと阮家三兄弟のうち、阮小二だけは女房がいたが、阮小五と阮小七は二人とも結婚していなかった。

四人が阮小二の家の奥の水上の部屋に座ると、阮小七は鶏をさばき、兄嫁と手伝いの小僧に台所で準備させた。初更（午後七～九時）になったころ、酒と肉がすべて運ばれ卓上に並べられた。呉用は彼ら兄弟に何杯か酒を勧め、また魚を買う話をもちだして言った。

「こんな広いところに、どうしてそんな大魚がいないのですか？」

阮小二は言った。

「先生にほんとうのことを言いますと、そんな大きな魚は梁山泊にしかいません。わしらのこの石碣湖は狭くて小さく、そんな大きな魚は住めません」

「ここと梁山泊は目と鼻の先で、水はつながっているのに、どうして取りに行かないのですか？」と呉用。

阮小二はふっとため息をついて言った。

「言わんでください」

呉用はまたたずねた。

「二の兄貴、どうしてため息をつくのですか」

阮小五が話を引き取って言った。

「先生はご存じないが、以前、梁山泊はわしら兄弟の飯の種でしたが、今は絶対に行きません」

「あんな広いところは、けっきょくお上も漁を禁止できんでしょう？」と呉用。

「お上は漁の禁止などできないし、閻魔大王の生まれ変わりだって禁止できません」と阮小五。

「お上が禁止しないのに、どうして絶対に行かないのですか？」と呉用。

「なんと先生はわけをご存じないのだから、まずは説明しましょう」と阮小五。

「私にはわかりません」と呉用。

阮小七がつづけて言った。

「この梁山泊というところは、いわく言い難いのです。今、梁山泊には新たに大勢の強盗が陣取って、魚を取るのを許しません」

「私は知らなかったが、なんと今、強盗がいるのですか？　どうして聞いたことがなかったのだろうか？」と呉用。

阮小二は言った。

「あの大勢の強盗の頭領になっているのは、科挙に落第した秀才で、白衣秀士《はくいしゅうし》・王倫《おうりん》といいます。二番目の頭領は〈摸着天《もちゃくてん》〉杜遷《とせん》、三番目の頭領は〈雲裏金剛《うんりこんごう》〉宋万《そうまん》といいます。この下に、〈旱地忽律《かんちこつりつ》〉朱貴《しゅき》という者がいて、今、李家道《りかどう》の辻で居酒屋を開き、もっぱらようすを探っていますが、大したことはありません。近ごろ、一人の好漢が新たに来ましたが、東《と》京《けい》の禁軍の教頭《きょうとう》で、〈豹子頭《ひょうしとう》〉林冲《りんちゅう》とかいい、凄い腕前です。こいつらはほんとうに凄いやつらで、みな腕が立ちます。この何人かの泥棒野郎が、六、七百人を集めて、押し込み強盗をやり、通りかかった旅商人から荷を奪い取るのです。わしらは一年余りあそこへは漁に行けず、今は入り江が封鎖され、わしらはマンマの食い上げです。それで、一言では言い尽くせないのです」

呉用は言った。

「私はほんとうにこのことを知りませんでした。どうしてお上はやつらをつかまえに来ないのだろうか？」

「お上はあちこちで動きまわり、住民を痛めつけています。ワッと村にやって来て、まず農家で飼っている豚、羊、鶏、鵞鳥を、スッカラカンに食い尽くしたうえ、路銀を要求して出させます。今はそれでもあの強盗どもをどうすることもできず、召し捕り役人は村にやって来られなくなりました。もし上の役人が召し捕り役人を差し向けようとしたら、みな仰天して大小便を垂れ流し、やつらをまっすぐ見ることもできませんよ」と阮小五。

「大きな魚は取れないけれども、ちょっとは税金を払わずにすんでいます」と阮小二。

「そういうことなら、やつらは愉快でしょうな」と呉用。

「やつらは天を恐れず、地を恐れず、お上を恐れず、金銀を秤で量って山分けし、いろんな絹やら錦やらの服を着、甕《かめ》ごと酒を飲み、デカイ塊で肉を食っているのだから、愉快でないわけがない。わしら兄弟三人は腕っぷしの持ち腐れなんだから、なんとかやつらの真似をしたいもんだ」と阮小五。

呉用は聞いて、ひそかに「うまい具合にゆきそうだ」と喜んだ。

阮小七がまた言った。

「人はこの世だけ、草は秋までだ。わしらはただ漁をして暮らしてきたが、やつらの真似をして、一日過ごすのもわるくないな」

呉用は言った。

「きみたちのような者がやつらの真似をしてどうするのですか？　やつらがやっていることは、鞭打ち六、七十の罪ではありませんぞ。〔きみらが真似をして〕身につけたりっぱな腕前を何もかも台無しにし、お上につかまったら、それも自業自得ですぞ」

「今どきの役人には何の道理もなく、何もかもいいかげんにごまかし、多くのドデカイ罪を犯した者は、何の咎めもない。わしら兄弟は愉快に暮らせないから、わしらを引き立ててくれる者がいれば、どこへでも行きますぜ」と阮小二。

「わしもいつもそう思っているさ。わしら兄弟三人の腕前は、誰にも負けないが、いったい誰がわしらを認めてくれるのだろう」と阮小五。

呉用は言った。

「たとえきみたちを認めてくれる人がいても、きみたちは行くことを承知しないだろうな」

「わしらを認めてくれる人がいれば、たとえ火のなか、水のなかでも行くさ。一日でも楽に暮らせるなら、死んでも満足だ」と阮小七。

呉用はひそかに「この三人はみなその気がある。まあ、ゆっくり誘うとしよう」と考え、また三人に勧めて、二、三回、酒をまわした。これぞまさしく、

只為奸邪屈有才
天教悪曜下凡来
試看小阮三兄弟
劫取生辰不義財

只《た》だ奸邪の有才を屈するが為に
天は悪曜《あくよう》をして凡に下《くだ》り来たらしむ
試みに看《み》よ　小阮三兄弟
劫取《きょうしゅ》す　生辰不義《せいしんふぎ》の財

悪知恵働くやつらを懲らしめるため、天は凶神を地上に下す。試みに見よ　阮家三兄弟を、誕生日の不義の財宝を奪い取ったではないか。

呉用はまた言った。

「きみたち三人で、梁山泊に上って盗賊どもをつかまえたらどうだ？」

「たとえやつらをつかまえても、どこに褒美をもらいに行くのですか？　江湖の好漢たちに笑われますよ」と阮小七。

「愚見によれば、きみたちが漁のできないのを怨むなら、あそこへ行って仲間入りするのも、わるくなかろう」と呉用。

「先生はご存じないが、わしら兄弟は何度も相談して、仲間入りしようとしました。あの白衣秀士・王倫の手下の話によれば、やつは心が狭くて、人を受け入れられないとか。この前、あの東京の林冲が山に上ろうとして、イヤな思いをさせられたそうだ。王倫の野郎は人をあっさり受け入れようとしないから、わしらもそれを見て、すっかりうんざりしてしまいました」と阮小二。

「やつらに先生のような気概があって、わしら兄弟を可愛がってくれれば、いいのだがな」と阮小七。

「あの王倫に先生のような義理人情があれば、わしら兄弟はとっくに行っており、今までモタモタしていません。わしら三人はやつのために死んでも満足だったものを」と阮小五。

「私など取るに足りません。今、山東《さんとう》や河北《かほく》には、大勢の英雄豪傑の好漢がいますよ」と呉用。

「好漢がどんなにいても、わしら兄弟は今までお目にかかったことはありません」と阮小二。

「この地方の鄆城県《うんじようけん》東渓村《とうけいそん》の晁保正《ちようほせい》を、きみたち知っていますか」と呉用。

「〈托塔天王《たくとうてんおう》〉と呼ばれる晁蓋さんではありませんか」と阮小五。

「まさしくその人です」と呉用。

「わしらのところとはたった百里ほどしか離れていないが、縁がなく、名前は聞いているが、会ったことはありません」と阮小七。

「この方は義理を重んじ金ばなれのいい、りっぱな人なのに、どうして会ったことがないのかな？」と呉用。

「わしら兄弟は用がなくて、あそこへは行ったことがなく、だからあの方とも会えなかったのです」と阮小二。

「私はこの数年、晁保正の屋敷近くの村塾で教えています。今、あの方から奪われるのを待っているお宝があると聞き、わざわざきみたちに相談に来ました。われらがそれを途中で遮って奪うというのは、どうだろう？」と呉用。

「そりゃいけません。あの方は義理を重んじ金ばなれもいい、りっぱな人なのに、わしらがその評判をぶちこわせば、江湖の好漢が知ったとき、笑われるにきまっています」と阮小五。

と、呉用は言った。

「私はきみたち兄弟の根性がしっかりしていないのではないかと思っていたが、なんとほんとうに客を大切にし義理を重んずる人たちだった。きみたちにほんとうのことを言おう。手を組む気があれば、きみたちにこの件をうちあけよう。私は目下、晁保正の屋敷に滞在しているが、保正はきみたち三人の高名を聞かれ、きみらを招き相談しようと、特に私を差し向けられたのだ」

阮小二は言った。

「わしら兄弟三人、心の底からウソ偽りはありません。晁保正はデカイ闇商売をしようとして、わしらを誘う気があるから、先生にお手数をかけられたにちがいありません。ほんとうにこの仕事があるなら、わしら三人がもし命がけであの方を助けられないときは、残った酒にかけて誓いますが、そろって災難にあい、悪い病気にかかって、死ぬことになるでしょう」

阮小五と阮小七は手で首筋を叩いて言った。

「この熱い血は、ただ値《あたい》を知ってくれる人に売るだけだ」

呉用は言った。

「きみたち三人兄弟にここで言っておくが、私は悪心によってきみたちを誘いに来たのではない。これは只事ではない仕事だ。朝廷の蔡太師《さいたいし》は六月十五日が誕生日で、やつの娘婿の北《ほく》京大名《けいだいめい》府の梁中書《りょうちゅうしょ》が、目下、十万貫の金銀財宝を舅の誕生祝いに送るところだと、姓は劉《りゅう》、名は唐《とう》という好漢がわざわざ知らせに来た。それで、きみたちに来てもらって相談し、何人かの好漢を集めて、山の窪地の人けのないところで、この豪華な不義の財を奪い取り、一同、一生愉快に暮らそうというわけだ。このために、わざわざ私を差し向けて魚を買うという口実で、きみたち三人を招いて相談し、この仕事を成功させようとしたのだ。きみたちの考えはどうかな？」

阮小五は聞いて、「よし！　よし！」と言い、「七郎、わしもおまえも文句なしだな」と叫んだ。阮小七は跳びあがって言った。

「一生の望みが、今日かなえられたぞ。ちょうど痒いところに手がとどくように、ぴったりだ。で、わしらはいつ出発するのか」

　呉用は言った。

「どうかすぐ行ってもらいたい。明日、五更（午前三～五時）に起き、いっしょに晁天王の屋敷に行こう」

　阮家三兄弟は大喜びした。その証拠に次のような詩がある。

壮志淹留未得伸　　壮志　淹留《えんりゅう》して　未《いま》だ伸ぶるを得ず
今逢学究啓其心　　今　学究《がくきゅう》に逢い　其《そ》の心を啓《ひら》く
大家斉入梁山泊　　大家《みなみな》　斉《ひと》しく入る　梁山泊
邀取生辰宝共金　　邀《むか》え取る　生辰《せいしん》の宝と金

　壮志を伸ばしえず　くすぶったまま、いま学究に会って　前途洋々。一同そろって梁山泊へ、生辰《せいしん》（誕生祝い）の財宝は　われらのものだ。

　その夜は一泊し、翌朝、起きて朝ご飯を食べると、阮家三兄弟は家の者に申しつけ、呉用につき従って、四人で石碣村を離れ、急いで道をたどり東渓村をめざした。行くこと一日、早くも晁蓋の屋敷が見えてきた。見れば、はるか遠く緑の槐樹《かいじゅ》の下で、晁蓋と劉唐が待っている。呉用が阮家三兄弟を案内し、まっすぐ槐樹の前まで来ると、両方がたがいに挨拶した。晁蓋は大いに喜んで言った。

「阮氏三雄の噂はウソではなかった。なかへ入って話しましょう」

六人は屋敷の外からなかへ入り、奥の間に行くと、主客、座を分かって腰を下ろした。呉用がこれまでの話をすると、晁蓋は大喜びし、さっそく作男に豚と羊をさばかせ、紙銭を焼く用意をさせた。

阮家三兄弟は晁蓋の人柄が意気軒昂とし、言葉づかいもさばけているのを見て、「わしらがいちばん近づきになりたかった好漢は、なんとここにいたのか。今日、呉先生が連れて来てくれなかったら、会えなかったところだ！」と言い、たいへん喜んだ。

その夜はまずご飯を食べ、夜中まで話し合った。翌日明るくなると、奥の間の前に、紙銭や紙馬を並べ、夜に煮た豚や羊を供えた。阮家三兄弟は晁蓋がかくも誠実なのを見ると、花や灯りを並べた前で、一人一人、誓って言った。

「梁中書は北京《ほくけい》で民を害し、金銭財宝を騙し取って、蔡太師の誕生祝いのために、東京に送ろうとしている。これらはまさしく不義の財物。われら六人のうち、私心を抱く者があれば、天地に罰せられよう。神明よ、ご照覧あれ」

六人はそろって誓いを立てると、紙銭を焼いた。

六人の好漢が奥の間で神に捧げたお下がりで酒を飲んでいたところ、作男が、「門前で、ある先生が保正にお会いしてお斎《とき》をいただきたいと、言っています」と知らせに来た。晁蓋は言った。

「おまえはなんと物わかりのわるい！　わしはお客さんをもてなし、ここで酒を飲んでいるのだから、すぐそいつに米を四、五升（一升は約〇・九五リットル）やれば、それでよい。どうしてわしのところにまで聞きに来たのか？」

「てまえはその者に米をやりましたが、いらないと言い、ただ保正に会いたいと言っております」

「きっと少ないというのだろう。おまえ、すぐまたやつに米を二、三斗やって、『保正どのは今日、屋敷に人を招いて酒を飲んでおられ、お会いする暇はありません』と言え」

作男は行ってしばらくすると、また来て言った。

「あの先生に三斗の米をわたしましたが、それでも立ち去ろうとしません。一清道人《いっせいどうじん》と名乗り、銭や米のために来たのではない、どうしても保正に一目お会いしたいと言っております」

晁蓋は言った。

「おまえというやつは、応対が下手だな。今日はほんとうに時間がないので、後日、お目にかかってお茶をさしあげますと言え」

「てまえもそう言いましたが、あの先生は、『私は銭や米やお斎のためではなく、保正さんが義理に厚い人だと聞き、わざわざ会いに来たのだ』と言うのです」と作男。

「おまえもこんなことに手こずり、まったくわしの力にならんな。やつがまた少ないと言うなら、三、四斗の米をわたせばよく、わしに報告に来るまでもない。お客と飲んでいないときなら、そいつに会うのは、何でもないことだが。やつを何とかあしらい、もう報告に来るな」と晁蓋。

作男が行ってから時をおかず、屋敷の門の外が騒がしくなり、一人の作男が飛ぶようにやって来て知らせた。

「あの先生が腹を立てて、十人ばかりの作男を殴り倒しました」

晁蓋は聞いてびっくり仰天し、慌てて立ち上がって、言った。

「兄弟衆、てまえはちょっと見に行って来ます」

さっそく奥の間から出て来て、屋敷の門前まで行って見ると、その道士は身の丈八尺、道士らしい堂々たる風貌、威風凛々として、奇怪な顔つきだったが、ちょうど屋敷の門の外の槐樹の下で、作男たちを殴っているところだった。晁蓋がその道士を見れば、

頭に両枚の鬅鬆《ほうそう》たる双丫《そうあ》髻《けい》を綰《わが》ね、身に一領の巴山《はざん》の短褐《たんかつ》の袍《ほう》を穿《つ》け、腰に雑色の綵糸《さいし》の絛《ひも》を繋《し》め、背に松紋の古銅剣を上《の》す。白肉の脚には多耳の麻鞋《あさぐつ》を襯着《しんちゃく》し、綿嚢《めんのう》の手に鼈殻《べっかく》の扇子を拿着《だちゃく》す。八字眉に一双の杏子《あんず》の眼、四方の口に一部の落腮鬍《らくさいこ》。

ちょっと崩れた二つの丫髻《あげまき》を結い、巴山の短褐の袍《うわぎ》を身に着け、腰に綾絹の雑色の絛《ひも》

をしめ、背中に松紋の古い銅剣を負う。色白の足には　紐を通す輪がたくさん付いている麻の草鞋《わらじ》を履き、綿のようにふんわりした手に　鼈甲《べっこう》の扇子を持つ。八の字をした眉　杏のような眼、四角い口に　落腮鬍《ほおひげ》。

その道士は作男を殴りながら、口のなかで「りっぱな人物をわからんやつだ」と言っている。晁蓋はこれを見ると、大声で言った。

「先生、お怒りめさるな。あなたが晁保正を訪ねて来られたのは、お斎やお布施をもらうためではないのか。やつがすでにお米をおわたししたのに、どうしてそんなに腹を立てられるのか？」

その道士はカラカラと大笑いして言った。

「貧道《わたくし》は酒食や銭米のために来たのではない。十万貫も何ほどのこともないと思っているが、いささか話があり、わざわざ保正を訪ねて来たところ、この田舎者が無礼にも、貧道を罵ったので、頭にきたのだ」

「あなたは晁保正と会ったことがおありか？」と晁蓋。

「名前を聞き知っているだけで、会ったことはない」とその道士。

「てまえがそうです。先生には何の話がおありかな？」と晁蓋。

その道士は見て言った。

「保正どの、失礼いたした。貧道は稽首いたします」

「先生、挨拶はけっこう。なかにお入りいただき、お茶などいかがかな？」と晁蓋。

「ありがとうございます」とその道士。

二人はなかへ入った。呉用はその道士が入って来たのを見ると、劉唐、三阮とともに席をはずした。

さて、晁蓋がその道士を奥の間に案内し、お茶を飲みおわると、道士は言った。

「ここでは話ができません。別にどこか座る場所はありますか？」

晁蓋は言われて、さっそく道士を案内して小さな部屋に連れて行き、主客座を分かって腰をかけた。晁蓋はたずねた。

「失礼ながらおうかがいしますが、先生のご苗字は何といわれ、どちらのご出身ですか？」

「貧道《わたくし》は二字の姓で公孫《こうそん》、名は一字で勝《しょう》、道号は一清《いっせい》先生といいます。薊《けい》州の者で、幼いころから、郷里で鎗や棒を学ぶことを好み、武芸百般を習得して、人はただ公孫勝大郎《たいろう》と呼んでおります。ある流派の道術を習得して、風を呼び雨を喚《よ》び、霧に乗り雲に乗ることができるので、江湖ではみな貧道を〈入雲龍《にゅううんりゅう》〉と称しています。貧道はずっと前から鄆城県東渓村の保正どののご高名を耳にしておりますが、ご縁がなくお目にかかったことはありませんでした。今、十万貫の金銀財宝があり、保正どのに贈って、お目見えの土産にしますが、お受け取りいただけますか？」

晁蓋は大笑いして言った。

「先生が言っておられるのは、北方の生辰綱のことではありませんか？」

公孫勝　七星に応じて義に聚まる

その道士は非常に驚いて言った。

「保正どのはどうしてご存じですか？」

「てまえの当て推量、先生のお考えと一致しております」と晁蓋。

「この儲け話は見逃してはなりません。古人も、『取るべきものは取れ、あとで後悔するなかれ』といっています。保正どののお考えはどうですか？」と公孫勝。

話し合っている最中、ある者が部屋の外から押し入り、公孫勝の胸ぐらをつかんで言った。

「いい度胸だ。この世には王法があり、あの世には神霊がいる。おまえはどうしてこんな話を持ちかけるのか？　わしはずっと聞いていたぞ」

脅されて公孫勝はサッと顔から血の気が引き土気色になった。

これぞまさしく、

機謀未就　　機謀未《いま》だ就《な》らざるに
争奈窓外人聴　　争奈《いかん》せん　窓外に人の聴くを
計策纔施　　計策纔《わず》かに施され
又早蕭牆禍起　　又《ま》た早くも蕭牆《しょうしょう》に禍《わざわい》起こる

謀《はかりごと》がまだ成就しないうちに、いかんせん窓の外の者に聞かれ、計略を明らかにしたばかりで、早くも身辺で禍が起こる。

というところ。

ただ七人の好漢がそのとき集まったために、万貫の財物が空のかなたに空しく飛び去ることと、あいなった次第。

はてさて、ふいに押し入り公孫勝を引っつかまえたのは何者でしょうか。まずは次回の分解《ときあかし》をお聞きください。

第十六回　楊志《ようし》　金銀の担《に》を押送《おうそう》し
呉用《ごよう》　智もて生辰綱《せいしんこう》を取る

「鷓鴣天《しゃこてん》」の詞《ツー》、

罡星起義在山東
殺曜縦横水滸中
可是七星成聚会
却於四海顕英雄
人似虎
馬如龍
黄泥岡上巧施功
満馱金貝帰山寨
懊恨中書老相公

罡星《こうせい》の起義　山東《さんとう》に在り
殺曜《さつよう》は縦横たり　水滸《すいこ》の中《うち》
是《こ》れ七星の聚会《しゅうかい》を成す可《べ》きに
却《かえ》って四海に於《お》いて英雄を顕《あらわ》す
人は虎に似
馬は龍の如《ごと》し
黄泥岡上《こうでいこう》　巧みに功を施し
金貝《きんばい》を満馱《まんだ》して　山寨に帰り
懊恨《おうこん》せしむ　中書老相公《ろうしょうこう》

天罡星の蜂起は　山東にて、殺《あら》ぶる曜《ほし》の活躍は　水滸にて。七つの星が寄り集ったのを皮切りに、なんとそこかしこに英雄の姿。人は虎のよう、馬は龍のよう。黄泥岡で巧みに仕掛け、財宝をどっさり積んで　寨《とりで》に帰り、中書《ちゅうしょ》どの（蔡京《さいけい》の娘婿の梁《りょう》中書《ちゅうしょ》）に地団駄踏ませる。

　さて、そのとき、公孫勝《こうそんしょう》はちょうど小部屋で晁蓋《ちょうがい》に向かい、「この北京《ほくけい》の生辰綱《せいしんこう》（誕生祝いの運搬）は不義の財物であり、奪っても何の不都合もありません」と言った。と、一人の者が外から押し入り、公孫勝をつかまえて言った。

「なんと大胆な！　今、相談していたことを、すっかり聞いたぞ」

　その人はなんと〈智多星《ちたせい》〉呉用《ごよう》だった。晁蓋は笑いながら言った。

「先生、慌てなさんな。まあ、挨拶してください」

　二人の挨拶がすむと、呉用は言った。

「江湖で、ずっと前から人が〈入雲龍《にゅううんりゅう》〉公孫勝、一清《いっせい》どのの噂をするのを聞いています。思いがけず、今日ここでお目にかかることができました」

　晁蓋は言った。

「この秀才先生こそ〈智多星〉呉学究《ごがくきゅう》どのです」

　公孫勝は言った。

「江湖で大勢の人々が加亮《かりょう》先生の噂をしているのを耳にしています。なんと保正どのの屋敷でお目にかかれ、お近づきになれるとは思いませんでした。これも、保正どのが財を軽んじ義理を重んじられるため、天下の豪傑がこぞって身を寄せられるのですな」

晁蓋は、「まだ何人か知り合いがなかにいます。どうかいっしょに奥の間の人目につかぬところにお入りいただき、会ってもらいましょう」と言い、三人はなかへ入り、すぐ劉唐《りゅうとう》、三阮《さんげん》と顔を合わせた。一同は言った。

「今日のこの出会いは、偶然ではありません。保正兄貴、どうか正面の座に着いてください」

「てまえは貧しい主人で、りっぱな客人をお引きとめする何のめずらしい品もありません。どうして上座に着けましょうか」と晁蓋。

「保正兄貴、私の言うとおりにし、まあ、座ってください」と呉用。

晁蓋はやむなく第一番目の座に着き、呉用が第二、公孫勝が第三、劉唐が第四、阮小二《げんしょうじ》が第五、阮小五《げんしょうご》が第六、阮小七《げんしょうしち》が第七の座に着いて、もう一度、さきほどの固めの杯をやりなおし、ふたたび酒や肴を用意して、一同で飲み酌み交わした。

呉用は言った。

「保正どのは北斗七星が屋根に墜ちる夢をみられた由、今日、われら七人が契りを結び、旗あげするのも、天の思し召しに応ずるものではありませんか。このお宝は手に唾するだけで奪い取れます。われら七人が集まったことは、誰も知りません。思うに、公孫勝先生は江湖の義理を重んじ財を軽んじる方だから、この事を知ることができ、保正どのに身を寄せに来られたのでしょう。前に申したように、劉くんは荷物がどの道から来るか探りに行ってもらおう。今日はもう遅いから、明朝すぐ出発してください」

　公孫勝が言った。

「そのことなら、行くまでもありません。貧道《わたくし》がすでにその来る道筋を探りあてています。黄泥岡《こうでいこう》の街道から来ます」

　晁蓋は言った。

「黄泥岡の東十里にある安楽村《あんらくそん》に、〈白日鼠《はくじつそ》〉白勝《はくしょう》という遊び人がおりますが、これもわしに身を寄せて来たことがあり、路銀を与えて援助したことがあります」

　呉用は言った。

「北斗の側の白光は、この者にあてはまるのではありませんか？　それはそれで役に立ちますよ」

　劉唐が言った。

「ここから黄泥岡はわりに遠いが、どこに身を隠せばいいでしょうか？」

「その白勝の家こそわれらの隠れ家です。やっぱり白勝くんに役に立ってもらいましょう」

と呉用。

　晁蓋は言った。

「呉先生、わしらは知恵で取りますか、それとも力で取りますか」

　呉用は笑いながら言った。

「私はもう策略を考えていますが、向こうの出方しだいです。力でくるなら力で取るし、知恵でくるなら知恵で取ります。私に一つ策略があるが、みなさんの意に添うかどうかわかりません。これこれしかじか……」

晁蓋は聞いて大いに喜び、足を踏みならしながら、言った。

「妙案だ！　なるほどきみが〈智多星〉と称されるのも道理、果たせるかな、諸葛亮《しょかつりょう》の上をいっている。うまい計画だ！」

呉用は言った。

「もうやめましょう。諺にも『壁に耳あり、障子に目あり』と言います。ただおたがいにわかってさえいればいいのです」

晁蓋は言った。

「阮家の兄弟衆はひとまず帰り、その時がきたらこの屋敷に集まってください。呉先生はもとどおり勉強を教えに行き、公孫先生と劉唐くんは、ここにしばらく滞在してください」

その日は夜まで酒を飲み、めいめい客間に行って休んだ。

翌日五更（午前三〜五時）に起き、朝ご飯を用意して食べさせた。晁蓋は三十両の銀子を取りだし阮家三兄弟にわたして、言った。

「ほんの気持ちです。くれぐれも辞退しないでください」

阮家三兄弟がどうして受け取ろうか。と、呉用が言った。

「友だちの気持ちを、無にしてはいけません」

阮家三兄弟はやっと銀子を受け取った。みないっしょに屋敷の外まで見送り、呉用は耳打ちして言った。

「こうこう……こうだ。その時になったら、遅れないように」

阮家三兄弟は辞去して、石碣村《せきけつそん》へと帰って行った。晁蓋は呉用と公孫勝、劉唐を屋敷に滞在させ、毎日、相談した。くだくだしい話はさておくとする。


さて、北京大名府《ほくけいだいめいふ》の梁中書《りょうちゅうしょ》は、十万貫の誕生祝いの贈り物を買いととのえ準備完了して、日を選んで人をやり出発させようとした。そんなある日、奥の間に座っていると、蔡夫《さい》人がたずねた。

「閣下、生辰綱はいつ出発ですか？」

梁中書は言った。

「贈り物はすでにそろい、ここ二、三日のうちに出発だ。ただ、一つ問題があり、迷って決められないのだ」

「何を迷って決められないのですか？」と蔡夫人。

梁中書は言った。

「去年、十万貫使って金銀財宝を買い集め、東京《とうけい》（開封《かいほう》）に送ったが、使いの者が役に立たなかったために、途中で盗賊に奪われ、今に至るまでつかまえられない。今年も直属の配下に運搬をやり遂げられる者が見当たらず、それで迷っているのだ」

蔡夫人は階《きざはし》の下を指さしながら言った。

「あなたはいつもこの者は凄い腕前だとおっしゃっているのに、どうしてこの者に荷物の預かり状を出させ、運ばせないのですか？　そうすれば間違いはないでしょうに」

梁中書が階下のその者を見れば、なんと〈青面獣《せいめんじゆう》〉楊志《ようし》であった。梁中書は大いに喜び、ただちに楊志を呼んで大広間に上らせ、言った。

「おまえを忘れていた。生辰綱をとどけてくれたら、おまえを取り立ててやるぞ」

楊志は両手を組合わせて敬礼し、進み出て答えた。

「閣下のお申しつけとあらば、どうあっても従います。ただ、どのように準備し、いつ出発するのでしょうか？」

梁中書は言った。

「大名府に申しつけて十輛の太平車《たいへいしや》（荷車）を出させ、直属の配下から十人の兵士を出して車を護送させ、各車輛に黄色い旗を立て、そこに『献賀《けんが》太師《たいし》生辰綱《せいしんこう》』と記す。各車輛にはまた一人ずつ兵士をつき従わせる。三日以内にすぐ出発せよ」

楊志は言った。

「てまえはお断りはしませんが、それでは行けません。どうかご命令を出され、別に勇敢で注意深い者を派遣なさってください」

梁中書は言った。

「わしはおまえを取り立てたいという気があり、この生辰綱の目録のなかに、別に一通の手紙を入れ、太師におまえのことをくれぐれもお頼みし、勅命を受けて帰れるようにしておく。どうしてあれこれ言って辞退し、行かないのか？」

「閣下に申しあげます。てまえも、去年、盗賊に荷を奪われ、今に至るまでつかまえられないと、聞いたことがあります。今年も途中、盗賊が多く、非常によくない状態です。ここから東京《とうけい》に行くには、水路はなく、すべて陸路で、通過するのは紫金山《しきんざん》、二龍山《にりゅうざん》、桃花山《とうかざん》、傘《さん》蓋山《がいざん》、黄泥岡《こうでいこう》、白沙塢《はくさう》、野雲渡《やうんと》、赤松林《せきしょうりん》ですが、これらはすべて強盗の出るところです。また、単身の行商人も一人では通過しようとしません。やつらは金銀財宝だとわかれば、必ず奪いに来て、むざむざ命を落とす羽目になります。ですから、行くことはできないのです」

と楊志。

「そういうことなら、兵士を増やして護送すればよい」と梁中書。

「閣下がたとえ五百人を派遣されても、うまくゆきません。こいつらはちょっと強盗が来たと聞くや、みなわれ先に逃げてしまいます」と楊志。

「おまえの言うようなら、生辰綱は運びようがないのか？」と梁中書。

「もし、てまえの言うとおりにしていただければ、すぐ運んで行けます」と楊志。

「てまえの言うとおりにしていただけるなら、荷車はいりません。贈り物をすべて十余りの担ぎ荷に詰め、行商の荷物のように仕立て、十人の屈強な兵士を選んで、人夫が担いでいるように見せかけます。もう一人とてまえとが行商人に扮し、夜を日についで東京に運び、おわたしするのです。こうしてはじめてうまくゆきます」と楊志。

「おまえの言うとおりだ。手紙を書いて、重々おまえのことをお願いし、勅命を受けて帰れるようにしよう」と梁中書。

「閣下のお引き立てに深く感謝します」と楊志。

その日さっそく楊志に命じて荷物をまとめさせる一方、兵士を選んだ。

翌日、楊志を呼んで大広間の前に控えさせると、梁中書が大広間に出て来て、たずねた。

「楊志、いつ出発するのか？」

「閣下にお答えします。明朝、必ず出発しますので、すぐ預かり状をおわたしします」と楊志。

梁中書は言った。

「家内にも一担ぎの贈り物があり、別に邸内の知り合いに贈るので、これもおまえに受け取ってもらいたい。不案内なのが心配だから、特に乳母の夫の謝都管《しやとかん》（執事）と二人の虞候《ぐこう》（副官）を、おまえといっしょに行かせよう」

「閣下、それでは行けません」と楊志。

「贈り物のほとんどはすでに荷造りがすんでいるのに、どうしてまた行けないのか？」と、梁中書が言うと、楊志は答えた。

「この十担ぎの贈り物は、すべててまえの責任であり、ほかの者もみなてまえの指図どおりにしてもらいます。早く行くときは早く、遅く行くときは遅く、泊まるときは泊まり、休むときは休み、これもまたてまえの指図によります。今また都管どのと虞候をてまえといっしょに行かせられますと、この方々は奥さま付きの人であり、また太師府門下の乳母どののご主人ですから、道中、てまえとイザコザが起こったとき、どうして争うことができましょうか！　これで大事を誤ることになれば、てまえはどうしてそのとき申し開きできましょうか？」

梁中書は言った。

「それはたやすいことだ。わしが三人に命じておまえの指示に従わせれば、それでよい」

「そうしていただけますなら、てまえはすぐ預かり状を出させていただきます。もし失敗すれば、甘んじて重罪を受けます」と楊志。

梁中書は大いに喜び、「わしがおまえを取り立てたのもむだでなかった。おまえはほんとうに見識があるな」と言い、さっそく謝老都管と二人の虞候を呼び、その場で申しつけた。

「楊志提轄《ていかつ》は預かり状を出すことを願い、生辰綱の十一荷《か》の金銀財宝を護送して東京へ行き、太師府に引き渡すことになった。この一件はすべて楊志の責任だ。おまえたち三人は楊志の供をして、道中、早立ちや遅立ち、泊まりや休みなど、何もかもその言うことを聞き、イザコザを起こしてはならない。家内の申しつけた仕事は、おまえたち三人で処理し、気をつけて、早く行って早く帰り、失敗があってはならない」

老都管は一つ一つ承知した。その日、楊志は預かり状を出し任務を引き受けた。

翌朝、五更（午前三〜五時）に起き、荷物をすべて役所の大広間の前に並べた。老都管と二人の虞候が持って来た小さな荷物一個の財物や絹を合わせて、合計十一荷。十一人の頑健な兵士を選び、みな人夫の出で立ちをさせている。

楊志は日よけ笠をかぶり、青い紗《さ》の上着を着て帯をしめ、麻の草鞋《わらじ》を履いて、一振りの腰刀をたばさみ、朴刀《ぼくとう》をさげている。老都管も行商人の出で立ち、二人の虞候はお供の番頭の出で立ちで、それぞれ朴刀を持ち、また何本かの藤《とう》の鞭を帯びている。

梁中書は目録と手紙をわたし、一行はたらふく食べると、大広間で梁中書に拝礼して別れの挨拶をした。見れば、兵士たちは荷を担いで出発し、楊志と謝都管および二人の虞候が護送し、一行合わせて十五人は梁中書の役所を離れ、北京の城門を出て、街道をたどって東京へと向かった。

五里に一つの道標、十里に二つの道標と進んだが、このときはちょうど五月半ばで、天気晴朗とはいえ、ひたすら猛烈に暑く、歩きにくい。昔、呉七郡王（南宋王朝の外戚、呉益《ごえき》あるいは呉蓋《ごがい》）に八句の詩があり、次のようにいう。

玉屏四下朱闌遶　玉屏《ぎょくへい》の四下　朱闌遶《しゅらんめぐ》り
簇簇遊魚戯萍藻　簇簇《そうそう》たる遊魚　萍藻《へいそう》に戯る
簟鋪八尺白蝦鬚　簟《てん》は鋪《し》く　八尺の白き蝦《えび》の鬚《ひげ》
頭枕一枚紅瑪瑙　頭は枕す　一枚の紅瑪瑙《こうめのう》
六龍懼熱不敢行　六龍　熱を懼《おそ》れて敢《あ》えて行かず

海水煎沸蓬萊島海水は煎沸《せんふつ》す　蓬萊島《ほうらいとう》

公子猶嫌扇力微公子は猶《な》お扇力の微なるを嫌うも

行人正在紅塵道行人《こうじん》は正《まさ》しく紅塵《こうじん》の道に在り

玉《ぎょく》の屏風《ついたて》のまわりには　朱い手摺《てすり》がめぐらされ、群れなし泳ぐ魚たちは　藻草に遊び戯れる。竹の敷物は　八尺の白いエビのひげのよう、頭を載せるのは　紅い瑪瑙の枕。六匹の龍すら　暑さを恐れて行こうとせず、海の水は　蓬萊島で煮えたぎる。お坊ちゃまは　扇の風が弱いとご機嫌斜めだが、そんなときでも　旅人は〔焼けついた〕街道を歩まねばならぬ。

この八句の詩はひたすら暑い夏を歌ったものだが、かの公子は涼しい亭《あずまや》や水上の部屋にいて、水に瓜を浮かべ李《すもも》を沈め、氷や雪のように白いハスを調理して、暑さを避けているのに、それでもまだ暑さを嫌がり、行商人がほんの少しの名誉や利益のために、拘束する枷《かせ》や鎖があるわけでもないのに、暑い盛りの三伏《さんぷく》（酷暑の期間。夏至から数えて三度目の「庚《かのえ》」の日から三十日間を指す）のうちにやむなく道を歩いていることなど、知るよしもない。

今、楊志ら一行は、六月十五日の誕生日にとどけるべく、やむなく道を歩かざるをえなかった。北京を出てから六、七日は、まさしく五更（午前三〜五時）に起きて、涼しいうちに出発し、日中の暑いときは休息した。六、七日後から、人家がだんだん少なくなり、旅人も稀になり、宿場から宿場へもすべて山道になった。

楊志は辰《たつ》の刻（午前八時）に出発し、申《さる》の刻（午後四時）に休息した。かの十一人の兵士は、荷が重く、一つとして軽めのものはないし、暑いので、林を見ると休みに行こうとした。楊志は追いかけて行き、急きたてて歩かせ、もし止まったりすれば、軽くてこっぴどく罵り、重い場合は藤の鞭で引っぱたいて、無理に追いたてて歩かせた。

二人の虞候は少しばかりの包みの荷物を背負っているだけだったが、ハーハーと息切れして歩けなくなった。楊志は怒って言った。

「あんたたち二人はほんとうに物わかりがわるいな。この仕事はわしの責任だ！　あんたたちはこいつらを打つどころか、逆にうしろからのろのろくっついて来るとはな。この道中は物見遊山ではありませんぞ」

「われら二人はのろのろしたいわけではない。じっさい暑くて歩けず、だから遅れるのです。以前は朝早く涼しいうちに出発したのに、今はどうして暑い盛りに歩くのですか。これでは、よしあしの釣合いが取れていませんよ」と虞候。

「あんたのそんな意見なぞ、クソくらえだ。以前、歩いたのは安全なところだったが、今はまさにうさんくさいところだ。日中に急いで通過せず、誰が夜中の五更に歩けようか」と楊志。

二人の虞候は口には出さなかったが、腹のなかで、「こいつにわしらを罵ることなどできるものか！」と思った。

楊志　金銀の担を押送し

楊志が朴刀をさげ、藤の鞭を持って、荷を運ぶ者を追いたてに行くと、二人の虞候は柳の木陰で老都管のやって来るのを待って訴えた。

「あの楊の野郎は威張っているが、うちの閣下の門下の提轄に過ぎません。それが、あんなにデカイ態度をとるとは」

老都管は言った。

「閣下が面と向かって、あいつともめてはならんと申しつけられた。だから私は黙っているのだ。この二、三日、見てはいられないが、まあ、しばらくがまんしなさい」

「閣下もただお座なりのことを言われただけでしょう。都管さんが自分で仕切られたらよいでしょうに」と二人の虞候。

老都管はまた言った。

「まあ、しばらくがまんしなさい」

その日は申《さる》の刻（午後四時）まで歩き、一軒の宿屋を見つけて休息した。十一人の兵士は滝のように汗を流し、みなため息をつき誇張して、老都管に言った。

「わしらは不幸にして兵士となり、お役目で派遣されることは、心ではわかってはいますが、こんな火のように暑い天気に、重い荷を担いで、この二、三日は朝早く涼しい間に出発せず、何かというと、太い藤の鞭でぶたれます。みな同じように父母から生まれているのに、わしらだけどうしてこんなに辛い目にあうのですか！」

老都管は言った。

「怨んではいけない。がまんして東京に到着したら、私が自分でおまえたちに褒美を取らせよう」

「都管さんのようにわしらを扱ってくれるなら、怨んだりしません」と兵士たち。

また一夜過ごし、翌日まだ暗いうちに、一同は跳び起きて、朝早く涼しいうちに出発しようとした。楊志は跳び起きて怒鳴りつけた。

「どこへ行くのか？　しばらく眠っておれ。それからだ」

「早いうちに歩かず、日中の暑くなったとき、歩けなくなったら、ぶたれます」と兵士たち。

楊志が大声で、「おまえたちに何がわかるか！」と罵り、藤の鞭を持って打とうとしたので、兵士たちは怒りを抑え声を出さず、やむなく眠った。その日、辰《たつ》の刻（午前八時）ごろになると、ゆっくり火を起こしご飯を食べて出発した。

道中、追いたてて鞭打ち、涼しいところで休息するのを許さなかった。かの十一人の兵士は口のなかでブツブツと怨み言を言い、二人の虞候は老都管の前で、くどくどと楊志の悪口を言った。老都管は聞いて、気にとめなかったが、内心、楊志に腹を立てていた。

くだくだしい話はさておき、こうして十四、五日歩くと、かの十四人のうち、楊志を怨まない者は一人もいなくなった。その日も宿屋で辰の刻ごろ、ゆっくりと火を起こし朝ご飯を食べて出発した。ちょうど六月四日のころで、まだ正午になっていないのに、太陽が中天にかかって、雲のかけらもなく、ひどく暑い日だった。古人に八句の詩があり、次のようにいっている。

祝融南来鞭火龍　祝融《しゆくゆう》　南より来たりて　火龍《かりゆう》を鞭うち
火旗焰焰焼天紅　火旗　焰焰《えんえん》として天を焼きて紅《くれない》なり
日輪当午凝不去　日輪《にちりん》　午《ひる》に当たりて凝《こ》りて去らず
万国如在紅炉中　万国　紅炉の中《うち》に在るが如《ごと》し
五岳翠乾雲彩滅　五岳　翠《みどり》乾き　雲彩《うんさい》滅し
陽侯海底愁波竭　陽侯《ようこう》　海底に波の竭《つ》きんことを愁う
何当一夕金風起　何ぞ当《まさ》に一夕《いっせき》　金風《きんぷう》起こり
為我掃除天下熱　我が為に天下の熱を掃除《そうじょ》せん

祝融《しゆくゆう》（火の神）は　南からやって来て火龍を鞭打ち、火の旗は　空を焦がして真っ赤な炎をあげる。日輪《おひさま》は　正午に位置して動こうともせず、万国は　燃えさかる炉の中にあるかのよう。五岳は　翠が乾いて彩りを失い、陽侯《ようこう》（水の神）は　海の底まで干上がるのではないかと気が気でない。黄昏に金風《にしかぜ》が吹き渡って、天下の熱を一掃してくれないものか。

その日歩いた道は、南の山、北の嶺と山ばかり、すべて辺鄙で険しい小道だった。〈楊志は〕十一人の兵士を監督しながら、およそ二十里余り歩いた。兵士たちが柳の木陰で休んで涼もうとしたところ、楊志は藤の鞭で打ちかかり、「サッサと歩け！　そうすればはやく休ませてやる」と怒鳴りつけた。兵士たちが空を見ると、あたり一面に雲一つなく、その暑さは耐え難いものだった。見れば、

熱気は人を蒸《む》し、囂塵《ごうじん》　面《おもて》を撲《う》つ。万里の乾坤《けんこん》　甑《こしき》の如《ごと》く、一輪の火傘《かさん》　天に当たる。四野に雲無く、風は突突として波　翻《ひるがえ》り海沸く。千山灼焔《しゃくえん》、㓖剥剥《ひつはくはく》として石は烈《も》え灰は飛ぶ。空中の鳥雀　命将《めいまさ》に休《きゅう》せんとし、倒《さか》さまに樹林の深き処に攛入《てんにゅう》して、水底の魚龍　鱗《りん》角《かく》脱して、直《ただ》ちに泥土の窖《あな》の裏《うち》に鑽入《さんにゅう》す。直《た》だ石虎をして喘《あえ》ぎて休む無からしめ、便是《たと》い鉄人なりとも　須《すべから》く汗落つべし。

熱気は人を蒸し、砂塵が顔に打ちつける。万里にわたって　天地は甑《こしき》のようで、燃えさかる傘が　空に君臨する。見まわしても雲一つなく、風が激しく吹きつけて　波がひるがえり海はうねる。山々はすべて灼熱地獄、パリパリと　石は燃え灰が飛ぶ。空の鳥たちは　命からがら、林の奥深くへ　まっさかさまに逃げのび、水底の龍は　鱗《うろこ》も角《つの》も取れるほど、一目散に　泥の穴にもぐり込む。石の虎さえ　喘いでどうにもならぬ、鉄の人でも　汗がしたたり落ちる。

そのとき、楊志が一行を急かして山中の辺鄙な道を歩かせるうち、みるみる真昼になり、石の上も熱くなって、足が痛み歩けなくなった。兵士たちは言った。

「こんなに暑くては、こりゃ焼き殺されてしまう」

楊志は兵士を怒鳴りつけた。

「サッサと歩け！　前の岡を越えたら、また考えよう」

歩いている最中、前方にその岡があらわれた。一同がその岡を見れば、

　頂上に万株《まんしゅ》の緑樹、根頭《ねもと》に一派の黄沙。嵯峨《さが》として渾《すべ》て老龍の形に似、険峻《けんしゅん》として但《た》だ風雨の響きを聞く。山辺の茅草、乱糸糸《らんしし》として遍地の刀鎗を攢《あつ》め、満地の石頭、磣可可《しんかか》として両行の虎豹睡《ねむ》る。道《い》う休《な》かれ　西川《せいせん》の蜀道《しょくどう》険しきと、須《すべから》く知るべし　此《こ》れは是《こ》れ太行《たいこう》山《ざん》。

　頂上には鬱蒼と緑の樹、根もとには広がる黄砂。ゴツゴツとした姿は　まるで老いた龍、険しくそびえて　風の響きが聞こえるのみ。山辺の茅《かや》は、びっしりとうねって地面を刀や鎗で埋め尽くしたかのよう、どこもかしこも石だらけ、おどろおどろしく虎や豹が左右に列を成して眠るかのよう。蜀の桟道は険しいなどと言ってはならぬ、ほかならぬ太行山がそうなのだ。

そのとき、一行十五人は岡をめざして上り、荷物を下ろして休み、十四人は全員、松の木陰に行ってバタッと倒れ眠った。楊志は言った。

「しょうのないやつらだ！　ここをどこだと思って、休んで涼んでいるのか？　起きて、サッサと歩け！」

「八つ裂きにされても、ほんとうに動けません」と兵士たち。

楊志は藤の鞭を持ち、まっこうから打ちつけたが、打たれた者がこっちで起きれば、あっちの者が倒れて眠るありさまで、どうしようもない。すると、二人の虞候と老都管がハーハー息を切らしながら、やっと岡の上にたどり着き、松の木の下に座りこんで喘いだ。楊志が兵士を打つのを見て、老都管は言った。

「提轄どの、ほんとうに暑くて歩けないのだ。この者たちを罰してはならない」

楊志は言った。

「都管どの、あなたはご存じないが、ここここそ盗賊の出るところで、地名は黄泥岡《こうでいこう》といいます。何事もない平穏なときでも、やはり真っ昼間に強盗が出て来ます。こんなご時世では言うもおろか、誰もここで足を止めたりしませんよ！」

二人の虞候は楊志の言葉を聞くと、すぐに言った。

「あなたは何度もそう言われるが、そんな話ばかりして人を脅されるのか」

「まあ、みんなをしばらく休ませてやり、日中を過ぎてから歩いたらどうですか？」と老都管。

「あなたも物わかりのわるい人だ。どうしてそんなことができましょうぞ！　ここから岡を下り、まだ七、八里は人家がありません。ここをどこだと思って、休んで涼もうとされるのか！」と楊志。

「私はちょっと休んでから行きます。あなたはみなの者を追いたて、先に行ってください」と老都管。

楊志は藤の鞭を手にして怒鳴った。

「歩かない者はわしの鞭を二十発、食らわすぞ」

兵士たちはワッと叫んで立ちあがった。なかの一人が弁解して言った。

「提轄さん、わしらは百斤もの荷を担いでおり、空手で歩くあんたとは比べものになりません。あんたはほんとうに人を人とも思わない人だ。たとえ閣下がご自分で監督に来られても、わしらが文句を言うのを許してくださるだろう。あんたは人を憐れむ気がなく、無理強いするばっかりだ」

楊志は、「こんちくしょう、わしを怒らせる気か！　打つぞ」と罵り、藤の鞭をあげて、まっこうから打ちつけた。と、老都管が一喝した。

「楊提轄どの、やめなさい。私の言うことを聞きなさい。私は東京の太師さまの屋敷で乳母の夫だったとき、配下の軍人を大勢見てきましたが、誰もが私に向かって『ハッ、ハッ』と言いました。口幅《くちはば》ったいようだが、思うに、あんたは殺されかけた軍人であり、閣下が哀れと思し召して、提轄に引き立てられた。塵あくたのようなちっぽけな職につきながら、どうしてそんなに威張るのか？　私が閣下のお宅の都管ならむろんのこと、たとえ村の老人でも、言うとおりにしなければならないのに、やたらにこの者どもを打つのは、どういう料簡か！」

「都管どの、あなたは町の人で、お屋敷で育った方だ。どうして旅の多くの困難がおわかりになろうか」と楊志。

「四川や両広《りょうこう》（広東と広西）にも行ったことがあるが、あんたのような威張った人と、お目にかかったことはない」と老都管。

「今は平穏な時代とは比べられない」と楊志。

「そんなことを言えば、口を裂かれ舌をえぐられますぞ。今の世の中がどうして太平でないのか？」と老都管。

楊志が言い返そうとしたとき、向かい側の松林に人影があり、首を伸ばし頭を出して、ようすをうかがうのが目に入った。楊志は、「ほら、言わんこっちゃない。なんと悪者が出たじゃないか」と言うと、藤の鞭を捨てて、朴刀を持ち、追いかけて松林に入り、一喝した。

「この野郎、なんと大胆な！　どうしてわしの荷物を見ているのか！」

見れば、松林のなかにずらりと七輛の荷車を並べ、七人の男が真っ裸になって涼んでいるではないか。と、鬢《びん》のあたりに大きな赤あざのある男が朴刀を手に、楊志を見ながら近寄り、七人が声をそろえて、「ホレッ！」と叫ぶと、みな跳び起きた。

楊志が「おまえたちは何者だ？」と怒鳴ると、その七人は「おまえは何者だ？」と言う。

楊志はまたたずねた。

「おまえたちは悪者ではないか？」

「それはこっちの聞くことだ。わしらは小商人《こあきんど》だから、あんたにわたす銭などない」とその七人。

「おまえたちは小商人で、わしにだけ大きな元手があるというのか」と楊志。

「あんたはいったい何者なんだ？」とその七人。

「おまえたちはどこから来たのか？」と楊志。

その七人は言った。

「わしら兄弟七人は濠《ごう》州の者だ。東京《とうけい》へ棗《なつめ》を売りに行く途中、ここを通りかかったのだが、多くの者の話では、この黄泥岡にはいつも強盗が出て、行商人を襲うとか。わしらは歩きながら、『わしら七人には棗しかなく、ほかに何の金目の物もない』と言いつつ、ひたすら岡を上って来た。岡に上ると、この暑さにがまんできず、とりあえずこの林のなかで一休みし、日が暮れて涼しくなってから行こうとした。と、岡を上って来る者がいるので、悪者ではないかと恐ろしくなり、それでこの弟にちょっと見に行かせたのだ」

「なんとそうだったのか。やっぱり同じ行商人だったのだな。おまえたちがようすをうかがっているのを見て、てっきり悪者だと思い、それで追いかけて見に来たのだ」と楊志。

「旅の衆、いくつか棗を食べてくだされ」とその七人。

楊志は「けっこうだ」と言い、朴刀をさげて、また荷のあたりにもどって来た。老都管は言った。

「強盗が出たなら、私たちは逃げましょう」

「悪者かと思ったが、なんと何人かの棗売りの行商人でした」と楊志。

「あなたがさっき言ったとおりなら、やつらはみんな命知らずの悪者だったはずですな」と老都管。

「ご冗談を！　何事もなければ、それでいいのです。おまえたち、しばらく休め。涼しくなってから出発だ」と楊志。

兵士たちはドッと笑った。楊志も朴刀を地面に挿して、側の木陰に行って座ると、休息して涼んだ。しばらくすると、はるか遠くに一人の男があらわれ、天秤棒で桶を担ぎ、歌いながら岡を上って来た。その歌は次のとおり。

赤日炎炎似火焼　　赤日は炎炎として火の焼くに似
野田禾稲半枯焦　　野田の禾稲《かとう》　半《なか》ば枯れ焦げたり
農夫心内如湯煮　　農夫の心内は湯の如《ごと》く煮え
楼上王孫把扇揺　　楼上の王孫は扇を把《と》って揺らす

お日さまギラギラ　燃えさかる火、田んぼの稲は　半ば焦げつく。農夫は〔焦って〕気が気でないのに、楼上の王孫（貴公子）は〔のんびり〕扇をゆらゆら。

その男は口のなかで歌いながら、岡を上って来ると、松林のなかで休んで桶を下ろし、地面に座って涼んだ。兵士たちはこれを見て、すぐその男にたずねた。

「桶のなかは何だ？」

「白酒《バイチユウ》です」とその男。

「どこに持って行くのか？」と兵士たち。

「村へ持って行って売ります」とその男。

「一桶いくらだ？」と兵士たち。

「きっかり五貫です」とその男。

兵士たちは、「わしらは暑いし喉が渇いている。買ってちょっと飲み、暑気払いをしようではないか」と相談し、その場で銭を集めていると、楊志が見て怒鳴りつけた。

「おまえたち、また何をしているのか？」

「一杯、酒を買って飲むのです」と兵士たち。

楊志は朴刀の柄で殴りつけ、罵った。

「おまえたちはわしの言うことを聞かず、手当たりしだいに酒を買って飲もうとは、なんと大胆な！」

「なんでもないことにまたクソ騒ぎするのか。わしらは自分で銭を集め、酒を買って飲むんだから、あんたに何の関係があるか。それなのにまた人を殴りやがって」と兵士たち。

「この田舎者のバカ野郎どもに何がわかるか。ひたすら飲み食いにかまけ、この道中の大変さがまったくわかっておらん。多くの好漢がしびれ薬を盛られてひっくり返っているのだぞ」と楊志。

その酒売りは、楊志を見ながら、冷笑して言った。

「この旅の人はなんと物わかりのわるい。売って飲ませもしないうちから、こんな人をバカにした話をもちだすとはな」

ちょうど松の木の側でワイワイ言い争っている最中、見れば、向かい側の松林のなかから、あの棗売りの行商人たちが、そろって朴刀をさげてあらわれ、たずねた。

「あんたたち、何を騒いでいるのか？」

酒売りが言った。

「わしはこの酒を担いで岡を越え、村に売りに行こうとしたが、暑くてここで休み涼んでいた。と、その人たちがちょっと買って飲みたいと言い、わしが売ってもいないのに、この旅の人はわしの酒にしびれ薬が入っているなどと言うのだ。おかしいと思わないか？　こんなことを言いだすとは」

その七人の行商人は言った。

「悪者が出たのかと思えば、なんとそうだったのか。ちょっと言われたくらい、何でもないではないか。わしらが一杯買って飲もう。この人たちが疑っているなら、まずは一桶売って、わしらに飲ませろ」

「売らんぞ、売らんぞ」と酒売り。

「このクソッタレ、おまえも物わかりのわるいやつだ。わしらが悪口を言ったのではないぞ。おまえはどっちみち村へ酒を売りに行くのだから、同じようにおまえに銭を払えば、わしらに売っても、何の差し支えもなかろう。ほら、おまえは茶や湯をただで施すわけではないし、それでわしらの暑さや喉の渇きを救うことにもなる」とかの七人。

「一桶売るのはかまわんが、ただあいつらにわるく言われた代物だし、酒を汲んで飲む碗もない」と酒売り。

「おまえはほんとに真面目な男だな。ちょっと言われたくらい、何でもないではないか。それに、わしらは自分でここに椰子《やし》の碗を持っているぞ」と七人。

するると、二人の行商人が荷車の前に行って、二個の椰子の碗を取りだし、一人が両手いっぱいに棗を盛って捧げて来た。七人は桶の側に立ち、桶の蓋を開けると、代わる代わるその酒を汲み、棗を口に入れた。まもなく一桶の酒はすっかり飲み尽くされてしまった。七人の行商人は言った。

「いくらか聞いていなかったな？」

「はじめから掛け値なし、一桶、五貫きっかり、一担ぎ、十貫だ」と酒売り。

「五貫なら、おまえの言うとおり五貫払うが、ただ、わしらに一碗、おまけに付けて飲ませろ」

「おまけは付けられない。値段どおりだ」

一人の行商人が金を払う間に、一人がサッと桶の蓋を開けて、碗いっぱいに汲み、持ちあげるや、飲んだ。酒売りが奪い返しに行くと、この行商人は手に半分、酒の入った碗を持ち、松林めざして逃げた。酒売りは追いかけようとしたが、見れば、こっちで一人の行商人が松林からあらわれ、手に碗を持って、すぐさま一碗、酒を汲んでいるではないか。酒売りはこれを見るや、駆けつけ、片方の手でぐいと碗を奪い取って、桶のなかにそそぎ込み、サッと桶に蓋をして、碗を地面に投げ捨てると、口のなかで言った。

「あんたたちは、とんでもない御仁だな。りっぱなかっこうをしながら、こんなバカ騒ぎをしやがって！」

向かい側の兵士たちはこれを見て、内心むずむずし、みな飲みたくなった。そのうちの一人が老都管を見ながら言った。

「旦那さん、わしらのためにちょっと言ってください。あの棗売りたちは一桶買って飲んだのだから、わしらもどうあれ、こうあれ、やつの桶を買って飲み、喉をちょっと潤してもいいでしょう。ほんとうに暑くて、どうしようもないのに、この岡の上には、水をもらって飲むところもありません。旦那さん、よしなにお取りはからいを」

老都管は兵士の言葉を聞いて、自分も内心、ちょっと飲みたいと思い、思い切って楊志に向かって言った。

「あの棗売りたちはすでに一桶買って飲み、あと一桶しかない。なんとかやつらに買わせ暑気払いさせてやってくだされ。岡の上には水をもらって飲むところもないのだから」

楊志は、「わしは遠くから眺めていたが、あいつらはみんなでやつの酒を買って飲み、あの残った桶からもじかに碗半分、飲んだところを見ると、大丈夫なのだろう。兵士どもをだいぶん打ったたし、ともかく一碗買って飲むのを許してやろう」と思い、言った。

「都管どのがそう言われるなら、こいつらが買って飲んでから、すぐ出発しましょう」

兵士たちはこの言葉を聞くと、ぴったり五貫の銭を集め、酒を買って飲もうとした。と、その酒売りの男はすぐ、「売らんぞ、売らんぞ」と言い、つづけてすぐ言った。

「この酒のなかにはしびれ薬が入っているぞ」

兵士たちは愛想笑いをして言った。

「兄さん、真似をせんでもよかろう」

「売らんぞ、しつこくするな」と酒売り。

棗売りがなだめて言った。

「クソッタレ、あの人も言いすぎだし、おまえも真面目すぎるから、わしらまで巻きぞえを食って、おまえに何だかんだと言われた。この人たちにはかかわりのないことだから、ともあれ売って飲ませてやれ」

酒売りは言った。

「何事もないのに、ほかの人間に疑われたことはどうしてくれる？」

棗売りは酒売りの男を押しのけ、この酒桶をさげて兵士たちに飲ませに行った。兵士たちは桶の蓋を開けたが、汲んだり飲んだりする物が何もないので、辞を低くして、棗売りに頼み、椰子の碗を借りて使わせてもらった。棗売りたちは言った。

「酒のつまみにいくつか棗をさしあげます」

「ごちそうさまです」と、兵士たちは礼を言った。

「礼には及びません。おたがい同じ行商人です。百個くらいの棗など大したことはありません」

兵士たちは礼を言うと、まず二碗汲んで、老都管と楊志に一碗ずつ飲ませようとしたが、楊志がどうして飲もうか。老都管は先に一碗飲み、二人の虞候もそれぞれ一碗飲んだ。兵士たちはドッと押し寄せて飲み、その桶の酒はあっというまに飲みほされてしまった。

楊志は一同が飲んで何事もないのを見ると、自分はもともと飲む気はなかったが、一つには猛烈に暑いため、二つには口が渇いてがまんできないために、碗を持ちあげて半分だけ飲み、棗もいくつか分けてもらって食べた。と、その酒売りの男は言った。

「この桶の酒はあの棗売りが二碗余計に飲んだから、あんたがたの酒が少なくなった。わしはあんたがたに半貫分、おまけします」

兵士たちが銭を払うと、酒売りは銭をしまい、空の桶を担ぎ、最前と同様、山歌を歌いながら、岡を下って行った。

すると、かの七人の棗売りは松の木の側に立って、こっちの十五人を指さしつつ言った。

「倒れるぞ！　倒れるぞ！」

こっちの十五人は、頭は重く足は力が抜け、たがいに顔を見合わすばかり、みなグニャッと倒れてしまった。かの七人の棗売りは、松林のなかから七輛の荷車を押しだし、車上の棗をすっかり地面にぶちまけると、十一荷《か》の金銀財宝を車のなかに積み込んで、「お騒がせしました」と一声かけるや、まっすぐ黄泥岡の麓をめざし、車を押して行ってしまった。

楊志は口のなかで、「しまった！」と言うばかりで、身体はグニャグニャ、あがいても起きあがれない。十五人は目を見張って、その七人が金銀財宝を積み込んで行ってしまうのを眺めるだけで、起きあがることもできず、身動きもできず、口をきくこともできなかった。

おたずねしますが、この七人は誰だったのでしょうか？　別人ならぬ、なんとこれぞ晁《ちょう》蓋《がい》、呉用《ごよう》、公孫勝《こうそんしょう》、劉唐《りゅうとう》、三阮《さんげん》の七人にほかならず、さっきのあの酒を担いで来た男は、すなわち〈白日鼠《はくじつそ》〉白勝《はくしょう》でありました。

どうやって薬を使ったのでしょうか。もともと岡に担いで上ったときは、二桶ともよい酒でした。七人がまず一桶飲み、劉唐が蓋を開けて、また碗半分汲んで飲み、わざと兵士たちに見せつけて、その疑いを消しました。ついで、呉用が松林のなかに入り、薬を取りだして、碗にふり入れてから、走り寄っておまけの酒を飲むふりをしました。碗を持って汲んだとき、薬はすでに酒のなかにまぜられており、わざと碗半分に汲んで飲もうとすると、白勝が片手で奪い取って、桶のなかにそそぎこんだというわけです。これは計略にほかならず、その計略は何もかも呉用が考えたものでした。これを「智もて生辰綱《せいしんこう》を取る」といいます。

呉用　智もて生辰綱を取る

もともと楊志は、飲んだ酒が少なかったので、醒めるのも早かったが、這い起きると、まだ足もとがフラフラしていた。かの十四人を見ると、口の端からよだれを流し、みな動けない。まさしく諺に、「たとえ妖怪のようにずる賢くとも、足を洗った水を飲まされる」というとおりである。楊志は怒り悩んで、「あいつらに生辰綱を持って行かれたら、わしは帰って梁中書に合わせる顔がない。この預かり状はわたせなくなった」と、引き裂いてしまった。

かくて、「とうとうわしは家があっても帰れず、国があっても身を寄せられなくなってしまった。どこへ逃げたらいいだろうか。この岡の上で死に場所を捜すに越したことはない」と、衣をからげ大股で歩いて、黄泥岡の下へ向かって身を躍らせようとした。

これぞまさしく、まだ身の栄達は得られないとはいえ、ここに至ってまず禍《わざわい》が身に及び、

断送落花三月雨　落花を断送す　三月の雨
摧残楊柳九秋霜　楊柳を摧残《さいざん》す　九秋の霜

落花を見送る三月の雨、楊柳をくだき散らす九秋（秋の三か月。七月、八月、九月）の霜。

というところ。

はてさて、楊志は黄泥岡で自死したのでしょうか、その命やいかに。まずは次回の分解《ときあかし》をお聞きください。

第十七回

花和尚《かおしよう》 単《ひと》りにて二龍山《にりゆうざん》を打ち
青面獣《せいめんじゆう》 双《ふた》りして宝珠寺《ほうじゆじ》を奪う

詩に曰《いわ》く、

二龍山勢聳雲煙　二龍《にりゆう》の山勢は雲煙《うんえん》に聳《そび》え
松檜森森翠接天　松と檜《ひのき》は森森として　翠《みどり》　天に接す
乳虎鄧龍真嘯聚　乳虎《にゆうこ》の鄧龍《とうりゆう》は真に嘯聚《しようしゆう》し
悪神楊志更雕鐫　悪神《あくしん》の楊志《ようし》は更《さら》に雕鐫《ちようせん》す
人逢忠義情偏洽　人は忠義に逢えば　情は偏《ひと》えに洽《あまね》く
事到顚危志益堅　事は顚危《てんき》に到れば　志は益《ます》ます堅し
背繍僧同青面獣　背繍《はいしゆう》の僧は青面獣《せいめんじゆう》と同《とも》に
宝珠奪得更周全　宝珠《ほうじゆ》を奪い得て　更に周全なり

二龍山は雲煙を凌《しの》いで聳え立ち、松と檜は鬱蒼と茂って　天にもとどく勢い。乳虎の鄧龍《とうりゆう》は　親分気取りでいたが、悪神の楊志《ようし》は　それ以上にやり手だった。忠義に

出会えば　情はとことん厚くなり、危機一髪なら　志はますます固くなる。背に刺青《いれずみ》の坊さんは〈青面獣《せいめんじゅう》〉とともに、宝珠寺《ほうじゅじ》を奪い取って　いっそう盤石《ばんじゃく》。

さて、楊志《ようし》はそのとき黄泥岡《こうでいこう》の上で、生辰綱《せいしんこう》を奪われ、帰って梁中書《りょうちゅうしょ》に合わす顔がないと、岡の上で死のうとした。黄泥岡の下に向かって身を躍らせようとした瞬間、ハッと気がつき、足を引きとめて考えた。

「父母が生んでくれたこのわしは、堂々たる風貌、凜々とした身体つき、幼いころから武芸十八般を身につけたのに、このまま死んでしまうわけにはゆかない。今日、死に場所を捜すより、後日、やつらがつかまってから考えたほうがいい」

ふり返ってもう一度、かの十四人を見ると、ただ目をむいて楊志を見るだけで、もがいて起きる者もいない。楊志は指さしながら、「すべてこんちくしょうどもが、わしの言うことを聞かなかったために、こんなことになり、わしを巻きぞえにしたのだ」と罵ると、木の根もとから朴刀《ぼくとう》を取って、腰刀を帯び、まわりを見まわしたが、ほかに何もない。楊志はため息をつき、まっすぐ岡の麓へ下りて行った。

かの十四人はずっと後の二更（午後九～十一時）になって、やっと正気になった。一人一人這い起き、口のなかでつづけさまに「しまった！」と叫ぶばかり。と、老都管《ろうとかん》が言った。

「おまえたちが楊提轄《ようていかつ》の言いつけを聞かなかったために、今、私は追いつめられてしまった」

一同は言った。

「旦那、もうすんでしまったことです。とりあえず、みんなで相談しましょう」

「おまえたち、何かいい考えはあるか」と老都管。

一同は言った。

「わしらがしくじったというものの、昔の人も『かかる火の粉は払わにゃならぬ。蜂が懐に入れば、着物はぬがねばならぬ』と言っています。楊提轄がまだここにいたなら、わしらはみな何も言えませんが、今、あいつはどこへ行ったかわかりません。わしらは帰って、梁中書にお目にかかったとき、何もかもあいつの身になすりつけて、『やつは道中、わしらをバカにして打ったり罵ったりし、追いつめられてみな動けなくなりました。すると、やつは強盗と手を組み、わしらにしびれ薬を盛ってひっくり返らせ、手足を縛って、金銀財宝を奪って行きました』と言うのです」

老都管は言った。

「それもそうだな。われわれは夜明けを待って、この土地の役所に訴え出よう。虞候《ぐこう》二人を残し、盗賊が逮捕されるのを役所で待ってもらうことにしよう。われわれは夜を日についで、急いで北京《ほくけい》に帰り、閣下にお知らせして公文書を出していただき、太師《たいし》さまにもお知らせして、済州府《せいしゅうふ》にあの強盗どもを追跡逮捕せよと命じていただければ、それでよい」

翌日の夜明け、老都管と一行は済州府の担当役人に訴え出たことは、さておく。

さて、楊志は朴刀をさげ、鬱々と悩みつづけながら、黄泥岡を離れ、南をめざして半日ばかり歩いた。やがて夜中になったが、歩きつづけて、林のなかに入って休み、「路銀もなくなったし、まわりに知り合いもない。さて、どうすればよかろう」と思案した。

しだいに夜が明け、やむなく朝の涼しいうちに歩きはじめた。また、二十里余り歩くと、居酒屋の門前に着いた。楊志は「ちょっと酒でも飲まねば、とてもがまんできない」と、さっそくその居酒屋に入り、桑の木の卓と腰掛けの席に行って腰を下ろし、身体の側に朴刀を立てかけた。と、竈《かまど》のあたりにいた女がたずねた。

「お客さん、食事の支度をなさるんじゃないですか？」

「まず酒を二角ほど持って来てくれ。それから米を貸してもらい、飯を作ってもらおう。肉があれば少し料理してくれ。あとでいっしょに勘定して払うから」と楊志。

その女はまず若い者を呼んで目の前で酒をつがせながら、飯を作り、肉を炒めて、いっしょに運んで来て、楊志に食べさせた。楊志は立ちあがって、朴刀をつかむと、すぐ店の門を出ようとした。その女は言った。

「酒も肉も飯もお代をもらっていませんよ」

楊志は、「もどって来たら払うから、とりあえずちょっとつけておいてくれ」と言うや、逃げだした。かの酒をついだ若い者が追いかけて来て、楊志をつかまえようとしたが、楊志に拳骨一発で殴り倒された。女は叫んで文句を言ったが、楊志はひたすら逃げた。と、うしろから誰かが追いかけて来て叫んだ。

「この野郎、どこへ逃げるのか！」

　楊志がふり返って見ると、その男はもろ肌をぬいで、鎗棒を引きずり向かって来た。楊志は、「この野郎、なんと不運なやつよ！　わしを追いかけて来るとはな」と言い、足を止めて逃げるのをやめた。うしろを見ると、かの酒をついだ若い者も欓叉《さすまた》を手に、あとから追いかけ、またつづいて二、三人の作男が、めいめい棍棒を持ち、飛ぶようにやって来る。

　楊志は、「こいつ一人をかたづければ、あいつらはみな追って来ないだろう」と思い、手中の朴刀を構えて、その男にかかって行くと、その男も手中の鎗棒をグルグルまわして迎え撃つ。二人は二、三十合闘ったが、その男が楊志にかなうわけがなく、ただ防いで身をかわし、上に下にすばやく避けるだけだった。あとにつづいた若い者と作男がいっせいにかかろうとしたとき、その男はパッと打ち合いの場の外へ跳びだし、大声で言った。

「ちょっと待て！　おい、その朴刀使いのデカイの、姓名を名乗れ」

　これぞまさしく、

逃災避難受辛艱　　災《わざわ》いを逃れ難を避け　辛艱《しんかん》を受く
曹正相逢且破顔　　曹正《そうせい》は相《あ》い逢いて　且《しばら》く破顔す
偶遇智深同戮力　　偶《たま》たま智《ち》深《しん》に遇い　同《とも》に力を戮《あ》わせ
三人計奪二龍山　　三人して計もて　二龍山《にりゅうざん》を奪う

災いを逃れ難を避けて　さんざん苦労、曹正《そうせい》と出会って　ひとまずホッと一息。た
またま魯智深《ろちしん》にめぐりあって力を合わせ、三人で計略を立てて　二龍山を奪う。

かの楊志は胸を叩きながら言った。

「わしは逃げも隠れもしない。〈青面獣《せいめんじゅう》〉楊志だ」

その男は言った。

「東京《とうけい》（開封《かいほう》）の殿司府《でんしふ》の楊制使《ようせいし》どのではありませんか？」

「おまえ、どうしてわしが楊制使だと知っているのか？」と楊志。

その男は鎗棒を投げ捨て、サッと平伏して言った。

「てまえは目がありながら、りっぱなお方がわかりませんでした」

楊志はすぐさまその男を助け起こして、たずねた。

「あんたは誰なんだい？」

「てまえはもともと開封《かいほう》府の者です。八十万禁軍都教頭の林冲《りんちゅう》の弟子で、姓は曹《そう》、名は正《せい》といい、先祖代々、肉屋をやっています。てまえは家畜をさばくのが得意で、筋を切り骨を裂き、開いたり剝いだり、叩いたりむしったりできるので、人呼んで〈操刀鬼《そうとうき》〉曹正と申します。故郷のある金持ちが、五千貫の銭を持たせ、てまえにこの山東《さんとう》で商売をさせたのですが、思いがけず元手をすってしまい、故郷に帰れなくなりましたので、この土地で入り婿

し、農民になりました。さっき竈《かまど》のあたりにいた女がてまえの女房で、この欓叉《さすまた》を持った者が女房の弟です。さきほどてまえは制使どのと手合わせしたとき、制使どののお手並みが師匠の林先生と同じなのを見て、それでとてもかなわないと思いました」

「なんときみは林先生の弟子だったのか。きみの先生は高太尉《こうたいい》にひどい目にあわされて、山賊になり、今は梁山泊《りょうざんぱく》におられるぞ」

「てまえも人がそんなふうに言うのを聞きましたが、ほんとうかどうかわかりませんでした。制使どの、どうか家でちょっとお休みください」

楊志はさっそく曹正とともにまた居酒屋にもどった。曹正は楊志を奥に案内して座ってもらい、女房と義弟に挨拶させる一方、ふたたび酒とつまみを出してもてなした。飲んでいる最中、曹正はたずねた。

「制使どのはどうしてここにおいでになりましたか？」

楊志は制使になって花石綱《かせきこう》を失ったこと、および今また梁中書の生辰綱《せいしんこう》を失ったことを、最初から事細かに告げた。と、曹正は言った。

「でしたら、制使どのには、とりあえずてまえの家でしばらくご滞在いただき、また相談しましょう」

「そうしてもらえたら、きみの厚意に深く感謝する。ただ、お上が逮捕にくる恐れがあるので、長居するつもりはない」と楊志。

「制使どのはそう言われるが、どこへ行くおつもりですか？」と曹正。

楊志は言った。

「わしは梁山泊に行き、きみの師匠の林教頭を訪ねたいと思っている。わしは以前、あそこを通ったとき、あの人が山を下りて来たのと出くわし、手合わせしたことがある。王倫《おうりん》がわしら二人の腕前が甲乙つけ難いと見て、両方とも山の寨《とりで》に引きとめ顔合わせしたので、きみの師匠の林冲さんを知っているのだ。王倫は最初ねんごろにわしを引きとめたが、わしは山賊になるのを承知しなかった。今、顔には金印（刺青《いれずみ》）を入れられ、あそこへ身を寄せようというのも、意気地のない話だ。それでためらって決心がつかず、進退きわまっているのだ」

曹正は言った。

「制使どのの言われるとおりです。てまえも、噂を聞いたことがありますが、王倫の野郎は心が狭く、人を受け入れられないとか。てまえの師匠の林教頭も山へ上ったとき、あいつにひどい目にあわされたと、多くの人の話から、はじめて知りました。こうなさってはどうですか？　ここから遠くない青州《せい》の土地に、二龍山《にりゅうざん》という山があり、頂上に宝珠寺《ほうじゅじ》という寺があります。その山はもともとこの寺をうまく囲み、行くには一筋の道しかありません。今、寺の住持《じゅうじ》（住職）は還俗《げんぞく》して、髪を伸ばし、他の和尚はみな従っています。四、五百人を集めて、押し込み強盗をやっている由、親分のその男は金眼虎《きんがんこ》・鄧龍《とうりゅう》といいます。制使どのが山賊になる気がおありなら、あそこに行って仲間入りされたほうが、身を落ち着けることができます」

楊志は、「そんなところがあるなら、乗っ取りに行き、落ち着いて暮らすことにしよう」と言い、その日は曹正の家で一晩泊まり、路銀を借りると、朴刀を持ち、曹正に別れを告げて、大股で二龍山へ向かった。

一日歩くと、みるみるうちに日が暮れ、早くも高い山が見えてきた。楊志は、「林のなかでとりあえず一晩休み、明日、山に上ろう」と思い、林のなかにめぐり入ったところ、びっくり仰天した。見れば、巨漢の和尚が真っ裸になって、背中の刺青を出し、松の木の根もとに座って涼んでいるではないか。

その和尚は楊志を見るや、木の根もとの禅杖《ぜんじょう》を取って跳び起き、大声で一喝した。

「このクソッタレ！　どこから来たのか？」

楊志は聞いて、「なんと関西《かんせい》の和尚だ。わしとやつは同郷だから、聞いてみよう」と思い、「おまえはどこから来た坊主か？」と大声で言った。その和尚は返事もせず、手中の禅杖をグルグルまわしながら、ひたすらかかって来た。楊志は、「なんとこの坊主の無礼なことよ。まずはこいつを相手にして憂さ晴らししよう」と思い、手中の朴刀を構え、その和尚に向かっていった。両者は林のなかで、一来一往、一上一下、丁々発止とやり合った。見れば、

両条の龍　宝を競い、一対の虎　飡《そん》を争う。朴刀は挙がりて半截《はんせつ》の金蛇を露《あら》わし、禅杖は起こりて全身の玉蟒《ぎょくぼう》を飛ばす。両条の龍　宝を競いて、長江を攪《みだ》し、大海を翻《くつがえ》して、魚《ぎょ》

鼈《べつ》は驚惶《きょうこう》す。一対の虎　湌《そん》を争いて、翠嶺《すいれい》に奔《はし》り、青林を撼《ゆる》がし、豺狼《さいろう》は乱竄《らんざん》す。崒嵂《しゅつりつ》嵂《りつ》、忽喇喇《こつらつらつ》として、天崩れ地塌け、黒雲中に玉爪《ぎょくそう》は盤旋《ばんせん》す。悪狠狠《あくこんこん》、雄赳　赳《ゆうきゆうきゆう》として、雷は吼《ほ》え風は呼び、殺気の内に金睛《きんせい》は閃《ひらめ》き爍《かがや》く。両条の龍　宝を競いて、嚇《おど》かされ的《て》那《か》の身長《たけ》く力壮なる、霜鋒《そうほう》に仗《よ》る周処《しゅうしょ》も眼に光無し。一対の虎　湌《そん》を争いて、驚かされ的《て》這《こ》の胆大きく心粗なる、雪刃を施す卞荘《べんそう》も魂魄を喪《うしな》う。両条の龍　宝を競いて、眼珠は彩を放ち、尾は水母の殿台を擺《はい》し得て揺るがす。一対の虎　湌《そん》を争いて、野獣は奔馳《ほんち》し、声震い的《て》山神の毛髪を竪《た》たしむ。花和尚《かおしょう》は楊制使《ようせいし》を饒《ゆる》さず、抵死《ていし》して鋒を交え、楊制使は花和尚を捉まえんと欲し、機を設けて力戦す。

二匹の龍が　宝を競い、一対の虎が　獲物を争う。朴刀をふりかざせば　半身の金蛇が姿をあらわし、禅杖を構えれば　一体の玉蟒《ぎょくぼう》がすばやく動く。二匹の龍が　宝を競って、長江をかき乱し、大海をくつがえして、魚や鼈《すっぽん》はびっくり仰天。一対の虎が獲物を争って、翠の嶺を奔《はし》り、青い林を揺るがして、豺《やまいぬ》や狼は右往左往。ピシピシ、ガラガラと、天は崩れ　地は砕け、黒雲の中で　玉《ぎょく》の爪がグルグル回る。ゴロゴロ、ヒューヒューと、雷はとどろき　風はうなり声をあげ、殺気の立ちこめるなか金の睛《ひとみ》がきらめき輝く。二匹の龍が　宝を競い、度肝を抜かれて　長身怪力の、霜刀を構える周処《しゅうしょ》（三国時代の呉《ご》の人。呉の滅亡後、西晋《せいしん》に仕える。蛟《みずち》退治で知られる）も　目から光が失われる。一対の虎が　獲物を争い、驚いて　大胆不敵な、白刃を操る卞荘《べんそう》（卞荘子。春秋時代の魯《ろ》の勇士）も　魂消《たまげ》てしまう。二匹の龍が　宝を競い、目玉はキラキラと輝き、尻尾は水の神の宮殿にのたうって揺るがす。一対の虎が　獲物を争い、野の獣は奔走し、うなり声が響けば　山の神も〔おののいて〕髪の毛が逆立つ。花和尚は楊制使につけ入る隙を与えず、渾身の力を振りしぼって打ち合い、楊制使は花和尚をしとめようと、秘術を尽くして死闘をくりひろげる。

　このとき、楊志はその和尚と四、五十合闘ったが、勝負がつかなかった。その和尚はわざと隙を見せ、パッと打ち合いの場の外に跳びだして、一喝した。

「ちょっと待て！」

　両者はともに手を止めた。楊志はひそかに喝采し、「どこから来たのか、この和尚はほんとうにいい手並みで、腕前も凄い。わしはやっとやつを防ぎとめるだけだった」と思った。と、その和尚が大声で言った。

「おい、そこの青面の男、おまえは誰だ？」

「わしは東京《とうけい》の制使の楊志だ」

「東京で刀を売り、ごろつきの牛二《ぎゅうじ》を殺した者ではないか？」

「わしの顔の金印が目に入らないか？」

「なんとここで会おうとは」と、その和尚は笑った。

「おたずねするが、兄貴はどなたですか？　どうしてわしが刀を売っていたことをご存じか？」

「わしはほかならぬ、延安《えんあん》府老种《ろうちゅう》 経略《けいりゃく》 相公《しょうこう》の帳前《ちょうぜん》の軍官、魯提轄《ろていかつ》だ。鎮関西《ちんかんせい》を拳骨三発で殴り殺したため、五台山《ごだいさん》に行って頭をまるめ坊主になった。人はわしの背中に刺青があるので、みな〈花和尚《かおしょう》〉魯智深《ろちしん》と呼んでいる」

「なんとわしと同郷だったのか。わしは江湖で、兄貴の高名をしばしば聞いています。人の話によれば、兄貴は大相国寺《だいしょうこくじ》に身を寄せられた由、今どうしてここにおいでか？」と、楊志は笑いながら言った。

　魯智深は言った。

「一言では言い尽くせない。わしが大相国寺で菜園を管理していたとき、出会った〈豹子《ひょうし》頭《とう》〉林冲が高太尉にはめられ殺されそうになった。わしは道中、危ないと思い、ずっと滄州《そうしゅう》まで送って、林冲の命を助けた。思いもかけないことに、二人の護送役人が帰って来て、高《こう》俅《きゅう》の野郎に、『野猪林《やちょりん》のなかで林冲をかたづけようとしたら、なんと大相国寺の魯智深が助け、ずっと滄州まで送って来ました。それでやつを殺せませんでした』とぬかした。あのクソ野郎はわしをひどく怨み、寺の長老に申しつけて、わしが寺に留まることを許さず、また人を差し向けてわしをつかまえようとしたが、ごろつきどもが知らせてくれ、あんちくしょうの手にかからずにすんだ。

　わしは松明《たいまつ》で菜園の詰所に火をつけ、江湖に逃れたが、東へ行っても落ち着けず、西に行っても落ち着けなかった。孟《もう》州の十字坡《じゅうじは》まで来たとき、あやうく居酒屋の女房に命を取られそうになった。しびれ薬を盛られてひっくり返ったとき、亭主が早めに帰って来て、わしのこのかっこうを見、またわしの禅杖と戒刀《かいとう》を見て、びっくり仰天し、慌てて解毒剤で正気にもどしてくれた。そこで、わしの姓名をたずね、何日か泊めてくれたので、兄弟の契りを結んだ。その夫婦二人もまた、江湖の有名な好漢で、人はみな〈菜園子《さいえんし》〉張青《ちょうせい》と呼び、女房は〈母夜叉《ぼやしゃ》〉孫二娘《そんじじょう》というが、二人ともはなはだ義侠心がある。

四、五日泊まるうち、ここの二龍山の宝珠寺で身を落ち着けられると聞いたので、わしはわざわざその鄧龍のところへ行き仲間入りしようとした。だが、どうにもこうにも、あの野郎はわしをこの山に入れることを承知しない。鄧龍の野郎はわしと手合わせしたが、わしにかなわないので、ただこの山の麓の三つの関所をかたく閉ざし、上って行く道もない。ほんとうにこの山はもともと険しく、ほかに上る道はないのだ。あんちくしょうはいくら罵っても、下りて来て闘おうとせず、腹が立ってちょうどここでイライラしていたとき、思いがけず、兄貴が来たというわけだ」

楊志は大いに喜び、二人は林のなかで剪払《せんふつ》（平伏）し、一晩中、地べたに座って語り明かした。楊志は、刀を売っていたとき牛二を殺したこと、および生辰綱をとどけ奪われた一件を語り、すべて事細かに説明した。また、曹正がこの二龍山のことを教えてくれたと話してから、言った。

「関所が閉まっている以上、わしらはここにいても仕方がない。やつが下りて来るわけもない。とりあえず曹正の家に行って、相談したほうがいいだろう」

花和尚　単りにて二龍山を打ち

二人は連れだって林を離れ、曹正の居酒屋にやって来た。楊志が魯智深を引き合わせると、曹正は慌てて酒を出してもてなし、二龍山を攻める一件を相談した。曹正は言った。

「もしほんとうに関所を閉めたのなら、お二方はいうまでもなく、たとえ一万の軍勢でも通れません。これは、ただ知恵で取ることができるだけで、力では取れません」

魯智深は言った。

「どうにもこうにも、あんちくしょうはわしに二回、つづけて負けた。わしはあいつの腹を一蹴りしてひっくり返し、もうしばらくあいつを殴れば、かたづけられるところだったのに、あいつのところは人手が多く、助けて山を上って行き、あのクソ関所を閉めてしまったのだ。それで、いくら下で罵られても、下りて来てやり合おうとせんのだ」

「よい場所である以上、わしとあんたで気を合わせ、攻めに行こうじゃないか」と楊志。

「上って行く方法がないとすれば、やつをどうしようもない」と魯智深。

「てまえに一つ計略があります。お二方の意に添うかどうか、わかりませんが」と曹正。

「良策を聞かせてくれ」と楊志。

曹正は言った。

「制使どのもそんな出で立ちではなく、てまえどもの村あたりの農家に合わせた衣服を着てください。てまえはこの和尚さんの禅杖や戒刀をみな持ち、女房の弟に六人の使用人を連れて行かせ、麓まで行ったら、縄で和尚さんを縛ります。てまえは活結頭《かっけつとう》（すぐほどける結び方）が得意なのです。それから、麓で大声で、『わしらは近くの村で居酒屋を開いている百姓です。この和尚が店に来て酒を飲み、酔っぱらったのに、銭を払わず、人に知らせて、寨を攻めに行くなどと言っております。これを聞き、こやつが酔っぱらっている隙に、つかまえ縛りあげてここにいますので、親分に献上します』と呼ばわります。あいつは必ずわしらを山に上らせるでしょう。

寨のなかに到着し、鄧龍と顔を合わせたら、縄を引っぱって活結頭をほどき、てまえがすぐ禅杖を和尚さんにわたします。お二方がいっしょにかかれば、やつはどこにも逃げられません。やつをかたづければ、残った配下が従わないわけはありません。この計略はどうでしょうか？」

魯智深と楊志は声を合わせて言った。

「妙案だ！　妙案だ！」

その晩は酒や料理を飲み食いし、道中の乾飯《ほしいい》を少々用意した。翌朝五更（午前三〜五時）に起き、一同、たらふく食べた。魯智深の荷物はすべて曹正の家に預け置いた。

その日、楊志、魯智深、曹正は、義弟および六、七人の作男を連れ、道をたどって二龍山をめざした。正午ごろ、林のなかに到着すると、衣服をぬぎ、魯智深を活結頭の結び方にした縄で縛り、二人の作男にしっかり縄の先を持たせた。楊志は日よけの涼笠をかぶって、ボロ木綿の上着を身に着け、手に朴刀をさげた。曹正は魯智深の禅杖を持ち、他の者はみな棍棒をさげ、魯智深のまわりを取り囲んだ。

山の麓に到着し、その関所を見れば、びっしりと強力な弩《いしゆみ》や弓、灰瓶《かいへい》（容器に灰を入れた兵器。敵に投げて目つぶしにする）や砲石《ほうせき》（投石用の石）が並んでいる。手下たちは関所から見ると、あの和尚が縛られて来たので、飛ぶように山を上って知らせに行った。かなり時がたったころ、二人の小頭《こがしら》が関所にやって来てたずねた。

「おまえたちはどこの者か？　ここに何をしに来たのか？　どうしてその和尚を縛っているのか？」

曹正は答えた。

「てまえはこの山の麓に近い村の百姓で、居酒屋を開いています。このデブ和尚が突然、店に酒を飲みに来て、グデングデンに酔っぱらい、勘定を払おうとせず、『梁山泊に行って何千何百の者を呼んできて、二龍山を攻め、近くの村もすっかり皆殺しだ』などと、ブツブツ言っております。それで、てまえはしかたなく、またうまい酒をついで酔っぱらわせ、こいつを縄で縛って、親分に献上にまいりました。これは、わしらの村の恭順のしるしであり、のちのちの災難を免れたいと存じます」

二人の小頭はこの話を聞いて、狂喜して言った。

「よし！　みなの者、ここでしばらく待っておれ」

二人の小頭はすぐ山を上って、鄧龍にデブ和尚がつかまえられて来たと、知らせた。鄧龍は聞いて大喜びし、上まで護送して来いと命じ、「まずはあいつの肝を取って酒のつまみにし、わしのこの怨みをはらしてやる」と言った。

手下は命令を受け、関所の門を開いて、さっそく山上に送りとどけさせ、楊志と曹正は魯智深を厳重に護送して、上って行った。その三つの関所を見れば、ほんとうに堅固であり、両側には山がめぐって、その寺を囲んでいる。峰は雄壮にそびえ、その間をただ一本の道が関所へ上って行くだけだ。三重の関所には、檑木《らいぼく》（投げ下ろすための木）、砲石、強力な弩や弓、真竹の鎗がぎっしり集められている。三つの関所を通過し、宝珠寺の前まで来て、見れば、三つの山門が鏡のような平面にそびえ、まわりはすべて木の柵で囲まれ城砦になっている。寺の前の山門の下に、七、八人の手下が立ち、縛られた魯智深が来るのを見て、こぞって指さしながら罵った。

「このクソ坊主め、頭領にケガさせたが、今日、つかまりやがったな。ゆっくりこいつを粉々にしてやるぞ」

　魯智深はひたすら声を出さなかった。仏殿まで護送され、見ると、殿上ではすっかり仏像がかたづけられ、まんなかに虎の皮をかけた肘掛け椅子があり、大勢の手下が鎗棒を持って、両側に立っている。

　しばらくすると、二人の手下が鄧龍を支えてあらわれ、肘掛け椅子に座らせた。曹正と楊志が、ぴったり魯智深にくっついて階《きざはし》の下まで来ると、鄧龍は言った。

「このクソ坊主め！　この間はよくもわしを突き倒し、下腹をケガさせたな。今も青アザが残っているが、今日またわしにお目どおりする時が来たとはな」

　魯智深は目をむいて、一喝した。

「クソッタレ、逃げるな！」

二人の作男が縄のはしをグッと引っぱると、結び目がほどけ、縄がパラリとはずれた。魯智深は曹正の手の禅杖を受け取るや、パッと跳びあがってグルグルまわした。楊志は日よけ笠を投げ捨てて、手中の朴刀を構え、曹正は棍棒をグルグルまわし、作男たちもドッと襲いかかり、力を合わせて突進した。

鄧龍が慌てて抵抗しようとしたとき、早くも魯智深の禅杖が頭めがけて打ち下ろされ、頭は、真っ二つに割られ、肘掛け椅子もろとも粉々に砕けた。手下のうち、四、五人は早くも楊志に突き倒された。と、曹正が大声で言った。

「全員、降伏しろ！　従わない者は、ただちに始末して殺すぞ！」

寺の前後の五、六百の手下、および小頭《こがしら》は、仰天して呆気にとられ、やむなくこぞって降伏した。ただちに鄧龍の死体を担ぎ、裏山で燃やさせる一方、倉庫を調べ、建物をかたづけに行き、さらに寺の奥にどれくらいの物があるか見てまわると、とりあえず酒や肉を用意し、飲み食いした。

魯智深と楊志は山の寨の主となり、宴会を開いて慶賀した。手下どもはことごとく降伏し、小頭を立てて監督させることとした。曹正がこの二人の好漢と別れ、作男を引きつれて帰宅したことは、さておく。

みなさん、お聞きください。その証拠に次のような詩があります。

青面獣　双りして宝珠寺を奪う

古刹清幽隠翠微　　古刹《こさつ》は清幽にして　翠微《すいび》に隠れ
鄧龍雄拠恣非為　　鄧龍《とうりゅう》は雄拠して　非為《ひい》を　恣《ほしいまま》にす
天生神力花和尚　　天は生む　神力の花和尚《かおしょう》
斬草除根更可悲　　草を斬り根を除き　更《さら》に悲しむ可《べ》し

古刹は静かに清らかで　翠《みどり》の微《もや》に隠され、鄧龍はそこを根城に悪行三昧。天は超人〈花和尚〉を生み、根こそぎ退治して　哀れなことよ。

魯智深と楊志が二龍山で山賊になった話はこれまで。

さて、かの生辰綱を護送した老都管と何人かの兵士は、朝に行き夜は泊まり、急いで北京《ほくけい》にもどった。梁中書の役所に到着すると、まっすぐ大広間の前に行き、そろって地面に這いつくばって罪を詫びた。

梁中書は、「道中、ご苦労であった。おまえたちには世話をかけたな」と言い、またたずねた。

「楊提轄はどこだ？」

一同は言った。

「お話になりません！　あいつは肝の太い恩知らずの悪人です。ここを離れてから、六、七日して黄泥岡にさしかかり、ひどい暑さだったので、みな林のなかで涼んでおりました。と、思いがけず、楊志は、棗《なつめ》売りに変装した七人の悪党とグルになり、やつらと約束して同じ道をたどったのです。やつらは先に七輌の荷車を押して、黄泥岡の頂上の松林で待ち伏せし、一人の男に酒を担がせて、岡の上で休ませました。てまえどもはうかうかとやつの酒を買って飲み、しびれ薬でみなひっくり返り、縄で縛られてしまいました。楊志とその七人の悪党は、生辰綱の財宝と荷物を何もかも車に乗せて持って行ってしまったのです。今、所轄の済州府に訴え、二人の虞候を、泥棒をつかまえるべく、そこで役人につき従わせ待機させております。てまえども一同は、夜を日についで立ちもどり、閣下にお知らせにまいりました」

梁中書は聞いてびっくり仰天し、罵って言った。

「このクソ配軍め！　おまえは罪を犯した囚人であるところを、わしが力を尽くして引き立てて真人間にしてやったのだ。どうしてこんな人の道にはずれた恩知らずなことをしでかしたのか。やつをつかまえたとき、屍をズタズタに引き裂いてやるぞ」

すぐに書吏を呼んで公文書を書かせ、即刻、人をやり大至急、済州にとどけさせた。その一方、一通の私信を書き、人を東京にやって太師に知らせた。

人をやり済州に公文書を持って行かせたことはさておき、人を東京にやり太師府に報告させると、〔その使者は〕太師にお目どおりし、手紙を進呈した。蔡太師《さいたいし》はこれを見て、ひどく驚いて言った。

「この盗賊一味はなんと大胆なやつらだ！　去年、私の娘婿の送って来た贈り物が奪われ、今に至るまでその盗賊はつかまっていないのに、今年また無礼を働くとは、捨て置くことはできない。時間がたてば、つかまえにくくなるだろう」

さっそく公文書に書き判し、太師府の用人みずからに持たせて、夜を日についで済州へ向かわせ、府尹《ふいん》（府の長官）に即刻、この盗賊を逮捕し、報告せよと申し渡した。

済州《せい》の府尹は北京大名府留守司《ほくけいだいめいふりゆうしゆし》の梁 中書《りようちゆうしよ》の書状を受け取ってから、毎日、なんの手だても講じられず、ちょうど憂い悩んでいたとき、門番が知らせて来た。

「東京の太師府のご用人が大広間においでになり、緊急の公文書があって、閣下にお目にかかりたいとのことです」

府尹は聞いてびっくり仰天し、「たぶん生辰綱のことだろう」と思い、慌てて大広間に出ると、太師府の用人と対面し、説明した。

「この件について、私《わたくし》はすでに梁府（梁中書の屋敷）の虞候の訴状を受了し、捕り方をやって盗賊の逮捕に当たっておりますが、まだ行方がわかりません。先日、留守司どのがまた使者をよこされ、公文書をとどけて来られましたので、また尉司《いし》（県尉の管轄下にある部局）や捕縛担当の役人に日を限って捜索させておりますが、まだ逮捕に至っておりません。何らかの動きの情報がありますれば、私みずから太師府にうかがいお返事いたします」

太師府の用人は言った。

「てまえは太師府の腹心の者です。ただいま太師の御旨を奉じて、一味を逮捕すべく、こちらに派遣されて来ました。出発するとき、太師おんみずから申しつけられたことには、てまえはこちらに到着後、ひたすら州役所で寝泊まりし、即刻、閣下がこの七人の棗売りと一人の酒売り、および逃亡した軍官の楊志の身柄を確保されるのを待て、とのことです。日限は十日、逮捕が完了すれば、人を派遣し東京に護送せよ、とのこと。もし十日以内にこの事件がかたづかなければ、おそらく閣下は沙門島《さもんとう》あたりに流されることになり、てまえも太師府にはもどれず、命もまたどうなるかわかりません。閣下が本気になさらないなら、どうか太師府から発布された公文書をごらんください」

府尹は読みおえると仰天し、さっそく捕縛担当の役人らを呼んだ。と、階《きざはし》の下で一人の者が「ハッ」と言いながら、簾の前に立っていた。府尹は言った。

「おまえは何者だ？」

その男は答えた。

「てまえは三都《さんと》緝捕《しゅうほ》使臣《しし》（使臣は犯罪者の逮捕にあたる役人）の何濤《かとう》です」

「先日、黄泥岡の頂上で生辰綱を奪われた事件は、おまえの担当か？」と府尹。

「閣下に申しあげます。てまえはこの事件を担当してこのかた、昼も夜も眠らず、配下の手練《てだ》れの役人を差し向けて、黄泥岡にやり、行ったり来たりして逮捕に当たらせております。何度も棒叩きにし催促しておりますが、今に至るまで行方がわかりません。てまえがお上に対し怠慢なのではなく、ほんとうにどうしようもないのです」と何濤。

「デタラメを言うな！　上の者が厳しくしなければ、下の者はだらける。私は進士《しんし》の出身だが、さまざまな官職を経てこの郡の太守《たいしゅ》（ここでは府尹に同じ。府や州の長官）になるまで、並たいていのことではなかった。今、東京の太師府からここに用人どのを差し向けられ、太師さまの御旨をとどけて来られた。十日以内に盗賊どもの身柄を確保し東京に護送せよ、とのことだ。もし、また期限に遅れれば、私は免官になるばかりではなく、必ずや沙門島あたりに流されてしまう。おまえは緝捕使臣でありながら、心を尽くさず、私に禍《わざわい》を及ぼしたのだ。まず、おまえを雁も飛んで行かない遠方の辺鄙な軍州に流してやる」

府尹は言うや、ただちに彫師を呼び、何濤の顔に「迭配～州（～州に流刑）」と刺青させて、州の名称を開けておき、「何濤、おまえが盗賊をつかまえられなければ、重罪に処し、けっして許さぬ」と申し渡した。

何濤は御旨をうけたまわり大広間から退出すると、使臣の事務室にやって来て、大勢の捕り方を集め、全員で会議室に移り、公務について話し合った。捕り方たちはみな顔を見合わせ、矢が雁のくちばしを貫き、鉤《はり》が魚の腮《えら》を引っかけたように、誰も彼も黙ったままだった。何濤は言った。

「おまえたちはふだん、みなこの部屋のおかげで暮らしを立てているのに、今、こんな事件が起こり逮捕できないと、まったく声も出さんのか。おまえたちもわしの顔に彫られた字に同情すべきだ」

一同は言った。

「観察《かんさつ》（捕縛担当役人の呼称）どのに申しあげます。てまえどもも草木ではありませんから、わからないわけはありません。あの行商人に変装した一味は、必ずやよその州やほかの府の深い山や広野の強盗に相違なく、たまたま出くわして奪い取り、財宝を手に入れると、寨に帰って愉快に暮らしているでしょうから、どうしてつかまえられましょうか。たとえ、わかったとしても、やつらをながめるくらいが関の山です」

何濤はこれを聞いて、最初は三分ほどの悩みだったが、言われてみると、また五分の悩みが増した。みずから事務室を離れ、馬に乗って帰宅し、馬を裏の小屋に繋ぐと、一人悶々としつづけた。これぞまさしく、

眉頭重上三鍠鎖　眉頭に重上す　三鍠《さんこう》の鎖
腹内塡平万斛愁　腹内に塡平《てんぺい》す　万斛《ばんこく》の愁
若是賊徒難捉獲　若《も》し是《こ》れ賊徒　捉獲し難ければ
定教徒配入軍州　定めて徒配《とはい》せしめ軍州に入れられん

眉にずっしり　三重の鎖、腹にたっぷり　万斛の愁。盗賊どもを逮捕しないと、遠く軍州へ流される。

すると、妻がたずねた。

「あなた、どうして今日はそんなに悩んでいらっしゃるの?」

何濤は言った。

「おまえは知らないが、この間、太守さまがわしに文書をわたされ、黄泥岡の上で盗賊の一味が、梁中書から舅の蔡太師に送られる誕生祝いの金銀財宝、合わせて十一荷《か》を奪い取ったが、どんなやつらが奪って行ったか、わからないとのこと。わしはこの文書を受け取ってから今に至るまで、つかまえられない。今日ちょうど期限を延ばしてもらいに行ったところ、思いがけず、太師府からご用人が派遣され、ただちにこの一味をとらえて東京に護送せよとのことだった。太守さまはわしに盗賊の足取りをおたずねになったので、『まだ手がかりはなく、つかまえられません』とお答えすると、太守さまはわしの顔に『迭配~州』と刺青されれ、ただ、何州にやるかだけ開けたままにされた。これからさき、わしの命はどうなることやら」

「だとしたら、どうすればいいのでしょう? たいへんなことになりましたね」と妻。

ちょうど話し合っている最中、弟の何清《かせい》が兄に会いに来た。何濤は言った。

「何の用だ? バクチにも行かず、何しに来たのか?」

何濤の妻は頭がまわるので、慌てて手招きして言った。

「阿叔《アシユー》(夫の弟を指す。叔叔《シユーシユ》ともいう)、ちょっと台所に来てください。話があるから」

何清はさっそく兄嫁のあとについて、台所に行き腰を下ろした。兄嫁は肉や野菜を少々用意し、何杯か酒を燗して、何清に飲ませた。何清は兄嫁に言った。

「兄貴はほんとに人をバカにしている。わしは役立たずでも、実の弟だ。あんたはえらそうにしたって、たかが緝捕観察じゃないか。わしといっしょに酒を飲んだって、何もあんたの面《つら》汚しにはならないだろう！」

「阿叔《アシユー》、あんたは知らないけど、あんたの兄さんは内心、やりきれない思いなんですよ！」と兄嫁。

「あいつは毎日、大金や上物を稼いでいるのに、それをどこへやったのか？　あるものは金と米ばかりのくせに、何のやりきれない思いか？」と何清。

「あんたは知らないけど、ここの黄泥岡の上で先だって棗売りの行商人一味が、北京の梁中書から蔡太師への生辰綱を奪ったために、今、済州の太守さまは太師さまの申しつけで、十日のうちに必ず盗賊をつかまえ、東京に護送しなくちゃならないのよ。もし身柄を確保できなければ、みんな刺青され、遠く辺鄙な州に流されるわ。あんた、あんたの兄さんがまっさきに、太守さまに『迭配〜州』と刺青され、ただ何州にやるかだけは彫っていないのを見なかったの？　遅かれ早かれ、つかまえられないときは、ほんとうに困ったことになるわ。あの人がどうしてあんたと酒を飲む気になれますか？　だから私は今、ちょっと酒と肴を用意して、あんたに飲んでもらったというわけ。あの人はずっと悩んでいるのだから、わるく思わないでね」と兄嫁。

「わしも、盗賊が生辰綱を奪ったと、人が話しているのを小耳にはさんだが、どこでやったのかね？」と何清。

「黄泥岡の上だそうよ」と兄嫁。

「どんなやつらが奪ったのかな?」と何清。

「叔叔《シューシュ》、また酔っぱらったんじゃないの。さっき言ったでしょう、七人の棗売りの行商人が奪って行ったって」と兄嫁。

何清はカラカラと大笑いして言った。

「なんとそうだったのか。棗売りの行商人だとわかっているのに、なんでそんなに悩むんだ? どうして腕利きの者をやってつかまえに行かせないのかい?」

「あんたの言うとおりだわ。ただ、つかまえようがないのよ」と兄嫁。

「ねえさん、心配ご無用! 兄貴はいつも飲み仲間に勝手にやらせ、いつだって実の弟を相手にしないが、今日、ちょっと事が起こると、すぐつかまえようがないとわめく。弟に知らせ、幾貫か銭を使わせてくれたら、そんなコソ泥一味などイチコロさ」と何清は笑った。

「阿叔《アシュー》、あんたには手がかりがあるの」と兄嫁。

「兄貴が困ったときには、わしに助ける考えがあるさ」と何清は笑い、立ちあがって出て行こうとした。兄嫁は引きとめ、また二、三杯飲ませた。

兄嫁は聞いて、この話にはいわくがあると思い、慌てて夫に事細かに話した。何濤は慌てて何清を呼んで来させた。何濤は愛想笑いをして言った。

「おまえ、あの盗賊の行方を知っているなら、どうしてわしを助けてくれないのか?」

何清は言った。

「わしは何のいわくも知らない。ねえさんをからかっただけだ。わしがどうして兄貴を助けられようか？」

「冷たいことを言うな。ただわしのふだんのいい所だけを思い、わしの悪い所は忘れてくれ。わしの命を助けてくれ」と何濤。

「兄貴、あんたの手下にも腕っこきが二百や三百はいるだろうに、どうして兄貴のために力を貸さないのか？　わし一人でどうして兄貴を助けられようか？」と何清。

「やつらのことは言うな。おまえの話のなかには手がかりがある。ほかの者を好漢にする必要はない。おまえがとりあえず行方を話してくれたら、おまえに礼をしよう。どうしてわしを安心させてくれないのか？」と何濤。

「どんな行方だっていうのか？　わしにはわからない」と何清。

「わしを困らすな。実の兄弟の顔を立てろ」と何濤。

「慌てるなって。差し迫ったときになったら、わしが力を出して、そのコソ泥どもをつかまえてやるから」と何清。

　兄嫁は言った。

「阿叔《アシュー》、なんとかしてあんたの兄さんを助けるのも、兄弟の情けでしょう。今、太師府のお達しにより、ただちにこの一味をつかまえなくちゃならないのよ。とんでもない大事件なのに、あんたはコソ泥だと言うなんて。いったいどこへ行ったのかしらね。こんなに手がかりもないなんて」

「ねえさん、あんたは、わしがバクチのために、兄貴からどんなに叱られ、罵られても、喧嘩したことがないのを知っているはずだ。いつも酒だ食事だと、他人と愉快にしていても、今日は弟も役に立つというわけだ」と何清。

何濤はその話に何かいわくがあると思い、慌てて十両の銀子を取りだし、卓の上に置いて、言った。

「ともかくこの銀子を収めてくれ。後日、盗賊をつかまえたとき、金銀・反物の褒美は、力を尽くして引き受けるから」

何清は笑いながら言った。

「兄貴、これぞまさしく『せっぱつまれば、仏の足にすがりつき（苦しいときの神頼み）、何事もなければ、焼香もしない』というやつだな。あんたの金を受け取れば、あんたに無理強いしたことになる。まあ、しまってくれ。そんなもんでわしを釣るな。あんたがそんなふうなら、わしは口を開かんぞ。あんたたち二人でわしに詫びれば、言ってやろう。銀子なんか出してわしをびっくりさせるな！」

「銀子はみな役所が賞金として出すものだし、どっちみち四、五百貫もない。取っておけ。おまえに聞くが、あの盗賊の一味のことを、どこで聞き込んだのか？」と何濤。

何清は太腿を叩きながら言った。

「この一味は、わしがみな手提げ袋のなかに入れてある」

何濤は仰天して言った。

「おまえはどうして盗賊の一味がおまえの手提げ袋のなかにいるなどと言うのか？」

「兄貴、わしにかまうなって。全部ここにあるんだ。金をしまってくれ。そんなもんでわしを釣るのはやめろ。ふだんどおりにやるなら、あんたに話して教えてやろう」と、何清。

何清が慌てず騒がず、二本の指を折り、ほんの数言口にし、短い話をしたために、鄆城県《うんじょう》から義理堅い英雄を引っぱりだし、梁山泊に多くの天を持ちあげる好漢が集まり、紅巾《こうきん》の名姓は千古に伝わり、青史《せいし》（史書）の功勲は万年に伝わることと、あいなった次第。

はてさて、何清は何濤に何人《なんぴと》のことを言いだしたのでしょうか。まずは次回の分解《ときあかし》をお聞きください。

第十八回

美髯公《びぜんこう》　智もて挿翅虎《そうしこ》を穏《なだ》め
宋公明《そうこうめい》　私《ひそ》かに晁天王《ちょうてんおう》を放つ

詩に曰《いわ》く、

親愛無過弟与兄
便従酒後露真情
何清不篤同胞義
観察安知衆賊名
玩寇長奸人暗走
驚蛇打草事難成
只因一紙閑文字
惹起天罡地煞兵

親愛は弟と兄に過ぐる無く
便《すなわ》ち酒の後に従《お》いて　真情を露《あら》わす
何清《かせい》　同胞《きょうだい》の義に篤《あつ》からざれば
観察《かんさつ》　安《いず》くんぞ衆賊の名を知らん
寇《こう》を玩《もてあそ》び奸に長じて　人は暗《ひそ》かに走り
蛇を驚かして草を打《た》てば　事は成り難し
只《ひ》だ一紙の閑《あだ》なる文字に因《よ》りて
惹き起こす　天罡《てんこう》・地煞《ちさつ》の兵《つわもの》

仲が良いのは兄弟が一番、酒を飲んだら　本音もポロリ。何清《かせい》が兄弟の誼《ぎ》を重んじなかったら、観察（何濤《かとう》）にどうして盗賊どもの名がわかっただろう。調子に乗っ

て策を弄せば　こっそり尻尾を巻く羽目に、ヤブヘビの一手は　事の成就を妨げる。一枚の紙切れの手すさびの文字が、天罡《てんこう》と地煞《ちさつ》の兵《つわもの》を目覚めさせた。

そのとき、観察《かんさつ》の何濤《かとう》は弟の何清《かせい》に言った。

「この銀子はほんとうに役所の賞金で、おまえを釣るのに持ちだしたものではない。あとで、もう一回、大枚の賞金が出るだろう。まずはその一味がどうしておまえの手提げ袋にいるのか、言ってくれ」

と、何清は身に着けた書類袋から一冊の帳面を引っぱりだし、指さして言った。

「その一味はみんなここにいる」

「どうしてそこに書いてあるのか、言ってくれ」と何濤。

何清は言った。

「兄貴にほんとうのことを言うと、わしは先日、バクチに負けてスッテンテンになり、バクチ仲間がわしを北門の外十五里にある安楽村《あんらくそん》に連れて行った。ここの王《おう》という宿屋で、小さな賭場《とば》が開かれているのさ。すると、お上から村におふれがまわって来て、この村で宿屋をやっている者は割り印のついた宿帳を作り、毎晩、行商人が泊まるたびに、必ずどこから来てどこへ行くのか、姓は何、名は何というか、何の商売をしているのかをたずね、全部、宿帳に書き込んで、お上が検査するとき、毎月一回、里正《りせい》のところへ行って報告せよ、というのだ。

宿屋の若い者は字を知らんから、わしが頼まれて、代わりに半月ほど書いてやったのさ。その日は六月三日だったが、七人の棗《なつめ》売りの行商人が、七輛の荷車を押して泊まりに来た。わしはなんとその親玉に見覚えがあり、鄆城《うんじょう》県東渓村《とうけいそん》の晁保正《ちょうほせい》だった。どうしてやつを知っているかって？　わしは以前、ある遊び人についてやつのところに身を寄せたことがあり、それでわかったのさ。わしが宿帳を書きながら、『お客さん、ご苗字は？』と聞くと、三か所にひげを生やした色の白い男が、横から出て来て、『わしらは苗字を李《り》といい、濠《ごう》州から来て、東京《とうけい》（開封《かいほう》）へ棗を売りに行く』と言った。わしはそう書いたけれども、ちょっとクサイと思った。

　翌日、やつらが出発すると、宿屋のおやじがわしを連れて村にバクチに出かけた。三叉路まで行ったとき、一人の男が桶を二つ担いでやって来た。わしはやつに見覚えがなかったが、宿屋のおやじがそいつに、『白大郎《はくたいろう》、どこへ行くんだ？』と声をかけると、そいつは、『酢を担いで村の金持ちの家に売りに行くんだ』と答えた。宿屋のおやじはわしに、『この男は〈白日鼠《はくじつそ》〉白勝《はくしょう》といい、バクチ打ちだ』と言い、わしはそれも心にとめた。後で、人がワイワイ話しているのを聞くと、『黄泥岡《こうでいこう》の上で、棗売りの一味が、しびれ薬で人をひっくり返し、生辰綱《せいしんこう》を奪って行った』とのこと。わしの見込みでは、晁保正でなくて、誰だと言うのか。今、白勝をつかまえ、ちょっと尋問さえすれば、すぐ真相がわかるだろうよ。この帳面はわしが書いた写しだ」

　何濤は聞いて大喜びし、ただちに弟の何清を連れて州役所に行き、府尹《ふいん》にお目どおりした。府尹はたずねた。

「この事件に手がかりがあったのか？」

「ちょっとした情報があります」と何濤。

府尹が奥の間に入らせて、つぶさに次第をたずねると、何清は一つ一つ答えた。さっそく八人の捕り方を差し向けて、何濤、何清とともに夜どおし安楽村に向かわせ、宿屋の主人を証人にして、まっすぐ白勝の家までやって来た。

三更（午後十一～午前一時）ごろだったので、宿屋の主人に命じて火を借りたいと騙し門を開けさせた。白勝が寝台の上でうなる声がしたので、女房にたずねたところ、「熱病にかかったのに、汗が出ないのです」とのこと。寝台から引っぱり起こすと、白勝の顔は紅くほてっていたが、縄で縛りあげ、「黄泥岡でうまいことをやったな」と怒鳴りつけたが、白勝がどうして認めようか。女房を縛りあげたが、それでも白状しない。

捕り方たちは部屋じゅう盗品を捜しまわり、寝台の下まで来たとき、地面がデコボコしているのを見て、一同で掘った。深さ三尺までゆかないうちに、捕り方たちは喚声をあげ、白勝の顔が土気色になり、地中から一包みの金銀を取りだした。さっそく白勝の頭や顔をすっぽり包んで、女房を同行し、盗品を担いで、みなで夜どおし急いで済州《せい》の町にもどった。

ちょうど五更（午前三～五時）の夜明けごろ、白勝をお白洲に引きだし、縄で縛りあげて、首謀者をたずねたが、白勝は言い逃れをして、死んでも晁保正ら七人の名を白状しようとしない。つづけさまに三、四回殴ると、皮は裂け肉は破れ、鮮血がほとばしった。府尹は怒鳴りつけた。

「被告は盗品についてはすでに白状した。捕り方は、首謀者が鄆城県東渓村の晁保正だと、すでに知っておる。言い逃れはできんぞ！　ほかの六人は誰か、サッサと言えば、すぐ殴るのをやめてやろう」

白勝はまたひとしきりがまんしたが、がまんしきれず、やむなく白状した。

「頭《かしら》は晁保正です。やつは他の六人といっしょにてまえを誘い、酒を担がせましたが、ほんとうに他の六人が誰かは知りません」

府尹は言った。

「それは簡単だ。晁保正をつかまえさえすれば、他の六人はすぐ目星がつく」

まず重さ二十斤の死刑囚用の首枷を白勝にはめ、女房にも手錠をかけて、女囚の牢に入れ監視した。

すぐ一通の公文書に書き判し、何濤にみずから二十人の手練《てだ》れの捕り方を率いさせて、ただちに鄆城県に向かわせ、当県に命じて、至急、晁保正および姓名不詳の六人をつかまえさせることとした。もともと生辰綱を護送していた二人の虞候《ぐこう》を証人として、何濤の率いる一行に同行させた。

出発にさいし、大騒ぎして、情報が漏れると困るので、夜どおし急いで鄆城県に到着した。何濤はまず捕り方および虞候二人を宿屋に潜ませ、捕り方を一人二人だけ連れて、公文書をわたそうと、まっすぐ鄆城県の役所の門前にやって来た。

　そのときはすでに巳《み》の刻（午前十時）になっており、ちょうど知県《ちけん》（県の長官）の朝の執務が終わったところで、県役所の前はひっそりとしていた。何濤は役所の向かいの茶店に行って腰をかけ、茶を飲みながら待つことにした。煎茶を一杯飲むと、茶店の給仕にたずねた。

「今日はどうして県役所の前はこんなに静かなのかね？」

「知県さんの執務がちょうどおわったところだから、お役人と告訴状を出した者は全員、ご飯を食べに行って、まだもどらないのです」と給仕。

　何濤がまた「今日、県役所ではどんな押司《おうし》（刑獄方面を担当する事務官）どのが当直かな？」とたずねると、給仕は指さしながら、「今日の当直の押司さんが来られましたよ」と言った。何濤が目をやると、県役所から一人の役人が出て来た。その男がどんなようすかというと、見れば、

　眼は丹鳳《たんぽう》の如《ごと》く、眉は臥蚕《がさん》に似たり。滴溜溜《てきりゅうりゅう》と両耳は珠を垂らし、明皎皎《めいこうこう》と双睛《そうせい》は漆を点ず。唇は方《ほう》にして口は正、髭鬚《ひげ》は地閣に軽く盈《み》つ。額《ひたい》は闊《ひろ》く頂《あたま》は平らかに、皮肉は天倉《てんそう》に飽満す。坐定まる時　渾《すべ》て虎の相の如く、走動する時　狼形《ろうけい》の若《ごと》き有り。年は三旬に及び、万人を養い済《すく》うの度量有り。身軀《しんく》六尺、四海を掃除《そうじょ》するの心機を懐《いだ》く。上は星魁《せいかい》に応じ、乾坤《けんこん》の秀気に感ず。下は凡世《ぼんせ》に臨み、山岳の降霊を聚《あつ》む。志気軒昂、胸襟秀麗。刀筆《とうひつ》敢《あ》えて蕭相国《しょうしょうこく》を欺《あざむ》き、声名は孟嘗君《もうしょうくん》に譲らず。

眼は〔キリリと〕丹鳳のよう、眉は〔しなやか〕寝そべる蚕《かいこ》。まんまると 二つの耳は珠を垂らしたかのよう、キラキラと 二つの瞳は漆を点じたかのよう。唇はきっちり 口はしっかり、ひげは地閣《あご》を軽く覆う。額は広く 頭は平《ひら》たく、肉付きはふくよか。落ち着きはらえば 虎の風情、すばやく動けば まるで狼。年の頃は三十、万人の面倒を見る度量の広さ。身長は六尺、世界を掃き清める志の持ち主。上は星々に応じ、天地の精気と交感する。下は地上に臨み、山々の霊気を身に集める。意気軒昂、胸襟は秀麗。書記役人としては蕭《しょう》相国《しょうこく》（蕭何《しょうか》。前漢の高祖劉邦《りゅうほう》の功臣）を凌《しの》ぎ、名声は孟嘗君《もうしょうくん》（戦国四君の一人。田文《でんぶん》）に劣らない。

その押司は、姓は宋《そう》、名は江《こう》、あざなは公明《こうめい》、排行《はいこう》（兄弟の順番）は三番目で、先祖代々、鄆城県宋家村《そうかそん》の人である。色黒で背が低いため、人々はみな黒宋江《こくそうこう》と呼んでいた。かつまた、家ではたいへんな孝行者であり、義理を重んじ金ばなれがよかったので、人々はみな孝義《こうぎ》の黒三郎《こくさんろう》と称した。上には父が存命中だが、母ははやく亡くなっていた。下に一人、弟があり、〈鉄扇子《てっせんし》〉宋清《そうせい》というが、父の宋太公《そうたいこう》とともに村で農業にはげみ、田畑を守って暮らしていた。この宋江は鄆城県で押司をしているが、文書に精通し、役人世界にもよく通じているうえ、鎗や棒を好んで学び、武芸百般を体得していた。

日ごろから江湖の好漢と交わりを結ぶことを、ひたすら好み、身を寄せてくる者がいれば、委細かまわず、誰でも受け入れ、村の自分の家に泊まらせて飯を食べさせ、一日じゅう、相手をして、嫌な顔一つしなかった。出立するさいには、力を尽くして資金援助してやった。ほんとうに湯水のように金を使い、金を見ること土くれと同様だった。人から金品を求められると、口実を設けて断ることもない。またよく人の便宜をはかり、いつも万難を排してもめ事を解決してやり、ひたすら人の命を助けてやった。いつもお棺の材木代や薬代をばらまいて、人の貧苦を助け、人の窮地を救い、人の困難に手を差し伸べるところから、山《さん》東《とう》・河《か》北《ほく》一帯に名をとどろかせ、みな彼を〈及時雨《きゆうじう》〉と呼んで、天から降ってくる及時雨（時にかなった慈雨）が万物を救うのにたとえたのだった。

かつて一首の「臨江仙《りんこうせん》」の詞《ツー》があり、宋江の美点を次のように称えている。

起自花村刀筆吏
英霊上応天星
疏財仗義更多能
事親行孝敬
待士有声名
済弱扶傾心慷慨
高名氷月双清
及時甘雨四方称

花村《かそん》の刀筆の吏自《よ》り起こり
英霊　上は天星に応ず
財を疏《うと》んじ義に仗《よ》り　更《さら》に多能なり
親に事《つか》えて孝敬を行い
士を待《たい》して声名有り
弱きを済《すく》い傾くを扶《たす》けて　心は慷慨《こうがい》し
高名は氷月と　双《なら》び清し
時に及ぶ甘雨と　四方称す

山東呼保義　　山東の呼保義《こほうぎ》

豪傑宋公明　　豪傑宋公明《そうこうめい》

花咲く村の書記役人として身を立て、すぐれた資質は　天の星に応じている。財を軽んじ義を重んじて　ますます力を発揮する。親に仕えては孝行息子、士《ひと》をもてなして知名度抜群。弱きを助け手を差し伸べて　侠気《おとこぎ》にあふれ、高い名声は　冴えわたる月と並んで汚れなし。時に及ぶ甘雨と　四方で称される。山東の〈呼保義〉、

豪傑　宋公明。

そのとき、宋江はお供を一人連れ、県役所の前に出て来た。と、かの何濤は通りに出て迎え、大きな声で呼びかけた。

「押司どの、どうかここでお茶をあがってください」

宋江はその男が役人のような出で立ちだと見てとり、慌てて答礼して言った。

「あなたはどこからいらっしゃいましたか」

「まずは押司どのには茶店にお入りいただき、お茶を飲みながら話しましょう」と何濤。

「謹んでお受けします」と宋江。

二人は茶店に入って腰を下ろし、お供は門前で控えさせた。宋江は言った。

「失礼ですが、あなたのご苗字は？」

「てまえは済州府の緝捕使臣《しゅうほししん》の何観察です。失礼ですが、押司どののお名前は？」と何濤。

「うかつにも観察どのを存じあげず、申しわけありません。てまえは、姓は宋、名は江と申します」と宋江。

何濤は地面にガバと伏して拝礼しながら、言った。

「久しくご高名を耳にしながら、ご縁がなくお目にかかれませんでした」

「恐れ入ります！　観察どの、どうか上座にお着きください」と宋江。

「てまえは下っぱ役人です。どうして上座に着けましょうか」と何濤。

「観察どのは上の役所の方であり、また遠来のお客です」と宋江。

二人はしばらく譲り合ってから、宋江が主人の席に、何濤が賓客の席に座ると、宋江は給仕にお茶を二杯持って来るように命じた。まもなく茶が来ると、二人は飲み、茶碗を卓上に置いた。宋江は言った。

「観察どのが本県においでになったのは、上の役所で何かご公務がおありなのですか？」

「実を申しますと、貴県に何人か重要人物がいるのです」と何濤。

「盗賊の事件ではありませんか？」

「実はここに密封した公文書があります。押司どののお力をお借りしたいのです」

「観察どのは上の役所が差し向けられた責任者です。てまえがどうしてなおざりにできましょうか。どんな盗賊の緊急事件ですか？」

「押司どのはその方面の担当者ですから、申しあげても差し支えありません。本府の管轄下にある黄泥岡《こうでいこう》の上で、盗賊の一味、合わせて八人が、しびれ薬を盛って、北京大名府《ほくけいだいめいふ》の梁《りよう》中書《ちゆうしよ》から蔡太師《さいたいし》の生辰綱を送るのに派遣された兵士十五人をひっくり返し、十一荷《か》の金銀財宝を奪ったのです。合計十万貫相当の盗品です。今、従犯の一人、白勝をつかまえたところ、七人の主犯はみな貴県にいると吐きました。この事件は太師府から特に用人を差し向けられ、本府で即刻、この事件を解決せよとのことです。どうか押司どのにはさっそくお手助けくださいますようお願いします」

「太師府の指示はさておき、観察どのが、おんみずから公文書をお持ちになってのお求めですから、逮捕・護送しないわけにはゆきません。して白勝が自供し名指しした、その七人の氏名はわかりませんか?」

「実を申しますと、貴県東渓村の晁保正が親玉ですが、六名の従犯の姓名はわかりませんので、なにとぞお力添えを」

宋江は聞きおわると、びっくり仰天、腹のなかで思案し、「晁蓋《ちようがい》はわしの信頼する兄弟分だ。今、あの人が天を覆うほどの大罪を犯したのなら、わしが助けなければ、つかまえられて、一巻のおわりだ」と、内心、慌てふためいた。

宋江はとりあえず答えて言った。

「晁蓋という野郎はあくどい村役人で、本県の役人は誰もやつをよく思っていません。今度、こんなことをしでかし、やつを懲らしめるのに絶好です」

「どうか速やかに取りかかってください」と何濤。

「大丈夫です。これは簡単なことで、甕《かめ》のなかのスッポンをつかまえるようなもの、手を下せばつかまえられます。ただ一つ、この密封した公文書は観察どのがご自分で県役所においでになってわたしてください。知県が見た後で、すぐ処理実行し、人をやって逮捕に向かわせます。てまえが勝手に開封することはできないのです。この事件は些細なものではなく、軽々しく人に漏らしてはなりません」と宋江。

「ご高見、まことにごもっとも。お手数ですが、案内してください」

「知県は朝の事務を処理してくたびれ、少し休んでおります。観察どのにはしばらくお待ちいただき、そのうち知県が役所に出ましたら、てまえがお迎えにまいります」

「くれぐれもご助力、お願いします」

「もちろんです。そんなことはおっしゃらないでください。てまえは拙宅にもどり、家の用をかたづけたら、すぐ来ます。観察どの、ちょっとお待ちください」

「押司どののご都合のよろしいようになさってください。てまえはここでお待ちしています」

宋江は立ちあがり、小部屋を出ると、給仕に、「あのお役人がまた茶を注文されたら、いっしょにわしが茶代を支払うから」と申しつけ、茶店を離れると、飛ぶように下宿にもどり、まずお供の者に、当直の下役人を呼びに行って茶店の前で待たせるように言い、「もし知県がお出ましになったら、茶店のなかに入り、あのお役人をなだめて、『押司はすぐまいります』と言い、しばらく待ってもらえ」と命じた。

かくて宋江は馬小屋に行って馬に鞍を置き、裏門の外に引きだすと、鞭を手に馬に跳び乗り、ゆっくりと県役所を離れた。東門を出て、二、三回、鞭をあてると、馬はパカパカと東渓村へ向かって疾駆した。半個《はんぶん》の時辰《とき》(一時間)もたたないうちに、早くも晁蓋の屋敷に到着し、作男はこれを見ると、屋敷のなかに知らせに入った。まさしく、

有仁有義宋公明　　仁有り義有り　宋公明《そうこうめい》
交結豪強秉志誠　　交《まじ》わりを豪強に結び　志誠を秉《と》る
一旦陰謀皆外泄　　一旦　陰謀　皆《み》な外に泄《も》れ
六人星火夜逃生　　六人は星火のごと　夜に生を逃る

仁有り義有り　宋公明、豪傑と交わりを結んで　誠実ひとすじ。謀《はかりごと》が漏れたそのとき、電光石火　六人(実際は七人)は夜中に逃走。

というところ。

さて、晁蓋は呉用《ごよう》、公孫勝《こうそんしょう》、劉唐《りゅうとう》と裏庭の葡萄の木の下で酒を飲んでいた。このとき、三《さん》阮《げん》はすでに銭や財物を手に入れ、石碣村《せきけつそん》に帰っていた。晁蓋は、宋押司が門前においでだという作男の知らせを聞き、たずねた。

「お供の数はどれくらいか?」

「一人だけで馬を飛ばして来られ、至急、旦那さまに会いたいとのことです」と作男。

晁蓋は、「きっと事件だ」と言い、慌てて出迎えに行った。宋江は「ハッ」と一声あげて挨拶すると、晁蓋の手をとり、わきの小部屋に向かった。晁蓋はたずねた。

「押司どの、どうして慌てて来られたのか？」

宋江は言った。

「兄貴はご存じあるまいが、わしは心を許した兄弟分だから、命を捨ててあんたを助けにきた。今、黄泥岡の事件はすでに発覚したぞ！　白勝が済州の獄中で、あんたたち七人のことを白状してしまったのだ。済州府は何緝捕に何人かの者をつけて差し向け、太師府の命令書と済州の公文書を奉じて、あんたたち七人を逮捕にやって来たが、あんたを親玉だとしている。

天の助けで、たまたまわしの手に入ったので、わしは、知県はお休み中だとごまかして、とりあえず何観察を県役所の向かいの茶店で待たせ、こうして馬を飛ばし、知らせに来たのだ。兄貴、『三十六計、逃げるに如《し》かず』、サッサと逃げろ。わしが帰ってやつを案内し、役所に公文書を提出させたら、知県は即刻、人数を出し夜どおしここへ向かわせるだろう。手遅れになってはダメだ。ぬかったら、どうしようもない！　わしがあんたを助けに来なくとも、怨まんでくれ」

晁蓋は聞いてびっくり仰天して言った。

「きみには恩返しのしようもないほどだ」

「兄貴、多言は無用。ひたすら逃げ道を用意し、面倒なことにかかわりあってはダメだ。わしはすぐ帰るから」と宋江。

と、晁蓋は言った。

「七人のうち三人は阮小二《げんしょうじ》、阮小五《げんしょうご》、阮小七《げんしょうしち》だが、すでに分け前を取り、石碣村に帰っている。あとの三人はここにいるから、まあちょっとやつらと会ってくれ」

宋江が裏庭に行くと、晁蓋は指さしながら言った。

「この三人だ。一人は呉学究《ごがくきゅう》、一人は公孫勝、薊《けい》州から来た者だ、もう一人は劉唐、東潞《とうろ》州の者だ」

宋江は簡単に挨拶すると、身を返して歩きだし、「兄貴、気をつけて。急いで逃げてくれ、わしは行くから」と言い含めた。宋江は屋敷の前に出るや、馬に乗って、二、三回、鞭を当て、飛ぶように県役所へと向かった。

さて、晁蓋は呉用、公孫勝、劉唐の三人に言った。

「きみたちは、入って来て挨拶した者を知っているか?」

「どうして慌てふためいて行ってしまったのか? 誰ですか?」と呉用。

「きみたち三人にはわかるまいが、あいつが来なければ、わしらの命は危ないところだった」と晁蓋。

三人は、「足がついたとでも? バレてしまったのか?」と仰天した。

晁蓋は言った。

宋公明　私かに晁天王を放つ

「幸いあの兄弟が、危ない橋を渡って知らせに来てくれたのだ。なんと白勝はすでにつかまって済州の牢獄に入れられ、わしら七人のことを白状してしまった。済州から緝捕の何観察に何人かの者をつけて差し向け、太師府の命令書を奉じて、鄆城県に即刻、わしら七人をつかまえさせるところだったが、幸いあいつはその役人をなだめて茶店で待たせ、馬を飛ばしてわしらに知らせに来てくれたのだ。これから帰って公文書をわたせば、まもなく人数を差し向け、夜どおしかけてわしらをつかまえに来るだろう。はてさてどうしたらよかろうか？」

呉用は言った。

「あの人が知らせに来てくれなければ、一網打尽になるところだった。この大恩人は、姓は何といい、名は何というのですか？」

「あいつこそ、この県の押司で、〈呼保義《こほうぎ》〉宋江という男だ」と晁蓋。

「宋押司のご高名は、聞いたことがあるだけで、まだお目にかかったことはありませんでした。目と鼻の先に住んでいても、縁がなければ、お会いすることもかなわんのですな」と呉用。

「江湖にその名の知れた〈及時雨〉宋公明どのではありませんか」と公孫勝、劉唐。

晁蓋はうなずいて言った。

「まさしくその人だ。あいつとわしは心を許してつきあい、義兄弟の契りを結んでいる。呉先生は会われたことはないが、天下にその名が伝わっているのは偽りではなく、契りを結んでこの兄弟を得たのも、むだではなかった」

　晁蓋は呉用にたずねた。

「わしらに危険が迫っているが、さてどうしたら助かるだろうか？」

　呉用は言った。

「兄貴、相談されるに及びません。『三十六計、逃げるに如かず』です」

「さっき宋押司も逃げるのが最上の策だと言ったが、どこへ逃げればいいだろうか？」と晁蓋。

「私はすでに腹のなかに考えがあります。今、わしらは六、七荷をかたづけて担ぎ、いっせいに逃げて、石碣村の三阮の家に行きましょう」と呉用。

「三阮は漁師だから、どうして多人数のわしら一同が落ち着けようか？」と晁蓋。

「兄貴、あなたはなんとうかつな！　石碣村から、もうちょっと行けば、まさしく梁山泊《りょうざんぱく》です。今、あの寨はたいそう勢いがあり、官軍の討伐隊も、まともにやつらを見られません。追手が迫れば、わしらはそろって仲間入りしましょう」と呉用。

「それはわしの考えと同じだ。ただ、やつらがわしらを受け入れないことだけが、気がかりだ」と晁蓋。

「わしらには金銀がありますから、少し贈ってやれば、たちまち仲間入りです」と呉用。

「だとすれば、話は決まった。遅くなってはまずい！　呉先生、あんたは劉唐といっしょに何人か作男を連れて荷を担がせ、先に阮家に行って身を落ち着け、陸路からわしらを迎えに来てくれ。わしは公孫先生と二人で後かたづけをして、すぐ行くから」と晁蓋。

呉用と劉唐は生辰綱の金銀財宝をまとめ、六、七荷に詰め込んで、六、七人の作男を呼んでいっしょに飲み食いした。呉用は銅鏈《どうれん》（銅の鎖）を袖に入れ、劉唐は朴刀をさげて、六、七荷を担いだ一行十数人を監督しながら、石碣村をめざした。晁蓋と公孫勝は屋敷をかたづけ、同行を望まない作男たちには、少々の金品を与えて、別の主人のもとへ行かせ、同行を願う者は、みなで屋敷の金品を集め、荷物を作った。その証拠に次のような詩がある。

太師符督下州来　太師の符督　州に下り来たり
晁蓋逡巡受禍胎　晁蓋《ちょうがい》は逡巡《たちまち》に禍胎を受く
不是宋江潜往報　是《こ》れ宋江《そうこう》の潜《ひそ》かに報《しら》せに往かざれば
七人難免這場災　七人免れ難し　這《こ》の場の災《わざわ》い

太師の役人どもが州までやって来て、晁蓋にたちまち禍《わざわい》が降りかかる。宋江がひそかに知らせに行かなければ、七人はどう転んでも絶体絶命。

さて、宋江は馬を飛ばして下宿にもどり、慌てて茶店に行くと、何濤がちょうど門前であたりを眺めているところだった。宋江は言った。
「観察どの、お待たせしました。村の親戚が下宿に来てちょっと家の用事について相談していましたので、それで遅くなってしまいました」

「押司どのにはお手数をかけますが、案内をお願いします」と何濤。

「観察どの、どうぞ県役所にお出かけください」と宋江。

二人が役所の門を入ると、ちょうど知県の時文彬《じぶんひん》が大広間で事務を処理しているところだった。宋江は密封した公文書を手に持ち、何濤を案内してまっすぐ書机の側まで行くと、左右の者に命じて人払いの札をかけさせ、進み出て言った。

「済州府の公文書を奉じて、盗賊事件の緊急の用務のため、特に緝捕使臣の何観察がここにおいでになり、公文書をおわたしになります」

知県は受け取って開封し、その場で読むや、仰天して宋江に言った。

「これは太師府がご用人を差し向け、ただちに返事を要求されている案件だ。この盗賊一味は即刻、人数を出して逮捕に向かわせよ」

宋江は言った。

「日中に行けば、情報が漏れる恐れがあります。夜に逮捕に行くのがよろしいと存じます。晁《じ》保正を捕らえれば、あとの六人はすぐ手がかりがつかめます」

時知県は、「あの東渓村の晁保正は、名の知れた好漢なのに、どうしてこんな事をしでかしたのだろうか？」と言うと、さっそく県尉《けんい》（県の長官の下で、盗賊逮捕にあたる責任者の官吏）と二人の都頭《ととう》（県において盗賊逮捕にあたる実行部隊の隊長）を呼びだした。都頭の一人は、姓は朱《しゅ》、名は仝《どう》といい、いま一人は、姓は雷《らい》、名は横《おう》といい、両人とも並の男ではない。

さっそく朱仝と雷横の二人は奥の間に入って、知県の命令を受けると、県尉とともに馬に乗って、まっすぐ県尉の役所に行き、騎兵・歩兵の弓手と地元兵あわせて百人余りを召集し、何濤および証人の虞候《ぐこう》二人を同道することにした。

その晩、みな縄・綱や武器を帯び、県尉は馬に乗り、都頭二人もそれぞれ馬に乗って、腰刀、弓矢を帯び、手に朴刀を持って、前後を騎兵・歩兵の弓手に守られながら、東門を出るや、飛ぶように東渓村の晁家をめざした。東渓村に到着したときは、すでに初更（午後七〜九時）ごろだったが、みな観音庵《かんのんあん》に到着し勢ぞろいした。と、朱仝は言った。

「前方が晁蓋の屋敷だ。屋敷の表と裏に道が二本あるから、いっせいに表門から打ちかかれば、やつは裏門へ逃げ、いっせいにドッと裏門から打ちかかれば、やつは表門へ逃げる。わしは晁蓋が凄い腕前だと知っているし、その六人が何者かは知らないが、おとなしい人間でないにきまっている。あいつらが死にもの狂いで、いっせいに打って出て、作男が手助けすれば、とてもやつらにかなわない。

ただ東を撃つと声をあげて西を撃ち、やつらが慌てるのを待って、手を下すほうがよいだろう。わしは雷都頭と二手に分かれて、軍勢を半分に分け、全員、徒歩でまず裏門に行って待ち伏せする。口笛を合図に、あんたがたは表門からまっしぐらに打ち入り、一人を見れば一人をつかまえ、二人を見れば二人をつかまえるんだ」

雷横は言った。

「それもそうだが、朱都頭、あんたが県尉閣下といっしょに表門から打ち入ってもらいたい。わしは裏の道を塞ぐから」

「きみ、わかってないな。晁蓋の屋敷には抜け道が三本あり、わしはいつもこの目で見ている。わしがあそこへ行けば、やつのやりくちを知っているから、松明《たいまつ》をつけなくともわかる。あんたはやつの出入りするところを知らないのだから、事が漏れたら、笑いごとではすまんぞ」と朱仝。

「朱都頭の言うとおりだ。きみは半分の軍勢を連れて行け」と県尉。

「三十人もいれば十分です」と朱仝は言い、十人の弓手と二十人の地元兵を率いて、先に行った。県尉はふたたび馬に乗り、雷横は騎兵・歩兵の弓手を前後に並べ、県尉を護衛した。地元兵は全員、馬前を煌々と二、三十本の松明で照らし、欓叉《さすまた》、朴刀、留客住《りゅうかくじゅう》（カギで相手を引っかける武器）、鉤鎌刀《こうれんとう》（鎌状の刃がついた刀）を持って、ドッと晁蓋の屋敷に押し寄せた。

　晁蓋の屋敷の前まで、まだ半里以上あるところで、屋敷からパッと火の手があがり、正堂から燃えあがって、黒煙が地面いっぱいに広がり、紅い炎が空に飛んだ。また十数歩も行かないうちに、表門と裏門の四方八方、ほぼ三、四十か所から発火し、ゴーッと燃え広がった。

　表側から雷横は朴刀を持ち、後につづく地元兵は鬨《とき》の声をあげて、ドッと屋敷の門を打ち破って、邸内に突入したところ、炎に照らされて真昼のような明るさだったが、人っ子一人見えない。と、裏手から鬨の声があがり、「表でつかまえろ」と叫んでいる。

もともと朱仝には晁蓋を見逃してやりたいという気があり、それでわざと雷横を騙して表門から打たせたのだが、雷横のほうもやはり晁蓋を助けたいという気があり、そこで先を争い裏門から打ち入ろうとしたのに、朱仝に言い負かされ、やむなく表門から打ちかかったのだった。このために、わざわざこんな大騒ぎをして、東を撃つと声をあげて西を撃ち、晁蓋を急《せ》かせて逃れさせようとしたのである。

朱仝が屋敷の裏門に到着したとき、晁蓋はまだかたづけが終わっていなかった。作男が見つけて、晁蓋に知らせに来て言った。

「官軍が来ました。ぐずぐずしてはいられません」

晁蓋は作男に命じて、ひたすら四方に火を放たせ、公孫勝とともに十数人の作男を率いて、大声で叫びながら、朴刀を構えて、裏門からドッと打って出ると、大声で一喝した。

「わしに当たる者は死に、わしを避ける者は生きられるぞ!」

朱仝が闇のなかで叫んだ。

「保正、逃げるな。この朱仝はここでずっとおまえを待っていたぞ」

晁蓋は聞く耳もたず、公孫勝とともに必死になって打って出た。朱仝はこっそり身体をすかし、道を開けて晁蓋を脱出させた。晁蓋は公孫勝に作男たちを率いて先に脱出させ、自分はしんがりを守った。朱仝は歩兵の弓手を裏門から突入させて叫んだ。

「表で盗賊をつかまえろ」

美髯公　智もて挿翅虎を穏め

雷横はこれを聞くや、身をひるがえして表門の外に出ると、騎兵・歩兵の弓手に命じ、手分けして追撃させた。雷横自身は火炎のもと、あっちやこっちを見まわしながら、人を捜すふりをした。朱仝は地元兵を置き去りにし、刀を構えて晁蓋を追いかけた。晁蓋は逃げながら、口のなかで言った。

「朱都頭よ、おまえはどうしてひたすらわしを追いかけるのか。おまえをわるく扱ったことはないのに」

朱仝はうしろに人がいないのを確かめてから、はじめて言った。

「保正どの、あんたはまだわしが手助けしているのがわからんのか。わしは雷横が頑固で、情けをかけられないことを恐れ、やつを騙して表門からかからせ、わしは裏であんたが出て来たら脱出させようとしたんだ。ほら、わしは身をかわして道を開け、あんたを脱出させただろう。あんたはほかの場所に行ってはいけない。梁山泊以外、落ち着き先はないぞ」

晁蓋は言った。

「命を助けてもらった恩、かたじけない。後日、必ずお礼をしよう」

その証拠に次のような詩がある。

捕盗如何与盗通　　捕盗　如何《いかん》ぞ盗と通ずるや
只因仁義動其衷　　只《た》だ仁義の其《そ》の 衷《まごころ》 を動かすに因《よ》る
都頭已自開生路　　都頭は已《すで》に自《みずか》ら生路を開けば

観察焉能建大功　観察は焉《いず》くんぞ能《よ》く大功を建てん

捕り方がどうして盗っ人と通じるのか、仁義の二文字が真心を動かすからだ。都頭が活路を開いた以上、観察に大功を立てる術《すべ》はない。

朱仝がちょうど急きたてているとき、背後から雷横が大声で叫ぶのが聞こえた。

「犯人を逃すな！」

朱仝は晁蓋に、「保正どの、慌てず、ひたすら逃げてくれ。わしがやつを巻くから」と言うと、ふりむいて叫んだ。

「三人の盗賊は東の小道に向かって行ったぞ。雷都頭、急いで追いかけてくれ」

雷横は配下を率いて、さっそく東の小道に向かい、地元兵らとともに追いかけて行った。朱仝は晁蓋と話しながら追いたてるさまは、まるで護衛しているようだった。だんだんと闇のなかに晁蓋が消えて行くと、朱仝は足を踏みはずしたふりをして、ばったり地面に倒れた。地元兵らがやって来て起こし、急いで朱仝を助けると、朱仝は言った。

「闇のなかで道が見えず、滑って田んぼに落ちて倒れ、左足をくじいてしまった」

県尉は言った。

「主犯を逃がしてしまった。どうしたらよかろう？」

「てまえが追わなかったのではありません。ほんとうに真っ暗でどうしようもなかったのです。兵卒どもにも役に立つ者がまったくおらず、進もうとしませんでした」と朱仝。

県尉はふたたび地元兵に命じて追わせたが、地元兵たちは内心、「都頭二人さえ何もできず、やつに近づけなかったのに、わしらに何ができるか」と思い、みなしばらく追いかけるふりをし、もどって来て言った。

「暗くてどの道から行ったかわかりません」

雷横もまた追いかけただけで、取って返し、内心、「朱仝は晁蓋ともっとも親しいから、たぶんやつを見逃して行かせたのだろうし、わしが何も憎まれ役になるいわれはない。わしにもやつを見逃したいという気があったのに、今、やつは逃げてしまったのだから、情けをかけられなくなった。晁蓋もそんなことをしでかす男ではないのに」と思い、もどって来ると言った。

「追いつけませんでした。あの盗賊どもはほんとうに凄い！」

県尉と二人の都頭が屋敷の前にもどったときは、すでに四更（午前一〜三時）ごろだった。何濤は一同がバラバラと一晩中、追いかけて、一人の盗賊もつかまえられなかったのを見ると、ひたすら「困った！」と言い、「済州にもどって府尹に合わせる顔がない」と嘆いた。県尉はやむなく何軒か隣近所の家の者をつかまえ、鄆城県の役所に引き立てて行った。

このとき、知県は一晩中、眠れず、報告を待っていたところに、「盗賊はみな逃走し、ただ何人かの隣近所の者だけつかまえて来ました」と聞いたので、捕らえて来た近所の者をその場で尋問した。近所の者たちは訴えた。

「てまえどもは晁保正の近所に住んでおりますが、遠い者は二、三里もの距離があり、近い者でも村がちがっています。あの人の屋敷にはいつも鎗や棒を使う者がいますが、そんなことをしでかすとは、思いもしませんでした」

知県は逐一、尋問し、彼らから何とかちょっとした手がかりを得ようとした。と、なかのすぐ近くに住む者が告げた。

「詳しいことを知ろうとなさるなら、やつの作男に聞くしかありません」

知県が、「あの家の作男はみんなついて行って逃げたそうだが」と言うと、すぐ近くの者は言った。

「行きたくない者もおり、まだここにいます」

知県はこれを聞くと、大至急、人を差し向け、この隣人を証人として、東渓村に逮捕に向かわせたところ、両個《ふたつ》の時辰《とき》（四時間）もたたないうちに、早くも二人の作男をとらえて来た。その場で尋問すると、作男たちは、最初は言い逃れをしたが、打たれるとこらえきれず、やむなく白状した。

「先に六人が相談していましたが、てまえが知っていたのは、この村で勉強を教える先生で、呉学究という人だけです。一人は公孫勝という全真《ぜんしん》教の道士で、また姓を劉という色黒の大男もおりました。さらにまた三人おり、てまえは知りませんが、呉学究が連れて来た者です。聞いたところでは、やつらの姓は阮といい、石碣村に住む漁師で、三人兄弟だとか。ウソ偽りではありません」

知県は供述書を取ってから、二人の作男を何濤に引き渡し、返事の詳細な公文書を書いて、済州府に提出した。宋江は自分で隣人たち全員の面倒をみて、家に帰らせ判決を待たせた。

さて、大勢の者が何濤とともに二人の作男を護送して、夜どおしかけて済州にもどると、ちょうど府尹が大広間に出座したところだった。何濤は人々を率いて大広間に到着すると、晁蓋が屋敷に火をつけて逃亡したことを報告し、また作男の供述をひとわたり説明した。府尹は、「そういうことなら、もう一度、白勝を連れて来い」と言い、〔白勝に〕たずねた。

「その三人の阮という姓の者は、ほんとうはどこに住んでいるのか」

白勝は言い逃れできず、しかたなく供述した。

「三人の阮という姓の者は、一人は〈立地太歳《りっちたいさい》〉阮小二、一人は〈短命二郎《たんめいじろう》〉阮小五、一人は〈活閻羅《かつえんら》〉阮小七といい、みな石碣村に住んでいます」

「ほかの三人の姓はなんというか」と府尹。

「一人は〈智多星《ちたせい》〉呉用、一人は〈入雲龍《にゅううんりゅう》〉公孫勝、一人は〈赤髪鬼《せきはつき》〉劉唐です」と白勝。

府尹は聞くと、すぐに言った。

「すでに行方がわかった以上、とりあえず白勝をもとどおり収監し、牢獄に入れよ」

ただちにまた何濤を呼びだし、石碣村へこの数人の盗賊の逮捕に向かわせた。

何濤が石碣村に向かったがために、大いに山東を騒がせ、河北を沸き立たせ、天罡星《てんこうせい》・地《ち》煞星《さっせい》がやって来て風雲のなかで出会い、水滸《すいこ》の砦《とりで》に結集して人馬を縦横に動かし、はては三十六人の豪傑を集め、七十二人の地煞星を登場させることと、あいなった次第。

はてさて、何濤はいかにして石碣村に行き盗賊を逮捕するのでしょうか。まずは次回の分解《ときあかし》をお聞きください。

第十九回

林冲《りんちゅう》　水寨《すいさい》にて大いに併火《へいか》し
晁蓋《ちょうがい》　梁山《りょうざん》にて小《すこ》しく泊《はく》を奪う

詩に曰《いわ》く、

独拠梁山志可羞
嫉賢傲士少優柔
祇将富貴為身有
却把英雄作寇讐
花竹水亭生殺気
鷺鷗沙渚落人頭
規模卑狭真堪笑
性命終須一旦休

独《ひと》り梁山《りょうざん》に拠る　志は羞《は》ず可《べ》し
賢を嫉《ねた》み士に傲《おご》り　優《ゆう》柔少なし
祇《た》だ富貴を将《もっ》て身の有と為し
却《かえ》って英雄を把《も》って寇讐《こうしゅう》と作《な》す
花竹の水亭　殺気を生じ
鷺鷗《ろおう》の沙渚《さしょ》　人頭落つ
規模の卑狭なること　真《まこと》に笑うに堪《た》えたり
性命　終《つい》に須《すべから》く一旦に休すべし

梁山泊《りょうざんぱく》を根城にしながら　なんと恥ずべき志《こころざし》、賢者を妬み勇士に傲り　おおらかさに欠ける。わが身の富貴こそすべて、英雄は　かえって目の敵《かたき》。花や竹に囲まれ

た水際の 亭《あずまや》に　殺気が生じ、鷺《さぎ》や鷗《かもめ》の憩う浜辺に　人の首が落ちる。器《うつわ》の小ささ
じつにお笑い、やがてにわかにあの世行き。

さて、そのとき、観察《かんさつ》の何濤《かとう》は府尹《ふいん》の命令を受けて大広間から退出し、ただちに会議室に行って捕り方たちと相談した。捕り方たちは言った。

「あの石碣村《せきけつそん》の湖は、梁山泊《りょうざんぱく》に近く、一面に鬱蒼と蘆《あし》の茂る入り江だとか。大人数の官軍の船と人馬がなければ、あそこへ盗賊をつかまえに行けません」

何濤は聞くと、「それもそうだ」と言い、ふたたび大広間に行って府尹にお答えした。

「もともとあの石碣村の湖は、梁山泊のすぐ側にあり、まわりはすべて湖水の渦巻く深い入り江で、蘆が生い茂っています。ふだんでも追剝ぎが出ますのに、今はまたあの強盗の一味が加わっているのですから、どうしようもありません。大軍の人馬を出動させなければ、あそこへ行っても逮捕できません」

府尹は言った。

「そういうことなら、もう一人、腕のいい捕盗巡検《ほとうじゅんけん》（一県一州もしくは数県数州を管轄し、盗賊逮捕をつかさどる官吏）を差し向け、官軍の人馬五百を召集して、おまえとともに逮捕に行かせよう」

何濤は命令を受けると、もう一度、会議室にもどり、大勢の捕り方を呼びだし、五百人余りを選んで、それぞれ武器の準備に行かせた。翌日、かの捕盗巡検が済州府《せいしゅうふ》の公文書を受け

取り、何濤とともに五百の軍勢を点呼し、大勢の捕り方といっしょにドッと石碣村へ向かった。

さて、晁蓋《ちょうがい》と公孫勝《こうそんしょう》は屋敷を燃やしてから、十数人の作男を連れて石碣村に向かった。途中で、三阮《さんげん》兄弟に出くわしたが、それぞれ武器を手に持ち、家まで案内しようと迎えに来たのだった。七人は全員、阮小五《げんしょうご》の家に落ち着いた。このとき、阮小五はすでに家族を湖の船着き場に移していた。七人が梁山泊入りを相談していると、呉用《ごよう》が言った。

「今、李家道《りかどう》の辻では、〈旱地忽律《かんちこつりつ》〉朱貴《しゅき》が居酒屋を開いて、四方の好漢をもてなし、仲間入りを願う者はまずやつのもとに行かねばならない。わしらは今、船を用意して、すべての荷物を船に積み込み、いささか心付けをやつにわたして案内させよう」

一同がそこで梁山泊入りの相談をしている最中、何人かの漁師が知らせに来た。

「官軍の人馬が村に押し寄せて来ます」

晁蓋はサッと立ちあがって叫んだ。

「あいつらが追いかけて来たなら、わしらは逃げるのをやめよう」

阮小二《げんしょうじ》が言った。

「かまわん。わしがやつらの相手をしよう。あいつらのほとんどを水のなかで死なせ、残った者どもは突き殺してやる」

「慌てるな。まずは貧道《わたくし》の腕前を見ていてくれ」と公孫勝。

「劉唐《りゅうとう》兄弟、きみは呉先生といっしょに、とりあえず荷物と家族を船に乗せ、まっすぐ李家道の辻あたりまで漕いで行き、待っていてくれ。わしらはようすを見て、あとからすぐに行く」と晁蓋。

阮小二は二隻の棹船を選んで、母親と家族、および家中の金品を船内に積み込み、呉用と劉唐はそれぞれ一隻の船を護り、七、八人のお供の者に漕がせて、さきに李家道の辻をめざした。また、阮小五《げんしょうご》、阮小七《げんしょうしち》に小船を動かし、かくかくしかじかに敵を迎え撃てと申しつけた。二人はそれぞれ船に棹さし、出て行った。

さて、何濤と捕盗巡検は官兵を率いながら、だんだんと石碣村に近づいた。船着き場に船があれば、すべて奪い取り、水に慣れた官兵に乗り込ませて進ませる一方、岸では人馬を進めて、船と騎馬が呼応し、水陸並行して進んだ。阮小二の家に到着するや、ドッと鬨《とき》の声をあげ、人馬ともに突進し、打ち入ったが、とっくの昔にもぬけの殻、ただお粗末な家具が残っているだけだった。

何濤は、「近所の漁師を何人かつかまえて来い」と言い、〔彼らに〕たずねると、こう言った。

「やつの二人の弟、阮小五と阮小七は二人とも湖で暮らしていますから、船でなければ行けません」

何濤は巡検に相談して言った。

「この湖には入り江が多く、道筋もたいへんゴチャゴチャしているうえ、水溜まりや堤の深さもわかりません。バラバラと分散してつかまえに行けば、盗賊の罠にはまる恐れがあります。われわれは全部の馬をこの村で見張らせ、いっせいに船に乗って行きましょう」

さっそく捕盗巡検は何濤や捕り方らとともに、全員、船に乗り込んだ。そのとき、つかまえた船は百隻どころではなく、棹をさすものもあれば漕ぐものもあったが、いっせいに阮小五の漁師小屋をめざした。水面を五、六里も漕ぎ進まないうちに、蘆の茂みのなかから誰かが戯《ざ》れ歌をうたう声がした。一同がしばし船を止めると、その歌はこう歌っていた。

打魚一世蓼児洼
不種青苗不種麻
酷吏贓官都殺尽
忠心報答趙官家

打魚一世　蓼児洼《りょうじわ》
青苗を種《う》えず　麻を種えず
酷吏《こくり》・贓官《ぞうかん》　都《すべ》て殺し尽《つ》くし
忠心　報答せん　趙官家《ちょうかんか》

蓼児洼《りょうじわ》で一生　魚《さかな》採り、苗も植えなきゃ　麻も植えない。無慈悲な役人　賄賂《わいろ》まみれのお偉方　みんなまとめて殺《や》っちまい、真心を捧げよう　趙天子さまに。

何濤と一同はこれを聞いて、誰も彼もびっくり仰天した。ふと見ると、遠くのほうから、一人の男が一隻の小船に棹さし、歌いながらやって来る。見知った者が指さして言った。

「あいつこそ阮小五です」

何濤が手招きすると、一同は力を合わせて前に進み、それぞれ武器を持って、構えながら迎え撃とうとした。すると、阮小五はカラカラと笑いながら、罵った。

「きさまら、民を痛めつける悪徳役人め！　なんと大胆にも、おれさまにかかって来てどうするのか。それこそ虎のひげを引っぱるというもんだ！」

何濤のうしろで弓矢のうまい射手が矢をつがえ、弓を引きしぼって、いっせいに矢を放った。阮小五は矢が放たれたと見るや、櫓《ろ》を持ったまま、とんぼを切って水中にもぐり、一同が追いついたときには、もぬけの殻だった。

さらにまた、二つ目の入り江まで行きつかないうちに、蘆の茂みから口笛が聞こえてきた。一同が船を並べると、前方から二人の男が一隻の船に棹さしながらやって来た。舳《へさき》に立っている男は、頭に青い竹皮の笠をかぶり、身体に緑色の簑《みの》をつけ、筆管鎗《ひっかんそう》（まっすぐで長い鎗）をひねりながら、口のなかで歌っている。

老爺生長石碣村　　老爺《おれさま》の生まれ長《そだ》つは　石碣村《せきけつそん》
稟性生来要殺人　　稟性《ひんせい》　生来　殺人を要す
先斬何濤巡検首　　先《ま》ず何濤《かとう》・巡検《じゅんけん》の首を斬り
京師献与趙王君　　京師《けいし》の趙《ちょう》王君に献与《けんよ》せん

おれさまは石碣村育ち、生まれついての殺人鬼。まず何濤と巡検の首を斬り、都の趙天子さまにさしあげよう。

何濤と一同は聞いてまたびっくり仰天した。いっせいに目をやると、前方のその男は鎗をひねって歌をうたい、うしろの男は櫓を動かしている。見知った者が言った。

「こいつこそまさしく阮小七です」

何濤は大声で言った。

「みなの者、力を合わせて進み、まずこの盗賊をつかまえろ。逃がすな！」

阮小七は聞いて、笑いながら、「下司《げす》野郎！」と言うや、サッと鎗で一突きして、クルッと船の向きを変え、小さな入り江めざして逃げだした。〔何濤の〕配下の者たちは鬨の声をあげながら、追いかけた。阮小七と船頭は、飛ぶように櫓を動かし、口笛を吹いて、小さな入り江をかいくぐりながら、まっしぐらに逃げた。

官兵たちが追いかけるうち、その入り江が狭まってきたのを見て、何濤は言った。

「止まれ！　船をしばらく止め、みな岸辺に寄せろ」

上陸して見ると、あたり一面、蘆《あし》が生い茂り、いささかの乾いた道も見えない。何濤は内心、怪訝《けげん》に思ったが、相談がまとまらないので、その村の住人にたずねたところ、言うことには、「てまえどもはここに住んではおりますが、ここにどれだけの場所があるかわかりません」とのこと。

何濤はそこで二隻の小船を出させ、船にはそれぞれ三人の捕り方を乗り込ませ、前方の道を探りに行かせたが、両個《ふたつ》の時辰《とき》（四時間）余りたっても報告がない。何濤は、「あいつらは役立たずだ！」と思い、さらに五人の捕り方を差し向け、また二隻の小船を出させ道を探らせたが、また行ってから一個《ひとつ》の時辰《とき》（二時間）余りたってもいささかの報告もない。何濤は思った。

「あの数人は老練の捕り方であり、物のわかった者たちなのに、どうして何も突きとめられず、一隻の船も報告にもどって来ないのだろうか。思いもかけず連れて来た官兵たちは、物の道理がわからんやつばかりだ。だんだん暮れてくるのに、ここにいても手がかりがない。どうしたらよかろうか。わしが自分で一度、行ってみるしかない」

　そこで、一隻の快速船を選び、数人の老練の捕り方を選んで、それぞれ武器を持たせ、五、六本の櫂で漕ぎだして、何濤は舳に座り、蘆の茂った入り江をめざして進んで行った。

　そのときすでに日は西に沈んでいたが、船を漕ぎだし、ほぼ五、六里も水面を行ったころ、かたわらの岸辺を、一人の男が鋤《すき》をさげて歩いて来るのが見えた。何濤はたずねた。

「おい、そこの男、おまえは何者だ？　ここはどこか？」

「てまえはこの村の百姓です。ここは断頭溝《だんとうこう》というところで、行き止まりです」とその男。

「おまえは二隻の船が通るのを見なかったか？」と何濤。

「阮小五をつかまえに来た船のことかな？」

「おまえはどうして阮小五をつかまえに来たと知っているのか？」

「あの人たちはこの先の烏林《うりん》でやり合っていましたよ」

「ここからどれくらいあるか？」

「すぐ先です。そこに見えるのがそれです」

何濤は聞くや、すぐさま船を漕ぎ進めて応援に向かい、捕り方二人に櫕叉《さすまた》を持たせ上陸させた。と、その男は鋤の先を持ちあげ、ふりおろしたかと思うと、二人の捕り方を一人一打ち、もんどりうたせて水中に叩き込んだ。

何濤は見て仰天し、急いではね起き、上陸しようとしたところ、船が突然、動きだし、水中から人があらわれて、何濤の両足をぐいと引っぱり、ドボンと水中に突き落とした。船のなかにいた数人が逃げようとしたとき、かの鋤を持った男が追いかけて来て船に乗り込み、鋤で一人一打ち、数人は頭を並べて打ちのめされ、脳漿《のうしょう》まで飛びだした。

何濤は水中にいた男によって逆さまに岸に引きずりあげられ、ほどいた腰帯で縛りあげられてしまった。見れば、水中にいた男こそ阮小七、岸で鋤をさげていた男こそ阮小二だった。兄弟二人は何濤を見ながら罵った。

「おれさまたち兄弟三人はもともと人殺しと火付けが大好きで、おまえのようなやつは物の数にも入らない！　おまえはどうして大胆にもわざわざ官兵を引きつれ、わしらをつかまえに来たのか？」

何濤は言った。

「好漢どの、てまえはお上の命令によって遣わされたので、自分の意志ではありません。てまえがどうして大胆にも好漢がたをつかまえに来たりしましょうか。どうか哀れと思し召しを！　家には養う者もいない八十の老母がおります。どうか命ばかりはお助けください」

阮家の兄弟は、「とりあえずやつをグルグル巻きにして、船倉に転がしておこう」と言い、数人の死体を水中に放り込んだ。二人がヒューッと口笛を吹くと、蘆の茂みから、四、五人の漁師がもぐり出て来て、みな船に乗り込んだ。阮小二と阮小七はそれぞれ一隻の船を操り出発した。

さて、かの捕盗巡検は官兵を率い船中にいて、「何観察は捕り方が役に立たないと言い、自分で道を探しに行ってから、ずいぶんになるが、まだもどって来ない」と言っていた。そのときはちょうど初更（午後七〜九時）ごろであり、満天に星が輝いていたので、人々はそろって船上で涼んでいた。すると、ふいに怪しい風が吹きはじめた。その風の吹くさまたるや、

沙《すな》を飛ばし石を走らせ、水を捲《ま》き天を揺るがす。黒漫漫《こくまんまん》と烏雲《くろくも》を堆起し、昏鄧鄧《こんとうとう》と急雨を催来す。川に満つる荷《はす》の葉は、半空《なかぞら》の中《うち》に翠蓋《すいがい》を交《こも》ごも加え、水に遍《あまね》き蘆《あし》の花は、湖面を遶《めぐ》る白旗のごと繚乱《りょうらん》す。吹き折る　崑崙《こんろん》山頂の樹、喚《よ》び醒ます　東海の老龍君。

砂を飛ばし　石を走らせ、水を巻きあげ　天を揺るがす。黒々と　雲を積みあげ、ザアザアと　雨を促す。川面に満ちる蓮の葉は、中空に　翠の蓋《かさ》を点々とあしらい、水面《みなも》を覆う蘆の花は、湖面をめぐる白旗よろしく　千々に乱れる。崑崙山のてっぺんの木を吹き折り、東海の老いたる龍王を呼び覚ます。

その一陣の怪しい風は背後から吹いて来たが、人々は吹かれて顔をおおいびっくり仰天して、ただ「たいへんだ！」と叫んでいるうち、船を繋ぐ綱はすっかり断ち切られてしまった。どうしようもないところに、うしろから口笛が響いてきた。風上に目をやると、蘆の茂みのかたわらからパッと一筋、炎があがり、人々は、「今度こそおしまいだ！」と言った。

官軍の大船小船はおよそ四、五十隻あったが、ちょうど激しい風に吹かれてぶつかりあい、とどめようもないうち、その炎が早くも目の前まで近づいて来た。

なんとそれは一群の小船であり、二隻ずつ繋ぎ合わせて、上に蘆や柴を山盛りに積み、ボーボーと燃えながら、追い風に乗ってまっしぐらに突き進んで来た。四、五十隻の官船は一塊になって停泊しており、入り江がまた狭いので、避けるところもない。大きな船も十数隻あったが、かの火の船に突っ込まれ、船列の間にもぐり込まれて火の手がまわり、さらにまた、水中にも誰か人がおり、火の船の加勢をして火をつけた。

燃えた大船の官兵はみな岸に跳び移り、命からがら逃げたが、思いがけず、あたりはすべて蘆の茂みであり、乾いた道もない。岸の上の蘆もまたゴーゴーと燃えはじめたので、捕盗の官兵は水陸いずれも逃げ場がなくなった。風は激しく火の勢いは強く、多くの官兵はやむなく頭を抱えて、泥濘《ぬかるみ》で立ちつくすばかり。

炎のなかで、ふと見れば、一隻の小さな快速船があらわれ、船尾で一人が船を漕ぎ、舳には一人の道士が座っている。道士は手にキラキラ輝く一振りの宝剣を持ち、大声で言った。

「一人も逃がすな！」

官兵どもはみな泥濘のなかで、ひたすら耐えるばかりだった。

その言葉がおわらないうちに、蘆の茂みの東岸から、二人の男が四、五人の漁師を引きつれ、手に手にキラキラ輝く刀や鎗を持ってあらわれた。こちらの蘆の茂みの西岸からも、また二人の男が四、五人の漁師を引きつれ、これまた手に手にキラキラ輝く飛魚鉤《ひぎょこう》（もりの一種）を持ってあらわれた。東西両岸の四人の好漢とその一味はドッと打ちかかり、頭を並べて次々に突き刺し、まもなく大勢の官兵は全員、泥濘のなかで突き殺されてしまった。東岸の二人は晁蓋と阮小五、西岸の二人は阮小二と阮小七だった。船上の道士は、これぞ風を呼ぶ公孫勝にほかならない。

五人の好漢は十数人の漁師を率いて、あまたの官兵を蘆の茂みで突き殺し、ただ一人生き残った何濤は、粽子《ちまき》のようにグルグル巻きにされ、船倉に放りだされていた。阮小二はこれを船上に引っぱりあげ、指さしながら罵った。

「おまえは済州の民を騙し害する大バカ野郎だ！　もともとおまえの死体を粉々に砕くつもりだったが、おまえを帰してやるから、済州府のろくでなし府尹に伝えろ、『石碣村の阮氏三雄と東渓村の天王晁蓋にうかうか手出しするな。こっちもおまえの城内に食糧を借りに行かないから、そっちもわしらの村に死にに来るな。もしもこっちが本気になったら、おまえのような微々たる府尹はいうまでもなく、蔡太師《さいたいし》が用人をよこし、わしらをつかまえようとしても、また、蔡京《さいけい》みずからやって来ようとも、わしらは突き殺し、どてっぱらに二、三十の穴をあけてやる』とな。おまえを帰してやるから、二度と来るな！　おまえのところのあのクソ役人に言って、死にたがらないようにさせろ。ここには街道がないから、弟におまえを街道口まで送らせてやろう」

さっそく阮小七は何濤を一隻の小さな快速船に乗せ、まっすぐ街道口まで送ると、怒鳴りつけた。

「ここからまっすぐ行けば、すぐ道がある。ほかの者は皆殺しにしたのだから、おまえだけ無傷で解放するわけにはゆかん。それではあのろくでなし府尹に笑われてしまう。とりあえず、証拠の品としておまえの両耳を置いてゆけ」

阮小七が身体から短刀を抜きだし、何濤の両耳を斬り落とすと、鮮血がたらたらと流れ落ちた。と、刀をおさめ、くくった腰帯をほどいて、何濤を岸に放りあげた。何濤は命拾いし、道を捜して済州へ帰って行った。

さて、晁蓋、公孫勝および阮家三兄弟は、十数人の漁師ともども、いっせいに六、七隻の小船を操って、石碣村の湖を離れ、まっすぐ李家道の辻へ向かった。そこに到着すると、呉用と劉唐の船を捜して合流した。呉用が敵の官兵と戦った次第をたずねると、晁蓋は事細かに語り、呉用らは大喜びした。船を整理すると、一同は〈旱地忽律〉朱貴の居酒屋にやって来た。

朱貴は大勢の者が仲間入りを頼みに来たので、慌てて出迎えた。呉用はこれまでのことを、包み隠さず朱貴に聞かせると、朱貴は大喜びした。一人ずつ挨拶がすむと、座敷に請じ入れて座らせ、急いで給仕に好漢をもてなす酒席を用意させ歓待した。また、さっそく皮張りの弓を取りだして、鏑矢《かぶらや》をつがえ、対岸の入り江の蘆の茂みに射込んだところ、矢の響きに応じて、早くも手下たちが一隻の船を漕いでやって来た。

朱貴は急いで一通の手紙を書き、事細かに豪傑たちが仲間入りに来たいきさつを書き記して、まず手下たちにわたし、寨に知らせに行かせた。その一方で、また羊を殺して好漢一同をもてなした。

一夜が過ぎると、翌日、はやく起き、朱貴は一隻の大船を呼んで、好漢たちに乗船してもらい、晁蓋らが乗って来た船を従えて、いっせいに山の寨に向かった。しばらく行くと、早くもある渡し場に到着した。岸からは太鼓や銅鑼《どら》が鳴り響き、晁蓋が見やれば、七、八人の手下が四隻の監視船を漕ぎだし、朱貴を見ると、みな一声あげて挨拶し、もとどおり先に行ってしまった。

さて、一行は金沙灘《きんさたん》に到着すると上陸し、家族の乗った船と漁師仲間を残し、ここで待たせた。また、数十人の手下が山を下りて来て、関所まで案内した。王倫《おうりん》が頭領たちを率い、関所を出て迎えたので、晁蓋らが慌ててお辞儀をすると、王倫は答礼して言った。

「てまえが王倫です。久しく晁天王のご高名は耳に響く雷鳴のようにうかがっています。今日は、粗末な寨においでいただきうれしく存じます」

晁蓋は言った。

「この晁蓋は無教養で、たいへんがさつな者です。今日、ふつつかなこの身をかくまっていただけますなら、甘んじて頭領の下で一兵卒となります。お見捨てなくば幸甚です」

「そんなことはおっしゃらないでください。まずはわが寨においでいただき、それから相談いたしましょう」と王倫。

一行はみな二人の頭領の後について山を上った。寨の聚義庁《しゅうぎちょう》（集会場）の下まで来ると、王倫は再三、晁蓋一行に先を譲り階《きざはし》を上らせた。晁蓋ら七人は右側に一列に立ち並び、王倫と頭領たちは左側に一列に立ち並んだ。一人ずつ挨拶がすむと、主客は向かい合って腰を下ろした。王倫は階下の小頭《こがしら》を呼び挨拶させる一方、寨の音楽を演奏しはじめた。これに先立ち、小頭を麓に行かせて連れの一行をもてなし、関所の下に別にある客館で休んでもらったのだった。

詩に曰《いわ》く、

西奔東投竟莫容　西に奔《はし》り東に投ずるも　竟《つい》に容《い》れらるる莫《な》く
那堪造物挫英雄　那《な》んぞ堪《た》えん　造物　英雄を挫《くじ》くを
敝袍長鋏飄蓬客　敝袍《へいほう》　長鋏《ちょうきょう》　飄蓬《ひょうほう》の客
特地来依水泊中　特地《わざわざ》　来たり依《よ》る　水泊の中《うち》

東奔西走　行き場なし、天はここまで英雄に試練を与えたまうか。破れ衣に　一本刀　さすらいの旅人、めざす塒《ねぐら》は　湖水の中に。

さて、寨のなかでは、二頭のあか牛、十四の羊、五匹の豚をさばき、はなばなしく宴会を催した。頭領たちが酒を飲んでいる間に、晁蓋は胸中にあることを、初めから終わりまで王倫ら一同に訴えた。王倫は聞きおわると、しばし驚愕し、内心、躊躇して、声も出せず、思案しながら、生返事をした。

宴会は夜になるとお開きになり、頭領たちは晁蓋ら一同を関所の下の客館まで見送って休ませ、そこでは、いっしょについて来た者が世話をした。晁蓋は内心、喜んで、呉用ら六人に言った。

「わしらはこんな大きな罪を犯し、どこに身を落ち着けるところがあろうか！　王頭領がこれほど親切にしてくれなければ、わしらはみな行き場もなかった。この恩を忘れてはならんな」

呉用が冷笑するだけなので、晁蓋は言った。

「先生、どうして冷笑するのか？　何かあるなら言ってくれ」

呉用は言った。

「兄貴はまっすぐな性格で、勇敢なだけです。あんたは、王倫にわしらを受け入れる度胸があると思いますか？　兄貴、やつの心は見なくとも、やつの顔色やようすだけでも見てもらいたい」

「やつの顔色を見たらどうだというのか？」と晁蓋。

　呉用は言った。

「兄貴は、やつが最初、席上で兄貴と話をしたとき、いたって心がこもっていたのを見ませんでしたか？　ついで兄貴が多くの官兵と捕盗巡検を殺し、何濤を解放し、阮氏三雄がたいへんな豪傑だと言いだすと、やつはちょっと顔色を変えました。口では応対しているものの、そのようすから、内心は、きわめて不本意なふうでした。やつにわしらを受け入れ留める気があれば、朝すぐあの場で席次を決めていますよ。

　杜遷《とせん》と宋万《そうまん》の二人はがさつな者で、客の待遇のしかたなどわかりません。ただ林冲《りんちゅう》だけは、もともと京師《けいし》の禁軍の教頭《きょうとう》で、田舎者ではなく、何もかもわかっています。今、やむをえず、四番目の席に着いているだけです。さきほど林冲は、王倫が兄貴に応答するようすを見ていましたが、察するところ、いささか穏やかならず、しきりに王倫を睨み、内心、ムシャクシャしているようでした。思うに、この男はわしらに肩入れしているのですが、どうしようもないのです。私はちょっとした言葉で、やつにこの寨で仲間割れさせせてみせましょう」

「すべて先生の妙案におまかせしよう。それでこそ落ち着くことができる」と晁蓋。

　その夜、七人はゆっくり休んだ。

　翌日、夜が明けると、「林教頭がおいでになりました」と、知らせがあった。呉用はそこで晁蓋に言った。

「この人が訪ねて来たとは、わしの思う壺だ」

七人は慌てて起きあがり迎えに出て、林冲を客館のなかに請じ入れた。呉用は進み出るや、お礼を言った。

「昨晩はたいへんごちそうになり、恐縮しております」

「てまえこそ失礼しました。おもてなししたいと思いながら、その地位についていませんので、どうかお許しください」と林冲。

「私どもは不才とはいえ、草や木ではありません。あなたのご厚意とご親切はわかっており、深くご恩に感謝しています」と呉用。

晁蓋は何度も林冲に上座に座るように言ったが、林冲が承知するはずもなく、晁蓋をいちばん上座に座らせると、林冲は下座の筆頭に座り、呉用ら六人は一列になって座った。晁蓋は言った。

「ずいぶん前から教頭のご高名を聞いておりますが、思いがけず今日、お会いすることができました」

「てまえは以前、東京《とうけい》（開封《かいほう》）におりましたが、友人とつきあうさい、礼儀を失することはありませんでした。今、ご尊顔を拝することができたとはいえ、常日頃からの願いをはたすことができず、さっそくお詫びにうかがいました」と林冲。

晁蓋が、「ご厚意に感謝します」と礼を言うと、呉用がたずねた。

「私は以前、あなたが東京におられたとき、たいへんな豪傑だったと聞いております。どうして高俅《こうきゅう》と不仲になり、ひどい目にあわされる羽目になられたのですか？　その後、滄州《そう》で軍の草料場《まぐさ》を燃やされたのも、またやつの計略だと聞いております。それ以後、どなたの推薦で山に上られたのでしょうか？」

林冲は言った。

「高俅のクソ野郎にはめられた一幕は、口にするだけで、髪の毛が逆立つほどなのに、仇を討つこともできずにおります。ここに身を置いたのは、すべて柴大官人《さいだいかんじん》が推薦してくださったおかげです」

「柴大官人とは江湖で、〈小旋風《しょうせんぷう》〉柴進《さいしん》と呼ばれている方ではありませんか」と呉用。

「まさしくその方です」と林冲。

「てまえは、柴大官人は義理を重んじ金ばなれがよく、四方の豪傑を受け入れる方だという噂を、よく聞いています。大周《だいしゅう》皇帝の嫡流のご子孫とのこと、なんとかして一度お目にかかりたいものです」と晁蓋。

呉用はまた林冲に向かって言った。

「あの柴大官人は、名は天下に知られ、名声は天下に聞こえた方です。教頭どのが抜群の武勇の持ち主でなければ、山に上るよう推薦されるはずはありません。お世辞ではなく、道理として王倫は筆頭の頭領の座を譲るべきです。それでこそ天下の公論に一致し、柴大官人の推薦状にも背かないというものです」

林冲は言った。

「先生のお言葉、恐縮です。てまえは大罪を犯して柴大官人に身を寄せました。あの方がてまえを引きとめられなかったわけではなく、ほんとうにあの方を巻き込んでは具合がわるいと思い、自分から山に上ることを願ったのです。思いがけず、今や進退きわまってしまいました。地位が低いことは問題ではありません。しかし、王倫は心根が定まらず、言うこともあてにならず、人に対して信義を欠くので、いっしょにやってゆくことはできません」

「王頭領は人に対しては穏やかなのに、どうして料簡があんなに狭いのでしょうか」と呉用。

「今、寨には幸いにも多くの豪傑がおいでになったからには、たがいに助け合うなら、錦の上に花を添え、乾いた苗に雨が降るようなものです。あの男はただ賢者を妬み有能な者をやっかむ心しかなく、ひたすら豪傑の力に抑えつけられるのを恐れています。昨晩、兄貴があまたの官兵を殺した一幕を話されたので、やつはいささか不本意で、とても受け入れられないと思ったのか、みなさんがたを関所の下にご案内し休ませたのです」と林冲。

「王頭領がそんなふうに思われるのなら、われわれはお言いつけを待つまでもなく、自分たちで別のところへ行きましょう」と呉用。

「みなさん、よそに行くなどと言わないでください。この林冲に考えがあります。てまえは、みなさんが立ち去ろうという気になられるのが心配で、早々にお知らせに来たのです。今日、やつがどんなふうに出て来るか、見ていてください。あの野郎の言葉に道理があり、昨日とちがっていれば、それで万事よし。あの野郎が今朝、少しでも変なことを言いだせば、何もかもてまえが責任をもってやります」と林冲。

「頭領のご厚意、わしら兄弟はみな恩に着ます」と晁蓋。

「頭領はわしら兄弟の面子《メンツ》のために、元の兄弟と仲違いされることになります。もし仲間に入れてもらえるなら、すぐ入れてください。入れてもらえないなら、わしらは即刻、お暇します」と呉用。

「先生は間違っておられます！　昔の人も、『惺惺《せいせい》（聡明な者）は惺惺を惜しみ、好漢は好漢を惜しむ』と言っています。あのクソッタレ野郎、小汚いあんちくしょうは、けっきょく役立たずです！　みなさん、まずはご安心ください」と林冲。

　林冲は立ちあがって別れを告げ、「またすぐお会いしましょう」と言った。一同は見送り、林冲は山へ上って行った。これぞまさしく、

惺惺自古惜惺惺　　惺惺《せいせい》は古自《いにしえよ》り惺惺を惜しみ
談笑相逢眼更青　　談笑して相《あ》い逢い　眼は更《さら》に青し
可恨王倫心量狭　　恨む可《べ》し　王倫《おうりん》　心量狭く
真教魂魄喪幽冥　　真《まこと》に魂魄《こんぱく》をして幽冥《ゆうめい》に喪《うしな》わしむ

昔から　英雄同士は認め合い、言葉を交わせば　青眼《したしみ》を増す。クソッタレ王倫　度

量が狭く、命落として　あの世行き。


その日、しばらくすると、手下が招待に来て言った。

「今日、寨の頭領がたがみなさんをお招きし、山の南にある水寨の亭《あずまや》で宴会を開きます」

晁蓋は言った。

「頭領に、すぐうかがいますとお伝えください」

手下が立ち去ると、晁蓋は呉用にたずねた。

「先生、この宴会はどうですかな？」

呉用は笑いながら言った。

「兄貴、安心してください。この宴会は寨の主《ぬし》を交替させるものです。今、林教頭には間違いなく王倫と仲間割れする気があります。彼に少しでも渋るふうがあれば、私が三寸不爛《さんずんふらん》の舌をふるって、なにがなんでも仲間割れさせてみせます。兄貴たちはそれぞれ武器を隠し持ち、私が手でひげをひねるのを合図に、協力してください」

晁蓋ら一同はひそかに喜んだ。辰《たつ》の刻（午前八時）が過ぎると、三、四度、催促する者が来た。晁蓋と一同がそれぞれ武器を手にしてこっそり身に隠し、きちんと身支度して、宴席に赴こうとしたところへ、宋万がみずから馬に乗って、また迎えに来た。手下どもが七丁の轎《かご》を担いで来たので、七人はそろって轎に乗り、まっすぐ南の山の水寨に向かった。

山の南に来て見ると、まことに絶景だった。寨の裏の水亭の前で轎を下りると、王倫、杜

遷、林冲、朱貴が出迎えて、水亭に案内し、賓主座を分かって着席した。その水亭のまわりの景色を見れば、

四面の水簾は高く捲《ま》かれ、週廻《まわり》の花は朱闌《しゅらん》を圧す。満目の香風、万朶《まんだ》の芙蓉　緑水に鋪《し》く。眸《ひとみ》を迎うる翠色、千枝の荷葉《かよう》　芳塘《ほうとう》を遶《めぐ》る。画簷《がえん》の外　陰陰たる柳影、瑣窓《さそう》の前　細細たる松声。一行の野鷺《やろ》　灘頭《たんとう》に立ち、数点の沙鷗《さおう》　水面に浮かぶ。盆中に水に浸さるるは、是《こ》れ沈李・浮瓜に非《あら》ざる無し。壺内の馨香《けいこう》は、瓊漿《けいしょう》・玉液を盛り貯え着《ちゃく》す。江山の秀気　亭台に聚《あつ》まり、明月・清風　自ずから価《あたい》無し。

湖に面した四周の簾は高く巻かれ、取り囲む花々は朱色の手すりを圧倒する〔ほど咲き誇る〕。満ちわたる香りよき風、万本もの芙蓉《はす》の花が　緑の水に敷きつめられている。目に入る翠色、千本もの荷《はす》の葉が　湖面を覆い尽くしている。彩り鮮やかな簷《ひさし》の向こうには　鬱蒼と柳の影、彫りもみごとな窓の前には　ひそやかに松の響き。鷺《さぎ》が列を成して　水際《みぎわ》に立ち、鷗《かもめ》がポツポツと　水面に浮かぶ。皿の中で水に浸されているのは、すべて〔暑さを凌ぐための〕李《すもも》や瓜。壺の中でよい香りを放つのは、そこに蓄えられた極上の酒。山や川の霊気が　この亭《あずまや》に集まり、明月や清風は　もとより価《あたい》のつけようがない〔宝物だ〕。

そのとき、王倫は杜遷、宋万、林冲、朱貴の四人の頭領とともに、左側の主人の席に座り、晁蓋は呉用、公孫勝、劉唐、三阮の六人の好漢とともに右側の客の席に座った。階《きざはし》の下の手下どもが代わる代わる酒をつぎ、酒が数巡すると、食事が二度出され、晁蓋は王倫と話し合った。しかし、仲間入りのことを持ちだすと、王倫はむだ話をしてごまかした。呉用が林冲に目を向けると、林冲は肘掛け椅子に横座りし、王倫を睨みつけている。酒を飲むうちみるみる午後になり、王倫がふりむいて手下に、「取って来い」と命じたところ、三、四人が出て行き、しばらくすると一人が五錠の大銀を載せた大皿を捧げて来た。王倫はサッと立ちあがって酒をつぎ、晁蓋に対して言った。

「豪傑の衆には、ここに仲間入りにおいでいただき、感じ入っております。しかし、残念ながら、この小さな寨は水たまりで、多くの本物の龍に落ち着いてもらえません。いささか粗末な贈り物を用意しましたので、どうかご笑納ください。ご面倒ですが、大きな寨に行って馬をお休めくだされば、てまえは使いを出しそちらへ降参いたします」

晁蓋は言った。

「てまえは以前から、こちらでは賢人を招きりっぱな男を受け入れられると聞いていたので、まっすぐわざわざ仲間入りをお願いしに来ました。もし受け入れていただけないなら、われわれは自分たちで引きさがります。白金を賜っても、けっして受け取るわけにはゆきません。自慢するわけではありませんが、てまえどもにはいささか路銀もあります。速やかに引っ込めてください。ここにてお別れするだけです」

王倫は言った。

「どうして辞退なさるのか？　この寨が豪傑の衆を受け入れないのではなく、いかんせん、ただ食糧も建物も少ないために、後日、みなさんがたの行く末を誤り、面子をつぶすことを心配して、お引きとめできないのです」

その言葉がおわらないうちに、林冲は両方の眉を逆立て、両眼をカッと見張って、肘掛け椅子に腰を下ろしたまま、大声で怒鳴りつけた。

「きさまはこの前、わしが山に上って来たときも、食糧も建物も少ないと断ったが、今、晁兄貴が豪傑の衆といっしょにこの寨に来られたのに、また同じことをぬかすのか。いったいどういうわけだ！」

呉用は言った。

「頭領、お怒りめさるな。われらが来たのが間違いのもと、かえってこの寨のよしみを壊してしまいました。今、王頭領はわれらが山を下りるのに礼物を送り、路銀をくださったのであり、やみくもに追いだそうとされたのではありません。どうか頭領、怒らないでください。われらが出て行けば、それまでです」

林冲は言った。

「こいつこそ、笑いのなかに刀を隠し、言うことは清らかだが、やることは汚い男だ。わしはほんとうに今日こそこいつを許さんぞ」

王倫は怒鳴りつけた。

「こんちくしょうめ、酔っぱらわないうちから、口汚くわしを貶めおって。上下の区別もつかんのか！」

林冲はカンカンに腹を立てて言った。

「きさまは落第した腐れ儒者で、胸中に学問もなく、寨の主になる資格などない！」

呉用が言った。

「晁兄貴、われらが山に上って来たために、頭領の顔をつぶしてしまった。今すぐ船を調達し、即刻、退散しましょう」

晁蓋ら七人が立ちあがり水亭を下りようとすると、王倫は引きとめて言った。

「どうか宴会がおわってから行ってください」

林冲は卓をポンと一蹴りし、わきにはね飛ばすと、サッと立ちあがって、襟の下からキラキラ輝く刀を引きだし、ぐいとふりかざした。呉用が手でひげをちょっとさわると、晁蓋と劉唐がサッと水亭に上がり、王倫を止めるふりをして叫んだ。

「仲間割れはいけませんぞ！」

呉用は片手で林冲を引きとめて言った。

「頭領、早まってはなりません！」

公孫勝がなだめるふりをして言った。

「われらのために義理を壊してはなりませんぞ」

阮小二は杜遷の動きを封じ、阮小五は宋万の動きを封じ、阮小七は朱貴の動きを封じ、仰

った。

「きさまは田舎者の貧乏儒者、杜遷のおかげでここを手に入れたのだ。柴大官人があれほどきさまを助け、金を与えて、きさまと交わりを結び、わしをここに推薦してくださったのに、それでも何のかんのとぬかし、断ろうとした。今、豪傑衆がわざわざ仲間入りに見えたのに、また山を下りさせようとする。この梁山泊はきさまのものか？　賢者を妬み有能な者をやっかむ悪人め、きさまなんか生かしておいてもクソの役にも立たん！　きさまには大きな度量もなく、寨の主になる資格などない！」

杜遷、宋万、朱貴はもともと進み出てなだめようとしたのだが、数人にぴったりと張りつかれ動きを封じられているため、身動きもできない。王倫はそのとき道を捜して逃げようとしたが、晁蓋と劉唐の二人に遮られている。王倫は形勢不利と見て、大声で言った。

「わしの腹心の者はどこにいるのか？」

何人か側近の腹心が助けに行こうとしたが、林冲の凄まじい勢いを見ると、誰も進み出ることはできなかった。林冲は王倫をつかんで、ひとしきり罵り、みぞおちめがけてズブリと刀を一突きすると、バタンと水亭の上に突き倒した。哀れ王倫は半生、強盗となったものの、今日、林冲の手にかかり息絶えてしまった。まさしく昔の人が、「度量が大きければ福も大きく、たくらみが深ければ禍《わざわい》も深い」というとおりである。

晁蓋らは王倫が殺されたのを見ると、それぞれ刀を手にした。林冲は早くも王倫の首を断

林冲　水寨にて大いに併火し

り落とし、手にぶらさげた。度肝をぬかれた杜遷、宋万、朱貴はそろって跪《ひざまず》いて言った。

「どうか兄貴に従わせてください」

晁蓋らは慌てて三人を支え起こし、呉用は血だまりのなかから頭領の肘掛け椅子を引きずって来ると、林冲を座らせ、大声で言った。

「従わない者は王倫と同じ目にあわせるぞ。これからは林教頭を助け寨の主になってもらおう」

林冲は大声で言った。

「違います、先生。わしは今日、みなの衆の俠気《おとこぎ》を重んずるがゆえに、さきほどあの不仁の賊を成敗したのであり、その地位を狙う気などまったくありません。今、呉の兄貴が筆頭の座にこの林冲を座らせれば、天下の英雄にあざ笑われます！　どうしてもと言われても、死んでも座りませんぞ。わしには一言いいたいことがあります。みなの衆、わしに従ってもらえますか？」

「頭領の言われることに、従わない者はおりません。どうかお聞かせください」と一同。

林冲がほんの数言口にし、短い話をしたために、聚義庁に三十六の天上の星が居並び、断《だん》金亭《きんてい》の前に七十二人のこの世の豪傑が居並ぶことと、あいなった次第。これぞまさしく、

替天行道人将至　天に替わって道を行えば　人将に至《まさ》らんとし
仗義疏財漢便来　義に仗《よ》って財を疏《うと》んずれば　漢便《すなわ》ち来たる

晁蓋　梁山にて小しく泊を奪う

天に替わって道を行えば　人々が集まり、義によって財を軽んじれば　好漢がやって来る。

というところ。

はてさて、林冲は呉用に向かっていかなる言葉を告げたのでしょうか。まずは次回の分解《ときあかし》をお聞きください。

注

（1）底本は「三個時辰」。長すぎるので、諸本によって改めた。

第二十回

梁山泊《りょうざんぱく》に義士は晁蓋《ちょうがい》を尊《たっと》び
鄆城《うんじょう》県に月夜《げつや》　劉唐《りゅうとう》を走らす

詩に曰《いわ》く、

豪傑英雄聚義間
罡星煞曜降塵寰
王倫奸詐遭誅戮
晁蓋仁明主将班
魂逐断雲寒冉冉
恨随流水夜潺潺
林冲火併真高誼
凜凜清風不可攀

豪傑英雄　義に聚《あつ》まる間《とき》
罡星《こうせい》・煞曜《さつよう》　塵寰《じんかん》に降《くだ》る
王倫《おうりん》は奸詐《かんさ》にして誅戮《ちゅうりく》に遭い
晁蓋《ちょうがい》は仁明にして将班《しょうはん》に主たり
魂は断雲を逐《お》いて　寒《かん》　冉冉《ぜんぜん》
恨みは流水に随《したが》いて　夜　潺潺《せんせん》
林冲《りんちゅう》は火併《かへい》して真《まこと》に高誼《こうぎ》
凜凜たる清風　攀《よ》ず可《べ》からず

　英雄豪傑　義に結ばれて、天罡地煞《てんこうちさつ》　俗世に下る。腹黒王倫《おうりん》　一刀両断、大人晁蓋《たいじんちょうがい》
諸将の頭《かしら》。魂はちぎれ雲を追って　寒さひとしお、恨みは流水に従って　夜にサラ

サラ。林冲《りんちゅう》の成敗　まことに高誼、凛々たる清風は　引きとめ難い。

さて、林冲《りんちゅう》は王倫《おうりん》を殺害すると、手に短刀を持ったまま、人々を指さしながら、言った。

「この林冲は禁軍とはいえ、流刑に処せられここに来た者だ。今日、豪傑の衆がここに集まられたにもかかわらず、いかんせん王倫は料簡がせまく、賢者を妬み有能な者をやっかみ、口実をもうけて受け入れようとしなかった。このため、やつを成敗したのであり、やつの地位を狙ったのではない。わしの度量と胆力ではとても官軍を向こうにまわし、君側《くんそく》の元凶や悪人の親玉をやっつけることはできない。今、晁《ちょう》の兄貴は義理を重んじ財を軽んじ、知力も武勇も存分に兼ね備えておられ、今の世の中で、その名を聞いた者で、ひれ伏さない者はいない。わしは今日、侠気《おとこぎ》を重んじ、この方を砦《とりで》の主とする。どうだ？」

一同が、「頭領のおっしゃるとおりです」と言うと、晁蓋《ちょうがい》は言った。

「ダメだ！　昔から強い客でも主人を抑えないというではないか。この晁蓋はたかだか遠くから新たにやって来た者に過ぎないのに、どうして上の位を占められよう？」

林冲は手をとって前に進み、晁蓋を肘掛け椅子の上に抑えつけながら、「いま、事ここに至っては、ご辞退めさるな。従わない者がいれば、王倫と同じ目にあわせるまでのこと！」と大声で言い、何度も晁蓋を支えて座らせると、大声で怒鳴った。

「全員このまま亭《てい》の前で参拝せよ」

手下どもに命じて大寨《だいさい》（砦の中心の建物）に宴席を用意させる一方、王倫の屍を担いで行かせ、また人を山の前後に差し向けて大勢の小頭《こがしら》を呼んで来させ、全員、大寨に勢ぞろいさせた。

　林冲らは晁蓋に轎《かご》に乗ってもらい、みなで大寨に向かった。聚義庁《しゅうぎちょう》（集会場）の前に到着すると馬を下り、そろって聚義庁に入った。一同は晁蓋を支え、中央の第一の肘掛け椅子に座ってもらうと、まんなかで香を焚いた。林冲が進み出て言った。

「てまえは、がさつ者で、いささか鎗と棒の心得があるに過ぎず、無学無才にして知恵も術もありません。今日、この砦には天の恵みで、豪傑の衆が集い、大義がすでに明らかとなった以上、これまでのような間に合わせというわけにはゆきません。学究《がくきゅう》先生がここにおられるのだから、軍師となって、兵権をつかさどり、将校の配置をしていただきたい。どうか二番目の席に着いてください」

　呉用《ごよう》は答えて言った。

「てまえは村の書生であり、胸のなかに天下を治めととのえ、世を救う才能などありません。ただ、孫子《そんし》・呉子《ごし》の兵法を読んだだけで、芥子粒《けしつぶ》ほどの手柄を立てたこともありません。どうして上位を占めることができましょうか」

「事ここに至っては、謙遜される必要はありません」と林冲。

　呉用がしかたなく二番目の席に座ると、林冲は言った。

「公孫《こうそん》先生、どうか三番目の席に着いてください」

　すると、晁蓋が言った。

「それはいけません！　そんなに譲られるなら、私は降ります」

「晁兄貴、それは違う！　公孫先生の名は江湖に鳴り響いています。用兵にすぐれ、鬼神も測り難い術を有し、風を呼び雨を喚《よ》ぶ法術《ほうじゅつ》は、誰も真似ができません」と林冲。

公孫勝《こうそんしょう》は言った。

「いささか法術の心得があるとはいえ、世を救う才能などありません。どうして上位を占めることができましょうか。どうかやはりあなたが座ってください」

「今回、敵を破り勝利を得るにあたり、誰も先生のすばらしい法術にかなう者はいませんでした。まさしく鼎《かなえ》の三本の足であり、一つ欠けてもダメなのです。先生、辞退なさる必要はありません」と林冲。

公孫勝はしかたなく三番目の席に着いた。林冲はさらに譲ろうとしたが、晁蓋、呉用、公孫勝は全員、承知せず、口をそろえて言った。

「たまたまあなたのおっしゃる鼎の三本の足の言葉をうけたまわり、ご命令に背くことができませんでしたが、われら三人が上位を占め、あなたがこれ以上、人に譲られるなら、お暇するほかありません」

三人が林冲をグッと抱えたので、林冲はやむなく四番目の席に座った。晁蓋は言った。

「今度は、宋《そう》、杜《と》二人の頭領に座ってもらおう」

かの杜遷《とせん》と宋万《そうまん》は王倫が殺されたのを見て、「わしらの腕前は微々たるもので、どうしてやつらに近づけようか。譲るに越したことはない」と思い、しきりに嘆願し、劉唐《りゅうとう》が五番

梁山泊に義士は晁蓋を尊び

目、阮小二《げんしようじ》が六番目、阮小五《げんしようご》が七番目、阮小七《げんしようしち》が八番目、杜遷が九番目、宋万が十番目、朱《しゆ》貴《き》が十一番目の席に着いた。

梁山泊《りようざんぱく》はこれより十一人の好漢の席次が定まり、山の前後合わせて七、八百人がそろって聚義庁の前で拝礼し、両側に分かれて居並んだ。

晁蓋は言った。

「みなの者、今日、林教頭《りんきようとう》がわしを砦の主に立てられ、呉学究を軍師とし、公孫勝はともに兵権をつかさどり、林教頭らはいっしょに砦をとりしきることになった。おまえたちは、めいめい元の職分のまま、山の前後の仕事を処理し、関所や渡し場を守備して、遺漏のないようにせよ。それぞれ力を尽くし心を合わせて、ともに大義のためにがんばってもらいたい」

それから両側の建物をかたづけて、阮家の家族を落ち着かせると、強奪した生辰綱《せいしんこう》の金銀財宝、および自分の屋敷から持って来た金銀財宝を取りだし、その場で小頭一同ならびに手下どもへの祝儀とした。さっそく牛や馬をさばいて、天地の神々を祀《まつ》り新旧の仲間が集まったことを祝った。頭領一同は酒を飲み、夜中になってようやく解散したが、翌日また宴席を用意して祝賀し、つづけさまに数日、宴会を催した。

晁蓋は呉用ら頭領一同と相談して、倉庫を整備し、砦の柵を修理し、軍器、鎗、刀、弓矢、鎧かぶとを作って、官軍を迎え撃つ準備をした。また大小の船を調達し、兵卒や水手を訓練し、乗船させて実戦演習をするなど、怠りなく準備したことは、さておく。

これ以後、梁山泊の十一人の頭領は大義のために力を合わせ、ほんとうにその交情は手足のごとく、義侠心は骨肉のようであった。その証拠に次のような詩がある。

古人交誼断黄金
心若同時誼亦深
水滸請看忠義士
死生能守歳寒心

古人の交誼《こうぎ》は黄金を断つ
心　若《も》し同じき時は　誼《よしみ》も亦《ま》た深し
水滸《すいこ》　請う看《み》よ　忠義の士
死生　能《よ》く守る　歳寒《さいかん》の心

古人の交誼は　黄金を断つほど、心が同じであれば　それだけ誼《よしみ》も深い。ご覧あれ
水滸の忠義の士を、死ぬも生きるも　固く節操を守る。

そこで、林冲は、晁蓋が事を行うにあたって寛容かつ大らかであり、財を軽んじ義理を重んじて、それぞれの家族を引っ越させ山に上らせるのを見て、ふいに妻が都にいて、生死のほどもわからないことを思い、その思いを事細かに晁蓋に訴えた。
「てまえは山に上ってから、妻を引っ越させ山に上らせたいと思いましたが、王倫の心根が定まらないのを見て、やってゆくのは難しいと思い、ずっと思うにまかせませんでした。東《とう》京《けい》（開封《かいほう》）で苦労し、生きているのか死んだのかもわかりません」

晁蓋は言った。

「きみは都に奥さんがおられる以上、どうして迎えに行ってともに暮らされないのか？　はやく手紙を書き、使いの者に持たせてやり、大至急お連れし山に上ってもらえば、気がかりもなくなり、なによりけっこう」

林冲はさっそく手紙を一通書き、自分の側近である腹心の手下二人に命じて山を下り出発させた。二か月もたたないうちに、手下らは砦に帰って来て、報告した。

「まっすぐ東京城内の殿帥府《でんすいふ》の前まで行き、張《ちょう》教頭のお宅をお訪ねしたところ、奥さまは高《こう》太尉《たいい》に縁組みを迫られ、みずから首をくくって亡くなり、もう半年になるとのことでした。張教頭も心痛のため、半月前に病気になられ亡くなりました。ただ後に残った召使いの錦児《ジンアル》が婿を取り、お宅で暮らしております。隣近所に聞き合わせましたが、やはりそのとおりでした。事実を突きとめましたので、頭領にご報告しに帰って来ました」

林冲はこれを聞くと、ハラハラと涙を流し、以後、心の悩みをふっつり断ち切った。晁蓋らはこの話を聞くと、怨み歎いてため息をついた。砦ではこの後、さしたる話もなく、毎日ひたすら兵卒を訓練し、官軍との対戦に備えた。

そんなある日、頭領たちが聚義庁で用務の相談をしている最中、手下が山を上って知らせに来た。

「済州府《せいしゅうふ》が軍官を差し向け、およそ一千の人馬が、大小四、五百隻の船に乗り込んで、現在、石碣村《せきけつそん》の湖に停泊しておりますので、特にお知らせに上がりました」

晁蓋はびっくり仰天し、軍師の呉用に相談して言った。

「官軍が攻めて来たら、どうして迎え撃とうか？」

呉用は笑いながら言った。

「兄貴、心配ご無用。てまえに考えがあります。昔から『水が来れば土でおおい、兵が来れば大将が迎え撃つ』というように、これは兵家の常です」

すぐ阮氏三兄弟を呼び、耳もとで、「これこれしかじか……」とささやいた。また、林冲と劉唐を呼び、計略を授けて、言った。

「きみたち二人はこうこうこのように……」

さらに杜遷と宋万を呼び、やはり申しつけた。これぞまさしく、「西に項羽《こうう》三千の陣を迎えんとし、今日先《ま》ず施す第一の功（西に迎え撃つ　項羽の三千の軍、今日先んじて立てる第一の手柄）」というところ。

さて、済州の府尹《ふいん》は団練使《だんれんし》（地方の軍政司令官）の黄安《こうあん》および本府の捕盗官《ほとうかん》一人を差し向け、千人余りを率いて、現地の船を接収し、石碣村《せきけつそん》の湖で調整して船団を分け、二手から梁山泊を攻撃した。

団練使の黄安は人馬を率いて乗船し、旗を振り鬨《とき》の声をあげながら、金沙灘《きんさたん》へと攻め寄せ、みるみるうちに灘の端に接近すると、水面からヒューヒューと笛の音が漂ってきた。黄安は、「これは角笛《つのぶえ》の音ではないか」と言い、とりあえず船団を二手に展開し、蘆《あし》の茂みにおおわれた入り江に停泊した。

　ふと見ると、水面のはるか向こうから三隻の船がやって来る。その船を見ると、一隻ごとに五人ずつ乗っているだけで、四人が両側の櫓を操り、舳《へさき》には一人が立っている。〔立っている男は〕頭に紅い頭巾をかぶり、みな一様に紅い薄絹の繍《ぬいと》りのある上着を身に着け、手にはそれぞれ留客住《りゅうかくじゅう》（カギで相手を引っかける武器）を持っている。三隻とも船上の者はみな同じ出で立ちだ。〔官軍の〕なかに顔見知りの者がおり、黄安に向かって言った。

「あの三隻の三人は、一人が阮小二、一人が阮小五、一人が阮小七です」

　黄安は言った。

「みなの者、力を合わせて進み、あの三人をつかまえろ」

　両側の四、五十隻の船がドッと鬨の声をあげながら、突進すると、かの三隻の船はふいにヒューッという口笛とともに、いっせいに向きを変えた。黄安は手の鎗をひねりながら、前に向かって大声で言った。

「何が何でもあの盗賊どもを殺せ！　厚く褒美を取らせるぞ」

　かの三隻の船が前方で逃げると、うしろの官軍の船から矢を射《い》かけた。三阮は船倉に行って、それぞれ一枚の青狐の皮を持ちだして矢を防ぎ、うしろの船はひたすら追いかけた。入り江を二、三里追いかけても追いつけずにいると、黄安のうしろの一隻の小船が飛ぶようにやって来て報告した。

「追ってはなりません。わが方の突入した船は、すべてやつらによって水中で殺され、船を奪われてしまいました」

黄安はたずねた。

「どうしてやつらの手にかかったのか？」

小船に乗った者が答えた。

「われわれが船を進めていると、遠くから二隻の船があらわれ、いずれにも五人乗っておりました。われわれが力を合わせてやつらを追いかけ、三、四里も追いつけずにいたとき、四方の入り江から七、八隻の小船がくぐり出て来るや、船上から弩《いしゆみ》や弓をイナゴのように射《い》かけてきました。急いで船を返し、狭い入り江まで来たとき、岸に二、三十人があらわれ、両側から竹で編んだ綱を引き、横ざまに水面に張りわたしました。その綱が目に入ったとき、また岸から灰の入った瓶《かめ》や石を雨あられと投げて来ましたので、官軍の兵卒たちはしかたなく船を捨て、水にもぐって必死で逃げました。やっと逃げ、陸に上がって見ると、岸辺の人馬はすっかりいなくなっていました。馬もやつらに引いて行かれ、馬の番をしていた兵卒は全員、水中で殺されていました。われわれは蘆の茂る入り江のあたりで、この小船を見つけ、ただちに団練どのに報告にまいったのです」

黄安はこれを聞くと、「しまった！」と叫ぶばかり。すぐ白旗を振って、船団に追撃中止を命じ、とりあえずともに帰還することとした。船団がやっと方向転換し、まだ動きださないうちに、うしろから三隻の船がまた十数隻の船を率いてあらわれた。どの船にも乗っているのは四、五人だけ、紅旗を揺らし、口笛を吹きながら、飛ぶように追いかけて来た。

黄安が船団を展開させ迎え撃とうとしたとき、蘆の茂みから号砲がとどろいた。黄安がそちらを見た瞬間、四方はすべて紅旗に取り巻かれており、慌てふためくばかり。うしろから追いかけて来た船の上から、叫ぶことには、

「黄安、首を置いてから帰れ！」

黄安は懸命に船を操り蘆の茂る岸辺に接近したところ、両側の入り江から四、五十隻の小船がもぐり出て来るや、船上から弩や弓を雨あられと射かけてきた。黄安が矢の乱射のなかでやっと逃げ道を見つけたとき、残っているのは三、四隻の小船だけだった。黄安は快速船に跳び乗り、ふりむいて見ると、後方の者は誰も彼もドボンドボンと水中に跳び込み、なかには船とともに引きずられた者もあり、ほとんど殺されてしまった。

黄安が小さな快速船に乗って逃げている最中、見れば、蘆の茂る入り江のあたりの一隻の船の上に、劉唐が立ち、かぎ棒で黄安の船を引っかけ引き寄せると、パッと跳び移り、ぐいと黄安の腰をつかんでぶらさげ、一喝した。

「ジタバタするな！」

ほかの兵卒で水に慣れた者は水中で射《い》殺され、水中に跳び込もうとしなかった者は、みな船上で生け捕りにされた。

黄安が劉唐に岸辺まで引きずられ、岸に上げられると、はるか遠くから晁蓋と公孫勝が山の麓で馬に乗り、刀を構えながら、五、六十人と二、三十頭の馬を率い、いっせいに助太刀にやって来た。一行が生け捕りにした一、二百人と奪った船を、すべて山の南の水寨に収めたとき、大小の頭領がいっせいに砦に到着した。

晁蓋は馬を下り、聚義庁にやって来て着席し、頭領たちはそれぞれ武装を解き武器を置くと、円座になって腰をかけた。生け捕りにした黄安は将軍柱（庭に立てられた処刑用の太い柱）に縛りつけ、金銀反物を持って来させると、手下どもに褒美として与えた。点検すると奪った良馬は六百頭余り、これは林冲の手柄であり、東の入り江の戦いは杜遷と宋万の手柄、西の入り江の戦いは阮氏三兄弟の手柄、黄安をつかまえたのは劉唐の手柄であった。

頭領たちは大いに喜び、牛を殺し馬をさばき、砦で宴会をした。自家製の上等の酒、湖でとれる新鮮な蓮根、山の南の樹木に生る旬の桃、杏《あんず》、梅、李《すもも》、枇杷《びわ》、棗《なつめ》、柿、栗の類《たぐい》に、魚肉や鵞鳥・鶏の品々については、細かく述べるまでもない。頭領たちは、砦にやって来たばかりで、完全勝利を得るのは、並々ならぬことだと、ただもう大喜びだった。その証拠に次のような詩がある。

水滸英鋒不可当　水滸《すいこ》の英鋒　当たる可《べ》からず
黄安捕捉太譸張　黄安《こうあん》の捕捉せられしは　太《はなは》だ譸張《ちゆうちよう》なればなり
戦船人馬倶虧折　戦船の人馬　倶《とも》に虧折《きせつ》し
更把何顔見故郷　更《さら》に何の顔《かんばせ》を把《も》って故郷に見《まみ》えん

水滸の矛先　当たるべからず、黄安《こうあん》　騙され　まんまと捕虜に。戦船《いくさぶね》の人馬は　みんなやられて、故郷の人に合わせる顔もない。

ちょうど酒を飲んでいたところに、手下が、「麓の朱頭領が使いの者をよこされました」と知らせに来た。晁蓋は呼び寄せてたずねた。

「何事か？」

「朱頭領が一組の行商人、およそ十数人が、まとまって隊列を組み、今夜、陸路を通過するはずだと、聞き込まれましたので、特にお知らせに来ました」と手下。

晁蓋が「ちょうど手もとに金と絹がないから、誰か人を連れてひとっ走りできるか？」とたずねると、三阮が言った。

「わしら兄弟が行きます」

晁蓋は言った。

「よし、気をつけて早く行き早くもどって来い。劉唐にあとから行かせ、きみたちに呼応させよう」

三阮はさっそく聚義庁から退出して着替え、腰刀をたばさみ、朴刀《ぼくとう》、欓叉《さすまた》、留客住を持って、百人余りを点呼すると、聚義庁に来て頭領たちに別れの挨拶をし、山を下りて、金沙灘《きんさたん》から船に乗り込み朱貴の居酒屋をめざした。

晁蓋は、三阮だけでは無理ではないかと心配し、劉唐に命じて百人余りを点呼し、これを率いて山を下り、応援させることとし、「ただ金や絹、財物をうまく奪うだけでよい。くれぐれも行商人の命を奪ってはならない」と言い含めた。劉唐は出発した。

晁蓋は三更（午後十一〜午前一時）になっても報告がないので、また杜遷と宋万に五十人余り率いて山を下り応援させた。晁蓋が呉用、公孫勝、林冲と夜明けまで酒を飲んでいると、手下が朗報を持って来た。

「三阮の頭領が二十輛余りの荷車の金銀財宝と四、五十頭の驢馬《ろば》と騾馬《らば》を手に入れられました」

晁蓋はまたたずねた。

「人殺しはしなかったか？」

手下は答えた。

「あの行商人どもはわしらの勢いが猛烈なのを見ると、荷車、家畜、荷物を打ち捨て、必死で逃げだしました。別に一人も傷つけていません」

晁蓋は聞いて大いに喜び、「わしらは砦に来たばかりだから、人を傷つけるのはよろしくない」と言い、その手下に一錠の白銀を褒美として与えた。

四人（晁蓋、呉用、公孫勝、林冲）は酒と肴を持って山を下り、まっすぐ金沙灘までやって来た。見れば、頭領たちがすべての荷車を担いで岸に上がり、また船を操って家畜や馬を取りに行かせるところだった。頭領たちは大いに喜び、杯を交わすと、人を朱貴のもとにやり、山に上って宴会に出るよう招いた。

晁蓋ら頭領一同はそろって山に上り聚義庁に到着すると、車座に座った。手下どもにあまたの財物を聚義庁の上まで運ばせ、一包みずつ開けて、五色の絹の衣服は一方に積み重ね、行商の品物はまた一方に積み、金銀財宝は正面に積みあげた。頭領たちは奪ったあまたの財物を見て、内心、歓喜した。さっそく倉庫管理の小頭に命じて、どの品物も半分は倉庫に収めさせ、必要なときに備えた。残る半分を二等分し、聚義庁の十一人の頭領がその一分を均等に分け、山上山下の手下一同が残る一分を均等に分けた。

新たに連れて来た官軍の兵卒は顔に記号を刺青《いれずみ》し、若くて屈強な者を選んであちこちの寨《とりで》に派遣し、馬の世話や柴刈りをさせ、弱い者はあちこちで荷車の見張りや葦切りをさせ、黄安は鎖をつけて裏の寨の監獄に入れた。

晁蓋は言った。

「わしらは近ごろ来たばかりで、最初は災難を逃れて王倫に身を寄せ、配下の小頭になることしか望んでいなかった。林教頭がわしに地位を譲ってくれたおかげで、思いもよらず、つづけさまに二つのめでたいことにあずかった。第一は、官軍に勝利し、あまたの人馬と船を手に入れ、黄安をつかまえたこと、第二は、さらにまたいくばくかの金銀を手に入れたことだ。これはみな兄弟衆の力ではないか？」

頭領たちは言った。

「何もかも兄貴の福運のおかげで、幸運が得られたのです」

晁蓋はまた呉用に言った。

「わしら兄弟七人の命はすべて宋押司《そうおうし》と朱都頭《しゆととう》の二人によっている。昔の人も、『恩を知って返さなければ、人でなしだ』と言っている。今日の富貴と安楽はどこから来たのか？　いずれ金銀を持って、誰かを鄆城県《うんじょう》までひとっ走りさせるのが、いちばん肝腎なことがらだ。それから白勝《はくしょう》が済州の牢獄にいるが、わしらはどうしてもやつを救いださねばならない」

呉用は言った。

「兄貴、心配は無用です。私に手だてがあります。宋押司への恩返しは、そのうち必ず仲間の誰かに行ってもらいましょう。白勝のことは、面《めん》が割れていない者をあっちへやって金を使わせ、上から下まで買収して、やつの監視をゆるめさせれば、うまく脱獄できます。われわれは相談して、まず食糧を貯え船を造り、軍器を製造し調達し、砦の柵や城壁を修理し、建物を増築し、衣類や鎧かぶとを整備し、刀・鎗・弓矢を鋳造するなど、官軍を迎え撃つ準備をしましょう」

「だとすれば、すべて軍師の妙案と指示に従おう」と晁蓋。

呉用がさっそく頭領たちを派遣し手分けして処理に向かわせたことは、さておく。

梁山泊が、晁蓋が山に上ってから、たいへん勢い盛んになった話は、ひとまずこれまで。

一方、済州府《せいしゅうふ》の府尹は、黄安配下の逃げ帰った兵卒から、梁山泊が官軍をやっつけ、黄安を生け捕りにしたこと、また、梁山泊の好漢たちがたいへんな英雄であり、彼らに近づける者などおらず、つかまえるのは難しいこと、そもそも水路がわかりにくく、入り江が多く複雑なため、勝利できなかったことを聞いた。府尹はこれを聞くや、「困った！」と叫ぶしかなく、太師府《たいしふ》の用人に向かって言った。

「何濤《かとう》が先に多くの人馬を失い、ただ一人、命からがら逃げ帰って来ました。すでに両耳を斬り取られ、自宅で休養していますが、今も回復しておりません。出撃した五百人は誰ももどっておりません。このため、さらに団練使の黄安および本府の捕盗官を派遣し、兵卒を率いて逮捕に向かわせましたが、これもまたみな撃破されてしまいました。黄安はすでに生け捕りにされて山に連れて行かれ、殺された兵卒は数えきれず、またしても勝利を得られませんでした。どうすればよいでしょうか」

府尹が腹のなかで不安を抱き、どうしようもなかったとき、下役人が知らせに来た。

「東門の接官亭《せっかんてい》（招待所）に新任のお役人がお見えになると、早馬がまいりました」

府尹が慌てて馬に乗り、東門の外の接官亭まで来たところ、見れば土煙が舞いあがり、新任の官吏がはや接官亭の前に到着し馬を下りた。

府尹は亭に迎え入れ、挨拶がすむと、新任の官吏は中書省《ちゅうしょしょう》からの交替の文書を取りだし、府尹にわたした。府尹は読みおわると、新任の府尹とともに州役所に行き、官牌と官印および府庫の銭や食糧のいっさいを引き継いだ。

さっそく宴席を用意して、新任の府尹をもてなし、前任の府尹は梁山泊の盗賊が強大で、官軍を全滅させた一幕を事細かに告げた。これを聞くと、新府尹の顔はサッと土気色になり、内心、「蔡《さい》太師はこの件で私を推挙されたが、なんとこんな土地、こんな州だったのか。猛将や強兵もいないのに、どうしてそんな強盗どもをとらえられようか。もしこいつらが城内に食糧を借りに来たら、どうしようか」と思案した。前任の府尹は翌日、衣類と荷物をまとめて東京《とうけい》に帰り、沙汰を待ったことは、さておく。

さて、新任の宗《そう》府尹は着任後、新たに済州の守備に派遣された軍官を招き、さっそく兵卒の募集、馬の買い入れ、秣《まぐさ》や食糧の収集、勇敢な民兵や智謀の士の招聘について相談し、梁山泊の好漢をつかまえる準備をした。その一方で、中書省に申請し、命令書を付近の州や郡に出し、力を合わせて盗賊を逮捕するよう命じてもらった。また一方で、みずから文書を管轄下の州県に出して、盗賊逮捕を周知させ、また所属する県に命じて県境を守備させたことは、すべてこれまでとする。

さて、済州の孔目《こうもく》（書記官、文書担当役人）は使者に一枚の公文書を持たせ、管轄下の鄆《うん》城《じょう》県に派遣して、県境の守りを固め、梁山泊の盗賊を防ぐよう命じさせた。鄆城県の知県は公文書を見ると、宋江《そうこう》に布告文を作らせ、あちこちの郷村にまわし、ともに力を合わせて守備させることにした。これぞまさしく、

一紙文書火急催　　一紙の文書　火急に催《うなが》し
官司厳督勢如雷　　官司の厳しく督《とく》して　勢い雷の如《ごと》し
只因造下迷天罪　　只《た》だ迷天《めいてん》の罪を造下《みことのり》するに因《よ》り
何日金鶏放赦回　　何《いず》れの日か　金鶏もて放し赦《ゆる》されて回《かえ》らん

一枚の文書が　緊急事態を告げ、お上の厳命は　まるで雷。天下を騒がせた罪作り、晴れて天子のお許しを得るのは　いつのことやら。

さて、宋江は公文書を見て、内心、「晁蓋ら一味は思いもかけず、こんな大事件を起こし、大罪を犯して、生辰綱《せいしんこう》を強奪し、捕吏を殺し、何観察《かかんさつ》を傷つけたうえ、あまたの官軍の人馬に損害を与え、また黄安を生け捕りにして山に拉致した。これらの罪は九族皆殺しのものだ。追いつめられ、やむを得なかったとはいえ、法律上、許すことはできない！　もし、やつらがポカでもしたら、どうしよう」と思い、一人で内心、悩み苦しんだ。貼書後司《てんしょこうし》（書記）の張文遠《ちょうぶんえん》に、この公文書の文案をととのえて、あちこちの町や村にまわすよう申しつけ、書類の処理にとりかかった。

宋江はその後、足にまかせて県役所を出ると、向かいの茶店に行き、座って茶を飲んだ。ふと見ると、一人の大男が、頭に白い范陽《はんよう》の毛氈《もうせん》の笠をかぶり、暗緑色のうすい上衣を身に着け、足には脚絆を巻き、八搭の麻の草鞋《わらじ》を履き、腰に一振りの腰刀をたばさみ、大きな包みを背負い、ダラダラ汗を流して歩き、ゼイゼイと息をはずませながら、顔を向けて県役所を見ていた。

宋江はこの大男の歩きかたにはわけがあると思い、慌てて立ちあがって茶店を出ると、その男の後をつけ、二、三十歩ばかり歩いた。その男はふりむいて宋江を見たが、誰かわからないようだった。宋江はこの男に見覚えがあるような気がして、「どこかで会ったことがあるようだ」と、内心、しばらく考えたが思いだせない。その男は宋江をしばらく見て、これまた見覚えがあるらしく、足を止め、じっと宋江を見つめたが、声をかけようとはしない。

宋江は、「この男はほんとうに怪しい。どうしてわしをじっと見るのだろう？」と思ったが、やはり声をかけようとはしなかった。

すると、その男は道端の床屋に入ってたずねた。

「兄さん、表のあの押司さんは誰だい？」

床屋の主人は言った。

「あの方は宋押司さんですよ」

その男は朴刀をさげて面前までやって来ると、大きな声で「ハッ」と唱えて言った。

「押司どの、てまえがわかりますか？」

「あなたにはいささか見覚えがあります」と宋江。

「話がありますので、ちょっとおいでいただきたい」とその男は言い、宋江は男と人けのない路地に入った。と、その男は言った。

「この酒楼なら話がしやすそうです」

二人は酒楼に入り、静かな小部屋を選んで座った。その男は朴刀を立てかけ、包みをほどいて、卓の下に置くと、パッと身をひるがえして平伏した。宋江は慌てて答礼して言った。

「失礼ですが、あなたのお名前は？」

「大恩人はなんとてまえをお忘れですか？」とその男。

「兄貴はどなたですか？　たしかに見覚えがあるようだが、失念してしまいました」

「てまえは晁保正の屋敷で尊顔を拝し、命を助けていただいた〈赤髪鬼《せきはつき》〉劉唐です」

宋江は聞いて仰天し、言った。

「きみ、なんと大胆な！　捕り方に見つかったら、大騒ぎになるところだった」

「大恩をこうむり、死も恐れず、特にお礼にまいりました」

「晁保正どのたちは近ごろいかがかな。誰がきみをよこしたのか」

「晁頭領はいつも恩人に感謝し、命を助けてもらい、お礼しないわけにはいかないと言っておられます。今、梁山泊の一の頭領になられて、呉学究が軍師となり、公孫勝が兵権をつかさどっております。林冲が力を尽くして王倫を成敗したのです。砦ではもとからいた杜遷、宋万、朱貴とわしら兄弟七人、合わせて十一人が頭領です。今、砦には七、八百人が集まり、食糧も数えきれないほどあります。ただ、兄貴の大恩に報いることもできないことだけが気がかりで、特にこの劉唐に手紙一通と黄金百両を持たせ、押司どのと朱《しゅ》、雷《らい》両都頭《ととう》にお礼に来させたのです」

劉唐は包みを開いて手紙を取りだし、宋江に手渡した。宋江は読みおわると、前襟を引きあげ、書類袋を取りだした。包みを開いたとき、劉唐が金塊《きんかい》を取りだし、卓の上に置いたが、宋江はその手紙をつかんだまま、一個だけ金塊を手に取り、手紙といっしょに包んで、書類袋に挿しこんだ。襟を引き下ろすと、〔宋江は〕言った。

「きみ、この金塊をもとどおり包んで、卓の上に置き、まずは座ってくれ」

さっそく給仕を呼んで酒を持って来させ、大きな塊に切った肉を一皿注文し、野菜や果物の類《たぐい》を並べさせて、給仕に酒をつがせ劉唐に飲ませた。みるみるうちに日が暮れ、劉唐は酒を飲みおわると、卓上の金塊の包みを開き、取りだそうとした。宋江は慌てて止めて言った。

「きみ、わしの話を聞いてくれ。きみたち兄弟七人は砦に行ったばかりで、金銀がいるときだ。わしのところはまあまあ暮らしていけるから、とりあえずきみたちの砦に預けておき、わしが手元不如意になったとき、弟の宋清《そうせい》に取りに行かせよう。これはわしが遠慮しているのではなく、すでに一つもらっている。朱仝《しゅどう》にもいささか財産があるから、わたす必要はない。わしが朱仝に気持ちを伝えておこう。雷横《らいおう》はわしが保正に急を知らせたことを知らないし、ましてやつはバクチ狂いだから、もし持って出てバクチに行き、騒ぎを起こしたら、ただではすまない。金塊はけっしてやつにわたしてはいけない。わしはきみを引きとめ、家に泊まってもらうことはできない。もし誰かに見破られたら、冗談ではすまないぞ。今夜はきっと月が明るいから、きみはすぐ砦に帰りたまえ。ここでぐずぐずしてはならない。くれぐれも頭領衆にお礼を言ってくれ。お祝いにうかがうことはできないが、許してもらいたいとな」

劉唐は言った。

「兄貴の大恩に報いることができないと、特にてまえを差し向けて、少しばかりのお礼をおわたしし、感謝の気持ちを示そうとされたのです。保正（晁蓋）兄貴が今は一の頭領となり、呉学究軍師が号令し、昔とはちがいます。てまえはどうしてのこのこ帰れましょうか。砦に帰れば叱られるにきまっています」

宋江は言った。

「命令が厳しいのなら、わしが手紙を一通書いてきみにわたすから、それを持って行けば大丈夫だ」

劉唐はしきりに宋江に受け取るよう頼んだが、宋江はどうしても受け取らず、紙を一枚取り寄せ、店から筆と硯を借りて、事細かに一通の返書をしたため、劉唐にわたして包みのなかにしまわせた。劉唐はさっぱりした気性だったので、宋江がこんなに辞退するのを見ると、受け取ろうとしないだろうと思い、金塊をもとどおり包んだ。

みるみるうちに暗くなったので、劉唐は言った。

「兄貴の返事をもらいましたので、てまえは夜どおしかけて帰ります」

宋江は言った。

「きみ、引きとめないが、わしの気持ちをわかってくれたまえ」

劉唐はまた平伏して四拝した。宋江は給仕を呼んで言った。

「この旦那が白銀一両をここに置いて行かれるから、しばらく収めておいてくれ。わしが明日、自分で勘定に来るから」

劉唐は包みを背負い、朴刀を持ち、宋江の後について酒楼の上から下りた。酒楼を離れ、路地の入口まで来ると、とっぷり暮れていたが、おりしも八月半ばであり、月が上ってき

鄆城県に月夜　劉唐を走らす

た。宋江は劉唐の手をとり、言い含めた。

「きみ、気をつけて。二度と来てはダメだ。ここは捕り方が多く、半端なところではない！遠くまで見送れないから、ここで別れよう」

劉唐は月が明るいので、大股で西の街道めざして歩き、夜どおし歩いて梁山泊へ帰って行った。

さて、宋江は劉唐と別れると、ゆっくり歩いて下宿へ帰った。歩きながら、腹のなかで、「捕り方に見つかったら、大騒ぎになるところだったな」と思う一方、「晁蓋は山賊になると、すぐそんなに派手にやりだすとはな」と思いながら、二つも角を曲がらないうちに、背後から呼びかける者がいた。

「押司さん、どこへ行ってらしたのですか？　私はどこへ行っても捜しあてられませんでしたよ」

この者が宋江を訪ねて来たために、宋江は小胆かえって大胆になり、善心変じて悪心とあいなった次第。これぞまさしく、

言談好似鉤和線　言談は好《げ》にも似たり　鉤《かぎ》と線《いと》に
従頭釣出是非来　頭《はじめよ》従り是非《さわぎ》を釣り出し来たる

言談はあたかも鉤《かぎ》と線《いと》にも似て、端《はな》から騒動を釣りだした。

というところ。

はてさて、宋江に声をかけたのは何者でありましょうか。まずは次回の分解《ときあかし》をお聞きください。

第二十一回

虔婆《けんば》　酔って唐牛児《とうぎゅうじ》を打ち
宋江《そうこう》　怒《いか》って閻婆惜《えんばしゃく》を殺す

「古風《こふう》」一首、

宋朝運祚将傾覆
四海英雄起寥廓
流光垂象在山東
天罡上応三十六
瑞気盤纏繞鄆城
此郷生降宋公明
神清貌古真奇異
一挙能令天下驚
幼年渉猟諸経史
長為吏役決刑名
仁義礼智信皆備

宋朝《そうちょう》の運祚《うんそ》は将《まさ》に傾覆《けいふく》せんとし
四海の英雄　寥廓《りょうかく》に起こる
流光は象《しょう》を垂れて山東《さんとう》に在り
天罡《てんこう》は上　三十六に応ず
瑞気《ずいき》は盤纏《ばんてん》して鄆城《うんじょう》を繞《めぐ》り
此の郷《さと》に生まれ降《くだ》る　宋公明《そうこうめい》
神《しん》は清く貌《かたち》は古《こ》にして　真《まこと》に奇異
一挙《いっきょ》して能《よ》く天下をして驚かしむ
幼年より諸経史《しょけいし》を渉猟《しょうりょう》し
長じて吏役《りえき》と為り刑名《けいめい》を決す
仁・義・礼・智・信　皆《み》な備わり

曾受九天玄女経
江湖結納諸豪傑
扶危済困恩威行
他年自到梁山泊
繡旗影揺雲水浜
替天行道呼保義
上応玉府天魁星

曾《かつ》て受く　九天玄女《きゅうてんげんにょ》の経《けい》
江湖に諸豪傑を結び納《い》れ
危きを扶《たす》け困《くる》しむを済《すく》い　恩威行う
他年　自《みずか》ら梁山泊《りょうざんぱく》に到り
繡旗《しゅうき》の影は雲水の浜に揺れん
天に替わりて道を行う　呼保義《こほうぎ》
上は玉府《ぎょくふ》の天魁星《てんかいせい》に応ず

宋王朝の命運は尽きかけ、世のあちこちに　英雄があらわれる。流光は山東に予兆をもたらし、天罡《てんこう》は天上の三十六星に相い応じる。めでたい気が幾重にも鄆城《うんじょう》県をとりまき、この郷に宋公明《そうこうめい》が生まれ落ちる。心は清く姿は奥ゆかしく　まことに非凡であり、ひとたび動けば　天下を驚かせるに足る。幼いころから　あまたの書物を読み尽くし、長じては　役人となって法の執行にたずさわる。仁・義・礼・智・信をすべて身につけ、九天玄女の教えも授かった。男の世界で豪傑たちと交わりを結び、困った者に味方して　ありがたがられ尊ばれる。やがては梁山泊《りょうざんぱく》に乗り込んで、色鮮やかな旗じるしが　雲を映す水辺にひるがえることだろう。天に替わって道を行う〈呼保義《こほうぎ》〉は、天宮の天魁星《てんかいせい》に応じている。

さて、宋江《そうこう》は酒楼で劉唐《りゅうとう》と話をし、返事をわたすと、送って酒楼の二階から下り、劉唐は夜どおし歩いて梁山泊《りょうざんぱく》に帰って行った。一方、宋江は街路を一面に照らす月明かりのもと、ブラブラと下宿に帰って行った。歩きながら、腹のなかで、「晁蓋《ちょうがい》は劉唐にむだ足を踏ませることになったが、捕り方に見つかったら、あやうく大騒ぎになるところだったな」と思った。二、三十歩も歩かないうちに、うしろから誰かが呼びかける声がした。

「押司《おうし》（刑獄方面を担当する事務官）さん」

宋江がふりむいて見ると、なんと仲人婆の王婆《ワンポ》であり、連れの婆さんに言うことには、

「あんたは運がいいね。情け深い押司さんがおいでだよ」

宋江は身体の向きを変えてたずねた。

「何か話があるのか？」

王婆は通せんぼをし、閻婆《えんば》を指さしながら、宋江に言った。

「押司さんはご存じないですが、この一家は東京《とうけい》（開封《かいほう》）から来た者で、ここの者ではありません。親子三人で、亭主の閻公《えんこう》と娘の婆惜《ばしゃく》がいます。閻公は昔から歌がうまく、小さいころから教えたので、娘の婆惜もいろいろな端唄《はうた》が歌えます。年は十八になったばかり、なかなか器量よしです。三人で、ある旦那を頼って山東《さんとう》に来たのに会えず、この鄆城《うんじょう》県に流れて来たのです。思いがけないことに、ここの人は粋な遊びを好まないので、暮らしが立たず、県役所の裏のうらぶれた路地に仮住まいをしています。昨日、亭主が流行り病にかかって死んだのですが、この閻婆は野辺送りの金もなく、遺体を家に置いたまま、どうしようもな

く、私に娘の世話をしてくれる人の口利きを頼みました。でも、このご時世にそんなうまい話はなく、借金するあてもありません。ちょうどここで途方に暮れていたとき、押司さんが通りかかられたので、私はこの閻婆といっしょに追いかけて来たのです。どうか押司さん、この人を哀れと思し召して、お棺一式を恵んでやってください」

宋江は、「なんとそんなことだったのか。おまえさんたち、わしについて来なさい。路地の入口の酒楼で筆と硯を借りて手紙を書いてわたすから、県役所の東の陳三郎《ちんさんろう》のところへ行ってお棺一式をそろえなさい」と言い、また、たずねた。

「葬式の費用はあるのか？」

閻婆は言った。

「実を申しますと、お棺の金さえないのに、どこに葬式の金などありましょうか？　ほんとうにスッテンテンなのです」

「わしがおまえに銀子をもう十両あげるから、葬式の費用にしなさい」と宋江。

「ほんとうに命の恩人、第二の父母です。驢馬《ろば》となり馬となって、押司さんにご恩返しします」と閻婆。

宋江は「いいってことよ」と言い、一錠の銀子を取りだして閻婆にわたし、下宿へと帰って行った。

一方、閻婆は手紙を持って、ただちに県役所の東街の陳三郎の家に行き、お棺一式を受け取り、家に帰って野辺送りをすませたが、まだ五、六両残った。母娘二人がそれを生活費にしたことは、さておく。

そんなある日、かの閻婆は宋江にお礼に行き、下宿に女っ気がないのを見たので、帰って来て隣りの王婆にたずねた。

「宋押司さんの下宿には女っ気がないけど、奥さんはいらっしゃらないのかしら?」

王婆は言った。

「押司さんのご家族は宋家村《そうかそん》に住んでおられると聞いているだけで、奥さんのことは聞いたことがないよ。ここの県役所で押司をされ、仮住まいされているだけだわ。あの方はいつもお棺代や薬代を施され、しょっちゅう困った者を助けてくださるけど、たぶん奥さんはまだいらっしゃらないんだろうね」

閻婆は言った。

「うちの娘は器量がいいし、歌も上手で、いろいろ芸事もできるから、子供のとき東京にいたころ、ただ妓楼に出入りするだけで、どの店でも可愛がられました。何人もの姐さんから何度も養女にしたいと頼まれたけど、私は承知しませんでした。私たち夫婦の面倒をみてくれる者がいないから、養女に出さなかったのだけど、思いがけず、あの子に辛い思いをさせることになりました。この前、押司さんにお礼に行き、下宿に奥さんがいらっしゃらないようなので、それであんたから押司さんに話をしてもらいたいのだけど、あの方がもし誰かを捜しておられるなら、婆惜をさしあげたいのよ。私はこの前、あんたの口添えで、幸いにも宋押司さんに助けていただいたのに、お礼もできないから、あの方の身内になって行き来したいのよ」

王婆はこの話を聞いて、翌日、宋江に会いに行き、事細かにこの一件を話した。宋江は最初、受けつけなかったが、いかんせん、この婆さんは仲人婆であり、宋江をおだてて承知させてしまった。そこで、県役所の西の路地に、家を一軒借りて、家財道具をそろえると、閻婆と婆惜を落ち着かせ、そこに住まわせた。半月もたたないうちに、閻婆惜はめかしこんで、頭いっぱいに真珠や翡《ひ》翠《すい》をつけ、身体中を金や玉で飾り立てた。これぞまさしく、

花の容《かんばせ》は嫋娜《じょうだ》として、玉の質は娉婷《へいてい》たり。髻《まげ》は一片の烏雲《くろくも》を横たえ、眉は半彎《はんわん》の新月を
掃く。金蓮《きんれん》は窄窄《さくさく》として、湘裙《しょうくん》より微《かす》かに露《あら》われ　情に勝《た》えず。玉筍《ぎょくじゅん》は纖纖《せんせん》として、翠
袖に半ば籠《つつ》まれ　無限の意あり。星眼は渾《すべ》て漆《うるし》を点ずるが如《ごと》く、酥胸《そきょう》は真《まこと》に肪《あぶら》みを截《き》れる
に似たり。韻度は風の裏《うち》の海棠《かいどう》の花の若《ごと》く、標格《ひょうかく》は雪の中の玉梅《ぎょくばい》の樹に似たり。金屋《きんおく》の美
人　御苑《ぎょえん》を離れしか、蕊珠《ずいしゅ》の仙子　塵寰《じんかん》に下《くだ》れるか。

花の容《かんばせ》　なよなよと、玉の体は　しなしなと。髻《まげ》はこんもり黒い雲、眉はほっそり
新月のよう。小さな足は　キュッと締まり、綾模様の裙《スカート》からチラッとあらわれ　も
うメロメロ。白い指は　ほっそりとして、翠の袖に半ば包まれ　引き込まれそう。瞳

は　漆を点じたように黒く、白い胸は　なめらかに切られた脂身そのもの。気品は
風に揺れる海棠の花、体つきは　雪をまとった梅の木。黄金の宮殿に暮らす美人が
御苑を離れたのか、花の精たる仙女が　俗界に降ったのか。

宋江はまた数日たつと、かの婆さんにもいくらかの髪飾りや衣服を持たせてやり、ほんとうに婆惜を育てたおかげで、衣食満ち足りたのだった。最初のうちは、宋江は毎晩、婆惜とともに休んだけれども、その後はだんだん来るのも間遠になった。というのも、もともと宋江は好漢であり、好きなのは鎗や棒を使うことだけ、女色にはそんなに熱心ではなく、閻婆惜のほうは若くて美しく、ましてや十八、九、ちょうど妙齢だったため、宋江は彼女の意に添わなかったというわけだった。

ある日、宋江はそんなことはすべきでなかったのに、貼書後司《てんしょこうし》（書記）の張文遠《ちょうぶんえん》を連れて閻婆惜の家に酒を飲みに行った。この張文遠は宋江と同室の押司だが、小張三《しょうちょうさん》と呼ばれ、眉目秀麗、白い歯に紅い唇の持ち主。常日頃からただもう遊廓通いが好きで、淫蕩に身を持ち崩し、粋な遊びを身につけた色男であるうえ、どんな楽器でも演奏できた。

閻婆惜は酒と色に慣れた玄人であり、一目、張三を見ると、内心、有頂天になり、彼にすっかり惚れ込んでしまった。張三は婆惜に気があると見て、目で気持ちを伝えた。宋江が手を洗いに立つと、〔婆惜は〕言葉で張三をからかい挑発した。諺に、「風が吹かなければ、樹は動かず、船が揺れなければ、水は濁らない」というが、かの張三も酒と色の徒であり、ど

うしてこれがわからないことがあろうか。婆惜が秋波を送り、たっぷり気があるのを見て、心に刻みつけた。

これ以来、宋江がいないときに、張三はそこへ出かけて行き、宋江を訪ねて来たふりをした。婆惜は引きとめて茶を飲ませ、あれこれ話をしているうち、できてしまった。なんと婆惜は張三と密通してから、火のように熱くなり、しかも張三はまたこんな事をやるのに慣れていた。昔の人が、「連れはもめごとのもとになる」と言っているとおり、宋江はどうあっても張三をその家に連れて行き酒を飲むべきでなかった。このために、婆惜が彼に惚れ込んでしまったのだ。昔から「風流は茶が取り持ち、酒は色の仲人」というが、この条文にちょうどぴったり当てはまる。

閻婆惜は水商売の玄人の性分であり、かの小張三とできてしまうと、ほんの少しの情も宋江にかけなくなり、宋江が来たときには、機嫌を損ねるようなことばかり言い、まったくかまわなくなった。宋江は好漢の気性であり、女色には無関心だったため、半月か十日に一度行くだけだった。かの張三と婆惜は膠《にかわ》のごとく漆のように、夜来て朝に帰るというありさま。街の者もみな知っており、噂が宋江の耳にも入ったが、宋江は半信半疑であり、腹のなかで、「父母が選んだ妻ではないし、向こうにわしを思う気がないなら、イライラしても仕方がない。ただ行かなければ、それでいい」と思うのだった。これ以後、一か月は行かず、閻婆が何度も人を使って誘いに来ても、口実を設けて、足を向けなかった。

と、ふいにある日の夕方、閻婆が役所の前まで押しかけて来て、大声で言った。

「押司さん、前から人に頼んでお招きしていますのに、なかなかお会いできません。たとえあのスベタがあれこれ言って、押司さんのご機嫌を損ねたとしても、どうかこの婆の顔に免じてお許しください。あれに言い聞かせて、お詫びさせますから。今晩、ご縁があって押司さんとお会いできたのですから、いっしょに行ってください」

宋江は言った。

「わしは今日、役所の仕事が忙しく、かたづけきれないから、また日を改めて行こう」

「それはいけません。娘は家で押司さんを待ちこがれていますから、ともかく慰めてやってください。そんなにつれなくなさらないで！」と閻婆。

「ほんとうに忙しいのだ。明日きっと行くから」と宋江。

「私はどうあっても今晩、来てもらいたいのです」と閻婆は言い、宋江の袖を引っぱり、勢い込んで言った。

「誰があなたに言いつけて怒らせたのですか？　私たち母娘二人のこれからの暮らしは、何もかも押司さん頼りです。よその者がぐだぐだ言っても、耳を貸さず、どうか押司さんご自分でお考えになってください。娘に間違いがあれば、すべて私の責任です。押司さん、とにかく一度おいでください」

「しつこくしないでくれ。わしの仕事がかたづかないのだ」と宋江。

「押司さん、仕事が遅れても、知県（県の長官）さんはあなたをお叱りにはならないでしょうが、今、機会を逃したら、この次、なかなかお会いできません。どうあっても私といっしょに行ってください。家に着いたら、お話しします」と閻婆。

宋江はさっぱりした気性だったので、婆さんを振りきれずに、言った。

「手を放してくれ。行けばいいのだろう」

「押司さん、逃げないでください。年寄りは追いつけませんから」と閻婆。

宋江は、「そんなことはしない！」と言い、二人は後になり先になって家の門前にやって来た。その証拠に次のような詩がある。

酒不酔人人自酔
花不迷人人自迷
直饒今日能知悔
何不当初莫去為

酒は人を酔わさず　人自《みずか》ら酔い
花は人を迷わさず　人自ら迷う
直饒《たと》い今日能《よ》く悔ゆるを知るも
何ぞ当初に去《ゆ》きて為す莫《な》からざる

あんたが勝手に酒にフラフラ、あんたが勝手に花にクラクラ。悔やんでも後の祭り、どうして最初に手を出した？


宋江が立ちどまると、閻婆は手で遮って、言った。

「押司さん、ここまで来られたのだから、入らないわけにはゆきませんよ」

宋江はなかへ入り、腰掛けに座った。婆さんはずる賢く、昔から「やり手婆さんの手の内

からは出られっこない」と言うとおり、宋江が逃げだすことを恐れて、宋江の側に張りついて座り、大声で言うことには、

「ちょっと、あんたの好きな三郎さんがいらっしゃったよ」

閻婆惜は寝台に横になり、灯りを見ながら、所在なく、ひたすら張三が来るのを待っていると、母親が、「あんたの好きな三郎さんがいらっしゃったよ」と呼ぶ声が耳に入った。娘は張三郎のことだとばかり思い込み、慌てて起きあがり、髪をかきあげて、口のなかで「このろくでなしめ、待ちくたびれたわ！　まずビンタを食らわしてやるから」とつぶやきながら、飛ぶように二階から下りて行った。格子の隙間からのぞいて見ると、座敷の前の琉璃灯（灯をおおう筒が透明な材質で作られた灯籠）が煌々と照らしだしているのは宋江だった。娘はまた身をひるがえして階段を上がり、もとどおり寝台に横になった。

婆さんは娘が二階から下りて来る足音を聞いたと思ったら、またも二階へ上がって行ったので、また大声で呼びかけた。

「ちょっと、あんたの三郎さんがここにおいでだよ。どうして逃げるのかい」

閻婆惜は横になったまま答えて言った。

「この家はすぐ近いのに、その人は来もしない！　それに目もわるくないのに、どうして自分で上がって来もせず、私がお迎えするのを待っているだけなのかしら。ぐずぐずうるさいったらないわ」

「このスベタはほんとうに押司さんを待っているのに、おいでにならないから、じれている

んです。こんなふうに言うのもしかたありません。押司さんもこの子の怨み言をちょっと聞いてやってください。いっしょに上へ行きましょう」と、婆さんは笑った。

　宋江は婆惜の言葉を聞いて、内心、半分がたムッとしたが、婆さんに引っぱられて、しかたなく二階へ上がった。そこはもともと椽《たるき》（屋根を支える横木）六本分もの広さのある部屋であり、前半分には食卓と腰掛けを置き、うしろ半分は寝室だった。寝室には壁際に三方が稜花《りょうか》の寝台が置かれていたが、両側に手すりがあり、上から紅い薄絹の幕が掛けられている。側には衣桁《いこう》があり、手拭いが掛けられ、そのわきに手洗い用の鉢が置いてある。また、金蒔絵の卓には錫《すず》の燭台、その横に腰掛けが二つ、正面の壁には美人画が掛けられ、寝台の向かい側には、細い背もたれのついた肘掛けが四つ並べられている。

　宋江が二階に上がると、婆さんは室内に引っぱり込んだ。宋江は腰掛けのほうへ行き、寝台に向かって座った。婆さんは寝台から娘を引っぱり起こすと、言った。

「押司さんがここにいらっしゃったよ。おまえはわがままで、押司さんのご機嫌を損ねることを言うから、怒って来てくださらなかったんだよ。いつも家で思い焦がれているくせに。押司さんにお願いして来ていただくのも大変だったのに、おまえは起きて来てあやまりもせず、あべこべに癇癪を起こすなんて！」

　婆惜は手で押しのけながら、婆さんに言った。

「あんたはどうしてそんなにバカ騒ぎするのさ。私は悪いことなんてしてないわ！　その人が勝手に来ないのに、私にあやまらせるなんて！」

宋江は聞いても黙ったままだった。婆さんは肘掛け椅子を宋江の側に引きずって来て、娘を押しながら、言った。

「おまえ、三郎さんといっしょにちょっと座りなさい。あやまらなくてもいいけど、イラついちゃダメだよ。あんたたちはずいぶん会っていないのだから、ちょっと心のこもった話でもしなさい」

娘はどうしても側に行こうとせず、宋江の向かい側に座った。宋江はうつむいて声も出さない。婆さんが娘を見ると、やはり顔をそむけたままだった。そこで婆さんは言った。

「『酒や飲み物がなかったら法事はできない』だわ。一瓶《かめ》の上等の酒がここにあるから、果物やおつまみを買って来て、押司さんへのお詫びの印にしましょう。娘や、おまえは押司さんのお相手をして座っていなさい。恥ずかしがっちゃダメだよ。私はすぐもどって来るから」

宋江が、「この婆さんにつかまって逃げられなかったが、婆さんが下へ行ったら、すぐあとから逃げよう」と思ったところ、かの婆さんは、宋江が逃げようとしているのを見てとり、部屋の戸から出ると、戸に掛け金がついているので、戸を閉めると掛け金をかけた。宋江は、「このやり手婆はわしの気持ちを先読みしたな」と、ひそかに思った。

さて、婆さんは階下に下りると、まず竈《かまど》の前に行って灯りをともし、竈ではすでに鍋いっぱいの足湯が沸いていたので、また少し柴を足した。小粒の銀子を持つと、路地口に出て旬の果物、鮮魚、柔らかい鶏肉、肥鮓《ひさ》（肉の脂身の塩漬け）などを買い、家に帰って、みな皿に盛り、酒を鉢にそそぎ、燗徳利に半分汲んで、鍋に入れて燗をし、銚子にそそいだ。数皿の料理、三つの杯、三膳の箸をととのえ、お盆に載せて二階へ持って上がると、食卓に置き、戸を開けて運び入れ、卓上に並べた。宋江を見ると、うつむいているだけ、娘を見ると、やはりそっぽを向いている。

婆さんは言った。

「ちょっとおまえ、立ってお酌をしなさい」

「あんたたちで飲みなさいよ。私はいらないわ」と婆惜。

「父さんと母さんは小さいころからおまえのわがままには慣れているけれど、ほかの人には通用しないよ」と婆さん。

「お酌をしなかったら、私をどうすると言うの？　まさか剣を飛ばして私の首を取るわけもないでしょうに」と婆惜。

婆さんは笑いだして言った。

「これは私がわるかった。押司さんは粋な方だから、おまえとはちがうよ。お酌しないならそれでいいから、ともかくこっちを向いて一杯飲みなさい」

婆惜がどうしてもこっちを向かないので、婆さんは自分で酒を取って宋江に勧め、宋江は無理に一杯飲んだ。婆さんは言った。

「押司さん、叱らないでやってください。つまらない話は棚上げにし、明日ゆっくりお話ししましょう。よその者が押司さんがここにおられるのを見て、あれこれ焼きもちを焼き、いけしゃあしゃあと、デタラメなことを言いまくっても、お聞きになってはいけません。まずはお飲みになってください」

また、三つの杯に酒をつぎ卓上に置いて、言った。

「おまえ、子供みたいなわがままはやめて、ともかく一杯飲みなさい」

「私にかまわないでよ。お腹がいっぱいで、飲めないわ」と婆惜。

「おまえも三郎さんのお相手をして一杯飲みなさいったら」と婆さん。

婆惜は聞きながら、腹のなかで思った。

「私は張三だけを思っているのに、誰がわざわざこいつの相手なんかするもんか！　でも、こいつに飲ませて酔っぱらわせなかったら、きっと私につきまとうにきまっているわ」

そこで婆惜は無理に酒を取りあげ、半杯飲んだ。婆さんは笑いながら言った。

「おまえ、イライラしないで、まずはゆったりと二、三杯飲んで寝なさい。押司さんもたっぷり飲んでくださいな」

宋江は勧められて断れず、つづけて四、五杯飲み、婆さんもつづけさまに何杯か飲み、また下へ酒の燗をしに行った。婆さんは娘が飲まないのを見て、内心、面白くなかったが、やっと娘が機嫌を直し酒を飲むのを見て、大喜びして思った。

「今夜、あの人を引きとめられたら、怨みつらみをすっかり忘れてしまうだろう。まあ、またしばらく相手をしてから、考えることにしよう」

婆さんは思案しながら、竈の前で大きな杯で三杯飲むと、ちょっと酔いがまわってきたので、また一碗ついで飲むと、燗徳利に半分余り燗して銚子にそそぎ、二階へ這いあがって行った。見れば、宋江はうつむいて黙ったまま、娘もそっぽを向いて裙子《スカート》をいじっている。婆さんはアハハと笑いながら言った。

「あんたがた二人は泥人形じゃあるまいし、どうして二人とも黙っているの？　押司さん、あなたは男じゃありませんか。やさしくしてやって、冗談でもおっしゃいよ」

宋江はどうしようもなく、口のなかでは声を出さず、腹のなかではまったく進退きわまっていた。婆惜は、「おまえが私をかまわず、私がいつものようにおまえの相手をし、おまえとふざけるのを待っていたって、私はそんなことはしないから」と思っていた。婆さんはたくさん酒を飲んだので、あれこれしゃべりまくり、そこで張家のいいところ、李家のわるいところをあげつらった。その証拠に次のような詩がある。

仮意虚脾却似真　仮意《かい》と虚脾《きよひ》は　却《かえ》って真に似
花言巧語弄精神　花言《かげん》と巧語《こうご》は　精神を弄す
幾多伶俐遭他陥　幾多の伶俐《れいり》　他に陥れ遭《ら》る
死後応知抜舌根　死後　応《まさ》に知るべし　舌根を抜かれんことを

仮意《みかけ》と虚脾《うわべ》は　なにやら本物、花言《ヨイシヨ》と巧語《おべつか》は　くどきの本領。あまたの利口者がしてやられたが、死んだらわかるさ　舌を抜かれる定めだと。

さて、鄆城県に粕漬け売りの唐二哥《とうじか》という者があり、唐牛児《とうぎゅうじ》と呼ばれていた。いつも街をブラブラ歩き、宋江からよく金をもらい、何か事件が起こると、宋江に知らせに行って、幾貫かの駄賃を手に入れ、宋江が彼を使うときには、必死で働くのだった。

この日の夜、ちょうどバクチで負け、どうしようもなくなったので、県役所の前に宋江を訪ねて行き、下宿に行ったが不在だった。街の者たちが、「唐二哥、誰を捜して、そんなに慌てているんだい？」と聞くと、唐牛児は言った。

「喉が干上がったので、旦那を捜しているんだが、ちっとも見つからないのさ」

「おまえの旦那は誰だい？」と街の者。

「県役所の宋押司さんだよ」

「さっきあの人が閻婆さんと二人でここを通り、まっすぐ歩いてゆくのを見かけたよ」

「わかった。あの閻婆惜のスベタが張三と熱々になって、宋押司さんを騙しているんだ。あの方も噂を聞いて、ずっと足を向けられなかったから、今晩、あのクソ婆あがウソをついて、連れて行ったのにきまっている。おれはちょうどスッテンテンになり、干上がっているから、どうでもあそこへ行って幾貫か小遣い銭をもらい、二、三杯、酒を買って飲もう」

と、唐牛児は言い、一目散に閻婆の家の前までやって来た。見れば、なかに灯りがついており、門は閉まっていない。なかへ入って階段のあたりまで来ると、婆さんが二階でゲラゲラ笑う声がする。唐牛児は差し足忍び足で二階に上がり、板壁の隙間からのぞくと、宋江と婆惜が二人ともうつむき、婆さんが横の卓の側に座り、あれこれ口から出まかせにしゃべりまくっている。唐牛児はひらりとなかへ入り、婆さんと宋江、婆惜を見て一人ずつに挨拶し、かたわらに立った。

宋江は、「こいつはいいときに来た」と思い、口を下に向けてとがらした。唐牛児は利口だったので、これを見ると宋江に目を向けながら言った。

「あちこち捜しまわりましたが、なんとここで酒を飲んで遊んでおられたとは。たっぷり飲んでたっぷりお楽しみだったのですな！」

「役所で何か緊急の用事でも持ちあがったのかい？」と宋江。

「押司さん、どうしてお忘れになったんですか？　朝のあの事件のことで、知県《ちけん》閣下は大広間で癇癪を起こされ、四、五回、入れ替わり立ち替わり、下役人に押司さんの下宿を訪ねさせられましたが、ずっと見つかりませんでした。閣下はカンカンにイラだっておられます。押司さん、すぐお出かけください」と唐牛児。

宋江は、「それほどの急用なら、行くしかないな」と言うと、すぐ立ちあがり二階から下りようとしたが、婆さんは通せんぼをして、言った。

「押司さん、そんな手を使ってはいけませんよ。この唐牛児はからかいに来たんです。ずる賢い悪党め、私を騙そうとしても、『魯般《ろはん》の手に大斧をわたす（釈迦に説法）』だよ。今ごろ知県閣下は役所から帰宅され、奥さまと酒を飲んでお楽しみで、癇癪を起こされるような事件なんかあるもんか。おまえのそんなやり口は、お化けを騙すのが関の山、私はその手には乗らないよ」

「ほんとうに知県閣下の急ぎのご用だ。おれはウソなんかつかない」と唐牛児。

「ふん、クソッタレ！　私の二つの目はビードロの瓢箪と同じで、なんでもお見通しだよ。今さっき押司さんが口をとがらせ、おまえに芝居させるのを見たんだからね。おまえは押司さんに家に来るよう勧めもせず、あべこべに連れて行こうとは、諺に『人を殺すのは許せても、その料簡が許せない』と言うとおりだよ」と言うと、婆さんは跳びあがって、唐牛児の首根っこを挟んで押し、ゴロゴロと下へ突き落とした。唐牛児は言った。

「おまえ、どうしておれを突き落とすのか？」

婆さんはどなりつけた。

「わからないのかい。『人の商売やマンマの種の邪魔をするのは、人の親を殺すのと同じ』なんだよ。大きな声を出したら、こんちくしょうめ、おまえを殴ってやる！」

唐牛児は突っ込んでいって、言った。

「殴れよ！」

婆さんは酒の酔いにまかせて、五本の指を開き、唐牛児につづけさまに往復ビンタを食らわせると、簾の外に突きだした。婆さんは簾を引きちぎって、門のうしろに投げ捨てると、観音開きの門戸を閉め、閂《かんぬき》をかけて、口のなかでひたすら罵りつづけた。かの唐牛児は往復ビンタを食らい、門の前に立って、

「このクソ婆あ、ジタバタするな！　宋押司の顔を立てないなら、おまえのこの家を粉々に

虔婆　酔って唐牛児を打ち

ぶっつぶしてやるぞ。おまえを丁《ちょう》の日にやっつけないなら、半《はん》の日にやっつけてやる。おまえの息の根を止めなければ、おれは男じゃない！」

と大声で叫び、胸を叩きながら、罵って立ち去った。

婆さんはまた二階へ上がり、宋江を見て言った。

「押司さんも、酔狂な。あんな乞食野郎にかかずらってどうするんですか？　あいつはどこへでも押しかけて酒をただ飲みし、あちこちの品定めをして言いふらすだけのやつです。あんな行き倒れの野たれ死に野郎が、よくもまあ押しかけて来て、人をバカにしやがって！」

宋江は真面目なたちなので、婆さんに図星を指され、逃げられなくなった。婆さんは言った。

「押司さん、私を責めないでください。ただ、こうしてあなたを大事に思っているだけなんですから。おまえ、押司さんと飲みなさい。あんたたちは長らく会ってないから、きっと早寝したいんでしょう。かたづけておしまいにしましょう」

婆さんはまた宋江に勧めて二、三杯飲ませると、杯や皿をかたづけ下へ行き、竈のところへ行った。宋江は二階にいて腹のなかで思案した。

「この女と張三がわけありかどうか、わしは内心、半信半疑だし、この目で現場を見たこともない。今、帰ったら、野暮だと思われるだけだ。まして夜も更けたから、やむをえん、ちょっと仮寝し、この女がどんなふうにわしを扱うか、ともかく見てみよう。今晩、わしとの仲はどうなるのやら」

と、婆さんがまた上がって来て、言った。

「もう遅いから、押司さんと二人ではやく寝なさい」

娘が、「あんたに関係ないでしょう。あんたこそ寝に行ったら」と答えると、婆さんは笑いながら下りて行き、口のなかで、「押司さん、おやすみなさい。今夜はお楽しみで、明日はゆっくり起きてください」と言った。

婆さんは二階から下りて、竈《かまど》をかたづけると、手や足を洗い、灯りを吹き消して、寝に行った。

さて、宋江は腰掛けに座り、ただ婆惜が以前のように寄り添い、あれこれ話してくれるように願い、ともかくしばらくがまんした。しかし、なんと婆惜は心のなかで、「私は張三のことだけ思っているのに、こいつに邪魔されて、まるで目のなかの釘みたいだわ。こいつは私が前のように機嫌をとるのを待っているようだけど、この私は、もうそんなことはしないよ。船を漕げば岸に着くけど、岸を漕いで船に着いたためしはないわ。おまえが私をかまわないなら、めっけもんなんだから」と思った。

みなさん、お聞きください。もともと色はもっとも恐るべきもの。もし、相手があなたにぞっこんのときは、たとえ身に刀剣や水火を帯びていても、相手を止めることはできず、相手は怖がりません。けれども、相手があなたに気がないときは、たとえあなたが金銀の山に座っていても、目もくれません。諺にも、「佳人にその気があれば、田舎者も粋に見え、気がなければ、色男も野暮に見える」と申します。

さて、宋江は勇敢な男だが、女色の道には通じていなかった。婆惜は、かの張三が機嫌を取り言いなりになってチヤホヤし、色目を使って誘惑し、彼女の心をかき乱したため、宋江など恋い慕うわけがない。その夜、二人は灯りの下で腰を下ろし、向き合ったまま声も出さず、それぞれ腹のなかに屈託を抱え、廟に入れられる塑像が泥の乾くのを待っているようなありさまだった。みるみるうちに夜が更け、窓に月明かりが射してきた。見れば、

銀河は耿耿《こうこう》、玉漏《ぎょくろう》は迢迢《ちょうちょう》。窓を穿《うが》つ斜月　寒光を映じ、戸を透《とお》る涼風　夜気を吹く。雁の声は嘹喨《りょうりょう》として、孤眠の才子　夢魂驚く。蛩《こおろぎ》の韻《ね》は凄涼として、独宿の佳人　情緒苦し。樵楼《しょうろう》の禁鼓、一更未だ尽きざるに　一更催す。別院の寒砧《かんちん》、千搗《せんとう》　将《まさ》に残《つ》きんとして千搗起こる。画簷《がえん》の間の叮噹《ていとう》たる鉄馬《ふうりん》、旅客の孤懐を敲《たた》き砕く。銀台の上の閃爍《せんしゃく》たる清《せい》灯《とう》、偏《ひと》えに照らす　離人の長嘆。淫を貪る妓女　心は鉄の如《ごと》く、義に仗《よ》る英雄　気は虹に似たり。

銀河は耿々と輝き、玉漏《ぎょくろう》（玉で飾った水時計）はいつまでもしたたり落ちる。傾いた月のひんやりとした光が　窓から射し込み、夜気を載せた涼しい風が　戸口を透かして入り込む。雁の声は遠くまで響きわたり、独り寝の才子は　はたと夢から覚める。

コオロギの音《ね》はもの寂しく、独り寝の佳人は　キリキリと心が痛む。物見櫓の太鼓は、一更が尽きないうちに　次の一更を促す。別館から聞こえる寂しき砧《きぬた》の音は、千回がおわろうとして　次の千回が始まる。色鮮やかな軒下で鳴り響く風鈴は、旅人の孤独な思いをいや増す。銀の燭台には　灯《あか》りがまぶしく輝き、故郷を離れた者が長いため息をつくさまを　ひとえに照らしだす。色事に耽《ふけ》る妓女は　鉄の心の持ち主、義を尊ぶ英雄は　天地の精気の担い手。

そのとき、宋江は腰掛けに座り、婆惜をチラッと見て、またため息をついた。時刻はほぼ二更（午後九〜十一時）ごろだったが、婆惜は服もぬがず、寝台に上がって刺繡した枕に寄りかかり、身をよじって壁を向いて眠っていた。宋江はこれを見て思った。

「どうにもこうにもこのスベタはまったくわしを相手にせず、勝手に眠っている。今日はあの婆さんに言われて、何杯か酒を飲んだが、もうがまんできない。もう夜も更けたし、寝るしかないな」

頭の頭巾をぬいで卓上に置き、上着をぬいで衣桁にかけ、腰から幅広の帯をはずすと、上に着けていた一本の短刀と書類袋を寝台の手すりにかけ、絹の鞋《くつ》と白い靴下をぬいで、寝台に上がり、婆惜の足もとで横になった。半個《はんぶん》の更次《とき》（一時間）ばかりたったころ、婆惜が冷笑する声がし、宋江はむかついて寝つけなかった。昔から、「楽しいときは夜が短いのを嘆き、寂しいときはいっそう長いのを怨む」というとおり、みるみるうちに三更（午後十一〜

午前一時）になり日付が変わったころ、酒はすっかり醒めてしまった。五更（午前三〜五時）までがまんして、宋江は起きあがり、洗面器で顔を洗うと、上着をはおり、頭巾をかぶって、口のなかで罵った。

「このスベタ、なんと無礼な！」

婆惜も眠っておらず、宋江の罵倒を聞くと、身体をねじって言った。

「恥知らず！」

宋江はその言葉に腹を立て、すぐ階下へ下りていった。婆さんは足音を聞くと、寝台の上から言った。

「押司さん、もうちょっとお休みになり、夜が明けたらお出かけください。わけもなく、五更に起きてどうされるの？」

宋江は返事もせず、サッサと門を開けた。婆さんはまた言った。

「押司さんがお出かけのとき、閂をかけてください」

宋江は門を開けて出ると、閂をかけ、怒りを吐きだすこともできないまま、まっすぐ下宿めざして帰って行った。

県役所の前を通りかかると、灯りが見えた。見れば、煎じ薬売りの王公《おうこう》であり、朝市に行くのに役所の前まで来たところだった。じいさんは宋江が来るのを見ると、慌てて言った。

「押司さん、どうして今日はこんなにはやくおいでですか？」

「夜、酔っぱらって、時の太鼓を聞き違えたのだ」と宋江。

「押司さん、きっと二日酔いですよ。まあ、一杯、酔い醒ましの二《に》陳湯《ちんとう》を飲んでください」と王公。

宋江は、「それはありがたい」と言い、腰掛けに座った。じいさんは濃い目に煎じた二陳湯を、宋江にわたして飲ませた。宋江は飲むと、ふいに思いだした。

「いつもじいさんの煎じ薬を飲んでいるのに、一度も代金を請求されたことがない。以前、じいさんにお棺代を出すと言ったのに、まだわたしていないな」

そこで、先日、晁蓋がとどけてきた金子があり、受け取った金一塊を書類袋のなかに入れたことを思いだし、「このじいさんのお棺代にすれば、喜ぶだろうな」と思い、言った。

「王公、わしは以前、あんたにお棺代を出すと言ったまま、まだわたしていないが、ここにちょっと金があるから、あんたにわたそう。すぐ陳三郎《ちんさんろう》のところにお棺一式を買いに行き、家に置いておきなさい。あんたが百年の寿命をおえたとき、わしはまたあんたの葬式代を出そう。どうかな？」

「恩人さまはいつもてまえに目をかけてくださり、そのうえまた最後の道具までいただくとは。てまえは今生で押司さんにご恩返しはできませんが、来世で驢馬となり馬となって、旦那にご恩返しします」と王公。

宋江は、「よせやい」と言うと、上着の前襟を持ちあげ、書類袋を取りだそうとした瞬間、ギョッとした。

「しまった！　昨日の晩、あいつの寝台の手すりに掛けたのを忘れていた。カッとして、ともかく逃げだし、腰につけるのを忘れたのだ。あの何両かの金子はどうでもいいが、晁蓋がよこした手紙で金子を包んである。もともと酒楼の上にいたとき劉唐の目の前で焼こうとしたのだが、劉唐が帰って報告するとき、わしがやつを丁寧に扱わなかったと思われるだろうと、下宿に帰ってから焼くことにした。と、なんと王婆がお棺代を寄付してくれと言い、あの話がまとまって、これまで機会を逃がし忘れていた。昨日の晩、思いだしたのだが、また焼くことができないうちに、閻婆にまつわりつかれ、連れて行かれた。それで、あの女の家の寝台の手すりに忘れて来たのだ。いつもあの女が歌の本を読むのを目にしているから、少しは字も知っており、もしあいつに取られたら、エライことになる」

そこで立ち上がって言った。

「じいさん、すまない。ウソ偽りではなく、金子は書類袋のなかにあるとばかり思っていたが、慌てて出て来たので、家に忘れて来た。取って来てあんたにあげよう」

「取りにいらっしゃらなくてもいいです。明日ゆっくりてまえにくださっても遅くはありません」と王公。

宋江は、「じいさん、あんたは知らないが、ある物といっしょに入れてあるから、取りに行かねばならないのだ」と言い、慌てふためいて閻婆の家へともどって行った。これぞまさしく、

合是英雄命運乖　　合《まさ》に是《こ》れ英雄の命運乖《そむ》くべし

遺前忘後可憐哉
循環莫謂天無意
醞釀原知禍有胎

前を遺《わす》れ後を忘れ　憐れむ可《べ》き哉《かな》
循環《うんじよう》には謂う莫《な》かれ　天に意無しと
醞釀するは原《もと》より知る　禍に胎有るを

英雄の命運　暗転の時、われを忘れて　まことに気の毒。めぐりあわせは天の思し召しではないと言うなかれ、禍《わざわい》には必ずそれなりにきっかけがあるのだ。

さて、閻婆惜は宋江が門から出て行ったのを聞き取ると、這い起きて、口のなかで独り言を言った。

「あんちくしょうが私の邪魔をしたから、一晩中、眠れなかったわ。あいつの顔は、私がご機嫌を取りおとなしくすることだけ望んでいたけれど、気が知れないわ。私は張三とよろしくやってるんだから、誰がわざわざおまえなんか相手にするもんか。おまえなんか来なければ、なおけっこう」

言いながら、布団を敷き、上半分の上着をぬぎ、下の裙子《スカート》をぬぎ、胸の前をはだけて、下の肌着もぬいだ。寝台の前の灯りは明るく輝き、寝台の手すりに引っかけられた紫色のうす絹の幅広の帯を照らしている。婆惜は見ると、「黒三のやつ、びっくりして、帯をここに忘れて行ったたわ。ともかく取っておき、張三にしめさせてやろう」と笑い、ちょっと手にさげると、書類袋と短刀がぶらさがった。袋のなかに重い物があると思い、引っぱって開け、卓上めがけて一振りすると、金子と手紙が出て来た。持ちあげて見ると、灯下に照らしだされたのは、黄金色の金塊だった。婆惜は笑いながら言った。

「張三に食べ物を買ってやれという天のお恵みだわ。ここ数日、張三は痩せたようだから、ちょうど少し食べ物を買ってごちそうしようと思っていたところだった」

金子を置いて、その手紙を開き灯りの下で読むと、上には晁蓋と記され、いろいろなことが書いてあった。婆惜は、「しめた！　つるべは井戸に落ちるもんだと思っていたけれど、なんと井戸がつるべのなかに落ちて来たわ（あいつの弱みをにぎったわ）。張三と夫婦になろうとするのに、ただあいつだけが邪魔だったけれど、今、あいつは私の手に落ちたわ。なんとあいつは梁山泊の強盗とつるんで行き来し、百両の金子をもらっていたとはね。ともかく慌てず、ゆっくり始末してやろう」と思った。そこで、手紙でもとどおり金子を包み、書類袋に突っ込むと、「おまえが五聖の神々（村のお堂に祭られる神々）に奪い取らせようとしても、怖くないわ」と言った。

二階で独り言を言っているとき、下でガタンと門の音が響いた。婆さんは言った。

「誰だい？」

「わしだ」と宋江。

「早いと言っているのに、押司さんは本気にせず、出て行かれたでしょ。やっぱり早かったから、また帰って来られたんだね。ともかくあの子といっしょに一眠りされ、夜明けになってからお出かけくださいな」と婆さん。

宋江は返事もせず、まっすぐ二階へ駆けあがった。婆惜は宋江が帰って来たと見るや、慌てて幅広帯、短刀、書類袋をいっしょに巻いてひとまとめにし、布団のなかに隠して、ぴったり壁にもたれ、鼾《いびき》をかいて寝たふりをした。

宋江は部屋に跳び込み、まっすぐ手すりへ取りに行ったが、なんとなくなっていた。宋江は内心、慌てふためき、しかたなく昨夜の怒りを抑えて、手で女を揺さぶって言った。

「日ごろのわしの顔を立てて、書類袋を返してくれ」

婆惜は寝たふりをして、まったく答えない。宋江はまた揺さぶって言った。

「ツンツンするな。明日、おまえにあやまるから」

婆惜は言った。

「私は眠っているのに、誰が起こしたの？」

「わしだとわかっているくせに、どうして寝たふりをするのか？」と宋江。

婆惜は身体をひねって言った。

「黒三、何を言ってるの？」

「わしの書類袋を返してくれ」と宋江。

「あんたはどこで私にわたし、返してくれって言うの？」

「おまえの足のうしろの手すりの上に置き忘れたのだ。ここに入って来た者はいないし、おまえしか取れない」

「ペッ！　お化けでも見たんじゃないの」

「昨夜はわしがわるかった。明日、あやまるから、ともかくわしに返してくれ。ふざけるな」

「誰があんたになんかふざけるもんか。私は取ってない」

「おまえはさっき衣裳をぬがずに寝ていたが、今は布団を敷いて寝ている。起きて布団を敷いたとき、取ったにきまっている」

婆惜はどうしてもわたそうとしなかった。これぞまさしく、

雨意雲情両罷休　雨意と雲情　両《ふた》つながら罷《おわ》り休《や》む
無端懊悩触心頭　端《はし》無くも　懊悩《おうのう》は心頭に触る
重来欲索招文袋　重ねて来たりて　招文袋《しょるいぶくろ》を索《もと》めんと欲し
致使鴛幃血漫流　鴛《おしどり》の幃《とばり》に血の漫流せしむるを致す

好いた惚れたは　とうに幕切れ、いわれなく　心に兆す後悔の念。もう一度やって
来て　書類袋を求めた結果、睦言の帳《とばり》に　流血の惨事を招く。

見れば、婆惜は柳眉を逆立て、つぶらな目をまるく見張って、言った。

「私は取ったことは取ったけれど、あんたには返さないわ。役所の人に私をつかまえさせ、泥棒だと裁判にかけなさいよ」

「わしは、おまえに泥棒だと無実の罪を着せる気はない」

「とすれば、私は泥棒ではないわね」

宋江はこの言葉を聞いて、内心、ますますうろたえて言った。

「わしはこれまでおまえたち母娘二人を粗末に扱ったことはない。返してくれたらそれでいい。わしは仕事に行かねばならない」

「いつも私と張三が怪しいと怒ってばかりだけど、そりゃあの人はあんたにはかなわないわよ。人殺しの罪人でないし、強盗とグルでもないから、あんたには全然かなわないわ」

「おねえさん、大きな声を出すな。隣りに聞こえたら、冗談ではすまないぞ」

「よその人に聞かれるのが怖いなら、そんなこと言わなければいい。この手紙は私がしっかりしまっておくわ。あんたをかんべんしてあげるには、私の三つの条件を聞いてくれたら、それでいいわ」

「三つと言わず、たとえ三十でも言うとおりにするよ」

「たぶん言うとおりにできないでしょうよ」

「やるといったらすぐやるさ。その三つの条件とは何だ？」

「第一の条件は、あんたが今日すぐ身売り証文を私に返し、それからもう一枚、私が張三のところに改めて嫁ぐのにまかせ、けっして二度と争わないという証文を書くこと」

「それは承知した」

「第二の条件は、私が髪につけているもの、身に着けているもの、家で使っているものは、みんなあんたがそろえたものだけど、これも一枚、証文を書いて、後日、請求しないこと」

「それも承知した」

「第三の条件だけは、承知できないだろうね」

「わしは、すでに二つの条件とも承知したのに、それだけ承知できないわけはない」

「あの梁山泊の晁蓋があんたにくれた百両の金子を、サッサと私にわたせば、私はあんたを許して裁判沙汰にせず、書類袋の手紙を返してあげるわ」

「先の二つの条件はみな承知するが、百両の金子は、なるほどわしに送られたが、わしはそれを受け取らず、そのまま持って帰らせた。ほんとうにあるなら、もろ手でさっそくおまえにやるよ」

「『役人が銭を見るのは、ハエが血を見るようなもの』という諺を知っているでしょう。やつは人をよこし、あんたに金子をとどけさせたのに、あんたが断ってそのまま帰すわけがない。そんな話は屁みたいなもんだ。役人になれば、どんな猫だって生臭物《なまぐさ》を食べるさ。閻魔さまの前で、帰らせてもらう幽霊なんているはずがない。あんたは誰を騙そうとしてるのさ。百両の金子を私にわたすくらい、なんでもないだろう。盗品だとバレるのが心配なら、サッサと溶かして私によこしなさい」

「おまえも知ってのとおり、わしは真面目な人間で、ウソはつかない。信じないなら、わしは三日の期限を切り、家財道具を売って百両に換え、おまえにやるから、書類袋を返してくれ」

婆惜は冷笑して言った。

「あんたという黒三はなんとお利口だね。私を子供みたいに手玉に取るんだから。私が先に書類袋の手紙を返し、三日おいて金子をくれと言うのは、お棺が出てから、葬式の挽歌歌いが手間賃をくれと言うようなもんだ。ここで金をくれたら、ブツをわたすから、サッサと出して、交換しようよ」

「ほんとうにそんな金は持ったことはないのだ」

「明日の朝、お白洲に行っても、そんな金は持ったことがないと言うの？」

宋江はお白洲という言葉を聞くと、ムラムラと怒りがこみあげ、抑えられず、目をむいて言った。

「おまえ、どうしても返さないのか？」

「あんたがどんなに怒っても、絶対に返さない」

「ほんとうに返さないのだな？」

「返さない！　百回だって返さないと言うわ！　返すなら、鄆城県の役所で返すわ」

宋江がそこで婆惜の布団をめくろうとすると、婆惜は身体のわきに書類袋があるので、布団にかまわず、両手でギュッと胸に抱きかかえた。宋江が婆惜のかぶっている布団をめくると、幅広帯の端が婆惜の胸の前に垂れているのが目に入った。宋江は、「なんとここにあったのか」と思い、毒食らわば皿まで、両手で奪おうとしたが、婆惜はどうしても放そうとしない。

宋江は寝台の側から必死に奪い取ろうとし、婆惜も死にもの狂いで放そうとしない。宋江が力いっぱい引っぱった拍子に、短刀が敷物の上に転がりおちたので、宋江はサッと引ったくった。婆惜は宋江が短刀を引ったくったのを見るや、「黒三郎が人殺しをする」とわめいた。このひと声が宋江をその気にさせた。

たまりにたまった怒りのはけ口もないおりから、婆惜がもうひと声わめきそうになったとき、宋江は左手で早くも婆惜を抑えつけ、右手でサッと短刀をふりおろすや、婆惜の喉をぐいっと掻き切った。と、鮮血が飛びちり、婆惜はなおもわめきたてるので、宋江は婆惜が死なないことを恐れて、もう一回、刀をふるったところ、首がコロリと枕もとに落ちた。見れば、

手の到る処　青春　命を喪《うしな》い、刀の落つる時　紅粉　身を亡《ほろ》ぼす。七魄《しちはく》は悠悠として、已《すで》に森羅殿《しんらでん》上に赴く。三魂《さんこん》は渺渺《びょうびょう》として、応《まさ》に枉死城《おうしじょう》中に帰すべし。緊《かた》く星眸《せいぼう》を閉じ、直《ちょく》挺挺《ていてい》として屍は蓆上《せきじょう》に横たわり、半ば檀口《だんこう》を開き、湿津津《しつしんしん》として頭《こうべ》は枕辺に落つ。小院の初春、大雪は金線の柳を圧して枯らす。寒は庾嶺《ゆれい》に生じ、狂風は玉梅の花を吹き折る。三寸の気在れば　千般に用《はたら》くも、一日の無常　万事休す。紅粉は知らず　何処《いずこ》に帰るかを、芳魂は今夜　誰が家に落ちん。

手がとどいたとき　若さもおわり、刀が落ちれば　娘も最期。七魄はフワフワと、閻

宋江　怒って閻婆惜を殺す

魔殿に赴く。三魂ははるばると、横死者のたまり場へ。瞳は固く閉じられ、屍は伸びきって筵《むしろ》に横たわり、口は半開きで、首はべっとりと枕に転がる。小作りの屋敷の初春に、大雪は黄金の柳の葉を抑えつけて枯らす。寒気にさらされた庾嶺《ゆれい》（江西省にある梅の名所）で、突風がみごとな梅の花を吹き折ってしまう。三寸の気さえあれば何とかなるが、ふいにとぎれて万事休す。おしろい娘は　いったいどこへ、美女の魂　落ち着き先は？


宋江は一時の怒りで、閻婆惜を殺し、書類袋を取り返すと、あの手紙を引っぱりだし、すぐ残った灯火のもとで燃やした後、幅広帯をしめ、二階から下りた。婆さんは下で寝ていて、二人の口論を聞いても、気にしなかった。しかし、娘が「黒三郎が人殺しをする」と叫ぶ声を聞き、どうなったのかわからないまま、慌てて跳び起き、衣服を身に着けて、二階へ駆けあがったとき、ちょうど宋江と鉢合わせした。婆さんはたずねた。

「あんたたちは何を騒いでいるの？」

「あんたの娘が無礼千万だから、わしが殺した」と宋江。

「何をおっしゃる。押司さんは目つきがわるく、酒癖もわるいうえ、人殺しもお好きなのかね？　私をからかわないでください」と、婆さんは笑った。

「信じないなら、部屋に行って見ろ。ほんとうに殺したのだ」と宋江。

婆さんは、「信じませんよ！」と言い、部屋の戸を押し開けて見ると、血だまりのなかに死体がのびているのが目に入り、「たいへんだ！　どうしよう」と言った。

「わしはまともな男だ。けっして逃げたりしない。あんたの言うとおりにしよう」と宋江。

「このスベタがわるいから、押司さんに殺されても仕方がありません。ただ、私の面倒をみてくれる者がいなくなりました」と婆さん。

「それは大丈夫だ。あんたがそう言うなら、心配するな。わしの家にはうまい物もあるし、着る物も食べ物もたっぷり、楽しく残った人生を過ごせるようにしてあげよう」と宋江。

「そうしてもらえたら好都合、押司さん、ありがとうございます。娘は寝台の上で死んでいますが、どんなふうに葬式を出しますか？」と婆さん。

「それは簡単だ。わしが陳三郎の家に行きお棺一式を買って来て、あんたにわたし、検死役人が棺に入れるときも、わしからやつにうまく言おう。あんたに銀子をもう十両やるから、あとの始末をつけてくれ」と宋江。

　婆さんは感謝して言った。

「押司さん、まだ夜明けにならないうちに、お棺一式をそろえて入れれば、隣近所にも気づかれませんよ」

「それもよかろう。紙と筆を持って来てくれ。手紙を書くから取りに行ってくれ」

「手紙では用が達せません。押司さんが、ご自分で取りに行ってくだされば、すぐとどけてくれますよ」

「それもそうだな」と、宋江は言い、二人は二階から下りた。婆さんは部屋に鍵を取りに行き、門を出て鍵をかけると、鍵を持った。宋江は婆さんと二人で県役所の前に向かった。

このとき、まだ時間が早く、夜が明けておらず、役所の門は開いたばかりだった。婆さんは役所の左側まで来たころ、宋江にギュッとしがみつき、叫び声をあげた。

「人殺しがここにいますよ！」

仰天した宋江はすっかり慌てふためき、大急ぎで口を塞いで、「大きな声を出すな！」と言ったが、どうして塞ぐことができよう。

役所の前にいた数人の捕り方が近づき集まって見れば、宋江だったので、なだめて言った。

「婆さん、静かにしな。押司さんはそんな人ではない。何かあるなら、落ち着いて言え」

「こいつこそ犯人です。つかまえていっしょに役所に連れて行ってください」と婆さん。

もともと宋江は人柄がよかったので、上から下まで敬愛し、役所じゅうでわるく言う者はいなかった。このため捕り方もみな手を下してつかまえようとせず、婆さんの言うことも信用しなかったのである。

ちょうど救いの主もあらわれないとき、なんと唐牛児が一皿のきれいな粕漬けのショウガを捧げもち、県役所の前に商いに来て、婆さんが宋江にしがみつき、そこで訴えの叫び声をあげているのを目にした。唐牛児は婆さんが宋江にギュッとしがみついているのを見ると、昨夜の腹いっぱいのいまいましさを思いだし、皿を煎じ薬売りの王公の腰掛けに置くや、もぐり出て行って怒鳴った。

「クソ婆あ、どうして押司さんにしがみつくんだ？」

「唐二、奪ったら承知しないよ。おまえの命で償ってもらうからね！」と婆さん。

激怒した唐牛児が、言うことを聞くわけもなく、婆さんの手をグッと引き、引きはがすと、わけも聞かず、五本の指を開いて、閻婆の顔を目から火花が散るほど、一発張り飛ばした。婆さんはフラフラとし、やむなく手を放した。宋江は脱出することができ、人ごみに向かってまっすぐ逃げた。

婆さんはそこで唐牛児にギュッとしがみつき、大声で叫んだ。

「宋押司はうちの娘を殺したのに、おまえが奪い取った！」

唐牛児は慌てて言った。

「おれが知るわけはない」

「みなさん、人殺しをつかまえてください。さもないと、みなさんも巻きぞえになりますよ」と、婆さんは叫んだ。

捕り方たちはひたすら宋江の面子《メンツ》を慮《おもんぱか》って、手出ししようとしなかったが、唐牛児をつかまえるのは、あっというまだった。一同は前に進み、一人が婆さんを連れ、三、四人が唐牛児をつかまえて、横に倒して引きずり、まっすぐ鄆《うん》城県の役所に連行した。

昔の人が、「禍福《かふく》門無し、惟《た》だ人自ら招く。麻を披《き》て火を救えば、焔を惹《ひ》き身を焼く」と言うとおり、これぞまさしく、

三寸舌為誅命剣　三寸の舌は誅命《ちゆうめい》の剣と為り
一張口是葬身坑　一張の口は是《こ》れ葬身《そうしん》の坑《あな》

三寸の舌は命を落とす剣となり、一張の口は身を葬る坑となる。

というところ。

はてさて、唐牛児は閻婆にしがみつかれ、いかにして脱出するのでしょうか。まずは次回の分解《ときあかし》をお聞きください。

第二十二回

閻婆《えんば》　大いに鄆城県《うんじようけん》を鬧《さわ》がせ
朱仝《しゆどう》　義もて宋公明《そうこうめい》を釈《ゆる》す

詩に曰《いわ》く、

為恋煙花起禍端　　煙花《えんか》を恋せるが為に　禍端《かたん》起こり
閻婆口状去経官　　閻婆《えんば》　口状《こうじよう》もて　去《ゆ》きて官を経《ふ》る
若非俠士行仁愛　　若《も》し俠士の仁愛を行うに非《あら》ざれば
定使圜扉鎖鳳鸞　　定めて圜扉《えんぴ》をして鳳鸞《ほうらん》を鎖《と》ざさしめん
四海英雄思慷慨　　四海の英雄　慷慨《こうがい》を思い
一腔忠義動衣冠　　一腔《いつこう》の忠義　衣冠を動かす
九原難忘朱仝徳　　九原《きゆうげん》にも忘れ難し　朱仝《しゆどう》の徳
千古高名逼斗寒　　千古の高名　斗に逼《せま》りて寒し

妓女に惹かれたがために　禍《わざわい》が起こり、閻婆《えんば》はお上に訴え出る。任俠の士が一肌ぬがなきゃ、きっと鳳凰も牢獄のなか。四海の英雄は心をたかぶらせ、満腔の忠義は役人を動かす。九原《あのよ》でも忘れ難い　朱仝《しゅどう》の徳、千古の高名は　北斗に逼《せま》って神々しい。


さて、そのとき、捕り方たちは唐牛児《とうぎゅうじ》を取り押さえ、県役所に連行した。知県《ちけん》は殺人事件があったと聞くや、慌てて大広間に出座した。知県が見ると、捕り方たちが大広間の前で唐牛児を取り囲んでおり、一人の婆さんが左側に跪《ひざまず》き、一人の男が右側に跪いている。知県はたずねた。

「いかなる殺人事件か」

　婆さんが申しあげた。

「てまえは姓を閻《えん》といい、娘がおりまして婆惜《ばしやく》といい、宋押司《そうおうし》の世話を受け妾になりました。昨晩、娘が宋江《そうこう》と酒を飲んでいると、この唐牛児がずいとやって来て騒ぎを起こし、わめきちらして出て行ったことは、隣近所はみな知っています。今朝、宋江は出て行き、一回りしてもどって来ると、娘を殺しました。てまえがしがみついて県役所の前まで来たとき、この唐牛児が宋江を奪って逃がしました。閣下、どうかお取り裁きを！」

「おまえ、どうして犯人を逃がしたのか」と知県。

　唐牛児は答えた。

「てまえは前後の事情は存じません。ただ、昨晩、宋江を訪ね一杯酒を飲ませてもらおうとしたところ、この婆さんにつまみ出されてしまいました。今朝、てまえがショウガの粕漬けを売りに出て来たとき、たまたま婆さんが役所の前で宋押司にしがみついているのを見かけました。あいにくてまえが婆さんをなだめている間に、あの人はいなくなってしまいました。あの人が婆さんの娘を殺した事情など知りません」

知県は怒鳴りつけた。

「デタラメを言うな！　宋江はりっぱな人物であり、誠実な人だ。みだりに人殺しをするわけがない。この殺人事件は、おまえがやったにきまっている。左右の者はどこだ」

さっそく担当役人を呼ぶと、即刻、押司の張文遠《ちょうぶんえん》が出て来た。見ると、閻婆が宋江に娘を殺されたと訴えており、まさしく自分の愛人にほかならない。そこですぐ各人から供述書を取ると、閻婆に代わって告訴状を書いた。事件調書を作成すると、その地域の検死役人および地廂《ちしょう》（町役人）、里正《りせい》（村や町など地域の責任者。ここでは町長）、隣近所の者など関係者を呼び、いっしょに閻婆の家に行って、門を開け、死体を取りだして、現場検証したところ、死体の側に凶器の短刀一振りが置いてあった。その日、くりかえし検証し、生きているうちに、首を刀で斬られ死んだことが判明した。一同は現場検証がおわると、死体を棺に入れて、寺に預け、〔張文遠は〕関係者を引きつれて県役所に向かった。

知県は宋江と仲がよく、彼を助けたいという気があったので、ひたすら唐牛児を再三にわたって尋問した。唐牛児は言った。

「てまえはまったく事情を知りません」

「この野郎、どうして昨夜、あの家に行って騒いだのか？　きっとおまえが殺したにちがいない」と知県。

「てまえはちょっと一杯酒を飲ませてもらいに行ったのです」と唐牛児。

「デタラメを言うな！　とりあえずこいつを縛りあげて、打て！」と知県。

左右の虎や狼のように獰猛《どうもう》な捕り方が唐牛児を縄で縛り、四、五十回打ったが、証言は変わらなかった。知県は彼が事情を知らないと、察しがついたけれども、ひたすら宋江を救いたい一心で、やみくもに唐牛児を取り調べ、とりあえず枷《かせ》をはめて、牢獄に押し込めた。

張文遠は大広間にやって来て、具申した。

「かくのごとくではありますが、刀があり、宋江の短刀なのですから、宋江を捕らえて尋問なされば、事情が判明します」

知県は何度も具申されて、かばいきれず、しかたなく人をやり、宋江の下宿に逮捕に向かわせたが、宋江はすでに逃げた後だったので、何人か隣りの者をつかまえて来て、報告した。

「犯人の宋江は逃亡し、行方がわかりません」

張文遠がまた具申して言うことには、「犯人の宋江は逃亡しましたが、父親の宋太公《そうたいこう》および弟の宋清《そうせい》は、現在、宋家村《そうかそん》に居住しております。召し取って役所に来させ、日を限って代わりに拘留し、宋江を捜索・逮捕し、役所で審理・尋問したほうがいいでしょう」。

知県はもともと逮捕状を出す気はなく、何とかいいかげんに唐牛児に罪をかぶせ、後日、ゆっくりと彼を釈放しようと思っていた。いかんせん、張文遠は告訴状を書いて、閻婆をそ

閻婆　大いに鄆城県を鬧がせ

そのかし役所に来させて、ひたすら訴えさせた。知県は阻止できないと思い、やむなく公文書に書き判して、二、三人の捕り方を宋太公の屋敷に向かわせ、宋太公と弟の宋清を召し取らせようとした。

捕り方は公文書を受け取ると、宋家村の宋太公の屋敷に行った。太公は出迎え、表の間に通して座が定まると、捕り方は公文書を出して太公にわたし、読ませた。宋太公は言った。

「みなさん、どうぞおかけになって、てまえの申し立てをお聞きください。てまえは先祖代々、農業につとめ、この田畑を守って暮らしております。親不孝者の宋江は小さいころから反抗的で、本来の暮らしをせず、役人になりたがって、いくら言っても聞き入れません。このため、てまえは数年前、本県の長官どのにやつが親不孝だと上申し、戸籍から抜きましたので、てまえの家族のうちに入っておりません。やつは勝手に県城に住み、てまえは息子の宋清とこの荒れた村で、いささかの田畑を守って暮らしております。やつとてまえは世帯を別にし、まったく没交渉です。てまえはまたやつが何かやらかし、かかわりになってはまずいと思い、それで前の長官どのに縁切りを申し立て、それを証明する文書をいただきました。ここにありますので、取って来て、みなさんに見ていただきましょう」

捕り方たちはみな宋江と仲がよかったので、これこそあらかじめ先手を打って、逃げ道を作ったのだと察しがつき、無理に憎まれ役を買って出るまでもないと思って、言った。

「太公どのが証書をお持ちなら、持って来て見せてください。書き写して役所に報告します」

太公はただちに鶏や鵞鳥をさばき、酒を用意して一同をもてなし、十数両の銀子を贈ると、縁切り証書を取りだし、捕り方一同に書き写してもらった。捕り方たちは宋太公に別れを告げ、県役所に帰って知県に報告した。

「宋太公は三年前、宋江の籍を抜き、縁切り証書を受け取っております。その写しがここにありますので、召し取ることはできません」

知県はまた宋江を救いたいと思っていたので、言った。

「縁切り証書がある以上、やつにはほかに親類もないのだから、一千貫の賞金を出し、諸処に通告してつかまえさせよ」

と、張文遠がまた閻婆をそそのかして大広間に行かせ、ザンバラ髪で訴えさせた。

「宋江は実は宋清が家にかくまい、役所に出頭させないのです。閣下はどうしててまえのために差配し、宋江をつかまえてくださらないのですか」

知県は怒鳴りつけた。

「やつの父親はすでに三年前、やつが親に逆らい役人になったとお上に訴え、籍を抜いており、縁切り証書もある。やつの父親と弟をつかまえ身代わりにできるわけがない」

「閣下、あいつが孝義《こうぎ》の黒三郎《こくさんろう》と呼ばれていることは、誰でも知っています。その縁切り証書はニセモノです。閣下が差配さえしてくだされば、いいのです」と閻婆。

「デタラメを言うな！　前の知県が押印した証書が、どうしてニセモノなのか！」と知県。

閻婆は跪いて不平を訴え絶叫し、オイオイとウソ泣きしながら、知県に訴えた。

「人の命は天ほども大きいのに、てまえのために差配してくださらないなら、しかたありません。州役所に行って訴えます。てまえの娘はひどい目にあって死んだのですから」

張文遠がまた大広間にあらわれ、閻婆の代わりに上申した。

「閣下が公文書を出してつかまえられず、この閻婆が州役所に訴え出れば、かえって面倒です。詳しく審議されて、本県に手落ちがあったとされたり、あるいは取り調べに来たりすれば、てまえも返答できません」

知県は一理あると思い、やむなく公文書に書き判し、さっそく朱仝《しゆどう》と雷横《らいおう》の二人の都頭《ととう》(県において盗賊逮捕にあたる実行部隊の隊長)を呼びだし、その場で申しつけた。

「おまえたちは人数を引きつれて、宋家村の宋太公の屋敷に行き、犯人の宋江を捜索・逮捕せよ」

朱仝と雷横の二人の都頭は公文書を受け取ると、さっそく四十人余りの地元兵を召集し、まっすぐ宋太公の屋敷に向かった。宋太公は知らせを受け、慌てて出迎えた。朱仝と雷横は言った。

「太公どの、わるく思わんでください。わしらは上司の言いつけで来たのであり、自分の意志ではありません。ご子息の押司どのはどこにおられますか?」

「お二方の都頭さんに申しあげます。うちの不肖の息子宋江はてまえとはまったくかかわりありません。前任の知県さまのもとにすでに訴え出て、いただいた縁切り証書がここにあります。宋江とはもう三年以上、戸籍を別にし、てまえども一家と生計をともにしておりませんし、ここに帰って来たこともありません」と宋太公。

朱仝は、「そうはいっても、わしらは命令によって捜索し、公文書を奉じて逮捕に来たのですから、ここにはいないと言われても、納得しかねます。わしらにちょっと捜索させてください。そうすれば、帰って報告するのに好都合ですから」と言うと、地元兵三、四十人に屋敷を包囲させ、「わしは表門を固めるから、雷都頭、きみが先に入って捜索してくれ」と言った。

雷横はさっそくなかへ入り、屋敷の表から裏まで、ひとわたり捜索すると、出て来て朱仝に言った。

「たしかに屋敷のなかにはいない」

「わしはどうも気になって仕方がない。雷都頭、きみはみんなといっしょに門を固めてくれ。わしは自分で念入りに一度、捜してみよう」と朱仝。

「てまえは法を知っている人間です。屋敷のなかにかくまうわけがありません」と宋太公。

「これは殺人事件です。どうかわるく思わんでください」と朱仝。

「都頭さん、どうかご随意に、念入りにお捜しください」と宋太公。

「雷都頭、きみはここで太公どのを見張り、逃さないでくれ」と朱仝。

朱仝はみずから屋敷のなかに入り、朴刀《ぼくとう》を壁ぎわに立て、門に閂《かんぬき》をかけると、仏堂のなかに入り、お供え机を片方に引きずり、床板を一枚めくった。床板の下には縄があり、ちょっと引っぱると、銅鈴がリンと鳴りわたり、宋江が穴倉からもぐり出て来たが、朱仝を見ると、びっくり仰天した。朱仝は言った。

「公明兄貴、てまえは今、あんたをつかまえに来たが、わるく思わんでくれ。ふだんはあんたと仲がよく、どんなことでもおたがいに隠しだてはしなかった。いつか酒を飲んでいたとき、兄貴が、『うちの仏座の下に穴倉があり、上に三世仏（過去仏の迦葉諸仏、現在仏の釈迦牟尼仏、未来仏の弥勒諸仏）が置いてある。仏堂のなかに、床板が一枚、かぶせてあり、上にお供え机が置いてある。きみになにか緊急の事が起こったら、あそこに隠れたらいい』と言ったことがある。てまえはそのとき聞いて、胸に刻みつけておいた。

今日、知県がてまえと雷横の二人を差し向けたときには、どうしようもなく、なんとか事情を知らない者の目をごまかそうと思った。知県閣下にも兄貴を助けたいという気がおありだが、ただ張三と閻婆が役所でワーワー騒ぎ、本県が差配してくれないなら、州役所に訴えると言うので、またわしら二人を差し向け、この屋敷を捜索させられたのだ。わしは、ただもう雷横が意地っぱりで、面倒見のよくないやつだから、兄貴を見つけたら、うまくゆかないことだけが心配だった。それで、やつを騙して屋敷の表に行かせ、まっすぐ兄貴と話をしに来たというわけだ。ここはいいところだが、落ち着ける場所ではない。誰か感づいて、ここに捜索に来たら、どうするんだ？」

宋江は言った。

「わしもそう思う。きみがこんなにかばってくれなければ、わしはきっと牢屋に入れられていただろう」

朱仝　義もて宋公明を釈す

「いいってことよ。それより兄貴はどこへ行くつもりか」と朱仝。

宋江は言った。

「わしが思うに、落ち着き先は三か所ある。第一は滄《そう》州横海《おうかい》郡の〈小旋風《しょうせんぷう》〉柴進《さいしん》の屋敷、第二は青《せい》州清風寨《せいふうさい》の〈小李広《しょうりこう》〉花栄《かえい》のところ、第三は白虎山《はくこざん》の孔《こう》太公の屋敷だ。孔太公には息子が二人あり、長男は〈毛頭星《もうとうせい》〉孔明《こうめい》、二男は〈独火星《どくかせい》〉孔亮《こうりょう》といい、何度も県役所で会ったことがある。どこにするか、ここで迷い、まだ決まらないのだが、どこへ行ったらよいものやら」

「急いで決めて、行くべきところに、すぐ行け。今晩さっそく出発し、くれぐれもぐずぐずして、身を誤らないようにしてくれ」と朱仝。

「上下の役人のことは、何もかもきみが取り持ってもらいたい。金や絹がいれば、取りに来てくれ」と宋江。

「それは心配無用、すべてわしにまかせてくれ。兄貴はただ逃げ道だけを考えろ」と朱仝。

宋江は朱仝に礼を言うと、また穴倉に入って行った。朱仝はもとどおり床板でおおい、またお供え机で抑えると、扉を開け、朴刀を手に出て来て、「ほんとうに屋敷のなかにはいない」と言い、大声で呼びかけた。

「雷都頭、わしらは宋太公をつかまえて行こう、どうだ？」

雷横は宋太公をつかまえて行くと言われ、「朱仝のやつは宋江と仲がいいのに、どうしてあべこべに宋太公をつかまえて行こうと言うのだろうか？　これは逆のことを言っているにちがいない。もし、やつがもういっぺん言いだしたら、わしは情けをかけてやろう」と思案した。

朱仝と雷横は地元兵を呼び集め、みなで表の間に上がった。宋太公は慌てて酒を出し、一同をもてなした。朱仝は言った。

「酒の用意はいりません。とりあえず、太公どのには四郎（宋清）くんといっしょに県役所までおいでいただきたい」

「四郎くんはどうしていないのですか？」と雷横。

「近くの村に農具の注文に行かせたので、屋敷にはおりません。宋江のやつは、すでに三年前から、あの親不孝者と縁を切り、家から追いだしました。現に縁切り証書がここにあります」と宋太公。

「それでは申し開きできません。わしら二人は知県の命令を受け、あなたがた父子二人を県役所に連行し報告せよと、言われています」と朱仝。

「朱都頭、わしの話を聞いてくれ。宋押司が罪を犯したのには、必ずわけがあるにちがいない。あの娘を殺したとしても、死罪にあたるかどうか、まだわからない。太公どのに縁切り証書があり、それは役所の印《いん》が押された公文書で、ニセモノではない。わしらは、宋押司との以前のつきあいに免じて、しばらくあの人に肩入れしてやろうじゃないか。縁切り証書を書き写し報告すれば、それまでだ」と雷横。

朱仝は、「わしは逆のことを言い、やつが疑わないようにしむけたのだが」と思案し、言った。

「兄弟がそう言うからには、人に憎まれることをする理由はない」

宋太公は感謝して、「お二方のご配慮、痛み入ります」と言い、ただちに酒肴を並べて、一同をねぎらい、二十両の銀子を取りだして、二人の都頭に贈ろうとした。朱仝と雷横はどうしても受け取ろうとせず、それをみんなに与えることにし、四十人の地元兵が分け合った。かくて縁切り証書を書き写し、宋太公に別れを告げて、宋家村を離れ、朱仝と雷横は一行を引きつれて、県役所にもどった。

役所では、知県がちょうど大広間に出座したところであり、朱仝と雷横がもどって来たのを見ると、さっそく首尾をたずねた。二人は申しあげた。

「屋敷のまわりと周囲の村を二度、くまなく捜索しましたが、ほんとうにその者はおりませんでした。宋太公は病気で臥せっており、動くことができず、遅かれ早かれ死にます。宋清は先月から外出しまだもどっておりません。このため、縁切り証書を書き写し、ここにあります」

知県は、「そういうことなら……」と言い、州役所に報告する一方、逮捕状をまわしたことは、さておく。

県役所の宋江と親しい人々は、みな宋江のために張三のもとへ行って弁明した。張三も彼らの面子《メンツ》をつぶすことはできず、しかたなく手を引いた。朱仝は金品を集めて閻婆に与え、州役所に訴えないようにしむけ、閻婆も金品を受け取ったので、どうしようもなく、しかたなく承知した。

朱仝はまたいくらかの銀子を、人に持たせて州役所に行かせ、文書が差しもどしにならないよう手をまわした。さらにまた、知県は全力を尽くして手を打ち、一千貫の賞金を出して、公文書を各処にまわし、全国に指名手配した。ただ唐牛児だけは殺人犯を逃がしたかどで、背中を二十叩きし、刺青《いれずみ》して五百里の外へ所払いし、他の関係者はすべて保釈とし帰宅させたが、これはのちの話である。その証拠に次のような詩がある。

為誅紅粉便逋逃　紅粉《こうふん》を誅せしが為に便《すなわ》ち逋《のが》れ逃げ
地窖蔵身計亦高　地窖《あなぐら》に身を蔵《かく》せる計も亦《ま》た高し
不是朱家施意気　是《こ》れ朱家《しゅか》の意気を施さざれば
英雄準擬入天牢　英雄　準擬《かなら》ずや天牢に入らん

紅粉《おんな》を殺したせいで逃げまわる羽目に、穴倉に身を隠したやり方も　なかなかのもの。〔とはいえ〕朱仝が俠気《おとこぎ》を出してくれなかったら、英雄は間違いなくお上の牢に繋がれただろう。

さて、宋江だが、宋江の家は農家なのに、どうして穴倉があったのだろうか？　もともと宋の時代は官僚になるのは容易だが、胥吏《しょり》（小役人）になるのはきわめて困難だった。どうして官僚になるのは容易だったのか？　それは、ひたすら当時の朝廷では奸臣が要職を占め、邪悪な佞臣《ねいしん》が権力をにぎって、親戚でなければ任用せず、金持ちでなければ採用しなかったためだ。どうして胥吏になるのは困難だったのか？　当時、押司になった者は、罪を犯した場合、軽くて刺青を施して遠方の辺鄙な州に流され、重ければ家産は没収され、命を奪われたからだ。だから、あらかじめこうして身を隠す場所を用意しておいたのである。また、父母を巻きぞえにすることを恐れ、親不孝だと申し立てさせて、戸籍から削り、世帯を別にして、お上から出してもらった縁切り証書を保存して、行き来せず、財産は家に残す。宋代にはこうしたやり方が多かったのである。


さて、宋江は穴倉から出て来て、父や弟と相談した。

「今度のことは朱仝が配慮してくれなければ、牢屋に入れられたに相違なく、この恩を忘れてはなりません。今、私と弟の二人はともかく難を逃れます。天が哀れと思し召し、大赦になれば、そのときは帰って来てお目にかかり、落ち着いて楽しく暮らしましょう。お父さん、どうか人をやって朱仝のもとに金銀をとどけ、上下の役人に取り持ってくれるよう頼んでください。また、閻婆には上の役所に訴え出て、お上を騒がせないように、いくらか金をやってください」

太公は言った。

「そんなことは心配するな。おまえは弟の宋清といっしょに道中、気をつけて行きなさい。そっちへ着いたら、そこで人に頼んで、手紙をよこしなさい」

宋江と宋清は出発の準備をした。もともとこの宋清は、県中の人から〈鉄扇子《てつせんし》〉と呼ばれていた。その夜、兄弟二人は荷物を作り、四更（午前一～三時）ごろ起きて、洗顔をすませ、朝ご飯を食べると、身支度をして出発した。宋江は白い范陽《はんよう》の毛氈の笠をかぶり、上には白い緞子《どんす》の上着をつけ、一本の梅紅色の縦縞の帯をしめ、下には脚絆《きやはん》を巻き、足には紐を通す輪がたくさん付いている麻草鞋《わらじ》を履いた。宋清はお供の扮装で、包みを背負った。二人そろって表の間の前で、父の宋太公に拝礼して別れを告げた。三人は涙を流しつづけたが、宋太公は申しつけた。

「おまえたちは長の道中なのだから、心配するな」

宋江と宋清は上下の作男に、「気をつけて家を守り、朝晩、丁重に太公をお世話して、飲食に手落ちがないようにせよ」と申しつけると、兄弟二人はそれぞれ一振りの腰刀を帯び、朴刀一本を手にして、ただちに宋家村を離れた。二人が旅路をたどり、五里に一つの道標、十里に二つの道標と進んだことは、さておく。ちょうど秋の終わり、冬の初めの天候で、見れば、

　　柄柄芰荷枯　　柄柄《へいへい》と芰荷《はす》は枯れ
　　葉葉梧桐墜　　葉葉《ようよう》と梧桐《ごどう》は墜《お》つ

蛩吟腐草中　蛩《こおろぎ》は腐草の中《うち》に吟じ
雁落平沙地　雁は平沙の地に落《うるお》つ
細雨湿楓林　細雨　楓林を湿し
霜重寒天気　霜重《しげ》くして　天気寒し
不是路行人　是《こ》れ路行の人にあらずんば
怎諳秋滋味　怎《いか》でか諳《そら》んぜん　秋の滋味

バサバサと　蓮は枯れ、ハラハラと　梧桐は葉を落とす。コオロギは枯れ草のなかで鳴き、雁は広々とした砂地に舞いおりる。細かな雨が　楓の林を潤し、霜は重く空気は冷え冷え。旅する人でなければ、どうしてわかろう　秋の滋味を。

さて、宋江兄弟は旅程を重ね、〔宋江は〕道中、思案して言った。

「わしらはいったい誰のもとへ身を寄せようか？」

宋清は答えて言った。

「私は江湖で人が滄州横海郡の柴大官人の名を口にするのを聞いたことがあります。この方は大周皇帝の嫡流《だいしゅう》の子孫とのこと。お目にかかったことはありませんが、どうしてあの方のところへ行かないのです？　誰でもみな、あの方は義理を重んじ財を軽んじて、もっぱら天下の好漢と交わりを結び、流刑にされた者を助け、今の世の孟嘗君《もうしょうくん》（戦国四君の一人。田《でん》文《ぶん》）だと言っています。われらはあの方のところへ行くしかありません」

「わしも内心、そう思っていた。あの方はわしといつも手紙のやりとりをされているが、ご縁がなくて、まだお目にかかったことはない」と宋江。

二人は相談がまとまると、一路、滄州をめざした。途中、お決まりどおり、飢えれば食らい喉が渇けば飲み、夜は泊まり朝になると出発し、山を登り川を渡り、府や州を通過した。およそ、旅する者は道中、朝晩の泊まりに、どうしても避けられない二つの事がある。重病人が使ったお碗で食事すること、死人が使った寝台で眠ることである。

閑話《まわりみち》はこれまでとし、本題にもどそう。宋江兄弟は何日かして、滄州の境界まで到着すると、「柴大官人のお屋敷はどこですか？」とたずね、住所を聞くと、まっすぐ屋敷の前にやって来て、作男にたずねた。

「柴大官人はご在宅ですか？」

「大官人は東のお屋敷に年貢の取り立てに行かれ、ここにはいらっしゃいません」と作男。

「ここから東のお屋敷までどれくらいありますか？」

「四十里余りです」

「どの道から行くのですか？」

と、作男は言った。

「失礼ですが、お二方は何というお名前ですか？」

「私は鄆城《うんじょう》県の宋江です」

「〈及時雨《きゅうじう》〉の宋押司どのではありませんか？」

「そうです」

作男は言った。

「大官人はいつもご高名を口にされ、お会いできないことを残念がっておられます。宋押司どのであるからには、てまえがご案内します」

作男は慌てて宋江と宋清を案内し、まっすぐ東屋敷に向かった。三個《みっつ》の時辰《とき》（六時間）もたたないうちに、東屋敷に到着した。宋江が見ると、ほんとうにりっぱな屋敷であり、たいへん奥ゆかしく上品だった。見れば、

門は闊《ひろ》き港《ほり》を迎え、後《うし》ろは高峰に靠《よ》る。数千株の槐柳《かいりゅう》の疏林、三五処の賢を招く客館。深院の内に牛羊騾馬《らば》、芳塘《ほうとう》の中に鳧《ふ》鴨鶏鵞《おうけいが》。仙鶴は庭前に戯れ躍り、文禽《おしどり》は院内に優游たり。財を疎《うと》んじ義に仗《よ》り、人間《じんかん》 今も見る孟嘗君《もうしょうくん》、困《くる》しめるを済《すく》い傾けるを扶《たす》くること、当時の孫武子《そんぶし》に賽《まさ》り過ぎたり。正しく是《こ》れ家に余糧有りて 鶏犬飽き、戸《こ》に差《さ》役《えき》無くして子孫閑《かん》たり。

門前には広い堀、背後には高い山。数千本もの 槐《えんじゅ》や柳が茂る疏林《はやし》、三五処《あちこち》に賢者を招く客館《やど》。奥深き広場には 牛や羊に騾《ラバ》や馬、芳《かぐわ》しい塘《つつみ》には 鳧《かも》や鴨《あひる》に鶏や 鵞《ガチョウ》。仙鶴《つる》は前庭で戯れ躍り、文禽《おしどり》は中庭で優雅に憩う。財を軽んじて義を重んじ、まるで

今の世の孟嘗君、貧に迫られた人々を助けることにかけては、かつての孫武子（孫武）にもまさるほど。これぞまさしく　食べ物はたっぷり　鶏も犬も満腹、お上の雑役からも免れて　子孫は悠々自適。

そのとき、作男は宋江を案内して東屋敷に到着すると、言った。

「お二方はしばらくこの亭《あずまや》で腰を下ろし、てまえが大官人にお知らせして、お出迎えしていただくのをお待ちください」

宋江は、「わかりました」と言い、宋清とともに山亭に朴刀を立てかけ、腰刀をはずし、荷物を下ろして、亭で腰かけた。

作男がなかへ入ってまもなく、見れば、中央の屋敷の門が大きく開き、柴進が四、五人のお供を連れて、慌てて走り出て来るや、亭で宋江に挨拶した。柴進は宋江を見ると、地面に平伏し、口のなかで言った。

「ほんとうに思い焦がれておりました。天の恵みで、今日はどんな風の吹きまわしか、平素のどうしてもお会いしたいという気持ちがかないました。ありがたい、ありがたい！」

宋江も地面に平伏して答えた。

「てまえはしがない小役人です。今日は特にごやっかいになりに来ました」

柴進は宋江を助け起こし、口のなかで、「昨夜は灯花の知らせがあり、今朝は鵲《かささぎ》が騒ぎましたが[1]（吉兆）、貴兄がおいでくださるとは思いもよりませんでした」と言い、顔中に笑みをたたえた。

宋江は柴進が心をこめて迎えてくれたのを見て、内心、たいへん喜んだ。そこで弟の宋清を呼び、挨拶させた。柴進はお供に大声で命じた。

「宋押司どのの荷物をまとめ、奥の間の西の離れで休んでいただきなさい」

柴進は宋江の手をとり、奥の大広間に入ると、主客座を分かって腰を下ろした。柴進は言った。「失礼ですが、兄貴は鄆城県に勤務しておられると聞いていますが、休暇がとれて、この村にお見えになられたのですか」

「久しく大官人のご高名を聞き、雷鳴のように耳にとどろいております。おりおりにお手紙をいただいているとはいえ、残念ながら、くだらない勤めで暇がなく、お会いすることができませんでした。このたび、不肖私めは、逃れ難い事件を起こし、兄弟二人、身を寄せるところもないと思案しておりましたが、大官人が義理を重んじ財を軽んじられるお方だと思いつき、特におうかがいした次第です」と宋江。

柴進は聞くと、笑って言った。

「兄貴、安心してください。よしんば、大罪を犯されたとしても、この屋敷においでになった以上、心配はいりません。自慢するわけではありませんが、強盗捕縛の官軍でも、この屋敷をまともに見ることなどできません」

宋江はそこで閻婆惜を殺したことを、事細かにひととおり告げた。柴進は笑いだして言った。

「兄貴、安心してください。たとえ、朝廷から任命された役人を殺そうが、お上の倉庫の財物を奪い取ろうが、この柴進はあえて屋敷にかくまいます」

言いおわると、さっそく宋江兄弟を入浴させ、二揃いの衣服、頭巾、絹鞋《きぬぐつ》、白靴下を出して、宋江兄弟が風呂から上がると、前の衣服と着替えさせることにした。二人は風呂から上がると、すべて新しい衣服に着替え、作男は宋江兄弟の前の衣服を持って、寝所に運んだ。

柴進が宋江を奥の間のずっと奥深くに招き入れると、すでに酒肴の用意がととのっていた。さっそく宋江には正面の席に座ってもらい、柴進は向かいの席、宋清は宋江が上座に座っているので、そのわきに座った。三人の座が定まると、十数人の腹心の作男と数名の執事が代わる代わる酒をつぎ、世話をして酒を勧めた。柴進は再三、宋江兄弟にくつろいで何杯か飲むよう勧め、宋江はしきりに礼を言った。酒が半ば酣《たけなわ》になったころ、三人はそれぞれ胸中のいつも敬慕していた気持ちを告げた。

みるみるうちに日が暮れ、蠟燭がともされると、宋江は、「酒はこれまで」と辞退したが、柴進が放すわけがなく、そのまま初更（午後七～九時）ごろまで飲みつづけた。宋江が立ちあがって手洗いに行こうとすると、柴進は一人の作男を呼び、提灯《ちょうちん》をともして、東の廊下の突き当たりの廁《かわや》に案内させた。宋江は、「しばらく酒は遠慮します」と言い、グルッとまわって前の廊下に出ると、モタモタと歩き、曲がって東の廊下の前に出た。

宋江はすでにかなり酒がまわっていたので、足取りもおぼつかず、ひたすら足を踏みしめて進んだ。その廊下に一人の大男がいたが、瘧《おこり》にかかっていたため、寒さががまんできず、そこで十能《じゅうのう》（金属製で柄のついた炭火を運ぶ道具）いっぱいの火に当たっていた。宋江は上向いて、ひたすら足を踏みしめていたため、十能の柄を踏んでしまい、十能のなかの炭火がすっかりその男の顔にかかった。男はびっくり仰天したはずみに、身体じゅうから汗が出て、瘧が治ってしまったが、カッとして、宋江の胸ぐらをつかみ、大声で怒鳴りつけた。

「どこのどいつだ、なめやがって！」

宋江もびっくり仰天し、言いわけもできずにいると、提灯を持った作男が慌てて言った。

「無礼はなりません。こちらは大官人の親類のお客さんです」

「お客さん、お客さんだと！　わしもはじめて来たころは、お客さんで、手厚くもてなされたが、今は作男の告げ口を聞いて、わしをないがしろにする。『人に千日の好みなく、花に摘《つ》みたての紅なし』というとおりだ」とその男は言った。宋江を殴ろうとするので、作男が提灯を捨て置き、進み出てなだめようとした。なだめきれなかったとき、二つ三つの提灯が飛ぶように近づき、柴進がみずから追いかけて来て言った。

「わしは押司どのを待ちかねたのだが、どうしてここで騒いでいるのか」

作男が〔宋江が〕十能を踏んだことをひととおり説明すると、柴進は笑って言った。

「デカイの、きみはこの有名な押司どのを知らないのか？」

「有名、有名だと。こいつは鄆城県の宋押司と比べものにもならん」とその男。

柴進は大声で笑って言った。

「デカイの、きみは宋押司を知っているのか」

「わしは会ったことはないが、江湖で久しく、その人は〈及時雨〉宋公明だと聞いている。また義理を重んじ財を軽んじ、危うい目にあっている者を救い、困った者を助ける、天下に名だたる好漢だ」とその男。

柴進はたずねた。

「どうしてその人が天下に名だたる好漢だとわかるのか」

その男は言った。

「口では言い尽くせないが、その人は真にりっぱな男であり、頭があれば尾もあり、始めがあれば終わりもある人だ。わしは病気が治ったら、すぐその人に身を寄せるのだ」

「その人に会いたいか？」と柴進。

「もちろん会いたいさ」とその男。

「デカイの、『遠ければ十万八千里、近ければ目の前』だ」と柴進は言い、宋江を指さして言った。

「この方が、〈及時雨〉宋公明どのだ」

「ほんとうか」とその男。

「てまえが宋江です」と、宋江が言うと、その男はじっと見つめ、頭を垂れて平伏し、言った。

「夢をみているのではないか。兄貴とお会いできるとは」

「どうしてそんなに心にかけてくださるのか？」と宋江。

「さきほどのご無礼、なにとぞご容赦ください。目がありながら泰山がわかりませんでした」と、その男は言い、地面に跪いたまま、どうしても立とうとしなかった。宋江は慌てて助け起こして言った。

「きみの名前は？」

柴進はその男を指さしながら、その姓を告げ、諱《いみな》（本名）とあざなを教えようとした。かくして、山中の猛虎も、この人を見れば、魄《はく》は散じ魂は消し飛び、林下の強盗も遭遇すれば、仰天し肝をつぶすことと、あいなった次第。これぞまさしく、

説開星月無光彩　説き開《あ》かせば　星月も光彩無くし
道破江山水倒流　道破すれば　江山の水も倒流せん

説きあかせば　星や月も輝きをなくし、言いだせば　江山の水も逆流するだろう。

というところ。

はてさて、柴進は、その男が何者だと言うのでしょうか。まずは次回の分解《ときあかし》をお聞きください。

注

（1）灯心の先の燃えカスが花の形になること、および鵲が鳴くのは、吉兆だとされる。

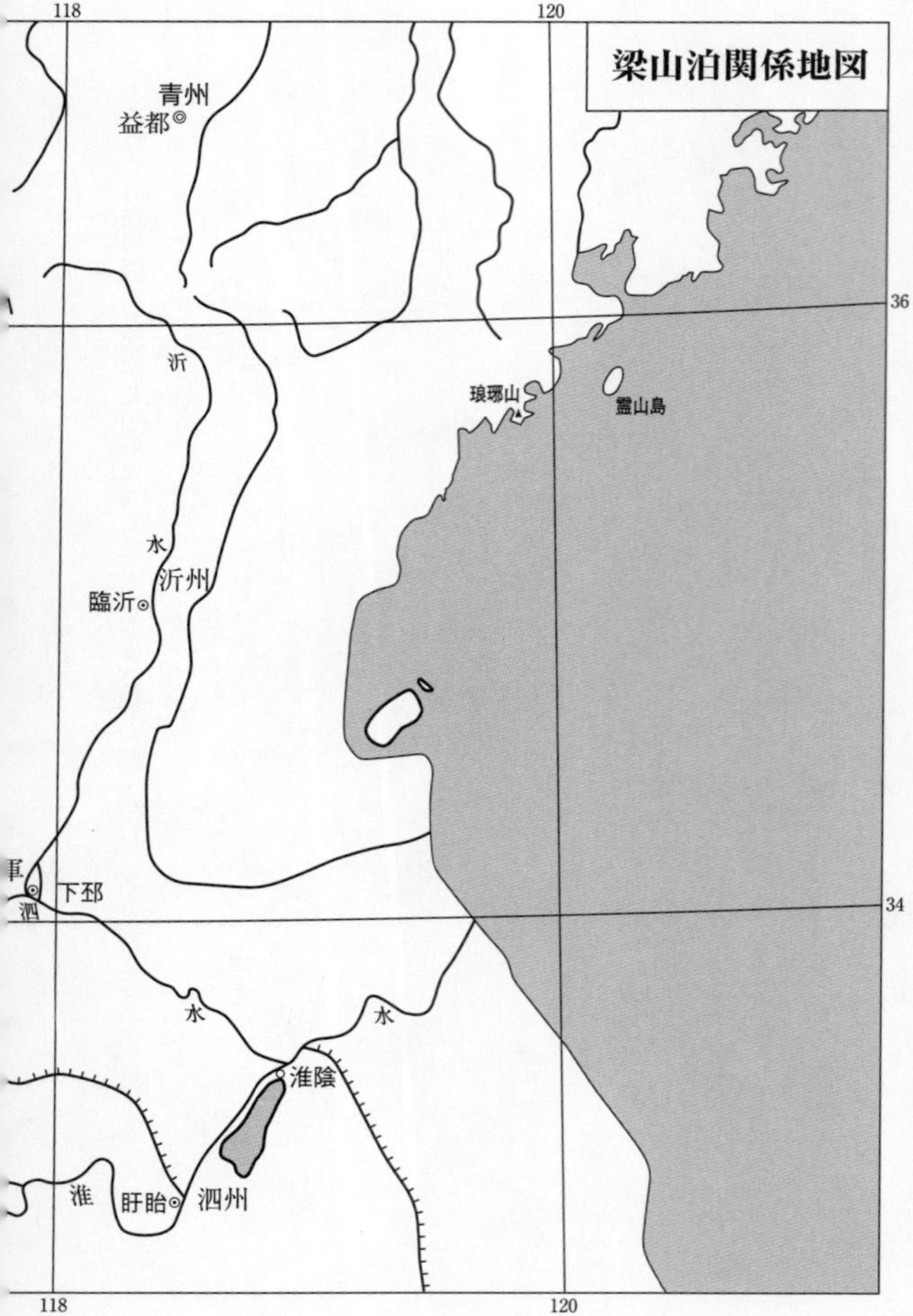

梁山泊関係地図
118
120
36
34
青州
益都
沂
水
沂州
臨沂
琅琊山
霊山島
軍
下邳
泗
水
水
淮陰
淮
盱眙
泗州

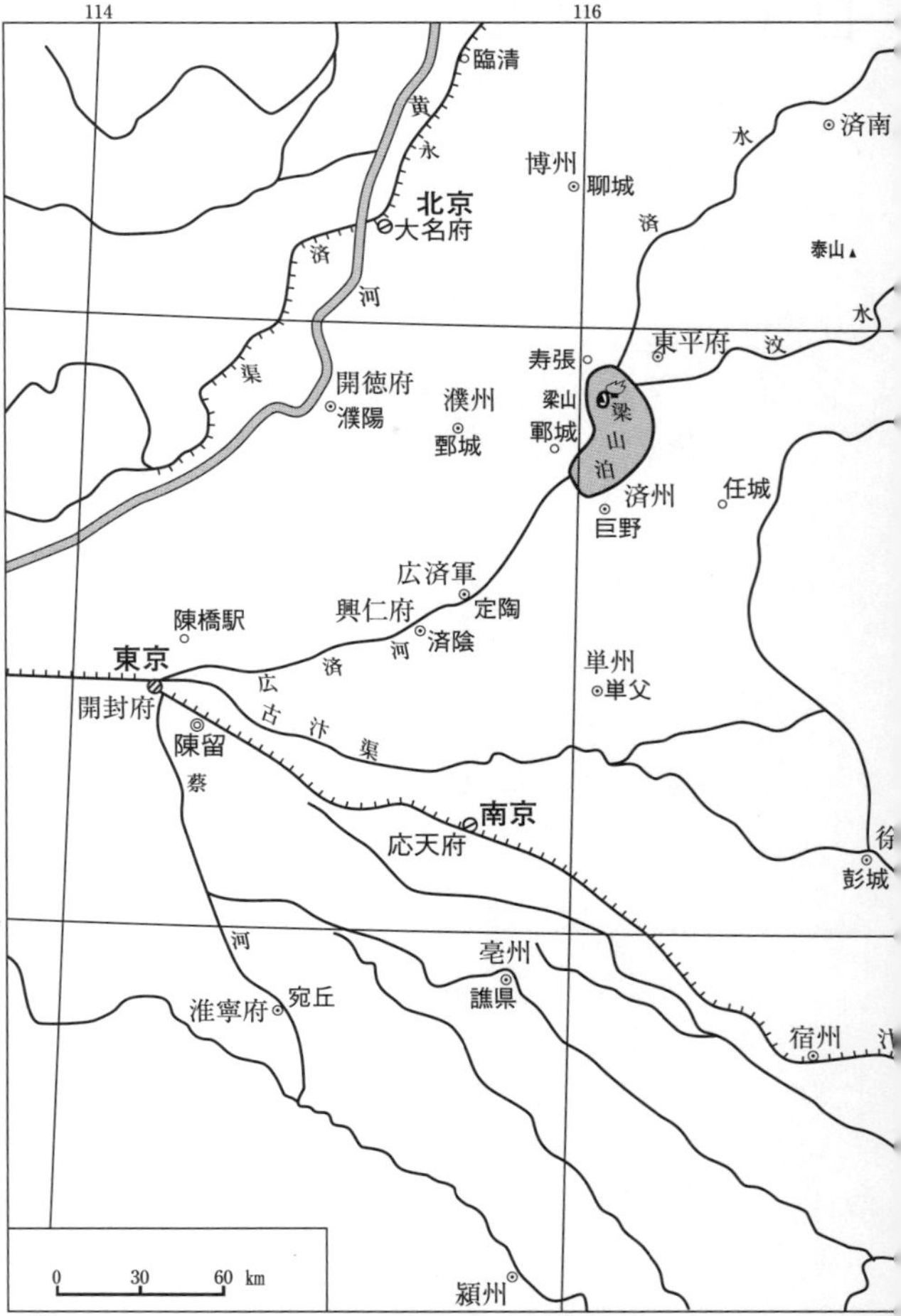

114
116
臨清
黄
永
済南
水
博州
聊城
北京
大名府
済
泰山
済
河
36
水
東平府
汶
寿張
渠
開徳府
濮州
梁山
梁
山
泊
濮陽
鄄城
鄆城
済州
任城
巨野
広済軍
興仁府
定陶
陳橋駅
済陰
河
東京
済
単州
単父
広
開封府
古
陳留
汴
渠
蔡
南京
応天府
彭城
34
河
亳州
譙県
宛丘
淮寧府
宿州
0
30
60 km
潁州
114
116

本書は、訳し下ろしです。

井波律子（いなみ　りつこ）

1944年富山県生まれ。京都大学大学院博士課程修了。国際日本文化研究センター名誉教授。2007年『トリックスター群像―中国古典小説の世界』で第10回桑原武夫学芸賞受賞。『酒池肉林』『三国志演義（一）～（四）』『中国侠客列伝』（講談社学術文庫），『中国の五大小説』『論語入門』『三国志名言集』『中国名詩集』『中国人物伝Ⅰ～Ⅳ』『完訳 論語』（岩波書店）など著書多数。2020年没。

講談社学術文庫

定価はカバーに表示してあります。

水《すい》滸《こ》伝《でん》（一）

井《い》波《なみ》律《りつ》子《こ》

2017年9月11日　第1刷発行
2024年10月3日　第3刷発行

発行者　篠木和久
発行所　株式会社講談社
東京都文京区音羽2-12-21 〒112-8001
電話　編集（03）5395-3512
販売（03）5395-5817
業務（03）5395-3615

装　幀　蟹江征治
印　刷　株式会社広済堂ネクスト
製　本　株式会社若林製本工場
本文データ制作　講談社デジタル製作

ISBN978-4-06-292451-1

「講談社学術文庫」の刊行に当たって

これは、学術をポケットに入れることをモットーとして生まれた文庫である。学術は少年の心を養い、成年の心を満たす。その学術がポケットにはいる形で、万人のものになることは、生涯教育をうたう現代の理想である。

こうした考え方は、学術を巨大な城のように見る世間の常識に反するかもしれない。また、一部の人たちからは、学術の権威をおとすものと非難されるかもしれない。しかし、それはいずれも学術の新しい在り方を解しないものといわざるをえない。

学術は、まず魔術への挑戦から始まった。やがて、いわゆる常識をつぎつぎに改めていった。学術の権威は、幾百年、幾千年にわたる、苦しい戦いの成果である。こうしてきずきあげられた城が、一見して近づきがたいものにうつるのは、そのためである。しかし、学術の権威を、その形の上だけで判断してはならない。その生成のあとをかえりみれば、その根は常に人々の生活の中にあった。学術が大きな力たりうるのはそのためであって、生活をはなれた学術は、どこにもない。

開かれた社会といわれる現代にとって、これはまったく自明である。生活と学術との間に、もし距離があるとすれば、何をおいてもこれを埋めねばならない。もしこの距離が形の上の迷信からきているとすれば、その迷信をうち破らねばならぬ。

学術文庫は、内外の迷信を打破し、学術のために新しい天地をひらく意図をもって生まれた。文庫という小さい形と、学術という壮大な城とが、完全に両立するためには、なおいくらかの時を必要とするであろう。しかし、学術をポケットにした社会が、人間の生活にとってより豊かな社会であることは、たしかである。そうした社会の実現のために、文庫の世界に新しいジャンルを加えることができれば幸いである。

一九七六年六月

野間省一